京华文丛

Российский мираж в перспективе современного Китая
——Хрестоматия по сравнительным литературоведению профессора Линь Цзинхуа

现代中国的俄罗斯幻象

——林精华比较文学研究论文自选集

林精华　著

图书在版编目(CIP)数据

现代中国的俄罗斯幻象——林精华比较文学研究论文自选集 / 林精华著. —合肥:安徽大学出版社,2010.10

ISBN 978-7-81110-874-3

Ⅰ.①现… Ⅱ.①林… Ⅲ.①比较文学—文学研究—中国、俄罗斯—文集 Ⅳ.①I206-53②I512.06-53

中国版本图书馆 CIP 数据核字(2010)第 203360 号

现代中国的俄罗斯幻象

——林精华比较文学研究论文自选集

林精华 著

出版发行:北京师范大学出版集团
安徽大学出版社
(安徽省合肥市肥西路 3 号 邮编 230039)
www.bnupg.com.cn
www.ahupress.com.cn
经　　销:全国新华书店
印　　刷:中国科学技术大学印刷厂
开　　本:170mm×240mm
印　　张:25.5
字　　数:430 千字
版　　次:2011 年 5 月第 1 版
印　　次:2011 年 5 月第 1 次印刷
定　　价:48.00 元
ISBN 978-7-81110-874-3

责任编辑:鲍家全　姜　萍　　　装帧设计:孟献辉
责任印制:赵明炎　　　　　　　责任校对:刘　红　胡　颖

目　录

俄国比较文学与比较文化问题

中俄文学关系问题

中俄文化关系问题

俄国比较文学与比较文化问题

民族性、民族国家与民族认同

——关于俄罗斯文明史问题的研究

俄国著名诗人丘特且夫(1803～1873)有诗曰:"用理性无法理解俄罗斯/用公尺无法衡量它:/俄罗斯具有独特的气质/——对他只能信仰。"此论道出了俄罗斯文明的复杂性。的确,俄国的起始——基辅罗斯曾是东罗马帝国和保加利亚东正教文明的"卫星文明",而后又成为西方文明的"卫星文明",但其成就却在很多方面超过了东正教文明,并且正是在这个文明影响下,俄国才使自己的文化越出先前的未开化阶段。[1]然而,进入现代文明以来的俄国,却始终动荡不定,即这些发展并没有给俄国带来的并非全部是好运。由此,俄国知识界开始了长达三百余年的关于俄罗斯问题之争,事情正如当代著名学者伊利亚·伊林所声称的,"俄国一直在辨识自己诸多独特传统中不可理喻的东西,其中最主要的方面是不断变化的传统"。[2]然而,即便如此,俄罗斯文明仍是疑云重重,许许多多的问题依旧难以言说清楚,哪怕有很多重要的史实已经被澄清,但是对俄国历史问题变迁的解释仍不能让人信服,诸如俄罗斯发展之路与人类整体发展之路关系如何?俄罗斯是属于欧洲还是亚洲?是否存在着一种独立的俄罗斯文明?等等,在科学院社会科学研究信息中心和莫斯科社会与经济研究所联合举办高级研讨班"俄罗斯向何处去(куда идет Россия)?"

第六次全俄研讨会上(2000),巴宾科教授做了题为《俄罗斯是属于欧洲国家吗?》的报告,而且报告声称这个问题的答案是多种而复杂的。[3]

是哪些因素导致俄罗斯变得如此复杂?这些因素又构成了一个怎样的俄罗斯?

斯拉夫民族性:俄罗斯文明的初始形态与身份标志

从地域和种族起源而言,俄国主体民族罗斯(Русь)—俄罗斯(Русский)属于东斯拉夫民族(他们生活于基辅和诺夫哥诺德、黑海以北和波罗的海以西之间的地区),同拉丁语系和日耳曼语系接壤,其文明却不能归属于天主教或新教的欧洲文明,因为经典的欧洲文化起源于欧洲南部古希腊罗马文化和北方日耳曼文化,并经由基督教(1054年分裂罗马公教和东方正教之前的基督教)而融合一体。对此,著名学者史华兹断言,"俄国文化是否属于西方文化的部分是一个疑问,但毫无疑问,中国的发展进化是独立的"。[4]法国著名的年鉴派史学家布罗代尔也持这样的看法,即在彼得大帝亲政之前俄国与欧洲是相隔绝的,不能被纳入"欧罗巴的欧洲"范围。[5]

对构成俄罗斯主体的斯拉夫民族的确认是很复杂的。在发生学上,俄罗斯并没有优越性,其文化不如乌克兰那样久远(基辅罗斯是俄国起源),也劣于波罗的海民族(在古罗斯本土还是处于鞑靼人统治时,波罗的海地区已卷入汉萨同盟,资本主义文明几乎与西方同步),甚至无法与高加索地区的古典文明化过程相媲美(他们在奴隶制时期就已经创造出发达的文化,而罗斯是直接从部落跨入封建状态的),因而这些被强行纳入俄国的民族始终不忘对自己辉煌历史的集体记忆。在以后征服和同化其他种族的过程中,不断有其他姓氏的族群加入讲俄语的行列,但这些比例越来越高的异族人却不断保持着本民族信仰,俄罗斯帝国的建立与扩张过程并非民族融合过程,如斯拉夫文化始终没能化解境内的中亚地区伊斯兰原教旨主义。姑且不论就现代性而言,与拉丁文明或日耳曼文明相比,斯拉夫文明显示出更多的局限性。也就是说,斯拉夫文明天生发育迟缓,斯拉夫文化始终没有被提升为罗斯—俄罗斯境内公共的民族精神。

而且,"在基督教引入之前,罗斯(Русь)是没有高级文化的"。公元988年罗斯接受基督教之前,欧洲已有发达的古希腊和罗马古典文化,而俄罗斯重要文献《罗斯法典》的问世比西方类似典籍要晚好几个世纪。神学思想家弗罗洛夫斯基在《俄罗斯神学之路》中声称，在俄罗斯思想史上有太多的疑惑和不可理喻之处，因为古罗斯文化是没立文字的文化。[6] 2000 年 7 月，在诺夫哥诺德考古发掘了《诺夫哥诺德圣诗》，俄罗斯国家人文学科基金会主席瓦·亚林院士考证说，该书问世不晚于 1010 年，是俄国最早的手抄本，东斯拉夫文明最古老的书籍。[7]而此时的拉丁文明与日耳曼文明已相当成熟。东斯拉夫民族地处与世隔绝的僻静之处，在漫长的历史中没有像拉丁文明和日耳曼文化那样对周边地区产生大影响。这类自然基因，恰好决定了斯拉夫文明在起源上有别于欧洲文明（当然更不属于西欧文明），而且以后的发展虽然与欧洲关系不断密切，但始终没被欧洲同化。而"东斯拉夫信仰是俄罗斯文明最重要的文化前提条件、出发点"，[8]这就使斯拉夫文化的构成、历史地位和未来意义等问题成为俄国最为关注的话题，历代政治家和知识精英都试图通过重建斯拉夫文明，来构筑一个统辖全俄的精神，无论此举困难有多大。

早期斯拉夫民族所在的地理位置，逐渐形成了适宜于本土气候和生态环境的地域性农业文明，由此使得俄国并非天然地形成了开放性、扩张性、面向海洋的商业社会，而是导致"俄罗斯人以热爱劳动，准确地说，以热爱农业劳动、以农民那出色农业经验为特色。农业劳动是神圣的。正是俄罗斯人的农业和宗教被强化得无以复加"。[9]这种情形决定了俄国后来能接受带有东方性的拜占庭文化，还能与阿尔泰—蒙古文化融合，使农奴庄园制度的产生成为可能，进而使得从基辅罗斯到莫斯科公国乃至俄罗斯帝国所推行的重农主义具有绵延不断的生命力，即使在苏联工业化进程中，也有不少人反对违背重农主义的传统，如大批苏联主流作家担忧现代化会颠覆农业文明及相应的社会道德观念。与之相应的是，形成了压制商业贸易的传统，本土居民被限制参与商业贸易活动，在国家对外经贸关系方面也不主张开放，甚至在商业最为繁荣的 17 世纪，这种传统也未能改观。可见，俄罗斯作为一个国家的生成，与其说是与面向西方的窗户——彼得堡相关，不如说是与作为历史和文化传统的莫斯科、诺夫哥诺德和普斯科夫等城市更加密切；[10]相应的，俄罗斯民族性也并非根源于国家，而是本于人民、理想化了的古代农民公社、被分裂教派和彼得改革所排斥的大众宗教。[11]

特别是，这种一开始就有别于拉丁文明和日耳曼文化的斯拉夫自然经济农业文明，在后来的制度化过程中，孕育了后来俄国民众顽固固守土地的观念，并进而形成独特的村社制度，尤其是1861年改革，使得农村社会的基层管理单位的功能进一步强化（农民的问题不完全是由庄园主负责，而是转归村社负责，包括经济、司法、文教、宗教、社会保障等）。这样一来，经由村社，农民能履行对国家的义务，国家也能对农民负责——给村民提供全面保护的家园，家庭能对其成员负责——村社按照道义原则维持着伦理关系。由此，进一步完善了村社制度，根据平均主义原则实现追求公正（包括人均分配财产、扶植穷人而限制富人和强者）、直接的基层民主形式（公开讨论村社中所有重大问题、全体村民以表决方式通过决议，但是没有一定的议事规则和法定程序），追求在同一个村社中实行绝对平等和集体主义原则（村社集体利益高于村民个体要求，村民平均地使用村社资源，反对任何超众的个人观点、要求和愿望），强烈反对私有制及其相关的一切现象、要求村社土地公有制和政社合一制度。而这种制度的民间实践结果，"往往不是确保各种意见得以发表时在质量上的可靠性，而是取决于数量、凭借集体意愿来下判断"，[12]并且因俄国广大乡村生活方式长期的惰性，因而对个性化行为和外来文化都会表示强烈反对，也会因此影响了现代化运动的成效：1861年改革不是通过建立私有制，直接把土地交给农民，而是转归村社所有，并且不能随便自由流通，必须经由村社大会同意之后方可转让。因而改革后很长一段时间里，并没有唤起俄国农民自我解放的热情，农业生产力水平没有得到根本性提高，市场化程度也很低。同样，1905～1911年斯托雷平改革，尝试规定"农民有权退出村社、拥有自己的份地"，这原本可以建立资本主义经济，但村社制度有顽强的生命力——期间俄国村社数目减少有限，据苏联学者统计，到1916年初仅近250万农户退出村社、拥有私有份地近1600万俄亩，占农户总数的26.1%、占村社土地的13.8%。[13]而且，这种把村社集体主义宗法制转变为个体农业私有制的改革，是一种悖论性的政治冒险，只是通过行政动员手段，在法律意义上赋予农民自由退出村社的权利，没有充分考虑俄国农民不是西方国家的农民，天生缺乏资本主义私有制观念、传统、愿望，也没有给农民提供实现这些自我解放的物质条件、制度性资源、精神力量，甚至动用与"自由"相悖的手段去强制性推行这种自由，使改革变成了对不愿意从村社土地所有制束缚下解放的农民的打击，或者说，可以解放的农民反而反抗这种解放，诸如绝大多数农民自发站出来护社，不仅自己不退出村社，还要求制止为数不多的农民退出村社（退社农民大多是比较富裕而能干的农民）。虽然改革在艰难历程中取得了不小成就，如改革使俄国不仅首次解决了自己的粮食问题，而且1911～1913年间成为世界上最大的粮食出口国之一，小麦产量占全世界总产量的25%、大麦占34%、黑麦占50%，农业生产总量仅次于美国，居世界第二，为本国工业化提供了原始积累的资源。然而，就是在这种进步中，斯托雷平本人1911年遭枪杀，并且就是在这种经济取得巨大成就的同时，社会矛盾急剧激化，导致二月革命和十月革命，而且苏维埃制度建立伊始就实行计划经济，甚至推行战时共产主义政策。而这类情形直接影响到20世纪俄国社会进程，在俄国改革很见成效的20世纪初（到1913年，俄国许多领域的生产力水平已经居于世界前列），却发生了反对资本主义的十月革命并建立了苏维埃制度，这与村社制度的作用是分不开的。这种事实越来越被学术界所认识，如莫斯科大学教授谢缅尼科娃在《1917年十月究竟发生了什么》（《自由思想》杂志1992年第5期）中声称，"村社制度这一古老传统已经成为人民群众社会生活的自然形式，而且这是1917年政治文化的基础"，苏维埃实际上是自下而上的实现村社民主理想的国家尝试，如工兵代表苏维埃的活动宛如俄国传统村社在部队的延续、复活，当时的口号就是"土地归人民、权力归苏维埃、打倒私有制"，而且所有决策是按临时民主表决方式，而不是按法定程序决定的。[14]可以说，苏联集体化运动及其所建立的农庄制度，既是以村社传统为基础的，又是村社传统在社会主义时代的合法延续和变体形式。[15]何止是历史如此？同样，新俄罗斯改革10多年来困难重重，在很多俄国人看来，其原因不在于俄国没有遵从现代化的基本要求（如社会管理的民主化、社会发展的秩序化、经济建设的法制化等），而在于改革破坏了传统的集体意识、民族国家利益观念和社会完整性理想，破坏了传统价值观，也破坏了俄国现代化规律。[16]这就意味着，斯拉夫文明的初始形态，注定俄罗斯很难形成西方的法制社会（包括法治理念和法制国家的建立）。

当然，这种村社制度所培育的一套观念，也是构成俄罗斯文明的基础之一，包括强调个人对共同体依附的集体主义、以斯拉夫为中心的本土主义、在社会结构上排斥个人智慧的非个人主义、在观念表述上非理性化/情绪化等。当然，这些特点，也构成俄罗斯自然法理的基础，如10世纪以后俄罗斯虽然接受了包括《农业法》在内的一系列拜占庭文化，但《罗斯法典》却显示出浓厚的习惯法和亲情伦理特征。更为重要的是，这些由村社延伸出来的特点，在从古罗斯到帝国俄罗斯的社会政治结构演变过程中，始终维护这种惯例的专制制度，这也就是马克思所说的，“我们不应该忘记，这些田园风味的农村公社，不管初看起来是怎样的无害于人，但始终是东方专制制度的牢固基础”，“农村公社的孤立性、公社与公社之间的生活缺乏联系、保持着与世隔绝的小天地，虽然并不都是这种最后的原始类型的内在特征，但在有这一特征的任何地方，它总是把集权的专制制度建立在公社上面”，“公社，在它继续存在的地方，在数千年中曾经是从印度到俄国的最野蛮的国家形式，即东方专制制度的基础”。[17]也正因为如此，随着18世纪以来追求社会物质进步的现代化运动进程，这种依恋斯拉夫共同体的特性，却在外来压力下掩盖了其专制制度的实质，反而随之被提升为“祖国”、“家园”、“民族”、公民意识等。面对这种矛盾，这个村社制度成为知识界争论的焦点，即它是俄国发展的障碍，还是俄国避免西方社会发展模式弊病的基础，斯拉夫派人士还视之为俄国能避免西方资本主义侵袭的重要资源，如科舍列夫在《论俄国村社土地所有制》(1858)中动情地说道，“在欧洲，只有少数人才会富有，大多数人一贫如洗，因而在西方形成了共产主义和社会主义的诉求，尽管是完全自由、合乎逻辑、不可避免的，却必然会日益威胁着社会稳定……在俄国，感谢上帝，情况全然不同，我们不用担心西方的共产主义和社会主义，因为我们具有占有土地的村社，它保护绝大多数人，使之不至于无家可归、沦为赤贫，它保障了国家的安定”；伊·阿克萨科夫(1823～1886)在1880年普希金铜像揭幕典礼仪式上发表演讲《论普希金》称，“俄罗斯精神在俄国人身上几乎是由他生活所在的村社和集体制度所培育出来的，而这种制度很少促进主体性和个人主义的发展。我同样认为，我们幅员辽阔、规模超过五千万人的民族联盟和兄弟感情的广度，所有这一切不可能不对精神的某些广度和理解的多面性产生促进作用。我们比任何人更容易做到客观一些。此外，与西方毫不相干的俄国人，处于比欧洲更有利的地位，因为可以从旁观者角度去观察它，可以更自由而全面地去评判它”。同时，它也成为俄国民粹派运动的根据所在，经济学家丹尼尔逊在《我国改革后的社会经济概论》(1893)中声言，尽管资本主义改革使得村社没能保护好村民，还使之面临着灭亡的威胁，但是“村社的农业，是未来的经济大厦赖以建立的那种物质生产的基本条件之一……我们必须使科学的农业和现代的大工业，同村社衔接起来，同时把村社变成能够成为组织大工业，和把大工业的资本主义形式改造成为社会形式的合适程度”，[18]米哈伊洛夫斯基也是主张通过村社制度来阻止资本主义对俄国的伤害，民粹主义思想家沃龙佐夫用古典经济学方法证明村社制度避免俄国走西方资本主义的可能性，而民意党的《工人党员纲领》更是宣称，“国家制度应该建立在所有村社的联盟条约的基础上”，村社制度成为俄国超越资本主义的政治基础。俄国文化史上的主流人士，诸如作家陀思妥耶夫斯基和托尔斯泰、弗拉基米尔·索洛维约夫和弗洛连斯基等都试图维护这种传统，苏联主流文学特别关注社会主义集体化如何可能和不可能、苏联社会价值观念的全球性意义，甚至俄国后现代主义也成长于俄罗斯那独特的农民意识并且沿着这条路线发展。[19]即使经过苏联70年集体主义教训和20世纪90年代以来的残酷训练，这套观念今天还深刻地影响着俄罗斯社会变革，普京在2000年到来之际所发表的电视讲话《千年之交的俄罗斯》(《独立报》1999年12月30日)中就声称，“在俄罗斯，集体活动向来比个体活动重要，这是事实……大多数俄罗斯人不习惯于通过自己个人的努力奋斗改善自己的状况，而习惯于借助国家和社会的帮助与支持做到这一点。需要很长的时间才能改掉这种习惯……有这种习惯的人还大有人在……应当在社会政策中首先考虑到这一点”。[20]这并非危言耸听，今天的俄国在相当程度上延续了1980年代以来对资本主义的义理性争论，无论国民总收入下降得多么严重或国民经济状况改善得多么迟缓，引进西方市场经济结构的工作做得仍旧不充分，难怪彼得堡大学经济学教授Л. 米亚斯尼科娃在《新经济和后现代召唤》(《自由思想—21世纪》2001年第4期)中断言，电子化、信息化、贸易国际化、高新技术化等成为新世纪之交“新经济”(Новая Экономика)的基本特征，它们孕育出后现代社会的重要特点——“国家—市场—商业”，但促成这类特征或特性的“宗教改革”(реформация)和“自由个性”(свободный индивидуум)在俄罗斯未曾出现过，我们一直保留着村社的集体/团队模式。[21]

斯拉夫本土主义观念根深蒂固，使得俄罗斯人找到了自己民族身份认同的根据，“在古老的族裔联系和传统、东斯拉夫人种族、自古以来的语言共同性等基础上，在逐渐形成的共同的风俗习惯、日常生活、法律、意识形态等基础上，罗斯民族的统一意识在兴起的古罗斯国家中、在国际舞台的统一行动中、在为‘罗斯国土和信仰’的共同斗争中、在共同的政治生活条件下开始形成了。罗斯人意识到他们是具有同一的信仰、语言、风俗习惯和心理气质的人”，[22]而且正是这种斯拉夫民族身份认同预设着俄国有自己的民族根基，同时构筑了俄罗斯文明的泛斯拉夫主义基础，把斯拉夫各民族国家的冲突简化为族群内部矛盾：1830年11月波兰发动反对俄国殖民统治的起义，俄罗斯大军兵临华沙城下，世界舆论一片哗然，而普希金对此却写下如此诗句，“别管吧，这是斯拉夫人自己的争端，/ 古老的、内部的争端，早已注定是 / 悬而不决的问题。用不着你们来插手……斯拉夫的溪流应该泻入俄罗斯的大海……你们无法懂得家庭仇怨，/你们根本不懂其中底蕴；/克里姆林宫和布拉格不会理你们”（《致诽谤俄罗斯的人》），不久又创作了具有同样民族主义诉求的诗篇《鲍罗金诺周年纪念》（鲍罗金诺战役是俄国战胜拿破仑的关键性战役，1831 年 8 月 26 日俄国军队占领了华沙，普希金听到这个消息写下了这首诗）。[23]而斯拉夫派理论家伊·阿克萨科夫在 1880 年普希金铜像揭幕典礼仪式上发表演讲《论普希金》却盛赞此举，“他多么敏锐地反映自己那个时代一切真正伟大的俄罗斯事件，多么热烈地关切俄国的荣誉、名声和外表的尊严；他以多么愤怒的诗篇回击‘毁谤俄罗斯的人’！这些人把整个欧洲纠集在一起，进行一次新的反对俄国的十字军东征。普希金是一个富有生命力的俄罗斯人，一个富有历史感的人”。另一方面给俄国人提供了审视世界的民族化视点，英国社会学家 T. 沙宁认为，俄罗斯是第一个对西欧经验之于人类的普遍意义或绝对价值提出疑问的民族国家，[24]艾恺先生考证出俄国斯拉夫主义者是世界上第一个使用“西方世界”概念表示非我族类、定义本土文化的对立面，[25]也正因为这种传统存在使当代俄罗斯发现自己与美国的巨大差别达 13 项之多。[26]进而，脱离斯拉夫文明的西欧主义者常常遭到批评，普希金就认为试图在俄国实践法国启蒙主义的思想家“拉吉舍夫身上，反映出他那个时代法国哲学的全貌：伏尔泰的怀疑论、卢梭的博爱观……但所有这些观点在他那里都已改变原样，很不协调，就如同在哈哈镜里变得畸形那样……其活动目的何在？其希望的究竟是什么？对这些问题其本人未必能回答”。[27]由此可见，这种斯拉夫文明支撑了长期处在边缘化状态的俄国人，刺激了偶尔成为主流的苏联。

同样，斯拉夫民族性在现代化运动中被提升为抵御西化的重要力量，从而又成长为系统化的民族精神——斯拉夫主义。俄国的现代化过程，就伴随着反现代化潜流，而且反对并非完全出于个人利益，而是有着深刻的理论根据。我们知道，彼得大帝改革之后半个多世纪便产生了效应，也引发俄国人的西化趋向。对此，著名史学家和作家尼古拉·卡拉姆津（1766～1826）于 1802 年在《欧洲通报》上发表文章《论热爱祖国和民族自豪感》，主张俄罗斯作家要坚决从崇拜欧洲权威状态中解放出来，要特别注意祖国文化的源头，“我们根本就不应该以为智慧是其他民族的智慧、声望是其他民族的声望：没有我们的夸奖或吹捧,法兰西、英格兰的作家也能活下去;但俄罗斯作家特别需要俄罗斯的注意”,并在文章结尾提出斯拉夫主义起源方面的问题,认为“就像一个人一样,一个民族开始是模仿他人的,但应该逐渐地自立起来:我们要有这个意识。现在我们已经有那么多丰富的生活知识和趣味,过去我们就能生存下去,现在怎么要去巴黎或伦敦生活呢?……毫无疑问,谁不自我尊敬,别人是不会尊敬他的……俄罗斯应该知道自己的价值”。[28]这样的想法,逐渐演变为1830年代之后斯拉夫主义潮流的思想基础,如斯拉夫派重要理论家伊·阿克萨科夫“为卡拉姆津的爱国主义情感而激动不已”,声言“确信出自其口的每一个词汇都是神圣的(sacred)。我的俄罗斯意识和敌视外国所有东西的思想都在自觉的增强,我的民族自豪感逐渐变成非常严重的排外主义(exclusiveness),这些都源自他的斯拉夫主义”。[29]吊诡的是,无论斯拉夫精神对俄国知识界和民众多么有召唤力,但1812年战争之后,从法国凯旋的官兵们目睹了西欧的经济发展状况和民主制度,反而唤起了他们要改革本土的愿望,导致1825年十二月党人事件;1855年对土耳其战争的失利,迫使俄国政府必须更强力地推行现代化,出现1861年的改革;1905年对日本作战再度失利,政府被迫推行斯托雷平改革……而改革潮流及其促进物质生产水平的提高、人们观念的变化,却坚定了俄国下层知识分子和草根阶层对斯拉夫主义的信仰,反西化的思想和行动绵延不断,甚至成为马克思主义在俄国成功登陆的重要本土资源。1917年切尔诺夫发表了轰动一时的《马克思主义与斯拉夫民族》,许多人赞同其中的说法——马克思主义适用于斯拉夫文明;1924年苏联公布了1881年马克思就俄国农村公社问题寄给民粹主义者查苏里奇的信,即“在《资本论》中所作的分析,既不包括赞成俄国农村公社有生命力的论据,也不包括反对农村公社有生命力的论据,但是从我根据自己找到的原始材料所进行的专门研究中,我深信:这种农村公社是俄国社会新生的支点;可是要使它能发挥这种作用,首先必须肃清从各方面向它袭来的破坏性影响,然后保证它具备自由发展所必需的正常条件”,[30]这种有限度地肯定农村公社(村社)对抵抗西方资本主义入侵的积极意义,更激发了苏联反西方情绪,坚定了它反资本主义的决心。

正因为斯拉夫文化在俄罗斯文明中占有如此重要位置,因而成了俄国民族精神建立的重要依据,斯拉夫民族的身份从根本上决定了俄罗斯文明的独特性基因,使之有可能独立发展自己的政治、法律、经济、军事和文化等体系,甚至连科学发展也自成一体。仅就科学而言,"俄罗斯和苏联科学,在职能成长方式上,与西欧和美洲就不一样。诸如19世纪俄国大多数生物学家能热情接受达尔文进化论,却为何要摒弃其'生存竞争'?俄国的数学与天文学有很强大的传统,为什么实验科学却很弱?为什么苏联物理学家长达30年之久拒绝使用尼尔斯·玻尔(Nieles Bohr)的互补性概念?苏联科学家在地质学板块构造的研究中很落后,为什么磁流体动力学研究却居于领先地位?苏联天体物理学家对发展宇宙演化的'暴涨理论'是热情的先导,何以又要批判'大爆炸'理论?哪些因素使得苏联成为世界上第一个建成原子能发电站和第一个发射人造卫星的国家?此外,在俄国和苏联科学中还有因独裁专制以及充满意识形态苦难的历史造成的很多矛盾,诸如1917年革命前后会有那么多科学家陷入政治困境?李森科主义是一种生物学说,它否定世界上其他地方都推崇的近代遗传学成就,何以在苏联能长达几十年的占据统治地位?……又有多少人知道'基因库'一词源自俄语、人口遗传学的先驱们在1920年代都在俄国工作、土壤学的基本词汇出自俄文?……与苏联科学机构的庞大规模相比,苏联科技成就又是令人失望的,诸如有些领域研究人员数以万计,却赶不上该领域专家少得多的国家的成果水平;苏联在计算机方面曾经有一个很好的开端,后来却大为落后了;在很长时间段中,苏联的医学和公共卫生是不少国家模仿的榜样,却灾难性地滑坡了,这在人均寿命和婴儿死亡率统计数字恶化上能显示出来……这些弱点是有其组织的、政治的与社会的根源的,苏联科学从来就不是靠同行评议和研究资助组织起来的,而靠的是对整个研究单位的大宗拨款"。[31]而且,俄国非常重视对科学发展史和科学思想史做出民族性解释,诸如苏联是世界上第一个为研究科学史而创办专门研究所和大学专门系科的国家:1921年科学院建立了知识历史委员会,其研究范围包括自然科学和社会科学,1932年这个团体改为苏联科学院科学和技术历史研究所,尽管它是在革命后4年才成立的,最初支持它的并非马克思主义者,而是一些自由主义的科学家和史学家,其中代表人物是著名的地球化学家、后来成为科学史研究奠基人的弗拉基米尔·维尔纳茨基(Вл. Вернадский)。苏联时代独立发展高科技证明俄国科学发展是独立一体的,甚至也是有理论根据的:作为俄国科学院通讯院士的著名学者H.卡列耶夫(1850~1931)1884年11月在华沙发表的重要演讲《论俄国科学精神》中指出,"只有俄国科学具有最大的冷静和视野极大开阔的特点",并解释说"这不是把幻觉当成真实的那种盲目爱国主义，我把幻想与现实区分开来，我谈的与其说是从前和现在的俄国科学，不如说是有关它的未来发展”。事实上，这种强调科学研究的社会性目的和族群特色的情形由来已久，诸如在中世纪，信仰东正教的斯拉夫人，把大量的古希腊文献翻译成教会斯拉夫文字，却几乎没有一种古希腊的科学著作，对当时拜占庭的科学也少有兴趣的，[32]到了18世纪后期随着科学院制度的确立、大学的兴起，俄国更强调科学发展的民族性诉求。而且，俄国自18世纪以来的确常出现经济不发达，但自然科学技术甚至人文学科、社会科学却得到超常发展的现象，直到今天俄国在强调重新建构俄罗斯作为民族国家的思想活动中主张要发展俄罗斯式科学的民族理念，诸如独特的科学管理模式、发展科学的民族性目的、甚至具体学科发展上也自成一体。[33]既然在“科学”这个无国界领域，俄国也能创造出民族性来，那么其他方面更是如此了，诸如很多人文学科都试图用普遍文化历史的观点证明，无论是从起源还是从以后被培育方面来说，都不能认为俄罗斯文明是欧洲的组成部分——它面临的可能性或者是与其他斯拉夫民族一道形成独立的文化单元，或者丧失所有的文化历史意义。[34]

同样原因，也形成了深刻影响俄国文学艺术发展的俄罗斯审美特征——大自然意象或意识或背景在文学艺术中占有重要地位、由对种族仪式和意识之钟情而生发出痴迷于象征的审美、对斯拉夫民族神话和习俗的认同而积淀成独特的民族心理、力图维持本土文化的完整性而生发出与世界的差异、把追求感情的纯正和人际关系的纯洁当做叙事的基本规则等，进而导致俄国审美方式与西方差异巨大、与东方和穆斯林地区悬殊，19世纪末学院派代表A.阿法纳西耶夫的著作《斯拉夫人对大自然的审美观》、苏联学者Б.A.雷巴科夫的《古罗斯文化史研究札记》、Д.利哈乔夫的《古俄罗斯文学诗学》和《10～17世纪俄罗斯文学的发展：时代与风格》、当代学者B.B.贝奇科夫的《俄罗斯中世纪美学（10～17世纪）》等详尽地描述了俄罗斯这种斯拉夫民族审美特性问题。正是这些为后来文学艺术不断追求民族性诉求提供了基础，诸如陀思妥耶夫斯基在其小说创作中强调西方文化的衰落和斯拉夫文化的青春活力，[35]苏联杰出学者利哈乔夫院士在俄国的声望得力于在对古俄罗斯文学、俄国文学和近代俄国文化等研究中不断强调斯拉夫民族性价值。[36]这种情形至今不变，如当代著名作家达吉扬娜·托尔斯泰雅在《女性的生活》(1990)中声言，“在俄国文化中，感情被赋予了几乎全是正面价值，因此这样的文化特征自然有别于西方的新教、启蒙主义。一个人表达感情愈丰富、愈好、愈诚挚，那么他也就愈'坦诚'。当俄国人们谈及灵/精神时,其所指是发展成熟的感情潜文化。你不必解释灵魂何谓,任何一个俄国人都能在感觉的广度和深度上详细解释这个主体。在潜文化层次上,女性似乎更强有力:这就是,她们有更丰富的感受,而所表达的更为坦诚、展示自身感情更为清晰,事实上,她们也就更是'俄国人'。俄国文学不是知性的(intellectual),而是感性的(emotional)。在俄国,那些被送到精神病院的人,并不是因为他们失去了理智,而是曾经突然拥有了理智。至少是试图理性化的人要被宣称成一个危险的怪人"。[37]

正因为斯拉夫民族性占有如此重要位置,因而成了俄国民族认同形成的重要基础,从根本上决定了俄罗斯文明的独特基因,使之有可能独立发展自己的政治、法律、经济、军事和文化和科学体系;文化起源与发展都显示俄罗斯文明不是欧洲的组成部分——它面临的可能性,或是与其他斯拉夫民族一道形成独立的文化单元,或丧失自身的文化历史个性;同样原因,形成了早期罗斯审美特征——自然界成为理解人文现象的重要参数、由对种族仪式之钟情而生发出痴迷于象征、由对斯拉夫民俗的认同而积淀成独特的民族心理、由维持本土文化的完整性而生发出与世界的差异等,并由此导致此后的俄国审美方式无论俄国多么西化,但与西方审美相比有巨大差异,与东方和穆斯林地区相比也很悬殊;这也就成为俄国文学艺术不断追求民族性的基础,诸如大部分作家都强调西方文化衰落和俄罗斯斯拉夫文化的青春活力。

拜占庭文化和东正教的影响:从初始状态到自觉改造的俄罗斯文明

罗斯于 988 年 6 月经由拜占庭接受了基督教,但接受的是东正教而不是天主教。这是俄国自觉改观自己文明的构成和拓宽文明疆域的一次关键性事件,"拜占庭给俄罗斯带去了 5 件礼物:宗教、法律、对世界的看法、艺术和文字",[38]还有弥赛亚信念,即罗斯/俄罗斯从拜占庭那儿获得了其高级文化,即使苏维埃政权长期推行无神论政策也未泯灭其居民的东正教信念。俄罗斯文明与拜占庭的关系如此重要,因而在俄罗斯文明变迁过程中一直得到特别重视。

古罗斯/俄罗斯从拜占庭接受东方基督教的原因是很复杂的。330 年君士坦丁一世下令在古城拜占庭建新首都并正式启用“新罗马”名称，这一标志拜占庭帝国独立的事件，促进了它从罗马帝国大政区中演化为独立的政治实体，并导致此后10个世纪拜占庭帝国的商业经济繁荣、军事强盛、政局稳定，进而使之疆域拓宽而吸纳了包括希腊人和斯拉夫人等在内的大量非西方人，所以吸引了罗斯选择它作为改造斯拉夫文化的第一资源。当然，拜占庭教区发展成东正教，却在东面受到限制、与罗马教廷关系的对抗而在西面受困，因而不得不向北面扩张，而斯拉夫人则因力量悬殊而不得不接受之。于是，出现了自863年始西里尔和麦托丢到斯拉夫地区传教事件。这对改变斯拉夫人文明的构成产生了异乎寻常的功效：他们不使用西方教会拉丁语传教，而采用当地民族语言，并用教会斯拉夫语记录和诠释《圣经》，他们翻译的斯拉夫文圣经和祈祷书在斯拉夫地区被广泛采用，这大大促进了斯拉夫人对东正教会的认同。当然，这也促使罗斯在988年接受东正教之后，于1589年获得宗主教职位。

弗拉基米尔大公成功地把东正教引入罗斯及此后东正教的俄国化，对俄国改变自己文明结构的意义不可估量。本来，作为一个民族国家的俄罗斯发源于乌拉尔以西的欧洲版图，而这种归属决定了俄罗斯文明客观上具有欧洲文化的基因，利哈乔夫称“罗斯的基督教化及与拜占庭宫廷通婚，把罗斯引入了根基多元化的欧洲民族大家庭”，由此使得“俄国文化始终是一种独特的欧洲文化，并且体现了与基督教相关的三种特性：个性原则、容易接受其他文化的普世主义(универсализм)和追求自由。斯拉夫主义者无一例外地指出了俄罗斯文化的主要特征——综合性、共同性，它表现为基督趋向于追求普遍性、精神性原则”。[39]也就是说，东正教随拜占庭文化一道，也进入了罗斯，这不仅没割断俄罗斯与欧洲的关系，相反，经由它使罗斯有可能进入欧洲版图，从而使采用欧洲拼音文字方式记载并传承文明的书面文化，在古罗斯的诞生有了可能，此后能使之直接进入基督教世界；拜占庭文明与古希腊文化之间显而易见的传承关系，使得俄罗斯得以直接进入古希腊罗马文明，这在相当程度上改变了俄罗斯东斯拉夫文明的地域化特征，并在以后的发展中不断以弘扬古希腊文化为己任，容易接受(并以为能本真传承)古希腊文化，[40]也培育了俄国文化的深刻性；甚至使俄罗斯获得了又一种身份认同，其居民的名字，如伊万、玛丽亚等洗礼名字都源自教会斯拉夫文字记录的古希腊神话和《圣经》；此举还大大促进了俄国文明化进程，缩短了基督教当年在欧洲合法化和普及化的漫长过程(到13世纪莫斯科公国大小城镇和乡村都建有教堂);斯拉夫多神教带有浓厚的习俗化和自然化功能,而基督教在演化千年之久已发展到了相当成熟的程度才进入俄国,这对罗斯社会迅速过渡到封建社会的意义是巨大的,很快出现了《雅罗斯拉夫法典》和莫若马赫(1113~1125年在位)大公的《教子篇》之类哲理性的经典著作、基辅建造了能与君士坦丁堡圣索菲亚大教堂相媲美的同名大教堂(1017~1037)等;经拜占庭中介与西方建立密切关系,决定了它在法律体系上试图认同大陆法系,此乃因对罗马法有亲近感所致;[41]甚至为以后俄国社会发展提供了诸多可能性,如彼得西化改革并不是他异想天开,而是因俄国部分人士认同文艺复兴以来的西方文化。

可是,自330年以来东罗马居民主要是操希腊语的(虽然官方文件继续用拉丁文,但《圣经·新约》原始文本为希腊语),这种国际化语言使地中海沿岸居民,与一直坚持操拉丁语的西方居民之间的距离越来越大,并在精神上不断抗拒拉丁文化系统,这些连同相对稳定的政治和比较繁荣的经济所提供的条件,发展出一整套拜占庭文化——以希腊化的拜占庭人为主体、以希腊语为媒介、以古希腊和古典时代罗马文化为基础并使基督教东方化,东正教坚持8世纪末之前所形成的基督教正统教义,坚持以《圣经》为唯一标准,不承认任何后世教会权威制定的说法,保持其教义的纯洁性和正统性,由此得名“正教”。这种正教坚持原始基督教的平等观念,各民族教会可以使用本民族语言举行宗教仪式,教会之间不分贵贱、教会内部不论出身和地位。特别是在罗马帝国最后两个世纪四分五裂和动荡的状态中,为保持帝国东部地区的稳定、繁荣、相对统一,自君士坦丁一世始就把基督教从不合法变为合法,并使之成为拜占庭帝国发展和壮大的意识形态工具。合法化后的基督教内部事务,也成为国家事务的一部分,从而使东正教成为依附于世俗意识形态的官方机构——教会隶属于国家,神职人员承担了国家官吏的责任,拜占庭帝国虽把基督教定为国教,但不是教皇而是皇帝具有至高无上的权力(皇帝操纵基督教大公会议、控制对基督教高级教职人员的任免权、对教会争端有最后仲裁权力等)。可见,俄国从拜占庭接受的远不止是基督教,还有以上帝名义鼓吹的对大公政权的绝对服从及其一整套仪式;拜占庭帝国倡导的不只是信仰基督上帝,还鼓吹拜占庭帝国对传承/张扬基督教的功勋、对帝国发展有很大贡献的使徒,这种说法在俄罗斯得到了延续,并为第二罗马灭亡后、“莫斯科—第三罗马”神话的产生提供了可能性。可见,教会斯拉夫语言成为为神灵服务的言语,使俄国经由宗教途径与西方接近的愿望难以顺利实现，独立的东正教使俄国同西方文明进一步分离开，同时使之被排除在拉丁民族共同体之外。这就意味着俄罗斯接受东正教后，精神上更加远离了西方。

其中，"莫斯科－第三罗马"概念的意义尤其重要。1204年君士坦丁堡被十字军占领，罗斯感到其最亲近的人死了；此后的两个半世纪里，尤其是1453年君士坦丁堡陷落，这种感觉有增无减。与之相随的则是，诞生了俄罗斯乃基督教真正信仰者/保护者的特殊角色、莫斯科是拜占庭的直接继承人或第三罗马等意识：要保存拜占庭的遗产，需要做的不仅仅是保护古代东正教遗产，而且要复活/仿造拜占庭的文化传统。莫斯科在战胜鞑靼人后，斯拉夫民族意识高涨，此时正值东罗马帝国衰落、灭亡，莫斯科作为东正教合法继承者"莫斯科－第三罗马"的理论应运而生。这时普斯科夫的叶利扎罗夫修道院院长费洛菲上书莫斯科大公瓦西里三世(1505～1533)，提出世界历史是三大罗马/帝国的历史，第一罗马失败于崇拜多神教、第二罗马拜占庭败于同天主教的复杂关系，此后历史属于第三罗马，第四罗马还未形成，也永远不会形成。俄罗斯要拯救世界的弥赛亚(миссия)理念就由此生成。在1861～1863年出版物中，此说获得了世俗化权力，直接导致19世纪70年代民粹主义提出的"俄罗斯利益高于一切"的命题；这种反对西方工业文明扩张、对抗资本主义颠覆传统文明价值等主张，也是苏联和后苏联社会的期待。可见，俄国要与西方基督教一争高低，还要成为世界基督教中心，使得俄罗斯文明突破地域化限制的同时，还负载了拯救世界的使命。彼得大帝改革之所以常常遭到人们反对，是因其对这一古老民族精神和民族信仰施以暴力，后来的西欧主义被批评，也是因他们迷恋西方观念而放弃俄罗斯这一弥赛亚理念。[42]

以东正教为中心的拜占庭文明，未经历马克斯·韦伯的《新教伦理与资本主义精神》所说的资本主义洗礼，因而在某种程度上成为延缓俄国现代化进程的力量。从彼得改革以降的300年现代化运动，始终伴随着以俄罗斯民族意识为本位而敌视现代化的潜流，并在文化结构上产生了严重的后果：伊利亚·伊林论及后现代主义问题时说，"德里达关心的是西欧传统。而我们则有另一种显而易见的传统，即特定的东方趋向。某种程度上，在文化关系上我们是拜占庭的后裔"。[43]在1997年7月第一届俄罗斯哲学全会上，扎马列夫教授发表《论俄罗斯哲学》的报告称，"俄罗斯哲学还没有达到其职业/行业高峰，还没有从宗教精神中孕育出来，没有剪断与宗教和东正教联系在一起的脐带……

在它身上同时存在着陀思妥耶夫斯基和托尔斯泰两条脐带，尽管在最根本的概念上是有区别的，但是在基督教中心主义的意识形态上是相互接近而少有差别的”。[44]反过来，这种原始东方基督教也成为一种隐喻保存在俄罗斯修道院里，也由此保存了彼得改革前俄罗斯原本的生活方式、感情诉求和精神趋向等古老特征；[45]同样，俄国知识分子经常脱离国际格局和现实而忧思，造成知识分子这种自我孤立现象的肇事者，不是蒙古统治，而是东正教教堂（西方文化以独立存在的大学作为自己生存发展的基础，而俄国以修道院为中心）。拜占庭使宗教服从国家的做法，影响了俄国社会发展，并成为俄国文明变迁的重要背景，这些促使俄国进一步与西方文化区别开来。

不仅如此，拜占庭一东正教文明本来就带有明显的世俗化特色——意识形态性，俄国化后则更功利主义化了——变成国家政治的一个部分。来自拜占庭的基督教自视为普世的正教，其他的为不合法、不正统，并逐渐消除各自为政的自然神教——多神教，从信仰上保证了罗斯统一的可能性，也为以后的“战无不胜”提供了可能性，而且作为一神教的基督教在罗斯，一开始就与世俗政权结合在一起，甚至服从世俗政权的最高统治者，所以主张强化世俗权力的大牧首尼康（1608～1681）改革，得到沙皇支持而得以战胜要顽固坚守信仰正教传统的大司祭阿瓦库姆（1621～1682），而当尼康改革超越了皇帝的期望时（鼓吹“神权高于皇权”）同样也遭到失败（1660 年被流放到一个小修道院）。诸如此类，为后来彼得大帝把东正教进一步世俗化打下了基础。彼得对东正教进行了重大的世俗化改革：1701 年 1 月 24 日任命阿斯特拉罕总督穆辛·普希金为宗教最高管理者，1721 年宣布废除牧首公署并代之以正教院——此乃政府 12 个部之一、统一受枢密院管辖，教会正式成为国家世俗机构的一个组成部分，第二年任命世俗官吏为正教院总监察官。这种宗教意识形态化传统一直延续至今，在 20 世纪 80 年代末苏联解体过程中，宗教扮演了重要角色（1988 年 6 月 10～16 日是弗拉基米尔大公接受东正教千年纪念日，在刚刚归还给教会的达尼洛夫修道院举行了千人参加的盛大弥撒、莫斯科大剧院举行了大型宗教音乐会，实况经电视台播放后令人欢欣鼓舞，“俄罗斯与东正教——共同的历史、共同的母亲”成为其后最热烈的话题），也对新俄罗斯社会产生了很大影响（在叶利钦、普京和梅德韦杰夫就任总统仪式上，东正教教皇阿列克谢二世是重要嘉宾，2000 年 12 月 29 日普京提议新俄罗斯国歌为著名作家米哈尔科夫创作的《俄罗斯是上帝庇佑的国家》，这个提案很快就获得国家杜马的批准)。

同时,我们必须看到,把东正教作为统一的俄罗斯思想的精神根据、作为国家意识形态的资源之一,在各个时代都不同程度地维系了俄国主体族裔的感情,其中对俄罗斯人或俄罗斯化了的人而言,俄国化了的东正教确确实实在一段时间内扮演了最终的安慰者的角色,东正教成就了俄罗斯思想,或者说,俄罗斯思想就是在东正教基础上成长起来的,哪怕俄罗斯思想没有完全被实践。也正因为东正教在一定程度上保证了国家意识形态的运作,由此也就确立了东正教中心论的机制,使得伊斯兰教、天主教、新教、佛教等信仰被挤压——信仰伊斯兰教的穆斯林族、信仰天主教或新教的俄国的欧洲地区少数居民、信仰佛教的远东地区亚洲居民等有压抑感。此外,这种已经精神化了的拜占庭—东方基督教文明,自然也改变了斯拉夫传统审美结构,构成了近千余年来罗斯—俄罗斯民族文学艺术的审美基础。按梅列日科夫斯基《契诃夫与高尔基》所说,"'有没有上帝呢?'——这是伊万·卡拉马佐夫向魔鬼提出的问题,而关于上帝存在和人对上帝的态度的问题,是俄国文学的主要论题,因为其中表现了俄国人民深刻的秉性和俄国文化意识的高度"——18世纪之前俄国艺术主要是圣像画和拜占庭风格的装饰品,而且出现了C.乌沙科夫、A.鲁布列夫等著名的圣像艺术家,罗斯发源地基辅、诺夫哥诺德、普斯科夫等几乎全部笼罩在圣像艺术氛围中;[46]即使是彼得大帝改革之后,俄罗斯不断遭受世俗化的唯物主义、现实主义和功利主义等风潮的侵袭,但《圣经》和《使徒行传》依旧是绘画和建筑艺术的重要题材之一,M.列别捷夫的《罗马附近的阿利恰》(1836)、列宾的《女儿复活》(1871)、A.伊万诺夫的《基督给众生显灵》(1836～1855)、B·别洛夫的《圣餐》(1865～1876)、B.波列诺夫的《基督与犯教规女子》(1888)等,以及遍布俄罗斯各地的教堂,便是最好的明证;至于基督教精神在文学艺术各个领域的渗透那更是无所不在,从西方中心主义思想先驱恰达耶夫,到民族诗人普希金、文化巨匠陀思妥耶夫斯基和列夫·托尔斯泰等无不如此,而且他们强调俄罗斯文明的个性、意义,在相当程度上都可归之为东正教信仰是其中最重要的底蕴之一。[47]当然,东方基督教直接或间接地导致俄国文学艺术一方面追求象征主义的美学形式,另一方面蕴含着强烈关怀社会问题的现实主义,这种矛盾构成了促进文学艺术不断演变的张力,从而使之经常焕发出生命力。当现实主义绝对超过象征主义时,基督教精神就会反弹(19～20世纪之交俄罗斯文化再次复兴正是基于宗教哲学),反之也如此,苏联时代境内非主流文学艺术一直保持着绵延不断的生命力、境外侨民作家始终坚守俄罗斯民族的叙述方式、苏联解体后俄国文学艺术并不同化于西方文学艺术等，也与东方基督教精神的支持分不开。[48]不仅如此，绵延不断的东正教传统还给俄国文学注入了塑造各种圣徒形象的活力，出现了梅什金（《白痴》）和阿廖沙·卡拉马佐夫之类的白痴式圣徒、普拉东·卡拉塔耶夫之类的苦行僧式圣徒、信仰被赋予强大精神力量的普加乔夫（《上尉的女儿》）和转化为信仰共产主义或俄罗斯民族主义的保尔·柯察金式的勇士型圣徒，以及安德列·鲍尔康斯基公爵（《战争与和平》）这样的思想家式圣徒等。而且，他们之所以被尊称为圣徒形象，是因为他们普遍对信仰怀着虔诚之心、对贫民有奇特的怜悯之情，还不断自我谴责和忏悔，从精神上宽恕他人，对世界的理解充满着丰富的想象。正因为来自拜占庭的东方基督教如此重要，在18世纪西方工业文明成功登陆俄国并改变了俄国的生活方式和社会结构以后，利哈乔夫院士在研究10世纪以来的俄国艺术史和18世纪以来的俄国学术史以后主张，文艺复兴在西方不是用原始的古希腊罗马替代现实，而是在基督教基础上借用它的高级文化形式，使不同类型的文化相碰撞，文艺复兴的基本特征是把文化从神学中解放出来，促使它关注与另一种宗教混在一起的古希腊文化，而俄国从17世纪末开始出现文化世俗化趋势，所以今天俄国要有文艺复兴必须关注自己的“古希腊”，但不是回到单一的基督教文化或基辅文化。[49]

可以说，东正教沟通了俄罗斯与西方文明，使俄国不再孤独而有了进入欧洲世界的通道：从古希腊那儿继承了很多遗产并使之俄国化，促使俄罗斯切近了中世纪世界文明，在教会斯拉夫语言中传承了这种文明并接受了这种文化及其所负载的价值观，从而形成了古罗斯伟大艺术；但东方基督教与西方基督教的差别，使得俄罗斯与西欧未能在精神上相融合；东正教及其“莫斯科一第三罗马”理念，从信仰上沟通了俄国大部分居民，并促使俄国人培养出拯救全球的意识，塑造了俄国知识分子的弥赛亚理想，从而影响了整个现代化进程，以至于俄国哲学家赫鲁兹认为，“我们只是仿效普希金说：‘东正教的教规给了我们一个特定的民族性格。’我们断定，哲学的当务之急是考虑并揭示这种特定性格……真正的俄罗斯哲学传统只能从东正教的经验土壤中延续下去”，[50]尽管20世纪末俄罗斯作为民族国家遭遇了种种危机，历史也证明不可能复制“地球上的天堂王国”和“黄金时代”；[51]但是东正教作为具有强大意识形态诉求的信仰及其信仰的中心论地位，也使得俄国与不同信仰的世界、俄国境内不同信仰的各民族之间关系紧张。

鞑靼蒙古殖民统治的影响:俄罗斯文明疆域的又一次扩张

马克思和列宁都不止一次称俄罗斯为“半亚细亚的野蛮国家”,哲学家别尔嘉耶夫也认为,“在俄国人的心灵中发生着东西方之争,而且这种斗争延伸进俄国革命之中。俄国共产主义是东方共产主义。两个世纪的西方影响并未控制住俄罗斯人民”。[52]造成这种景观的主要是俄国真正的东方化历史——鞑靼蒙古殖民统治的240年(1240～1480):这是改变俄罗斯文明性质的关键事件。

表面上,鞑靼蒙古统治强行终止了拜占庭文明在俄罗斯的连续演化;实质上,它对俄罗斯文明构成中的影响问题比这要复杂得多。但是,俄国对此研究却一直比较薄弱:俄国自认为属于基督教信徒,而鞑靼蒙古则非也,不过基督教史学更多的是关注正史,有意回避异教徒的历史;[53]苏联因意识形态限制而不去探讨之(否则会被视为把土耳其一蒙古问题唯心主义化),这类后遗症直到今天还依稀存在。因而,低估甚至否认鞑靼统治历史的意义,是俄国超越时代、意识形态、学科界限的普遍现象,如俄国重要官方史学家卡拉姆津在《俄罗斯国家史》中谈及这段历史时,并不是按罗斯被鞑靼蒙古征服/统治过程,而是根据罗斯大公谱系次序来叙述的,[54]而事实上此时古俄国史并不完全是由大公决定的;普希金认为鞑靼对俄国影响不大,甚至拿出俄语中只有29个单词出自鞑靼的证据;史学家C.普拉东诺夫主张,“我们能断定13世纪罗斯固有生活没有受鞑靼统治所特别影响”,[55]此论与著名史学家C.M.索洛维约夫在《从古代以来的俄罗斯历史》中的说法一致,即“在我们没有看见任何迹象的情形下,我们不能假定蒙古对俄国有内在影响”。不仅历史学家这样叙述,语文学家乌斯宾斯基(Б. А. Успенский)在其力作《俄罗斯标准语发展简史(XI～XIX世纪)》中,也不提鞑靼蒙古人殖民统治对俄语的影响,苏联国家哲学和侨民哲学、俄国经济思想史等学科也同样忽视蒙古统治的历史意义。更有甚者,利哈乔夫院士从国家传统、绝对君主专制、“莫斯科一第三罗马”概念等方面证实,“俄罗斯从来就不是东方”。[56]或者相反,认为俄国自13世纪就通过抗击蒙古进攻而拯救了西方文明,就像二战中苏联战败纳粹而拯救了世界一样。[57]正因为如此,从基辅罗斯到莫斯科罗斯的1240～1480年历史问题不是很清楚的。但是,否定鞑靼蒙古统治对俄罗斯发展的深刻影响是不可能的,按著名史学家 Л. 古米廖夫判断,“比起罗马专制政体和罗马教皇的影响来,鞑靼蒙古统治的意义并不逊色:它并不是表现在文化上的,而是无处不体现在风俗习惯上”。[58]

蒙古入侵和统治初期,对基辅罗斯的破坏是毁灭性的,在相当程度上改变了俄国社会的正常发展过程:这已经是国际学界的共识。基辅罗斯时期,“大土地占有者是很少的,封建关系已萌芽,法律和经济显示出‘前封建体制特征’”,大公与其周围关系保留了一般性的民主特点,“除了鞑靼统治抑制和破坏之外,俄国内部政治生活从来就没被窒息过”,[59]鞑靼统治过程是以专制代之以这种政治结构。而战胜鞑靼人的任务要求族群信念被统一在抗击蒙古人的共同目标之下,由此逐渐形成了中央集权观念和体制,进而培育了农奴庄园制度,结果使俄国基本上没有出现西方中世纪那种以商业和手工业为中心的自治城市。俄国此后不断趋于专制主义,1648～1649 年沙皇阿列克谢·米哈依洛维奇主持召开俄国历史上最大的缙绅会议(земский собор),通过了沙皇拥有至高无上权力的《国民议会法典》,进一步导致东方专制主义结构顽固化。不单如此,鞑靼在征服罗斯过程中损失了罗斯大量劳动力,也中断了罗斯农民和地主之间本来就很脆弱的经济联系,从而使俄国未能适时完善封建制度。而在对罗斯统治期间,鞑靼的游牧生活方式自然排斥罗斯本来就已有的稳定而有序的农业经济,严重弱化罗斯自然经济的生产能力,罗斯在历史中逐渐建立起来的、以经营农产品为特色、有很强道德意识的商品市场几乎消失了。[60]此外,因宗教归属和文明形态的差别,鞑靼没借用经典的东方文化,儒教或佛教或伊斯兰教的哲学、科学和宗教等对鞑靼蒙古没有产生明显影响,元代蒙古政治少有孔子思想,在鞑靼统治之下的罗斯也没有出现根据儒学典籍考试的官僚士大夫阶层,君权崇拜之说战胜了解释政治的儒学教义。[61]尤其是,产生了俄国知识界后来普遍认为的情形,“女性被隔离于闺房(изоляция / seclusion)、高利贷、亚洲式生活、心灵的懒惰、自我鄙视——总之彼得大帝要革除的种种现象都是与欧洲性相对立的,这些也全部不是本土的,而是鞑靼蒙古强行移植给我们的”,[62]这也就是在基督教国家中,俄罗斯女性背负的束缚是最多的,其东方色彩是比较严重的原因所在。

然而,鞑靼蒙古在垦疆拓域过程中,尤其是统治中国期间,不断与穆斯林发生商业上的往来,培养出了强烈的商业意识,方孝孺在《赠卢信道序》中云

"元以功利诱天下"、张之翰在《议盗》中生动地叙述了元代商业的繁荣、徐一夔的《织工对》对元代杭州纺织作坊规模之记载等便是明证。在对罗斯统治稳定之后便开始贸易活动，或者说正如促使元代商业发展一样，鞑靼蒙古也促进了罗斯商业的发展：在其控制的罗斯范围内推行刺激贸易繁荣的措施，准许外国人来此经商，在一定程度上提高了经济发展水平，例如14世纪伏尔加河上的航运船只已经开始利用中国的造船方法；[63]鼓励商业经济，促进了罗斯制币业的进步，经由穆斯林回教很早就把标示有阿拉伯数字的银币引入罗斯，[64]上文提及的俄语文字"金钱"来自蒙古语乃又一个明证；罗斯北部向来萧条，但13世纪以后因与天主教国家通商而繁荣起来，大公、教堂、手工业者都普遍在商业活动中受益。这个地区的商业经济繁荣，直接改变了罗斯——使罗斯出现了一大批新城镇，例如在奥卡河上建成了谢尔普科夫(1328)、别列梅什理(1339)、卡卢格(1372)、别列维茨科(1384)等，在波尔塔瓦河沿岸出现了沃洛夫斯克(1356)、诺夫哥诺德(1358)、澳波连斯科(1369)等。[65]不仅如此，蒙古长期实行招募手工业者和工匠的经济政策，使城市的物质文化与手工业一直很繁荣，[66]如盛产白银的诺夫哥诺德在14世纪就开始与俄罗斯北部城镇有很多贸易往来(包括皮毛、蜂蜜、钾碱和蜂蜡等高档商品)，而北方城镇则又与欧洲建立了贸易联系。这种情形，与《马可·波罗游记》、马玉麟的《海舶行送赵克和任市舶提举》等对元代中国市镇商业繁荣的叙述相当。

不仅如此，蒙古罗斯还在很多方面重新改造了罗斯。据特鲁别茨科伊公爵之说，"罗斯封建采邑制被蒙古鞑靼摧毁，并且罗斯被纳入蒙古国，这不能不震撼俄罗斯人的精神和思想"，被征服的心情和民族感情混合着要推翻异民族统治的意识形态，所有古罗斯人的灵魂都被深深地震撼了，面对这个深渊他们需要寻求新的精神支持。[67]也就是说，此事促成了认同斯拉夫和拜占庭文明的俄罗斯民族主义的形成。另一方面，在基辅罗斯时期已被内化了的拜占庭艺术和建筑样式，在此时也遭到了人为的破坏，那种微妙和混合风格丧失了，陶器制作、精美彩绘和复杂的金银器皿等几乎全都消失了，这就使得俄国在艺术上减弱罗斯民族样式，在改革后或者轻易接受西化，或者顽固坚持斯拉夫化，如建筑艺术方面把拜占庭石头建筑(如教堂)变化成木制、[68]木版圣像画改为油画。还有，经由鞑靼蒙古中介而从中国和穆斯林那儿借鉴了行政管理制度、军事战略和战术等经验，以及"军队保障供应制度、居民户籍制度、财政税收制度和统治者专权制度"等；[69]此前基辅罗斯只限于同拜占庭和保加利亚等极少数地区的宗教和民族有联系，被统治时期因商业活动，在一定程度上改变了这种状况，从 14 世纪开始罗斯北部居民就开始与波罗的海通商，并且通过商业活动与欧洲天主教国家发生了联系，[70]伏尔加河沿岸城市、诺夫哥诺德和普斯科夫等地，也向天主教国家出口香料、酒和纺织品，丹麦企业家甚至直接进入俄罗斯腹地，由此改变了那种限于拜占庭文明圈的封闭状态。

本来，"基辅罗斯就其疆域而言不仅不与所谓'欧洲俄罗斯'相吻合，而且其政治、经济关系也不是出现在欧洲俄罗斯大地上"，"因为从基辅罗斯那儿并没有发展出任何强大国家，甚至关于后来俄罗斯国家是基辅罗斯的延续之说，从根本上来说是错误的"，[71]这种论断有其根据：基辅罗斯的地域和人口都是极有限的，而鞑靼蒙古殖民统治意外地改变了这种状况，把包括基辅罗斯在内的欧亚大平原变成了一个十足强大的军事化国家。这种历史结果，使俄国拥有了欧亚大自然、把各个部分联结为统一的国家，同时提出不只要把欧亚平原，而且要把亚洲其他地区合并为一个国家的历史任务。按陈垣《元西域人华化考》考证，鞑靼蒙古在中国疆域内接受了汉化，同理在俄国境内他们在一定程度上也被俄化：他们是通过当地大公来统治所在地区的，因而罗斯社会基本方面并未遭到根本性破坏，如农村公社和城镇生活方式保留得相当完整、宗教信仰和民俗文化也未被完全强行取消。这种连续性，在鞑靼统治稳定之后使得罗斯社会得以逐渐恢复，从而为莫斯科公国最终能独立并扩展提供了可能性。[72]而且，欧亚是某种地理学、人种学和经济学一体化概念，国家一体化是由成吉思汗最早实现的，俄罗斯就本能地试图恢复这种被破坏的统一性，并在实际的版图扩展方面受益于鞑靼统治遗产。

需要特别指出的是，鞑靼没有加害罗斯社会的宗教基础，客观上成就了东方基督教对俄国的意义。按照侨民学者菲多托夫（Г. Федотов）1931 年在巴黎出版的《古罗斯圣徒》（Святые Древней Руси）所说，"在俄罗斯教会史上，鞑靼统治时期是比较好的时代，当时教会拥有最大限度的精神自由，并且还渗透有强劲有力的社会因素"。的确如此，蒙古殖民统治时期，尊重各种宗教信仰，不把自己的信仰强加给罗斯，在他的领地上也不存在一种统一的宗教，在其部将和高层管理人士中不乏佛教、伊斯兰教和基督教等信徒，他本人信仰的是萨满教——神秘、非主流、吸引不了新教徒的宗教，但他不否定任何宗教，其国家意识形态不是依据某个主流阶层、主要民族和特定宗教，而是人的普遍心理，统治基础不只是官僚还有民众，其朝廷不是属于某个民族，而是属于蒙古人一突厥鞑靼人一各种宗教信徒，国家的重要性在于使每一个忠臣感到自己是精神上的最高存在。由此，在被鞑靼统治时期，具有合法性的东正教反而有效保存了俄罗斯文明的早期形态、宗教典籍、教育和文化价值观，换句话说，罗斯人是在东正教教堂里找到精神支持的，这就使罗斯人有可能寻找到一致的民族认同，并借助这一力量统一各公国乃至最终战胜鞑靼蒙古，阻止它继续向西扩张。也因为如此拜占庭文明衰落后促使“莫斯科一第三罗马”概念得以形成。[73]由此，别林斯基在《亚历山大·普希金作品集》第10篇中有言，“如果没有鞑靼人及时赶来，各公国大公之间的内讧，在罗斯不知道将要闹到什么时候才算结束。一方面，鞑靼人的残酷而可耻的枷锁，严重危害俄国人的精神生活，但另一方面对于俄国人是有益的，因为共抗大敌的危难局势，把许多分崩离析的古俄罗斯公国团结起来，通过莫斯科公国对于其他公国所占优势，促成了国家集中化的发展。统一虽然是外表的，而不是内在的，但终究是这种统一拯救了俄罗斯。伊凡三世是莫斯科王朝的创建者，他把东方专制主义思想作为王朝的基础，而东方专制主义对于他所建立的新强国的抽象统一非常有益。这样伟大的变革，是没有经过丝毫的震荡，温和而平静地完成的”。宗教统一作为俄罗斯帝国建立的重要条件、意识形态基础，这点类似于犹太教对背井离乡的欧洲人在漫长岁月中所起的重要作用，或者说，东正教对俄罗斯强有力的影响，类似于天主教或新教对欧洲的影响。不过，罗斯主要是保守地保存东正教，并不是积极地促进神学和哲学思想的发展，甚至使俄罗斯东正教会以后的发展与政治更加紧密地联系在一起。

总之，持续240年之久的鞑靼统治，意外地改变了俄罗斯文明的成分构成、发展道路：这种统治自然使罗斯与拜占庭和欧洲的联系中断了，并且就在俄国主体性意识、知识群体的功能和以农业经济为特色的商业活动等被严重弱化之时，西欧已开始酝酿文艺复兴，进而导致俄国生活方式和经济运作形式越发背离欧洲经济发展方向，也使之与世界的关系变得更加复杂，即“蒙古统治及其后果是导致俄国落后于西欧诸国的主要原因”，[74]甚至正因为这种结果使俄罗斯长时期被淘汰出国际政治格局。与此同时，鞑靼蒙古意外突出了东正教的救世功能，从而促使俄国基督教比天主教和新教徒更注重宗教的世俗化价值，与东方文化的关系大大密切，当然也大大扩展了疆域。

彼得大帝改革:俄罗斯文明疆域再扩展

俄罗斯历史明显可以分为两个阶级,即彼得改革之前古罗斯阶段和始于彼得改革的现代国家阶段。改革使俄罗斯文明疆域得以真正进行内涵性扩展、文明性质得到根本改造。正因彼得改革意义如此重要,从而成为学术界最关心的问题、俄国争论最大的问题。

彼得改革对俄罗斯文明构成的最重要意义在于它启动了俄国“西化问题”。东斯拉夫地缘条件使之受到极大限制,北方波罗的海、南方黑海的出海口及沿岸地区分别被瑞典、土耳其控制,俄国只有一处可以全年通航的出海口——阿尔汉格尔斯克,马克思在《18世纪外交史内幕》中声称,当时俄国“需要的是水域”。然而,由于俄国组织和指挥战争的原始性、军事技术和武器装备落后等原因,使之为争夺顿河口岸亚速城堡、为争夺北方出海口与瑞典之争分别遭重创,这些教训迫使它痛下决心变革。14、15世纪信奉天主教的波兰人和立陶宛人统治着俄国东正教势力的大片地区,1594～1596年西部地区的东正教会被迫与罗马教会联合,这就使得俄国西部地区依附于西方世界,从而为西方文化的渗透打开方便之门。而西方文明赢得罗斯,反而刺激俄国与西方不断发生冲突,偶尔的军事胜利成果又被西方文化势力所抵消。此外,俄国近邻波罗的海沿岸民族,在15、16世纪之交从意大利人手中夺走了海上文明霸权,18世纪他们被俄国兼并之后,反而变成了西方文化向俄国扩张的基地。面对西方文明的挑战,彼得决意重塑俄国形象,在西方文明逐渐成为主流的国际环境中维护并扩大俄国利益,在西方俱乐部里为俄国争取会员资格。最后,自文艺复兴运动以后西欧步入现代化历程,综合国力、国民素质、科学和人文创造性等得到空前提升,这于处在庄园农奴制的俄国而言是巨大诱惑。1697年3月～1698年8月底彼得率领使团在西欧学习、考察时目睹了这一切,并深切感受到俄国与西方之间的差异,从而唤起彼得要按西方模式进行改革的热情,而且这种热情又被有识之士所鼓励。

彼得改革不是经济发展的内在需求使然,而是外在压力和诱惑促成的,是一种外源性现代化,有别于西方根源于生产力发展所需的内源性现代化。这种改革,本质上是国家在短期内通过高效途径、强制性行政手段、自上而下学习国外经验,提升国力的现代化运动;叶卡捷琳娜大帝把法国启蒙主义作为改革理论基础、1861 年改革仿照英国模式进行、斯托雷平改革几乎全方位模仿西方，但历次改革程序和目的设定都是在中央集权主义旧结构中进行的。彼得改革是以国家形式来组织现代化并取得相当成效，由此使俄国出现了与西方相反的现象，即“君主”与“国家”没随社会进步而分离，中央集权主义、政治权威主义、国家主义等理念反而得到强化，而且都以民族主义名义出现，沙皇时代、二月革命后临时政府和新俄罗斯都是这样运作国家权力的，叶利钦执政并未弱化行政力量（法律未被强化），普京在继续巩固这种权威主义理念基础上进行改革，声称“强硬政权是社会秩序之源和保障”，甚至把进一步强化政治权威作为改革的重要组成部分，如 2000 年 5 月普京提出的《联邦委员会（议院上院）组成办法草案》等法案规定，总统有权罢免地方州长、有权建议国家杜马撤销地方与宪法冲突的法律法规甚至有建议解散地方立法机构的权力，俄国划分为 7 个行政区并在每个区派驻有监督各州长的总统代表等，这些条款与民主制相矛盾，但是当月月底国家杜马却顺利通过了这些提案；俄罗斯政治理念和国家权力运作并不吻合英美法系或大陆法系的法理框架，而是以“真理”名义出现，进而使俄国民众利益和国家利益所受保护程度并不同步，民族、国家、个人三者之间利益关系始终没协调好，彼得以来的历次改革使国家获得了相应的进步，但在每次改革中，居民都付出了沉重代价，一次国力提升就使居民又一次被置于动荡状态，个人利益和个体价值的保障机制迄今为止还没建成，结果导致现代化运动最有成就的彼得改革时期出现很多暴动，苏联工业化和集体化运动则使居民付出难以估量的昂贵代价。

彼得改进了俄罗斯文明强盛的方法，即确立了军事立国的基本路线。彼得改革的直接动力本于对瑞典之战的军事胜利，因而彼得深知军事在改革中的分量。于是，改革切入点就是建立现代意义的海军（1698 年 10 月）、陆军（1699 年 11 月），同时消解亦工亦农亦商亦战的原始军队——射击军，并且迁都彼得堡的第一目的也是要建立现代意义的国家军事中心（新首都的拓建是以军事建设为中心的）。由此，俄罗斯文明结构发生了向推崇武力、军事扩张和发展军工技术等方向的转化：在国力并不强大的情形下，版图却迅速扩大、军事发展远远超过社会经济发展水平、军事发展自成体系等。进而，形成了把优先发展军事作为现代化运动的基本模式：无论国内经济状况多么糟糕、国际关系变化多么复杂，近 3 个世纪以来俄国历史动荡不定却未曾动摇过其世界军事大国的地位，而且正是军事力量在关键时期挽救了俄国、重振了国威

(1812 年打败拿破仑、二战中战败德国),近 10 年来俄国始终没走出经济困境、北约也不断削弱其军事力量,但俄国对美国和北约的军事威胁却没丧失;俄罗斯新出台的《国家安全构想》(1999 年 10 月 5 日国家安全会议通过,2000 年 1 月普京签发代总统令颁布实施)和新《军事学说》(2000 年 4 月总统令),重新启用俄罗斯民族国家利益标准来判断国际关系——变叶利钦时代把欧美当作战略伙伴关系为互利关系,重新强调核遏制对俄国利益的意义等。

彼得是在西方工业文明成为主流话语的背景下推行现代化,其目光肯定要盯着西方的科技和物质成果。于是,其改革就是如何使俄罗斯西化。彼得改革冲击了固守现成土地的传统农业文明,使之转化为扩张性的军事工业文明,斯拉夫本土自然经济得以存在的基础开始动摇;改革是根据西方发展状况、国内现实需要进行的,因而计划性、目的性和技术操作性很强,并因此取得了显著效果,由此使西方理性主义和功利主义思潮得以成功登陆,认同西方现代化运动及其社会价值观成为社会潮流,还因以国家组织形式、有针对性推行现代化,大大缩减了同西方发展水平的差距。尽管彼得改革并不图谋构建私有经济、建立市场经济体制和现代民主政治,而是以追求建立国有经济、国家富强和面向世界为宗旨,但改革结果使俄国在事实上靠近了西方的某些要求:从 1700 年元旦开始官方废止儒略历法,改用西欧的格里高利历法,此后俄国官方计时观念与西方一致,而计时观念和方法之变化的意义是无限的(此乃康德、海德格尔和萨特等欧洲主流哲学热衷的命题);按西方模式确立城市布局、市政建设、制定市民规范等,使女性得以走出闺房、上流社会西化程度大大加深,相应的降低了斯拉夫传统习俗在居民生活中的作用;参照西方现代的政治运作方式,建立了一整套具有现代意义的国家和地方行政权力体系、改变官员和人才选任制度,使强大的军事帝国在生产和发展过程中,缩小与欧洲的在行政和法律等差别;按西方教育制度和科学创新制度,建立了现代意义上的科学院和学校(1724 年 1 月 28 日彼得发布建立国家科学院命令)、博物馆。

彼得所启动的现代化,几乎全方位改变了俄罗斯的审美创造活动。对此,别林斯基的《1847 年俄国文学一瞥》有明确的判断,“像在现代俄国所有一切生动、美好与合理的东西一样,俄国文学也是彼得大帝改革的结果”。这样的判断符合 18 世纪以来俄国的发展趋势:彼得经不住西欧艺术的诱惑,不仅派人到意大利和荷兰去学习园林建筑和其他艺术、聘请欧洲专家来教授各种造型艺术和音乐舞蹈,而且自己于 1717 年夏天再次出访西欧观看造型艺术,并把西欧艺术经验俄国化(圣彼得堡郊外的著名艺术花园——夏宫之建造就得益于他在巴黎6个星期的艺术感受)。于是出现了这样的景观,即“值得注意的是,圣彼得堡很快成为欧洲各种艺术的中心,并且是由意大利、荷兰、法国、苏格兰、德国等国工匠建造的,这里居住的也是各国学者、艺术家、音乐家、园艺学家”。[75]就这样,俄罗斯艺术很快就从宗教和习俗的自然状态中解放出来,出现了很接近西方纯粹审美化的雕塑、绘画、歌剧(和歌剧院)、音乐等,从此俄国在艺术审美形式方面大大地切近了西方。更有甚者,现代审美艺术和实用艺术在俄国的兴起和发展,同时催生了现代文学在俄国的出现,按俄国白银时代著名学者和文学家米尔斯基的看法,俄语尽管是从俄国古代发展而来的,但现代俄国文学的发生几乎和古代俄国文学没有关系,是西方文明的一个分支(offshoot),西方现代文学形式和观念从18世纪开始在俄国就习以为常了,这种现象不是起源于斯拉夫民族,而应该追溯到12世纪法国和普鲁旺斯的诗歌或意大利的文艺复兴运动,正如英国现代文学发展是欧洲大陆文化传统的一种运动,而不是来源于《贝奥武甫》和骑士抒情诗的发展一样,俄国文学发展也是靠外民族文学力量,卡拉姆津和茹科夫斯基使俄国人熟悉了莪相(爱尔兰和英格兰高地3世纪诗人)、卢梭、赫德(1744~1803)和英国、德国浪漫主义之前的文学,茹科夫斯基还使俄国的韵文臻于完美,并给诗歌确立了将要成为俄国诗歌的黄金时代标准(style of the Golden Age of Russian Poetry)。[76]正是在这种文学艺术的现代化过程中,涌现了很多新的题材、主题和体裁,如怎样对待彼得大帝改革问题成就了罗蒙诺索夫的颂诗、普希金的叙事长诗《波尔塔瓦》和《青铜骑士》,别林斯基甚至认为,“彼得大帝的名字应当集中了一切感情、信念、希望、骄傲、高贵,以及一切俄国人崇敬的精神支柱——他不仅是过去和现在的伟大事物的创造者,而且也将永远是俄国人的指路明星,俄国依赖他走一条有崇高目的的精神、人性、政治之路。普希金若没有得到俄罗斯创造者这个伟大名字的鼓舞,他就不可能成为如此崇高和如此民族化的诗人”;[77]也给文学家、批评家和理论家提出了俄国文学的民族身份、文学艺术的民族化与现代化等问题,如戏剧家冯维津(1744~1792)声称,“我身体是出自俄罗斯,但我精神上的血缘关系是属于法兰西的”,[78]就遭到知识界许多批评;别林斯基在第11篇《亚历山大·普希金作品集》讨论中首次提出《青铜骑士》的意义在于,创造性塑造了彼得大帝形象,高尔基认为启蒙主义思想家拉吉舍夫之作《从彼得堡到莫斯科旅行记》(1790)“乃法兰西哲学资产阶级自由主义哲学最鲜明的反映，其作者是第一个通过这种启蒙哲学的三棱镜来检视俄罗斯生活的人”[79]；20世纪末后现代主义理论家和文学批评家索科洛夫认为，俄国作家早就属于欧洲，普希金、赫尔岑、莱蒙托夫和布宁等人创作都有欧洲性的，俄国文学发展不是依据民族性的普希金传统，而是沿着欧洲线索的。[80]20世纪20年代末之后俄国，又拒绝与西方现代艺术对话、割断彼得大帝所奠定的审美传统，不仅导致俄国文学留下了很多遗憾，而且使得俄国在现代化性质上又重新与西方拉开距离。也就是说，彼得改革重新塑造了俄罗斯文明形象、开启了重新认识俄罗斯精神的新通道，并且在再造和再认识俄国文明过程中把原本地域性的文学艺术变成了具有跨文化的民族性文学艺术。

当然，彼得大帝改革以来的俄式现代化运动，是让俄国人看到了其他族群的另一种生活，但能够了解西方先进社会生活和思想的，首先是俄国上层、部分旅行家，然后扩大到俄国知识分子阶层，而不是全体民众皆能目睹西方公民的享受自由、无须生活于恐惧和苛捐杂税之中。这就带来了一系列问题：国家现代化进程使俄国斯拉夫民族特色不断丧失，俄国上层社会和下层社会、知识分子与民众之间发生严重分裂——此乃一种人为而不合自然规律的文明(artificial and unnatural civilization)，它漂浮在民族生活表层上就像漂浮在大洋的孤岛上。[81]这种情形，引发了知识界三百年来如何对待俄国文化传统、斯拉夫一拜占庭遗产与国家进步等问题的激烈争论，诚如阿克萨科夫1880年莫斯科普希金铜像揭幕典礼上的讲话《论普希金》所声言的，“俄国社会从狭隘的民族围墙内冲出彼得用强大的手打开的缺口，结果被搞得晕头转向，带着被击伤的历史记忆，抛弃了俄国的智慧与活生生的现实思想，忙着用别人的智慧过日子，甚至无法掌握自己。它不连贯地胡乱说着由普通居民的方言、教会斯拉夫语和残缺不全的外国语混杂在一起的古怪语言。外来的标准、度量单位、时尚、人生观，生活中充斥着虚无、怪影、抽象概念、相似论——以及人民及其所谓的正式的和非正式的、保守的和自由主义的、贵族阶级的和民主主义的知识界之间的巨大误解”；[82]而且，争论不少是经由文学平台展开的，如阿克萨科夫在《论普希金》演讲中继续说道，“俄国文学中的诗歌面临着这样的命运，在相当漫长的岁月里，由于我国科学教育的不足，诗歌至少成了俄国社会美学修养和教育方面的唯一手段。当然，这些诗歌作品的形式、内容和整个色彩还不是俄国的，只有杰尔查文的巨大才华有时从各种虚伪的巨石下面发出真正的俄罗斯精神电光……被压抑的俄罗斯情感只有在诗歌中才能得到满足，摆脱思想和生活中占据主流地位的否定性原则反而得到继续引用”。[83]所以，卢那察尔斯基在《文学剪影》(1925)中这样看待俄国文学何以变得特别丰富而出色的问题，“由于文学的感动力、几乎是病态的感动力，我们的文学是有思想的文学，因为其创造者——知识分子——的自觉精神和周围生活之间隔着那样一道鸿沟的时候，他不能不思索。他敏感得近乎病态，他崇高、高贵，他充满着痛苦又能预见未来”。这样的改革，也导致功利主义不断泛滥、简单模仿西方趋势加强，诸如1856年克里米亚战争失败，直接引发大面积模仿英国的1861年改革；为了更快地解决帝国末期的重重问题，孕育出更为强劲的西化运动——斯托雷平改革；同样，为了处理苏联后遗症问题，延伸出直接运用国际货币基金组织所设定方案的戈尔巴乔夫和叶利钦的激进改革等。如此一来，改革结果常常与设想相去甚远，诸如1855年克里米亚战争失败已显示出，1825年以来以帝国治理方式进行的赶超西方之改革基本上破产了；美国内战和普鲁士的三次侵略战争(1861～1871)之后，西方把新工业技术更广泛地运用于战争，1861年后俄国希望以强盛帝国方式赶超西方最新工业和科技的努力再次遇到障碍，如1905年日俄战争中俄国败于西化成功的日本、第一次世界大战俄国挑衅德国而引起制度崩溃，这些事实表明，彼得的体制不足使俄国在工业化加速前进的世界上立于不败之地。也就是说，西化式改革在某些方面取得了成功，但实际上却有碍于俄国全面的进步，“彼得大帝引进西方的某些技术和训练方法，导致了作为基本劳动组织形式的农奴制的强化；西方军备竞赛和欧洲贷款导致沙皇制度的强化，反过来阻碍了俄国社会发展”，[84]因而更排斥西方社会制度与文化，并把西方浪漫主义运动从怀旧和个人主义价值观角度攻击西方工业化、马克思主义从理性批判西方工业文明、现实主义从人文情怀角度否定现代西方文化、现代主义从非理性主义或人本主义视角颠覆资本主义等，视为主观上反沙皇、客观上反资本主义的理论或理由，这些批判现代西方文明的思想渗透进俄国后，使俄国思想和政治解放运动从最早只是反对代表资本主义的“西方”，演化为敌视整个西方文明。

总之，俄罗斯文明结构达及上述四方，但斯拉夫民族性、拜占庭－东正教信仰、鞑靼影响和彼得西化改革却始终没有化合成有机整体，从而制造出复杂的俄罗斯问题：

俄罗斯历史乃是对这四种文明的重组过程，但这四种文明彼此之间并未建立和谐融洽关系，造成俄国社会政治、经济和文化体系发展一直缺乏稳定性、连续性和有序性，而且动荡幅度之大令人惊诧（或扩大疆域而重建国家，或解体国家重组民族结构）。这种巨变情形，是因不同种类文明的相互牵制，由此俄国历次现代化运动都付出沉重代价，没法灵活适应社会发展要求和国际局势变化，也不能高效合理进行资源配置；特别是，当西方性占主导地位时对俄罗斯的东方性是扫荡（彼得改革与叶利钦改革），反之对俄罗斯西方性是打击（如十月革命），东西方文化从未有机合成过。

同时，制造了俄罗斯人的精神矛盾：在审美形式、艺术趣味、价值判断乃至生活方式上，一定程度地成功化合了西方的艺术经验和生活传统，与西方的心理距离远比与东方短，所以东方认为俄罗斯是属于西方的（从语言、艺术作品到芭蕾舞、绘画、雕塑、建筑等无不如此），但是俄罗斯在审美创造精神方面却注重东方式的感悟、灵感，强调审美活动的社会学意义、社会责任感、公民意识。

特别是，导致其俄国文化处于无根状态，并培养了俄国知识分子的忧患意识、忧郁气质和焦虑心态：他们不断寻求民族性归属、无穷追究俄国人的精神构造，诚如恰达耶夫在《哲学书简》第一篇中所言，“我们置身于东方和西方世界的两个主要部分之间，我们一侧偎依着中国，另一侧则靠着德国，我们本该在自身结合他们精神世界的两大品质：想象和理智，让整个地球的历史融进我们的文明。然而，天意没赐予我们这样的角色。看一眼我们便可以说，人类的普遍规律并不适用于我们。我们是世界上孤独的人，我们没给世界以任何东西，没教给他任何东西；我们没给人类思想的整体带去任何一个思想，对人类的理性进步没有过任何作用，而俄国由于这种进步所获得的任何东西，却被我们歪曲了”。

也正因诸如此类的矛盾结合在一起，并缺乏主导性特征，因而科学院院士福缅科认为，“俄国历史是世界上最伟大文明中最薄弱处之一”，[85]伊利亚·伊林声称，“俄罗斯一直是许多民族的综合体，我们从来就不抛弃独特的混合之路、特殊的文化传统，不偏离我们处在介于亚欧之间的独特地域文化位置”，[86]或者认为俄罗斯文明患了“政教合一的综合病症（синдром цезаря）”，[87]进而也就有了当代学者巴宾科通过分析欧洲有统一的历史、经历了大致相当的变迁过程（目前又出现一体化趋势），而俄国从来没有参与这个过程等事实因素，认为对“俄国是否属于欧洲”的回答存在多种可能答案，而且在全球化时代俄罗斯的民族身份认同问题变得极其复杂和紧迫。[88]由此我们不难明白，在经济全球化的新世纪之交俄罗斯成了非主流国家，然而国内问题重重并且已经资本主义化了的俄国，却坚持反对西方文明，最根本性的理由在于不断扩张的俄罗斯文明本身,即俄罗斯文明构成的本体性因素、扩张性力量和不断重构的历史过程。这正是:不单俄国著名诗人丘特且夫声称,“俄国用理智是不能理解的,/ 用公尺是不能测量的:/ 她有自己独特性——对俄国只可以信仰”(Умом Россия не понять, / аршином общим её не проверять:/ у неё особеность/ можно верить в россию)——此论已经成为俄国人自我认知的原则;更有当代学人伊林接着这个原则继续说道,“用理智可以多方面诉说俄国,想象的力量应该可以看得见她的面积浩大、精神的美,用意志应该可以多方面完善和确认俄国。但是,信仰(вера)无论如何是不能少的:没有了对俄国的信念,我们本身就不能存活,俄国也不再生”。[89]

[1]汤因比(Arnold Toynbee):《历史研究》(刘北城等译),第 57 页,上海人民出版社,2000。

[2]Постмодернизм-идея для России(后现代主义是俄罗斯的理念吗)// Литературное Новое обозрение, No39(5/1999).

[3]С. Бабенко, *Является ли Россия европейской страной?*(俄国是欧洲国家吗)Под ред. Т. Заславской, *Куда идет Россия?* М.: МШСЭ, 2000, С. 391—399.

[4] Benjamin Schwartz, *Communism & China*(共产主义和中国). Cambridge: Harvard University, 1968. P. 39.

[5]布罗代尔:《15 至 18 世纪的物质文明、经济和资本主义》(施康强等译)(2),第 508 页,北京:三联书店,1993。

[6]П. Г. Флоровский, *Пути русского богословия*. Парижъ(未注明出版社), 1937. С. 1—12.

[7]*Древнейшая книга славянской цивилизации*(斯拉夫文明的一种古籍)//Независимая Газета (Наука), 20 декабря 2000.

[8]И. Н. Ионов, *Российская Цивилизация 6—начало 20век* (для 10—11классов). Москва Просвещение 2000, С. 20.

[9]Д. С. Лихачев, *Русский исторический опыт и европейская культура*(俄罗斯历史经验和欧洲文化)//Раздумья о России, , СПб“Logos”. С. 34.

[10]Ladis Lristof, *The state—idea, the national idea and the image of the fatherland*(国家:理念、民族国家理念和祖国形象), in Orbis,

Vol. 11/1967. P. 238－255.

[11] R. C William, *Russia Imagined: Art, Culture and National Identity* 1840－1995(想象的俄罗斯:艺术、文化和民族国家认同,1840～1995). New York & etc:Peter Lary,1997. P. 5.

[12]帕尔佩(Richard Pipes):《俄国革命》,第293页,纽约Vintage书籍出版社,1991年英文版。

[13]C.杜勃罗夫斯基:《斯托雷平的土地改革》,第361页,莫斯科,1963年俄文版。

[14]柳·谢缅尼科娃(Лю. Семеникова):《1917年十月究竟发生了什么》,载[俄刊]《自由思想》1992年第15期。

[15]请参见金雁等《农村公社、改革与革命》,中央编译出版社,1996。

[16]参见[俄刊]《自由思想》1999年第10期。

[17]《马克思恩格斯全集》第9卷148页,第19卷445页,第20卷197页。

[18]《民粹派文选》,第811页,人民出版社,1983。

[19]访谈《后现代主义是俄罗斯的理念吗?》,载俄文版《新文学批评》杂志1999年第5期(总第39期)。

[20]《普京文集》,第9、10页,中国社会科学出版社,2002年汉译本。

[21]米亚斯尼科娃(Л. Мясникова):《新经济和后现代召唤》,载《自由思想—21世纪》2001年第4期。

[22]马罗夫金:《俄罗斯统一国家的形成》,第114～115页,商务印书馆,1994年汉译本。

[23]对这样的诗句,同样得到俄国知识界的积极认可。例外的是,杜勃罗留波夫在《俄国文学发展中的人民性渗透的程度》(1858)中才有批评,即"这些也许是一种优美的艺术,但它在实际意义上,却是为少数人而写的,绝对不是为大多数的公众而写的"。

[24]转引自柳·谢缅尼科娃《1917年十月究竟发生了什么》,载[俄刊]《自由思想》1992年第15期。

[25]转引自艾恺《世界范围内的反现代化思潮——论文化守成主义》,第62页,贵州人民出版社,1991。

[26]诸如个人支配环境、不安分、时间观念、平等意识、个人主义、自我救助、物质主义、竞争和自由等。参见O. S. Zatspina和J. Rodriguez

《经由俄国眼光看美国价值观》,载《莫斯科大学学报·语言学与跨文化交流版》2000 年第 2 期,第 70～79 页。

[27]卢永选编:《普希金文集》(7),第 95～96 页,人民文学出版社,1995。

[28]论文集《现代性与斯拉夫》,第 21 页,圣彼得堡:科学出版社,1994 年俄文版。

[29]参见契梅列维斯基(Edward Chmielewski):《亲斯拉夫论坛:康斯坦丁·阿克萨科夫》,载《弗罗里达大学学报(社会科学)》1961 年秋季号(总第 12 期)。

[30]《马克思恩格斯全集》中文第一版,第 19 卷 268、269 页。

[31]参见格雷厄姆(Loren Graham)《俄罗斯和苏联的科学:简史》导言部分,剑桥大学出版社,1993 年英文版。

[32]舍夫森科(I. Sevcenko):《论拜占庭科学和伪科学在东正教斯拉夫人中的传播》,载《斯拉夫东欧评论》1981 年第 3 期。

[33]参见[俄]《独立报·科学版》2000 年 12 月 20 日;谢尔盖·卡皮扎:《俄国科学的目前状态与特征》,载卡尔顿(David Carlton)和英格拉姆(Paul Ingram)选编《俄国和前苏联国家寻求稳定性》,第 77～89 页,Aldershot:Ashgate 出版社,1997 年英文版。

[34]丹尼涅夫斯基(Н. Я. Данилевский):《俄国与欧洲》,第 397 页,莫斯科:书籍出版社,1991 俄文版。

[35]克里斯托弗(Peter K. Christoff):《19 世纪俄国斯拉夫主义导论》,第 38、39 页,Mouton 出版公司,1961 年英文版。

[36]参见汤普逊(Ewa Thompos):《利哈乔夫与古俄国文学研究》,载布里斯托尔(Evelyn Bristol)主编《俄国文学与批评》第 2～5 章,奥克兰,1982 年; 亨丽埃塔(Henrietta Mondry):《今日俄国文学批评中的民族主义》,载克伦邦(Karen L. Ryan)和巴里(Barry Scherr)选编:《20 世纪俄国文学:第 5 次中东欧国际学术研讨会文选》,第 307～318 页,马克米兰出版公司, 2000 年英文版。

[37]达吉扬娜·托尔斯泰雅著,Jamey Gambrell 译:《普希金的孩子们:论俄国和俄国人》,第 6、7 页,波士顿和纽约:Houghton Mifflin 出版公司,2003 年英文版。

[38] B. H. Sumner: *Survey of Russian History*, London: Verso 1961,

P. 157.

[39] Д. С. Лихачев: *Крещение Руси и государство Русь*, *Русский исторический опыт и европейская культура* (罗斯受洗和罗斯国家，俄罗斯历史经验和欧洲文化)//Раздумья о России, СПб"Logos", С. 73、С. 32.

[40] Б. Гаспаров, *Русская Греция*, *Русский Рим*(俄罗斯的希腊，俄罗斯的罗马)// Christianity & the Eastern Slavs/— Berkely; Los Angeles, 1994, PP. 245—285.

[41] Hammer D P, *Russia & the Roman Law* (俄罗斯与罗马法)// American Slavic & East European Review 16(1957).

[42] Н. Бердяев, *Философия Свободы. Истоки и смысл русского коммунизма* (《自由哲学·俄罗斯共产主义的起源和思想》), *Москва*: ЗАО Сварог и К, 1997, С. 251.

[43] Постмодернизм - идея для России(后现代主义是俄罗斯的理念吗)//Литературное Новое обозрение, No39(5/1999).

[44] НГ Книжное Обозрение (《独立报·书评报副刊》)15/06/2000.

[45] Т. Масарик: *Россия и Европа* (俄国与欧洲), СПб: издательство Русского Христианского Гуманитарного института, 2000, С. 7.

[46] 参见贝奇科夫(В. В. Бычков)《俄罗斯中世纪美学(10～17世纪)》，莫斯科：思想出版社，1995年俄文版。

[47] 参见林肯(Lincoln W. B.)《在天堂与地狱之间：俄国艺术生活千年故事》，纽约，1998年英文版。

[48] 参见杜纳耶夫(М. М, Дунаев)《东正教与俄国文学》，莫斯科基督教文献出版社，1996～2001年俄文版。这6卷本厚重著作，分别论述了从17～20世纪各时代俄国境内外的俄罗斯文学与东正教关系。

[49] 利哈乔夫：《关注自己的古希腊文化》，载《俄罗斯文化史》第1卷(古罗斯卷)，第725～731页，莫斯科：俄国文化语言出版社，2000年俄文版。

[50] 转引自《哲学译丛》1998年第1期，第50页。

[51] 参见科特利亚科夫(В. М. Котляков)《解析危机》，第183、184页，莫斯科：科学出版社，2000年俄文版。

[52] Н. Бердяев, *Философия Свободы. Истоки и смысл русского коммунизма*, Москва:ЗАО Сварог и К, 1997,. С. 253

[53]D. Ostrowski, *Muslovy and the Mongols cross cultural influences on the steppe frontier*(莫斯科公园与蒙古交叉文化). Cambridge University press, 1998,P. 148.

[54] Н. М. Карамзин, *История государства российского*(I—V)(俄罗斯国家史). Калуга:Золотая Аллея, 1997,С. 414—538.

[55] С. Ф. Платонов, *Лекция по русской истории* (1)(俄罗斯史讲稿). СПб, Столичная старопечатная,1899,С. 85.

[56]Д. С. Лихачев, *Русский исторический опыт и европейская культура*(俄罗斯历史经验和欧洲文化)//Раздумья о России,СПб"Logos", С. 35—50.

[57] John Thompson, *Russian and the Soviet Union, An Historical Introduction from the Kievan State to the Present*(俄国与苏联:从基辅公国到当下历史概论). Westview press, 1990/1994/1998,P. 33—34.

[58]Л. Н. Гумилёв, *Древняя Русь и Великая Степь*(古罗斯与长城). М. Политика 1989,С. 466.

[59] George Vernadsky, *A History of Russia* (3)(俄国史). New Haven: Yale University press,1943—1963,P. 344.

[60] John Thompson, *Russian and the Soviet Union, An Historical Introduction from the Kievan State to the Present*(俄国与苏联:从基辅公国到当下的历史概论). Westview press, 1990/1994/1998,P. 35.

[61] Donald Ostroiski, *Muscovy and the Mongols. Cross— Cultural influences on the date frontier* 1304—1589. Cambridge university press,1998,PP. 82—87.

[62]В. Белинский, *Полное собрание сочинение*(别林斯基全集). СПб: Типография товарчетва Общественная польза, 1903,С. 187.

[63]斯帕斯基(I. G. Spassky):《俄罗斯钱币制度:历史钱币学概观》,第72、73页,阿姆斯特丹:Jacques Schumn 出版社,1967年英文版。

[64]古斯塔耶夫(Alef Gustaeve):《瓦西里二世统治时期莫斯科造币铭刻

之政治意义》，载 Speculum 第 34 期(1959)，第 5 页。
[65]利夫曼(E. A. Ривман)：《特维尔公国城市之查考》，载《苏联科学院物质文化史研究所田野调查报告》第 41 期(1951)，第 171～184 页；霍斯基(G. Hosking)：《俄国与俄罗斯人：历史》，第 53～56 页，哈佛大学 Belknap 出版社，2001 年英文版。
[66]韦尔纳兹基(G. Vernadsky)：《俄国史》第 3 卷(蒙古和俄罗斯)，第 213、328 页，耶鲁大学出版社，1963 年英文版。
[67]特鲁别茨科伊(H. C. Трубецкой)：《成吉思汗遗产：不是从西方而是从东方看俄国历史》，载其论文集《历史、文化、语言》，第 223 页，莫斯科：进步—博学出版社，1995 年俄文版。
[68]麦肯齐(David Mackenzie)等：《20 世纪俄国与苏联》，第 13 页，Wadsworth 出版公司，1997 年英文版。
[69]奥森(Thomas T. Allsen)：《蒙古帝国主义：1251～1259 年间中国、俄国、伊斯兰土地上的蒙古可汗政治》，第 14 页，伯克利：加州大学出版社，1987 年英文版。
[70]利夫曼：《特维尔公国城市之查考》，载《苏联科学院物质文化史研究所田野调查报告》第 41 期(1951)，第 171～179 页。
[71]特鲁别茨科伊(H. C. Трубецкой)：《成吉思汗遗产：不是从西方而是从东方看俄国历史》，载其论文集《历史、文化、语言》，第 211 页，莫斯科：进步—博学出版社，1995 年俄文版。肯南(Edward L. Keenan)：《古俄罗斯政治的社会习俗》，载[美刊]《俄罗斯评论》第 45 期(1986)，第 118 页。
[72]汤普逊(J. Thompson)：《俄国与苏联：从基辅到当代的历史导论》，第 38 页，Westview 出版社，1990 年英文版。
[73]奥斯特洛夫斯基(D. Ostrowski)：《莫斯科与蒙古对垦拓西伯利亚之文化的交叉影响》，第 133～250 页，剑桥大学出版社，1998 年英文版。
[74]罗列茨基(V. L. Roretskii)：《俄罗斯身上的蒙古之束缚》，载《俄国与苏联史的现代百科》第 23 卷 47 页，FL 科学院国际出版社，1990 年英文版。
[75]利哈乔夫：《俄国历史经验与欧洲文化》，载《沉思俄罗斯》，第 33 页，

圣彼得堡 Logos 出版社，1999 年俄文版。
[76]米尔斯基(D. S. Mirsky)：《现代俄国文学》，第 6、7 页，牛津大学出版社，1925 年英文版。
[77]冯春选编：《普希金评论集》，第 83 页，上海译文出版社，1993。
[78]津科夫斯基(B. B. Зеньковский)：《俄罗斯思想家和欧洲》，第 13 页，莫斯科：共和国出版社，1997 年英文版。
[79]高尔基：《俄国文学史》(缪灵珠译)，第 52 页，上海译文出版社，1979。
[80]转引自 Глэд Дж.《在放逐中谈论俄罗斯侨民文学》，第 197 页，莫斯科 Кн. Палата 出版社，1991 年俄文版。
[81]米尔斯基(D. S. Mirsky)：《普希金》，载[英刊]《斯拉夫评论》1923 年第 4 期。
[82]冯春选编：《普希金评论集》，第 532 页，上海译文出版社，1993。
[83]冯春选编：《普希金评论集》，533 页，上海译文出版社，1993。争论详情，请参见 Jostein Bortnes 与 Ingunn Lunde 选编：《文化断裂与重构：拜占庭－斯拉夫遗产与 19 世纪俄国民族文学的创作》，奥斯陆：Solum Forlag 出版社，1997 年英文版。
[84]托洛茨基(L. Trotsky)：《俄国革命史》，第 24 页，伦敦，1964 年英文版。
[85]诺索夫斯基(Носовский Т.)和福缅科(Фоменко А.)：《帝国》，第 65 页，莫斯科："莫斯科"出版社，1998 年俄文版。
[86]访谈《后现代主义是俄罗斯的理念吗?》，载俄文版《新文学批评》杂志 1999 年第 5 期(总第 39 期)。
[87]布利沙科夫(В. И. Большаков)：《俄罗斯文明边界》，第 3～25 页，莫斯科：莫斯科出版社，1999 年俄文版。
[88]参见史密斯(G. Smith)《在后苏联疆域中构建民族国家：民族认同的政治》，剑桥大学出版社，1998 年英文版。
[89]И. Илин, Наша задача(我们的任务), М. 1992, С. 90.

(原文载《社会科学战线》2003 年第 6 期；该刊创刊 25 年纪念专号)

俄罗斯问题的西方表述

——关于西方斯拉夫学研究导论

导 言

在已经逝去的20世纪历史中，中国、东欧和很多发展中国家深受俄国和苏俄社会思潮的影响，是最为引人注目的现象之一。经由各国知识界甚至政界的积极认可、热情倡导、制度性推行等，外加苏俄利用国际反资本主义浪潮、自身国力优势及其所建构的反西方话语权，苏俄对这些国家产生了神奇的作用，以至于有相当长一段时间，他们从建构社会理念、确立政治体制框架，到教育和学术制度的建立、卫生事业各项具体措施的拟定、社会管理部门的设置等大多是参照苏俄而来的，"苏联的今天就是我们的明天"一时几乎成为许多国家及其居民的普遍热望。正因为这种深刻影响，给这些国家20世纪90年代以来的改革预设了许多障碍，特别是中国艰难破除的计划经济体制及其习惯、问题多多且复杂的"民主"和"人民"之类的关键性概念等，无不与来自苏俄的深刻影响息息相关。但是，这种直接来自苏俄的影响，只是事情的一方面。

另一方面，五四新文化运动以来知识界所兴起的俄国文学热，包括1917～1922年商务印书馆、泰东书局和北新书局陆续推出的《近代俄国小说集》5集、《俄国戏剧集》10集、《俄罗斯名家短篇小说集》等，多是借助西文译本而再度翻译，且这些选篇和译文确立了中国后来接受19世纪俄国文学的基本框架；在日趋左翼的20世纪20年代中后期至20世纪40年代，越来越趋向于接受"进步的"苏俄文学、否定俄国贵族作家及其文学之际，而法国作家罗曼·罗兰(Roman Rolland，1866～1944)的《托尔斯泰传》——这部盛赞俄国这位大贵族作家思想和艺术的伟大之作，却深得中国普通读者之心——1933年6月上海华通书局推出了徐懋庸的译本，这是译自法文本并参照日文本的译本，其序文曰,“读了罗曼·罗兰的《托尔斯泰传》,我们首先感到的是,此乃对于伟大的艺术家的托尔斯泰、伟大的真理的探求家的托尔斯泰的赞歌,这一事。然而,这决不是盲目的赞歌,更不是偶像崇拜。这是基于透彻的洞察,深刻的理解,燃烧的同情而成的赞歌。而且,在这赞歌中,生命之力和热,强大地跃动着。罗曼·罗兰其人的全生命,与托尔斯泰的全新全体化合着。仅说这是热情之表白,是不够的。解作思想之表白,也是不完全的。可以说,这是热和想的神秘不可思议的融合和一致。一言以蔽之,是热想的表现……”两年后(1935),上海商务印书馆推出傅雷依据法语的重译本,该译本以华丽晓畅的文字,在中国知识界再次扩展了这位作家的声望(称《战争与和平》和《安娜·卡列尼娜》是伟大的“心灵之作”,盛赞托翁如何正确处理了文学艺术同科学和宗教之关系问题,认为《忏悔录》显示出作家是人类的良心等),特别是开篇前言生动地诉说了托尔斯泰在西方的影响力及作者对其深刻领悟,“俄罗斯伟大心魂百年前在大地上发着光焰,对于我的这一代,曾经是照耀我们青春得最精纯的光彩。在19世纪终了时的阴霾重重的黄昏,它是一颗抚慰人间的巨星,它的目光足以吸引并慰抚我们青年的心魂。在法国,多少人认为托尔斯泰不只是一个受人爱戴的艺术家,而是一个朋友,最好的朋友,在整个欧洲艺术中唯一的真正的友人。既然我亦是其中的一员,我愿意对这神圣的回忆,表示我的感激与敬爱。我懂得认识托尔斯泰的日子,在我的精神上将永不会磨灭”,强调“我们绝不像今日的批评家所说‘有两个托尔斯泰,一是转变以前的,一是转变以后的;一是好的,一是不好的’。对于我们,只有一个托尔斯泰,我们爱他的整个,因为我们本能地感到在这样的心魂中,一切都有立场,一切都有关联”。[1]这种经由西方中介认识俄国的方式,在俄语人才欠缺的20世纪30年代中期之前的中国,几乎是最重要的通道,而且也的确帮助了中国深入认识俄国文学和俄罗斯问题;然而在后来俄语成为重要外语的年代,却反而没有出现过这种经由西文而来的深刻感悟,也少有五四新文化运动以来一些著名知识分子借助西文材料而研究俄国文学的重要篇什,如田汉《俄罗斯文学思潮之一瞥》(1919)、现代作家和文学翻译家汪倜然(1906～1988)《俄国文学ABC》(1928)等,这些至今仍堪称是中国人在理解俄国文学上不可多得的力作;巴金和周扬等人在20世纪30年代经由西文挑选并亲自翻译出的屠格涅夫(Иван Тургенев,1818～1883)《父与子》(1943)和《处女地》(1943)等、托尔斯泰(Лев Толстой,1828～1910)《安娜·卡列尼娜》(1944)等,迄今仍是汉译经典。

又何止是那个时候对俄国文化的发现少不了西方的中介，同样，译介巴赫金(Михаил Бахтин，1895～1975)的《陀思妥耶夫斯基诗学问题》，也并非肇始于治俄罗斯文学专家对苏俄文献的发现，而是钱钟书最先从欧美学者的学术成果中敏锐捕捉到的，然后提议钱中文介绍过来，后者又推荐北京外国语大学白春仁和顾亚铃两位俄语专家去翻译，时间是在20世纪80年代初。不仅如此，中国对俄国形式主义的发现、接受，始于1988～1992年出版的汉译英国马克思主义批评家伊格尔顿(Terry Eagleton，1943～)《文学理论导论》(1983)、荷兰著名文学批评家佛克马(Douwe Fokkema，1931～)和易布斯(Elrud Ibsch，1948～)《二十世纪文学理论》(1977)、美国马克思主义理论家詹姆逊(Frederic Jameson，1934～)《语言的牢笼：结构主义和俄国形式主义述评》(1972)等所提供的有关内容，以及法国文学史家和文学理论家托多罗夫(Tzvetan Todorov，1939～)选编《俄苏形式主义文论选》(1965)所提供的文本，即不是直接受益于俄语文献；还有20世纪80年代中期以来中国对马克思主义的理解，更多的是借鉴西方马克思主义，而不再是苏俄编纂和理解的马列主义。也就是说，20世纪30年代之后中国虽有了大批治俄国语言和文学的专业人才，却少了在判断俄国文本上的中国主体意识，而服膺于苏俄的主流声音，未能发现更有恒久价值的俄语文献。这种情况，始终未能完全改观，甚至在俄语人才济济的当代，许多俄国文化精品仍未被译介；陀思妥耶夫斯基作为理解和应付现代性问题的思想资源，19～20世纪之交俄国白银时代文学艺术及其意义的重新发现等，首先也不是直接受惠于苏俄文献，更不是从五四新文化运动以来的俄国文学热中查找出来的，而是得益于对西方斯拉夫学研究成果之发现。

问题就来了：为什么这些今天看来更能体现俄国思想史价值的那部分俄国文化，中国更多的是经由西方的中介才发现的？是否西方比中国更大规模接受俄国文化，从而必然地补救了我们所错失的那部分更有价值的俄国文化呢？或者说，俄国文化很有辐射力，既对中国和其他发展中国家产生巨大影响，对现代西方文化的生成和变革亦有重大作用？若真如此，西方何以能不被俄国文化同化？若不是这样，西方又何以能关注到更重要的俄国文化现象？

一

实际上，冷静清点西方文化资产、深入洞察西方思想史，就会惊奇地发现：俄国对西方文化的生成和变革的影响力极其微弱，哪怕西方某些思潮或理论接受过俄国的影响，通过知识考古学工作能有所还原，但经过全球知识界自觉地借用西方对俄国文化的界定或诠释，已很难改变这种思潮或理论的西方身份，如巴赫金就成为讨论普遍问题的理论家，其俄国思想家的身份日趋模糊；甚至因为西方理论的强势而掩盖了俄国早已有之的深刻论述，如英国史学家斯宾格勒(Oswald Spengler，1880～1936)《西方的没落》(1918)和美国著名国际关系理论家亨廷顿(Huntington Samuel，1927～2008)《文明的冲突和世界秩序的重建》(1991～1993)等先后提出世界文明类型及其彼此的关系问题，成为全球学界和政治家们认识国际秩序的理论根据。殊不知，俄国思想家丹尼列夫斯基(Григóрий Данилевский，1822～1885)的历史哲学著作《俄国与欧洲》(1869)已根据语言和民族精神的成熟度，提出人类文明分为埃及文明、中华文明、印度文明、伊朗文明、犹太文明、希腊文明、罗马文明、罗马—日耳曼文明或欧洲文明、新闪米特文明或阿拉伯文明、包括亚述—巴比伦—腓尼基等在内的古闪米特文明等不同类型，并主张每种类型的历史文明或多或少会受到此前的或同时代其他文明之影响，历史文明类型发展过程总有自己的初始、兴盛和衰亡之周期，其中的东方问题不是欧洲与亚洲之争，而诺曼—日耳曼和希腊—斯拉夫作为罗马文明后裔和希腊文明后裔，是世界上最重要的文明。[2]造成这种情形远不是因西方文化历史比俄国悠久所能解释的。在俄国看来，现代西方文明直接受益于以拉丁语言为表达手段的古罗马文化，而俄国文明是以古希腊文化为源流的(古罗斯是经拜占庭接受基督教和古希腊文明，而不是从西欧接受天主教和在古罗马文化基础上延续下来的西方文化，如俄语的西里尔字母源于脱胎自希腊字母的格拉哥里字母，是由东正教传教士圣西里尔和圣梅笃丢斯在9世纪时为方便在斯拉夫民族传播东正教所创立)，因而俄国主流声音倾向于俄罗斯文明比现代西方文明更为正宗；用俄国文化受基督教滋润时间较晚也不能说明问题，因为自988年拜占庭接受东方基督教以来，在相当程度上挽救了东正教日趋衰落的命运，而且远比美洲人和日本人接受基督教要早得多；至于说到是制度阻止了俄国文化和西方的融合，那更是管窥蠡测,如俄国和国际上许多人天真地以为,苏俄放弃社会主义以后,就能与西方和谐相处、融入西方所建构的"文明世界",然而后苏联虽如此并极力推行市场经济,却未能缓和同西方的矛盾。诸如此类的情形汇集在一起就让人更疑惑了:既然俄国文化自有其优越性,而社会制度性的障碍又消除了,那么西方与俄国何以还矛盾重重?是因俄国自身的因素,还是由于西方原因,导致西方对俄国在不同时期有不同的拒绝呢?如此疑问是捕风捉影,还是意识形态所致,抑或其他因素让人产生的误解?

可以说,俄国之于西方的这些复杂情形并非虚拟出来的。姑且不论西方不仅仅是从制度上排斥俄国的经验和理论,以在俄国和西方都很有影响力的马克思主义为例,我们就能看出西方马克思主义与苏俄马列主义一共产主义之间的矛盾关系:西方无论是民间学术行为还是国家制度性行动,无不试图抵抗性地对待苏俄马克思主义,很少借鉴苏联共产主义思想去重建西方马克思主义。对这种情况,法国现代著名人类学家和宗教学家让一皮埃尔·韦尔南(Jean-Pierre Vernant,1914～2007)的《全国科学研究中心的研究者》(1984)有生动的表述,"我受马克思主义的影响很深,我从青少年时代起就跳入到马克思主义之中,差不多快有半个多世纪了。我说的是马克思的马克思主义,而不是被修正了和被篡改了的、有时候甚至被肢解了的那种教理,因为有人确实把它弄得面目全非,先是用来证实某种政治实践的合理,随后为一种官僚国家和集权政府的制度作依据。在我看来,前者如同一种批评的方法论,要想正确地提出历史的问题,它是必不可少的;而后者像是一种宗教替代物,为它的忠实信徒带来确信和现成的回答,使他们用不着再向自己提一些令人尴尬的问题。在这两者之间,差别大得兴许就像神话与理性"。[3]很有意味的是,这不是由冷战所制造出来的差别,早在第二次世界大战发生前就已经出现了,如纪德(Charles Gide,1869～1951)这位法国著名左翼作家,在西方普遍反对苏联时曾发文支持苏联,盛赞苏俄对国际反资本主义浪潮的积极贡献,因而得到苏联政府诚邀对苏联进行为期10周的访问(始于1936年6月17日。期间曾以国宾身份出席高尔基的葬礼),但访苏归国后所发表的不是歌颂苏联的文字,而是揭示国际社会鲜为人知的苏联阴暗面的《从苏联归来》(1937)。他坦言何以要这么做是因为,"我认为当多数人的信念和自己的信念成了问题时,尤其需要诚实。倘若当初是我错了,那么最好的事情便是赶快承认我的错误;因为在这里,我对于那些受这错误所牵引的人,是负有责任的。在这事情里头,顾不到所谓自我尊严，而且我本也很少所谓‘自我尊严’。在我的眼睛看来，这里头有些事情比我自身还更重要：这就是人类，它的命运，它的文化”。[4]因而，冷战趋于结束时，英国马克思主义批评家安东尼·布鲁厄(Anthony Brewer)继续坚持这样的主张也就自然而然了，在他看来，“我不愿意讨论苏联的马克思主义教科书：它们机械地照搬照抄列宁，就所涉及的帝国主义问题而言，它们往往吸收了列宁著作中最不充分的方面，强调资本主义‘过度成熟’和消费不足论并在这个意义上解释它”。[5]与之相反的是，经由法兰克福学派和英美马克思主义文学批评家等对马克思主义的深入阐释，一方面让世界看到马克思主义的创造性真理及其在现代资本主义社会中的活力，另一方面更使读者相信苏俄把马克思主义国家意识形态化后所带来的僵化后果。这些连同苏联解体，让我们大惑不解：是西方人更有智慧，从而能抵抗俄国价值观的入侵，还是西方根本不关心俄国文化，从而意外地避免了俄国的负面影响，抑或西方对俄国文化有某种天然的警觉？

而这类问题不仅仅是现实性的疑惑，更是有着历史渊源的学术性难题：忽视甚至否定俄国的现象，广泛存在于西方文化的很多领域，尤其是在人文学科的各领域皆有强烈反映，甚至这样否定性对待俄国文化的情形，反而吻合了西方的现代性诉求。仔细辨析黑格尔(Georg Hegel，1770～1831)的《哲学演讲录》、马克斯·韦伯(Max Weber，1864～1920)的《新教伦理与资本主义精神》、汤因比(Arnold Toynbee，1889～1975)的《历史研究》、亨廷顿(Samuel Huntington，1927～2008)的《文明的冲突与世界秩序的重建》等经典文献，我们可发现，随着18世纪启蒙主义运动之扩展，“文明”和“进步”观念亦确立，由此催生了“欧洲文明中心论”，继而出现不同文明存有“进步”与否和质量优劣、高下、先进与落后之别的现代性理念，从而改变了不同文明之间存在的只有形态和内涵上的区分这样的事实。这也就是，立足于西方建构现代性概念基础上的种种价值判断，时常把符合该概念的欧美历史视为正常，而古罗斯—俄罗斯帝国等民族(国家)则是需要现代化的，哪怕包括俄国在内的其他非西方国家各有自己的文明起源和发展历程。而且，涉及罗斯—俄罗斯帝国之于现代性问题，远比这种单纯的否定还要复杂得多。自18世纪后期俄国逐渐崛起以后，尤其是1812年战胜拿破仑而跻身于欧亚军事强国行列以来，西方实际上是不断关注俄国的，从此改变了15世纪以来西方在寻找异域世界时忽视自己这位神秘邻居的局面，并随着19世纪帝俄的持续向外扩张、1861年以后和

1905年以后两次试图以国家形式推进俄国西化的改革、1917年后建立一个与西方对抗的苏维埃帝国等，西方对俄国的关注日甚一日，尤其是冷战时期，欧美更加紧对俄国的全方位研究，包括俄语和俄国文学艺术在内的斯拉夫学研究，如许多大学对苏联东欧研究的兴趣高涨、政府对这方面研究的财政投入剧增。在后苏联，虽不再有当年的斯拉夫研究壮观，但重视俄国问题研究则仍在延续，一系列学术规划甚至能和其他强势人文社会科学研究相媲美，许多研究者的成果常令俄国本土研究者钦佩，并促使后苏联大量引进西方斯拉夫学著作。

奇特的是，这样的"热情"关注并没有模糊欧美研究者的视野，更没有淡化西方研究的主体意识。如此反差，是否因为西方更多的是出于外交利益、国际关系、地缘政治等需要，而不是出于一种文化需求而关心俄国呢？假如真是如此，又为何会出现上述中国社会对俄国的认识需要借助西方俄罗斯学来补救的情形？查考西方文化结构及其变迁，我们发现在西方主流价值观中的确少有来自俄国文化的正面影响，西方所建构的几乎所有的人文学科和社会科学，从1848～1890年流行的约翰·穆勒(John Stuart Mill，1806～1873)《政治经济学原理》(1848)到1890～1930年代末新古典学派创始人马歇尔(Alfred Marshall，1842～1924)的《经济学原理》(1890)、战后开始行销且至今仍在不断再版的萨缪尔森(Paul A. Samuelson，1915～)《经济学》，甚至包括马克思《资本论》之类的经典经济学文献、制度经济学等经济学分支学科，几乎看不到来自俄国这个几个世纪来以政府权威力量强劲推进经济发展的正面经验，而在这样的视野下研究俄国的经济问题，无论是艾尔曼(M. Ellman)《社会主义计划经济的基本问题》(《牛津经济论文集》总第30集，1978)，还是桑顿(J. Thornton)《苏联体系的经济学分析》(《比较经济学》1978年第1期)，抑或霍尔泽曼(F. Holzman)《共产主义之下的国际贸易：政治与经济》(麦克米兰出版公司，1976)等等，不管它们讨论苏俄经济问题的政治立场如何，但无不是把苏俄经济描述为一种地方经济现象，并否定其普遍意义，尽管20世纪70年代西方经济已面临结构性调整的困境；同样，自问世以后一直为人所称道的海德格尔(Martin Heidegger，1889～1976)《存在与时间》和萨特(Jean Sartre，1905～1980)《存在与虚无》等经典文献，是深入探讨人之存在的可能性及意义的杰作，而这正是俄国思想家和文学家所孜孜以求并探讨得很有成效的论题，他们在许多地方和陀思妥耶夫斯基(Фёдор Достоеéвский，1821～1881)、列夫·托尔斯泰、弗拉基米尔·索洛维约夫(Владимир Соловьев，1853～1900)等人的思想一脉相承或有相通之处，可是这类著作却少有俄国的踪影，哪怕深刻影响了后来社会的尼采(Friedrich Nietzsche，1844～1900)曾公开声言他受益于陀思妥耶夫斯基。何止是西方的经济学和哲学如此，法学和语言学、政治学和史学、社会学和宗教学等又何尝不是这样呢？即便是捷克裔美籍学人韦勒克(Rene Wellek)的《文学理论》和《近代文学批评史》等经典文献多有涉及俄国文学和文学批评的案例，但在整个体系中俄国经验是微弱的，且是一种地方性经验，评价也不很高，以至于各国学者运用结构主义理论时，也遗忘了它源于俄国形式主义。

于是，新问题又来了：基于实际层面问题，西方便会积极关心俄国，而基于对知识的兴趣和审美的需要，西方也愿意领略俄国文学艺术并关心俄国学术进展，但对普遍的精神建构和理论探讨，却显示不出西方积极接受俄国文化的意愿。这是因为俄罗斯文明结构出了什么问题，不存在一个实在、可描述、可真切感受到的俄罗斯，因其令人不可捉摸而被西方无可奈何地拒绝？还是西方作为认识主体本身出了什么故障，有意或无意拒绝了俄国？或者说，是因为俄国文化中存在何种特质让西方人无从接受，还是因为西方现代性患有什么病症，对来自俄国文化的辐射有过敏反应，以至于在内在肌理上对俄国有抗拒性的条件反射？

二

不否认，这些问题之发生，来自俄国自身的原因是不可忽视的，但西方因素同样很重要。

按哈佛大学著名法学教授伯尔曼(Harold Berman，1918～2007)《法律与革命——西方法律传统的形成》(1983)所说，“西方作为一种历史文化和一种文明，不仅区别于东方，而且区别于在‘文艺复兴’时期所曾‘恢复’的前西方文化……由此，西方不是指古希腊、古罗马和以色列民族，而是转而吸收古希腊、古罗马和希伯莱典籍并以会使原作者感到惊讶的方式对他们进行改造的西欧诸民族。当然，西方信奉伊斯兰教的部分不属于西方——尽管西方的哲学和科学曾受到过阿拉伯的强烈影响，尤其是在与上述典籍研究有关的时期……”而“有关时期”指的是11～12世纪，当时英格兰、法兰克、日耳曼、西西里等地区居民，在与罗马天主教统治斗争中逐渐形成了王室的、城市的世俗法律体系。由此开始，信奉东正教的古俄罗斯和希腊这类国家，和作为穆斯林领地的西班牙地区一样被排除在“西方”概念之外，“西方”与“现代”这两个概念也因此有了密切关系，即“在西方，现代（modern era）概念源于1050～1150年这个时期，而不是此前的某个时期，这不仅包括现代的国家、教会、哲学、大学制度、文学等，还涉及其他现代事物”。[6]这种不是纯粹根据地理而是特别看重文明属性的“西方”概念，并非伯尔曼教授个人之言，而是欧美知识界一种相当普遍的看法，从启蒙运动的孟德斯鸠和狄德罗等人以来，经黑格尔、马克思、海德格尔等，到汤因比、哈贝马斯（Jürgen Habermas，1929～）、厄内斯特·盖尔纳（Enest Gaerner）、亨廷顿等都如此，无论西方内部如何分化（诸如一战和二战时期盟国与德国、意大利的分裂，2003年美英对伊拉克的战争所引发的“老欧洲”与“新欧洲”的分裂，经济全球化时代导致欧洲在政治和文化上与美国的分庭抗礼），但面对非西方地区时，立即就有是否有拉丁文化和基督教信念（尤其是天主教和新教）的条件反射。早在20世纪初，德国思想家马克斯·韦伯就在《新教伦理与资本主义精神》（1904～1905）具体而生动地表达了西方社会面对非西方世界的优越感，即在西方文明中而且仅仅是在西方文明中才显露出一些杰出的文化现象——诞生超出个人经验的现代科学、产生具有系统严密思想和理性依据的历史学与法学、生成具有普遍审美价值的现代各种艺术、孕育出合乎理性的建筑（能解决宏伟建筑的压力和结构问题）、锻造出现代国家及其社会管理制度等，尤其是生产出了资本主义经济和中产阶级、改造了宗教伦理使之符合人类整体进步趋势等，并且把西方的这种种成就之取得，归于生物遗传和基因。[7]稍晚（1910年6月13日），英国保守党领袖贝尔福（A. Balfour，1848～1930）在英国众议院发表演讲《我们在埃及所面临的急迫问题》时声称，埃及文明虽然比西方文明的历史悠久，但是西方人更了解埃及，“我们之所以在埃及，不仅是为埃及人着想，尽管我们一直是在为埃及人考虑，我们在埃及也是为整个欧洲人着想”，“西方民族从诞生之日起就显示出具有自我治理的能力……我们看看那些经常被人们宽泛地称作‘东方’的民族的整个历史，却根本找不到自我治理的痕迹……在所有那些与其命运生死攸关的革命中，我们从来未发现有哪个民族曾确立过我们西方人所说的那种自治”；与此同时，英国政治家和外交家克罗默（Evelyn Cromer，1841～1917）及其皇皇2卷本《现代埃及》（Modern Egypt，1908），则用感性和写真的方式表达了类似观念——作为一个集合的西方人感受到作为东方一个部分的中东/北非是多么需要现代文明，以及现代文明在这个地区遭遇到了多么大的东方传统（缺乏文明）的抵抗。[8]这种面对非西方世界就自动产生整体的西方反应的理念，没有随着殖民体系的瓦解而终止，仅仅是有所缓解而已，如共同抵抗法西斯的战争刚刚结束时，美国著名哲学家诺斯罗蒲（Filmer Northrop，1893～1992）在《东方和西方相遇：对理解世界的探究》（1946）中就描述欧美人如何重视从文化上把世界划分为东方与西方，而俄国不属于西方，并且如此描述的字里行间透出，比 18 世纪以来逐渐形成的按经济富裕程度划分世界为现代而发达的国家和传统而不发达或发展中的国家更为人所迷惑；[9]冷战结束不久，按亨廷顿的说法，“在 400 多年里，西方的民族国家——英国、法国、西班牙、奥地利、普鲁士、德国和美国以及其他国家，在西方文明内构成了一个多极的国际体系，并且彼此相互影响、竞争和开战。同时，西方民族也扩张、征服、殖民，或决定性地影响所有其他文明”，“西方的生存依赖于美国人重新肯定他们对西方的认同，以及西方人把自己的文明看作独特而不是普遍的，并且团结起来更新和保护自己的文化，使之免受来自非西方社会的挑战”，“建立在具有文化共同性的国家基础上的国际组织，如欧盟，远比那些试图超越文化的国际组织更成功”，1945 年以来划分欧洲的界线向东移了几百英里，“现在它是一条一方面把西方基督教民族分离于穆斯林，另一方面把它分离于东正教的界线”，“西方在某种层面上是一个实体。非西方国家除了它们都是非西方的之外，还有什么共同性吗？”“那些具有西方基督教遗产的国家正在取得经济发展和民主政治的进步；东正教国家的经济和政治发展前景尚不明朗；而各穆斯林共和国的前景则很黯淡”，“西方是而且在未来的若干年内仍将是世界上最强大的文明……后冷战时代世界政治的一个主轴是西方的力量和文化，与非西方的力量和文化的相互作用……国际权力正从长期以来占支配地位的西方向非西方的各文明转移……西方国家的普世主义日益把它引向同其他文明的冲突之路”，从文明角度看，“世界在某种意义上是一分为二的，主要的区分存在于迄今占统治地位的西方和其他文明之间，然而其他文明之间几乎没有任何共同之处。简而言之，世界划分一个统一的西方和一个有许多部分组成的非西方”。[10]这种认识虽然与现实不尽一致，但在全球化的今天却深入人心，如美国波士顿大学教授格林菲尔德（Lian Greenfeld）在《资本主义精神：民族主义与经济增长》（2001）中声称，在世界经济一体化的 1500 年之前的一段时间，“诺夫哥罗德和基辅以西的欧洲是作为一个经济体在运作的，并成为由中国人、穆斯林和意大利人所织就的四通八达的商业网络的一部分，把欧洲大陆与亚非连接起来”，“经济全球化在西欧开始与宗教改革以及由此引发的基督教公国的解体不谋而合，而此前尽管居民使用的语言千差万别，但基督教通过把西欧结成为同一个思想空间，使欧洲大致成为一种独特的文明”。[11]更有甚者，要把这种统一的欧洲概念付诸实施，如哈贝马斯提出要建立统一的欧洲宪法并得到了欧洲社会的积极响应，从而使欧盟不断扩大。可是，无论哪种“西方文明”概念，很少考虑把俄国纳入其中，甚至都要把俄国排除出去。

也正因为这样的“西方”概念及其催生出的现代性潮流，延伸出非西方＝“落后”的认知，以至于西方人远在地理大发现时期就以这样的“文明”姿态对待(俄)罗斯，在一系列关于俄罗斯旅行记中露出如此端倪——俄国被描述为一个特殊的、另类的世界，即使罗斯追求现代文明而成为俄罗斯帝国，西方仍少改变这样的描述。在法国，伏尔泰(Francois－Marie Arouet，1694～1778)《风俗论》(1765)堪称是欧洲人第一部打破西方地域限制的文化史巨著，它生动地描述了16世纪中叶～17世纪中叶俄国所发生的五次真/伪皇太子季米特里的荒唐事件——皇宫时常发生皇位易手、皇太后或皇后却承认真/伪皇太子是自己的儿子或丈夫，他认为这类事件是不会发生在文明国家的，而在彼得大帝之前不为欧洲所知的俄国，不仅出现这样的事，还把文明国家所诟病的各种弊病视为天经地义的合理合法现象，进而伏尔泰就盛赞追逐西方文明的彼得大帝出游西方的举措，[12]尽管欧洲各国的皇宫里同样发生着其他各种各样的莫名其妙事件；被俄国人尊敬的卢梭(Jean－Jacques Rousseau，1712～1778)，在波兰受到来自邻居的俄国威胁时，却著文《论波兰政府》(Consideration sur Gouvernment de Pologne，1772)，提出如何动员民族主义资源抵抗俄国的建议，“你们不知道怎样阻止俄人的吞并。至少整理你们的民族，使他们不能同化你们。你们国民的美德、爱国热诚、民族制度所能给你们的特殊精神，这些是永远能护卫你们的特有壁垒，这些是没有军队能攻得下的壁垒”。和俄国关系并不很复杂的西班牙人也把俄国视为野蛮之地，如《约翰·高特里·弗克罗特和奥托·普里亚笔下的彼得大帝统治下的俄国》(莱比锡1872年德文版)称，对18世纪初戈里岑(Б. Голицн，1654～1714)公爵这位彼得大帝时的教习、当时的政府要员，时任西班牙的驻俄公使这样评价此人，“他若生长在不野蛮的国度，肯定就会是一位真正的伟人”；尤其是俄国所崇敬的马克思和恩格斯，对俄国的否定更有过之而无不及，如马克思《〈黑格尔法哲学批判〉导言》(1843)主张,"既然19世纪上半叶德国的整个发展没有超出德国的政治发展,那么德国人能参与现代问题的程度顶多也只能像俄国人那样"——"俄国",在马克思那儿成为落后的代名词;恩格斯《〈论俄国社会问题〉的一书导言》(1875)从社会史角度强烈否定俄国,"四千万大俄罗斯族人是一个非常强大的民族,而且经过了很独特的发展道路,以至于不能从外面把一种运动强加给他们……俄国人民的主体——农民,千百年来在脱离历史发展的泥潭中世世代代愚昧地过着苟且偷安的生活",甚至进一步认为,"西欧的任何革命,只要在近旁还存在着俄罗斯这个国家,就不能获得彻底胜利。而德国却是俄国最近的邻国,因此俄国反动派军队的第一个冲击便会落到德国身上",[13]尽管事实上后来德国无产阶级革命的失败远不是俄国干预的结果;此后,恩格斯《法国和德国农民问题》(1894)论及资本主义侵袭农村所带来的问题时又说道,"作为政治力量的因素,农民至今在多数场合下只是表现出他们那种根源于农村与世隔绝的生活状况所带来的冷漠态度。这种冷漠态度,不仅是巴黎和罗马议会贪污腐化的强有力的支柱,而且是俄国专制制度的强有力支柱",[14]尽管俄国社会学家和史学家弗列罗夫斯基(Василий Берви—Флеровский,1829～1918)在《俄国工人阶级的状况》(1869)中已描述,改革后俄国许多农民热心于资本主义经济,而后来的著名思想家别尔嘉耶夫(Николай Бердяев,1894～1948)《俄国共产主义的起源和意义》则深刻论述农民拒绝革命不只是因专制政治本身,而是由于东正教信仰、斯拉夫村社、俄罗斯农业经济等传统生活方式,以及由此形成的集体主义—共产主义的传统信念。

实际上,"西方"观念及俄国不属于其中的判断,使得西方用理性主义眼光重新审视俄国时,不单认为其政治上另类,文化构成则与现代西方不相容,俄国乃不可理喻的非西方国度。法国思想家托克威尔(Alexis de Tocqueville,1805～1859)《美国的民主》(De la Démocratie en Amérique,上卷1835年)虽然承认俄国和美国将是世界上两个大国,却这样对比道,"正当美国人在同大自然的束缚进行搏斗时,俄国人却在同世界上别的人种厮杀……美国用铁镐征服世界,而俄国则用剑戟征服世界。为达到征服世界的目的,美国总是根据本身的利益得失而开辟发挥个人聪明才智的自由途径;俄国人则把社会的一切力量集中于某一个人。美国人把自由作为行动的基本手段,俄国人则以征服作为行动的根本准则。两者出发点不同,道路各异,尽管看起来都在上帝意志的驱使下,为今后能够掌握半个世界的命运而奔波"。如此负面塑造的俄国形象，在后来的一系列专门文献中得到了强化，包括奎斯汀（Astolif de Qstin）《1839 年的俄罗斯》（1856）、莱瑞一鲍利耶（Lerua－Bolie）2 卷本《沙皇与俄国人》（1881～1889）、格雷姆（Stive Grehem）《不为人所知的俄罗斯》（1912）和《正在变革的俄国》（1913）及《俄国与世界》（1915）、白令（Moris Bering）《俄罗斯的主要起源》（1914）、雷特（R. Rait）《俄国人》（1914）、佩西（Bernad Perc）《俄罗斯》（1915）等皆立足于“西方”观念而否定性描写俄国。其中，《1839 年的俄罗斯》从启蒙主义立场看俄国，描绘了俄国专制主义的恐怖情状，并在描述中显示出俄国人与上帝之间订有某种奇特的协议，即民众愿意被国家奴役是为了国家能够去奴役世界上其他民族。虽然启蒙和理性不断受到置疑，“西方”观念也受到挑战，西方人描述俄国却未因此就尝试去西方化：1902 年英国新闻记者诺曼（Henry Norman，1858～1939）《全部的俄国：在当代欧洲地区的俄罗斯、芬兰和西伯利亚、高加索、中亚的旅行与研究》，津津乐道于俄国文化在空间上如何分裂、互不认同的种种情景；与俄国人打交道甚多的英国政治家和史学家丘吉尔（Winston Churchill，1874～1965）更是发出了震惊世界的感叹，“俄罗斯乃裹着神秘面纱的谜中之谜”（Russia is a riddle wrapped in a mystery inside an enigma），是一个无法认识的民族（国家）；英国著名的意识流小说家弗吉尼亚·沃尔夫（1878～1969）之名作《普通读者·俄国人的观点》（1932）诚挚地表达了西方观念，“既然我们经常怀疑，和我们有如此之多共同性的法国人或美国人，是否能理解英国文学，那么我们就应该承认，我们更加怀疑英国人是否能理解俄国文学，尽管我们对它满怀热情”，在结尾又写道，“我们（英国人）的思想，在它诞生之处，就具有它的偏见，毫无疑问，当它涉及俄国文学这样一种异己的文学，必定离开事实真相甚远”。[15]而出生在波兰的英国著名小说家康纳德（Joseph Conrad，1857～1924）的《在西方视野下》（Under Western Eyes，1911）涉及俄国、欧洲一些重要历史问题，但其所塑造的俄国大学生拉祖莫夫形象，却强烈地显示出“西方”理念是如何深刻影响了欧洲人对俄国的理解。[16]这种情形在红色 30 年并未改观：20 世纪 30 年代以后大批西方进步人士满怀兴致去苏联访问，虽然西方刚经历 1929 年经济危机，但“西方”观念却强化了欧美意识形态，从苏联归来后普遍发表措辞严厉的旅行记，诸如本雅明（Walter Benjamin，1892～1940）《莫斯科纪实/日记》（1927）、费特拉昂格尔（L. Feihtrangel）《1937 年的莫斯科》、A. 纪德《从苏联归来》（1937）等，这些旅行记的问世吻合了西方社会对苏俄的非西方想象，要从文化上重新“启蒙”苏俄的设想在二战之前达到了高峰。也就是说，在西方所塑造的不同俄国形象中，始终贯穿着批判和否定俄罗斯的诉求。

有意味的是，欧洲所建构的西方观念，在俄国本土引起强烈的回应。一方面，有赞成的呼应，典型者如著名思想家恰达耶夫（Пётр Чаада́ев，1794～1856）在《哲学书简》（1836）中就声称，“欧洲各民族有共同的面孔，有着某种家族相似”，俄国只有在宗教、精神、文化上追求与欧洲统一，才能摆脱狭隘、孤立、落后的状况，“我们越是努力与欧洲社会融为一体，这对于我们来说就会越好”，并在《疯子一辩》（1837）中继续强调西方概念之于俄国的重要性，尽管此论给恰达耶夫本人带来了厄运，却切切实实地促使后来俄国知识界的自觉分化；别林斯基（Виссарион Белинский，1811～1848）、屠格涅夫和格拉诺夫斯基（Тимофей Грановский，1813～1855）等西欧派知识分子无不主张积极面对现代西方，唯如此方可强盛俄罗斯、强化居民对俄国的认同，如别林斯基《彼得大帝之前的俄罗斯》（1841）就如是描述道，“我们现在是欧洲主义的学生，我们不想成为法国人、英国人、德国人，而想成为具有欧洲精神的俄国人。这一意识贯穿于我们活动的任何领域，并鲜明表现在普希金出现后的文学创作中”。[17]诸如此类希望融入欧洲的声音，在俄国发展史上不绝于耳。另一方面，迟疑甚至对抗“西方”概念的声音更为强烈：被视为斯拉夫派先驱之一的史学家波尔京（Иван Болтин，1735～1792）如是评价彼得大帝改革，“按欧洲其他国家的情况判断俄国，等于用矮个子标准为高大汉子缝制衣服。欧洲各国有许多特点彼此相通，了解半个欧洲，便可根据这一半判断另一半。但是对于俄国，不能用这种方式，因为他和他们毫不相像……自从我们向外国派出青年以来，我们的道德风尚完全改变了。由于臆想的所谓宗教教育，在我们心灵里灌输了种种为我们祖先所不知道的新成见、新嗜好、新弱点、新念头，我们对祖国之爱泯灭了，对祖国信仰和习惯等依恋消失了”；[18]而被普希金称为“所有俄罗斯人中最俄罗斯的人”（из перерусских русский）的著名剧作家冯维辛（Денис Фонвизин，1744～1792），虽出生于波罗的海地区的德语家庭，却在《法兰西来信》（1770）中说，“在法国，没有什么有价值的好东西值得模仿”，“我任何一位头脑正常的同胞，与祖国的疏离感是因为俄国腐败造成的，但比起把他送往法国来，则没有更好的办法能使之回归所热爱的祖国”，“对比我们的农民与法国的农民，我可以客观地说：我们要幸福得多”，并认为晚加入欧洲是有利的，因为他们的确比俄国先进，俄国因此可以从他那儿学到想要的任何东西、避免那里的所有不足和罪恶,“我想一个人的出生比起去世来,要幸福得多”;[19]曾经是激进主义思想家的赫尔岑(Александр Герцын, 1812～1870)1861年居然称,“我们现在被逐出欧洲,就像上帝把亚当逐出伊甸园。但为什么要假定我们认为欧洲是伊甸园并要赋予欧洲人以荣耀的光环……我们并不羞愧我们是来自亚洲的。我们是美洲和欧洲之间的世界部分,这就足够了”;[20]著名的斯拉夫派理论家阿克萨科夫(К. С. Аксаков)在《俄罗斯交谈》杂志(1856年第1辑)上著文《论俄罗斯观点》(1856)同样称,“我们站在纯属欧洲那种民族的土壤上已经有150年,我们为此牺牲了我们自己的民族性,我们正因为这样才未能拿出任何成果来丰富科学。我们俄罗斯人之所以未能给人类做出任何贡献,其原因正在于我们没有,起码是没有提出俄罗斯观点……俄罗斯作为一种民族,直接有权而无须经过西方许可才能拥有全人类性,它对欧洲抱着批判而独立自主的态度,它从欧洲只接受能够成为共同财富的东西,而摒弃欧洲的民族性……欧洲主义,在具有全人类意义的同时也有自己非常强烈的民族性……所谓斯拉夫主义即拥护全人类性并认为俄罗斯人直接有权拥有它”;20世纪初俄国著名史学家、学者卡列耶夫(Николай Кареев, 1850～1931)在华沙大学演讲《论俄国科学精神》更宣称,“就历史发展的类型和历史经验来说,西方各民族之间彼此相似程度要远远超过俄罗斯与整个西方的相似程度”,[21]主张俄国和西方分离。对西方的这些复杂反应,甚至成为俄国的思维方式,如高尔基《俄国文学史》开篇就批评“用西欧的尺度衡量亚洲式的俄国”的文学观,他理解的俄国文学正好与这种批评方法相反,即“俄国文学,在总体上总比西欧文学家来得更宽广些、更客观些,因为俄国文学家即使在其心理上还是一个阶级性的人,但必须提高自己,超出本阶级的使命之上”。可以说,面对“西方”概念,俄国所产生的如此复杂心态,三百年来始终没变,无论是积极面对还是消极对抗,至今如此,以至于普京时代普京本人和俄国民众最感兴趣的话题之一乃“俄国过去是,现在是,将来仍是世界强国、最大的欧洲民族。俄国和欧洲的文化一致性——不会仿效外来形式,只是补充根据而促使政治独立而已”。[22]

与之相对应,当欧美人弱化“西方”观念时,就有可能正面对待俄国。1812年战胜拿破仑之后,俄国加紧西化,使得欧洲有些国家及其知识分子视俄国为西方的一部分,如密茨凯维奇(Adam Mickiewicz,1798～1855)在著名的《关于普希金》演讲中曾谈及这样的现象——19世纪20年代俄国成了受欧洲尊敬的强大帝国,“沙皇只要送给外国作家一个戒指或一只鼻烟壶,就能得到吹捧他的长诗或大作品，就能在法国和德国的重要报纸上刊出维护俄国的政策和歌颂沙皇本人的文章”。[23] 1858年法国著名作家大仲马（1802～1870）访问俄国诸多城市，回国后发表的《俄罗斯旅行印象记》，轻松、俏皮和有趣地记录了他所见到的现象和所感受到的问题，描绘了一些著名人物的活动、居民的日常生活细节，刻画了俄国人的性格和生活方式，还介绍了不为欧洲所知的俄国文学，使法国人了解了俄国诗人和小说家，并翻译了不少俄国作家的诗歌和小说作品。得知1861年俄国颁发解放农奴的宣言，美国《独立报》这年4月11日就发文赞誉道，“历史会承认亚历山大二世把农民从专制下解放出来的宣言的，承认此乃19世纪基督教文明精神和趋向之最有特色的表达”；紧接着，《利特尔生活时代》(Littelli's Living Age)杂志这年4～6月号刊出文章《俄罗斯革命》称，“这是纯粹的亚洲政府——俄罗斯，拒绝了自己的亚洲根基，转向欧洲，但不是作为强大的专制国家，而是作为欧洲民族转向的……这给俄国发展带来了无限的可能性”。[24] 尤其是，19世纪80年代中期，屠格涅夫、托尔斯泰、列斯科夫（Никола́й Лесков，1831～1895）、果戈理（Николай Гоголь，1809～1852）和陀思妥耶夫斯基等作家的作品被许多人英译出版，美国甚至出现了“俄国旋风”（Russian craze），其中托尔斯泰作品的英译者哈普古德（Isabel Hapgood，1851～1928），就因为这种热潮而成了畅销书作者，这种情况和当时的英国、法国、德国类似；20世纪初，西方虽然对俄国及其政治制度持严厉批判态度，但耶鲁大学和密歇根大学等高校的著名学者，确立了俄国文学在美国高等教育中的位置，并且俄国的许多文学作品和艺术作品被大量译介到美国，以及俄国著名学者马克西姆·科瓦列夫斯基和米留科夫等1901、1904年在芝加哥大学、波士顿罗威尔研究所发表系列演讲，外加和英国一样，俄国研究不是政府行为，而是学者的业余爱好和新闻界的热衷，所以促使美国人把俄国当作欧洲一部分和世界一部分。而欧洲同样热衷于斯拉夫学研究，且比美国要早，如1840年法兰西学院就设立斯拉夫研究职位、1892年和1902年法国著名学府——里尔大学与索邦大学设立俄国文学研究教席，1841～1843年柏林和维也纳等先后设立斯拉夫－俄国研究职位；另外，虽然比起美国和英国的斯拉夫－俄国研究，欧洲大陆的斯拉夫－俄罗斯研究更多是国家支持的，但对具体研究过程、结果，政府的干预却很弱，以至于促进了欧洲大陆和英美许多高校图书馆和公共图书馆收藏大量俄文和西文关于俄罗斯的作品，以供公众阅读和自由研究之用，消除了这些文献的保护密级。[25] 这些情况也因此使得欧美学界有可能冷静对待俄国,如美国著名史学家斯塔夫里阿诺斯(Leften Stavrianos,1913～2004)《全球通史:1500 年以后的世界》(1970)称,“考察欧洲对俄国的影响似乎是有悖常理的,因为俄国毕竟属于欧洲的一个部分,俄罗斯人是欧洲的一个民族。但是,俄国位于欧洲的边缘,由欧洲和亚洲之间的一大块缓冲地带构成。由于这一位置的缘故,俄罗斯人的历史经验完全不同于欧洲其他人,他们发展起来的文化也相应的有别。因此俄国一代代思想家为民族方向和民族目标这一基本问题所焦虑”。[26]这种矛盾性表述,在全球化时代也有呼应,如俄亥俄州立大学历史系学者霍夫曼(David Hoffmann)《欧洲现代性和苏联社会主义》(European Modernity and Soviet Socialism, 2000)称,“已经撰写的现代俄国史是完全有别于‘西方’的历史的。因而,对俄国没有沿着英国、法国或美国所代表的政治和经济体制的自由民主和工业资本主义之路前行,是可以理解的。俄罗斯帝国这个一直延续到 1917 年十月革命之前的沙皇专制体制,虽然被新的社会政治制度所替代,但苏联社会主义体制是完全不同于西方政治经济制度的”,即便苏联史有其独特性,“但考虑到和现代性的来临相关联的更有普遍意义的趋势,是很重要的。苏联社会主义在许多方面和贯穿 19 世纪后期～20 世纪欧洲的发展相类似。这些方面包括资产阶级和国家监控的扩展、有效控制和动员人口、科学至上、力图使社会理性化和规驯、大众政治出现等。当我们在比较语境中查考这些现象时,有可能看到苏联曾有和现代欧洲政治体制同样的许多特征”,虽然西方常常把现代性定义为民族国家的出现、议会民主的确立、工业资本主义的扩展,而在俄罗斯帝国和苏联显然是没有这种现代政治和经济体制的,但启蒙运动的许多方面还是被植入到现代俄国的改革历程,如信仰进步(belief in progress)、相信理性(faith in reason)、崇拜科学(veneration of science)、轻视宗教和传统(disparagement of religion and tradition)等启蒙运动理念被苏联所充分实践,这些连同城市化和工业化及其所带来的人口管理、福利社会等,都表明苏俄实际上已经和西方有很多共同的现代性特征,“如果我们接受社会主义是现代性的一种意识形态,那么我们就有一条过渡到后现代的线索。苏联掌控着现代工业时代特定优势的经济,但当经济增长发展到要仰赖技术和服务业的后现代时,这种经济就不景气了”。[27]也就是说,因为现代化进程及其后果,促使欧美在一定程度上降低“西方”意识,从而正视俄国的存在和发展。

然而,客观上追求现代性普遍价值的现代化过程,在刺激俄国试图融入西方的同时，却强化了俄国人的民族意识，典型者如莫斯科大学史学教授波戈金（Михаил Погодин，1800～1875）《关于俄国历史的一封信》(1837)所描述，“俄国在世界舞台上多么不可思议……以宏大而论，哪个国家能与它相比？……有人口六千万，此外还有那些没被计算在内的……在这些人口之外，再加上三千多万我们的斯拉夫兄弟和同胞……在他们的血管里流动的是和我们一样的血液，和我们操的是相同的语言，尽管在地理上和政治上有隔阂，但由于起源和语言，斯拉夫人和我们形成了一个精神实体……我不能再想下去了，我正在被这一情景所感动……难道有谁能和我们相比？难道有谁不会让我们强制服从？世界的政治命运，我们随时要对它做出这样或那样的决定，岂不是由我们掌握么？”“今天斯拉夫各民族中哪个居于首位？以数量、语言和全部特质而论，哪个民族会被认为是整个斯拉夫世界的代表？哪个民族对未来的幸福提供了最多的保证……啊，俄国，啊，我的祖国！不就是您吗？您被精选出来使人类的发展臻于极端完美，体现人类的所有成就……调和古代和现代的文化，使心灵和理智相一致，建立真正的正义与和平”。[28]这种声音自 18 世纪末至今，在俄国境内获得积极呼应不断，但在欧美却和“西方”观念的冲突加剧，进而导致在实际生活中，俄国越是强调自身的民族认同，同西方对俄罗斯问题之表述的矛盾就更激烈。

可以说，这样的“西方”观念及其被合法化，在俄罗斯问题表述上产生了复杂效应：首先是给欧美和世界建构了不包括俄国在内的许多发展中国家和地区的“西方”概念，不管俄国在地理上是否位于欧洲，也无论俄国融入西方的历史多长、程度多深，如身为印第安纳大学教授的伯恩斯（Robert F. Byrnes，1917～1997），考察本校的研究生教育发现，俄语语言文学系课程设置、学生训练和培养模式等，同非西方的语言文学专业具有一致性，因而把“俄国和其他非西方区域（other non－western areas）的研究生教育”视为同类；[29]并且，这样的研究，客观上无法积极面对俄罗斯问题——怀疑俄国试图进入欧洲文明框架的现代化历程及其一系列重大举措，甚至影响到二战后系统的斯拉夫—俄国（苏联）学发展，以至于研究得越多，对俄国越发排斥；[30]尤其是，导致俄国对自身问题及其和欧洲之关系的判断、对自己发展前景的观察等在主流上有别于西方，“大部分斯拉夫主义理论都以俄罗斯—西方划分为二的概念为基础：西方是‘法制’的，俄国是‘道德的’；西方是个人主义的，俄国则是‘共产主义的’；西方是物质的，俄国则是精神的等。因为他们在情绪上紧密依赖作为一个实体的'俄国',他们无视于同样的分离在西欧及现代化思潮中出现的事实,他们否认与西方思想家间的任何基本关联”。[31]可见,“俄罗斯问题”之复杂,与“西方”概念下的表述不无关系,甚至正因为如此,产生了让俄国和西方都意外的效应。

三

而且,西方对俄罗斯问题的表述之复杂远不限于观念层面,更是落实到实践层面的话语行为和政策导向:俄国因要解决自身民族之构成的多元、复杂等棘手问题,有意识在行政运作、法律实践、社会改造等方面强化俄罗斯一斯拉夫民族的主体性,使罗斯成为俄罗斯帝国一苏联一俄联邦的过程中,首先和境内各族裔矛盾重重;而罗斯一俄罗斯帝国一苏联一俄联邦的发展历程,也是俄国崛起和变革的过程,期间的俄罗斯主体性诉求,自然使其不断融入西方的过程也是屡屡被西方拒绝的历程,西方和其张力不仅没有消除,甚至时常随着其参与西方的程度增加而有所加剧。

因为协助欧洲多国政府解决1848年各自内部危机,在危机过后干预一些国家的内部事务,促使欧洲对正在崛起的俄国警惕;1853～1856年俄国一土耳其的克里米亚之战,因英法支持土耳其,使俄国失败,导致维持欧洲局势均衡的维也纳体系瓦解,俄国由欧洲局势的平衡力量转变为利用巴尔干局势(支持南斯拉夫人争取民族独立)而抗衡欧洲的力量,加剧了俄国与西方之间的矛盾,尽管反对西方得到泛斯拉夫主义者的呼应,却引发俄国内部危机(1861年改革就肇始于此);因塞尔维亚问题(1876年10月被土耳其侵占),俄国出面干预,引发第二年6月俄土交战,1878年3月土耳其被迫签订《圣斯特法诺和约》,巴尔干政治版图发生有利于俄国的大幅度变动,土耳其还要赔偿俄国3亿多卢布,这引起德、英、法、意等国不满,导致是年7月俄国被迫同意签订《柏林条约》——俄国在战场获得的胜利,在谈判桌上损失大半,从而使俄国与欧洲之间的矛盾激化。这种情形一直在延续着,如1917年布尔什维克上台,单方面退出共同抵抗德国的第一次世界大战、苏维埃政府中断俄国资本主义改革进程,在西方看来,此举打破了欧洲关系的平衡和期待,故与苏俄境内反对派势力联合起来,共同围追堵截这个新生的苏维埃国家;对两次世界大战的发生,德国认为是为了保卫国家统一,防御法国怒火殃及德国重建欧洲的目标,但它之所以和俄国有关，是因为“法国同专制主义的俄国结盟，而后者是一个正在崛起的超级大国，对扩张有着不知餍足得近乎病态的胃口”；[32]苏联为第二次世界大战付出了沉重的代价，战后欧美未因共同的反法西斯经历，就同苏联和睦相处，却因苏联和西方要各自建立世界中心，导致战后很快进入东西方冷战期；戈尔巴乔夫和叶利钦所进行的改革，在相当程度上参考了国际货币基金组织所提供的方案，曾参与制订方案的叶利钦政府首任对外经济关系部长谢·格拉济耶夫，以经济学家的身份辨析并痛斥了这类方案及其实施，认为这是西方人在俄国大地上推行“非洲模式”，即没有独立自主的政治经济文化体系的主权国家，在这个机构操纵下，拱手相让国民经济的各种权力、完全服从跨国资本的利益，导致该国没有自主意识的民族精英、没有本国的独立资本体系、没有实际有效的社会政策等，这种情况在俄国的出现，是因为，“西方政治思想界中有着很多患有恐俄症的意识形态专家，他们歇斯底里要求消灭俄国”。[33]不仅如此，即便是苏联解体了，但霍普金斯大学教授卡莱欧（David Calleo）《欧洲的未来》（2001）仍声称，20 世纪的复杂历程，使人们无法对 20 世纪末的新欧洲进行预测，因为有太多不可测的因素，如“欧洲的东边和南边是一些反复无常的邻居，包括庞大而虚弱的俄罗斯”。[34]诸如此类事件表明，俄罗斯帝国的崛起和变化，伴随着与西方的冲突，导致西方在意识形态上拒绝俄国，尤其是十月革命以后到二战这段时间，西方在国际政治和外交关系上所建立的俄国形象，与俄国本土所建构的“伟大祖国”乃一个追求普遍真理和绝对正义的形象相距甚远，并加剧西方社会排斥俄国。

可是，冷战加剧的 20 世纪 50 年代，西方却不再漠视苏俄及其存在，而是证实苏俄政治变动和社会变革对国际格局之影响，以至于有更多的政治学家对苏东问题研究的兴趣剧增、而政府部门加大投入力度以切实支持研究苏联问题。原来，1959 年苏联卫星上天的事实，迫使欧美必须面对意识形态上对抗、观念上不属于西方的苏俄。按理查德·乔治（Richard George）《哲学中的苏联学：学术研究》（1988）所称，“在冷战冰点时期，也强化了西方回避苏联的态度。现象学和存在主义在欧洲方兴未艾，分析哲学则成为英美哲学之王。进而，西方没有多少哲学家知道或可能阅读俄语或研究苏联哲学著作的冲动。但是苏联人造卫星上天把西方从洋洋自得中惊醒。对苏联的学术兴趣随之增长。一个个苏联和东欧研究中心在一所所大学建立起来。应该知道潜在敌人的信念，导致对苏东历史、政治、经济和地理的研究。对苏东哲学之兴趣的增长,成为后来的醒目情景。在西方,对苏联哲学批评性研究,出现了三位开创性人物。罗马的维特、德国的波钦斯基和美国的克兰(George Kline,1921～)是三位有着这种强烈兴趣的独特人物”。[35] 的确,1958 年,维特(Gustav Wetter,1911～)那部特别讨论 1920 年代苏联马列主义哲学问题的著作《辩证唯物主义》(1952)被译成英文——迅速促成西方关心苏联哲学;1959 年,出生于捷克的德国弗赖堡大学教授波钦斯基(J. Bochenski,1902～1995)根据1947～1958 年苏联《哲学问题》杂志,编纂出轰动一时的两卷本《苏联哲学家传记》、出版《马克思主义哲学原理》;1962 年,维特在德国出版涵盖辩证唯物主义、历史唯物主义和资本主义政治经济学等问题的《今日苏联意识形态》(1966 年译成英文)。这些关于苏联哲学和苏俄马克思主义的著述,在相当程度上不是意识形态批判,如维特从托马斯哲学观点研究苏联马列主义哲学的僵化问题,并由此开始了系列苏联学研究,创立《苏联学研究》(Sovietica)、《苏联思想研究》(Studies in Soviet Thought)等杂志。可以说,正因为对苏联意识形态的深入研究,才有可能出现上述对苏联马列主义的西方认知,从而加紧对苏联意识形态的学术性探讨,而不是简单地对其进行政治批判。

其实,20 世纪 50 年代中期以来,西方对俄国尤其是苏联问题的研究,远不限于苏联意识形态。据印第安纳大学伯恩斯教授《美国对苏联的研究与指教:一些反思》(1985)之论,二战后的一、二十年,美国的俄苏研究成为至关重要(crucial)的领域,研究遍及苏联的现代化、人口结构及健康福利、族裔诉求、生活指数和消费、参与社会进程等社会变化问题,苏联国民生产增长、农业失败、军事开支增加、技术革新欠缺、劳动力流动受阻、对外贸易发展失衡等经济变革问题,以及苏俄内部价值观和文化构成的复杂状况、地缘政治事件、改革苏联传统的基础、青年变化、新思维、社会管理危机等政治变革问题。[36] 并且,对这些方面的诸多研究,形成了三种学派:著名外交家和史学家凯南(George F. Kennan,1904～2005)及其《列宁和斯大林视野下的俄国和西方》(1961)、《美国需要关于苏联的新看法》(1977)等,哈佛大学俄国研究中心主任乌拉姆(Adam B. Ulam,1922～2000)教授及其《扩张和并存:1917～1967 年间苏维埃外交政策史》(1968)、《俄国政治体系》(1974)、《俄国民族主义》(1981)和《危险的关系:世界政治中的苏联,1970～1982》(1983)等,宾夕法尼亚大学教授鲁宾斯坦(Alvin Rubinstein)及其《二战以来的苏联外交政策:帝国与全球》(1985),哈佛大学教授、美国东欧俄罗斯和欧亚研究学会副主席克尔顿

(Timoth J. Colton)及其《莫斯科:社会主义一些主要城市的管理》(1995)等所形成的现实主义学派(the realist school),虽然认为列宁主义和列宁崇拜会使苏联不可能有实质性改变,进而失误地认为苏联的改革是渐进的,但他们能及时关注苏联政治变化及其地缘政治状况、内部的政治文化和道德等问题;哈佛大学共产主义和俄国研究中心教授皮普斯(Richard Pipes,1923~)及其《为何苏联认为它能打赢核战争》(1980)与《缓和:莫斯科的观点》(1981)等,布热津斯基及其《永远要清洗的:苏联专制主义政治》(1956)、《苏联政治:从未来到过去》(1976)、《苏联集团:统一抑或冲突》(1967)和《大失败:二十世纪共产主义的诞生和覆灭》(1989)等,著名的国际政治评论家史密斯(Hedrick Smith,1933~)及其《俄国人》(1976)和《新俄国人》(1990)等,这些形成了政治文化历史学派(the political cultural-historicist school),关注莫斯科国际关系行为中的政治价值趋向和意识形态,以及背后的压制自由和恐惧外国的传统、苏联领导人价值观和西方价值观的必然矛盾等问题;威斯康星大学和达特茅斯学院政治学教授、多伦多大学俄国和东欧研究中心创建者思吉林(H. Gordon Skilling,1912~2001)及其《一国共产主义和国际共产主义:斯大林之后的东欧》(1961)、《共产主义、国家的和国际的》(1964)、《利益集团和共产主义政治》(1966)、《苏联政治集团:一些假定》(1966)等,杜克大学政治学教授霍夫(Jerry F. Hough)及其《苏联和社会科学理论》(1977)、《苏联是怎样统治的?》(1979)、《苏联的成功:诸多问题和多种可能性》(1982)和《俄国与西方:戈尔巴乔夫同改革政治学》(1988)等,普林斯顿大学教授科恩(Stephen F. Cohen,1938~)及其《苏联意识形态之争:马克思主义对抗斯拉夫主义》(1982)、《苏联学:美国的感知和苏联的现实》(1985)及《反思苏联经验:1917年以来的政治和历史》(1985)等,他们形成了多元视角看待苏联改革和苏联政治精英和社会精英的多元学派(the pluralist school)。并且,这些学派和西方其他国家的俄苏研究者都试图提高研究质量:1969年,苏联科学院世界经济和国际关系研究所举行西方研究苏联理论和社会科学方法论问题的圆桌会议,就在这时,西方问世了第一部讨论如何有效运用西方科学概念、理论、方法论研究苏联政治和国际关系的论文集《共产主义研究和社会科学:方法论与帝国理论》。此后,对如何有效描述苏联问题,西方斯拉夫学进行了方法论探讨,如罗塞尔(Gabriel Roselle)《共产主义研究的合适模式》(1993)就回顾和总结西方苏联学中尝试用集权主义模式、启发式理论、结构功能主义、政治文化、发展模式、社团主义、官僚政治、政党政治等方法论和理论所带来的成效、问题；而著名的特鲁杰尔大学政治学教授莫泰尔(Alexander Motyl)《苏联学：理性、民族性。对苏联民族主义的研究》(1990)和《后苏联国家：透视苏联解体》(1992)等力作，根据苏俄变化和西方苏联学研究的得失，而加大关注苏联共产主义所包含的俄罗斯民族主义诉求、苏联各族裔诉求和苏联意识形态相冲突等问题，并揭示出苏联作为国家主体的俄罗斯人和其他族裔的复杂关系，对苏联作为一个国家的解构性趋势等。

然而，西方的苏联学(Sovietology)虽然有政府的大量投入、军方的大力支持，但对1985年以后苏联发生的事情却毫无准备(unprepare)。对此，将冷战时代的苏联学研究作为一个整体进行反思，在后苏联的斯拉夫学研究看来是必要的，但研究结果又是令人震惊的。[37]的确，新一代美国苏联学者希纳基斯(Christopher I. Xhenakis)的《苏联出了什么事？美国的苏联学研究者如何又为何吃惊》(2002)就专门研究下列各种疑惑，包括“美国的苏联学是怎样考虑和撰写苏联最后20年时光的？1989年苏联共产主义失去合法性和1991年苏联解体——戈尔巴乔夫改革促成的突如其来的这些戏剧性事件，为何会引发政治学家的措手不及(surprise)？为何美国的绝大多数的苏联研究专家会错误地预言发生在苏联的重大变革(significant innovation)，无论是任何种类的政治、经济的，还是社会变革的可能性呢？为何大部分美国的苏联学家没能触及20世纪70～80年代已经明显表征着苏联要变化的迹象呢？”“戈尔巴乔夫改革及其对苏联影响，是美国的苏联学家始料未及的”，美国国家政策立场变化项目主管和马里兰大学公共事务学院教授库尔(Steven Kull)《误读公众：新孤立主义神话》(1999)已经指出，苏联所进行的极不寻常的改革，西方完全没有预料到会发生什么，“1980年代，绝大多数的美国苏联学家视苏联领导人的改革行动为理性的有意识之举，认为莫斯科不久就会承认，戈尔巴乔夫的改革不是图谋要解构其自己的政府(更何况改革之初的判断呢!)。这些专家相信，克里姆林宫领导人很可能要对戈尔巴乔夫改革做出反应，因为随着对内压制和对外挑衅政策的升级，他们会反对以前自由化及其他表现”，“我们那些最优秀和最重要的学者为何会错误地考虑苏联变化的迹象呢？这些男男女女的政治学家占据着一流的学术地位，有完美无缺的学术文凭，曾拥有大量的国际追随者，他们的发言被政治家、政策制定者、其他学者密切关注。这些美国的苏联问题专家和苏联学本身，从根本上就误读了苏维埃特质和苏联变化的能量……美国的苏联学家应该预测到诸如20世纪70年代那些变化的可能性，应该看到20世纪80年代戈尔巴乔夫要进行的改革，但是他们没有做到”；于是，研究美国苏联学为何没有预计到在20世纪70～80年代已经明显表露出来的苏联社会、经济和政治的变革，以及三种学派在研究苏联问题上的各种失效，成为许多斯拉夫学者的工作。[38]其实，对这种错愕的反思，早在苏联尚未解体的1990年就开始了：莫泰尔《苏联学、理性、民族性。对苏联民族主义的研究》(1990)就已注意到冷战时代的苏联学何以出现对苏联的错误判断、加剧西方人排斥苏联正统文化并用苏联反对的文化去挑战苏联等现象，认为主要是根源于对俄国问题研究格局的变化——从研究者的兴趣之为转变为体制性行为、战略需要，“战后苏联学研究的倾向适合于战前政治学的形式－法律的特点，充满着对集权主义内容的解读。20世纪60～70年代，随着集权主义的衰落，苏联学延误了对政治学家在20世纪50年代已经利用的诸多概念的察觉，包括行政系统、利益集团、现代化和政治文化等”，1987～1988年苏联学的主流最终承认了自己独特研究领域的一些不足在很多年前就已经显露出来，“如果苏联学不放弃事务性的行为主义，那么它将最终使知识分子走向真正的终结。一句话，苏联学将面临危机——学术训练所依赖的苏联学之存在和成功取决于现实状况，而不是研究过程的学理性和价值中立”。[39]稍后，那位莫泰尔教授的《苏联学的窘境和理论迷宫》(1993)进一步研究发现，“讽刺的是，虽然绝大部分当代苏联学研究者是政治学家，但他们大部分人的研究实践却不是当代政治学。相反，当代苏联学显示出来的是各种数据、政策分析、新闻之类的笨拙混合，没有察觉到这类印象式研究是没有理论、脱离学术的。关注苏联学的未来发展远不止是本质上的不足，而是要跨越到比较共产主义研究甚至比较政治学上来”，虽然这可能有职业的特性使之拒绝理论，但是要承认，“(当时的)大学、国家、媒介的影响，使苏联学面临着毫无准备解决自身喜好的困境”。[40]期间，威尔斯学院俄国经济学教授和戴维斯中心名誉教授戈德曼(Marshall Goldman)《改革出了什么过错：戈尔巴乔夫的兴起和衰亡》(1992)与《丧失的时机：为何俄国经济改革没有发挥作用？》(1992)等也尝试提出其他疑惑并试图予以解释。正是有着苏联解体之初的深刻反省，才使得威尔士大学国际政治学教授考克斯(Michael Cox)的《苏联发生了什么？对苏联研究的批判性反思》(1998)能根据此前的教训，即西方的苏联研究是一种特殊的学术话语(a particular academic discourse)，他就不再打算用苏联学研究方式讨论俄国问题，而用现代大学的学术立场讨论包括苏联研究和冷战、戈尔巴乔夫因素、社会主义和苏联经验等方面的问题，以期探寻苏联学失败的深层原因。[41]与此同时，曾在英国多所大学任教授、现任职于美国韦斯利(Wesleyan)大学政府系政治学教授拉特兰(Peter Rutland)，结合自己研究俄国经济问题的经验和教训，如《计划的神话：苏联计划经历的教训》(1985)、《苏联经济不景气的政治学》(1992)等，撰文《苏联学：谁搞对了和谁弄错了？为何？》(Sovietology: Who got it right and who got it wrong? And Why?)系统反思西方苏联研究的病症，认为西方苏联学犯有七种错误："1. 学术研究对象因为政治偏见而变得不重要，无论是左翼的(那些似乎不敌视苏联而热心者)，还是右翼的(非常敌视苏联的)；2. 苏联区域研究因为隔离了社会科学的核心科目而在方法论上软弱无力；3. 关于这个地区的语言和历史——尤其是苏联的非俄罗斯民族的语言和历史，西方专家们缺乏严格训练而少有掌握的；4. 试图监控苏联的研究，却面临着无可跨越的障碍：不可靠的或实际上不存在的材料、研究路径、苏联官方和学界有意识提供的错误信息等；5. 职业原因、个人因素和政治的角力等，产生大量置于冷战之外的学者，但苏联学限制了他们的思想传播；6. 让学术扮演媒介专家和预测人角色，这样的诱惑意味着，他们已经少有进行仔细的帝国问题研究或严谨的博士学位论文写作的激情；7. 过分仰赖政府基金导致出现这样的局势，即在这些领域中，智库或军事部门有可能取代学术行为"，并主张要从失败中吸取教训，"苏联学全然没有预料到苏联崩溃之速度或范围。这并不是因为它缺乏明智的方法论，或者险恶的政治阴谋，而是因为对苏联的终结没有能力深思熟虑。就此而言，苏联学的失败是因为想象的失败(Sovietology failed because of a failure of imagination)。更为严重的是，苏联研究犯了两方面非常糟糕的错误：夸大了苏联制度的稳固性和严重夸大了改革的范围"。[42]这些反思性批评，的确是抓住了西方斯拉夫学问题，也促使西方斯拉夫学在后苏联时代注重研究质量。

当然，对俄国成为和西方不一样的世界大国所进行的学术研究，却因为作为一门学科的斯拉夫－俄国－苏联学本身所存在的问题，20 世纪 90 年代末期西方政治学及斯拉夫学界对其进行了多方的深入检讨。在胡尔大学政治学研究者麦卡尼尔(Terry McNeill)教授《苏维埃研究和苏联解体：为现实主义辩护》(1998)看来，西方的苏联研究之所以失败，是因为西方苏联学研究，虽然热衷于苏联政治上的专制主义、作为苏联意识形态的马克思主义、知识分子精英、社会学和政治学、工业化社会等方面，但因受囿于西方自身的意识形态话语，几乎没有人搞清楚苏联意识形态及其构成的实质内容、它在苏联领导人决策中究竟扮演了怎样的角色，“(而)在苏联解体之前，忽视这点，要研究苏联体制，是完全不可能的”。[43] 密歇根大学社会学系教授什拉宾托赫(Vladimir Shlapentokh)《苏联社会和美国苏联学家们：研究为何失败?》(1998)批评说，在美国的苏联研究中，任何话语所提出的批评性问题都显示出，学术界和美利坚国家的关系过于密切——一开始就着眼于苏联对美国影响方面的功利性研究，这样研究的结果可想而知，“总结美国的苏联学，似乎向我们表明，它处理的是美国自身及其所能理解的世界社会主义国家。美国的苏联研究之失败，不仅是知识分子的失败，而且是对作为试图理解20世纪人类最重要经验的一种社会特点之陈述的失败”；苏联学把苏联视为一种反常的制度，而不清楚专制主义在俄国的强大政治传统，以及苏联产生这种制度的俄国文化基因，因而美国的苏联学研究，1917年之后讨论苏俄问题的实质，最重要因素不是学者和分析家们去挖掘一些可充分运用的有价值信息，而是美国自身的观点和信念。[44] 如此一来，纽约州立大学政治学教授费伦(Frederic J. Fleron)《后共产主义研究和政治学：苏联学中的方法论与帝国理论》(1993)就很容易注意到这些现象，即绝大部分的美国苏联学专家研究成果，从来就没有很好地运用政治学理论、概念和方法，苏联学家被训练成只对很有限领域感兴趣的特殊专家，使他们的学术观点或特殊智力只是政策研究式地应战苏联及其庞大规模和复杂性。[45] 这种情况在欧洲的俄国学研究中同样司空见惯，以至于出现了格拉斯哥大学社会主义研究中心主任蒂克金(Hillel Ticktin)《苏联研究和苏联解体：为马克思主义一辩》所描述的情况，“1991年，苏联这个旧制度解体了，与此同时，苏联学不仅作为一个学科消失了，而且此时和此后许多研究者直接参与了现在俄国的管理工作。这说明，他们并不理解他们实际信仰的可操作的资本主义是能够在苏联遗留下来的残骸上建构起来的”。[46] 这种反思精神，是令人钦佩的。

正因为源远流长的如此情形，1888年5月游学于巴黎的俄国著名哲学家索洛维约夫，根据法国学术界排斥性阅读俄国文化的情形，著述《俄罗斯思想》大声呼吁，欧洲知识界应该全方位地充分熟悉俄国，“注意在世界历史中俄罗斯思想存在的问题”，[47] 在苏联时代西方反而因加紧研究斯拉夫—俄国—苏联学问题，却经常发生错误的判断，导致西方苏联学研究对苏联政策制定者的影响是通过电视而不是学术平台,“要估计苏联学研究对西方的苏联政策制定者影响的程度问题是很困难的”;相应的,也导致俄国对西方的俄国研究之警惕,苏联科学院有关机构不会给西方研究提供可靠数据,甚至造成1828年以来俄国所奉行的对境外/境内出版物分别审查制度,在社会科学和人文学科中怀疑和拒斥外国理念和影响的现象,在战后的苏联,随着西方苏联学研究的扩张和深入,变得更为严重。[48]

所幸,欧美斯拉夫学在后冷战时代虽仍有“西方”特质,但因大量俄侨学者进入西方斯拉夫学研究机构,并占据了许多重要的学术位置,导致对俄国问题的研究相对要冷静和深入得多;后苏联因为制度更迭,法律和文化市场替代了新闻报刊审查制度,使得20世纪90年代中后期以来,俄国开始系统地重视西方斯拉夫一俄罗斯学研究,并从中反观西方如何解读俄罗斯问题和怎样构想俄罗斯帝国的,建构了新兴的学科——“俄罗斯学”(руссистика):一方面俄国大量翻译西方斯拉夫学者关于俄罗斯问题研究的论著,如圣彼得堡“科学院方案”出版社编辑了“当代西方俄罗斯学”(современная западная русистика)译丛、莫斯科“新文学评论”出版社推出“学术文库”(научная библиотека)译丛,两套丛书涉及西方俄罗斯研究的很多学科(总数远超过百种),给俄国重新研究自身的历史和当代问题提供了丰富的思想和可资借鉴的视角;另一方面改变了过去苏联对西方有关研究的意识形态监控,积极追踪西方斯拉夫学研究进程,如马里兰大学马季斯卡(George Magiska)教授选编《美国俄罗斯学》(2000),很快就被圣彼得堡学者卓娅·伊西多洛娃翻译(萨马拉大学出版社2001年版),因为它汇编了文学、历史、哲学、宗教等各学科讨论俄国从基辅罗斯和莫斯科罗斯到20世纪俄国许多重大问题的西方重要研究文献,如列文(Eve Levin)《寻求上帝:对信仰东正教的俄罗斯、乌克兰和格鲁吉亚之宗教认同的还原》(1993)讨论前苏联这些地区的宗教信仰之复杂性问题,对俄国人深刻认识东正教复杂性不无启示,同时系统研究西方怎样理解俄国、在西方视野中俄国形象有着怎样的变化、构成西方的俄国形象的稳定参数包括哪些等,以及在不牺牲民族尊严、不舍弃民族国家利益和安全的前提下,俄国自身能在多大程度上有助于在他人心中形成俄国的正面形象等。[49]

总之,西方斯拉夫学对俄国问题的独特解读,因为欧洲的学术传统,使之能在相当程度上受益于人文学科和社会科学甚至自然科学的整体进步,不为俄国人的观点所左右，从而问世了一系列不同于俄国学人所撰并得到俄国学界赞赏的思想深刻的论著，它们在不同历史时段帮助中国和世界更好地认识俄国；同时，西方观念及在此基础上建构的斯拉夫学，客观上加大了西方对俄罗斯问题的认识同俄国自我判断的分野，又因为在20世纪演变成政府介入的苏联学，使西方苏联学研究的大量成果，以及由此延伸出的对俄政策，却加剧了西方和苏联的冲突，强化了苏联作为世界危险角色的认知。冷战结束，也结束了斯拉夫学的苏联学时代，开启了让俄国学界能接受和俄国政界不敌视的后斯拉夫学时代。

[1][法]罗曼·罗兰著，傅雷译：《托尔斯泰传》(上册)，第1～2页，商务印书馆，民国24年(该译本还附录有《托尔斯泰遗著论》和《亚洲对托尔斯泰回响》等四篇)。

[2]Н. Данилевский, Россия и Европа. СПб., 1995, С. 77—78.

[3][法]让一皮埃尔·韦尔南著，余中先译：《神话与政治之间》，第39页，生活·读书·新知三联书店，2001。

[4][法]安德列·纪德著，郑超麟译：《从苏联归来(附·答客难)》，第15页，辽宁教育出版社，1999。

[5] Anthony Brewer, *Marxist Theories of Imperialism: A Critical Survey*, London & New York: Routledge, 1990, P. 136.

[6][美]伯尔曼著，贺卫方等译：《法律与革命——西方法律传统的形成》，第3、4页，中国大百科全书出版社，1993。

[7][德]马克斯·韦伯著，于晓、陈维纲译：《新教伦理与资本主义精神》，第4～19页，生活·读书·新知三联书店，1987。

[8][美]萨义德著，王宇根译：《东方学》，第37～48页，生活·读书·新知三联书店，1999。

[9]S. Northrop, *The Meeting of East and West: An Inquiry Concerning World Understanding*. New York: Macmillan, 1946.

[10][美]亨廷顿著，周琪等译：《文明的冲突与世界秩序的重建》，第5～9、18页，新华出版社，1998。

[11][美]格林菲尔德著，张京生等译：《资本主义精神：民族主义与经济增长》，第80、90页，上海世纪出版集团，2004。

[12][法]伏尔泰著,谢茂申等译:《风俗论》(下),第 467～474 页,商务印书馆,2003。

[13]《马克思恩格斯全集》第 25 卷 35、36 页,人民出版社,2001 年第 2 版。

[14]《马克思恩格斯选集》第 4 卷 295 页,人民出版社,1972。

[15]《弗吉尼亚・沃尔夫文集:论小说与小说家》(瞿世镜译),第 240、251 页,上海译文出版社,2000。

[16] Joseph Conrad, Under Western eyes. Garden City: Doubleday, Page & Co, 1911.

[17] В. Белинский, Полн. собр. соч. (别林斯基全集) Т. 5 Москва: АН СССР, 1954, С. 120.

[18][俄]普列汉诺夫:《俄国社会思想史》第 3 卷 156～158 页,商务印书馆。

[19] Д. Фонвизин, *Писма из Фаранции* (法兰西来信). См. Русская литература 18 века (под. ред. Макогоненко). Ленинград: Просвещение, 1970, С. 338－348.

[20] А. Герцен, *Пролегомена* (序言) // сбор. Русская идея (俄罗斯思想). Москва: Республика, 1992, С. 121.

[21][俄]索洛维约夫等著,贾泽林等译:《俄罗斯思想》,第 149 页,浙江人民出版社,1999。

[22] М. Межиева и Н. Конрадова, *Окно в мир: современая русская литература*. М.: русския язык, 2006, С. 187.

[23]冯春选编:《普希金评论集》,第 705 页,上海译文出版社,1993。

[24] О. Павловский и В. А. Быкова (сост.), *Вопросы Путину: План Путина в 60 вопросах и ответах*. М.: Европа, 2007.

[25] Robert Byrnes, A History of Russian and East European Studies in the United States. University Press of America, Inc, 1994, PP. 3－20.

[26][美]斯塔夫里阿诺斯著,吴象婴和梁赤民译:《全球通史:1500 年以后的世界》,第 374 页,上海社会科学院出版社,1999。

[27] David Hofffmann & Yanni Kotsonis (ed.), Russian Modernity: Politics, Knowledge, Practices. MacMillan Press Ltd & St. Mating Press inc, 2000, PP. 245－258.

[28]Cohen,*Panslavism*: *its history and ideology*(泛斯拉夫主义及其历史与意识形态), New York,1960,PP. 141—146.

[29]Cyril Black & John Thompson (ed.), *American Teaching about Russia*. Bloomington: Indiana University Press,1959,PP. 114—157.

[30]В. Ф. Шаповалов, *Россиеведение*: *учебное пособие для вузов*(俄罗斯学:高校教材). М.: ФАИПРЕСС, 2001,С. 335.

[31][美]艾恺(Guy Alitto):《世界范围内的反现代化思潮——论文化守成主义》,第59页,贵州人民出版社,1991。

[32][美]戴维·卡莱欧著,冯绍雷等译:《欧洲的未来》,第23页,上海人民出版社,2003。

[33][俄]谢·格拉济耶夫著,佟宪国和刘淑春译:《俄罗斯改革的悲剧与出路》,第210页,经济管理出版社,2003。

[34][美]戴维·卡莱欧著,冯绍雷等译:《欧洲的未来》,第23页,上海人民出版社,2003。

[35] Helmut Dahm, Thomas J. Blakeley, and George L. Kline Dordrecht (ed.), Philosophical Sovietology: the pursuit of a science. Boston: D. Reidel Pub. Co., 1988,PP. 1—2.

[36] See Alexander Shtromas & Morton Kaplan (ed.), The Soviet Union and the Challenge of the Future. New York: Paragon, 1988, P. 522.

[37]Frederic J. Fleron(ed.), Post—Communist studies and political science : methodology and empirical theory in Sovietology Boulder, [Colo.] : Westview Press, 1993,P. ix.

[38]Christopher I. Xhenakis, What happened to the soviet union? How and why American Sovietologists were caught by surprise, 2002, PP. 1—2、16.

[39]Alexander J. Motyl, Sovietology, rationality, nationality : coming to grips with nationalism in the USSR. New York : Columbia University Press,1990,P. 2、8.

[40]Frederic J. Fleron(ed.), Post—Communist studies and political science : methodology and empirical theory in Sovietology.

Boulder: Westview Press, 1993, P. 77.

[41]Michael Cox (ed.), Rethinking the Soviet collapse : Sovietology, the death of communism and the new Russia London ; New York : Pinter, 1998, P. 15.

[42]Michael Cox (ed.), Rethinking the Soviet collapse : Sovietology, the death of communism and the new Russia London ; New York : Pinter, 1998, P. 37、47.

[43]Michael Cox (ed.), Rethinking the Soviet collapse : Sovietology, the death of communism and the new Russia London ; New York : Pinter, 1998, PP. 51－72.

[44]Michael Cox (ed.), Rethinking the Soviet collapse : Sovietology, the death of communism and the new Russia London ; New York : Pinter, 1998, PP. 95－114.

[45]Frederic J. Fleron, Soviet Area Studies and Social Sciences: Some Methodological Problems in Communist Studies. // Soviet Studies, January 1968, 20(3), PP. 313－317.

[46]Michael Cox (ed.), Rethinking the Soviet collapse : Sovietology, the death of communism and the new Russia London ; New York : Pinter, 1998, P. 90. 考克斯所说的现象，是指戈尔巴乔夫和叶利钦班底雇用了西方许多俄国问题专家、采用国际货币基金组织所提供的改革方案。

[47]Вл. Соловьев, *Спор о справедливости*（关于公正的争论）. М.: ЭКСМО－ПРЕСС / Харьков: ФОЛИО, 1999, С. 622.

[48]See Vladimir G. Treml, Censorship, Access and Influence: Western Sovietology in the Soviet Union. UC Berkeley, 1999.

[49]В. Ф. Шаповалов, *Россиеведение: учебное пособие для вузов*（俄罗斯学:高校教材）. М.: ФАИПРЕСС, 2001.

（原文载《俄罗斯研究》2009 年第 3 期）

“东方”或“西方”：俄国人审视自我的方法论*

众所周知，随着俄罗斯成为跨欧亚大陆的大帝国，尤其是因彼得大帝改革所引发的“俄罗斯问题”日渐突出后，俄国社会各方的有识之士就开始关心俄罗斯的民族性问题，并且逐渐形成把俄罗斯置于同世界相关联的语境中进行考察的传统，或者说把俄国问题同西方或东方联系起来，成为俄罗斯认识自我的一种重要策略。

正因为如此，“俄国是否属于欧洲”和“俄国与西方”的问题，成为俄罗斯社会三百年来最热衷探讨的问题，这在任何时期都是很严重的现实问题，它可以称得上是每个时代许多仁人志士愿为此消耗毕生精力的普遍问题。[1]并且，这种讨论深刻地影响着俄国如何看待自身和整个世界，决定着俄国如何评价自己的历史、如何定义它作为民族国家的发展之路、如何描述现代性在俄国的变体形式等方方面面。从彼得大帝改革伊始，西方就成为左右俄国的重要“他者”，俄国知识界和政界也因此创造了种种西方形象。可以肯定地说，18～19世纪俄国主要作家的创作，一直倾向于让俄国主人公与欧洲人或欧洲化了的或获得欧洲身份的人物发生关系，或进行比较。一方面，卡拉姆津的《苦命的丽莎》把女主人公丽莎的爱情悲剧与西方风气影响联系起来、冈察洛夫的《奥勃洛莫夫》把同名主人公与有德国血统的希托尔兹相比、屠格涅夫《处女地》以西方式企业家的建设性行动和理想之可行对比民粹主义运动之不可取，诸如此类的叙述突出了“西方”的生命力和进步及俄国进行现代改革的必要性，这些显示属于欧洲的俄罗斯帝国要把西方当作追赶、效仿的样板；另一方面，列

* 本论文系教育部省属文科研究基地（首都师范大学中国诗歌研究中心）规划项目的阶段性成果。

斯科夫的《左撇子》让俄国主人公有别于英国人、托尔斯泰的《卢塞恩》和陀思妥耶夫斯基的《冬天记的夏天印象》直接叙述西方社会的堕落、布宁的《来自旧金山的绅士》有意识凸现西方追求物质文明之后果的严重性，这类对西方的否定性叙述，后来在马雅可夫斯基的抒情诗和讽刺剧、西蒙诺夫的《俄罗斯问题》、邦达列夫的《选择》等苏联文学中得到了延续，并在延续中进一步掩盖了俄国民族认同在第三世界进行殖民扩张的实质、在宏大口号下建立反西方阵营的真实意图。无论哪种情形都表明，俄国一旦涉及自己的问题，就常常与西方联系起来，无论受西方理念的影响，还是反对西方。

更重要的是，关于"俄国与西方"的问题，远不限于俄国常常要将自己的事情与西方的某些事实联系起来，还在于俄国看待自我和改造自我的理念和方法论也深受西方影响。18 世纪以来的俄国，基本上是在欧洲的不同影响下成长起来的，如 18 世纪上半叶，俄国构建社会组织模式和发展军事技术就深受北欧和西欧影响，其后法国和英国成了启蒙俄国社会变革的先驱、重建经济和军事的榜样。19 世纪初，俄国的政治变革主要是受法国和德国的影响，1861 年改革再度受英国影响，而十月革命和苏维埃制度的建立，则少不了德国马克思主义、法国大革命和巴黎公社等的影响，等等。除了这些重大历史事件之外，在其他很多具体问题上，俄国也常常受欧洲启发，如在俄国文明结构中占有重要地位的农民村社（мир/община）问题由来已久，但并未引起俄罗斯社会注意，只是德国学者 Baron von Haxthausen 于 1843～1844 年在俄国乡村考察研究民俗、1847 年出版考察成果后，俄国知识界和政界才开始关注这一问题。[2] 自 18 世纪以来，西方思想家常认为欧洲是分裂的，有以英国和法国为代表的自由西方（Liberal West），以奥匈帝国和俄国为主的独裁的北方君主专制政体（Autocratic Northern Monarchies）。这一说法刺激了俄国思想家。恰达耶夫反驳说，欧洲是作为一个不可分割的整体而存在的，是俄国应该效仿的模式，因为彼得大帝改革之前的俄国文化传统不足以给建构现代俄国提供充足的资源，诸如传统俄国社会几乎不存在世俗文化，因而在建构现代帝国过程中，少用本土的旧传统、充分依赖欧洲文化就成为俄国社会理所应当的选择，而且无论是东正教的变革，还是 18 世纪以来世俗化改革，都不同程度地意味着对俄国本土传统（indigenous tradition）的拒斥，即使有人把西方当作俄国应该拒绝或抵抗的消极范例（negative example），也不意味着俄国人考虑自己的问题时真的抛开了西方。[3] 很有意味的是，俄国此举一方面陷入了欧洲确认的现代性的藩篱——重建现代民族国家，而不仅仅是满足于帝国形态；另一方面又背离了民族国家理念。在西方现代性观念中，民族文化传统正是现代化变革过程中用来构建民族认同的基础。由此造成俄国出现了一种两难困境。推行现代化是俄罗斯改造帝国的必需选择，这就意味着需要来自欧洲的民族国家理念支撑，受欧洲教育成长起来的知识精英是改造俄罗斯的社会主体，而按照这种方式所推行的现代化，会排斥重建俄罗斯的传统文化根基，这就使得建立俄罗斯帝国的需求，与建构俄罗斯民族国家的需求之间必然发生冲突。[4]也就是说，试图通过以西方理念去认识和改造俄罗斯帝国，就会使俄国社会面对西方有爱恨交加之感，面对自己的国家也有类似的痛苦、矛盾。可是，俄国属于欧洲的理念，经由彼得大帝改革而得以付诸实践，并且在叶卡捷琳娜大帝时期俄国西化的结果已初具规模，这位女皇曾公开声称，"俄国是欧洲学校里的一位好学生"，并有意识地使国民怀疑彼得改革——西化的结果是在扩大社会的分裂，农民和商人仍按传统方式生活，旧信仰继续强力阻止着进步，知识精英也深感自己疏远祖国，期望进一步改革。[5]这种别有用心之说却很有影响力，如著名诗人和文学批评家 A. 苏马罗科夫(1717～1777)有诗描绘了一个乌托邦世界，在那里"政府是诚实的，没有人会纵情酒色，所有贵族子弟都上学，少女即使去了境外也必须读书，圣歌从来是诚恳真切的"，[6]而这些正是俄国所缺乏的，它是以西方为参照系构想出来的。这类情形，自然延伸出俄国人对西方的心向往之，却不意味着俄国人会积极认同西方，因为俄国人在西方并没有找到"家"的感觉，如史学家瓦西里·克柳切夫斯基(1841～1911)如是描述彼得改革以来所培养出来的新俄国人，即在欧洲他们被打扮成鞑靼人，在自己的祖国同胞眼中他们是出生在俄国的法兰西人；[7]被普希金称为"所有俄罗斯人中最俄罗斯的人"(из перерусских русский)的著名剧作家冯维辛(1744～1792)，出生于波罗的海地区的讲德语家庭，而在《法兰西来信》(1770)中冯维辛却说，"在法国，没有什么有价值的好东西值得模仿"，"我任何一位头脑正常的同胞，与祖国的疏离感是因为俄国腐败造成的，但比起把他送往法国来，则没有更好的办法能使之回归所热爱的祖国"，"对比我们的农民与法国的农民，我可以客观地说：我们要幸福得多"，并认为晚加入欧洲是有利的，因为他们的确比俄国先进，俄国因此可以从他那儿学到想要的任何东西、避免那里的所有不足和罪恶，"我想一个人的出生比起去世来，要幸福得多"；[8]卡拉姆津在《一位俄罗斯旅行者的来信》(1790)中也发表了类似意见，即"德国人、法国人和英国人至少要走在我们前面6个世纪,但彼得用他强有力的手推动我们,我们只用了几年功夫就差不多要追赶上他们了。所有对俄国人性格、对俄国人抛弃自己道德面孔的可怜又可鄙的抱怨,不是戏弄就是根本没有思想,此外别无他”。[9]法国大革命和拿破仑战争刺激了民族主义在欧洲的蔓延和在俄国的扩展,卡拉姆津由此警示说,“尽管我不是说,爱国就会蒙蔽我们并使我们认为自己比其他人更自我尊敬,但一个俄国人至少应该知道他的价值有多大”,[10]“过去我们常常称其他欧洲人为异教徒,现在我们要称他们为兄弟。谁更容易征服俄国?是异教徒还是兄弟?……除非在某种程度上我们不再是俄国公民而成为世界公民”。[11]而从巴黎凯旋的青年军官们比卡拉姆津更为激进,他们是带着法国的理想模式回到祖国的,主张俄国必须进行改革,建立类似于他们在欧洲发现的社会,这种强烈愿望与国内现实不吻合,故导致1825年十二月党人起义。起义失败则意味着知识精英无力改革俄国传统制度和社会结构,建立不了西方式的宪法和公民社会。而另一部分人主张终止由斯别兰斯基(1772～1839)主持的、参照英法模式的改革,希望回到本土传统上来,他们认为在价值体系上,俄国与西方是对等的。这种对立之论显示出俄国在“西方问题”上的矛盾。

事实上,在改革过程中所提出的“西方问题”,事关俄国民族认同大事。时任帝国科学院院长的乌瓦洛夫伯爵,于1832年适时提出了官方民族性理论,强调俄国有别于西方正在于其独特的民族性(诸如谦顺、对沙皇至高无上权力的自觉接受、对东正教无可置疑的信仰等),在俄国开展西方式的世俗化教育有悖于自身的民族特性,并会因误用西方文化而导致国家的不稳定。恰达耶夫这位公务人员站在民间立场上推出轰动一时的《哲学书简》(1836),在此他声称,“欧洲各民族有共同的面孔,有着某种家族相似”,俄国只有在宗教、精神、文化上追求与欧洲统一,才能摆脱狭隘、孤立、落后的状况,“我们越是努力与欧洲社会融为一体,这对于我们来说就会越好”,后来在《疯子一辩》(1837)中,他继续强调西方影响的重要性,承认“我们历史中的每一重要因素都是外来的,任何新思想差不多也一直是借鉴来的”,并且认为,“这对我们民族感情来说,并无任何羞耻可言;如果这一发现是真实的,那就应该接受它,这就完了。存在着一些伟大民族,它们也像那些伟大的历史人物一样,是难以用我们理性的法则对它们进行解释的,但暗中他们受到了天意之最高逻辑的左右。我们的民族正是这样一个民族”。[12]这样谈论西方,成为后来别林斯基、屠格涅夫和格拉诺夫斯基之类西欧派在西方问题上的共同导向,即通过接受西方文化而使俄罗斯强盛的同时强化居民对俄国的认同。在著名的《彼得大帝之前的俄罗斯》中，别林斯基描述彼得大帝变革以来俄国民族性变化过程之后如是说道，"我们现在是欧洲主义的学生，我们不想成为法国人、英国人、德国人，而想成为具有欧洲精神的俄国人。这一意识贯穿于我们活动的任何领域，并鲜明表现在普希金出现后的俄罗斯文学创作中"。同样，激进的赫尔岑于1861年称，"我们现在被逐出欧洲，就像上帝把亚当逐出伊甸园。但为什么要假定我们认为欧洲是伊甸园并要赋予欧洲人以荣耀的光环……我们并不羞愧我们是来自亚洲的。我们是美洲和欧洲之间的世界部分，这就足够了"。[13] 至于斯拉夫派的反西方，并非出于狭隘感情或意气用事，而是基于文化上的民族认同，不赞成俄国的发展一定要走与西方同样的理性主义之路，但并不反对借鉴西方——主张借鉴的手段与目的不要颠倒。斯拉夫派理论家伊凡·基列耶夫斯基(И. В. Киреевский，1806～1856)在《12世纪》(1832)和《论欧洲启蒙运动及其与俄国启蒙运动之关系》(1852)中主张，俄国的启蒙资源应该在"朴素之民的道德、风俗和思想范式中去寻找"，因为在人民的日常生活中还保存有古代罗斯的传统理念。[14] 斯拉夫派的另一个理论家阿克萨科夫(К. С. Аксаков)在《论俄罗斯境内局势》(1855)中反对从西方那儿寻找所谓好政府，在他看来，西方人被大众政府理念所诱惑并创造出所谓的共和政体和宪法，却使灵魂枯竭、信仰丧失，公众概念完全是西方的，俄国公众追寻的是巴黎时尚，"人民"关注的是俄国自身习俗，"公众只有150年的历史"，"人民"的历史有多长则不计其数，并引用卡拉姆津的话说，俄国人不参与国家政府事务、不为自己寻找政治权力、不图谋政治自由，他们关心的是道德自由、精神自由、公共生活的内在自由。1856年，他在《俄罗斯交谈》杂志(第1辑)上著文《论俄罗斯观点》同样称，"我们站在纯属欧洲那种民族的土壤上已经有150年，我们为此牺牲了我们自己的民族性，我们正因为这样才未能拿出任何成果来丰富科学。我们俄罗斯人之所以未能给人类做出任何贡献，其原因正在于我们没有，起码是没有提出俄罗斯观点……俄罗斯作为一种民族，直接有权而无需经过西方许可才能拥有全人类性，它对欧洲抱着批判而独立自主的态度，它从欧洲只接受能够成为共同财富的东西，而摒弃欧洲的民族性……欧洲主义，在具有全人类意义的同时也有自己非常强烈的民族性……所谓斯拉夫主义即拥护全人类性并认为俄罗斯人直接有权拥有它"。在《论俄罗斯历史的基础》中他反对认同西方，认为整个欧洲国家的实质立足于征服基础上，政治权力就是通过武力迫使人民屈服，而俄国则相反，是政治领袖自愿邀请人民而建构起来的，只有和平与协调而无战争——这便是俄罗斯国家的实质。[15]而杰出的国际政治理论家丹尼列夫斯基(Н. Данилевский，1822～1885)在《俄国与欧洲》(1869)中广泛运用了自己提出的泛斯拉夫主义学说，把拜占庭和俄罗斯文化作为一种独立的世界文化，在与世界上其他七种文化相比较中提升俄国文化在世界上的重要性，强调俄国文化的优越性，从而和保守主义理论家列昂捷耶夫(К. Леонтьев，1831～1891)一样，不再说俄国要把西欧从病态中拯救出来，相反，主张俄罗斯不应该继续回归反对西方老路，因为西方文明的毁坏会使俄罗斯的斯拉夫和拜占庭之根更坚实。白银时代的一大批知识分子，无论是先期在境内的积极创造，还是后期在境外的痛苦探索，并不因强烈的现代性意识而弱化对俄国的认同，其成果大多立足于借助西方现代性的思想和形式提升俄国文化质量，从而在自己的著述中表达对俄罗斯的深切认同，并以自己的实践成果强化了境内外的同胞对俄罗斯的民族情感认同。表面上，十月革命和苏联强烈反西方，事实上是把西方多种批判资本主义的理论、思想、价值观等融进了自身反对私有制的共产主义传统中，即借用一种“西方”反对另一种“西方”，以凸现俄国文化和制度的普适性。即使在当今普遍渴望融入欧洲的潮流中，利哈乔夫的《沉思俄罗斯》开篇就称，“我们是欧洲文化的国家。基督教使我们习惯于这种文化”，接着又说，“与此同时，我们还接受了拜占庭文化，在很大程度上是通过保加利亚接受的”，并进一步引证俄国文学不仅借助了来自保加利亚的教会斯拉夫语，而且还有俄罗斯传统的口语，进而由衷地感叹“当一个俄罗斯作家是多么的幸福!”接着，在《俄罗斯的历史经验与欧洲文化》中，前一部分赞誉欧洲文化是怎样的有个性、普适性、自由性，后一部分则把俄国文化归于这种类型，同时认为俄国文化还有斯拉夫派所提出的“共聚性”/“集体性”(соборность)，从而超出了欧洲文化范畴。[16]其实，支撑这种高超表述策略的，正是基于作者对俄罗斯的强烈认同。总之，在俄国境内外的居民心目中，作为一种理念的“欧洲”、启蒙运动和进步的观念、俄国与欧洲关系等占有重要位置，但这一切又服从于各族群一起服务于俄罗斯、个人为国家而存在的伟大理念，“假如俄国人曾经打算学习西方的经验，那么他们就应该尝试同沙皇和老莫斯科统治下的人们一道铸造一个新的公共认同，正如英格兰、威尔士和苏格兰曾经共同生产了对不列颠的普遍认同一样”。[17]也就是说，俄国对欧洲的关心，无论是肯定的或否定的，本质上是基于对本土的认同，这种情形由来已久，并构成了俄国想象自身的基本策略。

同样，俄罗斯民族认同与东方身份关系的问题，是俄国所关心的民族性构成的又一重要问题。不否认，自“俄罗斯问题”被凸现以来的三个世纪，“俄国与西方”比起“俄国与东方”来更为知识界所关注，但俄罗斯作为东斯拉夫而与拉丁民族的不同、接受有别于天主教和新教的东正教、被东方民族征服达240年之久、俄罗斯帝国有相当多的区域不仅与东方相邻而且就是属于亚洲等，这些事实性因素意味着俄国与东方的关系比起欧洲与亚洲的关系来要明显、重要得多，这也促使俄国不得不同时考虑自身民族性构成与东方的关系问题。不过，曾为了捍卫古罗斯而抗争东方鞑靼蒙古的历史记忆，就使得后来认同俄国属于欧洲、支持彼得大帝变革的人士，一般把“东方”想象成是野蛮、落后、与现代性对抗的，或者是俄国要启蒙的对象，或者是俄国要与之划清界限的对象。恰达耶夫为《哲学书简》而写的辩护文《疯子一辩》有言，“我们生活在欧洲的东方，这是事实。但是，我们从来不曾属于东方。东方有东方的历史，其历史与我们的历史毫无共同之处”，“东方是拥有有益的思想，这一思想曾为理性的巨大发展创造了条件，曾以惊人的力量完成了其使命，但这一思想已注定不可能再次登上世界舞台了”，“我们仅仅是一个北方民族”，“是的，我们有些地区是与东方国家毗邻的，但我们的中心不在那里，我们的生活不在那里”，甚至质疑“中国从远古起就有了三件伟大的工具：指南针、印刷术、火药，它们极大地促进了我们人类智慧的进步。但是，这三件工具帮了中国什么忙呢？中国人完成了环球旅行吗？他们发现了一片新大陆吗？他们是否拥有更为广博的文献，超过我们在印刷术发明之前所拥有的文献？”[18] 这比马克斯·韦伯(Max Weber，1864～1920)的《新教伦理与资本主义精神》(1904～1905)以理性主义想象东方和中国何以必然落后之论，要早上大半个世纪，措辞更为激烈。这种否定性叙述东方(尤其是中国)的做法，在后来俄国思想史上几乎绵延不断。被中国推崇为现实主义批评大师的别林斯基，大凡论及俄罗斯的野蛮、落后、保守等方面时，基本上要与东方联系起来，如在那篇《彼得大帝之前的俄罗斯》中他就称，“彼得大帝要剔除的那些与欧洲主义对立的东西，并不是我们原有的，而是鞑靼人强加给我们的。俄国人对外国人的排斥姿态本身，乃鞑靼桎梏所造成的后果……我们民族性的最重要缺点，无一是我们与生俱来的，而是从外面传过来的”，因而也是能克服的。果戈理少有关于中国的文字——对中国并不很理解，却在《小品文集·论当代建筑》中说，中国人在建筑上的趣味是微不足道的，只是因为偶然原因才传到俄国，幸亏欧洲按照自己的方式改造了它。斯拉夫派理论家不认同西方，但并不意味着他们认同东方，如霍米亚科夫（А. Хомяков，1804～1860）主张，是通过东正教这个共同体而不是东方文化把斯拉夫各族群联系起来，波兰则因信仰天主教而导致国家分崩离析，俄国作为真正的斯拉夫人其生活是和平的，从鞑靼和德国人那儿遗传的野蛮不久会消失。[19]斯拉夫派另一理论家基列耶夫斯基批评俄国的落后性亦如是观，称"迄今为止，我们的民族性还是缺乏教养的，是一种粗鲁的、中国式静止不动的民族性（китайски－неподвижная национальность）"，"在俄罗斯和欧洲之间矗立着一条中国长城，只有穿过几处洞眼，西方的启蒙空气才能透向我们；彼得大帝以强有力的手，在这座城墙上打开了几扇大门"。[20]作家冈察洛夫根据自己到访中国和东南亚的经验而写成的《巴拉达号三桅战舰》（1854），把香港和南洋一带的华人及上海人塑造成东亚病夫、麻木不仁、缺乏艺术天赋的族群，甚至宣称，"有中国人，但没有中华民族"。而此时中国正遭遇殖民主义国家的瓜分，中国很多问题是由包括俄国在内的帝国主义所制造的，作者虽有所涉及，但主要是站在自己国家和欧洲基督教立场上叙述的。特别是，索洛维约夫（Вл. Соловьев，1853～1900）这位强烈关注俄国民族性构成和基督教关系的思想家，其《中国与欧洲》（1890）这一长篇经典文献认真考察了包括儒教、道教、佛教等在内的中国文化，并睿智地发现了"家"（семейство）、"祖先崇拜"（культ предков）、"天"（небо）之类的观念在中国文化中的重要性，他甚至在与追求"进步"（прогресс）的西方文化比较中承认并强调"秩序"（порядок）重要性的中国文化之独立价值、生命力，对西方理性主义也有强烈批评，但他的立足点是捍卫俄罗斯民族性和认同欧洲基督教身份，因而声言，"如果发生了中国的理念在我们这儿占优势这种事情，那将是不太好的。第一，不可能取得完全成功，在精神上我们是不会和中国人平等的，这只会是把新的二元对立添加到已有的分歧中去。第二，假如真是可能这样，那结果就更糟了。对于中国人而言，中国理念是力量原则，对于欧洲人来说则是衰弱和毁灭的起始。假如我们习惯了这一理念，那就是在理念这一词的最坏含义上我们进行自我否定，即背离了自己好的方面——背弃基督教。而这种背弃，无异于彻底丧失了我们历史存在的自身依据。要知道，基督教不仅是我们未来的理念，而且也是过去的精神之根——我们的祖先信仰它"。[21]他同时关心城市文明与农村文明的差别，提出要建设性改造俄国农业状况，把俄国农民从贫穷状态中解放出来，但他把这种消除贫困的行为命名为"与东方为敌"，[22]并在诗篇《泛蒙古主义》(1894)和文章《反基督者》(1900)中暗示俄国关于东方的战略应该是与欧洲合作，共同反对来自黄种人的危险（日俄战争期间和战后，他的著作被当作预言书广为传颂）。契诃夫的著名纪实性作品《萨哈林岛旅行记》叙述中国人时，常与肮脏、病态和软弱等文字联系在一起，甚至说，"在森林里射杀一个中国流浪汉，就像打死一条狗一样，算不得什么（не грех подстрелить в лесу китайца—бродягу, как собаку）"。这种否定性想象中国的传统，在十月革命之后仍然存在，其中，在《文学与革命》(1922)这部称得上是马克思主义文学批评的力作中，托洛茨基这样抨击现代主义文化潮流，"每一个得到承认的流派都是报酬优厚的流派。这些流派的头领是帽上安有多颗顶珠的中国官宦。按照常规，这些艺术上的中国官吏们要使其流派的手法达到极度的精致，同时要耗尽该流派的弹药储备。这时，某种客观的变化、政治的震荡和社会的穿堂风，就会惊跑文学放浪派、青年和达到应征年龄的天才们，他们诅咒绝食的、庸俗的资产阶级文化，同时通常又在暗中幻想着得到几颗顶珠，可能的话，最好是镀金的"，[23]即用中国形象作为对俄国负面现象的否定性措辞、贬义性表述的指称。不仅如此，连高尔基这位对中国问题颇为关注、对中国遭遇帝国主义瓜分之深表同情的作家，也把俄国民族性弱点归结为"东方性"，并在《两种灵魂》(1915)中凸现了欧洲的优势、东方的不足。尤其是列宁的《对华战争》(1900)，在对俄国何以派遣大量官兵参加帝国主义对华战争及人们庆祝"胜利"予以了强烈批判的文字中显示出，中国形象在俄国人眼中是多么的糟糕："主战派认为，这次战争是由黄种人敌视白种人、'中国人仇视欧洲文化和文明'引起的"，政府和媒体"欢呼欧洲文化击败了中国的野蛮，欢呼俄罗斯'文明使者'在远东的新成就"，"目前俄国报刊大肆攻击中国人，叫嚣黄种人野蛮、仇视文明，俄国负有开导的使命，说什么俄国士兵去打仗是如何的兴高采烈"（当然，列宁是很气愤的，并反驳道"中国人民从来没有压迫过俄国人民"）。[24]诗人勃留索夫在《苏醒的东方》(1911)中也认为俄国人在身份认同上趋于欧洲，并恐惧黄种人和东方文化的不同情形。由此，巴赫金在给大学生编写《中国文学史大纲》时就曾专门列出这样的条目，即"同中国永远友好的政治意义"，"沙皇时代的中国文化研究。扩张主义"。[25]这样一来，我们也就明白了，沙皇时代是否定性想象中国，在苏联时代也是如此：经过十月革命和苏联制度，苏俄利用国际共运构筑了"东方"阵线，但在本质上并未把自己当作东方人，如利哈乔夫在晚年著长文论证了“俄罗斯从来不是东方”[26]的观点。

事实上，18 世纪以来俄国模仿西方的改革，强化了俄国的欧洲身份，促使知识界的不少人在考虑俄罗斯问题时就一定与西方联系起来，同时也输入了欧洲通过发现异域的“东方”和“中国”而展开启蒙运动、重新认识自我的做法，即经由西文汉学和东方学，大量引进包括中国文化在内的东方文明，出版关于东方和中国的旅行记或学术著作，建立东方学和中国学的研究机构，在俄国一时兴起了“中国热”。其中，汉学家列昂季耶夫（Алексей Леонтьев，1716～1786）翻译了 20 多种汉语名著（包括《中庸》、《三字经》、《中国寓言》等）、冯维辛据法译本而译了《大学》(1779)、苏马罗科夫以笔名 M. S. 发表了译作《中国悲剧〈孤儿〉的独白》(1759)等。1818 年，帝国科学院成立了亚洲博物馆（后来发展为俄国科学院东方学研究所）；1837 年，喀山大学东方学系开始设汉语教学课程；1855 年彼得堡大学建立东方学系，著名汉学家瓦西里耶夫（1818～1900）著述了《中国历史》(1863)、《东方宗教：儒道释》(1873)和《中国文学史》(1880)等。但是，像卡拉姆津、瓦西里·克留切夫斯基这样的俄国主流思想家却普遍认为，东方对改变俄国的欧洲身份毫无影响，而一些东方学家或有“东方经验”的知识分子也未必不是这样看的。他们所描绘的东方景观及其在俄国民族认同中所扮演的角色是很复杂的，他们的“东方发现”，从不同角度契合了俄国社会对异国情调、异域情怀和启蒙本土居民等不同的想象，也有助于或通过把俄国归属于“东方”以强化同“西方”的对抗，或借助对“东方”的重新发现以补救俄国现代性之弊，“东方”已被引证为俄国区域的一个部分并被俄国欧洲部分所同化，“中国”则是俄国立足于本土诉求的一个想象性对象。科学院东方研究所建立的倡议者是乌瓦罗夫，他本人以通晓东方文化著称，并确信东方人已经把自己的文化忘却了，欧洲学者和政府要努力让东方人复原自己的文化传统，俄国则要加入欧洲这一重新发现东方的活动，并且因其与东方的关系比欧洲更为密切，因而俄国的东方研究能成为“欧洲文明与亚洲启蒙之间的中介”，预期俄国东方学研究会比西方东方学研究做得更好，并给沉默的东方以声音。[27]据科学院东方学研究所辑录的俄国东方学研究书目文献，自东方研究所建立(1726)到 1997 年的 260 年间，总共出版关于东方政治、经济、军事、外交关系和文化艺术研究的著作超过 4000 种，其中 1726～1817 年这 90 年间出版 181 部、1818～1917 年这百年间出版 750 部、1917～1991 年的苏联时代出版 2844 部，甚至苏联解体后 6 年也没有因为政治和经济动荡而减少对东方的关注(出版了868部)。在这些研究成果中,关于中国的政治、经济、军事、外交、文化艺术等问题的研究达800种左右,按单个国家和地区数占有绝对大的比重(远超出日本学研究成果两倍以上),而且研究的质量和格局与国际汉学相比自成一体,诸如中国经济转轨与俄国变革之异同问题、中国古代哲学遗产的现代价值、现代中国与周边国家尤其是与俄国关系等课题备受重视。[28]但是,"中国学"和"东方学"在任何一个时代的俄国学术格局中始终是地域性的专门学科,不纳入文学、历史、哲学、政治学等公共学科范围,使之在高校和其他研究机构始终处于专科状态,而且这种东方学研究及其成果通过学校教育的制度性传播,使19世纪的俄国人依据历史教科书普遍获得了这样的印象,即任何与亚洲人和平相处的想法都被证实是不可能的。[29]这也诚如利哈乔夫所言,"俄罗斯及其科学院建立出色的东方学研究所和高加索研究所,这不是偶然的"。[30]与学术研究相呼应的是,文学家采用了相应的想象:普希金的《高加索的俘虏》、《茨冈人》、《巴赫奇萨拉伊的喷泉》等长篇叙事诗,就是把高加索当作俄国的"东方"来发现的最好案例。诗人在此展示了东方风情之奇异和东方爱情之纯真,但主人公和诗人是满怀欧洲的优越感来面对、领略这样的"东方"的。对此,别林斯基却深为赞同地说,"通过1822年出版的普希金叙事长诗《高加索的俘虏》,俄国社会对高加索知晓起来"。[31]接着,曾经两次在南俄服役的莱蒙托夫,几乎以同样的方式使俄国人进一步熟知了一个落后的"东方",如在《当代英雄》中叙述道,(一个军官接触高加索土著民后这样说)"'(中亚人)极端蠢笨……一无所能并且没有受教育的能力……即使是当了强盗,他们也不知道如何使用武器'。他还抱怨说,'在车臣十年,我们就是靠这些强盗喂养的。现在,感谢上帝,他们更喜欢和平了'";[32]在《高加索人》(1841)中,莱蒙托夫说,"高加索半是俄国人,半是亚洲人;他们身上东方特色占主要地位,但是在到访这里的俄国人面前,他们是很害羞的"。[33]在"欧洲"文明面前,原本彪悍的山民不再是一种生命力量的形象。尽管这两位诗人本意是要借助"东方"批评俄国的欧洲现代文明。更有甚者,丹尼列夫斯基的《俄国与欧洲》远比萨伊德更早地发现了区分东西方地理界线的意义(并反对任何依据自然事物区分东西方的做法),他认为欧洲仅仅是"亚洲的小部分,比起它的大部分地区上各部分之间的相互差异来,是不可能把欧洲从亚洲其他部分区分开来的",文明不只是欧洲创造的,中国和埃及这些东方地区同样有很大贡献,并批驳把包括俄国史在内的世界历史解释成东西方永远冲突的历史，[34]但在表述的字里行间却流露出作为欧洲人的“世界眼光”。

继这样发现东方之后，寻找俄国的东方之根变成了时尚，包括支持财政部长维特远东扩张主义政策的东方学家都参与了1880年代俄国民族性之争，他们大多认为应该把亚洲视为俄国反对西方的一个同盟，俄国不仅是拜占庭—基督教的后裔，也是东方蒙古人的继承人。这种风尚，连同俄国改革带来的效益和问题一道，促成了20世纪初欧亚主义在俄国知识界和政界的流行。所以，托尔斯泰这位从人性本善、东方文化与基督教相容、自觉认同中国和东方文化的巨人，[35]适时推出了《哈吉·穆拉特》，以反对普希金和莱蒙托夫对高加索进行浪漫主义式的描绘，谴责俄罗斯在北高加索实行的帝国政治，警醒俄国知识精英在此事上有同谋之罪，并认为他们对自己祖先的罪行负有责任（但即便如此，梅列日科夫斯基描述如是抨击现代文明的托尔斯泰时还如是说道，“他的生活，像半野蛮的车臣人的生活一样，也充满了‘对自由、闲散、抢劫和战争的热爱’。他本人直率而自豪地谈到自己说，‘我是壮小伙子、酒鬼、小偷、猎人……我生性快乐，我喜爱一切人，我就是老哥萨克叶罗什卡’”[36]）。实际上，没有谁能够抵挡俄国社会如此面对东方的潮流。进入18世纪末以后，俄国越来越融入西方，卡拉姆津的皇皇巨著《俄罗斯国家史》就坚持这样一种原则叙述俄国历史变迁的，即古罗斯是如何有效地拯救了欧洲而使之不遭受东方的进攻，并且比西方更有成效地把文明的果实带给了亚洲；1820年《莫斯科信使》杂志发文称，“我们祖国地处欧亚之间……似乎已经被大自然命定为是用来连接人性普遍发展的链条，能在欧洲文化与亚洲启蒙之间成功建立特别的联系”，别林斯基运用来自西方唯物主义和现实主义的思想，积极评价那些否定性叙述俄国东方式落后的文学现象；[37]米哈伊尔·彼特拉舍夫斯基（1821～1866）在激进反政府的同时也宣称，“如果是置身于欧洲，我们俄国人在见识上毫无疑问是小弟弟；如果是在亚洲人的圈子里，我们就被证明是有权称老资格的”。[38]至于苏联如何“坚定地迈向东方”并在国际共产主义名义下建立“东方阵营”，这个“东方”作为苏俄想象自我的一种方式，[39]那就无须赘言了。诸如此类表明，俄国对东方的态度无论多么复杂，整体上都归属于俄罗斯民族性大框架，即无不是站在维护基督教信仰和欧洲身份的立场上，强化自己的民族认同。

俄国是如此考虑自己的民族性问题的，同样，西方自18世纪末以来、中国自20世纪以来也都密切关注俄罗斯。俄国作为一个特殊的世界，在西方看来自然是另类，并认为俄国与西方之间的差别远比西方内部之间的差别要大得多，俄国是不能归属于西方文明框架的，这种情形在地理大发现时期，西方人关于俄罗斯旅行记就已经初露端倪了。[40]当时正值莫斯科公国时期，西方旅行家到古罗斯旅行所写下的大量笔记，诸如赫伯施坦（S. von Herbershten，1486～1566）的《莫斯科见闻》（1517）、卡姆彭兹（Alibtrt Campeneze）的《致教皇克利门特二世关于莫斯科人事情的信》（1528）、曾任罗斯近卫兵的日耳曼人施塔登（Genrih Shtaden）的《莫斯科公国时期罗斯人的国家与统治》（1576）和《关于莫斯科人笔记》等，这类文本把古罗斯作为“异域”并予以具体感性的描述，包括这里的居民构成、风俗习惯、宗教信仰、物产等，原则上与地理大发现时期西方旅行家对美洲、非洲、亚洲等异域的想象是一样的，只不过因为“想象”方式不如那些对印度和中国之类的“东方”想象更为吸引人，外加来自“东方”的产品更能引起西方上流社会的兴趣，还有对“东方”发现以后所带来的现实性利益比起来自古罗斯的更为重要，因而这一更靠近西方的欧洲东部地区，反而没有引起西方的重视。随着俄国1812年通过战争打败法国，其后又积极参与欧洲事务并扮演越来越重要的角色，军事和经济实力增长，同时因其领土扩张而与欧洲不少国家交恶，西方开始了对俄国的“新发现”（новое открытие），从而使得狄德罗在欧洲广为流传的尖刻名言“俄国还没有来得及成熟就已经腐烂了”，被其他认真对待之论所替代，诸如法国史学家K.托克维尔称，“目前世界上有两个伟大的民族，那就是俄罗斯人和美国人”，并根据民族成长理论分析了这种情景。[41]面对俄罗斯的进步，黑格尔也认为，“其他现代国家或多或少都已经达到了自己的目的，一些极端观点已经不合时宜，俄罗斯在这些国家中目前可能是最强有力的，在其栖身之所掩藏着发展自己主要本质特征的前所未有之可能性”。[42]其后，俄罗斯引起欧洲知识界和政界更多人士的高度重视，他们感觉到欧洲与这个并不遥远的国家不可能是无关的，欧洲对俄国需要有更成熟的认识，要与俄国重建关系。从此，俄国不可避免地成为欧洲的评估对象。

当然，西方对俄国的这种发现远不只是为了掌握关于俄国的知识，而是吻合了欧洲现代性生成过程中对“异域”想象的需要。启蒙主义为了颠覆传统的西方，以对所发现的“异域”的神奇性叙述彰显传统西方之弊，力促现代性在西方的生成，这在托马斯·莫尔的《乌托邦》、康帕内拉的《太阳城》（1623）、上述西方关于东方和古俄罗斯的文本中都能显露出来。这种情形在18、19世纪之交的英国和法国浪漫主义作家那儿得到了延续，诸如拜伦的《东方叙事诗》和夏多布里昂的《勒内》、歌德的《西东合集》等。到了19世纪中期，西方现代性弊病日渐明显，欧洲社会深感西方文明所遭遇的危机日趋严重，从马克思到叔本华、尼采无不显露出这种担忧，导致试图从非西方国家的"异域"或"他者"那儿寻找解决西方问题的路径、理论、文化资源，成为欧洲思想史和审美创造史的一种重要景观。"俄国"也就成了这样的一种资源：Sh. 马森的《关于叶卡捷琳娜大帝二世和巴维尔一世时期俄罗斯的秘密笔记》(1811)、德·斯塔利的《关于俄罗斯笔记》(1812)等提供了这种想象，尤其是1858年大仲马访问俄国诸多城市，回国后发表的《俄罗斯旅行印象记》，以轻松、俏皮和有趣的语言记录了所见到的现象和感受到的问题，描绘了一些著名人物的活动、居民的日常生活细节，刻画了俄国人的性格和生活方式，还介绍了不为欧洲所知的俄国文学，使法国人了解了俄国诗人和小说家，并翻译了不少俄国作家的诗歌和小说作品，外加屠格涅夫、赫尔岑等侨民作家直接向西方介绍俄国文学和文化，使西方感受到了一个与自己不同的神奇俄罗斯。更为重要的是，马克思给民粹主义理论家查苏里奇等人积极讨论俄国村社出路的信和关于俄罗斯问题的大量论述、尼采对陀思妥耶夫斯基的认同、托尔斯泰主义在欧洲流行等现象，与后来罗素的《中国问题》(1922)、杜威的《中国和日本的差别》和《中国联邦主义》、白壁德(Irving Babbitt)的《浪漫主义与东方》等一样，质疑现代性的俄国价值观，成了西方反思自我的重要资源。这种"自救"策略，随着两次世界大战之发生，暴露出西方现代文明问题的日趋严重，西方知识分子对自身文明怀疑也随之加剧，斯宾格勒、海德格尔、胡塞尔等人的哲学探索再次证明"东方"对西方的重要性，而罗素、罗曼·罗兰、本雅明之类的西方知识界人士亲身体验苏俄，尝试通过苏俄之"异"克服西方之弊、完善和改造现代性，导致严厉批判西方现代文明的陀思妥耶夫斯基、弗拉基米尔·索洛维约夫和白银时代大批文学家的思想，成为西方在反思现代性问题上重要的外来资源，冷战也没有阻断西方对俄国这类文化的探索。然而，事情不只是这样，随着启蒙主义普及并且取得越来越明显的成效，用理性主义眼光重新审视世界成为西方的主流，尽管俄国已经成为很强盛的军事帝国，但在西方的主流知识界视野中，俄国依旧与"野蛮"、"半亚细亚"、"落后"、"专制主义"等相关，这种俄罗斯形象活跃于下列西方的关于俄国问题研究的重要著作中，包括奎斯汀的《1839年的俄罗斯》(1856)、莱瑞一鲍利耶的2卷本《沙皇与俄国人》(1881～1889)、格雷姆的《不为人所知的俄国》(1912)和《正在变革的俄国》(1913)及《俄国与世界》(1915)、白令的《俄罗斯的主要起源》(1914)、佩西的《俄罗斯》(1915)、雷特的《俄国人》

(1914)等。至于西方否定性想象共产主义苏俄，起初主要是基于民族国家利益、社会制度分野和国际政治等现实性原因；随着新经济政策的实施，西方与苏俄关系也趋于缓和，逐渐把苏俄的形象塑造纳入西方斯拉夫学范畴，20世纪30年代以后大批西方进步人士满怀兴致去苏联访问，回来后却发表措辞严厉的旅行记，诸如费特拉昂格尔的《1937年的莫斯科》、本雅明的《莫斯科纪实/日记》、A.纪德的《从苏联归来》(1937)等，这些文本的问世吻合了西方社会对苏俄的想象，使误读新俄国更成为趋势，而重新"启蒙"俄国的情形在冷战时代达到了高峰。也就是说，西方所塑造的不同俄国形象同样表明，欧洲知识界赞成到东方进行所谓的文明化活动，对"异域"的发现和认同，比起对"异域"的批判和否定要弱得多，或者说"异域主义"对西方之影响总的来说是越来越小。

当然，俄国人在关注自身问题的东方因素，特别注意到中国视角，同样也是为了更好地构建自己的形象，因而更早地掌握了中国对俄国态度的变化：在20世纪中国对俄罗斯的认知中，俄罗斯是一个极其不稳定的形象，这种不稳定与西方改变想象俄罗斯策略也不是没有关系；从五四新文化运动到冷战初期，中国对俄罗斯的接受甚至认同，其规模是西方所不能望其项背的，投注了太多的中国热情和诉求，也充实着中国本土的功利预设；从20世纪60～80年代初期，中国因为意识形态原因对苏俄的拒绝，几乎超出了冷战可能所及的程度，而在这期间西方的拒绝性误读苏俄，除了国际格局调整和意识形态方面的原因之外，还有学术研究的学理性后援，后者很少被中国计算，而这又反过来影响了中国对俄国文化的误读质量；从20世纪80年代中期到今天，中国对俄国经历了重新接受和基本上漠视的转变，而学术界主要是在做不断补充过去想象俄罗斯所缺欠的部分(如翻译白银时代的文本)、试图还原更全面的俄罗斯形象等工作，但这个过程被西方文化的大量涌入所湮没，外加大众传媒制造的苏联解体后不断崩溃的俄国形象又进一步弱化了学界工作的成效。

总之，俄国热衷于把自己置于西方和中国相比较的语境下塑造自己的形象(或强化俄国危机意识，或凸现俄罗斯文明的独特性，或张扬俄罗斯帝国的伟大性)。20世纪的中国和19世纪以来的西方又非常关注俄罗斯，这就促使俄国非常重视中国和西方误读俄罗斯问题，重视海外的"俄罗斯学"(руссистика)，如试图搞清楚西方是怎样理解俄罗斯的、在西方视野中俄罗斯形象有着怎样的变化、构成这种形象的稳定参数是哪些，在不牺牲尊严、不舍弃民族国家利益和安全的前提下，俄国自身能在多大程度上有助于在他人心中形成俄罗斯特有的正面形象等。[43]这也就反过来提示我们：如何经由世界视野和历史眼光重新认识与俄国文化的关系、反省自己认识世界和融入世界的历程？关注大国之间的文化和思想交流、查考不同民族国家之间的文化误读、如何给所在民族国家提供辨析世界文化构成的复杂性等，是19世纪中后期以来国际学术界的普遍趋向，到20世纪后期，这种趋向更为兴盛。亨廷顿在《文明的冲突与世界秩序的重建》中，把以俄国为主体的东正教文明作为有别于拉丁文明、儒家文明、佛教文明、非洲文明的世界七种文明之一，而中国的儒家文明和西方的拉丁文明作为世界上两种重要文明是如何误读东正教文明的，很显然是值得特别重视的，即甄别它们之间的关系可以见出世界文明在20世纪的融合过程或对抗程度。其实反过来也如此，美国著名学者Danald Treagolad在其力作《俄国和中国视野中的西方：现代宗教和世俗思想》(1973)中，研究非西方国家的现代化问题，分别选择俄国和中国作为案例，查考拥有强大民族性诉求的不同国度如何处理与西方关系的问题，令人信服。可见，俄国人对自我认知的方法对我们认识俄罗斯问题也很有意义。

[1]В. Зенковский, *Русские мыслители и Европа*(俄国思想家与欧洲). Москва: Изд. "Республика", 1997, С. 10.

[2] See Martin Malia, *Alxander Herzen and the Birth of Russian Socialism*(亚历山大·赫尔岑与俄国社会主义的起源). New York: Glosset and Dunlap, 1965, PP. 395－396.

[3]See Liah Greenfield, *Nationalism* : *Five Roads to Modernity*(民族主义:通向现代性的五条路). Cambridge: Harvard University Press, 1992, PP. 15－17.

[4]Geoffrey Hosking, *Russia*: *People and Empire* 1552－1917(1552～1917年间的俄罗斯人与帝国). London: Harper Collins, 1997, P. xxiv.

[5] См. Е. Шмурло, *Петер Великийй в оценке современников и потомства*(同时代人与后人对彼得大帝的评价). СПб. : Типо. В. С. Балашева, 1912, С. 73.

[6] А. Сумарокав, *Избранные прозвидения*(苏马罗科夫作品选). Москва－Ленинграда: Советский писатель, 1957, С. 40.

[7]В. Ключевский，*Сочинение в 12 томах*（克柳切夫斯基12卷本文集）. Т. 2，Москва：Мысль，1989，С. 167.

[8]Д. Фонвизин，*Писма из Фаранции*（法兰西来信）. См. Русская литература 18 века（под. ред. Макогоненко）. Ленинград：Просвещение，1970，С. 338—348.

[9]Н. Карамзин，*Писма русского путешественника*（一位俄罗斯旅行者的来信）. Москва：Советская Россия，1983，С. 323.

[10] Н. Карамзин，*Собрание Сочинения*（卡拉姆津文集）. Том 2，Ленинград：Худож. литер.，1984，С. 226.

[11] Н. Кармзин，*Записки о древней и новой россий в ее политическом и гражданском отношений*（论古代罗斯和现代俄罗斯及其政治与社会关系）. Москва：Просвешение，1991，С. 32—33.

[12]恰达耶夫著，刘文飞译：《箴言集》，第155页，云南人民出版社，1999。

[13]А. Герцен，*Пролегомена*（序言）// сбор. *Русская идея*（俄罗斯思想）. Москва：Республика，1992，С. 121.

[14]И. В，Киреевский，Полн. собр. соч.（基列耶夫斯基全集）Т. 1. Москва，1911，С. 174.

[15]К. Аксаков，Полное собрание сочинение（阿克萨科夫全集）. Т. 1，Москва，1861，С. 20. 认为西欧国家的建立和发展主要是通过武力征服而完成的说法，最早出自法国史学家基佐（F. Guizot，1787—1874），阿克萨科夫深受此影响。

[16]Д. С，Лихачев，*Раздумья о России*（沉思俄罗斯）. СПб.：Logos，1999，С. 15—16、29—34.

[17]Roman Zszporluk，*The Fall of the Tsarist Empire and the USSR：the Russian Question and Imperial Overextension*（沙皇帝国的衰落与苏联：俄国问题与帝国扩张），in Karen Dawisha and Bruce Parrott，eds.，The End of Empire? The Transformation of the USSR in Comparative Perspective. Armonk NY：M. E. Sharoe，1997，P. 68.

[18]恰达耶夫著，刘文飞译：《箴言集》，第143、144、91页，云南人民出版社，1999。事实上，2000年7月13日在诺夫哥诺德考古发掘《诺夫哥诺德圣诗》，科学院院士、俄罗斯国家人文学科基金会主席瓦·亚

林考证说，该书问世不晚于1010年，是俄国最早的手抄本、斯拉夫文明最古老的书（这件事被视为当年重大发现（《独立报·科学版》2000年12月20日）。而此时的中国已经是北宋了！

[19]Н. Броцкий，*Ранние славянофилы*（早期斯拉夫主义者）. Москва：Пипография Сытина，1910，С. 1—61.

[20]И. В，Киреевский，Полн. собр. соч（全集）. Москва，1911. Т. 2.，С. 60—61；Т. 1.，С. 203.

[21]Вл. Соловьев，*Китай и Еворопа*（中国与欧洲）// Избраныые произведения. Ростов—на Дону：Феникс，1998，С. 407.

[22]Вл. Соловьев，*Враги с Востока*（与东方为敌）// Избраныые произведения. Ростов—на Дону：Феникс，1998，С. 408—425.

[23]托洛茨基著，刘文飞等译：《文学与革命》，第12～13页，外国文学出版社，1992。

[24]《列宁全集》第4卷，第319～323页，中文第2版。

[25]巴赫金著，白春仁译：《中国文学的特征及其历史》，载《巴赫金全集》第4卷，第129页，河北教育出版社，1998。

[26]Д. С，Лихачев，*Раздумья о России*（沉思俄罗斯）. СПб.：Logos，1999，С. 35—50.

[27]See Nicholas Riasanovsky，*Asia through Russian Eyes*（经由俄国人视野中的亚洲），in Wayne Vucinich，ed. Russia and Asia：Essays on the Influence of Russia on the Asian People. Stanford CA：Hoover Institute Press，1972，P. 13.

[28]См. *Российская востоковедная наука*：*процлое и настоящее*（俄国的东方学：过去与现在）. М.：ИВ РАН，1999.

[29]Seymour Becker，*The Muslim East in the Nineteenth — Century Russian Popular Historiography*（19世纪俄国通行史学中的穆斯林东方）// Central Asian Survey，Vol. 5（1986），P. 33.

[30]Д. Лихачев，*Русская культура*（俄罗斯文化）. М.：Худож. Изда.，2000，С. 392.

[31]В. Белинский，Соб. соч（文集）. Т. 6，Москва：Наука，1981，С. 312（文集）.

[32]М. Лермонтов，Сочинения в 6 томах（文集），Т. 6，М. －Л.：Изда. Академии Наука СССР，1957，С. 207.

[33]М. Лермонтов，Сочинения в 6 томах（文集），Т. 6，М. －Л.：Изда. Академии Наука СССР，1957，С. 348.

[34]Н. Данилевский，*Россия и Европа*（俄国与欧洲），СПб.：Типог. брат. Пантелеевх，1895，С. 73－77.

[35]具体参见《致张庆桐的信》(1905年12月4日)、《致辜鸿铭的信》(1906年10月)和《中国的圣贤》(1984)等。关于这方面研究成果请参见吴泽霖《托尔斯泰和中国古典文化思想》，北京师范大学出版社，2000。

[36]Д. Мережковский，*Л. Толстой и Достоевский. Вечные спутники*（托尔斯泰与陀思妥耶夫斯基·永远的伴侣）. М.："Республика"，1995，С. 15－16.

[37]Quoted in Susan Layton，*Russian Literature and Empire*：*Conquest of the Caucasus from Pushkin to Tolstoy*（俄国文学与帝国：从普希金到托尔斯泰的高加索之征服）. Cambridge University Press，1994，P. 84.

[38]Quoted in *The Cambridge Companion to Modern Russian Culture*（剑桥俄国文化指南）. Ed. by Nicholas Rzhevsky，Cambridge University Press，1998，P. 71.

[39]См. А. Батумь，*Новый щаг к востоку*（迈向东方的新步伐）// Черноморский Вестник. №1，1900，С. 3.

[40]В. Ф. Шаповалов，*Россиевдение*：*учебное пособие для вузов*（俄罗斯学：高校教材）. М.：ФАИПРЕСС，2001，С. 335.

[41]См. К. Ясперс，*Смысл и назначение истории*（历史的思想与意义）. М. Наука，1991，С. 156－157.

[42]Г. Гегель（黑格尔），*Работы разных лет.*（不同年代文选）Т. 2，М.，Наука，1976，С. 407.

[43]В. Ф. Шаповалов，*Россиевдение*：*учебное пособие для вузов*（俄罗斯学：高校教材）. М.：ФАИПРЕСС，2001，С. 335.

（原文刊于《俄罗斯文化评论》第1辑）

俄国比较文学百余年发展历程与俄罗斯民族认同

在俄国，比较文学作为一门规范的学科被命名为“比较文学理论”（сравнительное литературоведение），又可称为比较诗学（сравнительная поэтика），[1]它远不只是意识形态在学术领域的延伸。它创建于19世纪末，而作为一种方法和意识从18世纪就开始存在了。这种情形是由俄国独特的民族性结构所决定的，而且这种性质又反过来深刻影响了这门学科在俄国的发展历程，也培育了比较文学研究的俄国式特征。

一

俄罗斯作为一个民族国家在发展为跨亚欧大陆的帝国的同时，也带来了其文明结构的不断重组，导致标志着俄国文化身份的斯拉夫文明在历史变迁中不断被复杂化，这也就给俄国带来了对身份确认的困难。于是，18世纪俄国被彼得大帝人为纳入欧洲版图，也就肇始了知识界探究俄罗斯的民族性问题，而且考量过程一定要置于东西方语境中，从而导致俄罗斯是最早对西欧经验于人类的普遍意义或绝对价值提出疑问的民族，斯拉夫派是世界上第一个使用“西方世界”概念表示非我族类、定义本土文化对立面的知识群体。伴随着300年来的现代化运动，“民族认同”成为知识界最关心的课题，先后推出一批批以比较视野透视俄国民族身份问题的杰作，如斯拉夫派理论家基列耶夫斯基（И. В. Киреевский，1806～1856）的《论欧洲教育的性质及其与俄国教育的关系》(1852)、晚期斯拉夫派思想家丹尼列夫斯基（Н. Данилевский，1822～1885）的《俄国与欧洲》(1869)、根基派批评家斯特拉霍夫（Н. Страхов，1828～1896）的《与西方为敌》(1880～1883)、著名诗人丘特切夫（Ф. Тютчев，1803～

1873)的《俄国与德国》(1873)、侨民哲学家津科夫斯基(В. Зеньковский,1881～1962)的《俄罗斯思想与欧洲》等,这些经典连同杰出思想家弗·索洛维约夫(Вл. Соловьев,1853～1900)的《俄罗斯的民族问题·俄国与欧洲》(1883～1888)、《与东方为敌》(1891)、《拜占庭文化与俄国》(1896)等,一次次震动了俄国知识界。随之,这种试图通过与他者进行比较以深刻阐释俄国问题的做法,逐渐被提升为知识界认识俄罗斯问题的传统。这种情形显然有利于促进俄国比较文学的形成,同时也决定了俄国比较文学带有相当的民族性考量和地域性特征。

不仅如此,东正教文明与俄国斯拉夫传统逐渐有机融合为一体的情形,超越了具体的时代和社会制度,左右着一代代俄国居民的生活方式和精神结构,导致"俄罗斯文化乃一种综合性文化。俄罗斯艺术家不可能也不应该成为'专家'……在俄国,正如绘画、音乐、散文、诗歌是不可分离的那样,哲学、宗教、社会舆论乃至政治不仅不能与前者不可分离,而且它们彼此之间也紧密相连。这两部分汇合在一起,就产生了一股强大的洪流,传承着民族文化的珍宝"。[2]这种打破文类或学科限制审视"俄罗斯问题"的惯例,也使知识界在对待18世纪以来的俄国文化发展问题上并不遵守严格的学科分类而采用综合方法,文学研究自然不纯粹是审美分析和科学判断,而是与其他学科联系在一起的综合研究,进而导致俄国文学研究是跨文体跨文类的,如俄国比较文学之父A. H. 维谢洛夫斯基(1838～1906)就认定文学史是表现在哲学、宗教和诗歌运动中并用语言固定下来的文化思想史,而不是对一份散落在编年史中的文学事实清单进行美学评论和道德评价。[3]

在这两种视野下审视俄国文学发展问题,知识界大多会选择比较和综合分析方法,而且这样认识本土文学倒也吻合俄国文学发展的实际,也容易看出发展过程中的问题所在。按普希金的说法,"自从康捷米尔(1708～1744)以来,法国文学对正在形成中的我国文学经常有着直接或间接的影响。在我们的时代,它也应该引起反响……诗歌至今未受法国影响,而与德国诗歌日益接近,并且骄傲地保持着自己的独立性,不为读者的趣味和要求所左右"。[4]的确如此,18世纪俄国文学观念的变化基本上是在法国影响下进行的,进入19世纪以后俄国文学转而接受德国的影响,如19世纪30年代俄国文学杂志特别明显反映出与西方尤其是与德国思想界的密切关系,19世纪40年代"自然派"的文学创作和现实主义批评显示出唯物主义和启蒙理性的影响力。西方文化对俄国的深刻影响,促进了具有现代文体意义的俄国文学之逐渐形成,并与西方保持着千丝万缕的联系,同时也培养了知识界在比较视域下认识俄国文学意义、寻求本土文学发展之路的意识,这种自省意识构成了俄国强大民族主义传统的内涵,也酝酿出俄国比较文学面对西方文化影响的复杂态度。著名作家苏马罗科夫(A. Сумароков,1717～1777)针对18世纪俄国文学创作中明显的西化趋向,发表了轰动一时之文《论消除俄语中的外来语》;诗人茹科夫斯基(1783～1825)自称"重视德国诗歌……通过对它的模仿、借鉴,使德国诗歌切近俄国诗歌而被消化吸收";[5]维亚泽姆斯基公爵(П. Вяземский,1792～1878)之力作《论普希金的中篇小说〈高加索得俘虏〉》(1822)采用影响研究方法,较早地提了普希金创作中的"拜伦主义"问题,及时警示诗人有意识培养民族主义的审美倾向。诸如此类,不一而足。

对于俄国身份及其与西方文化之关系问题,学界在认识上出现了严重分歧,因思想家恰达耶夫(1794～1856)的杰作《哲学书简》(1828～1936)透过比较视野发现俄国无助于人类进步的残酷事实、采用综合方法评述其中原因在于缺乏真正的民族认同,直接导致俄国知识界在19世纪30年代后期开始分化为西欧派和斯拉夫派,而且分化主要是在文学论争过程中进行的。别林斯基在长篇论文《文学的幻想》(1834)中称,"在欧洲,古典主义不过是文学上的天主教,在俄国只是欧洲回声的微弱余响。在普希金时期,我们重新感觉了、重新思索了和重新体验了欧洲整个智能生活。这回声是经过波罗的海传达给我们的。我们重新判断了、重新争论了一切,把一切据为己有,但自己没有培养、抚育、创造出什么,他人替我们忙过了,我们只是坐享其成:这便是我们的成功无比迅速,同时又无比脆弱的原因";[6]在《关于俄国文学的感想和意见》(1846)中他又如是说道,俄国文学一度以抄袭西方样本自傲,到了普希金和果戈理时代文学才感觉到自己的力量,从学生变成了大师,不再模仿西方而面向俄国生活和现实。[7]同样,小说家屠格涅夫和赫尔岑、诗人迈科夫和安年科夫、史学家格拉诺夫斯基等西欧派人士,都先后主张过要以西方文化改变俄国文学的贫弱状况。至于在比较文化中表达民族性诉求那更是斯拉夫派的普遍选择,霍米亚科夫(A. Хомяков,1804～1860)以其系列力作《外国人关于俄国人的意见》(1845)和《俄国人关于外国人的意见》(1846)、《〈俄国丛谈〉前言》(1856)等,强烈批评了俄国崇拜西欧之风,强调要充分估计到对西欧顶礼膜拜的后果,进而在《论俄国能否出现自己的文艺学》(1847)中运用影响研究方法分析“自然派”深受西方理性主义思潮影响之不足，认为满足于从西欧引进虚假的知识而批评俄国现实问题，那将意味着对真正俄国的忽略。这样表达民族性诉求，也是斯拉夫派其他重要学人的普遍选择。伴随着西方现代文明暴露的弊病越来越多、俄国文学的民族性特征在现代化进程中日渐突出，这两派的争论也产生了积极结果，即如何提升俄罗斯民族性在欧洲乃至世界范围内的普遍意义成为社会共同关注的课题。当然，这种民族意识和比较视野也构成了后来俄国比较文学形成和发展的基础。

这种用比较方法认识俄国文学的历程，在19世纪后期人文学术研究趋于规范、学院派学术制度形成之时，终于催生了学科意义上的俄国比较文学。据俄国比较文学大师日尔蒙斯基考证，1870年维谢洛夫斯基在彼得堡大学开设了“总体文学”课(всеобщая литература)，事实上就是严谨规范的“比较文学研究”。[8]然而，俄国学术制度向来附着于帝国整体格局，科学院和大学的学术研究虽有相当的自由，但是民族性诉求却超出意识形态规定而内化为学者们的信念，深深影响着当时包括文学研究在内的学术进展。[9]比较神话学派的代表人物阿法纳西耶夫(А. Афанасьев，1826～1871)在其洋洋洒洒的百万言巨著《斯拉夫人艺术创作中的自然观。试论斯拉夫传说和信仰与其他亲属民族神话故事的比较研究》(1866～1869)中，运用比较语言学和比较神话学方法分析了世界民族神话的差别，认为随着语言的地域分化，在漫长的历史变迁中用语言传承的神话也就逐渐远离了原始词根意义，不断被后来各民族赋予新用语的含义；科学院院士佩平(А. Пыпин，1833～1904)的《斯拉夫各族文学史》(1879)采用比较诗学方法整体叙述斯拉夫各族文学的发展历程和相互关系，类似于把维谢洛夫斯基的总体文学具体化为总体斯拉夫文学；阿列克谢·维谢洛夫斯基(1843～1918)在对法、英、俄和东方诸国文学研究的基础上著述的《西方对现代俄罗斯文学的影响》(1883)，通过诗学分析发现：正是西方文学对正在形成的俄国文学的积极影响，才使俄国文学在18～19世纪获得了很大进步，进而断言文化的封闭和文学的隔绝这类情形是可怕的，因为各国文学发展原本是相互联系的，俄国文学是世界文学的一部分。诸如此类的扎实研究，促成了比较文学作为一种学科在俄国建立伊始就取得了重大成就。当然，当时一批思想家也从比较文学角度评述俄国文学发展与西方思潮之间的关系，如著名思想家舍斯托夫推出了《托尔斯泰伯爵和尼采学说中的善：哲学与布道》(1900)和《陀思妥耶夫斯基与尼采：悲剧哲学》(1902)等，同样促进了俄国比较文学在后来的发展中注重研究思想的影响关系问题。

比较文学作为一门学科在俄国建立起来后，并没有像其他人文学科和社会科学那样因为制度更迭或废或立，而是一直保持着地域性特征和特有的生命力：日尔蒙斯基的比较文学著述历程表明了这种特征。1924年他出版的杰作《拜伦与普希金》正是其博士学位论文，在《苏联科学院通报》1936年第3期上他同时发表了《比较文学与文学影响问题》、《作为比较文学问题的俄国与西方文学之关系》、《斯拉夫各民族史诗创作与叙事文学的比较研究问题》等重要文章，1937年又推出比较文学研究力作《俄国文学史上的歌德》和《普希金与西方文学》，冷战时代先后发表《作为比较文学研究问题的东西方文学关系》(1946)、《论东西方文学关系问题》(1947)、《民俗学的比较历史研究》(1958)、《对文学进行比较历史研究问题》(1960)等杰作，1967年代表苏联参加在贝尔格莱德召开的第五届国际比较文学大会并做了题为《作为国际现象的文学潮流》的重要学术报告，1970年代表苏联参加在波尔多召开的第六届国际比较文学大会并做了题为《作为比较文学研究对象的中世纪文学问题》的报告。这些著述大多已经成为国际比较文学的经典文献，它们的学术质量和产生的背景对我们切实估价苏联比较文学的成效是很有意义的。

当然，比较文学在苏联时期有很大的变化。众所周知，苏俄建立伊始与西方国家关系就紧张，20年代末以后这种紧张开始强化，在建立社会主义现实主义理论体系的名义下，学术界先后严厉批判了形式主义诗学理论和文学研究中的世界主义倾向，进而以诗学为主体的比较文学被代之文学关系/联系(литератуная связь)研究(同时这也是为了对抗美国平行研究扩张西方价值观的策略)；同时，苏联因试图成为反资本主义阵营的中心，很重视对东欧和东方国家文化问题的研究，而丰厚的研究成果表现出俄国—苏联对这些地区文化发展有强大辐射力的导向，这就为文学关系研究提供了目的性和可操作性。1959年科学院高尔基世界文学研究所举行“各民族文学间相互联系和互相影响”大型学术研讨会，对韦勒克的《比较文学危机》和美国平行研究进行意识形态式解读，但不是从知识上拒绝了解西方比较文学进展，[10]虽然把俄国比较文学实证性的诗学研究传统进一步缩减为文学关系研究。这种情况持续到70年代后期，期间出现了大量文学关系研究的成果。随着社会进步，这种关系研究就越来越显示出局限性，外加冷战趋于缓和，于70年代末终于恢复了比较文学研究：1976年科学院语言文学部为了纪念国际斯拉夫研究协会主席

M.阿列克谢耶夫院士诞辰80周年，由著名学者布什明(A. Бушмин)主编的论文集《文学的比较研究》(列宁格勒科学出版社)，在“外国人看俄国和俄国文学”、“俄国对外国文学的接受”、“文学理论上的联系”、“作家的国际关系”等框架之下收录了30篇比较文学研究文章；1983年M.阿列克谢耶夫本人的《比较文学研究》也被整理出版。苏联比较文学的这种发展历程还孕育出另外两位重要人物，即康拉德(Н. Конрад，1891～1970)和M.阿列克谢耶夫：前者出版了震动当时苏联学术界的论文集《东方与西方》(1966)，该作大大促进了苏联比较文学研究的思想解放，后者以《莎士比亚与俄国文化》、《司各特与〈伊戈尔远征记〉》、《果戈理与托马斯·穆尔》、《俄罗斯首次认识但丁》、《伏尔泰与18世纪俄罗斯文化》、《论19世纪俄国的伏尔泰接受史》等著述推进了苏联比较文学的发展，使苏联比较文学显示出与当时西方比较文学的重大差别。甚至正因为比较文学研究在苏联的存在，在一定程度上弥补了很多研究的不足，如苏联文艺学关于“母题”/“主题”研究上的成就得力于沿着维谢洛夫斯基、普洛普等人的比较文学之路行进，从比较文学那儿找到了研究资源。[11]特别需要说明的是，苏联比较文学的发展历程主要是继承了18～19世纪民族学术遗产，如苏联主要学术成就不是因实践西方比较文学观念而是切实继承了本土学院派传统的成果，包括对结构主义和叙事学产生巨大影响的普洛普(В. Я. Пропп，1895～1970)的《民间故事形态学》(1928)和《神话的历史根源》(1946)等，得力于在对俄国比较神话学研究基础上进行类型学研究，广泛吸取奥·米勒(О. Миллер，1833～1899)和布斯拉耶夫的有关成果。而且，这种尊重学术的传统不因制度的变化而变化的做法，在近10年的比较文学研究中也得到了延续。

因为民族身份确认问题在后冷战时代变得更为重要，因而俄国比较文学在20～21世纪之交超越了经济萧条和政治动荡的局势而持续发展、繁荣。学院派和苏联时代的比较文学研究经典得到了整理出版或再版，如尤·洛特曼教授(1922～1993)生前以符号学研究俄国进步与法国文化影响的杰作《俄罗斯文学与启蒙主义文化》的整理出版(莫斯科“联合人文出版社”，1998年俄文版)；还产生了一批很有分量的比较文学和文化研究丛刊，诸如彼得堡大学主办的《俄国与西方》、莫斯科大学主办的《俄国与西方：文化对话》、科学院哲学研究所主办的《俄国与欧洲》等，它们推进了比较文学研究稳健的发展，其中《俄国与欧洲》2000年的论题是《相互认识的地平线。18世纪第一个25年的俄国文学起源》，探讨俄国现代文学起源与西方的影响及俄国和西方对此认识的问题；特别是，大量引进西方比较文学研究成果，如“当代西方俄罗斯学”和“科学图书馆”两套丛书收录了 M. 阿里特舍勒的《俄罗斯的司各特时代》、A. 克劳斯的《18 世纪大不列颠的俄罗斯人》、H. 科内尔的《乔伊斯与俄罗斯》、E. 德丽亚科娃的《赫尔岑在西方。在希望、荣誉和退却的迷宫里》、E. 克鲁斯的《道德意识的革命。1890～1914 年俄国文学中的尼采》等。

总之，俄国比较文学的发展历程显示出独特的俄罗斯民族性诉求：俄国比较文学是认识和解决俄罗斯民族问题的基本策略，也是俄国学院派实践建构民族诗学目标的重要学术场域，还是苏联时代对抗西方并表达俄国是东方阵营之中心的思想阵地，从而成为当代俄国重新确认民族身份的经典方法。

二

事实上，比较文学在俄国这样的发展历程决定了其作为一门学科的基本特征和使命。

很显然，俄国比较文学最突出的方面在于如何更好地解决俄罗斯的民族认同问题，因而在某种程度上它是俄国知识界用比较方法解决“俄罗斯民族性”问题的延伸。索洛维约夫在《俄罗斯的民族问题·俄国与欧洲》中说道，“国家性对俄国来说是必要的，没有深刻的国家思想，没有自我牺牲精神和对政府本质的始终如一地顺从，俄国就不可能抵抗住东西方的双面夹击”。[12]这种国家性、国家思想随后逐渐演变为带有很强意识形态色彩的斯拉夫民族性诉求，并且进一步成为支撑现代化运动过程中俄国民众的精神力量，从而成为一代代思想家立言的基础，如莫斯科大学教授纳杰日金（1804～1856）在《欧洲主义和民族性同俄国语言艺术之关系》中声称，“俄国的黑格尔们理解我，但是我想要对话的人则是俄国的非黑格尔”，“作为俄国教育基础的东正教、专制制度和民族性，相对于文学而言可以减缩为一点，即民族性”。[13]这种诉求甚至在西欧派也不例外，如别林斯基就主张，“只有那种既是民族性的同时又是人类的文学，才是真正民族性的文学”，而真正属于人类的文学正是真正的民族文学。[14]

识别俄罗斯民族性的这种比较原则，规定了俄国比较文学的发展趋向。首先，试图通过文学研究确立俄罗斯文化在帝国境内的权威性和作为帝国主体文化的合法性，此乃俄国比较文学研究之重要目的和开拓性领域所在。因为俄国一苏联是一个多民族和种族的帝国，在帝国沿革史上俄罗斯斯拉夫文学、中亚穆斯林文学、远东和西伯利亚的地方文学等使用的语言不同、发展历程相互独立，于是研究俄罗斯文学与这些族裔文学之关系成为重要课题。埃里温大学推出的《俄罗斯一亚美尼亚文学关系：研究与资料》(1977)很有代表性：该作收录了探讨俄罗斯文学与亚美尼亚文化之关系的很多重要文献，包括A. 萨基扬的《亚美尼亚语言中的屠格涅夫〈散文诗〉的翻译问题》、E. 阿列克萨扬的《契诃夫的戏剧革新与亚美尼亚的心理剧》、H. 冈察尔的《安德列·别雷的游记散文及特写〈亚美尼亚〉》等。这种论述遍及俄罗斯帝国版图之前"地方"文化、文学和俄罗斯关系，并试图确定俄罗斯文学具有向其他族裔文学影响力的导向，同样是 H. 科卢基克娃的《俄罗斯人民与乌克兰人民之间的文学联系》(1954)、M. 费季索夫的《俄罗斯与哈萨克斯坦在文学上的联系(1830～1850)》(1956)等著作的共同特征。至于大量关于俄罗斯与高加索、波罗的海、阿塞拜疆、格鲁吉亚等各(加盟共和国)民族之间的文学关系研究论著，也基本如此。这种研究在当时是合情合理的文学关系研究，在苏联解体后意外成了经典的影响研究。也就是说，俄国打破了比较文学一定要跨国界的限制，而且这种突破不是学者的兴趣所为，而是俄国民族性构成的复杂地理因素和文明结构使然。这种并非俄国仅有的文学关系研究(如在印度比较文学研究中也存在着类似现象)，事实上开拓了比较文学研究领域，这不是没有方法论意义的：一方面下文要讨论的不同语境下文学关系研究，事实上都是这种以俄罗斯为中心的文学关系研究在空间上的扩展，因而理论家库列绍夫强调，"苏联科学要特别重视本土文学与其他文学之间形成的历史性联系，这对确定俄国文学的民族特性、揭示世界文学发展进程的专门规律，是非常必要的"，并批评苏联学者在作家论和文学现象研究方面不注意采用文学联系研究上的成就和理论；[15]另一方面对解决民族化进程中的文化融合问题也很有价值，伴随全球化进程，一个国家容纳不同语言、肤色、族裔的人群的现象会越来越普及，如何认识他们在新移民国的民族认同(如美国的华人文学创作和文化个性问题)，显然可以采用类似的研究模式，这对我们进一步关注未来比较文学研究者的主体、立场、身份等问题给予了很多启示。

不仅如此，作为斯拉夫系统中的成员，俄国尚需要辨析自身在这个文明圈中的民族诉求和身份问题，而这类问题的严重性在任何时候都未弱化过，而且这类问题的解决远不是依靠意识形态和武力所能奏效的。于是，研究俄国(苏联)与斯拉夫各民族国家在文学、文化间的关系，成为俄国比较文学研究的另一个重要选题。学院派很多重要理论成果就是立足于对斯拉夫各民族文化的比较研究的，苏联时期对这个课题更加重视：科学院斯拉夫学和巴尔干问题研究所的集体之作《比较文学与20世纪俄国—波兰文学关系》(1989)基于波兰—俄国属于同一族系和语言体系、两国历史与现代关系紧密、两个民族文化的传统和精神价值观切近等因素，就认为两国文化间的相互联系源远流长、两种不同的文化包含着许多共性，[16]讨论诸如"民族文化传统与社会主义文化统一性"、"俄国—波兰的艺术价值、文化交流和跨文学联系"、"19～20世纪之交波兰浪漫主义与俄国文坛"、"波兰俄罗斯学(1970～1980)中比较研究的方法论原则与基本发展趋势"、"波兰社会主义文学中的人文主义与苏联文学"等问题。苏联这种比较文学研究的目的是明确的：试图通过突出斯拉夫语境下的社会主义共同性和俄国文化的资源优势，以缓解、掩盖因地缘政治和国际关系的原因而带来的民族价值观上的对立和利益冲突。重新建构俄国文学史上的斯拉夫观和民族观、构筑斯拉夫民族一体性和俄国在这个一体性中的文化优先性的神话，成为苏联时期关于斯拉夫文学关系研究的基本导向，无论是科学院论文集《20世纪俄国与保加利亚文学关系》(1964)、《捷克与俄国在文学和文化历史上的接触》(1985)、《捷克—俄国与斯洛伐克—俄国的文学关系(18～19世纪之交)》(1968)、《俄国与南斯拉夫文学关系》(1975)等研究，还是M.阿列克谢耶夫主编的《斯拉夫国家与俄国文学》(1973)、B.巴斯卡科夫主编的《斯拉夫各族人民的文学联系》(1988)等论著，无不如此。

自988年开始接受基督教，尤其是18世纪彼得大帝改革所开启的现代化运动以来，俄国不断被纳入欧洲范畴，现代俄国基本上是在西方的影响下成长起来的，而俄罗斯民族性又是在这种压力下被培养出来的。于是，俄国发展与西方文化之关系成为三个世纪以来俄国社会有识之士最关注的论题，俄国文学与西方文学之间的关系问题自然也成为俄国比较文学研究中又一重要问题。在帝俄时代，体制内外的理论家或批评家都习惯于从民族主义立场、注重从意识形态角度、印象式地判断俄国文化与西方影响之关系，而学院派关于总体文学的建构则是立足于对西方文化具体研究的基础上，更着意于学理化地面对俄国文学和西方文化之关系问题，把它视为判断世界文学发展整体规律的一个组成部分。同样，继承这种传统的日尔蒙斯基，他在《拜伦与普希金》和《普希金与西方文学》中诚恳地解说俄国文学如何"借用"西方文化的问题，"普希金被作为诗人的拜伦所深深感动。在这个意义上，普希金从拜伦那儿学到了什么呢？从自己老师的诗歌中他'借用'了什么？又如何使借用适合于自己的趣味和才华的独特个性呢？……他借用的不是思想，而是母题——影响到艺术形象的母题，更不是思想体系”。[17]这种通过切实研究俄国与西方文学关系问题而挖掘俄国文化的独特性价值、提升俄国比较文学研究的世界性意义、以学术实绩表达民族性诉求的传统等，在苏联时代演化成学术研究的意识形态行为，诸如科学院编辑《俄国与西欧的文学联系》(1977)和《文学关系与文学进程》(1986)等著名论文集、A.尼科留金教授的《俄国与美国之间的文学关系》(1981)、E.济科娃和Ю.曼等人的《别林斯基与西方文学》(1990)等，显示出苏联如何警惕、对抗、批判西方文化对俄国文学的入侵，或者否定性解读西方文化对俄国文学发展的积极意义，强调俄国文学发展的独立性过程。而苏联改革和解体以来，因不断卷入全球化过程，因而改变了这种以“强势话语”审视俄国与西方文学关系的做法，并使俄国与西方文学的关系研究自然上升到影响研究水平上来，成为俄国比较文学实践中最富有创造性的研究领域，当代著名学者伏亚契斯拉夫·伊万诺夫的力作《俄国文学与西方》和《普希金与西方》(1999)充分说明了这种变化：维谢洛夫斯基那种强调创造性借用和客观影响的研究理论在此得到了具体实践，呈现出18世纪以来俄国文学的成长过程、普希金的西方性特点及西方影响下民族意识的生成过程。特别是，还扩展了研究范围，不限于文学联系，扩大到俄国与西方之间的文化影响与借用，并且在俄国文化与古希腊罗马文化、拜占庭(和东正教)、德国文化(包括德国古典哲学、马克思主义和尼采)等重大关系问题的研究上取得了突破性进展，出现了诸如克纳别(Г. С. Кнабе)的《俄罗斯的古希腊文化》(2000)和弗罗洛夫(Э. Д. Фролов)的《俄罗斯的古希腊研究史》(1999)、利塔夫林院士选编两大部汇集百年俄国拜占庭文明研究的最重要学术成果《俄罗斯学者所解说的拜占庭文明》(1999)、涅博利辛(С. А. Небольсон)的《普希金与欧洲传统》(1999)以及《尼采在俄罗斯》等一系列论著。在俄国与西方文学关系这一比较论题上，三百年变化幅度很大，但希求从中张扬俄国民族性价值的宗旨则始终没有变。

当然，俄国比较文学切切实实地打破了研究空间上的欧洲中心论、研究价值观上的西方中心主义之藩篱，很实际地把东方文学纳入其中，这是非常引人注目的。这种情形，一方面是因为俄国文明构成的跨欧亚大陆、文化身份兼东西方所致，俄国学术界向来重视东方学研究，学院派的成功很大程度上得力于对东方文化的发现和对东方学研究成果的运用，例如维谢洛夫斯基的博士学位论文《斯拉夫人关于所罗门和基托乌斯拉夫的故事与西方关于莫洛夫和马林的传奇》(1872)是按蒙古传本研究已经失传的古印度超日王故事,根据西方关于亚瑟王故事的拉丁文版本和拜占庭—斯拉夫关于所罗门故事的版本,发现拜占庭在东西方文学交流中的中介作用,从而说明文学影响范围是可以超出同一种文化圈的;另一方面为了突出对抗西方文化而有意识加强对东方文化的研究。自20世纪60年代以来,美国平行研究学派极力扩张西方价值观,导致试图成为东方阵营中心的苏联就更注意东方文学问题。康拉德在《传统东方学及其新任务》(1965)中指出,东方学研究(востоковедение)的历史任务是要克服欧洲中心论(европоцентризм),[18]于是其《东方与西方》渗透着强烈的反西方中心论意识,例如把中国唐代称为文艺复兴,在这个前提下讨论"三位诗人"(王维、李白、杜甫)、"韩愈与中国文艺复兴之始"、"中国文艺复兴时期的哲学"等,这显然是试图通过凸现东方文学的巨大成就以对抗西方中心主义价值观下的欧洲文艺复兴之说。不仅如此,还强烈要求打破西方比较文学限定的时空界限而扩展到中世纪,日尔蒙斯基在《作为比较文学研究对象的中世纪文学》中声称,"如果把比较文学作为欧美从文艺复兴到现在的文学史研究,那么我们就会永远停留在欧洲资产阶级社会文学的狭小历史范围内,会把这一社会的审美标准视为整个文学艺术的永恒不变的标准",并批评梵·第根关于中世纪文学研究所反映的这种肤浅而狭隘的观点,[19]因而他关于《斯拉夫各民族史诗创作与史诗比较研究问题》就突破斯拉夫语境而涉及东西方很多国家,在时间上当然包容了中世纪。康拉德也主张比较文学要包括中世纪,认为这时期东方文学尤其是中国"变文"创作繁荣(包括佛教题材、纯中国的非佛教题材、由佛教中介把印度民间创作与中国民间创作合在一起的题材等)、西方与阿拉伯文学间关系密切。[20]当然,他在这方面的研究也的确相当成功,推出了《波里比阿(公元前200～120)与司马迁》(比较古希腊的《全史》与中国的《史记》)、《历史学上的"中世纪"》(比较东西方中世纪文化景观)等杰作。这种关注东方文学研究在苏联解体后得到了延续,诸如高尔基世界文学研究所维什涅夫斯卡娅(Н. Вишневская)和济科娃教授合作的《西方即西方,东方即东方:新时代的英国—印度文学关系史论》(莫斯科遗产出版社1996年俄文版),研究18世纪英国戏剧中的东方主题、启蒙主义对东方的兴趣与英国对印度的殖民化进程、印度与西方精神之间的文化联系、吉卜林的东西方与新浪漫主义哲学、福斯特的《通往印度之路》与面对东方面孔的欧洲知识分子等一系列重要问题。

事实上，俄国比较文学远不只是通过上述种种关系研究的实践历程显示出方法论意义，它还建构极有学术价值的历史诗学（историческая поэтика）作为比较文学研究的理论基础。众所周知，西方经典理论是建立在古希腊罗马古典作品基础上的，或者说从柏拉图以降到现代主义甚至后现代主义的诗学理论并不是依据每个具体时代的文学现实进程或特定的文学现象建构出来的，主要是通过对古典文本的阅读而不断诠释或修正前人理论的结果，以至于比较文学最基本的理论或概念也没能超越这些诗学理论结构。而维谢洛夫斯基的历史诗学研究则不同，他要探讨人类价值观念的继承与发展、传统与现代等具体的表现形式问题，而且把这种研究落实在特别集中体现这一矛盾的文学和审美观念领域。如此一来，对于文学的起源与发展、同一题材在各民族中的变迁、一个作家创作观念或文体风格的变化等文学进程中的具体问题，以及叙事、抒情和戏剧三大文体的历史沿革问题等，他不是依据既有的诗学观念判断的，而是对各时代的文学情节叙述或情感表达方式、语言运用进行具体的历史描述和切实的归纳、比较、分析，很有根据地论述不同时代的叙述方式和语言策略是如何推动文体变化或审美变革的。[21]这种历史诗学研究操作起来可能很困难，但是对文学和审美变化问题的理解是很有成效的，例如对文学情节的原初混合和进化、诗人的地位和社会功能、诗学语言发展、情节诗学等方面的归纳研究，能切实显示出新审美观的出现是以修正传统叙述方式为前提的，这便是审美或艺术革新。[22]亚·维谢洛夫斯基的总体文学研究正是立足于这种“历史诗学”基础上的：总体文学史要研究各民族文学的共同点，在找到共同点之前要分别研究具体的民族文学，总体文学并非各民族国家文学的总和，而是经比较法过滤之后的各国文学发展的自然历史特征。这种理论的提出并被实践得力于维谢洛夫斯基这位知识如此丰厚的专家，他即在中世纪文学和民俗学、意大利文艺复兴文学、拉丁—日耳曼语的文学和语言、俄国和斯拉夫语言文学、俄国浪漫主义等研究领域，无不卓有成就。由此，他这种把各主要民族文学置于世界文学和文化语境下考量的研究方法，肯定是能充分阐明各民族文学特点的。[23]正因为有这一理论作为基础，苏联比较文学研究尽管有意识形态倾向和强烈的民族性要求，但因代表性学者在具体方法论上坚守操守，从而在比较文学实践方面取得了很大成就，如日尔蒙斯基无论是关于比较文学的基本判断（比较文学是对世界文学框架下的民族文学的审视，并探讨文化发展和历史进步中的历史过程统一性和不同民族间的文化相互影响问题[24]),还是其他方面的研究,基本上没有脱离历史诗学研究(20年代的《拜伦与普希金》依据形式主义诗学、30年代试图采用马克思主义诗学原理建立世界文学历史发展概念,但在具体操作上都受益于维谢洛夫斯基的历史诗学[25])。

总之,俄国比较文学把18世纪以来俄国知识分子透过比较视野印象式判断俄国与西方之间的文化关系问题,使之具体化、学术化和理论化,从而更严谨地表达民族性诉求;因为文明结构和意识形态原因,俄国一直注重对境内少族群、周边地区(加盟共和国独联体)、斯拉夫文明圈、东西方国家等地区的文化和文学问题的研究,因而其比较文学研究基础雄厚,以关系研究为特色,成为国际比较文学界否定欧洲中心论的强有力声音,并顺应了战后民族独立解放运动的潮流;系统确定了比较文学研究体系,即对历史上彼此有共同性的两种或若干种文学现象的研究、对各国文学进行比较类型学研究、研究不同国家文学之间的联系等。但是,比较文学研究原本就是要突破民族视野的限制,把本土民族文学纳入世界文学范畴,研究不同民族文学发展中共通或相近的问题,以寻找世界文学发展的普遍性或特殊性的问题,而俄国比较文学研究却不断放大俄国价值观的普世性意义,在学科意识上变成了对俄罗斯文学民族性的探讨、在方法论上变成了对俄罗斯文学民族身份进行确认的技术行为,并以提升俄国文学的普遍性意义为目的,从而延伸出不断刷新俄罗斯形象的学术导向;这种民族性诉求,使得该学科在俄国发展的价值被现实化和地域化,因而尽管在具体论题研究上很有成就,却在学术思想上限制了其大部分成果能顺利融入世界比较文学进程。

[1]俄国比较文学之父亚历山大·维谢洛夫斯基1887年在《比较文学新杂志》(новый журнал по сравнителной литературе)上就提出了比较诗学(сравнительная поэтика)概念。参见日尔蒙斯基《亚·维谢洛夫斯基与比较文学》,载《比较文艺学:东方与西方》,第105页,列宁格勒:科学出版社分部,1979年俄文版。

[2]《勃洛克两卷本文集》第2卷361~363页,莫斯科:国家文学出版社,1955年俄文版。

[3]《维谢洛夫斯基青年日记选(科学院院士维谢洛夫斯基纪念版)》,第112页,Пг.,1921年俄文版。

[4]普希金:《米·洛巴诺夫关于外国文学和祖国文学特征的意见》,载《普希金文集》第7卷57～67页,人民文学出版社,1995年汉译本。

[5]茹科夫斯基(В. Жуковский):《美学与批评》,第324页,莫斯科:艺术出版社,1985年俄文版。

[6]《别林斯基文学论文选》,第69～71页,上海译文出版社,2000年汉译本。

[7]《别林斯基选集》第2卷168页,时代出版社,1952年汉译本。

[8]日尔蒙斯基B.:《比较文艺学:东方与西方》,第103页,列宁格勒:科学出版社,1979年俄文版。

[9]沃顿维勒(Dabid Warten weiler):《1905～1914年间俄国的公民社会与学术论争》,第43～80页,牛津大学出版社,1999年英文版。

[10]1961年科学院出版社推出了同名会议论文集,其中涅乌帕科耶娃的《美国比较文学方法论及其与反动社会学和美学上的联系》和P.萨马林的《国外文学比较研究之现状》等表明苏联对欧美比较文学的进展很熟悉。至于日尔蒙斯基的《对文学进行比较历史研究的问题》更表明俄国比较文学研究水平之高。

[11]西兰季耶夫(И. В. Силантьев):《俄国文艺学中母题理论的形成》,载荷兰《俄国文学》杂志2001年第3期。

[12]Вл.索洛维约夫:《俄罗斯的民族问题·俄国与欧洲》,载论文集《文学批评》,第300页,莫斯科:现代人出版社,1990年俄文版。

[13]纳杰日金:《文学批评与美学》,第400、443页,莫斯科:艺术文学出版社,1972年俄文版。

[14]《别林斯基选集》第3卷187页,上海译文出版社,1980年汉译本。

[15]B.库列绍夫:《19世纪上半叶俄国与西欧在文学上的联系》,第5、6页,莫斯科大学出版社,1977年俄文版。

[16]B.霍列夫主编:《比较文学与20世纪俄国一波兰文学关系》,第3页,莫斯科:科学出版社,1989年俄文版。

[17]日尔蒙斯基:《拜伦与普希金。普希金与西方文学》,第23页,列宁格勒:科学出版社,1978年俄文版。

[18]H. 康拉德:《东方与西方》,第 26 页,莫斯科:东方文献中心出版社,1966 年俄文版。

[19]载《苏联科学院通报(文学和语言部分)》(Известие АН СССР ОЛЯ)1971 年第 3 期。

[20]H. 康拉德:《现代比较文学研究问题》,载《苏联科学院通报(文学和语言部分)》1959 年第 4 期。

[21]参见刘宁《亚·维谢洛夫斯基的〈历史诗学〉》,载《世界文学》1997 年第 6 期。

[22]参见亚·维谢洛夫斯基《历史诗学》,第 80～90 页,莫斯科:高校出版社,1989 年俄文版。

[23]日尔蒙斯基:《亚·维谢洛夫斯基与比较文学》,载《比较文学研究·东方与西方》,第 106～136 页,列宁格勒:科学出版社,1979 年俄文版。

[24]日尔蒙斯基:《论东西方的文学关系问题》,载《国立列宁格勒大学学报》1947 年第 4 期。

[25]日尔蒙斯基:《比较文学与文学影响问题》,载《苏联科学院通报(社会科学卷)》1936 年第 3 期。

普希金与拜伦：二百年来俄国知识界争论不休的话题

苏联享誉国际的比较文学家和英国文学专家日尔蒙斯基（В. М. Жирмунский，1891～1971）在《普希金与西方文学》（1937）开篇就声言，“普希金是俄罗斯民族文学的奠基人。其创作根源于俄罗斯历史现实，植根于俄罗斯民族的创造性力量中。但俄罗斯民族（国家）之发展不是孤立的，而是和整个欧洲发展紧密相连的；俄罗斯文学之发展，是作为世界文学的一个部分。因此普希金作为俄罗斯民族（国家）诗人，也就同时是西方文学生活的积极参与者；其创作道路同时与欧洲的和俄罗斯的文学发展相关联。问题是，西方影响普希金的创作是屡见不鲜的论题”[1]——此乃 1924 年出版《拜伦与普希金》之后再次触及这个话题，但其后直到 1969 年这两书合集出版，该问题基本上不再作为学术话题被论述。也就是说，这是在苏联极“左”思想体系已经形成、形式主义流派销声匿迹、比较文学学科衰微等情形下，日尔蒙斯基大胆把俄国文学纳入欧洲版图进行论述，讨论西方对作为俄罗斯民族（国家）诗人普希金的影响问题，不仅冒苏联反世界主义的意识形态风险（任何有关俄国受惠于他国文化的论述，都被列为用世界主义挑衅爱国主义的行为），而且也面临着已传统化了的苏俄民族主义压力，即普希金作为俄国民族诗人而不仅仅是俄罗斯族诗人（российский поэт，не только русский поэт）怎么可能是在西方影响下成长起来的呢！然而，就文本层面来说，普希金的创作的确有着西方文化浸润之痕迹，如他早期的创作深受法国古典主义的影响（此乃早期普希金何以能写出少年老成的颂诗《皇村的回忆》原因之所在，当他还是皇村中学的学生时，就因诗篇表达了对俄罗斯帝国和皇帝之赞颂及颂扬的恢宏气势而得大名），1820～1824 年高加索之行，普希金创作了许多长篇叙事诗——这些诗篇被一代代学者认为诗人受益于欧洲浪漫主义潮流尤其是拜伦创作的影响，以至于因受拜伦影响过于深刻，此后无论作者怎样尽力克服这种影响，但作为事实还是不断被人讨论，姑且不论1824～1826年幽居米哈伊洛夫斯克村时他喜欢阅读莎士比亚和司各特的作品，以及热衷于德国文学等。这就是，普希金作为俄罗斯民族（国家）诗人，却是在西方影响，尤其是拜伦影响下成长起来的问题——一个搅动了近两百年俄国知识界的重要话题之由来。

这个问题就普希金本人而言，是和其创作长篇叙事诗相关。论及他的长篇叙事诗创作，政治家普希金并不是因其政治诉求，而是由于个人言行不慎或不合其在机关工作的身份（皇村学校毕业后任职于外交部七等文官），外加发表了《自由颂》（1817）、《致恰达耶夫》（1817）、《乡村》（1819）等违背专制国家意识形态要求的诗篇，遭遇要下放西伯利亚去锻炼的惩罚，后经友人调停改到高加索去服役。这一事件之于当事者和后来学者而言，都认为是政治流放的托词。也因如此，激发了这位体制内的青年诗人对个人所理解的自由的向往：在流放高加索期间（1820～1824），创作了包括《高加索的俘虏》、《巴赫奇萨拉伊的喷泉》、《强盗兄弟》和《茨冈人》等在内的南方叙事诗。而长篇叙事诗作为一种文体是浪漫主义文学的最流行样式，它在文类上成就普希金成为浪漫主义的重要诗人。由是，问题就来了：为何普希金此时会创作长篇叙事诗，并且一定是和拜伦的影响有关？

其实，生于伦敦破落贵族家庭、长于苏格兰、10岁时就承袭爵位的拜伦（George Byron，1788～1824），在许多方面有别于同是贵族家庭出身的普希金。从拜伦生前好友（拜伦遗嘱执行人）、爱尔兰著名诗人托马斯·穆尔（Thomas Moore，1779～1852）《拜伦勋爵书信日记及其生平事记》（1830～1831），或法兰西学院院士、法国著名传记作家和历史学家莫洛亚（M. Andre Maurios，1885～1967）《拜伦传》（1930），或马尚德（Leslie Marchand，1900～1999）3卷本《拜伦传》（1957）和1卷本《拜伦：一幅肖像》（1970），或朗福特（Elizabeth Longford）《拜伦传》（1976）等经典文献中可知，拜伦一向不守传统、藐视上流社会秩序，有意识地挑战国家的贵族政治结构，身体力行地鼓吹思想自由、倡导行动自由，是一个行为不羁的人（而普希金则珍视自己贵族之荣耀）。在剑桥大学就读期间，拜伦就发表了违背英国贵族传统价值观和审美趣味的诗集《闲暇的时刻》（Hours of Idleness，1807），诗作招致《爱丁堡评论》（创办于1802年）这份由知识精英基于求知和理想而非商业利益所创办之著名杂志的严厉批评，但拜伦不改言辞夸张、激烈的文风，并以这样的文笔写下长诗《英格兰诗人和苏格兰评论家》(English Bards and Scotch Rviewsers, 1809),有意识用过时的格律句讽刺所谓文学革新者(包括湖畔派诗人)和文学保守者(一些批评家)的思想、文学趣味。此后,不按正统的诗歌规矩——十四行诗传统,而选用自由体,写了长诗《恰尔德·哈洛尔德游记》(1812~1818)等一系列长篇叙事诗,并且,在这种"格律混乱"的诗行中,不写诗人对历史的赞美和对生活的正面感受,而写西班牙人反对法国和土耳其的政治问题,写欧洲的国际关系——居然使诗歌讲述故事,还把这样的叙述作为诗篇的主体,诗人情绪或思想之表达则作为插话成分,且不考虑抒情和叙述如何融合的问题;哪怕拜伦曾宣称"以更轻松的笔触描写更为友善平和的人物",但许多诗歌流露出对正统社会生活的厌倦、对贵族政治的不尊重,偏爱塑造出身高贵却愤世嫉俗的孤傲主人公形象,而且在其大部分创作中随处可见信马由缰的叙述,如《异教徒:土耳其故事片段》(1813)、《阿比多斯的新娘。土耳其故事》(1813)和《海盗》(1814)、《莱拉》(1814)、《包围柯林斯湾》和《巴黎式的》(1816)等著名的"东方叙事诗"(Oriented Tales)皆如此。这些诗篇,在日尔蒙斯基看来,表达了诗人这样的愿望,即"挣脱习俗、古典诗学、法国古典主义等乏味而老朽的标准和系统之限制"。[2]有意思的是,拜伦这种让诗歌放弃用严整格律书写诗人对自然的高贵理解并诗意地寄情山水之惯例,选用韵律自由的诗句书写公众生活、当代政治和民族主义,揭露战争、英雄主义、忠于爱情、东方文明等公认观念背后的悖谬,体现了与众不同的贵族自由主义风范,反而在18~19世纪之交及其后的英国成了赢得庞大读者群的拜伦主义。

更为奇特的是,从16世纪以来就注意到英国文学的古罗斯(Русь),随着其转型成为俄国(Россия),有越来越多的知识分子懂英文并大量翻译英国文学,尤其是19世纪初以来因俄法的国际政治之争(如拿破仑战争)、政府长达半个多世纪推行启蒙主义而产生政府忌讳的结果(如1825年十二月党人事件),使得俄国社会和知识界对法国文化心生背离,促使法国古典主义和启蒙主义退却,英国文学则随英国文化大量进入而更受知识界青睐,包括拜伦那些挑战追求贵族高雅审美情趣的保守文坛或贵族化革新的湖畔派诗人之作,在俄国也风行起来。[3]实际上,拜伦在英国成名若干年后就被俄国关注了,如茹科夫斯基1814年12月致信C.乌瓦洛夫说,"我已经发现了您的诗歌和拜伦诗歌之间有些相似之处,但他为邪恶精神所驱使,而您则被善之精神所驱动";1815年《俄国缪斯》杂志刊发当时著名博学者B.伊兹马伊洛夫关于《海盗》的书评，第二、第三年《俄罗斯残疾人》杂志发表评论包括拜伦和司各特在内的英国文学文章；1818年初刊《欧洲通报》发论拜伦的文章，关注法国、德国对其讨论；19世纪20、30年代许多杂志和丛刊都刊载拜伦的俄译作品（尤其是东方叙事诗），茹科夫斯基对其创作痴迷而不断追踪之，甚至有人组建了拜伦作品阅读书会，1820年代俄罗斯语言爱好者协会及其杂志《启蒙和福利竞争》常讨论拜伦。[4]其中，《北方蜜蜂》1828年（总第89～90期）刊发的《〈曼弗雷德〉三幕剧》俄译本、年龄上长于普希金的著名诗人科兹洛夫（Иван Козлов，1779～1840）翻译了《阿比多斯的新娘》、同普希金年纪相仿的诗人维尔捷列夫斯基（В. Вердеревский，1801～1872）翻译了《该隐》等，这些译作在当时畅销一时。[5]科兹洛夫甚至模仿《异教徒》第二部分创作了《修道士》（Чернец，1825），В.利特维诺夫则模仿《海盗》创作了《狱中之爱》，其《朵洛什科》（Дорошенко）重复了《异教徒》的情节（如主人公临死前在教堂里忏悔）。可以说，1820年代，拜伦已是俄国知识界最为熟悉的欧洲作家之一，并因其作品流露出明显的反对正统欧洲的审美韵味，使俄国知识分子不断翻译、讨论、研究，普希金1835年还曾打算根据托马斯·摩尔出版的《拜伦爵士书信》（1835年法文版）撰写论拜伦的传记文章。诸如此类现象，使拜伦对俄国之影响问题，在后来成为常说常新的话题，如《声音报》（1873年总第337期）发表了署名W之作《俄语翻译中的拜伦》、《彼得堡通报》（1873年总第156期）发表了署名Z之长文《论拜伦的俄语译本》等。并且，随着时代的进步，俄国人对拜伦还形成了自己的深刻认识，典型者如陀思妥耶夫斯基对所谓拜伦主义的评价："拜伦主义虽是一种暂时现象，但它在欧洲人的生活中，甚至在全人类的生活中却是一种伟大、神圣而必不可少的现象。拜伦主义是在人们极其忧伤、失望乃至绝望之时出现的。"18世纪末法国作为西欧发达之国，出现了出乎欧洲意料的多起流血革命事件，辜负了世人对之的信赖，人们产生了偶像倒塌般的失落、彷徨，拜伦就是在此时出现的天才诗人，其诗作表达了当时人的苦闷，"这是一个新的，从未听说过的复仇和悲伤、诅咒和绝望的缪斯。拜伦主义突然掠过人类的上空，全人类都呼应他"。[6]这样的文字可谓动情而深刻。

可以说，传播到俄国的拜伦，之于俄国许多作家本来就亲切；普希金在皇村学校毕业后就已知晓拜伦，并在自己阅读拜伦的经验和知识界的"拜伦热"中登上文坛，在流放高加索时又接触到法文版的拜伦叙事长诗，当时的心境、南俄自然景观和少数族裔风情等，使其对拜伦那些破坏古典主义审美传统的诗篇倍感亲切,赞赏那些激进的拜伦式英雄(Byronic hero),欣赏拜伦诗篇中异国情调的情节和片段,并从中得到诸多安慰和启发,以至于造成普希金的南方叙事诗和拜伦的东方叙事诗在题材、体裁和情绪表达等方面有不少相应处:和拜伦叙事长诗一样,普希金那些叙事诗亦充满着罗曼蒂克的个人主义诉求,哪怕在普希金的创作中个人主义不是俄国文学所固有的,而且来自都市的主人公在南方的活动背景,远比拜伦式英雄要清楚、明晰,但也表明普希金正在反思俄国斯拉夫关于个人服从共同体之强大传统的意义,于是大胆且创造性地触及俄国文学史上所压抑的个人诉求和社会冲突问题;并和拜伦一样,普希金在南方叙事诗中按自己的主观感情塑造有个人意识的抒情主人公形象,还使人物的情绪和抒情主人公的思想保持某种程度上的一致,甚至在《茨冈人》(《吉普赛人》)中主人公阿列格为逃避文明,加入吉普赛人的队伍,而叙事长诗《波尔塔瓦》也闪烁着拜伦东方叙事诗的亮光(马泽帕和玛莉亚父女具有拜伦式主人公的特征,虽然在他们身上添加了对俄罗斯帝国的不同态度),日尔蒙斯基甚至认为,后来的《叶甫盖尼・奥涅金》也有拜伦影响的痕迹,如以个人主义意识批评性对待周遭环境、关注个人的生活追求、奥涅金形象塑造同个人主义意识相关等,这些显示出俄国自由主义贵族的情怀,哪怕该作叙述的是俄国重大的现实问题;[7]同时,同拜伦一样,叙事长诗和《英雄》(1830)等诗篇的字里行间,流露出对自己古老贵族家庭在艰难时代衰落的无奈、沉思。可以说,正因拜伦的积极影响,在普希金的《高加索的俘虏》和茹科夫斯基翻译的《锡龙的囚徒》问世之后,《祖国之子》1823年(总第83期)刊文《寄往高加索的信》(письма на кавказ)就判断说,俄国人对拜伦叙事长诗的模仿有了新发展,普希金和茹科夫斯基这两部给俄国人以安慰之作便是其中的重要成果。更有甚者,《莫斯科电讯》杂志1829年(总第26期)发文讨论俄国模仿拜伦现象,认为著名诗人巴拉丁斯基等人是普希金的模仿者,“他们向普希金学习创作,普希金是出现在我们中的第一个创作拜伦式长诗的代表”,且拜伦的东方叙事长诗很快就被普希金的南方叙事长诗所替代,以塑造拜伦式人物为特色的《异教徒》、《阿比多斯的新娘》等诗篇,则让位于普希金书写伊斯兰教情人悲剧的《巴赫奇萨拉伊的喷泉》、南俄风情的《茨冈人》,而这种变化显示拜伦的影响力经由普希金的南方叙事长诗渗透进俄语诗歌中。这些情形客观上表明,普希金受拜伦影响之事实及其所产生的效果,得到了同时代知识界的肯定。

然而,普希金的文学成就很快使之被果戈理等大批作家和批评家视为俄罗斯民族(帝国)诗人:俄国知识界需要把他当作俄国文学的真正代表。于是,作为体现民族性诉求的普希金曾受益于拜伦之影响问题,很快就变得复杂起来。莫斯科大学纳杰日金(Николай Надеждин,1804～1856)教授发文《对下一年文学的担忧》(《欧洲通报》1828年第21、22期)称,"拜伦乃始终是文学浩瀚世界里一颗巨大不详的天体","无论你是否愿意,俄国诗歌就是在拜伦音符之下弹奏的",但在论《鲍里斯·戈东诺夫》等文字中强调俄国文学走向独立发展之路,是从普希金而不是从拜伦那儿开始的,普希金文学的抒情性因素比叙事性因素更重要,这和拜伦是相反的。而当时先后创办《北方档案》和《祖国之子》杂志、报纸《北方蜜蜂》的出版人和著名畅销书作家布尔加林(Фаддей Булгарин,1789～1859),在《祖国之子》(1833年第6期)上发表文章《关于俄罗斯文学的书信:论普希金的特点和成就》,以同时代人的口吻说,"听我们的语言文学家、我们的学术批评家说,普希金是拜伦的模仿者",实际上普希金和拜伦一样,都是在长篇叙事诗这种文体尚未确定时进行创作的,"就我的观点而言,普希金只是时代和拜伦诗歌影响的结果,但他本人是创新的(оригинален),并非模仿者(подражатель)。更进一步地说(不是责备诗人),普希金不曾读过拜伦原作,他所知道的拜伦作品只是法文的散文体译本。普希金甚至不能理解德语诗歌的任何美,因为他不是很精通德语,不是很能理解诗人语言的美(可能普希金现在可以完全明白拜伦和歌德的原作,但在他开始创作之时,并不很通英文和德文。这是众所周知的)。普希金远远听到的是不清晰的拜伦、歌德和席勒的诗歌之声,其心灵是很平静、敏感和生动的,他突然体会到自己的力量,诗歌奔涌而来,其诗歌是独特的、个人的,不是拜伦的,不是歌德的,不是席勒的,而是其时代诗歌和时代精神的诗歌","虽然普希金是创新的,但其创新没有带来拜伦创新那样的成果。现在和将来会有许多的普希金模仿者,但这不是普希金诗歌的结果,就如他不是拜伦诗歌结果那样。普希金让同时代人折服和喜欢,教会他们写语言流畅的、真正的诗歌,让他们领略到我们语言的甜美,但没有让其时代所痴迷,没有如拜伦和歌德那样形成自己的流派","没有人能严重伤及普希金的天才,正如没人可以替他吹牛一样,正因为如此,人们既不能深入其最好作品的实质,也不能抓住其才华的趋向","普希金的才能在一些抒情诗、叙事长诗和戏剧中不是雷同的,甚至在这三种类型中的特征是丰富多样的,其他人都能从中思考和感受到这些丰富性,并激励着其他天才。在抒情诗中,诗人不断地在拜伦所标示的高度上滑翔;在普希金的叙事长诗中,则收起翅膀常常降落在地面上行走着,为了积蓄思想,有时候漫步在他人的道路上,有时停歇下来。在戏剧方面诗人尚未稳定下来,在天上和地上徘徊,较之于对天上的兴趣,他时常痴迷于地面。但在任何文体上他都比俄国其他诗人站得更高”。[8] 其实,此前《莫斯科电讯》创建者、作家和文学批评家尼古拉·波列沃伊(1796～1846),不仅在自己的杂志上刊载了《叶甫盖尼·奥涅金》部分章节(1825 年第 5 期)和其长诗《茨冈人》(1827)、《波尔塔瓦》(1829)等,而且发表文章《〈叶甫盖尼·奥涅金〉,亚历山大·普希金的诗体长篇小说》(1825),赞赏诗人以浪漫主义方式探寻俄罗斯文学及其效应问题,认为普希金推动了俄国文学发展,《奥涅金》与拜伦的《唐璜》(1818)之间没有任何相似之处,诗人并未模仿法国或英国诗篇,这是一首真正具有俄罗斯民族性的诗歌,“我们从中看到自己的风景,听到母语,感受到自己的怪异言行”,诗人创造性使用了“民族性”(народность)概念,表达了民族文学的浪漫主义诉求。此后著名文学史家米留科夫(А. Милюков,1816～1897)在那部多次再版的《俄国诗歌简史》(1847)中用冷静的史学家眼光看待普希金,认为深受拜伦《唐璜》影响的《叶甫盖尼·奥涅金》,成功叙述了俄国的事情,这种情形连同他的其他诗歌一道,促成“普希金不是一个世界性诗人,而仅仅是其祖国的重要诗人”。[9] 可以说,作为普希金同时代人或稍后的这些文学史家、批评家,和诗人一样浸润于俄国民族主义氛围中,由此孕育出对文学的独特感受,在普希金与拜伦问题上提出特别认知,哪怕实际上,“普希金需要拜伦的个性,直到他自己显著个性清楚地显露出来为止,在切实的感觉上,他从未终止对个性的兴趣并始终有着自己个性,但他戴上其独具特色的面具,直接的做法就是减少生命和文学创作生涯中的个性诉求”。[10]

不过,否定普希金深受拜伦影响的声音更是不绝于耳:以启蒙主义批评见长的别林斯基在其 11 篇讨论普希金之论文中,多次提出普希金与拜伦关系问题,第 10 篇如是说道,“很难想象还有什么人比普希金更强烈地反拜伦,更有保守的天性。他是一个笃于古风旧习者”,因为他不仅是一位诗人,更是庄园贵族,“他总是本着对旧习惯的偏爱来使用罗蒙诺索夫颂诗中那些官方化的词汇”,即使《读者文库》提出要废弃这些古板的词汇时,普希金因尊崇传统的精神而仍旧频繁使用,而且这种尊崇传统同样表现于对那些已经仙逝的人士之尊敬。在此,普希金所涉及的并非与拜伦相似之处,而是他本人的东西和他所感受到的现实——其时代尚未被察觉和被触及、人们又渴望被描写出来的现实,由此《叶甫盖尼·奥涅金》作为最富原创性的民族性作品为俄国新诗和新文体打下牢固的基础。爱智协会另一成员、后来成为斯拉夫派思想家的基列耶夫斯基(Иван Киреевский,1806～1856)所写的著名文章《论普希金诗歌特点》(1828)甚至提出,“为何迄今为止没人着手把普希金诗歌作为一个整体来确认,讨论其优长和不足,以展示他在这个时代作为第一流诗人中所成功占据的位置呢?”因为诗人写《叶甫盖尼·奥涅金》最后几章时,就远离意大利、法国和英国的影响,转向俄国化写作了,“恰尔德·哈罗尔德与普通民众少有共同点,他的苦楚、热望、快乐,其他人是不能理解的,只有高高的山峰和悬崖峭壁以其神秘来回应他——也只有他才能听得见,而奥涅金则完全是另一回事,普希金选择的是一个平凡而普通的人”,其作品充满着俄罗斯民族性,“诗篇中有无数的美:连斯基、达吉扬娜、奥尔加、彼得堡、乡村、梦境、冬天、书信等,唯我们的诗人所独有。在这里,清楚地显露出他热爱大自然的禀赋”。[11]此论在后来的激进主义批评家和斯拉夫主义思想家的赫尔岑(1812～1870)之作《论俄国革命思想的发展》(1851)中得到了发展,“普希金早期诗篇深受拜伦强烈影响,之后普希金每一部新作都越来越显得是独创的。他虽赞扬这位英国诗人,却不曾变成拜伦的顾客、寄生者、翻译者。到生命的后期,普希金和拜伦完全分道扬镳,原因就在于拜伦的灵魂深处始终是一个英国人,而普希金直到灵魂深处却是俄国人——彼得堡时期的俄国人;普希金感受到文化人的所有痛苦,但信仰未来,而拜伦则已丧失信仰;拜伦是一个伟大的自由人,独立不羁并与世隔绝,骄傲、目空一切、怀疑一切、越来越犹豫,而普希金则能平静下来,潜心研究俄国历史,写普加乔夫暴动史、创作历史剧《鲍里斯·戈东诺夫》。大凡认为《叶甫盖尼·奥涅金》是俄国的《唐璜》者,是既不了解拜伦,也不懂普希金,既不了解英国,也不懂俄国:只是根据外表特征判断的。它是充满着诗情的自传体作品。奥涅金是只有俄国才能产生的本土人——他是这样富有民族性,凡是在俄国多少得到认可的长篇小说和长诗中都可以预见到,不是有人想抄袭他,而是能在身边或自己本身找到他”,“奥涅金,不是哈姆雷特、浮士德、曼弗雷德、奥巴曼等,奥涅金是俄国人,只有在俄国才会产生;他在俄国是必然的,你在俄国到处都能见到他……奥涅金形象是这样富于民族性,在一切凡是俄国多少得到认可的作品中皆能见到……文明毁灭着我们,使我们走入歧路,就因为它,我们才能使别人,也使我们自己背上重荷……我们盗取了文明,于是朱庇特就拿从前折磨普罗米修斯的手段惩罚我们”。[12]而且,此论和诗人本人的意见有某种程度上的一致:1825年7月下旬普希金致友人的书信和1827年发表的论文《关于拜伦的戏剧》分别阐明了自己对拜伦的理解,即拜伦一生只理解一种性格——自己的孤傲性格,把自己的骄傲性格赋予一种人物、把自己的憎恨赋予另一种人物、把忧郁赋予第三种人物,因而拜伦式英雄身上存在着作者自身的性格化特点。普希金创作在这方面是异于拜伦的。这样的认识很普遍:本质上具有民粹主义色彩、形式上是激进主义知识分子的车尔尼雪夫斯基,其《果戈理时期的俄国文学概观》(1856)论及这个问题说,"普希金的作品并不能很容易就使人想起拜伦、莎士比亚、司各特。把奥涅金称为拜伦的恰尔德·哈罗尔德的拟作,是不公平的"。[13] 与之相当,另一激进主义批评家奥加廖夫(1812～1870)《19世纪俄国秘密文学》(1861)"序言"声言,普希金写《强盗兄弟》之后就摆脱拜伦影响了,完全立足于俄国土壤,描写俄国的现实生活。

1855年著名出版人和文学批评家安年科夫(Павел Анненков, 1813～1897)所编辑的5卷本《普希金文集》出版后,强调俄国的斯拉夫性的唯美主义作家和理论家A.德鲁日宁(1824～1864)著述《普希金及其作品的最新版本》(1861),经多番研究主张,"悲剧家拜伦在普希金面前是多么的微不足道,拜伦在自己整个一生中只理解一种性格,即他本人的性格……而普希金一旦构想出任何一种性格,就力图把它在普通作品中表现出来",批评家很有个性地评述了普希金的一系列作品,"在叙事性作品方面,普希金要优于拜伦、莫尔、拉马丁、华兹华斯、柯尔律治和海涅……《叶甫盖尼·奥涅金》是我们的诗人尚处于拜伦影响之下所构思的,'构思时抒情插笔多于故事本身',整个看来,它是最为引人入胜的长篇小说之一,而这样的作品是那些才华卓著的作家们曾梦寐以求的。在很多细节上,它逊色于拜伦的《唐璜》,但就作品匀称的结构、外在的魅力、故事与抒情的巧妙配合、出人意料的结局和对读者的好奇心的影响等而言,它在一定程度上胜过这部伟大的长诗","《露莎尔卡》诗节,以其完美性在很大程度上超过了我们许多文学巨匠的全部诗歌,以至于我们忍不住要把它们与那些把无韵诗作为最佳手段以更多传达自己灵感的异国诗人的无韵诗相比。拜伦《曼弗雷德》等剧作和一些叙事诗中的无韵诗,绝对地逊色于普希金的诗歌;华兹华斯的诗时常是很出色的,却总是被诗人对画面美的追求所毁坏,而这种追求在普希金那儿是没有的。除歌德、弥尔顿、莎士比亚,我们不知道哪些诗人的无韵诗能与我们在阅读普希金的《露莎尔卡》时为之惊叹的那些无与伦比的诗歌相媲美"。这样的说法,在另一斯拉夫主义理论家格里戈利耶夫(Аполлон Григорьев,1822～1864)《俄国文学中的西欧派及其产生的原因和力量》(1861)中有回应,“普希金不是西欧主义者,也不是斯拉夫主义者,普希金是一个俄国人,同欧洲发展环境的接触使一个俄国人成了这样一个人”。不单如此,针对安年科夫编辑出版的《普希金文集》,车尔尼雪夫斯基也在《现代人》杂志 1855 年第 2、3、7、8 期上连续发表四篇普希金之论,其中的第 2 篇提出了很多有趣的看法,“最重要的是,普希金主要是一个形式的诗人。他的作品是富于艺术性的。普希金并非如拜伦式对生活有一定看法的诗人,甚至也不像歌德或席勒似的思想诗人,浮士德等艺术形式的产生,是为了通过它表现对生活的深刻看法,在普希金作品中,却找不到这样的特点。他希望成为一个历史诗人,戈东诺夫、波尔塔瓦、青铜骑士、上尉的女儿等不但是由于艺术的要求,也是出于想表达自己对俄国历史的观察……普希金主要是艺术家的诗人,而不是思想家的诗人。也就是说,其作品的根本意义是它们的艺术之美……他的作品十分有力地促进了公众对诗歌的好感,这些作品使得关心文学、从而能感受崇高道德发展的人增加了十倍”。

和上述从思想上强调普希金创作独立于拜伦不同,著名的斯拉夫派理论家和作家伊凡·阿克萨科夫(1823～1886)在 1880 年普希金铜像揭幕典礼仪式上发表演讲《论普希金》时,如是满含激情地论及这个问题,“敏感的普希金当然很钦佩拜伦,甚至可能一时醉心于拜伦,称他为思想的主宰者,有时可能借用他的某种外在特点和形式,如《巴赫奇萨拉伊的喷泉》。他说拜伦是‘骄傲的诗人’(《叶甫盖尼·奥涅金》)、‘如大海一般忧郁’(《致大海》),而普希金则是一个阳光下的诗人,在他身上完全没有个人骄傲的影子。所谓拜伦主义(байронизм),即由拜伦强大的主观诗歌所引起的思想上和生活上的那种潮流,普希金同这种拜伦主义毫无关系。他曾通过《茨冈人》中阿列格形象(‘一个骄傲的人’,只是为了自己追求自由)和《叶甫盖尼·奥涅金》中奥涅金形象,揭露和指责了这个潮流,按普希金的说法,奥涅金永远是无所事事并为灵魂空虚而苦恼不已的‘披着哈洛尔德斗篷的莫斯科人’(москвича в гарольдовом плаще)。但是,哪儿也没有像下面这几行诗那样,天才、智慧、准确且简练地抨击了这种类型及其变体的人物。奥涅金在图书室里只留下:‘《异教徒》和《唐璜》/此外还有两三本小说,/这些书都反映了其时代/对于当时的人/描绘得极为深刻/这种人没有道德灵魂/自私和枯燥/整日沉浸于幻想’”。斯拉夫派理论家这些声情并茂的表述,以其对普希金的深刻理解,生动表达了对普希金及其所体现的民族认同之维护的热情。

也正因为普希金与拜伦之关系问题事关民族认同,导致19、20世纪之交这个西方文化思潮和俄国文化创新相融合的时代,仍难以对之作出客观讨论:文学史家达什凯维奇(Н. Дашкевич,1852～1908)《普希金诗歌中神往拜伦的痕迹》(1898)认为,"普希金之友维亚泽姆斯基公爵公正评述道,普希金的心灵是如此的火焰般炽热,就如同拜伦那样","拜伦有一颗不安的心(душа мятежная)。就像拜伦那样,普希金成了流言飞语的不幸牺牲者。这两个诗人都是自由的歌手","他们和政府分道扬镳,和上流社会读者与喜欢新闻界的人不合流","和拜伦一样,普希金很热衷于把土耳其从奴役下解放出来",但这些只是强化普希金作为俄罗斯民族诗人的手段。而文学史家、1921年当选为科学院通讯院士的В.西波夫斯基(Василий Сиповский,1872～1930)《普希金、拜伦和夏多布里昂》(1899)指出,在奥涅金身上有俄国知识分子的焦虑,也能看到夏多布里昂之作《基督教真谛》、理查森的小说《克拉丽莎》、拜伦一些作品中的人物形象的痕迹。此外,著名律师和出版家В. Д. 斯帕索维奇(1829～1907)的长文《普希金创作中的拜伦主义》(1889年。在作者去世后有人将其整理出版为作品集《普希金和莱蒙托夫创作中的拜伦主义》,1911年),细致分析了普希金长篇叙事诗受拜伦影响的具体情形。可以说,这些人对这个问题的研究,连同俄国比较文学之父维谢洛夫斯基(А. Веселовский,1839～1906)《普希金——民族(国家)诗人》(1899)、宗教哲学家В.罗赞诺夫《普希金》(1899)和《关于普希金的某些新论》(1900)、Л.舍斯托夫《普希金》(1899)、М.格尔申棕《普希金的智慧》(1919)等一道,共同确认了普希金在接受拜伦影响中创造性地表达了俄罗斯民族认同的意义。

由此,哪怕是苏维埃时期,讨论俄国文学和世界文化之关系,若不是强调俄国影响了世界,那要被冠以"世界主义"恶名,就会遭遇政治风险,但普希金和拜伦问题也不能被掩盖,虽然是反过来解释的——普希金使俄国摆脱了拜伦的影响,普希金趋向于现实主义,而拜伦始终停留于浪漫主义。其中,最为学界所赞同的是日尔蒙斯基用形式主义诗学对这个论题的讨论:先后出版系统研究这个问题的著作《普希金与拜伦:论浪漫主义长诗》(1924)、《普希金与西方文学》(1937)。在1969年两书合集再版序言中,作者自云,"《普希金与拜伦:论浪漫主义长诗》是在俄罗斯形式主义兴盛时期写成的……该书研究普希金如何以个人之力移植到俄罗斯土壤上来的抒情长诗的文学情节","文学影响、传统、情节史的问题，不是一般意义上的理论阐明问题，而是具体的历史范例问题。既然新情节的诞生，事实上以拜伦－导师和普希金－学生个人之间的相互关系为前提，那么东方叙事长诗和南方叙事长诗之比较就必然被替代为拜伦和普希金个人诗歌艺术的特征”，“比较拜伦的东方叙事诗和普希金的南方叙事长诗，对比分析两者的艺术手段，能给客观学术结论以坚实的基础”，“对普希金而言，一开始就内在地要反对导师拜伦，反对，最终应该导致他终究是要克服拜伦主义的”，“宛如拜伦，普希金在‘南方叙事诗’中把我们引入充满着浪漫主义时代趣味的奇特、罗曼蒂克、假定诗学的环境中……在《高加索的俘虏》和《茨冈人》这两首长诗中，其主人公也是欧洲人、俄罗斯人、我们的同时代人，但和他们在一起的，则是把启蒙教育鄙视为束缚、要逃到大自然的原始生活条件下的人。和拜伦一样，通过这样的方式，说明南方叙事长诗的浪漫主义情节，并用浪漫主义风格在我们面前展开事件、体验、自然景观和生活，诗学趣味需要表现出浪漫主义风格和浪漫主义时代的精神结构”，还认为拜伦和普希金在静态地超越时间描写东方女性美方面有很多可比性。[14]在《普希金与拜伦：论浪漫主义诗集》(1924)第一章“普希金的拜伦抒情长诗”开篇如是说道，“拜伦影响普希金的问题在俄罗斯学术和批评中已经整整讨论百年了。它就是评论者和读者们所提出的所谓‘拜伦式长诗’”；作者仔细研究了普希金受拜伦影响的社会历史情景，尤其是叙事长诗的情节和结构、叙事的抒情方式、主题、人物形象塑造等方面的情况，认为普希金克服拜伦影响是在《波尔塔瓦》之后，在《普希金和西方文学》中认为尤其是第二次流放(1824～1826)之后(正值他幽居米哈伊洛夫斯克村时，发生了十二月党人事件，他的许多朋友被处死、被流放，这件事对他触动不小。)。不否认，日尔蒙斯基讨论普希金和拜伦之关系问题深受时代影响，如他认为，“普希金不仅向西方作家学习，而且和西方的同时代人一道参与全欧洲文学进程。普希金和俄罗斯文学发展之路——从法国古典主义经浪漫主义走向现实主义——与资产阶级社会形成时代的欧洲文学发展趋向相一致。普希金的拜伦主义、其戏剧上的莎士比亚化、按司各特方式创作历史小说的经验，与浪漫主义时代的欧洲文学，尤其是法国文学有相似性。不过，他对当时欧洲浪漫主义文学领袖拜伦和司各特的态度是复杂的，有深刻分歧，甚至公开争论”。[15]

当然，苏联时期关于普希金和拜伦之关系问题，成了很敏感的问题；且不论苏联官方普希金研究专家布拉格伊(Д. Булагой)那一本本普希金传记之作，把诗人个人感受式的呼唤自由诗篇，提升到具有伟大政治诉求的高度，从而回避普希金和欧洲文化之关系论题；同为形式主义理论家的梯尼亚诺夫（Юрий Тынянов）和托马舍夫斯基（Томашевский），分别推出了长篇小说和传记《普希金传记》（1953），前者完全不涉及这方面的事情，而后者虽多处提及拜伦，但基本上不正面研究这个问题，甚至批评维亚泽姆斯基论述《茨冈人》创作受拜伦影响的意见，认为“写完这些长篇叙事诗时，普希金就不再迷恋拜伦了。况且创作《茨冈人》时普希金已经对拜伦很冷淡了。创作长篇叙事诗的早期阶段就不再为新奇所诱惑。《叶甫盖尼·奥涅金》许多诗行表明，他开始为人们习惯于把他的名字和拜伦的名字相比较而苦恼”；[16]阿列克谢耶夫《普希金：比较历史研究》（1972）和《莎士比亚与俄罗斯文化》（1965）等在普希金和拜伦关系问题上浅尝辄止；甚至著名学者洛特曼所写教材性著作《普希金》（1981），仔细研究了普希金流放南方和幽居家乡的历史，也提出浪漫主义话题，指出“欧洲两位浪漫主义天才：拜伦和拿破仑确认了浪漫主义观念。在欧洲人看来，拜伦和自己的生命游戏，把诗歌变成了引人关注的自传的一个环节；拿破仑则证实生活本身就能让人想起浪漫主义长诗”，[17]却未曾触及期间普希金创作的长篇叙事诗受拜伦影响问题。苏联时代大部分时光，除非俄侨用外文在国外发表相关著作，才敢大胆说普希金南方叙事诗受益于拜伦东方故事诗。[18]在后苏联，这一问题仍未得到俄国人的积极研究，在科学院世界文学研究所教授C. A. 涅波利辛的《普希金和欧洲传统》（1999）看来，“对于我们文化而言，搬开拜伦这块批评界的重物，是一件很重要的工作。也为普希金开始的事业，指明了出路”，认为因俄国人对拜伦的不断阅读和翻译就给拜伦编织并戴上俄罗斯花冠。[19]而且，科学院世界文学研究所教授斯米尔诺夫在《作为艺术整体的普希金浪漫主义抒情诗》（2007）中承认说，“在外国和国外文学研究中，经常关注普希金创作实践中的各种浪漫主义观念：在诗歌文本中，运用浪漫主义题材、民间故事的情节改造，激活拜伦类型（南方叙事诗）的情节设计，使用西方中世纪传说（《骑士时代的戏剧》）；在叙事类文本中，改造有关强盗故事（如《杜布洛夫斯基》和《上尉的女儿》），改革民歌（《西斯拉夫人之歌》），利用幻想题材（如《黑桃皇后》）……”[20]但也只是提出这样一类学术论题，并未从国际学术进展中深入讨论这种情形及其意义。也就是说，普希金与拜伦之关系问题，对于任何时代俄国知识界来说，是客观存在的问题，因意识形态之争在苏联未得到切实研究，因民族主义情绪或民族认同过于强烈在后苏联仍未得到深入检讨。

总之，普希金与拜伦之关系问题在俄国是一个很重要的批评史话题，正如日尔蒙斯基《普希金与拜伦：论浪漫主义长诗》再版(1969)序言所称，"整整百年来，拜伦和普希金这一主题是比较语言学(компаративистика)中的俄罗斯经典论题，所有关于普希金的文字，包括阿列克谢·维谢洛夫斯基等19、20世纪之交那些著名学者，都讨论过这个问题"，并总结说，"研究拜伦影响普希金的问题有三种趋向：拜伦的个性和诗歌影响普希金的个性、拜伦诗歌的思想内容影响普希金的诗歌世界、拜伦诗歌对普希金诗歌的艺术作用。准确地说，这三个问题属于文学影响概念。这些趋向在大部分研究者那儿是同时兼有的"，断言"要否定拜伦的个性和创作影响普希金的个性、世界观是没有任何根据的"，哪怕普希金本人生前否定拜伦的影响(他公开坦言，"吾乃俄罗斯贵族，且吾知先人比知拜伦甚早"，还致信友人别斯图耶夫说，"您论及英国人拜伦诗歌的讽刺并把他和我相比较，还要求我也这样！不，上帝，您说得太多了。我哪有讽刺？在《叶甫盖尼·奥涅金》中我就不曾涉及讽刺")。[21]而近两个世纪来关于普希金与拜伦之关系问题的讨论，实际上是不断强化了俄国人意识中普希金乃俄罗斯民族诗人的意识，虽然许多问题尚未澄清，如普希金从未写过关于拜伦的文学批评文字，虽然在他流放期间得知拜伦去世的噩耗，在抒情诗《致大海》(1824)中把诗人视为整个一代人的精神上帝；对拜伦之死，十二月党人诗人别斯图耶夫写有《临终的拜伦》(1826)、维亚泽姆斯基写有《拜伦》(1827)、维涅维基诺夫创作有《拜伦之死》(1827)等。这样的讨论结果，和国际上对这个问题的认知正好逆向而行：波兰著名诗人和批评家密茨凯维奇(1789～1855)为追悼普希金罹难而写的《普希金和俄国文学运动》(1837)声称，"普希金早期作品中的一切——题材、性格、思想和形式都是拜伦式的，不过与其说普希金是拜伦作品的模仿者，不如说是受到他崇拜的诗人精神的强烈影响。他不是狂热的拜伦派，我们只是把他视为是拜伦化了的诗人"，在《关于普希金》(1841)讲座中他又声称，"他富于独创性的诗体小说《叶甫盖尼·奥涅金》是一部将在所有斯拉夫国家受到热情阅读并将永远成为这个时代的纪念碑性作品。该作的构思和拜伦的《唐璜》一样，普希金是以《唐璜》为范本的"；北欧著名批评家勃兰兑斯在《俄国印象记》(1887)第三章中论及普希金时进一步解释说，(普希金第一次流放南俄)"在高加索，他接触了拜伦的诗歌，拜伦诗歌印象和高加索山区的印象交融在他年轻的心灵里，而在这两种印象中，拜伦的印象是主要的","像高加索的那个俘虏,阿列格怀有拜伦式犹豫和多疑。诗作《努林伯爵》的调子轻快,也使我们想起拜伦,特别是其《别波》"。在后苏联时代,这个问题仍为西方斯拉夫学界所关注,并趋于学理化:威斯康星大学斯拉夫语言文学系大卫·贝斯教授的《普希金:从拜伦到莎士比亚》(2001)从语言学上判断说,普希金的南方叙事长诗作为拜伦东方叙事长诗的俄国版本,"普希金最后一首叙事长诗立足于早期拜伦式人物塑造模式——对待中心主人公态度非常暧昧不明和反讽,据此许多学者断言诗人此时已经超越了拜伦,已经成熟起来,他之于拜伦不再是学生对待老师那样";[22]在《剑桥普希金阅读指南》(2006)中则这样论述,"普希金不是简单地借用拜伦的手法,而是抛弃了他把习俗或历史遗产经典化的做法,并深刻地改变之"。[23]诸如此类表明,普希金与拜伦之关系问题,是俄国比较文学和文学史研究的经典论题,不过对其论述有别于欧美学界的。

[1] В. Жирмунский, Байрон и Пушкин. Л.: Наука (ленинградское отделение), 1978, С. 359.

[2] В. Жирмунский, Байрон и Пушкин. Л.: Наука (ленинградское отделение), 1978, С. 30.

[3] Ernest Simmons, English literature and culture in Russia (1553～1840). New York: Octagon Books, 1964.(该作原是 Harvard Studies in Contemporary Literature. Vol. 12, Cambridge: Harvard University Press, 1935). 拜伦在俄国风行起来,可能和拜伦神往俄国有关 and now rhymes wander / Almost as far as Petersburgh, and lend/ A dreadful impulse to each loud meander/Of murmuring Liberty's wide waves, which blend/their roar even with the Baltic's (Don Juan, VI,93).

[4] P. Trueblood(ed.), Byron's Political and Cultural Influence in 19th century Europe. London: Macmillan, 1981, PP. 144－146.

[5] 关于拜伦作品俄译情况,请参见:В. Маслов. Начальный период байронизма в России. Киев, 1915.

[6] 冯春编选:《普希金评论集》,第 425 页,上海译文出版社,1993。

[7] В. Жирмунский, Байрон и Пушкин. Л.: Наука (ленинградское отделение), 1978, С. 370.

[8] В. Маркович и Г. Потапова (сост.), А. Пушкин: pro et contra. СПб.: РХГИ, 2000, С. 64—66.

[9] А. Милюков, Очерки истории русской поэзий. СПб., 1847, С. 187.

[10] Neil Cornwell (ed.), The Routledge Companion to Russian Literature. London & New York: Routledge, 2001, P. 75.

[11] Киреевский, Полное собрание сочинение. Farnborough Hunts, 1970, P. 128.

[12]冯春编选:《普希金评论集》,第 292～296 页,上海译文出版社,1993。

[13]《车尔尼雪夫斯基选集》(上),第 28 页,新文艺出版社,1956。

[14] В. Жирмунский, Байрон и Пушкин. Л.: Наука (ленинградское отделение), 1978, С. 19、10、118、119.

[15] В. Жирмунский, Байрон и Пушкин. Л.: Наука (ленинградское отделение), 1978, С. 380—381.

[16] Б. Томашевский, Пушкин (I). М.—Л.: изд. академии наук СССР, 1953б, С. 636.

[17] Ю. Лотман, А. С. Пушкин. Л.: Прсвешение, 1981, С. 54.

[18] Paul Trueblood (ed.), Byron's Political and Cultural Influence in 19th century Europe. London: Macmillan, 1981, P. 146.

[19] С. Небольсин, Пушкин и еворпйская традиция. М.: Нследие, 1999, С. 146.

[20] А. Смирнов, Романтическая лирика А. С. Пушкина как художественная целостность. М.: Наука, 2007, С. 25.

[21] В. Жирмунский, Байрон и Пушкин. Л.: Наука (ленинградское отделение), 1978, С. 20; Б. Томашевский, Пушкин (I). М.—Л.: изд. академии наук СССР, 1953б, С. 613.

[22] Neil Cornwell (ed.), The Routledge Companion to Russian Literature. London & New York: Routledge, 2001, P. 76.

[23] Andrew Kahn (ed.), The Cambridge Companion to Pushkin. Cambridge University Press, 2006, P. 81.

(原文载《外语学刊》2011 年第 2 期)

中俄文学关系问题

赞同抑或反对:“中俄文化相似性原则”

自五四新文化运动以来,中国知识界把启蒙民众视为自己的主要使命。从理论上讲,中国应该主要从欧美发达国家选择文化资源,英法德等都是经过启蒙运动而成长起来的,启蒙运动的故乡就在法兰西,反思启蒙运动最为成功者当属德意志,俄国的启蒙运动本来就晚于西方,也是受它们影响的结果,甚至因为质量和标准具有严重的地方性特点而屡遭西方排斥。这样一来,中国选择俄国文学作为主要资源,显然就没有特别考虑现代性资源的质量问题!不仅如此,还排除了感情因素:本来,很多受惠于美国利用庚子赔款反过来改造中国的几代知识精英,对帝国主义给中国制造的一系列灾难无不痛心疾首,更何况在近代史上俄国给中国带来的灾难远远大于其他任何国家(割走中国超过百万平方公里土地),后来邓小平明确声言,在十几个欺负中国的列强中,“从中国得利最大的是两个国家,一个是日本,一个是沙俄,在一定时期一定问题上也包括苏联……十月革命后苏俄还有侵害中国的事情”(《邓小平文选》第3卷292~293页),鲁迅在《祝中俄文字之交》(1932)中明言,“我们岂不知道那时的大俄罗斯帝国也正在侵略中国”。可是,俄苏文学何以就能成为中国抵消对俄国恶感的平台呢?而且这种情景一直延续到中苏论战之后,即使是在“文革”期间还是出版了很多关于“苏修文学”白皮书供批判用(而不舍得放弃关注苏俄文学的发展)、20世纪80年代的思想解放在很大程度上伴随着新一轮苏俄文学热。

1920年郑振铎曾经对俄国文学热有如是解释,“我对于现在我们文学界里,俄罗斯文学介绍之热闹,是极抱乐观的。为什么呢?因为第一,我们三四十年来的西欧文学介绍,大多是限于英法的古典主义、罗漫主义及其他消遣主义的小说,永不能见世界的近代的文学真价。几十年来的努力而一无收获,不可谓非因此之故。俄罗斯文学是近代世界文学的结晶。现在能够把俄国文学介绍来,则我们即可以因此得见世界近代的文学真价,而中国新文学的创造,也可以在此建其基础了。第二,我们中国的文学,最乏于‘真’的精神,他们拘于形式,精于雕饰,只知道向文字方面用功夫,却忘了文学是思想、情感的表现,所以他们没有什么价值。俄罗斯的文学则不然。他是专以‘真’字为骨的,他是感情的直觉的表现,他是国民性格、社会情况的写真,他的精神是赤裸裸的,不雕饰、不束格律的表现于文字中的,所以他的感觉,能够与读者的感觉相通,而能受极大的效果。现在我们能够把他介绍出来,则是以弃自己的陋,而另起一新文学。这是极有利益的事。第三,俄罗斯的文学是人的文学,是切于人生关系的文学,是人类个性表现的文学。而中国的文学,则恰与相反,是非人的文学,是不切于人生关系的文学,是不能表现个性的文学。我们不能得文学之益——或者还受其害——的原因,大半是因此。现在能够把俄罗斯文学介绍过来,或者可以把这个非人的、不切于人生关系的、不能表现个性的文学去掉,而创造一与俄罗斯相同的新文学来,这又是很有利益的事。第四,俄罗斯的文学,是平民的文学,非同我们一样,除了颂圣酬和、供士大夫的赏玩吟咏以外,绝少与平民有关系。所以现在把他介绍来,以药我们的病体,实在是必要的。第五,我们的文学,久困于‘团圆主义’支配之下。差不多一切的小说诗歌,都千篇一律,奉为典范,而悲剧的文学,因而绝少发现,文学的真假,也永远不能披露了!而俄国文学,则独长于悲痛的描写,多凄苦的声音,足以打破这个迷信,引我们去寻到文学的真价。这也是极与我们文学界前途有大关系的”。[1]在此,郑振铎以平行比较的视野阅读中俄文学,满眼是巨大反差,并试图以俄国文学之“长”补中国文学之“短”。这种奇怪视点,却符合五四新文化运动乃中国启蒙运动的要求。问题是,俄国文学之“长”为什么就能成为拯救中国社会的最主要资源?或者说,中俄文学之间有诸多形式方面的不对称,凭什么能嫁接在一起?

这就是自五四新文化运动以来知识界建构并得到广泛认可的所谓“中俄

文化相似性原则"!

一

自五四新文化运动以来,中国越来越多的热血青年对苏俄及其所确认的文化价值观之认同,外加进一步寻求中俄两国文化间存有共同性的心愿,便找到了中俄文化之间的公分母,由此直接导致俄国文化席卷五四新文化运动及其以后的中国:李大钊的《俄罗斯文学与革命》、周作人的《文学上的俄国与中国》、沈雁冰的《俄国近代文学杂谭》和《俄国文学与革命》、郑振铎的《俄罗斯文学特质及略史》和《俄国文学发达原因与影响》等重要文献体现了这种接受视野。周作人在《文学上的俄国与中国》中宣称,"只是想说明俄国文学的背景有许多与中国相似,所以他的文学发达情形与思想内容在中国也最可以注意研究",目的是提醒"中国创造或研究新文学的人,可以得到一个很大的教训,中国的特别国情与西欧异,与俄国却多相同的地方,所以我们相信中国将来的新兴文学,当然的又自然的也是社会的人生的文学",理由在于能通过俄国希腊正教之人道主义补中国宗教之不足、伴随俄国阶级政治而生的思想自由补中国趋向权贵之不足、俄国大陆地势所生的博大精神和气候多变所生的极端思想补中国平庸妥协之不足、俄国文学对人民生活困苦之深切表达补中国文艺对生活苦痛只是玩赏或怨恨之不足、俄国文学富于自我谴责精神能补中国文人或攻讦他人隐私或自我炫耀之不足等,"我们并不是侥幸有这样的背景,以为可望生出俄国一样的文学"。这种表述透出强烈的民族危机意识和试图用俄国写实主义文学改造中国的急切渴望,极有影响力:稍后协和医学校邀请演讲这个论题,《晨报副刊》这月 15、16 日刊载了这个演讲,不久《民国日报·觉悟》(11 月 19 日)、《新青年》(1921 年元旦)、《小说月报》"俄国文学研究"专号(1921 年 5 月)等纷纷转载。这一演讲的迅速传播,连同上述其他同样有影响力的经典篇章,以及广为传颂的日本学者升曙梦之言(他在给许涤非翻译、上海现代书局 1939 年出版的《俄国现代文艺思潮及文学》所写的中译本序),即中俄间"有着许多共同点","在国家特征上,在国民性上,在思想特质上,这两个国家是很类似的。在这个意义上,即是说中国乃是东方的俄国,俄国乃是西方的中国,似乎也绝非过甚之词",中国乃"最能接受并最能正当理解俄国之国",他也因此相信自己的著作在中国比在日本会取得更大的成功;[2] 1927 年鲁迅答美国学者巴特莱特曾有著名言论，“中俄两国间好像有一种不期然的关系，他们的文化和经验好像有一种共同关系……中国现实社会的奋斗，正是以前俄国所遇着的奋斗”，不久1932年，鲁迅在著名文章《祝中俄文字之交》中基于这种相似性原则，更是生动地叙述了俄国文学“何以是我们的导师和朋友”，令人为之心动。田汉在《怎样从苏联戏剧电影取得改造我们艺术文化的借鉴》(1940)中同样称，“俄国近代文学的深厚而伟大的人道主义给东方诸国文坛以普遍的影响，特别是接受欧洲文学影响最为敏锐的日本……但我相信在东方人中间，中国人的性格是比较更接近俄国，也更理解俄国”，并由此很早就想把苏联排演的《复活》介绍到中国来。[3]诸如此类表明，“相似性原则”在中国获得了普遍共识，并在以后的发展中很少被怀疑甚至继续被强化，这就给中国想象一个与自己亲近的俄罗斯提供了理论资源。

有意味的是，排除中俄双方各自民族的规定性和不同的民族责任诉求，基于双方共同的封建专制及反封建的现实性要求，建构中俄文化相似性原则，并非始自五四新文化运动。梁启超在《饮冰室丛著》中已经提出中国应该借鉴俄国，其理由在于“中国与俄国相类似之点颇多。其国土之广漠也相类。其人民之苦也相类。其君权之宏大而积久也相类。故今日为中国谋。莫鉴于鉴俄”。[4]越往后，基于这样的理由而强调中俄文化相似性原则的做法更为正常，连并不很关心俄国的叶圣陶也在《零星的说些》(1947)中如是称，“就我国的新文学说，特别与俄国文学有缘。俄国文学的精确是一贯的‘为人生’，大略区分起来，一方面反抗罪恶，一方面追求光明。我国新文学运动开头的时候，正在与政治运动社会运动相配合，在声气应求的情形下，特别亲近俄国文学”。[5]其实，中俄文化相似性在本质方面不在于这种外表或当下的社会现实问题，而可能是两国经济观念的近似。守常先生在北大授课讲义中有文《中国古代经济思想之特点》称，“西方的经济思想其要点在于应欲与从欲，在于适用与足用；东方的经济思想，其要点在于无欲与寡欲，在于节用与俭用。这亦是因为受了自然环境的影响才有这样的不同。自然的赉与啬，故人间的欲望奢，欲望奢则必竭力以应欲而尽用；自然的赉与丰，故人间的欲望小，欲望小则必竭力以求寡欲而节用。这是东西经济思想不同的特点”，如此重要之论在北新书局1949年9月出版的《守常文集》中全文照录。[6]李大钊之说并非激进主义所言，而是相当吻合中国古代和近现代经济发展史与经济思想史的——《晏子春秋》的“均贫富”、《管子》的道德决定经济论和农本论、源源不断的“重农抑商”

等等皆说明了这点。与之相当，俄国因为全方位崇奉东正教，导致在经济发展格局和经济理念上也排斥西方的"应欲与从欲"，而且不因为彼得大帝改革以来世俗化浪潮的冲击而减缓"节用和俭用"。俄国著名经济思想史家布尔加科夫（Сергей Булгаков，1871～1944）声称，"东正教在东方民族几千年历史上，主要从事农业经济，工业和货币资本主义因素比较薄弱。和西方教会一样，东正教对资本持否定态度，就像对资本利息一样，认为它也是一种高利贷的剥削……面对大自然的神秘生命的乡村劳动，比城市的工厂劳动更有利于宗教关系，然而经济形式的发展是有规律的过程，进而决定着经济主体的意志，而经济主体在这一过程中应当在伦理上独立存在。这就是东正教对待现代生活的工业主义和都市主义的态度，也是对待一般工业资本主义的态度"，并在指出东正教要面对不可取缔的工业资本主义而增加新使命之后，提出一系列东正教经济哲学问题，如"经济除了获得每日的口粮之外，是否有一般末世论意义？经济成就是否可以称为拯救世界的方式？经济技术进步的意义是什么？""在对现代社会问题的实际解决方面，东正教远不如西方教会那样具有历史经验，因为当西方教会不得不面对发达的工业资本主义的时候，东正教国家还处在以农业为主的自然经济状态"。[7]特别是在《俄罗斯经济哲学。作为家园的世界》(1912)中，他专门探求俄国经济改革的出路何在：不认为经济只是专门的生产、流通和消费问题，称经济哲学与"生命哲学"一样是研究人的伦理学，并提出"智慧经济（Sophic economy）"概念，强调人与自然之间的内在关系（inner relation of man and nature）和经济活动中的"精神"、村社组织经济活动的"聚合性/集体性"作用，把经济学伦理化推向极致，还在第8章专门研究"经济现象学"，阐释经济发展过程与其说是物质问题不如说是思想问题，要求政治经济学的研究目的及表述风格须体现"精神"特质，反对经济学研究的科学技术主义和物质主义倾向。[8]而且，远不止是这位神学家如此认识俄国经济特点的，诸如塔吉舍夫（В. Татищев，1686～1750）、波洛托夫（А. Болотов，1738～1833）、卡维林（К. Кавелин，1818～1885）、恩格尔哈特（А. Энгельгард，1832～1893）、卡雷舍夫（Н. Карышев，1855～1905）、季霍米尔（Л. Тихомиров，1852～1923）等著名思想家或作家或经济学家或企业家，几乎一致肯定俄国经济发展与西方经济模式存有差别——俄国人的经济活动首先是一种解决生存的物质基础的社会性活动，有着严重的伦理学诉求，而不是为了发财致富、扩大再生产的纯粹经济行为。也就是说，东正教在俄国并未发生马克斯·韦伯在《新教伦理与资本主义精神》中所说的新教与资本主义经济发展的结盟，反而促成俄国知识界和政界主体上排斥发展资本主义的私有制。正因为如此，来自东正教的这一信念，构成了苏俄建立社会主义公有制、反对私有制、实行计划经济等本土文化的根据，或者说，苏俄选择社会主义经济制度，远不是因为要实践马克思主义计划经济理想，而是因为反对私有制的宗教信仰和文化传统促使人们敌视西化，[9]也是后来中国很愿意借鉴苏俄社会主义经济学的民族基础，虽然那些热衷于译介苏俄文化的进步人士未曾注意苏俄实行社会主义的传统经济学根据、现代中国经济变革与传统经济结构的关系等重大问题，而满足于当时国际共运推行的普遍原则，但并未从感情上减缓认同的可能性，如瞿秋白的《俄国资产阶级革命与农民问题——俄国革命运动史之一》(1927)开篇就断言“俄国资产阶级革命的完成与农民问题的解决，始终是无产阶级所领导的。这的确对于中国现时的革命，有很重要的教训”，因为他对俄国资产阶级革命不能解决农民问题的理解，在一定程度上考虑到了俄国经济的结构性力量，“俄国资本主义发展的影响，是社会思想中发生许多分化：地主阶级固然反对资本主义，而农民、小资产阶级也反对资本主义。因此，守旧派与社会主义派，虽然在政治上是互相敌视的，而在社会思想上却同有东方文化的倾向……俄国初期社会主义里的东方文化说，实际上却被政府守旧派所利用，以阻滞俄国社会的发展”，[10]因而所论有不少是相当独特的。

这种把俄国与西方区别开来、进而把东方的中国与不属于西方的俄国置于相似性位置的做法能广泛流行，还得益于现代中国最早认识俄国的途径来自西文。我们知道，郑振铎、茅盾、田汉等译介俄国文学和理论，大多是从英语文献入手的。而西方的俄国文学研究归于专门的斯拉夫学，不属于“文学”或“西方文学”公共学科。检索文献可以发现，克鲁泡特金的那个系列演讲《俄国文学的理想与现实》因为沈泽民、沈雁冰、郑振铎等人的介绍、引用，尤其是出了两个汉译本，对中国产生了很大影响，但中国知识界是通过英文版发现的，英文版序言凸显了俄国与西方的差别。同样，巴林(Maurice Baring)的《俄罗斯文学》也是现代中国知识界最常用的参考书，商务印书馆在1935年8月又出版了梁镇的译述本，这也是强调俄国异于西方之作，如有意识引用B.索洛维约夫之说，即在俄国流行的福音书中有浓厚的希腊痕迹，“俄国陷入了希腊传说里去了，希腊文化与西方文明的互相激荡，结果并不包括西方文明及以罗马为中心之知识感通，这是远近皆知而最重要的事实。而斯拉夫的祷文之输人,也同样的重要。这是从希腊城邦发现的,他们那时想以马其顿方言普及到斯拉夫族,在保加利亚与塞尔维亚来说,它们是成功的。约一世纪之后,同样的事情发生到俄国的斯拉夫族”,并且注意到基督教分裂为东西方教会及其在对古希腊文化和古罗马文化之不同的认同上,[11]从而强调受这种文化影响而成长起来的俄国有别于受罗马天主教影响成长起来的西方。至于20世纪20年代末之后,中国引进苏俄文化的途径直接转向了俄语和苏俄本土,而此时刚好是苏维埃政权要极力反对西方,苏俄更是被想象成与西方对抗的东方阵营中心。于是,在“相似性”基础上提倡苏俄文学就理所应当了。

正因为有如此厚实的基础,“中俄文化相似性”作为一种原则,符合五四新文化运动以来知识界围绕中国是否要现代化以及如何现代化问题之争,并把中国与西方区分开来的趋势,还为中国通过俄国文学解决现实问题找到了可依托的理论根据、参照系。众所周知,辜鸿铭的《中国人的精神》(1915)、梁启超的《欧游心影录》(1919)、梁漱溟关于“东西文化及其哲学”系列演讲(1921)和张君劢关于“科学与人生观”系列演讲(1923)、杜亚泉的《静的文明与动的文明》(《东方杂志》第13卷第10号,1916年10月10日)、杨明斋的《评中西文化观》(1924)、十位教授的《中国本位的文化建设宣言》(《文化建设》第1卷第4期,1935年1月16日)、胡适的《充分世界化与全盘西化》(《大公报》1935年6月23日)和《中国的文艺复兴》(1933)等几乎一致地认为,中国在文化结构和文明归属上有别于西方。这些原本是要维护中国文化的“比较”行为,却湮没于激烈反传统的潮流中,其影响力在进步知识界甚至不敌陈独秀的《东西民族根本思想之差异》(1915)、《文学革命论》(1917)和《泰戈尔与东方文化》(1924)之类猛烈批判中国传统文化之论。与此同时,强调俄国文学与西方的不同并优于西方,也成为一种风尚,如王统照称“德的文学偏于严重,法的文学趋于活泼,意大利文学优雅。而俄罗斯文学则幽深暗淡,描写人生苦痛,直到极深密处,几乎为全世界呼出苦痛喊声来……俄罗斯文学最有特色的是人情的表现”(《俄罗斯文学片面》,1921);沈雁冰认为,“英国文学家狄更斯未尝不写下流社会的苦况,但我们看了,显然觉得这是上流人代下流人写的,故缺乏真挚浓厚的感情。俄国文学家便不然了,他们描写到下流社会人的苦况,便令读者肃然如见此辈可怜虫,耳听得他们压在最下层的悲声透上来,即如屠格涅夫、托尔斯泰那样出身高贵的人,我们看了他们的著作,如同亲听污泥里人说的话一般,决不信是上流人代说的。其中,高尔基该是苦出身,所以他的话更悲愤慷慨”,同样有别于法国文学家写贫民的杀气和斗气,“俄国文学带有慈气,不用怒气咻咻的神气,却用柔顺无抵抗的态度来博取读者的同情,使凶悍者见之,也要感动。所以我看来,一个是使人怒,使人愤,一个是使人下泪,使人悔悟。这是俄国近代文学的特色,谁也及不少来”(《俄国近代文学杂谭》,1920);不仅如此,“与英国相比,俄国文学更悲愤慷慨;同时写人的不幸,法国雨果和莫泊桑使人愤怒,俄国文学则催人泪下、使人悔悟”,“近代俄国文学都有社会思想和社会革命观念……俄人以为文学这东西不但要表现人生,而且又要用于人生”(《编辑余谈》,1920);学衡派代表胡先骕则主张,写实主义虽始自法国,发扬光大却是俄国小说家,屠格涅夫“虽为写实主义文学家,然不欲以事实牺牲美术”,故其著作不若福楼拜的那样“可厌”(《欧美新文学最近之趋势》,1920);罗加伦甚至说,“(日本维新运动发动多在法科大学),而中国新思想的运动,发动多在文科大学。日本人推崇物质,故研究马克思;中国人崇拜精神,故高谈托尔斯泰”。诸如此类,在客观上为中俄文化相似性提供了证据,而且此论在一定程度上不无道理,如彼得堡大学汉学教授 A. 马尔登诺夫所言,“从人民和社会相互影响的观点来看,中国和俄国可以视为欧亚大陆巨大地缘政治整体的组成部分。这两个部分乃农业耕作的最大发源地……而这正是进入这个巨大政治综合体的入口”。[12]也就是说,“相似性”背后有历史根基和现实性基础,外加俄国文学无论是帝俄时代或苏联时期,普遍有积极的社会责任感、强烈的社会批判意识、民族性诉求等,这吻合了中国士大夫的传统观念和现代中国知识分子的启蒙与救亡意识,俄国文学追求抒情性、哲理性、含蓄性,与西方文学注重故事性、情节性、趣味性等不同,也适合于现代中国知识界对本土问题复杂性的深刻叙述。进而,这些为建设有别于西方的新文学意外地提供了理论根据。按李大钊所说:“刚是用白话做的文章,算不得新文学;刚是介绍点新学说、新事实,叙述点新人物,罗列点新名词,也算不得新文学。我们所要求的新文学是为社会写实的文学,不是为人造名的文学;是以博爱心为基础的文学,不是以好名心为基础的文学;是为文学而创作的文学,不是为文学本身以外的什么东西而创作的文学”。[13]其实,早在 1915 年陈独秀就提出“吾国文艺,犹在古典主义、理想主义时代,今后当趋向写实主义”。[14]这个以写实主义为趋向的新文学与传统对抗,也与现代性生成过程中文学创作和阅读演化为文化生产和消费的趋势对抗,如翻译过很多俄国文学作品的胡愈之著檄文《文学事业的堕落》,声讨鸳鸯蝴蝶派这种俗文学,认为《礼拜六》的广告词“宁可不讨小老婆,不可不看礼拜六”,是把高贵的文学降低到“小老婆”的代用品位置上,批评其作者是专做香艳小说、肉麻文字的文学家,[15]而市民文化不仅是现代性生成过程中的必然现象(包括俄国在内,大众文化自18世纪以来一直是文坛上的重要景观),而且也正在上海这类大都市悄然兴起;茅盾直接倡导“为人生的文学”,认为“中国很少真的文学……名义明确的文学观与文学之不独立;迷古非今;不曾清楚地认识文学必须以表现人生为首要任务,须有个性……此三者便是源远流长的中国文学不能健全发展的根本原因……欲使中国文艺复兴时代出现,唯有积极提倡人生的文学”。[16]

由此,瞿秋白《俄罗斯名家短篇小说集》(1920)的“序”声言,“只有中国社会所要求我们的文学才被介绍,使中国社会里一般人都能感受都能懂得的文学才被介绍”,苏俄文学以绝对优势进入中国,也就顺理成章了。

二

“中俄文化相似性原则”这一很有亲和力之说,很快获得了广泛的认同,并成为认识俄国文学的标准和方法论,甚至促进新文学的发展在主流上也是要以写实性策略去关注人生和社会问题的。

面对各类俄国文学作品时,很多翻译家和读者都把文学所叙述的内容与中国问题联系起来。在《普希金的〈别尔金小说集〉》(1920)中,瞿秋白称赞《驿站长》“情节非常简单,而作者艺术上高尚的‘意趣’,很能感动读者,使作者对于贫困不幸者的怜悯之情,深入心曲。不但如此,而且读此类俄国小说,还可以知道当日俄国国情,却和中国国情差不多,‘屠格涅夫所描写的乡村教育的简陋,果戈理所描写的俄国官吏的卑鄙龌龊,都是如此,这一篇还不大显明深切’。因此可以推及中国现在所需的文学,似乎不单是写实主义,也不单是新理想主义,一两个空名词、三四篇直译文章所能尽的,所以不得不离一切主义,离一切死法子,去寻中国现在所需要的文学,应当怎样去模仿,模仿什么样的,应当怎样去创造,创造什么样的,总能使人人都看得懂……受得着新文学的影响,受得着新文学的感动”。[17]在那篇著名的《〈俄罗斯名家短篇小说集〉序》中瞿秋白继续说,“我们看俄国文学,只不过如吴季札的观诗,可以知道他国内社会改革的所由来,断不敢说,模仿着去制造新文学就可以达到我们改革社会的目的……不是因为我们要改造社会而创造新文学,而是因为社会使我们不得不创造新文学。那么,我们创造新文学的材料本来不一定取之俄国文化,然而俄国的国情很有与中国相似之处,所以还是应当介绍"。[18] 不只是瞿秋白如此,郭沫若在屠格涅夫名作《处女地》(译为《新时代》,上海商务印书馆 1925 年出版,1934 年再版时署名郭鼎堂译)之译序《〈新时代〉序》中声称,"农奴解放后的 70 年代的俄罗斯,诸君,你们请在这书中去见面罢!你们会生出一个似曾相识的感想——不仅这样,你们还会觉得这个面孔使你们所常见的呢。我们假如把这书里面的人名地名,改成中国的,把雪茄改成鸦片,把弗加酒(即伏特加)改成花雕,把扑克牌改成麻将(其实,这一项不改也不要紧),你看那俄国的官僚不就像我们中国的官僚,俄国的百姓不就像我们中国的百姓吗?这书里面的青年,都是我们周围的朋友,诸君,你们不要以为屠格涅夫这部书是写俄罗斯的事情,你们尽可以说他是把我们中国的事情去改头换面地做过一遍的呢!"更有甚者,郑振铎自云,他翻译路卜洵鼓吹恐怖主义的小说《灰色马》原因之二是,"我觉得佐治式(本书主人公)的青年,在现在过渡时代的中国渐渐的多了起来……这些人确实带有极浓厚的佐治的虚无思想的——怀疑、不安而且漠视一切。这部书的介绍,也许对于这类人与许多要了解他们的人,至少有可以参考的地方",而沈雁冰在为该书单行本所作的序(1923)中疑惑该书在《小说月报》上连载时何以没有引起反响,提出不知青年们在看这本书时"是和从前一样的淡漠否",并期望在革命沉寂、需要"杀身成仁"志士时,该书"在这个时候单行于市,或许能给人以深刻的印象"。

这种强调中俄文学的相通性,随着局势变化(从俄国到苏联、中国进步知识界日趋左翼和俄语人才成长),就使得译介俄国文学的重点由依据英译本逐渐转向了苏联所认可的俄文本或日文本,有了自动延伸的根据:鲁迅、瞿秋白、曹靖华等人先后把目光转向了法捷耶夫、别德内伊、卢那察尔斯基等苏联作家,鲁迅在《祝中俄文字之交》中专门提及了这种变化,并说"一月前对于苏联舆论,霎时都转变了,昨夜的魔鬼,今朝的良朋,许多报章,总要提起几点苏联的好处,有时自然涉及文艺上",胡愈之在短文《介绍苏联作家赛甫里娜》(1925)中介绍了这位现在看来很普通的作家的艺术观(读了某部作品要立刻觉得想做文章、想做一些事情、想活动、想爱、想恨,这才算是真正艺术),继而断言,"文学的唯一使命应该是唤起读者的创造力、对生的欢愉",最后感慨道,"在几千年受着重重束缚昏睡不幸的老民族中间,自然谈不到这样的文学。所以我盼望有人多多介绍些清新壮健的苏联作家如赛甫里娜一类的文学"。[19]

诸如此类,不一而足。

更为奇特的是,1922 年 8 月,《晨报副刊》连载十次的甘蜇仙之长文《中国之托尔斯泰》,经由相近的“自然”观念把本不相干的陶渊明和列夫·托尔斯泰联系在一起,并从地域、性格、兴趣、思想、艺术和境遇等方面比较出不同时空和不同文体的文学家之共通性来,即“由方位而言,我们要观察托氏文学,需得先把东西观念弄明了;要观察陶氏的文学,需得先把南北观念弄清楚。因为托氏的文学思想,是东方神秘思想和西方现实思想的结晶;陶氏的文学,是南方柔婉缠绵的文学和北方真率慷慨的文学结晶。虽然东西的异撰不必限于俄国,但是南北的分野,在中国文学上却非常显著”,从而断言托尔斯泰乃“俄国之陶渊明”、陶渊明乃“中国之托尔斯泰”。18 世纪以来的俄国文学始终存有反资本主义和反西方的倾向,在苏联时代这种倾向演变为一种潮流,基于中俄文化相似性原则去追求新写实主义,意外地与中国反西方帝国主义的诉求不谋而合,这就意味着寻找并强调与俄国文化的“相似性”不只是感情上的需要,还有强烈的现实目的性:有意从俄国复杂的文化体系中筛选出中国所需要的各种写实主义,以更好地抵御西方、实现进步知识分子的使命、重建中国等,进而导致中国在建立独立的民族国家过程中认同性想象俄国也就毋庸置疑了。

有意义的是,“中俄文化相似性原则”延伸出了具有可操作性的、很有效益的价值判断标准:立足于中俄文化相似性基础接受俄国文学,很重要的方面是以中国的视野诠释俄国文本,从而把俄国文学解释成为有别于西方而与中国文学类似,或者说,通过中国式诠释,从俄国文学中寻求到适合自己需要的审美心理满足,或如上文阅读俄国文本时不失时机地联想到中国问题。瞿秋白在《普希金的〈别尔金小说集〉》(1920)中,已引述果戈理《关于普希金的几句话》(1835)中的经典名句,即“俄国人提及普希金的名字,就立刻联想及俄国的民族文学家。俄国文学家没有一个人能出普希金之上的,也没有一个人能成为民族的文学家……普希金于俄国的天性,俄国的精神,俄国的文字,俄国的特质,表现得如此其清醇,如此其美妙,真像山光水色,反映于明镜中”,但是他进一步认为果戈理如此推崇“固然是杜少陵之于王、杨、卢、骆,极其佩服,流于过分的夸奖,可是应当注意他所说的‘民族的文学家’、国民性的表现,所以我更希望研究文学的人,对于中国的国民性,格外注意”。[20] 1921 年 9 月,郑振铎在为所译奥斯特洛夫斯基(1823～1886)的三幕剧《贫非罪》(上海商务印书馆,1922)而写的序言中如是说道,这部带有反抗西欧化色彩的剧作,“同格利鲍耶陀夫的喜剧、冈察洛夫的《奥勃洛莫夫》及其他许多俄国文学里的好作品一样,这本戏也是纯正俄国的出品,但是同时它又带有广大的人道色彩……它所描写的虽是当时社会的情形,但是这种情形现在还是普遍于人间社会——尤其是中国社会——里呢!”郑振铎在为耿济之所译屠格涅夫名作《父与子》而写的序言中也云,“中国现在也正在新旧派竞争很激烈的时候,也有虚无主义发生。但中国的巴扎洛夫思想却是从玄学发端的,不是从科学发端的。他也否认一切,与巴扎洛夫一样,但却比巴扎洛夫更进一层。正如俄国后来的恐怖主义者一样,连人类也一切否认,连生死也一切否认,并且也主张革命,但只是玄想的革命,不若恐怖党之以流血为事。中国的自由主义者更是不行,绝没有决斗的勇气,并且连辩论的思想也不存在头脑中。遇到教训欲发生的时候,就教训了子代一顿,但却不辩论。它的无抵抗与缄默把与反对的人冲突之事,轻轻地避免了。父子两代的思想竟无从接触。看了这本《父与子》,我有很深的叹息。懦弱与缄默与玄想的人呀!思想之花怎么不开放?我默默地祈祷,求他们的思想的灿烂火花之终得闪照于黑云满蔽之天空”。同样,在给耿济之所译安德烈耶夫之名剧《人之一生》(1923)所写的序言中,郑振铎又情不自禁地写下这样动情的联想,“‘人生有什么意义呢?’这句话是中国现代青年常常惆怅的自问着而终没有答案的。但我们读了安德烈耶夫这篇《人之一生》,便可得到一个很可怕的答案——这个可怕的答案,我们虽极不愿意得到,却终于如只身徘徊于朦胧的月下所生的影子似的,时时跟随在我们的身边。屠格涅夫在此剧出版前的三十年,已经昭示过我们……中国的青年们!这个答案将使你们生了什么样的感觉呢?外面是无边的黑暗与空虚,我们且藏在任何一个有美丽的画的幕里。我想,这实是我们对于这个问题的唯一解决方法”。[21]这种在阅读俄国文学过程中直接甚至强行地把中国问题插入其中的做法,理论上符合启蒙主义的工具理性原则,因而在20世纪20～40年代是流行的现象。

而且,这种思路以后发展成从意识形态上把俄国文学与中国问题联系起来也就势在必然了,苏俄文学也由此变成于中国很有指导意义的文学。郭沫若在上海纪念普希金去世110周年(1947)大会上发表演讲《向普希金看齐》称,普希金有几点最值得中国读者学习,即他的为人民服务的精神、为革命服务的志趣、在两种生活原则之下极尽发挥“富贵不能淫,贫贱不能移,威武不能屈”的大丈夫气概。[22]姑且不论这次演讲基调的“左”倾导向,作者适时地把孟子的话语用在对普希金这种简单化的阅读上,表面上使中国古典话语与对俄国文学的理解相融合,事实上把五四新文化运动中所确立的中俄文化相似性原则进一步庸俗化了,此后作为一种趋势被合法化。而且,这是一种普遍现象,甚至正因为如此,不少人对俄国文学问题的认识也随之发生了变化,如田汉在《悼高尔基》(1936)中称,“高尔基用他的伟大艺术作品,把俄罗斯及全世界的工人运动紧密地联系着”,从《在底层》中“好像看见了高尔基的伟大一生。他是怎样从艰苦生活中建立了自己,怎样从流氓无产者群的环境,从小布尔乔亚的幻想发现了革命的道路和担负革命任务的真正的人!同时他是怎样不断地与沙皇制度、与资本主义的一切罪恶战斗,怎样的几次地为真正的和平与人道而呼吁……我们以高尔基的创造精神,争取中国民族的解放——这也许是对这‘人类心灵伟大的工程师’的灵前的最好花环吧”;[23]在《高尔基和中国作家》(1946)中又说,“高尔基的幸运在中国作家是不存在的”,早期能把创作与革命斗争相结合,“对革命起了巨大的推动力量”,鲁迅的成就可与之相比,但环境要严酷,而郭沫若从日本归来后等待他的不是高尔基那样欢迎和顺利的工作环境。这些表明,“于俄罗斯文学思潮研讨尤力”的田汉已经改变了早年的冷静叙述。何止是田汉如此呢?这已经是一种普遍认知了!

当然,就中俄文学的审美层面而言,这种相似性原则在一定程度上是很有基础的,或者说,此论不是虚拟出来的。中国传统的审美观念和叙事理念在主流上重视抒情、表现,与西方的追求写实、强调再现差别迥异,这可能是不争的事实。而具有现代文体意义的俄国文学始于彼得大帝的现代化运动、成熟于19世纪30年代,虽经欧洲现代文明和现实主义洗礼过,但18世纪以前的文化传统对现代俄国文学还是产生了深刻影响,特别是现代化运动凸显了俄罗斯民族性问题,文学艺术的审美活动渗透有强烈的民族性诉求,并由此成就了以普希金为代表的俄国现代文学并使之延续了两个世纪之久:在审美价值上,追求表现而非客观再现、重视对所叙述事件的个人体验而不是情节本身。可以说,俄国创造出了另一种写实主义,它有别于西方立足于唯物主义和理性主义规则基础上的现实主义。普希金主张:“在各种作品中,最不逼真的是戏剧作品,而在戏剧作品中最不逼真的是悲剧,因为观众多半应当忘记时间、地点和语言;应当努力通过想象去接受特殊的语言——诗句和虚构……引人入胜是戏剧艺术的首要原则”,而制定各种规则的“布瓦洛使法国文学受到极大的摧残”,“我们乐于看到诗人富于生气和创造性的心灵的种种状态与变化:或悲哀,或欢乐,或情绪高昂,或感情低沉……我崇拜《浮士德》这样的鸿篇巨制”。[24]而且,普希金的创作与这种主张相当一致,其散文体文本几乎没有纯粹写实的场面、找不到冷静客观的细节描写,长篇叙事诗不是追求“再现”的真实性(《高加索的俘虏》是要“表现对生活、对生活乐趣的冷漠态度,表现这种心灵的过早衰老”),好几大卷抒情诗则少有纯粹的风景诗,而是在书写《冬天的早晨》(1829)、《秋天》(1833)和“米哈伊洛夫斯克”(《我又重新早发》,1833)等自然景观中表达丰富的人生感悟,其爱情诗表达的感情热烈却不裸露,是含蓄、典雅的审美典范,剧作大都是在营造舞台戏剧氛围,而不是寻取生活的真实写照。同样,屠格涅夫在莫斯科普希金纪念像揭幕仪式上公开声称,“艺术是理想的再现和体现,而理想乃是人民生活的根基,并规定着他的精神和道德面貌,这艺术构成人的基本性格的一种”,“艺术达到自身完全的表达后,它成了整个人类的财富,甚至比科学更大的财富,其原因就在于艺术是有声的、人性的、思维着的灵魂,是不会死亡的灵魂,甚至能比自己的躯体、自己民族的躯体存在得更久远”。[25]远不只是普希金追求非写实性,托尔斯泰在《论所谓的艺术》(1896)中宣扬,“艺术感染人越多就越高级,越是艺术”,而感染人的条件就是以明白和朴素手段“表现人本乎天性的情感”,“艺术只有当他能使观众和听众为其情感所感染时,才能成其为艺术”,而在《什么是艺术?》(1898)中宣称“艺术应该使现在只有社会上优秀分子才具有的对他人的兄弟情谊和爱的感情,成为所有的人习惯的感情和本能”。[26]而且,19～20世纪之交俄国现代主义更是把恢复文学审美生命力、追求文学叙述的诗性作为目标。诸如此类的现象无不表明,俄国审美观念与整个俄国文学史一样,并不吻合于“典型性”、“真实性”、“客观性”等标准。正因为如此,当果戈理的写实主义叙述吻合了西方理性主义标准时,布尔加林这位负有维护民族审美传统使命的官方批评家,就奋而批评这种主要是写实而不追求内在情感的做法严重背离了普希金传统,是落后的“自然派”,这不是没有一点根据的(当然,别林斯基接过“自然派”符号并对此作了俄国启蒙主义式的重新解释,这很符合直面“俄罗斯问题”的现实需求)。而且普希金传统和果戈理传统的矛盾在俄国文学史上始终存在,重视对所叙述事件的深刻思考而不是情节的有趣性,在俄国文学观念或创作实践中,始终占有重要地位,这在客观上吻合了中国的审美需求,也就促成一代代进步知识界有可能借助俄国文学来倡导写实主义。

也正因如此,这种审美相似性在20世纪初就成了中国阅读俄国文学的规则。“清末留学日本最初第一人、发刊革命杂志最初第一人”湖北人士戢翼翚,于1903年把原文9万余字的《花心蝶梦录》(日文的《上尉的女儿》)译成3万来字的《俄国情史斯密士玛利传》,最主要的特色是按照中国的审美惯例对之进行创造性的翻译,译本备受青睐,黄和南为译本作序曰,“能以我国之文语,曲写他国语言中男女相恋之口吻,其精神靡不毕肖。其文简,其叙事详。其中之组织,纡徐曲折,盘旋空际,首尾相应,殆若常山之蛇”。后来,著名翻译理论家顾燮文著《译书经眼录》还称赞该书“情致缠绵,文章亦雅可读”,1920年新中国杂志社出版了《俄罗斯名家短篇小说集》(第一辑),收录了《驿站监察史》(即《驿站长》)和《雪媒》(即《暴风雪》),瞿秋白写有序言,称“《别尔金小说集》里,《驿站监察史》一篇为最好。情节非常简单,而作者艺术上高尚的‘意趣’,很能感动读者,使作者对于贫困不幸者的怜悯之情,深入心曲”。愈念远先生在《普式庚的人及其艺术》(《时代文艺》创刊号,1937)中更进一步称,“他的诗调明朗、简洁、流畅,好像泉水似的清纯”。这些措辞宛如对中国诗人的评价用语,显然有别于对巴尔扎克、司汤达和福楼拜之类西欧作家的论述。同样,从寒泉子的《托尔斯泰略传及其思想》(1904年《福州日日新闻》)开始,中国对托尔斯泰的认识也是本土化的(如高度赞赏他的《塞瓦斯托波尔故事集》极力摹写克里米亚之战之话剧,“使读其书者,神泣鬼惊”)。至于田汉的《俄罗斯文学思潮之一瞥》不仅恰当用中国古典诗学评述俄国文学史,甚至常引进中国的计时观念,采用中国人很亲近的叙述策略描述俄国文学发展甚至俄国历史变迁过程,如称“俄国自1697年——康熙三十六年——彼得大帝外游以还,输入西欧精神物质,西方之知识日盛,知识阶级之活动亦日进”,“亚历山大一世死时(1825年——道光五年)”,“1855年——我国清朝咸丰五年——俄国既有克里米亚之大败,尼古拉一世亦死,亚历山大二世即位”,叙述莫斯科大学19世纪30年代各种大学生小组活动时曰,“于是组织学会,会员互誓信义,一致团结以研究道德上、哲学上、政治上之问题矣。现今我国北京大学之情形亦颇类似。然教授亦如此期莫斯科大学生适当新旧交替之时,《新青年》和《新潮》既为新教授、新学生之言论机关,而《国故月刊》与之对立……若莫斯科大学距今七十八九年亦有两学生会对立,其影响乃造出俄国近代史”,这种叙述无疑使中国读者对俄国文学诸种现象意外地有了亲近感。很可惜,中断俄国诗学传统的苏联官方理论后来成了中国文坛思想主流,中国对苏俄文学的广泛认同主要不是基于审美传统上的相似性,而是意识形态上的吻合,进而20世纪初那种对俄国文学的理解的古典式表述传统也就失去了。

可见，基于传统审美而生成的中俄文化相似性原则，不仅在中国促成了“俄国文学热”，而且延伸出了阅读俄国文学的规则，从而在每个时间段内都产生了启蒙主义的效果，并使现代性在中国有了自己的变体形式，当然也孕育出下文要分析的严重问题。

三

不能否认，在中俄文化相似性原则下译介和接受俄国文学给中国带来了巨大效益。但是，站在现代民族国家观念、承认民族性在很大程度上比国际共同的意识形态更为重要的立场上，我们必须看到，在这种原则下想象俄国，也给中国生成自己的现代性造成了严重的后果。

作为一个民族国家，俄罗斯民族性远远超出了与中国的相似，或者说，俄国文化的丰富复杂远不限于同中国的相似，而是比这要复杂得多，诸如本土斯拉夫性、经由拜占庭而来的东正教和古典西方文化、经由彼得大帝改革而来的西方现代性等。这类更复杂的特性，在俄国人看来正是俄罗斯在逻辑上优越于西方、引进西方理性主义“物质”成果却能通过俄罗斯优越性阻止物质成果所带来危害的基础。而这种自我认知，正是所谓复杂的斯拉夫主义文化精神所在。[27]不仅如此，因为东正教和天主教或新教之间的宗教差别，东正教习俗使俄罗斯民族构成了独立的宗教体系，同西方文明分离并被排除在拉丁民族共同体之外，因而俄罗斯民族不积极综合性地向古拜占庭学习、且不全面研究古希腊宗教之外的文化，而主要是翻译所需要的宗教典籍，结果导致俄语虽是从古（俄）罗斯（Русь）发展而来，但现代文学的发生和古俄国关系并不密切，而是西方文明的一个分支（offshoot），西方现代文学形式和观念从 18 世纪开始在俄国就习以为常了，正如英国现代文学是欧洲大陆文化传统的一种运动而不是来源于《贝奥武甫》一样，俄国文学发展也是靠外民族文学力量，卡拉姆津和茹科夫斯基使俄国人熟悉了莪相（英格兰高地 3 世纪诗人）、卢梭、赫尔德和英德浪漫主义之前的文学，茹科夫斯基还使俄国韵文臻于完美，并给诗歌确立了将要成为俄国黄金时代（the Golden Age）诗学标准的规范，[28]即正是彼得大帝以来的西化改革才促使俄国文学艺术的发展、俄国文化的现代性成长，或者说，真正成形的具有现代文体意义的文学、具有现代审美理念的绘画和音乐等艺术，都受益于西方文化，也因此在相当程度上显露出西方性。18、19 世纪俄国主要作家的创作,一直倾向于让俄国主人公与欧洲人或欧洲化了的或获得欧洲身份的人物发生关系,或进行比较:一方面,卡拉姆津的《苦命的丽莎》把女主人公丽莎与西方风气影响联系起来、冈察洛夫的《奥勃洛莫夫》把同名主人公与有德国血统的希托尔兹相比、屠格涅夫在《处女地》中以西方式企业家的建设性行动和理想之可行对比民粹主义运动之不可能,诸如此类的叙述突出“西方”的生命力和进步、俄国进行现代改革的必要性,属于欧洲的俄罗斯帝国应该把西方当作追赶、效仿的样板。即使十月革命和苏联强烈反西方,但事实上他们把西方多种批判资本主义的理论、思想、价值观等融进了自身反对私有制的共产主义传统中,即借用一种“西方”反对另一种“西方”,以凸显俄国文化和制度的普适性;当今人们普遍渴望融入欧洲的潮流中,利哈乔夫在《沉思俄罗斯》开篇虽声称“我们是欧洲文化的国家。基督教使我们习惯于这种文化”,但接着又说“与此同时,我们还接受了拜占庭文化,在很大程度上是通过保加利亚接受的”,而且进一步引证俄国文学不仅借助了来自保加利亚的教会斯拉夫语,而且还有俄罗斯传统的口语,进而由衷地感叹“当一个俄罗斯作家是多么的幸福!”并在《俄罗斯的历史经验与欧洲文化》中极力赞誉欧洲文化是怎样的有个性、普适性、自由性,又把俄国文化归于这种类型,尽管认为俄国文化此外还有斯拉夫派所提出的“共聚性”(соборность),在一定程度上超出了欧洲文化范畴。[29]也就是说,俄国文学艺术及其理论的西方性,在俄国文化中占主流地位,远比“东方性”更为鲜明!所以,强烈反西化的陀思妥耶夫斯基也主张,俄国教化世界的使命使俄国民众有强烈的认同感,会强化俄国的欧洲身份,因为“我们就是在亚洲,也是欧洲人”。[30]可是,这类事实却被“中俄文化相似性”这一普遍认知所湮没,进而带来后来对俄国文学艺术和文化理念在“现代性”、“反对西方”、“批判资本主义”等重大论题上,产生一系列更深层次的误读:把俄国民族性诉求普遍化、把苏俄社会主义真理化了。

不仅如此,即使是“相似性”原则本身也隐藏着一系列误读,包括对俄国“东方”身份的夸大、对俄国文化中东方意识缺乏自省、对俄国文学的强烈民族性诉求失去警觉等。自鸦片战争以降,中国被迫纳入世界语境,并且随着卷入世界程度的增加,付出的代价也不断加大,因而从境外寻求解决中国问题的资源成为一种趋势。而俄国因为自身的诸多原因而有别于西方并伴随有上述反西方的民族性诉求,外加很多客观情势,导致很快被中国选中。实际上,彼得大帝以来的改革,基本上是强行把俄国置于欧洲语境,促进了物质文明进步是在西化形式下发生的，进而刺激了知识界对俄罗斯作为民族国家的非西方身份的疑惑。尼古拉·屠格涅夫（1789～1871）这位十二月党人、经济思想史家，在19世纪30、40年代于巴黎用法文写下的震动欧洲的著作《俄国与俄罗斯人》（1847）称，“俄罗斯能够战胜原始落后和奴隶制的东方，但是并未取得任何道德和智慧上的成就，既没有得到思想也没有获得富有成效的事业。欧洲文明之路对俄罗斯而言是特殊的，对俄国政府而言，在这种关系中首先是属于此的，这是进步的生死攸关的重要条件……俄国人的最大不幸是断绝了与自己历史的关系，沿着欧洲坐标挺进”。[31]普希金1836年初在科学院作报告说，“从康捷米尔以来，法国文学对正在形成中的我国文学经常有着直接或间接的影响……但目前对我们的影响仅限于译作和某些成就不大的仿作……诗歌至今未受法国的影响，它与德国诗歌日益接近，并且骄傲地保持着自己的独立性”，在著名论文《论延缓我国文学进程的原因》中总结说，“法语在俄国的普遍使用和对俄语的鄙视是延缓我国文学进程的原因……我们既无文学，又无书籍，我们从小获得的一切知识、概念，都是来自外国书籍，我们惯于用异族语言进行思考”。[32]普希金的创作和其思想一样也有着这种强烈的俄罗斯性，果戈理在《关于普希金的几句话》（1835）中据此盛赞其乃民族诗人，历代知识分子尽管对俄国如何发展问题意见纷纭，但无一不强调他作为民族诗人的意义，尤其是1880年6月分散世界各处的俄国文化名流云集莫斯科以举行普希金铜像揭幕仪式庆典，不少人发表了演说。其中，屠格涅夫的演讲声言，“普希金作为民族精神的充分体现者，其身上融会了民族精神的两个特点：敏感性与独创性……我们俄国人加入欧洲大家庭的圈子比其他民族晚些，所以具有这两方面的独特色彩。我们的感受是双重的：既来自自己的生活，又来自带有宝贵财富的西方民族的生活。我们的独创性也具有某种特别的、不平衡的、爆发的、甚至有时是天才的力量：既要应付他者的复杂情况，又要和自身的矛盾作斗争”；[33]陀思妥耶夫斯基的演讲称，普希金的伟大正在于批判俄国根据欧洲确定的“文明”概念而进行的变革，认为这样的变革导致俄国人“用西欧各种语言说话，悠然自得地到欧洲各地旅行，而在俄国却感到寂寞，同时也认识到俄国人不像西欧人，认识到他们有事可做，而我们无事可做，他们是在自己家里，而我们则到处飘泊”，奥涅金这个文明社会里的成员使“俄国人第一次痛苦地意识到，他在世上无事可做。他是一个欧洲人：他将给欧洲带来什么？欧洲需要他吗？他是一个俄国人：他将为俄国做什么？他是否理解俄国？”“我相信我们这一代人和未来的俄国人会懂得如何做一个俄国人,其含义在于努力使欧洲的诸种矛盾得到化解,在自己俄国的心灵里指出欧洲解脱苦闷的出路,把各个弟兄间的兄弟情谊带进心灵之中,最后按照基督福音教导使各民族间达到普遍的和谐……如果说我的想法是幻想,那么普希金却使这一幻想获得了基础。如果他能活得再长久些,他必定会成为俄国心灵的不朽而伟大形象。这已为我们欧洲兄弟们所理解,这将把他们更多更紧地吸引到我们这方面来……"[34]甚至在19、20世纪之交追求反对正统价值观、试图普遍融入国际性现代主义运动潮流的白银时代,现代主义鸿儒维亚契斯拉夫·伊凡诺夫(1866~1949)在《金羊毛》杂志(1909年1~3期)上发表的著名的《论俄罗斯思想》同样称,"无论是过去还是现在,在我们历史道路的每个拐弯处,在面对我们亘古就有的、好像完全是俄国的问题时(个人与社会、文化与天性、知识分子与民众等),我们要解决的始终是一个问题——我们民族的自我规定问题,我们在痛苦中诞生的我们整个民族灵魂的终极性时,即俄罗斯理念"。[35]这种强烈的俄罗斯性诉求之说,一直被视为经典而广为传颂,即使苏联时代不再这么提,但期间借着文化交流和共产国际名义,不只是在东欧,也包括在东方,这种隐秘的思想合法地扩张了俄国价值观。而且,历代俄国作家创作,即使是现实主义的,其魅力大多是立足于从民族性诉求去审视现代性在俄国的生长问题。这些和"东方性"、"与中国相似性"方面一样,俄国也是有自己的考量的。

更为严重的是,这种"相似性原则"在显示中国进步知识界对自身文化缺乏自信心的同时,也在事实上违背了启蒙主义运动在全球扩展的基本规律。众所周知,启蒙运动从英法向德国扩张的时候,德国知识界迅速做出积极反应,莱辛、席勒、歌德、赫尔德、施莱格尔兄弟、诺瓦利斯和洪堡特等不是在德国文化中寻找英法启蒙主义所需要的价值原则、功利思想、进步观念等资源,而是相反,即重新发现本土民间文化和中世纪历史遗产,兴起声势浩大的浪漫主义运动,不仅创建了现代德意志民族的文学、戏剧、语言学等,而且在吸取启蒙主义中普世性成分的同时,有力地抵抗了英法的功利主义、历史进化论、科学技术主义等扩张,从而有效地确立了德国知识界(包括后来的马克思和海德格尔、哈贝马斯等)一直痴迷于独立反思现代性问题的思想传统。同样,俄国在开展启蒙运动的过程中,除了积极吸取英国的经济变革模式、法国的社会变革主张、北欧的军事变革方式等之外,也认真吸取德国反思启蒙运动的经验,从而在俄罗斯国力迅速提升的同时,具有现代性价值的现代俄国文化也在变革过程中得以建立起来。德国和俄国的经验表明，知识分子不应该把西方“进步”或“文明”视为标准，更不应该在本土文化中去寻找符合这种标准的资源，而是要立足于自身历史传统的文化基础上重建与西方标准对等的原则。可是，现代中国却走了相反的路：只顾积极译介俄国文学及文化，不去反思俄国文学中的民族性特点、帝国主义诉求、与世界主流文化的矛盾等因素，在中国文化遗产中寻找与俄国相似性的资源，或者强行把中国当代文化发展趋势诠释成与俄国有一致性。此举对建构独立的现代中国文化的副作用不言而喻。

然而，力量如此强大的“中俄文化相似性原则”却很有生命力，甚至成为接受俄国文化的重要标准：在大量引进表面上适合于这种原则的俄国文学现象的同时，对于俄国知识界关注很多的文学艺术或美学一般性问题、俄罗斯民族性问题的重要论著、学院派的学理性成果，则因为它们不能纳入中俄文化相似性原则的框架，或者不吻合“现实主义”诉求，中国知识界基本上不去发现它们，甚至即便是发现了某些文本，也会是误读性的翻译或解读，进而影响中国接受俄国文化的整体质量。

可见，经由俄罗斯文学中的非西方性和中国人审美意识中的东方特质之中介，缩短了中俄文化的距离并与西方文化形成分野，但中国却因此夸大相似性的范围，并相信苏俄所建构的国际共运原则，进而使中国进步知识界对苏俄投注太多的希望和热诚，还把俄国文学和苏俄社会发展理论，当作解决中国问题的主要思想资源，从而掩盖了俄国文化所具有的西方性、苏俄的民族性诉求等实质。

总之，20 世纪上半叶中国引进俄罗斯文学的历程表明，这种立足于相似性原则而经由文学平台去想象俄国，一定程度上与现代中国的文化启蒙主义需求相吻合，并产生了巨大效益；同时，改变了传统的中俄文化交流模式，中俄两国 400 年前相遇在远东，从而开始了中俄文化之间的传统关系，即主要是俄国传教士和商人、外交家试图了解中国历史、掌握中国文化、学习中国的农牧业技术、寻求战胜中国的资讯，[36]不是中国要从俄国那儿探求思想资源，而现在这种倒置的相似性促成俄国文学成规模地进入中国，深刻影响了中国现代性建构的质量，并因为一直少有人去积极反省这种错位的民族文化交流关系，给当代中国的改革开放带来了不少障碍。

[1]郑振铎:《俄罗斯名家短篇小说集》序言,北京:新中国杂志社,1920。

[2]升曙梦在中国很有影响,除了上述译本之外,早在1921年《小说月报》“俄国文学研究”专号中就收录了灵光译的《俄罗斯里托尔斯泰底地位》,1929年上海华通书局就出版了陈淑达所译的《现代俄国文艺思潮》,其《新俄文学的曙光期》是汪倜然的《俄国文学ABC》第一参考书目,钱杏邨编的《高尔基印象记》(1932)中收录有适夷、雪峰、高明各译的《高尔基的艺术》、《最近的高尔基》、《高尔基访问记》,等等。

[3]参见(重庆)《中苏文化》第7卷第4期(1940年10月)。

[4]梁启超:《饮冰室丛著》(4),第104页,上海商务印书馆,1916。

[5]《文艺复兴》第3卷第3期(1947年5月)。

[6]参见《李大钊全集》第3卷554页,河北教育出版社,1999。

[7]C. H. 布尔加科夫著,徐凤林译:《东正教——教会学说概要》,第209~213页,商务印书馆,2001。

[8]See Sergai Burgakov, *Economic Philosophy of Family World*(家庭世界的经济哲学),tran. by Cathern Evtuhow, Yale University Press, 2000.

[9]See S. Hedlund, Can They Go Back and Fix It? Reflections on Some Historical Roots of Russia's Economic Troubles(他们能后退并找到5立足点吗?对俄国经济危机的一些历史根源之反思). // Act Slavica Iaponica No1,2003,PP. 50—84.

[10]《瞿秋白文集》(政治理论编第四卷),第613、668~669页,人民出版社,1993。

[11]参见贝灵(Baring)著,梁镇译述《俄罗斯文学》,第3~4页,商务印书馆,1934。

[12]A. Марденов, Россия и Китай(俄国和中国)// Звезда №10, 1995,C. 168.

[13]李大钊:《什么是新文学》,载《星期日》周刊1920年1月4日(署名“守常”)。

[14]陈独秀:《通信》,载《青年杂志》第1卷第4期。

[15]胡愈之:《文学事业的堕落》,载《文学旬刊》1921年6月10日号。

[16]茅盾:《中国文学不能健全发展之原因》,载《文学周报》第4卷第1期(1926年11月26日)。

[17]《瞿秋白文集》(二),第542页,人民文学出版社,1953。

[18]《瞿秋白文集》(二),第544页,人民文学出版社,1953。

[19]《胡愈之全集》第2卷95页,三联书店,1996。
[20]《瞿秋白文集》(二),第542页,人民文学出版社,1953。
[21]郑振铎:《人之一生——序耿济之译的安特列夫的〈人之一生〉》,载《文学》第88期(1923年9月17日)。
[22]《郭沫若全集》第20卷232页,人民文学出版社,1992。
[23]参见(南京)《新民报》(日刊)1936年6月21日。
[24]参见《普希金全集》第7卷149、135、121页,人民文学出版社,1997年汉译本。
[25]《屠格涅夫选集:散文诗·文论》,第280、281页,人民文学出版社,1993。
[26]《托尔斯泰文集》第14卷127、128、323页,人民文学出版社,1992。
[27]艾恺:《世界范围内反现代化思潮——论文化守成主义》,第55页,贵州人民出版社,1991。
[28]See D. S. Mirsky: *Modern Russian Literature*, Oxford University Press, 1925, PP. 5—7.
[29]Д. С, Лихачев, *Раздумья о России*(沉思俄罗斯). СПб.: Logos, 1999, С. 15—16、29—34.
[30]Quoted in M. Hauner, *What Is Asia to Us? Russia's Asian Heartland Yesterday & Today*, London: Routledge, 1992, P. 1.
[31]Николай Тругенев, *Россия и русские*. М.: ОГИ, 2001, С. 350.
[32]卢永选编:《普希金文集》(7),第135页,人民文学出版社,1995。
[33]《屠格涅夫选集:散文诗·文论》,第281页,人民文学出版社,1993。
[34]转引自冯春编选《普希金评论集》,第413页。
[35]Вл. Иванов, *Родное и вселенское*(本土的与全世界的)., М.: Изд. 《Республика》, 1994, С. 360—371.
[36]Ю. Галенович, *Россия и Китай в xx веке: Граница*(20世纪的俄国与中国:边界线), Москва: И. зограф, 2001, С. 6.

(原文载《俄罗斯文艺》2005年第3～4期,2006年第1期)

写实主义潮流在现代中国如何可能

——关于俄国文化对现代中国文学影响问题的研究

在中国作为现代民族国家的重建过程中，俄国文学艺术和苏联政治理念曾经起过重大作用，而且其影响力至今还绵延不绝(虽然俄国人已经抛弃了苏联)，这是不争的历史。问题是，何以中国在进入20世纪第二个十年便越来越认同俄国文化？或者说，是什么使得俄国文化在1917年之后逐渐成为深刻影响甚至左右中国社会发展方向、进步知识界建构现代中国的巨大力量？抑或中国作为接受主体的自身原因而对俄国文化情有独钟？

殊不知，1915年9月从日本留学归来的陈独秀创办《青年杂志》，其封面上赫然印着的是法文"青年"(La Jeuness)，创刊号中的陈独秀之文《法兰西人与近世文明》是与激励一代代青年奋发向上的创刊词《敬告青年》同等重要的经典之作，并在此称"欧罗巴之文明，欧罗巴各国人民，皆有所贡献，而其先发主动者率为法兰西人"、"人类之得以为人，不至永沦奴籍者，非法兰西人之赐而谁耶"，甚至以后易名为《新青年》这个法文标识仍未变。同样，在《新青年》杂志影响下的一批青年知识分子所创办的《新潮》杂志(1919年初)，加上了Renaissance(文艺复兴)的标识。这类现象无疑预设着：最早影响五四新文化运动的是法国启蒙主义文化和欧洲文艺复兴思想，或者说召唤着五四新青年的是现代法兰西和欧洲，而不是苏俄。可是，没过几年，形势就骤变，法国文化甚至连同整个西方文化之和，在中国知识界都不敌俄国文化，以至于如果按国家和地区来计算，在整个外国文学翻译中仅俄国文学翻译数量一项，占有绝对优势的比重：俄国文学是引进比重最大、谈论最多的，鲁迅在《祝中俄文字之交》(1932)中生动描述了这种"读者大众对俄国文学共鸣和热爱"的情景，"这伟力，终于使先前膜拜曼斯菲尔德(K. Mansfield)的绅士也重译了都介涅夫的《父与子》，排斥'媒婆'的作家(即郭沫若)也重译着托尔斯泰的《战争与和平》

了”，[1]很多重要人物被卷进俄国文学传播的潮流，甚至1921年热衷于英美文化的梁实秋翻译了托尔斯泰的秘书古谢夫(Н. Гусев，1874～1933)之作《托尔斯泰与革命》(1912)；此外，1929年朱自清先生在清华大学开设“中国新文学研究”课程(以后在师大和燕京大学也曾应邀开设)，内设有“‘外国的影响’与现在的分野”专题，专门论述“俄国与日本的影响——理论”，认为《新青年》、五四运动期间各社团、文学研究会、成仿吾和钱杏邨等人，各自的革命文学与无产阶级文学分别深受俄国和日本的影响；[2]而朱光潜先生在《现代中国文学》(1948)中总结现代中国文学发展也有类似评价，“新文学所受的影响主要的是西方文学……而耿济之、曹靖华、鲁迅、高植所译的俄国小说影响则最大”。[3]诸如此类，足以见出俄国文学在国人心目中的位置。迄今为止没人怀疑这样的共识，即五四新文化运动在某种程度上是深受俄国文学影响的结果、现代中国特别受益于俄国文学，尽管胡适、朱自清和吴宓等留学欧美者及其门生(后来的西南联大最具代表性)基本没有参与其中(这可能对中国认识俄罗斯的质量产生了致命影响)。可是，五四新文化运动以来中国最需要的是文化启蒙主义，而法国被认为是这一思潮的策源地和正宗、德国则是反思和批判这一思潮的中心，俄国启蒙主义在世界现代性建构中的作用常常为西方所忽略不计，何以中国很快就由寻求启蒙主义思想资源转移到俄国文化？而且，无论岁月如何变化，中国对俄国文学的这种认同，在20世纪几乎是持之以恒的，只是在这个世纪之交才有所改变。

俄国文学在现代中国的建构过程中扮演了如此重要的角色，查考和探究何以有这种情景则令人疑惑：俄罗斯文学在俄国获得崇高地位是基于作家们以审美形式深切表达对本土建构现代性问题的认真关注、对民族的强烈认同，这种文学他何以在中国普遍赢得了独特的荣光呢？是因为俄苏的文学成就绝对超群，还是它们给中国另外作了什么？而且俄国文学作为表达自己民族性诉求的审美形式，结构复杂、倾向不一、审美情趣各异，中国究竟对俄国文学的哪部分最有兴趣？当时知识界是怎样看待这种现象？要知道，现代文学的重要使命是建构中国的民族认同观念，促进国民重建中华民族并使之成为独立的民族国家。

原来，这些是本于俄国写实主义文学思潮对中国现代社会产生了深刻影响！

一

在建构现代中国伊始，文学的重要性就被凸显出来了，“欲新一国之民，必先新一国之小说”、“今欲革新政治，势不得不革新盘踞于运用此政治者精神界之文学”等呼声此起彼伏，足以表明这一点。这种情形符合世界上的整体趋势，在德、法、英、美、俄等国作为民族国家形成过程中，文学无不扮演了重要角色，其中那些关注现实问题的文学所起作用更大。而中国亦如此，并且这个趋势不说是由来已久，至少在20世纪初已显露端倪：梁启超在《论小说与群治之关系》(1902)中已有“理想派小说”与“写实派小说”的划分，王国维在《人间词话》(1908)中提出“有造境，有写境，此理想与写实二派之所由分”，成之1914年在长文《小说丛话》(《中华小说报》第3～9期)中指出“小说自其所载事迹之虚实言之，可别为写实主义及理想主义二者。写实主义者，事本实有，不籍虚构，笔之于书，以传其真，或略加以润饰考订，遂成绝妙之小说者也”，胡适之1915年8月著文《读白居易与元九书》再次提出文学的理想主义和实际主义区别。由是，《新青年》一创刊就催生了直接倡导写实主义的《文学改良刍议》和《文学革命论》等，主张“为人生”的文学研究会更是把这种倡言变成了实践。而在俄国文学中刚好能找到大量写实性作品，因此，不少人开始自觉投入翻译俄国文学的行列，其译作无论质量高低普遍被接纳。鲁迅的德文和日文是足以成就他研究德国和日本文学的，但在《我怎么做起小说来》中却称，“因为索求的作品是叫喊和反抗，势必至于倾向了东欧，因此所看的俄国、波兰及巴尔干诸小国作家的东西就特别多……记得当时最看的是俄国的果戈理和波兰的显克微支”，在《祝中俄文字之交》中他更是把俄国文学当作社会写真来看，“从那里面看见了被压迫者的善良的灵魂，的辛酸，的挣扎……从文学里明白了一件大事，是世界上有两种人：压迫者和被压迫者”。[4]为推进中国新文学进一步发展，沈雁冰在《小说新潮栏宣言》(1920)中结合自己翻译和阅读国外文学的经验，向国民推荐文学经典：第一部分以写实派为主，共12家30部作品，除瑞典作家比昂逊，挪威作家易卜生、斯特琳堡，法国作家左拉和莫泊桑等的13部作品之外，余下皆为俄国经典作家；第二部分为“问题文学”，凡8家12部作品，其中有托尔斯泰的《战争与和平》、陀思妥耶夫斯基的《罪与罚》、赫尔岑的《谁之罪》等。[5]此乃并非沈雁冰一己之见，检索1917～1949年的国外文学作品翻译可发现，这期间影响最大的确实是普希金、莱蒙托夫、果戈理、赫尔岑、涅克拉索夫、屠格涅夫、托尔斯泰、契诃夫等19世纪作家，以及高尔基、马雅可夫斯基、勃洛克、别德内伊和法捷耶夫等苏联作家，而且他们的作品大多是在“写实主义”或“现实主义”名义下被译介过来的，并依据“写实性”程度而影响重译的次数、发行量。由此，在很短时间内(1917～1922)陆续推出了《近代俄国小说集》5集(“东方文库”，商务印书馆)、《俄国戏剧集》10集(“俄罗斯文学丛书”之一，商务印书馆)、《俄罗斯名家短篇小说集》第一辑(新中国杂志社)、《普希金小说集》(亚东书局)、《托尔斯泰小说集》(泰东书局)、《托尔斯泰短篇小说集》(商务印书馆)、《契诃夫短篇小说集》(北新书局)等，还不包括《小说月报》、《新青年》、《民国日报》和《晨报》附刊等发表的有关译作，以及综合性文选或译丛中所收录的这类译作，20世纪20～40年代对苏联文学和苏俄理论翻译的热潮更是持续不断，几乎囊括了苏联不同时期主流意识形态所确认的全部作品。这一批批具有规模效益的译文集和作家专集，促成了一浪高过一浪的“俄国文化热”的出现，并对现代文学创作、人们审美观念的变化和社会公众意识的提高等起了很大作用，还强化了五四时期启蒙主义、理性主义和批判主义，甚至直接促成了“为人生而艺术”、左翼文学，也使抗战文学有了思想和审美资源，以至于几乎所有追求进步的重要作家都受益于俄国现实主义文学。这可能是自五四新文化运动以来，中国接受俄国文化效益最大的方面。

论及俄国文学自五四新文化运动以来能在中国广泛普及开来，《小说月报》是不能不提的重要媒介。众所周知，它并不只是刊发国人所创作的小说的文学类杂志，在20世纪20～30年代它还是译介国外文学作品、文学思潮、文学研究和文学理论等的重要窗口，很多关于俄国文学的重要经典文献大多出自这份杂志，如第13卷第4号(1922年4月)“诗歌及戏剧”专栏刊发了饶了一翻译的勃洛克的著名长诗《十二个》(1926年8月北京北新书局出版了《十二个》单行本)，第17卷第10号(1926年7月)刊发了苏联小伊利亚·爱伦堡(1891～1967)的短篇小说《烟袋》，暂且不论1921年第12卷号外乃“俄国文学研究”特刊。可以说，虽然在晚清和民国初年托尔斯泰作品已逐渐流行，但他的理论在现代中国所产生的广泛影响、对他的作品进行现代的解读，在很大程度上首先得益于这份杂志。张闻天根据托尔斯泰的《什么是艺术?》、《莎士比亚论》和《我的宗教观》等重要著述，成就了长文《托尔斯泰的艺术观》，刊于那期“俄国文学研究”专号上，从而告诉国人托翁最为重要的艺术观是现实主义而不是别的什么,“托尔斯泰把古今一切的艺术观不遗余力鞭打之,而一缕的断案从其鞭下喊出来了。‘这些定义所以不正确的起因,因为在各种定义中——形而上学的定义也是如此——以为艺术的目的是在得到快乐,而不以为它是在资助人生与人类。假使要正当地下艺术的定义,应当先不要把它看做快乐的方法,而视为人类的生活条件中之一’。如其这样的看起来,我们便可以看出艺术是人与人交流的一种方法啊!”当然,《新青年》在这方面也是很值得关注的,如第4卷第1号收录了周作人译自《北美评论》的一篇译文《陀思妥耶夫斯基之小说》(作者英国 W. B. Trites),输入了从现代视角认识这位作家的做法。

俄国文学能在中国普及开来,还得益于很多书局和出版社。其中,商务印书馆的贡献尤为巨大。上文提及的好几套俄国译丛大多出自商务印书馆,如1922年开始出版共学社选编的“俄罗斯文学丛书”,这套丛书几乎囊括俄国写实主义文学大部分经典作品。这种做法很有成效,一方面普希金、莱蒙托夫、屠格涅夫、托尔斯泰、陀思妥耶夫斯基、契诃夫和高尔基等重要作家的经典汉译大都出自这里,另一方面那些今天看来称得上是著名译者的人,不少是通过在这里履行译介俄国文学使命成长起来的,仅耿济之就先后在这儿出版了亚历山大·奥斯特洛夫斯基之《大雷雨》、安德烈耶夫之名剧《人之一生》、托尔斯泰的《复活》和《黑暗的势力》、屠格涅夫之《父与子》等译作,以及与瞿秋白合译的《托尔斯泰短篇小说集》,由此翻译家声名鹊起。此外,曹靖华所译契诃夫的《三姐妹》、李霁野据英译本翻译的斯拉夫派作家谢尔盖·阿克萨科夫(1791～1859)之代表作《我的家庭》、郑振铎译的奥斯特洛夫斯基的剧作《贫非罪》等也是由这儿出版的。甚至许多关于俄国文学史的著作也出自商务印书馆,如郑振铎在五四新文化运动后期轰动一时之作《俄国文学史略》,就是由该馆于1924年2月出版的。这些译作和著述产生了很大的社会影响。茅盾在《西洋文学通论》中特地提及了商务印书馆的这类译作。其实,热衷于译介俄国文学乃商务印书馆的一种传统:早在1907年6月,上海商务印书馆就出版了莱蒙托夫的代表作《当代英雄》(1840)第三章《贝拉》(当时译名为《银钮碑》,据日译本译出),并把它和契诃夫的《黑衣教士》一道刊行在“袖珍小说丛书”中,此外还出版了马君武译的《心狱》(《复活》)、朱东润所译的《骠骑父子》(托尔斯泰的《哥萨克》)、林纾所译的《现身说法》(托尔斯泰的《幼年》等)。后来一批现代出版家提升了这种传统,使之和亚东书局、北新书局、开明书店以及后来的延安新华书店等一道，共同为中国想象俄罗斯提供了源源不断的写实主义文学资源。

也正是各出版机构和杂志推出不同形式的译丛、译作，不少写实性作家的大部分文学作品几乎都有了汉译，一些重要文本开始不断被重译，以至于给中国留下这样一种深刻印象：俄国文学的主体是现实主义，俄国的重要作家都是伟大的写实主义作家！屠格涅夫就是这样的一位：仅《父与子》就有上述耿济之为共学社选编"俄罗斯文学丛书"的译本、1930年商务印书馆出版的陈西滢译本、1934年新生命书局出版的黄源缩写本、1935年上海中学生书局出版的李连萃缩译本、重庆文化生活出版社1943年出版的巴金译本（上海文化生活出版社1945年、平明出版社1953年、人民文学出版社1955年和1979年等分别再版了这个译本）等。而且，远不只《父与子》备受青睐，据茅盾《西洋文学通论》(1930)介绍，屠格涅夫绝大部分重要作品到30年代中期都被介绍过来了，包括赵景深(1902～1985)译的《罗亭》（商务印书馆）、高滔译的《贵族之家》（商务印书馆）、沈颖译的《前夜》（商务印书馆）、樊仲云译的《烟》（商务印书馆，黄药眠又有重译本）、郭沫若译的《处女地》（译名《新时代》，商务印书馆）、徐冰纭译的《初恋》（北新书局）、张有松译的《春潮》（北新书局）、顾绶昌译的《浮士德》（北新书局）、耿济之译的《林中之月》（现通译为《村居一月》，商务印书馆）、徐尉南译的《屠格涅夫散文诗》（新文化书局）、刘大杰译的《两朋友》（现通译为《普宁与巴布林》，亚东书局）等。屠格涅夫何以在中国如此盛行？田汉先生在《俄罗斯文学思潮之一瞥》(1919)这篇当时中国知识界评论俄国文学思潮的力作中，论及屠格涅夫便称其"天才特色，即对于社会大气之动摇，一种敏锐之感觉，其作物对于时代思想、时代精神如镜之映物"，"忧郁之情随在流露于作物之中，其描写虽为无个性、客观的，而其作物中不能禁个性与主观之侵入，其写实主义合希伯来精神主观的分子，冈察洛夫之写实主义合希腊精神的客观分子"，并引证勃兰兑斯的《俄国印象记》说他"真有描写活人生之能力的大艺术家"，读狄更斯或他人之作不如读屠格涅夫的"精神与读者铭感之调和一致"。[6]不久，胡愈之又有言，"屠格涅夫的最大特色是能用小说记载时代思潮的变迁。其小说出现先后要占用三十年时间，期间社会生活和思想多变，屠格涅夫却能用着哲学的眼光、艺术的手段把同时代思潮变化的痕迹、社会演进的历程，活泼泼地写出来，而且是富于暗示性和预言性的。要是把他一生著作汇合起来，便成了一部俄国近代思想史。所以，要研究屠格涅夫的文学，必须和

19 世纪中段俄国思潮变迁互相参证才有趣味”。[7] 稍后，郑振铎给耿济之的《父与子》译本所添序言也进一步指出此举的必要性：俄国批评家和欧洲学者“都不约而同地称此为屠格涅夫特异天才的成熟能力的结晶。思想之明了，艺术之宏伟，情节之简单，全部小说之平稳而贯穿，戏剧之丰腴，随处给作家以更高的艺术权威”。[8] 诸如此类，从不同方面塑造了屠格涅夫作为有很高艺术造诣的写实主义作家形象。而且，不只是屠格涅夫如此，以笔名丽尼而著名的郭安仁(1909～1968)在所译克鲁泡特金的《俄国文学史》之“译者的 NOTE”中说道，“我们几乎是整个地拥有了屠格涅夫和契诃夫，托尔斯泰和陀思妥耶夫斯基大约不久以后也会被我们完全地有了”，“说到有一种俄罗斯文学的空气来救助我们的文学，那么需要的急切之程度是更不待言的了”。[9]

而且，我们应该承认这种做法的效用：这给中国读者提供一个有导向的屠格涅夫，从而沿着这个导向有可能读出屠格涅夫的妙处来！其中，最显眼的是深刻辨析了作家对俄国虚无主义者形象塑造的问题。田汉在那篇文章中继续说道，颇受欢迎的《父与子》，其深刻处在于描绘了 19 世纪 60 年代巴扎洛夫形象，他代表否认旧文明的新思想，与 19 世纪 40 年代成长起来而后来却落后的自由主义者之间发生了父与子冲突，“吾人一言俄国，动辄联想及虚无党，一若俄国之有虚无党，如吾国之有同盟会者，实则根本的不同也。吾国同盟会系对四千年来专制政体的政治革命，系对于三百年来为异族征服的种族革命。俄国虚无党既非种族革命，也非全为政治革命，而为否定前时代一切美的文明之思想革命也。若种族革命，则当谓莫斯科时代，已推翻我的蒙古人之势力矣。若谓政治革命，则 19 世纪 40 年代之人已锐意革命陋政，励进新文明矣”，分析俄国虚无主义之勃兴是因为大量翻译法国实证主义的著作却久困于传统主义、热衷于现实主义和自然科学并付诸于分析社会问题的思想却为社会经济状况所困，具体言之在于改革终止于平庸而引起新时代知识阶级之反抗、19 世纪 60 年代唯物学风反抗 19 世纪 40 年代唯心学风、19 世纪 60 年代平民知识分子反抗 19 世纪 40 年代贵族知识分子、社会主义反抗由官方民族性而来的国家主义(Nationalism)，此时代的指导者不再是文学家和伦理学家，而是批评家，并引证车尔尼雪夫斯基之作《怎么办?》说，“所写人物皆新时代之代表者；此等青年出于混合阶级(即平民阶级)；此等人物皆自幼即以自力开拓自己之运命者；彼等皆道德皎洁者；彼等皆现实主义者，又赞成功利主义(utilitarianism)者；彼等皆禁欲主义(asceticist)者。结局则皆欲以严肃主义挽回农奴制时代之颓风”。不久,周作人在《文学上的俄国与中国》这一著名演讲(1920 年 11 月 8 日)中称,1861～1870 年“唯心论已为唯物论所压倒,理想的社会主义之后也变为科学的社会主义了,所谓虚无主义就在此时发生”,巴扎洛夫乃是代表,“虚无主义实在只是科学的态度,对于无征不信的世俗的宗教法律道德虽然一律不承认,但科学与合于科学试验的一切,仍是承认的,这不但并非世俗所谓的虚无党,而且也与东方所讲的虚无不同。陀思妥耶夫斯基所谓的《罪与罚》,本想攻击这派思想,目的未能达到,却在别方面上成了一部伟大的书”。[10]同样,胡愈之继续指出,“屠格涅夫所说的虚无主义,和后来的俄国虚无党人的主义不同。就《父与子》而言,虚无主义是否定的主义,没有信仰、没有崇拜的主义,也就是无主义之主义,这是一种新思想、新青年的思想,当然是要和旧思想冲突的思想”;[11]郑振铎在为耿济之的《父与子》译本所写的序言中也具体说道,“本书虽然第一次使用虚无主义这个概念,它的意义却与后来发生的不同。《父与子》中的虚无主义者巴扎洛夫的反抗思想是从科学思想发生出来的,他因为当时俄国的道德、宗教、国家等等一切皆建筑在虚伪谬误的基础上,所以一切都要反对、否认。后来的虚无党却不然。他们的人生观在路卜洵(Rospshin)的《灰色马》中很可以看出来。他们不仅否认国家、宗教等等,并且也否认科学,乃至否认人类、否认生死。世人称之为恐怖主义者,确实很对。他们杀人正如杀死兽类,和在打猎的时候一样,一点也不起悲悯,一点也不动感情。所以读者决不可把这本书中的虚无主义者误认为后来恐怖主义的虚无党”。[12]诸如此类表明,中国 20 年代已经意识到俄国虚无主义者(Nihilist)是怎么回事,他们与 19 世纪 80 年代一部分民粹主义者退化为民意党人(主张暗杀、恐吓、极端暴力革命等)不同,而晚清和民国初年对反映这种思潮的文学作品很热衷,当时翻译了不少虚无党小说。这是很可贵的:19 世纪 60 年代的虚无主义,乃 19 世纪中叶俄国加大对外开放力度而兴起的理性主义、功利主义和科学主义等思潮,信仰这种思潮的青年人大胆反叛 19 世纪 30～40 年代流行的历史和审美理想主义,否定传统和人文关怀,反对既有的社会秩序,否定国家、家庭和教会的权威,社会科学和古典哲学体系被拒绝并被代之以唯物主义和科学实证主义,完全否认灵魂和精神的存在。[13]中国在热情接纳屠格涅夫中,特别关注他叙述的虚无主义问题,并且理性地对待巴扎洛夫这类人的先锋性和革命性、破坏性并存的行为,其深刻性可与后来萨义德的认识相比,他说“我们所记得的巴扎洛夫,是他探索和深切的对抗性才智所展现出的锲而不舍的力量；虽然屠格涅夫宣称他相信巴扎洛夫是自己最同情的角色，甚至连他都因为巴扎洛夫毫无顾忌的知识分子力量以及读者很困惑紊乱的反应而大惑不解，而且多少有些驻足不前。有些读者认为巴扎洛夫是对于青年的攻击；有些人称赞这个角色是真正的英雄；也有人认为他是危险人物。不管我们对于这个角色感觉如何，《父与子》无法容纳巴扎洛夫作为叙事中的角色，他的朋友基尔沙诺夫家族，甚至他悲惨的年迈双亲，都继续过他们的生活，而身为知识分子的巴扎洛夫的专横与不逊，使他脱离了这个故事——既不适合于这个故事，而且多少不适合被驯化”。[14]

与直接译介俄国文学作品相一致的是，中国还极力引进积极叙述这类文学现象的文学史和文学理论著作，诸如克鲁泡特金关于俄国文学史的演讲、苏联时期主流理论家和文学史家的著述等。特别值得一提的是，现代中国关注俄国文学是从欧美评述俄国文学的名作开始的。

茅盾在《小说月报》第 13 卷第 1 号（1922 年 1 月 10 日）专门发文《关于陀思妥耶夫斯基的英文书》，提供了包括 J. Lavrin 的《陀思妥耶夫斯基及其创作》(1920)、M. Baring 的《俄国文学中的几处里程碑》(1916)、勃兰兑斯的《俄国印象记》等八种英文目录，郑振铎在《俄国文学史略》末尾附录了数量更多的俄国文学研究和英语翻译文献，并在阿尔志巴绥夫之作《萨宁》译者序(1928)中列了很多英文参考书目，其中包括很有文献价值的 D. 米尔斯基公爵所写的《当代俄国文学》(1925)。特别是，《小说月报》“俄国文学研究”专号(1921)特别刊载了沈泽民之作《勃兰兑斯的〈俄国印象记〉》，该作先后评述了俄国古代文学和从普希金到托尔斯泰的主要作家和批评家，按沈泽民所说，介绍这部书“足以为我们研究俄国文学提供帮助，便于对俄罗斯有更亲密的了解。俄国文学比别国的重要……俄国文学乃新文学，充满了民族的渴望和信念，文学也特别忠实纯朴，不像别国老了的文学一样”，认为如果借用其《欧洲文学主潮》观点（“人的文学”、“文学乃社会环境产物”等），可以说“俄国人的性质是伟大的，归于地理的影响；俄国人性是忧郁的，归于气候的影响；俄国人富于极端性的，归于地势和气候的影响，少有科学新发明，民间生活却有鲜明色彩；在上者的无限威权，在下者的共产平等精神，是俄国特有的组织”。[15]

这种功效是无可否认的！

二

而五四新文化运动正是要运用新思想对历史和现实进行重新叙述，以更有效地启迪民众。在这种潮流下，如此浩浩荡荡地进入中国的俄国文学，自然也就成了启蒙主义的主要思想资源。由此，把俄国18世纪后期以来的文学定义为写实主义，并以此理解俄国文学的发展历程和作家作品，成为现代中国想象俄国文学的时尚。

1919年，田汉在《俄罗斯文学思潮之一瞥》中标举，"俄国文学之最大特质，即在'社会的色彩'一语"，并证实曰"俄国之有写实主义自果戈理起。俄国文学之足重为近代文学，而近代文学则全为写实主义所支配也。俄国在普希金之前，非宗教文学，则模拟文学……以近代国民文学创始者论，当推普希金为祖。以近代写实主义者论，当推果戈理为祖"，田汉还以厨川白村的《文艺思潮史》为依据继续论述道，"俄国写实主义由普希金启其蒙（他虽为唯美派诗人，而描写国民性精确，后世写实主义大家犹有不能过者），果戈理建其业。亦犹俄国国民文学创业于普希金，而完成于果戈理也。一方为俄国近代国民文学创业之功，一方为俄国写实主义或自然主义不祧之祖。果戈理于一般内容外加以新描写法，其艺术的写实主义之秀逸与心理学观察法之深刻，皆俄国社会渴待久之而未得者也"。[16]这种把俄国文学写实主义化的做法，很快在中国知识界蔓延开来，第二年：郑振铎的《写实主义时代之俄罗斯文学》开篇就说，"当俄罗斯文学史的幕复启的时候，是为写实主义时代"，并且俄国写实主义"最先发达的，乃是散文"；[17]胡愈之在《近代文学上的写实主义》中把俄国文学纳入欧洲文学查考，发现"俄国写实小说家，像陀思妥耶夫斯基、屠格涅夫、托尔斯泰等人所做的小说，也都是讲社会问题、政治问题、伦理问题的，不过借着小说的形式发表罢了"，易卜生和霍普特曼、萧伯纳等都是社会问题剧的代表，甚至对当时正兴盛的现代主义也如是解释道，"没有浪漫主义文学，不会生出写实主义文学，没有写实主义文学，也不会生出新浪漫主义文学，这是文艺进化的真相"；[18]同样，沈雁冰在《俄国近代文学杂谭》中称，"俄国近代文学的特色是平民的呼吁和人道主义的鼓吹"，"俄国在19世纪末，浪漫派虽还有，然而势力已经大衰，推求这原因，不得不推果戈理提倡写实主义的功劳……他的《外套》是写实主义的开端，也就是人道主义文学的开端"，"英国文学家狄更斯未尝不写下流社会的苦况，但我们看了，显然觉得……缺乏真挚浓厚的感情。俄国文学家便不然了，他们描写到下流社会人的苦况，便令读者肃然如见此辈可怜虫，耳听得他们压在最下层的悲声透上来，即如屠格涅夫、托尔斯泰那样出身高贵的人，我们看了他们的著作，如同亲听污泥里人说的话一般，决不信是上流人代说的。其中，高尔基该是苦出身，所以他的话更悲愤慷慨”，在《安德烈夫死耗》中则称“人道主义的文学，可称是俄国文学的特色”，[19]说这位表现主义作家“仍旧有极浓厚的人道主义色彩”。[20]也是在这年底，周作人在北京师范学校发表了著名的《文学上的俄国与中国》演讲，宣言“俄国近代文学，可以称作理想的写实派文学；文学的本领原来在于表现及解释人生，在这点上俄国的文学可以不愧为真的文学了”。[21]这类看法是相当稳定的，不仅20世纪20年代很流行，在此后相当长一段时间也未因为趋于左翼而中断，如田汉在《纪念俄国文坛的“大彼得”——普希金百年祭》(1937)中称，“假使俄国资本主义的基础是由大彼得一手奠定的，那么俄国文学写实主义的小芽便是普希金一手栽种的，这是一点也不夸张的事实”，“从他起，俄国文学才比较敏锐地反映着当时激变的俄国民众的感情。在十二月党人之前，其作品《智慧的悲哀》中的主人公查兹基是那样充溢反抗的精神。十二月党人运动失败之后，他所描写的奥涅金又是那样流露着一种沉郁苍凉的情调。从他起，被压迫者解放的前途才投入诗人的视野”，“他的爱自由和光明的精神，甚至获得了全世界爱自由和光明人士的共鸣”。[22]

而且，这样的接受，也的确有助于深刻领会俄国文学的某些独特性。19世纪30～40年代，果戈理用写实主义叙述传统的农奴庄园制和面向西方变革所带来的问题、涅克拉索夫先后主持选编了《彼得堡风貌素描》(Физиология Петербурга，1845)和《彼得堡文集》(Петербургский сборник，1846)，这些轰动一时之作一改普希金抒情性写作惯例，招致正统批评家布尔加林对此的严厉批评，即讥讽为“原始落后派”(натуральная щкола)，即中国译的“自然派”，而别林斯基正面借用了这个说法并把它进一步理论化，使写实主义有了俄国的变体形式。这也就意味着，俄国原始落后派有异于同时期在西方被命名为“浪漫派”的现实主义(主要是批判性叙述正在形成中的资本主义)，更有别于19世纪后期西欧自然主义潮流，即不像左拉和龚古尔兄弟等人那样从医学和病理学角度叙述下层人物的社会性行为或命运，而是关注于造成主人公性格与命运及其环境或时代原因的现实主义现象。[23]沈雁冰在《文学上的古典主义、浪漫主义和写实主义》(1920)中称,托尔斯泰“描写下等社会的生活,那么样的亲切活现,莫泊桑有其细微,而无其动人(humour),然而托尔斯泰的写实文学中常常有个中心思想环绕,这便是人道主义——无抵抗主义……这种写实主义不是法国产出来的,所重者,实已不在客观的描写,而在主观的理想的人物,放在客观的描写的环境内,而标示作者的一种主义……所以托尔斯泰的写实主义文学,在写实派又是一个面目,可称之为‘主义的写实主义’……俄国人融化别国文明的胃力,非常之强,无论什么哲学上的名论、文学上的主义,到了俄国便受俄国人的热心研究,但又往往能参加自己的改造,变成俄国货。写实主义在俄国文学上的变化,已经可以概见了”。[24]后来,他和郑振铎合作的《法国文学对于欧洲文学的影响》(1924)进一步关注法国自然主义对俄国文学的影响问题,认为“俄国没有严格的自然主义作家,但俄国作家几无不与自然主义接近。自果戈理、屠格涅夫以至契诃夫、阿尔志巴绥夫等,没有一个不和自然主义接近,近代俄国文学正是新觉醒时代,俄国方将其伟大的文学天才贡献在世人眼前,所以多独到的创见,反使世界受其影响;这自然是不能不承认的。但是,屠格涅夫等把西欧思想灌输到俄国,使俄国思想界巨变,这也是事实,不能否认的。所以,即使因为俄国民族性特异的缘故,使俄国没有纯粹的自然主义者,但自然主义对俄国文学影响之大,终究不能抹杀”。[25]这种评价显示出,对俄国自然派及其自身民族特性、与法国写实主义—自然主义之关系等重要问题,20年代后期中国已有所意识,没有把俄国自然派混同于法国自然主义潮流(naturalism/naturalisme/натурализм),因为后者主张文学应当保持绝对的中立和客观、文学家不是政治家或哲学家而是科学家,并且如左拉《试验小说》所言,要求作家用科学家心态和试验方法,因为“人类世界同自然界的其余部分一样,都服从于同一种决定论”,主张生物学、生理学、遗传学和病理学等,皆是文学创作所要遵循的主要原理,一改早年陈独秀在《现代欧洲文艺史谭》及续编(1915年底《青年杂志》第1卷第3、4号)中把19世纪后期俄国文学混同于欧洲自然主义的做法,很是可贵。

更有意味的是,自五四新文化运动以来,那些积极叙述俄国普通民众不幸遭遇的社会问题之作在中国如此盛行,这样的情景是符合中国现代文学主流发展趋势的。试图通过革新文学而倡导社会变革,是晚清以来中国知识界的一种重要潮流,而且这种潮流的生成过程在某种程度上与译介俄国文学有关。1903年黄和南为戢翼翚译介的普希金小说《俄国情史》(即《上尉的女儿》)所写的"绪言"称,该作"非历史,非传记,而为小说,……夫小说有责任焉。吾国之小说,皆以所谓忠君孝子贞女烈妇等为国民镜,遂养成一奴隶之天下。然则吾国风俗之恶,当以小说家为罪首。是则新译小说者,不可不以风俗改良为责任也"。[26]随着五四新文化运动的展开,借助包括俄国写实主义在内的欧美文学批判中国社会问题成为文坛大观,如周作人在《人的文学》(1918)中声称:"我所说的人道主义,并非世间'悲天悯人'或'博施济众'的慈善主义,乃是一种个人主义的人间本位主义……用这人道主义为本,对人生诸问题,加以记录研究的文字,便谓之人的文学。其中又可以分作两项,(一)是正面的,写着理想生活,或人间上的可能性。(二)是侧面的,写人的平常生活,或非人的生活,都很可以供研究之用……譬如法国莫泊桑(Maupassant)的小说《人生》(Une Vie)是写人间兽欲的人的文学,中国的《肉蒲团》却是非人的文学。俄国库普林的小说《坑》(今译成《亚马街》),是写娼妓生活的人的文学,中国的《九尾龟》却是非人的文学。一个严肃,一个游戏。一个希望人的生活,所以对于非人的生活,怀着悲哀或愤怒。一个安于非人的生活,所以对于非人的生活,感到满足,多带着玩弄与挑拨的形迹。简明说一句,人的文学与非人的文学区别,便在著作的态度,是以人的生活为是呢?非人的生活为是呢?"[27]很快的,这种试图借助译介俄国文学而加速变革中国文学,成为中国知识界热衷于俄国文学的重要动力,俄国文学也因寄托了知识界莫大期望而迅速蔓延开来。瞿秋白在《〈俄罗斯名家短篇小说集〉序》(1920)"序"主张要"创造新文学",就"应当介绍俄国文学",并认为"绝不愿意空剽一个写实主义或象征主义、理想主义(口号)来提倡外国文学,只有中国社会所要求我们的文学才介绍,使中国社会里一般人能感受能懂得的文学才介绍,读者看我们译的小说自然可以明白",[28]而这本小说集所收录的大多是写实主义作品。稍后,郑振铎宣称"相信俄国文学的介绍与中国新文学的创造是极有关系的","我们要创造中国的新文学,不得不先介绍俄国的文学","这就是我们现在所以要极力介绍俄国文学入中国的原因",并列举了引进俄国文学的五种具体意义,即"第一个最大影响是能够把我们中国文学的'虚伪'的积习去掉,俄国文学最注意的是'真',而中国最缺乏的是'真';第二个影响是可以把我们的非人的文学变成人的文学;第三个影响是能够把我们的非个人的、非人性的文学,易而为表现个性、切于人生的文学;第四个影响是能够把我们的文学平民化;第五个影响是能够把我们的文学悲剧化,改变那千篇一律的团圆主义"。[29]爱罗先珂 1922 年 12 月在北大举办为期三个星期的《俄国文学在世界上的位置》讲演，称“对于人生一切事情的很诚恳很正经的态度，是俄国文学的特色，别国文学所含的分量不会这样多的。对于人类的爱，对于使人变为懦弱、卑鄙、奴隶的人的憎恨和怨恨，是俄国文学中重要的基调”（是年 12 月 9、10 日《晨报副镌》登载了周作人的译文）。以这样方式阅读俄国文学，也就使中国更能从中找到共鸣，如鲁迅在《南腔北调集·〈竖琴〉前记》（1932）中称，“俄国的文学，从尼古拉二世时候以来，就是‘为人生的’，无论它的主意是在探究，或在解决，或堕入神秘，沦于颓唐，而其主流还是一个：为人生。这一种思想，在大约二十年前即与中国一部分的文艺绍介者合流”，尽管当时有不少人反对俄国这种“为人生的文学”，“然而还是有着不少共鸣的人们，所以它在中国仍然是宛转曲折的生长着”。[30]

这种本于寻求思想资源而热衷于写实主义的文学，转变了中国接受外来文学的途径，即从西方转向俄国和东北欧；这种转向为深入了解俄国现实主义文学的深刻性、提高中国现代文学的叙事能力，提供了可能性。自 18 世纪末期以来，俄国经过一个世纪的现代化发展历程，逐渐诞生了认真关注自我成长的文学和理论，并在 19 世纪 30 年代酝酿成积极叙述变革给社会所带来种种问题的写实主义潮流，涌现出一批写实主义文学大家和经典作品，从而提升了整个俄国文学在世界上的位置。沈雁冰在那篇著名的长文《托尔斯泰与今日之俄罗斯》（1919）中论托尔斯泰时旁及了整个俄国文学，认为俄国文学史是在关心社会现实中发展起来的，“故其发为文字，沉痛恳挚，于人生之究竟，看得极为透切。其悲天悯人之念，恫矜在抱之心，并世界文学界，殆莫能与之并也”，俄国文学之勃兴，“其有造于将来之文明，固不待言。而其势力之猛鸷，风靡全球之广之速”，非英法等国文学可比也，今日俄国文学家自出新理。在署名“郎损”之文《陀思妥耶夫斯基在俄国文学史上的地位》（1922）中，茅盾深刻诠释了这位伟大作家是怎样的“孤独者和新纪元作者”：开创严酷的写实和叙述俄国矛盾之先河，他描写一个巨大的、有力的、蕴藏有无穷自然资源的国，缺乏安宁和宁静的国，被惊人而可痛的冲突分裂破碎了的但仍然是热烈地梦想着和谐与美丽的国，不讳言而且极要言现实生活的极端丑恶，同时又满贮希望、期待着将来，这便是陀思妥耶夫斯基的特殊风格，在近代俄国文学史上是开了新纪元，如契诃夫那样深有影响；在病态心理描写方面，其深刻性乃狄更斯不可及（认为狄更斯作品的心理描写是第三人称的喊声，而陀思妥耶夫斯基则是出自精神本身）；而且，与一辈子要和加在自己身上的巨额财产和社会地位作斗争的托尔斯泰不同，陀思妥耶夫斯基终身与贫困和社会地位低下纠缠不清，但是他被社会承认则有赖于托尔斯泰著作的风行，因为19世纪70年代利他主义风潮由托尔斯泰发端也，由此促使读者进一步了解陀思妥耶夫斯基在利他主义上的特殊性。[31]而汪倜然在《俄国文学ABC》(1929)中甚至试图从诗学上解读俄国文学，认为陀思妥耶夫斯基小说中的人物大多有内心冲突，在性格方面有超过普通人之处，不能说其创作是一面忠实的镜子、反映出俄国知识界时代的某些特点，其作品大多是悲剧，而悲剧不免有过甚的描写，但这些人物有让人相信的能力，尤其是很能引起下层人的共鸣，这就有别于俄国小说普遍不重视情节的特点，尽管篇幅很长却能吸引读者读下去，尤其是《罪与罚》，有戏剧的趣味性，大半是因为善于运用对话；称契诃夫所有作品很平均，处于一个完美水平，难分高下，其作品不能不使人读完，“他的小说是俄国写得完美的小说，是俄国文学中最高等艺术家。小说句句都很重要，没有一句是废话”，写出了知识界的苦闷，怀着希望却又只能软弱地希望着的那种情形，是他那个时代的正确反映，他不是以描写性格取胜，而是描写某一类人的共通性，差不多都是当时知识界的共通性，把高尔基写实主义化，认为高尔基的自传和回忆录之类作品最能显示出他的写实天才和锐利透彻的眼光，冷静明晰而且毫不留情地把外界的一切写了出来，但他自己的性格却绝不暴露出来。[32]加之前文所言的认真澄清“虚无主义”的不同所指，这些都是极为深刻的。

把俄国文学当作启蒙主义思想资源来接受，既与整个五四新文化运动以来热衷于写实主义潮流相一致，同时又促进了写实主义思潮的发展(向左翼文学转化)，而且这种发展趋势并非突然发生的。在那期“俄国文学研究”专号中，沈泽民所译的克鲁泡特金之文《俄国文学的批评》特别指明，俄国文学发达的原因在于文学艺术负载了人们的感性、人民生活的理念和人们的理想，要懂得俄国的政治、经济和社会理想，只有去研究俄国文学艺术；并认为俄国很早就有了果戈理，早已知道最好的形式是写实主义，不会堕落与法兰西的自然主义“同调”，“写实主义不能仅限于解剖社会一隅，如实描写应该服从于一个理想的目标之下”，因而法国自然主义衰竭了，而俄国写实主义文学仍旧繁荣。译者据此而成的《克鲁泡特金的俄国文学论——俄国文学的理想与实质》(同载于这期特刊)，甚至把这样的写实主义当作指导中国文学发展的思想而大为推崇。同样，瞿秋白在给郑振铎所译的《灰色马》作序(1923)时称“那所谓‘艺术的真实’正是俄国文学的特长”，沈雁冰对这部有明显真实性特征的作品在

《小说月报》上初次刊发没有发生影响而不满。[33]也正因为把俄国文学的主体认定为写实主义，并加以崇尚，自然把苏俄那种反映社会变革成效的文学新潮流，喻之为“新写实主义”而加以肯定之。茅盾在《小说月报》上开设的“海外文坛消息”中，第203条《俄国的新写实主义及其他》云：除了流亡海外而反对劳农政府的正统派文学之外，境内还兴起了新俄文学，如刊物增多、文学新人新作出现、不少老作家继续创作、干练的叙事风格崭露头角等，伏谢沃洛德·伊凡诺夫、费定、皮里尼亚克、列米佐夫、马雅可夫斯基、叶赛宁、尼古拉·克留耶夫等平民出身的诗人或小说家，甚至非无产阶级出身的帕斯捷尔纳克、阿赫玛托娃、茨维塔耶娃等也在新俄创作出不少佳作，由此把十月革命后的文学称为新写实主义并盛赞这种变化。在那篇《文学上的古典主义、浪漫主义和写实主义》中，茅盾对新写实主义有形象之说明，“举个比喻，今有人走路走错了，你对他进言，说去路是错的，你说得很透彻很明白，走路的人相信你了，但你却不把哪一条是大路指给他，那么他还是彷徨中道，出不得一好主意，对于你说的话固然是承认了，但对于前途的希望也没有了……写实主义文学，既有这两个大弊了，就没有外力来催促他，已是岌岌可危的了；加之那时哲学上的新理想主义长足的进步，写实文学显然赶不上去，于是最近海外文坛遂有一种新理想主义盛行起来了”。[34]不久，在美国加州大学伯克利校区勤工俭学的张闻天，据S. Stenpinx和W. Westall的英译本翻译了科罗连柯的《盲音乐家》并写有关于作者评传（作为少年中国学会丛书之一由上海中华书局1924年出版），称原作者“不想使我们和现实调和，但是他要我们和人类调和。在他的作品中，不论怎样黑暗的描写，怎样绝望的事，他总拿一种希望一种理想来安慰我们。他远远地擎起他的‘小火’(little fire)来引诱我们，使我们鼓起勇气向前行进。但要达到这一点火光，我们必须和罪恶奋斗。这是他和托尔斯泰的无抵抗主义不同之处”。[35]后来在上海世界书局出版的《西洋文学通论》(1930)中，茅盾把新俄文学纳入“又是写实主义”框架之内叙述，认为与世纪之交欧洲文坛呻吟于颓废而病态的情形不同，俄国文坛是由高尔基的写实主义以清新雄健的姿态所主导，并详细叙述了高尔基与西方自然派那机械的人生观和失望不同，是对写实主义的复活、对自然主义的矫正、对神秘主义的冲击，展示“在作者心中燃烧着烈焰似的感情时，写实的手法也不一定是冷酷悲观的”，接下来又积极叙述爱伦堡、巴别尔等新俄文学创作景象，并批评《水泥》的“最大缺点是作者（革拉特科夫）只有了表面的写实主义，却没有内面的写实主义，即人物性格之有机展开没有被作者表现出来”，其最大影响“是引导着大众注意巨大的根本的问题；他沿了写实主义的线，却引导读者去开一些比同路人派表面不是写实而实则是关于内战时代动乱人生的小小漫画之类作品所表现的更深切而真实的人生。由他引起的‘大风格’的描写，显然是写实主义的。这个写实主义是不以仅仅描写现实为满足，是要就‘现实’再前进一步，‘预言’着未来的”，并认真评述了“同路人”的文学创作，认为新经济政策后的作家虽各有特色，但新写实主义则为普遍特征，即描写现实和预见未来、写个人更写集团。[36]其实，在这前后对新俄文学普遍认同已逐渐成为潮流，郭沫若在《革命与文学》(《创造月刊》第1卷第3期，1926年5月)中提出无产阶级写实主义乃反抗浪漫主义、同情无产阶级的。张子三(许杰)在“革命文学”之争中写的《新兴文学概论》(上海现代书局，1928)，从与浪漫主义对抗的角度评价新写实主义乃“旧写实主义加上新浪漫主义”，即新写实主义是经过了新浪漫主义洗礼的文学，而新浪漫主义的主要特点是在失望中生出希望、从悲观中生出安慰、从冷酷中生出热情。在《祝中俄文字之交》(1932)中，鲁迅称“我们虽然从安特来夫的作品里遇到了恐怖，阿尔志巴绥夫的作品里看见了绝望和荒唐，但也从科罗连科学得了宽宏，从高尔基感受了反抗”，特别列举了苏联文学的新成就及汉译现象，[37]他本人还译介了不少苏俄新文学。殊不知，“1917年以前仍是贵族与知识分子的文学，而且大都产生在大俄罗斯的中部的散文家及诗人；现在则来自全国各地，即使来自最偏僻地区也有，而且农民及无产阶级出身的作家也越来越多”，新生的工农作家群替代了原本很有学养的知识分子作家队伍，新作家的“文笔犹未成熟”，导致他们只能写短小的纪实性作品。[38]可见，对苏俄文坛如此更替的景观、新写实主义的创作实践，中国没来得及认真考虑。

不过，对俄国写实主义潮流及其变化的这种好感，与把日本作为外来文化的中转站有关。20世纪二三十年代日本一部分反对军国主义的进步青年，对俄国左翼写实主义极为推崇，而中国对外来文学尤其是苏俄文学的接受在相当程度上是经由日文中介进行的，这就促成现代中国对俄国现实主义的热情，发展到更认可无产阶级写实主义，尽管没有认真查考俄国“无产阶级”概念的词源变化，如高尔基在沙皇大赦天下后回国，不久(1914)就编辑出版了《第一部无产阶级作家集》(первый сборник пролетарских писателей)，收录其中的是平民出身并且没有受过很多教育的普通作家之作，他们的作品没有后来国家意识形态的诉求。可是，李初梨受日本藏原惟人的《到无产阶级现实主义之路》(1928 年 5 月)影响(林伯修 1928 年译,刊于《太阳月刊》停刊号,题名为《到新写实主义之路》),把藏原惟人直接从俄文中搬来的无产阶级写实主义(пролетарий реализм,音译成普洛列塔利亚写实主义),又移植到中国来,主张"普洛列塔利亚写实主义至少应该成为我们文学的一个主潮",[39]这完全是渗透庸俗社会学的概念。此后,写实主义概念的运用就朝这个方向前进,如林伯修在翻译基础上发文《1929 年亟待解决的几个关于文艺的问题》提出中国普罗文学的写实主义建设问题,认为上一年普罗作品有概念化之不足是因为没有深入群众,只有坚决站在普洛列塔利亚写实主义立场上才能克服这些毛病。[40]而且,之本翻译了包括藏原惟人的《普洛列塔利亚写实主义的路》和小林多喜二的《新兴文学的大众化和写实主义》等在内的《新写实主义论文集》(上海现代书局,1930),继续倡导普洛列塔利亚写实主义。这种情形,与瞿秋白等人直接从苏俄引进无产阶级写实主义理论遥相呼应,从而使写实主义在中国发生了根本变化,即不再是基于原来启蒙运动所要求的那种理性主义原则,而是变成对某种集团要求和当下意识形态诉求的实践,1931 年左翼戏剧家联盟发表《最近行动纲领》提出"中国戏剧之普洛列塔利亚写实主义的建设"任务。[41]进而,被冠以新现实主义之名的新俄文学很快流行开来,也就成了水到渠成的事情了。

当然,中国日趋左翼的知识界主要强调新写实主义,这又反过来影响了读者对俄国文学的选择、阅读。按郑振铎在《俄国文学史略》中的说法,冈察洛夫的奥勃洛莫夫形象和屠格涅夫的罗亭形象是大多数俄国人的代表,而戏剧家格里鲍耶陀夫(1795～1829)之代表作《聪明误》"是强有力的一篇讽刺剧,直接攻击 19 世纪 20～30 年间的莫斯科贵族社会。作者于这个社会是十分熟悉的,所以剧中人物都是真实的,而非由于他的创造","在其他各作家的文字中,俄国人也极真切地被表现出来,我们读她的文学,便可以明了她的灵魂了"。[42]这种把俄国文学作品当作反映俄国现实生活的写实主义阅读模式,在相当程度上切合了俄国文学主要是叙述俄罗斯社会现实问题的特点。在这种阅读格局和对俄国文学的接受过程中,普希金形象在中国不断变化着。本来,普希金是作为民族诗人而被俄国读者普遍接纳的,但在苏联时代这个民族诗人的身份缩小为反对沙皇专制主义的自由歌手,《致西伯利亚囚徒》、《在西伯利亚矿井深处》和《自由颂》等抒情诗受到特别的青睐,同时《驿站长》、《上尉的女儿》和《叶甫盖尼·奥涅金》等作品在这方面得到最大限度的诠释。而自晚清和民国初年“小说界革命”风潮兴起以来，包括普希金散文体作品在内的小说翻译一时蔚然成风，这也培养了对作为小说文体的俄国文学的认同。随着写实主义在中国成为主流，曾经是浪漫主义的普希金在中国很快成为过往烟云（鲁迅在《坟·题记》回忆当年痴迷拜伦和普希金等浪漫主义诗人情景时如是说道，“他们的名，先前是怎样地使我激昂呵，民国告成以后，我便将他们忘却了”[43]），“被写实主义化”的普希金成为中国知识界向往的文学家，如田汉在那篇《俄罗斯文学思潮之一瞥》中称，普希金之伟大首先是表现俄国之社会倾向与要求，同时造出能活现国民思想感情之用语；耿济之在为安寿颐所译介的小说《甲必丹之女》（即《上尉的女儿》）（上海商务印书馆，1921）所写的对话性序言中，先以友人口吻强调介绍外国文学“当以写实派之富有人道色彩者为先”，而后虽指出在写实派和浪漫派之间虽然不能截然划出一条鸿沟，但还是肯定该作的写实主义精神，认为“能将蒲格撤夫（即普加乔夫）作战时代之风俗人情描写无遗，可于其中见出极端之写实主义”。即便是随着孙衣我的普希金之诗译作《致诗友》（《文学周报》1927 年第 4 卷第 18 期）、温佩筠译的普希金诗集《零露集》（包括《致大海》和《一朵小花》等 9 首诗歌，哈尔滨精益书局，1933）等的出现，对普希金诗歌魅力缺乏了解的状况逐渐得到改观，但多数人还是把他视为一个“社会的诗人”，对其诗歌的民族性内涵和俄语诗歌艺术价值也少关注（不否认，当时能形神兼备地翻译出普希金诗歌的译者极少，这类不足并非只限于对普希金作品的翻译，对其他外国诗人作品的译介也存在类似现象）。甚至正因为对这类诗歌的翻译，普希金以后成了“革命的诗人”也就理所应当。很显然，中国对普希金的接受与整体上想象俄国是一致的，对作品的具体理解要在（新）写实主义框架下进行，反过来这种认识也进一步证实了写实主义理论，而这两者又都统一在寻求启蒙主义资源目的之下。

总之，自五四新文化运动以来，对俄国的想象本着寻求启蒙主义资源的原则，俄国文学尤其是其中的写实主义自然而然地成了主流，这种情形积极促进了现代中国的文化转型，并培养了转型过程中知识群体的社会责任感，还酝酿出关注社会现实问题的文学创作潮流。

[1]《鲁迅全集》第 4 卷 461 页，人民文学出版社，1981。

[2]朱自清：《中国新文学研究纲要》，载《朱自清全集》第 8 卷 83、84 页，江

苏教育出版社,1998。
[3]《文学杂志》第2卷第8期(1948年1月)。
[4]《鲁迅全集》第4卷460、511页,人民文学出版社,1981。
[5]《小说月报》第11卷第1期(1920年1月25日)。
[6]参见《民铎》杂志第7期(1919年12月)。
[7]参见《东方杂志》1920年2月号。
[8]郑振铎:《〈父与子〉序言》,载《时事新报·学灯》(1922年3月18日)。
[9]克鲁泡特金著,郭安仁译:《俄国文学史》,第xi页,上海/重庆:重庆书店,1932。
[10]参见《晨报副镌》1920年11月15日。
[11]参见《东方杂志》1920年2月号。
[12]郑振铎:《〈父与子〉序言》,载《时事新报·学灯》(1922年3月18日)。
[13]See John Paxton, Imperial Russia: A Reference Handbook(俄罗斯帝国手册), New York: Palgrave, 2001,P. 115.
[14]萨义德著,单德兴译:《知识分子论》,第20页,北京三联书店,2002。
[15]这是作者1887年受彼得堡作家联合会邀请所作的法语演讲,1888年成书,1889年英国Samuel Eastman译成英文刊行。
[16] 参见《民铎》杂志第6期(1919年5月)。
[17]郑振铎:《写实主义时代之俄罗斯文学》,载《新中国》杂志第2卷第7期(1920年7月15日)。
[18]参见《东方杂志》1920年1月号。
[19]《小说月报》第11卷第1、2号(1920年1月25日、2月25日)。
[20]《小说月报》第11卷第1号(1920年1月25日)。
[21]参见《晨报副镌》1920年11月15日。
[22]参见《新民报》1937年2月9日。
[23]См. Натуральная школа и её роль в становлении русского реализма(自然派及其在俄国现实主义生成中的作用). Под ред. И. Видуэцкой, М.:Наследие,1997.
[24]参见《学生杂志》第7卷第9号(1920年9月)。
[25]《小说月报》第15卷号外(《法国文学研究专号》)(1924年4月)。

[26]普希金著，戢翼翚译：《俄国情史》，第1页，上海大宣书局，1903。
[27]《新青年》第5卷第6号(1918年12月)，署名“作人”。
[28]《瞿秋白文集》第2卷544、555页，人民文学出版社，1953。
[29]郑振铎：《俄国文学发达的原因与影响》，载1920年12月《改造》第3卷第4期。
[30]《鲁迅全集》第4卷432、433页，人民文学出版社，1981。
[31]参见郎损《陀思妥以夫斯基在俄国文学史上的地位》，载《小说月报》第13卷第1号(1922年1月)。
[32]汪倜然：《俄国文学ABC》，第58～60页，世界书局，1929。甚至按照这种思路论及托尔斯泰主义，认为这就是博爱的无抵抗主义，与并不主张一切平等的现代文化相矛盾，因而强烈反对之；认为斯拉夫派批评是反动的，却提及了后来一直被忽视的保守主义思想家列昂捷耶夫(1831～1891)如何反对现代精神、相信美比善好等。
[33]《郑振铎全集》第19卷3、22、89页，花山文艺出版社，1998。
[34]参见《学生杂志》第7卷第9号(1920年9月)。
[35]张闻天：《科路伦科评传——为〈盲音乐家〉的译稿而作》，参见《少年中国》月刊第4卷第4期(1923年6月)。
[36]《茅盾全集》第29卷375～399页，人民文学出版社，2001。
[37]《鲁迅全集》第4卷461页，人民文学出版社，1981。
[38]参见马克·斯洛宁(Marc Slonin)著，汤新楣译《现代俄国文学史》，第292页，人民文学出版社，2001。
[39]参见《创造月刊》第2卷第6期(1929年1月)。
[40]参见《海风周报》第12期(1929年3月23日)。
[41]参见《文学导报》第1卷第6、7期(1931年10月23日)。
[42]《郑振铎全集》第15卷419、468页，花山文艺出版社，1998。
[43]《鲁迅全集》第1卷3页，人民文学出版社，1981。

(原文载《外国文学研究》2005年第1期)

俄国现代主义在中国的艰难旅行

我们知道，在被称之为俄国白银时代的1890～1920年代末，出现了声势浩大的现代主义运动，弗拉基米尔·索洛维约夫（1851～1900）、梅列日科夫斯基夫妇、安德列·别雷、勃留索夫等人，既浸润于欧洲古典文化和现代思潮，又深谙俄国文学传统并能体味出本土文化病症，他们大力引进西方现代性理论，并身体力行地进行理论建构、文学探索，以现代性理念和凸显审美价值的表述方式表达俄国民族性考量，促使知识界积极面对欧洲现代主义运动、努力赋予现代主义以民族性意识、孕育出现代主义的俄国变体形式、改造欧洲建构现代性的形式和路径。应该说，这对正以进取态度面对西方现代化的20世纪中国知识界而言，是很有启示意义的先师。

然而，胡愈之先生1920年所声言的，"我国近来研究俄国文学俄国思想的人渐渐多起来了，这是可喜的事情……现代世界各国文艺思想多少都受着俄国文学的暗示和影响"，[1]却未包括中国积极译介俄国现代主义的情形。有意味的是，对20世纪初俄国出现的现代主义浪潮，中国知识界并非不知晓：《小说月报》"俄国文学研究"（1928）收录有沈雁冰介绍俄国现代主义诸多名家名作的长文《近代俄国文学家三十人合传》，汪倜然教授在《俄国文学ABC》（1929）中积极评价说，陀思妥耶夫斯基和屠格涅夫去世后文坛是消退了不少，"不久就接着开始了俄国小说的白银时代。白银时代最伟大的作家是契诃夫，在他之前有迦尔洵（1855～1888），其一部短篇小说集足以使他占有地位了"，契诃夫时代是白银时代，契诃夫虽比不上黄金时代那些伟大作家，但他是白银时代最伟大的作家。[2]鲁迅、田汉、郑振铎、瞿秋白等也曾提及一些现代主义作家。这些表明，中国已发现了有别于在中国日益普及开来的俄国写实主义和苏俄进步文学的另类文化思潮。不过，与整个知识界倡导亲切的或有用的俄罗斯文学之热情、阵营、声势、规模及其结果相比，对俄国现代主义文学的关心实在微不足道，除非专门学者，国人几乎忘却了俄国现代主义及其在中国所生成的问题。

如此重要的俄国现代主义，而中国又不是没有发现它，但在中国所构想的整个现代主义图景中却特别欠缺来自俄国的线条和色彩，诸如在现代中国作家中直接受益于俄国现代主义的，除了鲁迅之外几乎没有其他人。1932 年 5 月施蛰存在上海创办《现代》杂志及围绕它所形成的现代派阵营、1934 年 10 月卞之琳在北平主办《水星》及推动现代主义诗歌创作、戴望舒 1936 年创办《新诗》杂志并借此促进了现代主义诗歌的创作等，难以觅见受俄国现代主义影响的踪迹，尽管《现代》的创刊宣言一再宣称本刊"不是同人杂志"，"故不预备造成任何一种文学上的思潮、主义或党派"，"故希望得到中国全体作家的协助，给全体的文学嗜好者一个适合的贡献"。不仅如此，俄国现代主义运动几乎与西方同步，而消失却比西方提前近 10 年，这对同处于建构现代性阶段的中国而言是极为重要的国际性坐标或参照系，但几乎没有人认真探究其始末和问题实质，至于俄国现代主义现代性和民族性诉求相交织的价值问题，更没有人去发掘。而且，并非热衷于写实主义或俄国激进主义的进步知识界就不重视现代主义，相反，他们也很重视国际现代主义思潮，如沈雁冰在《我们现在可以提倡表象主义的文学么?》(1920)中公开主张，"极该提倡"表象主义(Symbolism)，因为写实主义并不能包治百病，表象主义应该是另一条路，况且它还可以补救写实主义文学之不足，又是写实主义与在当时中国很有声势的新浪漫派之中介。[3]

如何造成如此巨大的反差？这个过程如何并且是如何形成的？

一

其实，俄国现代主义的魅力在中国没来得及散发出来，并非始自写实主义或激进主义潮流兴起之后。早在 1909 年，鲁迅同周作人在东京选编和翻译了《域外小说集》两册，第一册所收小说 7 篇中有安德烈耶夫之作《谩》和《默》、第二册所收小说 9 篇中又有他译的迦尔洵之作《四日》，对这部收录有英国王尔德、美国爱伦·坡等 10 位作家 16 篇作品的小说集(即第一册)，尽管纂译者在序言中称"特收录至审慎，迻译亦期弗失文情。异域文术新宗，自此始入华土。使有士卓特，不为常俗所囿，必将犁然有当于心"，但该集在当时却无声无息的没发生一点影响(仅售出 40 来册)，即便事隔 10 年后鲁迅以周作人名义为《域外小说集》再版作序(1920)还遗憾地回忆道,该书初出时,“见过的人往往摇头说,‘以为他才开头,却已经完了’……这三十多篇短篇里,所描写的事物,在中国大半免不得很隔膜,至于迦尔洵作品中的人物,恐怕几乎极无,所以更不容易理会。同是人类,本来决不至于不能互相了解,但时代国土习惯成见,能够遮蔽人的心思,所以往往不能如镜一般明,照见别人的心了”,但自信“幸而现在不是那时代,这一节,大约也不必过虑的。倘若这《域外小说集》不因为我的译文,却因为他本来的实质,能使读者得到一点东西,我就自己觉得是极大的幸福了”。[4]在这个译文集中俄国现代主义小说所占比重不很大,却全出自鲁迅之手,可见鲁迅的睿智和超常的预见性(连周作人也疑惑“豫才不知何故深好安特来夫”[5]),但它遭遇如此下场则预示着俄国现代主义文学进入中国不会是轻松的事情(当然,阿英在1935年写出、1937年上海商务印书馆出版的《晚清小说史》结尾已指出其他原因,“就对文学的理解上,以及忠实于原作方面,是不能不首推周氏弟兄的。问题是,周氏弟兄的理想不能适合于当时多数读者的要求,不能为他们所理解,加以发行种种关系,遂不能为读者注意”)。

令人疑惑的是,俄国现代主义并非因为主流知识界的冷漠而在现代中国销声匿迹了,相反,在五四新文化运动以来的文化变革过程中,还是不断有人在谈论它。不过,不是在统一的国际现代主义语境或潮流中辨析其存在、意义,而是作为俄国文学史的一个发展阶段被论及的,或者说,只有译介俄国文学的人在叙述俄国文学史时才有可能谈到俄国现代主义。1921年《小说月报》“俄国文学研究”专号有不少篇章触及现代主义问题:陈望道所译升曙梦之作《近代俄罗斯文学底主潮》最后一个问题“当代文坛著名家”分别提及了现代主义不少作家和诗人的名字,并认为巴尔蒙特、索洛古勃和勃留索夫等人的诗歌创作,对于停滞不前的诗坛是一种挑战,震动了俄国诗坛,“酿成俄国文坛革命的机运,到了1900年顷刻压倒了全体文坛和诗坛。同时,这派作品也渐渐脱了颓废的素质,渐渐成了纯粹俄罗斯象征派,发挥出独立的特色。自此以后,俄国文学就全被象征派支配了”;沈雁冰之文《近代俄国文学家三十人合传》并不回避现代主义,还提到迦尔洵及其小说《四日》和《红花》、认真论及了库普林及其《决斗》和《基坑》、布宁及其短篇小说、叶甫盖尼·吉里科夫及其《学生们来了》、列米佐夫及其《教中姊妹》、尤什凯维奇及其《犹太人》、路卜洵及其《灰色马》和《莫须有的故事》、梅列日科夫斯基及其《基督与反基督者》和《托尔斯泰与陀思妥耶夫斯基》(并引用克鲁泡特金《俄国文学的理想与现实》

从社会背景上肯定梅列日科夫斯基推崇“个人权利神圣”和“美之崇拜”之说)、吉皮乌斯及其诗集小说集和她如何支持文学哲学月刊《新路》、巴尔蒙特及其抒情诗、勃留索夫的诗歌和小说(《南极共和国》)及戏剧(《地球之轴》)、勃洛克及其《美妇人诗集》和《关于俄罗斯的诗》、维亚契斯拉夫·伊凡诺夫及其《受苦伤地之希腊宗教》等。[6]而且,沈雁冰在序中还说明何以选择这三十位文学家,因为“果戈理等四人已有耿济之的论文,索洛古勃有周建人先生的译文,阿尔志巴绥夫有鲁迅先生的论文,高尔基等又曾于《小说月报》上讲过许多,所以都贪省力不加进去。文学批评家又因有沈泽民之文,所以也从略了”,而从莱蒙托夫到路卜洵是一条线上的文学家,从梅列日科夫斯基到伊凡诺夫是又一条线上的文学家,即所谓新派现代主义,尽管这是从法国输入的,但俄国新派反更发挥出自己的特色来。而周建人的译文《菲陀尔·索洛古勃》(作者 John Cournos)是如何塑造这位现代主义作家形象的呢?“索洛古勃是俄国第一个体裁家。他不仅利用了俄国语的柔韧性,从中抽出那最大可能的好生调来,而且他又特创一种句法,能在简单的几个字里,表出一种特别深切的情调。他能用极少极简的几笔,显出周围空气的感觉来。他有时有些隐晦,这便因为他的艺术常常倾向于音乐的缘故。他说,看了他小说这样想,别的人又那样想,这都是无妨的,从他看来,正存着创造的全理想”,在细述了《小鬼》(今译为《卑微的魔鬼》)后说道,与爱伦·坡的富于神秘和新奇相比,索洛古勃叙述的故事是有根据的,“却是一个真实的‘人生的批评’”,并毫无教训之意,还在结尾处意味深长地说,“在卡拉马佐夫的意义上,契诃夫与索洛古勃有一共同点。契诃夫用了他的渺茫的‘进步说’来自我安慰,一位‘二三百年后’的世界,或者变成较好的地方,适于居住。索洛古勃则在不得已拾掇到美和空想里去,但他显然知道这个可以救个人,而不能救人类。只有在神秘的情调里的时候,他总表出对于未来的信念,但这未来也是一种幻境”,主人公除了“幸福的疯狂”便是“死”,但不是令人恐怖之死,而是美丽而神秘之死。同在这期“俄国文学研究”专号中,沈泽民所译的克鲁泡特金之文《俄国文学的批评》包括作者 1916 年再版序言,提及“新奇的颓废派、印象派、新派等,他们中间诞生着许多天才颖异的作家,如巴尔蒙特、安德烈耶夫、索洛古勃、魏列萨耶夫等,这些新潮流不但是由于西欧的影响,并且更多由于俄国生活本身的作用”。今天看来,这样的叙述和认识很有价值、预见性(沈雁冰等人当时是参看英语文献而写这部合传的——人名后附有英文注音,因而上述各位作家译名与俄语原名有很大出入,本文作者已根据通译并参照俄文作了校正)，后来索洛古勃在中国成为仅次于安德烈耶夫的最受欢迎的作家。

在现代中国视野中，受到特别关注的并非梅列日科夫斯基或别雷、索洛维约夫或别尔嘉耶夫等享有世界声誉的现代主义文学家或理论家，而是列昂尼德·安德烈耶夫(1871～1919)。无可否认，这位作家以小说《红笑》、《七个被绞死者的故事》和《撒旦日记》等在俄国赢得了相当声望，其《人之一生》(1906)和《饥饿之王》等戏剧创作也给俄国剧坛增添了新鲜空气，安德烈耶夫是当时在现实主义背景下以表现主义诗学创作的俄国重要作家。这样的作家，在现代中国受到挚爱，应该说是超出他的文学成就和文学史地位的，这从陈望道所译升曙梦之作《近代俄罗斯文学底主潮》中已经显示出来，即称他为象征派的代表作家。其实，现代中国对他特别关注，并不是从这期《小说月报》专号开始的，而是起源于上文提及的鲁迅之《域外小说集》以及用厨川白村观点分析安德烈耶夫的创作，认为作家写出了“俄人心里烦闷”。[7]而且，鲁迅对他的热诚存续不减:1921年翻译了他1901年创作的《书籍》，第二年翻译了他的《黯澹的烟雾里》，并在“译后记”中如是曰，在他的“创作里，又都含着严肃的现实性以及深刻的纤细，是象征印象主义与写实主义相调和。俄国作家，没有一个人能够如他的创作一般，消融了内面世界与外面表现之差，而显出灵肉一致的境地。他的著作虽然很有象征印象气息，而仍然不失其现实性的”(这个说法收录在第二年上海商务印书馆出版的《现代小说译丛》第1册中)。[8]不只是鲁迅如此倾心于这位作家，据阿英的《安德烈耶夫评传》(上海北新书局，1931)文末附录的该作家汉译作品目录，商务印书馆、未名社、北新书局等出版了李霁野和耿济之等人翻译其他的很多重要戏剧作品、沈泽民和耿式之等翻译了其大部分重要小说作品，可见出该作家在中国受关注的程度。在这种译介安德烈耶夫作品热潮中，茅盾投注了比较多的热情:在《近代俄国文学家三十人合传》中已论及了安德烈耶夫及其《红笑》、《七个被绞死者的故事》和《饥饿之王》等作品，得知他去世的消息，茅盾在《小说月报》第11卷第1号(1920年1月)上著文《安德烈夫死耗》称他是和高尔基一样伟大的作家，在《对于系统的经济的介绍西洋文学底意见》(1920)中，借王敬熙的译作《死与生》而论及作家“在高尔基文学势力到盛极的时候，才发露神秘的颓丧的文学的特质”。其实，其他关心俄国文学的人，也不同程度地关注这位作家:在给耿济之所译的安德烈耶夫之名剧《人之一生》(1923)所写的序言中，郑振铎称该作“是俄国文学上第一部象征主义的剧本”；[9]张闻天据英译本转译了安德烈耶夫的四幕话剧《狗的跳舞》（商务印书馆，1923）（即 Собачий вальс/《狗的华尔兹（舞曲）》），并在“译者序言”中称，剧作家对人物的描写不重外在行动而重灵魂，不倦地寻找人心中所蕴藏的革命、反抗、人道等种种精神，并用写实、象征、神秘之笔传达之，使读者或愤怒或恐怖或悲哀或怜悯或发狂，用铁锤敲击人的灵魂而使之不得不战栗，译者并由此生发这样的感想，即饱受束缚的中国人若要获得自由，需借安德烈耶夫之利剑，并要像疯子那样疯狂挥舞之，指向礼教和偶像（但对破坏之后该如何建设的问题，剧作家则没有言说）。更为有意义的是，张闻天还指出，这位作家的创作不仅受高尔基称赞，“更受托尔斯泰和梅列日科夫斯基的赞许，所以名声传布得非常快”，从而使译者通过解析这部虽称不上是作家力作的剧作，发现了作家思想的真谛，因为作家在此的确是把心理剧与象征剧相融合，在普通的情节中加入哲学思考，赋予平凡的心理细节以象征性和多义性，坦率地展示作家因最终无法解决生活的根本矛盾而感到在世界上无限孤独的精神悲剧（Душевная трагедия）。[10]同样，瞿秋白在《十月革命前的俄罗斯文学》（创造社出版部，1927）中也如是说道，“（这位）纯粹的近代主义者（现代派），他的作品被称为‘文学的梦魇’、忧愁、黯澹、沉闷，他的小说和剧本里的人物的动作，好像是阴影——那阴影还大半在浓雾里呢。他的题材实在是人类相互的不了解、不亲热，残酷的孤寂，死神的呼吸充满了宇宙，尼采的扎拉图斯特拉的名言‘假使你的生活不幸，假使毒虫侵袭蒙蔽你的心，你可知道，死总死得成的’，安德烈耶夫的文学便深入这种哲理。然而，安德烈耶夫的文心比西欧象征主义更孤寂，易卜生和梅特林克的人物还有凌驾尘俗的个性，安德烈耶夫的却只是抑遏不舒的气息”。[11]更有意味的是，忙于革命的沈泽民还在《学生杂志》第 7 卷第 6、7 号上发表译文《恩特烈夫的文学思想概论》，虽然已不清楚原文究竟如何（按他所译，作者乃“弗列特和詹特尔”，无从查考），但这篇关于安德烈耶夫之论评述了作家的痛苦生平和《饥饿之王》、《七个被绞死者的故事》、《人之一生》等基本情况，尽管其中少有价值判断，但以如此大篇幅（18000 字左右）叙述这位作家，也算是对俄国现代主义作家在知识论和介绍态度上的一种肯定。特别是，汪倜然在《俄国文学 ABC》中更深刻指出，安德烈耶夫源于对人生的经历而感到苦闷和悲哀，并以小说和剧本表现出来，《往星中》（to the Stars）称宇宙每一秒钟都要破碎一个星球，人生与之相比自然毫无意义可言，人生如烛、油尽灯灭，一切都是空幻的，该作极力造出一种悲哀黯澹的气氛，但作者因表达的是观念而忽视了个性描写、文辞优美、故事结构。[12]可见，现代中国知识界所塑造的安德烈耶夫形象并非一致，但他受关注的方方面面，又吻合他自身的复杂性："在同时代人眼中，他是批评现实主义、幻想现实主义、表现主义、现实的神秘主义、新/伪现实主义。后来作家称他忽而是表现主义者，忽而是象征主义者，忽而是存在主义先驱。"而他本人曾致信高尔基说："我是谁？对于自命不凡的颓废派而言，我是不屑一顾的现实主义者；对正宗的现实主义者而言，我则是令人疑惑的象征主义者。"[13]如此多义性，给中国的接受提供了很大空间，同时使接受者获益良多：按茅盾之言，"在中国新文坛上，鲁迅君常常是创造'新形式'的先锋；《呐喊》里的十多篇小说几乎一篇有一篇新形式，而这些新形式又莫不如给青年作者以极大的影响，欣然有多数人跟上去试验"，而鲁迅的《中国新文学大系·小说二集序》(1935)自云，"《药》的收束，也分明留着安特列夫(Andreer)式的阴冷"。

值得一提的是，20世纪20年代中期之后，虽然左翼思潮日趋兴盛，但中国知识界对俄国现代主义的认识却有所深化：五四新文化运动时期成长起来的学人，随着知识的累积和对俄国现代主义关注的深入，开始细致体会这种文学的特点。当时很有影响的傅东华主编之作《文学百题》(生活书店，1935)，收录了味茗(茅盾)写的重要条目《什么是实感主义》。该文把现代主义置于欧洲语境下查考，它如是叙述道：欧洲出现了一种反对象征主义的普遍现象，在法国称为力学主义，在俄国称为实感主义(Acmeism，今人译为阿克梅主义)，其创始人为戈罗捷茨基，最有成就者为诗人古米廖夫和阿赫马托娃夫妇，他们反对象征主义把一切事物视为另一事物的象征，赞美玫瑰花是因为它本身就是美的，并非玫瑰是神秘的纯洁的(mystical purity)象征。而这正是源于茅盾编著的《西洋文学通论》(1930)第九章对西方颓废派文学所论：在"自然主义之后"这个总名称之下，茅盾囊括了所有"想逃避那冷酷空虚机械生活的文艺家们"，包括俄国阿克梅主义(他称之为"实感主义")，尽管这样归属俄国现代主义有些违背俄国现代文学的民族身份(其实，这里的"西洋"乃"欧洲")，但相比较而言，把阿克梅主义置于更大语境下考量，比上述对俄国现代主义泛泛而论更显示出深度。在茅盾看来，阿克梅主义是反对象征主义而来的，起源于彼得堡诗人戈罗捷茨基和古米廖夫1912年倡导的革新运动，他们是实感主义建设者，阿赫马托娃是实感主义完成者，他们反对象征主义把一切事物视为神秘的做法，要用新鲜而无成见的眼光看世界，"他们的观察是男性的力强而明快的观察,他们的感觉是原始而幼稚的感觉。他们所要求于诗人的,是敏明活泼的观照,紧张的男性的情绪,新鲜严整的调子,他们这'实感主义'的基础观念是平衡、坚实和圆熟,他们的作品给读者以铜像或大理石像所特有的那种轮廓分明而精严的冷的感觉",并因为反对唯美主义而又成为"新写实主义"。[14]不仅如此,茅盾还论及了形式主义,并抓住了形式主义精髓,即研究诗的技术是很必要的,不应该问诗人"为什么"写作,而应该问他们是"怎么样写作的",文艺作品重要的不是思想内容,而在构成那技巧的形式,反对文艺和政治或哲学发生交涉,主张"艺术对人生是永远自由的,艺术的色彩永远不会反映出炮台上飞扬旗的色彩"。应该说,这在现代中国认识俄国现代主义的历史中,是难得有见地并吻合实际情况的判断:阿克梅主义的确是古米廖夫、阿赫马托娃、戈罗捷茨基等诗人受业于 Вя. 伊凡诺夫之后而出现的,他们建立了自己的"语言艺术爱好者协会"、"诗歌研修班"和"诗人行会"等,1912 年创立了新流派,并根据希腊语中有"极盛"、"顶峰"和"尖端"等语义的"阿克梅(akme)"一词命名为"阿克梅主义"(Акмеизм),受库兹明的《论美妙的明快》(1910)启发而一改象征主义的含混朦胧诗风,试图追求艺术构思的逻辑性、结构的匀称性、诗意表达的清晰性,古米廖夫在《象征主义的遗产和阿克梅主义》中确认了这种主张,即重新发现人的价值、否认象征派所谓事物不可认知与不能认知之言论、停止追求玩弄超验的游戏、恢复普通物质世界的名誉等,因而有别于象征派和未来派,很看重文化传统本身、对形象性很强的造型艺术的热衷超过对声音艺术——音乐的热爱,他们的创作也以与俄罗斯经典传统相联系为特点,任何时期的诗歌创作的意象既丰富又明确,故被称之为"新现实主义"(Neo—realism)。[15]只可惜,茅盾并未充分展开论述。

其实,俄国现代主义之所以不断被现代中国有限的关注,并不因为它是一种有独立的现代性意义和民族文化价值的文艺思潮,在相当程度上,它是作为与写实主义相对立的文艺现象,被强行纳入现实主义框架下来查考的。早在《小说月报》"俄国文学研究"专号上,沈泽民根据克鲁泡特金之文《俄国文学的理想与现实》(1891)而写就的《克鲁泡特金的俄国文学论——俄国文学的理想与实质》,就避免论及现代主义文论,因为此文根源于克鲁泡特金的现代主义与现实主义对立之论。而张闻天在此发表的长文《托尔斯泰的艺术观》,依据托尔斯泰写实主义观念而论及现代主义,赞赏他"用铁链"把颓废派的文艺家连锁起来,先鞭打波德莱尔、魏尔伦和马拉美等现代派诗人,然后再鞭挞本土现代派作家。事实上,"颓废派"概念在现代主义运动主导者看来是很复杂的现象,不是中国理解得那么简单:巴尔蒙特的《象征主义诗歌简述》指出,"象征主义、印象主义和颓废主义这三个流派有时平行发展,时而分道而驰,时而融会合流,但无论如何,它们总尽力朝同一方向发展,他们之间也不存在类似于河水和海水那样的区别。但如果一定要明确的定义,我想说,就颓废派的词义而言,是指一类极尽讲究之能事并终将毁于这种文风的艺术家"。[16]但是,现代中国在对俄国现代主义认识上,整体上延续的是俄国激进派理论家否定性叙述颓废派思想的做法。这样一来,对索洛古勃这样的作家(关注的是物质主义潮流侵蚀了普通人的道德伦理观,叙述小人物如何变成了可怕的魔鬼,若继续同情小人物显然不再适宜),周作人尽管对之素有研究(1918 年译介其《铁圈》),却认为他"既是厌世家,又是死之赞美者(peisithanatos)",断言作者表明人生的恶浊无意义、鼓吹人遁入空想,认为其文本"意义多隐晦"、"意义亦不可甚解",主张"不能全与著者相通,以为人的世界,究竟是在这真实的世界一面,须能与《小鬼》奋斗,才算是唯一的办法"。[17]进而,郑振铎这位写实主义中心论者自然认为,"俄国文学发达的初期是完全受未来影响之赐的……到了现代俄国写实主义文学有盛极将衰之概,西欧新发现的新理想主义、象征主义,又万马奔腾似的输将进去,安德烈耶夫、库普林、索洛古勃及其他诸人作品里,又有这种主义色彩在里边了",[18]后来在《俄国文学史略》(1924)中郑振铎也未改变批评现代主义乘现实主义衰落之危而迸发的叙述。至于瞿秋白《十月革命前的俄罗斯文学》对索洛古勃的叙述更是非议性的,认为"他只有受苦的呻吟,那是'魔的文学',固然亦是对现社会的抗议声,但他的抗议没有丝毫'暴露愤恨的魔气',只是奄奄的奄奄的。对社会的抗议,本来亦可以'和平'的,然而结果始终是用'剑'",因为要否定作家的现代主义诗学,对作家把社会写实主义推进到心理现实主义的贡献也一并抛弃了。由此,索洛古勃在俄国文学和诗学方面的诸多贡献,因为其象征主义创作,被现代中国一同误读了。很有意味的是,中国知识界主体上是把现代主义与写实主义对立起来,但偶尔有人把两者混合起来,如爱罗先珂 1922 年 12 月 4 日在北大进行的为期三个星期的讲演《俄国文学在世界上的位置》中称,俄国文学成功的秘诀在于"俄国文学的民治主义思想!"并举例说坚持这种思想的,除了陀思妥耶夫斯基、屠格涅夫、高尔基、托尔斯泰之外,还有安德烈耶夫、索洛古勃、梅列日科夫斯基、勃洛克、库普林、别德内伊、卢那察尔斯基,"他们不只是和前面四人一样伟大,或者还在他们之上”,俄国文学作为人类求幸福的感兴、勇气、力量,并非用神秘语言所致,而是“用科学家的很深的分析”。如此背离实际情形的演讲(俄国现代主义关心的重点不是民治问题),当时却没有人批评,反而有不小的呼应(是年12月9、10日《晨报副镌》连载周作人的译文)。

就这样,鲁迅早年认真而谨慎地对待俄国现代主义的做法就消失了,鲁迅直面俄国现代主义的目标也随之被改写了!

二

在惋惜之余,我们还必须正视:郭沫若和成仿吾等人早期热衷于积极译介并实践现代主义,可是成为创造社成员后就转向了“革命文学”,放弃了对现代主义的正面接受。这是因为现代主义给他们向无产阶级文学转化提供了某种基因,还是他们误读了俄国现代主义?如果只是认为现代主义是消极反抗正统社会的道德规范、革命文学以积极方式反对传统文化价值观,那么如何理解同样有艺术生命力和诗学价值的现代主义,或者说就意义的普遍性和恒久性、建构与反思现代性问题而言,在国际范围内现代主义与左翼革命文学同样有影响力,甚至生命力更为久远?这种令人疑惑的情形,在苏联对马雅可夫斯基等部分作家的认识过程中发生过。这种相似性也意外地把中国现代主义文学与苏俄文化联系了起来。实际上,随着现实局势变化,原本把俄国现代主义作为写实主义对立面的认识论,自然又会发展为把现代主义视为“进步”或“革命”的苏俄文学的对立面,或者说,对俄国现代主义作品的译介和认识要被置于苏联确立的意识形态下进行。瞿秋白的《十月革命前的俄罗斯文学》比较系统地评述了俄国文学的发生和发展过程,在论及19世纪“八九十年代文学”、“社会运动与八九十年代文学”和“1905年革命与旧文学”等时,积极叙述科罗连柯、契诃夫、博伯雷金等作家的现实主义创作,对于期间现代主义的叙述基本上是反过来的,认为90年代中间已经开始有所谓的颓废派(Decadents),“就形式方面而言,从屠格涅夫以来清丽明晰的俄国话,到颓废派便一变而成晦涩的词藻,这种‘近代主义’(Modernism)本在于寻求文学的新形式:歇后语、转弯语、比喻、寓言——象征主义。市侩主义的末流,初期的平稳行程已过——社会里觉着政治经济的大发展,求达资本主义的雄心,确又需要强烈的个性,可是已经不是民粹派的个性,而是资产阶级的个性。所以那近代主义的内容就有许多求保证现存制度的'新'人生观——主观上却以反对现政治现社会做第一步。资产阶级的文化发展在俄国一开始便是尾声：反对政治，反对道德，或是非政治主义，非道德主义，实际上不是反对而是不问政治和道德，纯艺术主义；那就比乌托邦更进一步，至于'俄国的乡下人'当然没人过问了。第一期的近代主义的内容是如此"，"俄国社会的颓废，由于资产阶级发展的受障碍限制——只急于向外拓展，那俄日之战的准备、吏治的整顿等，正是病急乱投医的政策。可是俄皇政府的半农奴制决不能执行资产阶级的使命，无产阶级的力量又日增无已，社会情绪渐渐紧张起来"，"明斯基当年断言'将来的宗教'一定判决社会民主党是魔鬼，现在他的歌声却比布尔什维克的还要激烈"，"近代主义的第二期，那西欧的新形式又和俄国的旧内容相融合，成就这为平民服务的象征主义。为什么？俄国社会发展里的两种新力量膨胀不堪，而资产阶级自由派的情绪，恨不得要无产阶级立刻兴起，替他扫荡障碍"，认为"那时俄国城市文明的初起，近代派的文学家渐渐脱离'无谓的孤寂'而觉察现实。于是有勃留索夫咏叹城市生活，他的'石匠'造着监狱，似乎预先觉得自己的儿子要进这座监狱，他每每能运用工人随口歌唱的'急调'入诗；城市文明在勃留索夫的诗里显得怎样的可厌，然而那里面伏着很大的伟力。勃留索夫并且能在近代派所最心爱的'性交问题'里取出'母的秘密'，显出那乐生的意义。阿·托尔斯泰和勃留索夫有同等的天才，可是在诗的形式方面却各不相同——勃留索夫有自己特别的诗的技术。巴尔蒙特虽是积极的近代派，可是他往往可以只咏抽象的'无涯'、'永久'、'高'，绝口不提现实生活，他是泛神论的诗人，然而亦说'工人啊，只有你是/全俄国的希望啊'"，"梅列日科夫斯基最初恨不得是君主派，而后来竟成了宗教的无政府派，他的《不是和平而是剑》里说'那些孤独太早的无政府主义派，像巴枯宁、施蒂纳、托尔斯泰、尼采——不过是山巅，日光所照的；山下，还正是浪漫的长夜呢，无量数的穷无所归的弟兄们，全世界的劳工平民，是将来世界革命的伟大军营。我们相信，早晚俄国革命的巨声总要警醒他们的'。当年极端的个性主义者吉皮乌斯曾说'爱你自己像爱上帝一样'，现在也和梅列日科夫斯基取同样的态度了"，"近代派的第二期，综合以前惶恐不宁悲欢抗议的情绪，要求一种高亢辽远的理想，'似个性非个性的'、'似革命非革命的'勃洛克的《美妇人之诗》简直想重新立信仰，那信仰是否革命就不得而知了；他亦是'城市诗人'，然而他的描写极活，创造之中还可以见浑朴天真的诗意"，"只有别雷那'诗人的心灵'愈觉得现实，愈觉得革命的潮汐，就愈不能不了解宇宙，他说是‘文字之穷’，其实是前进、后退、踯躅不决的神态。因此，他的文意格外羞涩懦怯”，甚至说“伊凡诺夫亦是如此，他很懦怯地只管歌颂辽远的‘真美’，以为远远的理想比切实的理智容易安慰得多”，至于扎伊采夫，说他“更把当代的生活描绘成象征的总体，他真是泛神论派，消灭一切差别：生死、老少、人兽都是善的目标。他能在十页里描出人生的真谛，然而幻想……幻想……”[19]诸如此类的描述和判断表明，作者对现代主义基本上是否定的，而且在很多情况下或者是违背文本的实际状态，或者是脱离文本的随心所论。

这种把俄国现代主义思潮与“革命运动”、把现代主义文学与写实主义或左翼文学对立起来叙述，此后成为现代中国认识和判断俄国现代主义的重要策略、方法，而且这种情形并非发生于20世纪30年代之后，而是在大规模接受俄国文化伊始就已经露出迹象。瞿秋白在《十月革命前的俄罗斯文学》中简评了上述现代主义文学现象之后便总结道，“（上述）诗人文学家都远不过是旁观革命，吸着革命空气的；他们既不能比五十年来光荣的文学，隐隐地引着革命青年；更不比身与其事的革命文学家，甚至于反革命的。比如阿尔志巴绥夫就不同了，他的革命文学，是无政府的个性主义融化在群众之中，他的《萨宁》的言论趋向于极端的非道德主义，固然是剧烈的革命群众运动的反响……即便是路卜洵的《灰色马》虽说是含着反革命的意义，始终沉浸在革命运动里——能表现当时革命者的畸形心态，确有艺术的真实。至于魏列萨耶夫1901年发表的《转弯角上》，那就已经是第一次十月革命前劳农阶级内部显然划分两派（社会革命党和社会民主党）的写照……然而，除了这几人之外，20世纪的文学家差不多完全卷入了象征主义的虚无缥缈之乡，只有当时的潜劳力——劳工阶级的诗人柏塞勒跨（Bessalk，1887～1920）真正认识那第一次的十月革命（1905年革命）之意义，他自己亲身经过革命，流戍逃亡，辗转而到巴黎，方着手著作一部小说，分《古兹基的儿时》、《无意之中的方法》、《突变》、《生活》，描写无产阶级儿童经过千辛万苦，自己觉悟而投入革命运动。他的文才虽还没有十分发展，然而这部著作的结构极有意思，用的是极简单美丽的俄国话，没有丝毫所谓‘近代主义’的雕刻气，深入、沉着而且真挚……他后来的著作《东方的金刚石》更表现他幻想的天才，他从写实到象征——可是处处都有无产阶级的情绪——那不是资产阶级式的颓废的象征主义，而是显示无产阶级的‘宇宙感觉’的象征主义”，并直接用“革命运动”史观描述现代主义思潮，

"从第一次十月革命到第二次十月革命,一二十年间,诗文界的'象征'是很明显的:幻想的乌托邦、孤寂的梦魔、任性者的狂呼、预觉者的嗫嚅、受伤者的忏悔(反动)、奋斗者的回忆——'无产文化'的基础——无非是革命浪潮里的反映。可是俄罗斯旧文学的时代也就随之而终了。我们要看光华灿烂的俄国文学之复兴吗?可以!第二次十月革命会给俄国文学以复兴的机会"。[20]瞿秋白是极有影响力的人物,其《十月革命前的俄罗斯文学》又是作为与蒋光慈合作的《俄国文学》的一部分,该作曾轰动多时,因而这种凸显社会制度革命的叙述、相对忽略审美观念和文化理念革命的意义、不重视现代主义艺术革命的价值等文学史观,对中国很有影响。但事情要反过来说,这些批评家和理论家是革命家、左翼文化战士,为了彰显苏俄写实主义和左翼文学,有意提取现代主义作为它们的对立面,至少提醒了读者在俄国还有一种有别于写实主义和左翼文学的另类文学存在,这比 20 世纪 40～80 年代完全掩盖俄国现代主义还是强多了。

如此一来,对俄国未来主义的重视也逐渐超出了对象征主义的热情:这种未来主义不仅仅是现代派思潮,而且是革命的现代派,与写实主义或激进主义有相当程度的吻合。中国最早介绍未来主义之作章锡琛的《风靡世界之未来主义》(《东方杂志》第 11 卷第 2 号,1914 年 8 月)已涉及俄国未来主义(主要是介绍意大利未来主义作品),沈雁冰在《未来派文学之现势》(《小说月报》第 13 卷第 10 号,1922 年 10 月)中比较详细地介绍了未来主义:未来主义产生于意大利,很快蔓延欧美,但唯有在俄国形成声势,那是因为注入了破坏一切旧东西的新因素之缘故。这与徐志摩在天津发表的《未来派的诗》(1923)和郭沫若之作《未来派的诗约及其批评》(1923)主要介绍马里内蒂有很大的不同,大大提升了俄国未来派在中国的地位。韦素园和李霁野所译的托洛茨基力作《文学与革命》(1924)(北平未名社,1928),使俄国未来主义在中国的形象进一步大变:该书第四章专论马雅可夫斯基等人的未来主义问题,认为未来主义者在俄国变成了共产主义者,进入了一个更大的空间,可惜的是,这不是他们的小世界所能容纳的,因为他们没有学会共产主义世界观及表达形式。不久,茅盾的《西洋文学通论》更积极叙述了俄国未来主义的反唯美主义、崇拜力和机械文明、破坏一切古典等特点。这种基本上依据苏联意识形态叙述未来主义,成为后来中国知识界认识俄国现代主义的主要策略:张一凡在《未来派文学之鸟瞰》(1931)中自云,此文是借用了《新俄的文学》、《伟大的十年间文学》、《新兴文学论》等流行的苏俄文学论译本而成就的，[21]因而把未来主义革命化也就是自然而然的事情了。而孙席珍的《论俄国的未来主义》(1935)断言，未来主义传到俄国便发生了很大变化，除了破坏传统精神、把艺术“从老教授和老处女手里挽救出来”、反对象征主义和神秘主义、“要用枪弹击穿博物馆”等与意大利相同之外，它几乎成为俄国文学史的特产，不是写机械工业和帝国主义，而是叙述都市纷乱的影像，不是对艺术进行全方位变革而是着眼于诗歌创作，甚至认为赫列勃尼科夫诗歌乃俄国未来主义最早显露反对传统和布尔乔亚趋向、马雅可夫斯基诗歌确认了革命为创造新生活的原动力，未来主义在俄国衰落的原因在于旧艺术不应该根本废除而应该成为建设新文化的资源、文艺全听凭政党指令则是忽略了心灵层面、文学领导权不属于政党而属于大众等，认为俄国未来主义的最大功绩是替俄国文坛扫除了污秽、促成了后来新写实主义文体之完成、成为由旧时代过渡到新时代的桥梁。[22]至于张西曼译的《高尔基论未来主义》(《中苏文化》月刊第8卷第5期，1941年5月)则为了强调革命性而远离了高尔基及其所论述的未来主义。诸如此类，基本上未触及未来主义诗学革命本体，读者很难从中知道俄国现代主义诗歌的具体成就、诗学特点，唯有戴望舒独辟蹊径地探讨马雅可夫斯基自杀问题之作可算得上是一个特例(认为这么一个积极进取的血气男儿自杀的原因不是体质上的而是心灵上的，具体说来是与未来主义息息相关的，即未来主义的“新”完全是立足于否定的，也就是空洞的，而马雅可夫斯基的出身和意识又是小资产阶级的，这就注定他的追求带有浪漫、空想、英雄主义和个人主义等色彩，和无产阶级革命现实不投合，试图把个人主义的“我”融解在集团的“我”之中而不可能，于是选择了自杀[23])。

事实上，深受苏俄左翼思潮影响的，远不限于对俄国未来主义问题的认识。以评述世纪末思潮而著称的高滔先生，在《近代欧洲文艺思潮史纲》(北平著者书店，1932)中采用弗里契的艺术社会学观评价现代欧洲文艺潮流变迁，否定性叙述波德莱尔和魏尔伦及马拉美等颓废派、梅特林克和维尔哈伦等象征派、莫里斯和王尔德等唯美派，断言王尔德的艺术实践和理论并不能解释什么，因为他漠视生活，只是反映出享乐主义世界中资产阶级和新贵的恣意欢乐，又发现此路不通，以至于陷入自残生命与唯美主义的双重陷阱。这种思想影响到其长文《十九世纪末欧洲文艺主潮——从“世纪末”思潮到新浪漫主义》(1935)：该文在评述了欧洲世纪末的颓废派(Decadent)潮流之后，还论及弥漫俄国社会的世纪末思潮“陶斯卡”(тоска—忧郁)情绪问题,认为此乃相当于Heart ache(心灵痛苦)或world sorrow(悲观世界)的概念,说的是厌世思想和精神过敏相混合的心理状态,即对现实失去稳健兴味、焦虑于人生、痛感于人生无常、沉溺于绝望的深渊或发狂等,而高尔基有一篇同名作在这方面最有代表性,这种情绪不唯俄国人所独有,整个欧洲也都弥漫着享乐主义和颓废主义的世纪末气氛,此乃陶斯卡的不同变体形式。[24]如此之论,改变了十年前张闻天和王馥泉的“陶斯卡”之说:他们为合译的王尔德之作《狱中记》(上海商务印书馆,1922)而写的《王尔德介绍》(1922年4月连载于《民国日报·觉悟》),在论及作家人生观和艺术观时提及这个问题,并解释说,虽然如同法国世纪末思潮的愁云惨雾而把光明世界完全遮盖住,但王尔德的唯美主义催人向上,呼唤“要求生之快乐吧!要求变动吧!王尔德已在我们前面走了,我们还不赶去吗?”对此认识还是相当深刻的。事实上,这个概念在俄语史上很是重要,它与恐怖或恐惧(страх)相并置,并与“罪过”或“不幸”(грех)、忧郁(грусть)或忧愁(печаль)等相关联,在俄国文化史上运用得极其广泛,[25]如普希金有诗句“仿佛听到了故土的什么/从车夫悠远的歌声中:/那是豪放的快乐,/那是心灵的陶斯卡(忧伤)……”(《冬日之路》,1826),涅克拉索夫也有诗句“俄罗斯灵魂永恒的伴侣——/憎恨、陶斯卡(忧伤)—感情麻木”(《终曲》,1877),此后陀思妥耶夫斯基的《地下室手记》(1864)和《白痴》、托尔斯泰的《疯子日记》、契诃夫的《栗子》等一系列重要作品也不同程度地触及这个概念,布宁的回忆录《该死的日子》有感言,“对俄罗斯灵魂来说,这已经是很清楚的说法了,而在我们的书籍中乃概念初始状态:恐惧—[仇恨]—陶斯卡—罪过—赎罪,以及恐惧—苦痛—激情这几个词”,[26]著名现代主义诗人奥西普·曼德尔什塔姆把阿克梅主义的艺术美学定义为“对世界文化的忧郁”(тоска по мировой культуре)。特别是,别尔嘉耶夫的《自我意识》更深刻论述了这个概念,“陶斯卡伴随着我的一生。而且,它有赖于生命的周期,有时它会达及顶峰和紧张程度,有时比较弱。需要对恐惧和陶斯卡(忧郁)进行区分。陶斯卡(忧郁)指向的是高级世界,并且伴随有贫乏、空洞和这个世界暂时性的感情。陶斯卡(忧郁)关注的是先验的和超验的现象,但是并不和这种现象相融合,在‘我’和先验之间存在的是无尽的深渊。与现实世界相比,陶斯卡是先验的、另一种形式的、超越现实世界的……陶斯卡(忧郁)会唤醒或激起神学意识,但也是对神学的再度体验……而恐惧和寂寞无聊指的不是高级世界,而是低级世界:恐惧说的是来自低级世界的危险，寂寞无聊说的是这个低级世界的鄙俗和空虚，没有什么比这种寂寞无聊更绝望和可怕的了。恐惧与经验性危险一直相互关联，需要把它与惊骇区分开来，因为惊骇与经验性危险无关，和超验的、陶斯卡的存在与否相关……陶斯卡之诞生已经就是救赎了”。[27]事实上，“陶斯卡”(忧郁)不只是俄国世纪末文化现象，也是欧洲文化史上的通用概念，如克尔凯郭尔(Kierkegaard，1813～1855)很早就提出了“陶斯卡的理想”(L'idee d'angoisse)和“陶斯卡概念”(Le concept de l'angoisse)，认为在心理层面上人从来就没有走出有别于恐惧的“陶斯卡”状态，作为一种特定的客观存在的情感，“陶斯卡”在动物界是见不到的，而其本质又不是精神所能测量的，它是能与头脑发晕相比较的一种心理现象，但根本上与追求内在自由相关。[28]可见，这是欧洲和俄国文化史上很重要的概念，而且其所指不限于颓废派，20 世纪 20 年代中国不仅注意到了它，而且对之理解得相当深刻，20 世纪 30 年代之后对之理解则趋于简单化。

正因为把现代主义主要是当作俄国文学上的一个特例对待，没有视之为俄国文化发展的有机部分，出现上述把它与写实主义和左翼文学对立起来的现象也就自然而然了。而且，这种情形在较早触及俄国现代主义的韦素园那儿已经显露出来：不仅将之归于“颓废派”，并且认为它“与 19 世纪 60 年代的虚无主义所表现的否定一切的态度，实在相差不远。所不同的，只是在一切否认之中，他们却以‘自我’为自慰的唯一的无上的奇珍。高出我的‘自我’的，可以说完全没有。‘自我’如何的活动，我便如何的做法。‘自我’的‘刹那’的情绪，也可以说比过去的、未来的、一切的宇宙还有价值。除了我之外，紧随着我的——便是荒凉的漠地”，“尊重‘刹那’中如上帝一般的‘自我’，这便是俄国颓废派最主要的精神”，因而他们即使沉迷于“刹那”或“自我”的乐园里，但心灵上的饥渴症依旧不能得到救治，精神上不能自慰，90 年代末期他们栖身“自我”的“花窗楼”，现今已变成了目的、陷阱，有些颓废派作家因不得不另寻精神上解救之路而趋向于恶魔主义了。[29]也就是说，不是把它置于国际现代主义整体图景中，而是从俄国文学史上来透视的。即便是有人试图从整个国际发展格局中看俄国现代主义，那也主要是借用苏俄主流观点或日本左翼思潮的看法：厨川白村 1912 年在京都帝国大学著述的《近代文学十讲》与《苦闷的象征》、《出了象牙之塔》一样盛名于世，对现代中国同样产生了积极影响，上海学术研究会丛书部 1921 年分上下册出版了罗迪先的译本。该书把现代主义称之为新浪漫派(New romanticism),认为是"灵魂的觉醒",并且与过去"空想的神秘"不同,当时文艺所叙述的是"科学所示明的神秘",是"潜藏在日常平凡的现实生活自身里面的神秘",现代派文艺就是将这目不得见、耳不得闻的"精髓"象征化出来。汪馥泉那轰动一时之作《文艺上的新罗曼派》(1922)主要是仿《近代文学十讲》的第九讲而写就的(甚至有编译之嫌),由此他盛赞现代主义不执著于现实又不脱离现实的文艺特点,认为这能观察到人生的深奥处、能透视事物的底层、能从丑的层面发现美、从有毒的花里吸出甜蜜的汁液。[30]汤鹤逸的《新浪漫主义文学之勃兴》(《〈晨报〉六周年纪念赠刊》,1924)同样有明显模仿厨川白村的痕迹,尽管是肯定象征派文艺的,但还是认为"象征派"即"颓废派",说这是重情调的神经艺术而非重思想和感情的艺术、重"人工"远比重"自然"的艺术、追求享乐主义的艺术等。同样,田汉的《新浪漫主义及其他——复黄日葵兄一封长信》(1920)洋洋洒洒两万余字,字里行间透出厨川白村的影响,即把现代派视为一种新浪漫主义,认为其本质志在探求现实背后的真生命,"俄国现代文学的支配观念,是厌世主义作家居多。视人之一生为命运之游戏,为恶魔之舞蹈,对于旧来的道德宗教、理想制度,一切绝望,在这种深刻的绝望之下,有的人便宁舍生而就死——自杀。有的人便赞美死的好处,以揉生的痛处。有的人便遁迹孤独的世界,绝现实之刺。还有一些意志强固些的人,也不肯自杀,也不肯咒生,也不肯遁世,偏偏的孜孜的要求以养什么自救的东西,于是这种要求表现于文学的便是羡慕新世界的文学,便是新罗曼主义的文学"。[31]远不只是厨川白村的现代主义认识论在中国盛行,日本山岸光宣的《近代德国文学的主潮》也很有影响力,《小说月报》第12卷第8号很及时地引进了这篇大力推崇尼采思想及受其影响的象征主义之作(1921年8月10日)。若既不把现代主义作为俄国文学史的例外,也不置于国际现代主义背景下来叙述,那么就会如郑振铎的《俄国文学史略》,即便提及别雷等大批人的名字,但对他们的叙述很难看出其中表现主义或象征主义诗学的特点,也不比茅盾的《近代俄国文学家三十人合传》对这些作家叙述所提供的信息量更大,[32]甚至到了《文学大纲》(上海商务印书馆,1927)也没改变对俄国现代主义思潮的这种泛泛而论,并未增加更加具体的内容。[33]可以说,进步知识界对俄国现代主义的如此姿态,与当时知识界对现代主义的看法很是矛盾。

照这样说来,在对俄国现代主义的译介中,最有价值的当属胡愈之所译德米特里·米尔斯基公爵之作《俄国革命诗歌》。[34]该文并不是在意识形态层面上，而是在外延极其宽泛的“文化”意义上使用“革命”概念，因而肯定性介绍“革命”诗歌并非限定于无产阶级革命诗歌，而首先是指象征主义诗人伊凡诺夫及其《冬日短吟》(Winter Sonnets)和吉皮乌斯及其《彼得堡日记》，即便是涉及俄国很多作家和布尔什维克的关系，“但因此说他们是共产党却不对，就像高尔基尽管确信马克思主义，却不能说他是苏维埃政府的拥护者。威尔士新著《阴影中的俄国》(Russia in Shadow)里也说‘高尔基信仰共产主义未必更甚于我’。最可惊异的就是激进文学艺术，如未来派和想象派(今译‘印象派’)却不能见容于激进主义的俄国”，“和布尔什维克最接近的俄国诗人要算色什亚派(Sythians)，此乃左翼社会革命派。除了老师伊凡－拉祖姆涅克之外，要算勃洛克和别雷两大领袖了。在这派革命诗人共通点下，有一种空泛的非宗教的神秘主义，对于殉道的饥渴，对于他们国家使命的世界性的信仰，受那感情的幻象的强烈引诱，对于民族的苦闷与神的苦闷的一致趋向，他们不但爱好俄国政治的堕落，而且也爱好俄国道德的堕落——就是陀思妥耶夫斯基的卡拉马佐夫模样的性格。这种堕落者的性格是一种肥料，经过这肥料的培壅，神秘社会主义的百合才放出洁白的花朵来”。这位作者是白银时代著名的现代主义批评家，发表过大量关于当代文学发展及其与民族文化传统或外来文化关系的批评文章，1924年曾因自己的声望被英国伦敦大学邀请作系列学术报告“现代俄国文学”。仅次于该作的，当属茅盾的《勃留索夫评传》(1931)：除认真介绍这位著名作家创作的基本情况外，还积极评述道，“以象征主义者入文坛，更以象征主义者得大名的他，到后来已有若干转变”，而且主张“诗人的勃留索夫和小说家的勃留索夫应该分开来看。他的诗的特点坚实、庄重、异样的庄重，似乎每一句诗各自有独立的生命，每一句诗各自有独立的美丽、洗练和精醇……他的小说却常在风格上模仿古人，故意要穿各种‘古装’，如《热情的天使》戏拟中世纪的罗曼司、《在地下狱》模拟文艺复兴时期意大利的 Novella(故事)、《南极共和国》和《我现在又觉醒》则有爱伦·坡的风味”。在内容上其小说和诗歌有一贯的精神，其题材包含着未来、现在和过去，混合着真与幻两种境界。[35]不过，现代中国对勃留索夫知识的梳理和文本的切实介绍，并不意味着能深刻阅读这类现代主义之作，如《南极共和国》这部象征主义中篇小说，叙述的是科学主义和技术文明的高度发达，对人作为一个个具体生命会有怎样的威胁，可是茅盾却把它当作写实主义文本来阅读，其结果是基本上停留在对作品情节的复述层面上，无法领略这种现代主义文本的诗学魅力，而其一旦试图对现代主义进行评述，自然就会出错（“他这样的以象征主义的颓废诗人面目出现，而又经过了这样的转变，这是不足怪的。而且，不但他个人，那时文坛也经历了同样的变迁。不过他只能止于一个观察者，一个‘硬化了像石头似的袖着手的巫术者’，他的那些以真和幻及过去、现在、将来三维世界的作品，虽值得玩味，却引不起我们激动，他既不以过去为永灭，亦不以未来为足以兴奋，他更不执著于现在，只是悬在半空中而已”）。当然，茅盾的《布宁与诺贝尔文艺奖》（《申报·自由谈》1933 年 11 月 15 日，署名“仲芳”）、《1933 年诺贝尔文学奖金》（《文学》第 1 卷第 6 号，1933 年 12 月 1 日）同样值得一提：对布宁这位写旧俄乡村生活的俄侨作家，并不吻合诺贝尔文学奖所要求的“理想主义”倾向却能获奖的事件，进行了深刻解释（评委会痛心苏俄文学中的新趋势中断了俄国文学传统而试图挽救之），同时提及梅列日科夫斯基与诺贝尔文学奖的关系、米尔斯基的《现代俄国文学》等问题。至于徐志摩这位痴迷于法国象征主义的诗人翻译了[法]高列里之作《叶赛宁与俄国意象派》（《现代》，1934 年 7 月号）是不应该忘记的：诗人的伟大既在于呈现出乡村文明遭遇现代文明的破坏，更在于用意象主义诗学呈现出对此的感受。

与这种积极的译介相一致的是，鲁迅、沈雁冰和田汉等人在特殊情境下还把俄国现代主义作为一种方法和观念来运用。鲁迅深受安德烈耶夫的影响，并将之直接作用于自己的创作，这已是公认的事实；田汉的《新罗曼主义及其他——复黄日葵兄一封长信》也尝试运用俄国现代主义观念，如在说到歌德的《浮士德》“前为金煌煌，而后为夜冥冥”诗句时，引出了梅列日科夫斯基之言，“立于夕阳最后的惜别，已经消失，天上还没有一个星子放光，古神死了，新神还没有出生之黯然可怖的黄昏中，余因悟了可生可死的时代之悲运”，并说日本学者升曙梦曾引此句，以说明俄国革命前作家的复杂心态，认为支配俄国现代文学的是厌世主义观念，作家多视人生为命运之游戏，为恶魔之舞蹈，对于旧有的道德、宗教、理想、制度，一切绝望。[36] 茅盾的《“唯美”》（《民国日报·觉悟》，1921 年 7 月 13 日）比较了王尔德、邓南遮（G. D'Annunzio，1863～1938）、索洛古勃在“唯美”上的异同：认为王尔德以“美”为独创，追求“新奇”、想尝尽“地球上花园里的果子”、建造“空中楼台”的快乐世界并自己进去享乐，结果完全失败了，这样的人在现代中国是最容易产生的，不少艺术家躲在“假的神秘外壳”下高唱唯美论；邓南遮以“美”为神奇，即追求“反古”，这不失为英雄，但未来不是堂吉诃德的时代，他会失败的，且无补于人类前进，这样的人在现代中国是一定不会产生的;索洛古勃则认为世界是"恶"的,这恶攻击着人类,人类无法抗拒,除非死,人是不能美化的,当然幼儿之天真也近乎"美",但这种美随着人之成长、天真之失去而丧失,这种厌世观和悲观论对于人类是过于沉重了,不过他嘴里虽说着死心里却燃着生的烈焰,诅咒恶的人生是渴望更好的人生、更好的世界,他可谓是人生的真正批判者和真正伟大的思想家,这样的思想在中国有可能产生,却偏偏产生不出。[37]通过比较现代主义在表达共同命题上的差异,以显现俄国现代主义作家的独特性及其意义,应该说是很有见地的。当然,这类运用俄国现代主义诗学认识世界和中国问题的做法,在现代中国相当的少见。

不过即便如此,俄国现代主义在五四新文化运动以来的中国知识界,主要不是作为国际普遍的现代主义运动而被重视的,是作为一种地方性文学现象而被特殊看待的,尽管事实上"现代主义"在19～20世纪之交也是俄国文化转型的重要景观,在相当程度上体现了俄国现代性形式,在从象征主义、印象主义、唯美主义到未来主义、表现主义等的转变中扮演了重要角色。与之相反,西方现代派在现代中国尽管也受到传统和写实主义主流的挤压,也不同程度有所变形,但在纯粹性、一致性和同仁性方面保持了相当的影响力,赵英若之作《现代新浪漫派之戏曲》(《新中国》第1卷第5期,1919年9月15日)正面肯定西方象征主义是对自然主义的反动,(沈)雁冰的《表象主义的戏剧》(《时事新报·学灯》,1920年1月5～7日)提倡表象主义以避免写实文学之不足,谢六逸的《文学上的表象主义是什么?》(《小说月报》第11卷第5、6号,1920年5月10日、6月10日)认为由浪漫派到表象派乃文学的进步而不是退化,中国若不经过写实主义的阶段而想一步达表象主义则是不自量力,但这些篇什几乎完全局限于欧洲象征主义的版图。[38]同样,易家钺的《诗人梅特林克》(《少年中国》第1卷第10期,1920年4月15日)、周无(周太玄)的《法兰西近世文学的趋势》(《少年中国》第2卷第4期,1920年10月15日)、陈望道所翻译的日本加藤朝鸟之作《文学上的各种主义》(《民国日报·觉悟》1920年10月28日)、李达和夏丏尊为《民国日报·觉悟》"文学小词典"栏目所写的条目等无一不是正面使用"象征主义"概念并予以积极肯定。这种情形,在20世纪30年代还得到了延续,张资平的《由自然主义至新浪漫主义之德国文学》(《国民文学》月刊第2卷第4期,1935年7月)把上个世纪的欧洲文艺思潮划分为努力进取的"文艺复兴"之新理想主义和新浪漫主义、厌世的"为艺术而艺术"的象征主义之类颓废文艺，认为尼采乃新浪漫主义抒情诗人的典型，无论哪种类型的现代主义，作者都予以积极的认可；李长之译的德国马尔霍尔兹(Mahrholz)之作《德国新浪漫主义的文学史》(《文艺月刊》第8卷第4期，1936年4月)，充分肯定以叔本华和尼采为代表的德国新浪漫精神，认为如此的新浪漫主义是围绕着"文化"概念和本质而展开的，人们从中可见到文化改造的新路子"乃是求之于纯粹的文明力量之进展上"；张若名在《法国象征派三大诗人鲍德莱尔、维尔莱诺和蓝苞》(《中法大学月刊》第11卷第4、5期合刊，1937年8月)分别结合具体诗篇和诗论热情洋溢地赞扬波德莱尔、魏尔伦、兰波作为现代派诗人的杰出贡献；陈瘦竹的《象征派剧作家梅特琳(克)》(重庆《时与潮文艺》第4卷第2期，1944年10月)也称"一般剧作家所见的是生命的火花，而梅特林克所见的是生命的本体"，极力推崇20世纪20年代就开始走红中国的比利时象征主义作家；袁昌英的《现代法国文学派别》(《民族文学》第1卷第5期，1944年1月)深入研究法国现代派文学生成的柏格森直觉主义之基础问题，认为柏格森理论恢复了艺术家的自由意志，把作家从机械观察和记录的自然主义工具论中解放了出来，给当时的法国以巨大刺激，引起文艺创作的积极进取，甚至使整个法兰西民族的精神面目焕然一新。甚至郁达夫的《怎样叫做世纪末文学思潮?》(1935)也肯定地说，"世纪末的精神与物质上的现象，是人类进步不停止一天，在这世上也绝不会绝迹的。文学是反映时代的镜子，而文学家又是感觉最灵敏的动物"，这种倾向的文学在近代文学上故而能极盛起来，但"这种思潮，原也在俄国(如阿尔志巴绥夫等)和美国等处露过脸，但究因国民性的不同，早就隐没入沙下变成地流去了"。[39]诸如此类的文献表明，五四新文化运动以来的知识界对欧美现代主义是热情接纳并努力化为自己资源的，俄国现代主义基本上是缺席的，甚至正因为这份原本可资借鉴、有价值的文学资源之缺失，不仅使戴望舒、李金发、王独清、穆木天和冯乃超等著名现代派人士的诗歌创作或诗论，更多的是流淌着西方唯美主义和象征主义的血液，[40]从而导致现代主义在中国社会难以普及。

总之，在对19、20世纪之交俄国整个文化景观的认识中，有不少人关注到俄国现代主义并从中有所受益。遗憾的是，现代中国知识群体(包括不同流派或思潮中的翻译家和作家)虽不同程度地与现代主义发生着不同层次的关系，可是在人们的意识中，代表俄国的是写实主义或左翼文学，而且俄国现代主义不能独立于俄国文化结构，于是那些热衷于欧洲现代主义的人对俄国现代主义反而不热诚；同样，译介俄国文学，在整体上是服从于20世纪初中国整个大格局的，紧密围绕启蒙主义（民主/科学）和解决非常现实而紧迫的具体问题（救亡）这两个宏大使命，由此现代中国知识界基本上不是悲歌慷慨便是迫不及待，很少有人能静下心来做一些精深严谨的思想工作，而其中的现代主义在直接显示层面上并不吻合这种现实性要求，于是对其译介和接受更多的是知识性的，或者说，不是从寻求思想资源性目的引进俄国现代主义。这就导致中国知识界对俄国现代主义的引进是很有限的，远不如对西方现代主义认识的深刻、更缺乏认同感，其存在于中国的方式，或附属于西方现代主义，或被视为俄国文学的特例。

[1]参见《东方杂志》1920年2月号。

[2]汪倜然：《俄国文学ABC》，世界书局，1929，第79、80、85页。据本作者查考，“俄国白银时代”这一从1970年代的西方流行开来并先后传播到苏俄、中国的概念（参见《西方视野中的“俄国白银时代文学”形象》，载《俄罗斯文艺》2000年第4期），海内外学术界一直认为是俄国别尔嘉耶夫在1942年提出的，现在看来可能是汪倜然最早使用的。其表述可能不一定符合后来的说法，但国内外一直没人在意他的说法，这也表明中国对俄国现代主义问题的认识没有取得明显的成效，从而埋没了其中的真知灼见。

[3]参见《小说月报》第11卷第2号（1920年2月）。

[4]《鲁迅全集》第10卷155、161～163页，人民文学出版社，1991。

[5]周作人：《关于鲁迅之二》，《瓜豆集》，第25页，上海宇宙风出版社，1937。

[6]B. Катаев, *Натурализм на фоне реализма*（*о русской прозе рубежа xIx— xx вв.*// Вестник Московского Университета（серия 9 филология）№1, 2000, С. 35—36.

[7]《鲁迅全集》第10卷185页，人民文学出版社，1993。

[8]参见《鲁迅全集》第10卷185页，人民文学出版社，1991。

[9]郑振铎：《人之一生——序耿济之译的安特列夫的〈人之一生〉》，载《文学》第88期（1923年9月17日）。

[10] *Русская литература xx века* (1), под ред. В. В. Агеносова, Москва: Дрофа, 2000, С. 174.

[11]瞿秋白:《十月革命前的俄罗斯文学》,载《瞿秋白文集》第2卷522页,人民文学出版社,1953。

[12]汪倜然:《俄国文学ABC》,第90页,世界书局,1930。

[13]А. Г. Соколов, *История русской литературы конца xix—начала xx века*. М.: Высшая школа, 1999, С. 379.

[14]茅盾(署名方璧):《西洋文学通论》,第256、257页,世界书局,1930年8月。

[15]See Charles Moser, *The Cambridge History of Russian Literature*. Cambridge University Press, 1992, PP. 426—432.

[16]顾蕴璞选编:《俄罗斯白银时代诗选》(附录),第540页,花城出版社,2000。

[17]参见《新青年》第4卷第3号(1918年3月);《新青年》第6卷第1号(1918年6月15日)。

[18]郑振铎:《俄国文学发达的原因与影响》,载《改造》第3卷第4期(1920年2月)。

[19]瞿秋白:《十月革命前的俄罗斯文学》,载《瞿秋白文集》第2卷522~525页,人民文学出版社,1953年。

[20]瞿秋白:《十月革命前的俄罗斯文学》,载《瞿秋白文集》第2卷525~526页,人民文学出版社,1953年。

[21]《现代文学评论》第1卷第4期(1931年8月10日)。

[22]《国闻周报》第12卷第34期(1935年9月)。

[23]戴望舒:《诗人玛耶阔夫斯基的死》,载《小说月报》第21卷第12号(1930年12月10日)。

[24]参见《中山文化教育馆季刊》第2卷第4期(1935年10月)。

[25]Юрий Степанов, *КОНСТАНТЫ: словарь русской культуры*(常项/恒量:俄国文化辞典). М. Академический Проект, 2001, С. 872—902.

[26]И. Бунин: *окаянные дни*. Лондон, Канада: Заря, 1973, С. 13.

[27]Бердяев Н. *Самознание*. М.: ДЭМ, 1990, С. 45—49.

[28]Par Soeren Kierkegaard: *Le concept de l' angoisse*. Paris: NRF,

Gallimard,1949,PP.62—90.

[29]素园:《俄国的颓废派》,载《晨报·文学旬刊》第29号1924年3月21日。

[30]汪馥泉:《文艺上的新罗曼派》,载《民国日报·觉悟副刊》1922年7月9~10日。

[31]田汉:《新罗曼主义及其他——复黄日葵兄一封长信》,载《少年中国》第1卷第12期(1920年6月)。

[32]参见《郑振铎全集》第15卷507~518页,花山文艺出版社,1998。

[33]参见《郑振铎全集》第15卷246~254页,花山文艺出版社,1998。

[34]译文是据伦敦《信使报》英译本而翻的。参见《东方杂志》第19卷第9号(1922年5月)。

[35]《妇女杂志》第17卷第1号(1931年元旦)(作者署名"沈余")。"转变"是指诗人在革命后与苏维埃政府合作。

[36]参见《少年中国》第1卷第12期(1920年4月)。

[37]茅盾对邓南遮颇有研究,参见《意大利现代第一文家邓南遮》,载《东方杂志》第17卷第19号,1920年10月。

[38]五四新文化运动时期,赵英若和茅盾、谢六逸等把象征主义(symbolism)大多译成表象主义,易家钺、周无、李达和夏丏尊等才改译为"象征主义"。

[39]参见《郁达夫文集》第6卷288、289页,花城出版社和三联书店香港分店,1983。

[40]诸如穆木天在《我的文学生活》中自云,"到日本后,即被投入浪漫主义的空气了。但自己究竟不甘,并且也不能在浪漫主义里讨生活。我于是盲目的,不顾社会的,步着法国文学的潮流往前走,结果到了象征圈里了。France(法朗士)的嗜好、象征派诗的爱好,这是我在日本的两个时代。就是在象征派诗歌的气氛包围中,我做了我那本《旅心》"(《大众文艺》第2卷第5、6期合刊,1930年6月1日)。

(原文载《外国文学研究》2009年第4期)

现代中国何以从热衷于俄国文学转向苏俄文学

瞿秋白在给《俄罗斯名家短篇小说集》(北京新中国杂志社,1920)所写的"序"中如是曰,"俄罗斯文学的研究在中国却已似极一时之盛。何以故呢?最主要的原因就是:俄国布尔什维克的赤色革命在政治上、经济上、社会上生出极大变动,掀天动地,使全世界思想都受它的影响。大家要追溯其原因,考察其文化,所以不知不觉全世界的视线都集于俄国,都集于俄国的文学;而在中国这样黑暗悲惨的社会里,人都想在生活的现状里开辟一条新道路,听着俄国旧社会崩溃的声浪,真是空谷足音,不由得不动心。因此大家都要来讨论研究俄国。于是,俄国文学就成了中国文学家的目标"。[1]这不是瞿秋白一厢情愿,而是五四新文化运动以来的基本趋向。1920 年 8 月 22 日新民学会以"俄国事情亟待研究"为由成立"俄罗斯研究会","以研究俄罗斯一切事情为宗旨",并决定发行《俄罗斯丛刊》、派人赴俄考察(第二年夏天真的派遣了第一批留学生),5 天后《大公报》发表署名荫柏之文《对于发起俄罗斯研究会的感想》称,"你要觉得现在的政治经济社会的万恶,方才知道俄罗斯怎么起了革命,方才知道应当怎样研究俄罗斯,方才会研究俄罗斯到精微处"。故茅盾总结说,"俄国文学研究,在当时革命知识分子中间成为一种风气",而且这种风气很有价值。按陈独秀之言,中国受外敌侵略 80 余年后才有自觉的民族运动,主观上是"苏俄十月革命触动了中国青年学生及工人革命的情绪,并且立下了全世界各被压迫的国家及各弱小民族共同反抗帝国主义之大本营",[2]如把孙中山先生的反清排满革命与之相比,其意义完全不可同义而语。

"启蒙与救亡"作为五四新文化运动以来中国知识界的现实任务,是非常紧迫而具体的,这就迫使新青年以急切地心情去寻找解决难题的途径、实现民族国家独立的理论和怎样重建中国社会的理论,而且这种情形贯穿于现代中国人建构民族国家的整个过程中。毛泽东在重要文献《论人民民主专政》中总结性宣称道,“十月革命一声炮响,给我们送来了马克思主义”,事实上说的是苏俄革命后才使得马克思主义在中国产生实际的作用,使1903年以来那种盲目译介马克思主义的自发状态有了明确方向。可是,此前李大钊在《我的马克思主义观》(1919)中已经有言,“自俄国革命以来,几有‘马克思主义’风靡世界的势子,德奥匈诸国的社会革命相继而起,也都是奉‘马克思主义’为正宗。‘马克思主义’既然随着这世界的大变动,惹动了世人的注意,自然也招了很多的误解。我们对于马克思主义的研究,虽然极其贫弱,而自1918年马克思诞生百年纪念以来,各国学者研究他的兴味复活,批评介绍他的很多。我们把这些零碎的资料,稍加整理,乘本志出‘马克思研究号’的机会,把他转介绍于读者,使这为世界改造原动的学说,在我们的思辨中,有点正确的解释,吾信这也不是绝无裨益的事”。[3]我们知道,“要进行革命的人,需要一种社会理论……理论来自他们感觉到的实际需要,故而容易赋予仅仅有暂时性价值的思想以永恒真理的性质”,[4]而当时研究马克思主义以苏俄最盛,或以译介苏俄马克思主义为时尚,这也就意味着中国知识界在1910年代末之后,译介俄国文章的根本不会只限于文学和文学理论、文学批评领域,还会涉及苏俄政治学和社会革命理论、政治制度、社会结构、社会发展目标等宏观方面(尤其是经由苏俄而来的马克思主义),和苏俄军事建制、农村改造方式、城市发展规划等实践领域,来自苏俄的方方面面对中国进步知识界有很大的召唤力,因而译介者的使命感在增强,即译介工作和所译介内容被赋予了实践国际共运、反对西方帝国主义、追求社会主义等宏大理想的伟大意义。

殊不知,这种全身心转向苏俄隐藏着很多问题。开始从俄国写实文学中寻求文化启蒙主义的资源,何以到1920年代中后期就把兴奋点转向苏俄新文学,这一转折令人疑惑:严肃批判现实社会问题是19世纪俄国和欧美文学的共同潮流,苏俄新文学在主流上很快就终止了这种叙述,开始认可、肯定、赞扬苏维埃社会,而期间西方作家则不仅继续提升批判社会的水平,还转向对现代性问题本身进行更有深度的叙述,而现代中国知识界何以在很快转向苏俄新文学的同时,对有另一种价值的西方文学在价值观上却逐渐舍弃了?造成此景,是因为进化论让中国相信社会是朝着预期的理想方向进步(苏俄就是这种理想社会的实现),并依据理性主义原则排除了人自身的复杂性等原因,还更有中国全方位认同俄国文明的社会氛围、找到诠释苏俄文学的新路径(而且这两方面常常是联系在一起的)，因而迫不及待地转向引进比写实主义更为“先进”的劳农苏俄文学，或者对写实主义进行更“进一步”的诠释，以图解决现代中国迫在眉睫的现实问题？

一

说到经由文学而对俄罗斯文明的全方位认同问题，它不是突然发生的。“于俄罗斯文学思潮研讨尤力”的田汉在著名的《俄罗斯文学思潮之一瞥》(1919)中声言：“且依东西文明史家之言，拉丁、条顿两民族之文明已渐归熟烂。将来支配世界者当为斯拉夫民族之文明。再次则为蒙古民族之文明。今日斯拉夫民族之文明果达何境，固为可疑。而平野万里，一望无际，巨河辽阔，含声徐走，‘大国产巨民’之言，知其有证验于来日。况近世纪初，俄国民文学确立以来，大家辈出，奇才焕发，于文学界已执欧洲之牛耳耶”。[5]这篇长达五万余字的长文表明，认同俄国在一定程度上是与俄国文学的“革命性”诉求联系在一起的。而且，认同俄国革命的普遍意义在中国并不是个别现象，此前陈独秀在《俄罗斯革命与我国民之觉悟》(1917年4月)中已经宣称：“吾国民所应觉悟者，俄罗斯之革命，非徒革俄国皇族之命，乃以革世界君主主义侵略主义之命也。吾祝其成功。吾料其未必与代表君主主义侵略主义之德意志单独言和，以其革命政府乃亲德派旧政府之反对者，而为民主主义人道主义之空气所充满也……吾国民所应觉悟者，即令俄之新政府，以非战故与德单独言和，或德意志利用俄之纷扰，吾料新俄罗斯非君主非侵略之精神，将蔓延于德、澳及一切师事德意志之无道国家，宇内情势，因以大变。”[6]孙中山、李大钊等人当时也有同感。

这种认同在历史进入1920年代以后就越发广泛、深入，这种状况是由诸多客观条件促成的。首先，现代中国积极译介俄罗斯文化的知识群的构成、俄国文化输入的路径都在不断发生变化，瞿秋白、耿济之、蒋光慈、萧珊、韦丛芜、曹靖华和戈宝权等译介俄国作品的代表性人物，因为不是职业学者而无暇对俄国思想史、文化史、宗教史等进行全面系统的研究，更因为历史条件所限而未能直接深入钻研马克思主义及其俄国化问题，而这些胸怀寻求进步文化救国之壮志的有为青年，为了更有效、快捷地实现远大抱负，就借助苏俄在马克思主义名义下书写的现成文献并将其奉为权威，直接把苏俄解读文学史的方法和理论输入中国。他们并未考虑是否需要深入识苏俄社会主义问题，也未借鉴世界发达国家深入阅读俄国的经验，这并不是他们的过失：试图经由西文而能学理性地严肃关注苏俄文化尤其是左翼文学，几乎是不可能的，因为在十月革命发生的同时，列宁便宣布俄国退出第一次世界大战，西方就已对苏俄不满了，继而原本西化的俄国随着苏维埃制度的建立而转变为激烈反资本主义的国家，苏俄左翼文学和俄国共产主义问题在很长一段时间内得不到西方学术的严肃正视也就自然了。1938 年郑超麟在翻译纪德之作《为我的〈从苏联归来〉答客难》的译序中有言，“法国伟大文学家，20 年前需有罗曼·罗兰的大勇才敢表同情于苏联，如今也需有纪德同样的大勇才敢疵议苏联”，[7]陈独秀在《十月革命与东方》(1926)中说到西方“甜言蜜语劝苏俄‘回到西方’”、使苏俄停止援助东方民族革命运动等问题，[8]鲁迅在《我们不再受骗了》(1932)中列举了西方诋毁苏俄的种种情况、在《林克多〈苏联见闻录〉》(1932)中生动描述了西语文献关于苏俄问题的叙述让人无所适从的情景。[9]不否认，这种情况实际上在 1929 年后有所改观：资本主义世界发生经济危机，而苏联正报道第一个五年计划取得了巨大胜利，不久法西斯在欧洲兴起等，不少人因此而转向苏联并在国际革命作家同盟组织下访苏。另一方面，中国对有限的西语文献不太信任，当时郑超麟翻译法国作家纪德的名作《从苏联归来》是冒着被左翼知识界严厉批评之风险的，国际革命作家同盟在西方世界的影响很有限(只有很少的著名作家参加，而且还发生“左”倾现象或叛变现象)。这意味着，从西语文献入手识别苏俄难度相当大。与此同时，日本进步青年激烈反对带来严重社会分化和冲突的西式现代化，他们对苏俄左翼文学和理论很热衷，不仅及时引进了从无产阶级文化派到社会主义现实主义的苏俄主流理论，而且对它们进行了更激进的诠释(1920～1930 年代借助比同时期“红色国际”思潮更“左”倾的日本中介)。于是，留日的知识分子很受感染，很自然地选择由日文译介俄国文学，这支队伍作为现代中国知识界相当重要的力量，除周氏兄弟等外，李初梨、彭康、朱镜我、沈端先等创造社和太阳社成员在经由日文译介苏俄文化方面作出了不少贡献。这就意味着，1920 年代从日本这个中转站向中国输入的首选目标是苏俄左翼文学、俄式马克思主义，此后直接从苏俄输入的俄国文化只有苏联钦定的文学和理论了。

更为重要的是，19 世纪以来的俄国文化史，尤其是苏俄文化，能源源不断提供大量批判传统、反对资本主义和否定西方之类的重要思想资源。俄罗斯帝国在向民族国家转换的过程中，几乎所有的社会重大变革都是在某种崇高目标和宏大话语下进行的，从而既使得官方采用激进手段推进现代化进程成为可能，又使得国家变得强大的过程也伴随着社会分裂，即知识界和民间分裂、上层社会与草根阶层的基础社会相脱节、中央集权的加强促进地方性诉求呼声高涨等，进而也促使社会采用相应的激进手段，追求自发的暴力革命和“基督教式拯救民众的共产主义”。[10]或者说，现代化进程促进俄国主流社会的一部分人士对西方文明的认同，也导致知识界主体和草根阶层对西方的抵触。由此，自彼得大帝改革伊始，激进主义就作为一种绵延不断的潜流涌动于整个现代化进程中：对政府用强制性行政手段推进有组织和有规划的现代化进程予以激烈否定，而且这种否定性理念在实际生活中表现为绝不妥协的反意识形态导向，这种情形在社会转型时期更为剧烈，它作为一种进步理想被一代代革命知识分子所追求（并酝酿成一种精神革命），从而成为社会民主革命的意识形态和知识界为普罗大众求解放的动力，如1870～1880年代民粹主义及其争论，19、20世纪之交起伏跌宕的革命运动。激进主义充满着矛盾，一方面在俄国社会具有广泛性，其召唤力在于为集体奋斗，个人只有在归属于集体阵营时才有价值，另一方面运动实际展开过程常常不依赖于社会政治的特定情势，某些政治领导人的情绪变化及其个人号召力在运动中具有相当重要的作用，由此出现了很多极端现象，如为达到所谓正义的政治目的可以采用包括反正义和反社会的恐怖主义在内的任何手段，个人英雄主义很流行，因而又演变为主要是青年知识分子所热衷的一种思潮，大多数民众并不赞同他们反政府和反沙皇的做法，民粹主义运动的失败在相当程度上是因为欠缺民众基础的结果；他们是一群有信仰的人，即使是反对旧道德也是为了善，揭露传统理念原则的虚无是为了对朴素真理的爱，憎恨文明生活之虚伪是为了到平民生活中去寻找真理，非道德主义中伴随着道德的热情，托尔斯泰的平民化思想在俄国演化成一种普遍的社会思潮，它没有任何高雅之处却恰好使每一种高雅文化受到怀疑，用虚无主义热诚争取社会解放和实践社会真理的过程，伴随有否认个人精神生活的独立性、否认哲学和艺术之类高雅精神文化的价值、要以通俗宣传替代文学叙事，这意味着革命者个性的贫乏并对其他人的个性进行压抑等；[11]俄罗斯是一个很有宗教氛围的国度，然而上帝意志却没能阻止知识青年去做过激之事，从而使得激进主义有无神论特性，而且这种无神论转化为理念或行动的时候具有挑衅性和进攻性，但他们对此不以为然，声称“我们目前的整个革命首先是缺乏信念，缺乏对上帝的热爱、缺少神圣而又生活化的东正教，但相信凭自己的力量能治理好一切——我们自己的世界和外部世界、政治和所有家庭的、公民的和经济的生活”；[12]激进主义在俄国的生成，常常与境外侨民知识分子的活动相关，诸如赫尔岑和奥加廖夫等长久居住国外，却要对变得越来越不熟悉的祖国实践西方反资本主义的理想，普列汉诺夫等劳动解放社成员同样是久居国外，也不遗余力地译介德国和西欧的反资本主义理论，布尔什维克也有很多成员在 1905 年事件之后就流亡国外直到 1917 年才回国。可以说，用君主专制手段强制性推行现代化，就意味着会有另一种力量对这种国家主义采取相应的抵抗，十二月党人、彼得拉舍夫斯基组织、虚无主义、泛斯拉夫主义、社会民主党、无政府主义、民粹主义等绵延不断的运动皆属这种激进革命，它们既有别于农民的自发起义，也不同于斯拉夫派、根基派、自由主义、保守主义等学理性批判国家西式现代化的理念，布尔什维克在相当程度上是这个激进主义历史进程的合理延续。[13]对此，别尔嘉耶夫有言，“作为第三罗马的莫斯科的救世思想充当了巨大而强有力的国家思想的基础。而追求强力的意志，歪曲了救世思想。不论是莫斯科罗斯还是俄罗斯帝国，都没有成为第三罗马。救世思想也是苏维埃俄国的基础，但它同样受到追求强力的意志的歪曲”。[14]

正因为如此，中国很早也就有可能对俄国文学史进行意识形态的诠释，并从中发掘出丰富的革命性资源。还是在 1913 年，李大钊就因读了“日人中里弥氏《托翁言行录》，复综托翁学说结晶而成”《托尔斯泰主义之纲领》，盛赞托尔斯泰主义的意义在于反对现代文明，“今日之文明，虚伪文明也。科学日益进步，而应用此进步之科学者之手，恶魔之手也。称之为文明，实则文明者，一部少数人之文明也；多数且饿死矣，且见杀矣”；倡导革命，“革命者，人类共同之思想感情，遇真正觉醒之时机，而一念兴起，欲去旧恶就新善之心的变化，发现于外部之谓也”；重新定义“善”（“人间本然之理性与良心之权威是也”）、“劳动者”（“劳动者最大最初之善也”、“无劳动则无人生”、“知劳动为人生之最大义务，从而未最大善也”，而“劳动云者，生产人生必须之衣食住行之‘四体之勤’之谓也”、“劳动为毫弗痛哭者，且一如不劳动之无痛苦者也。今劳动者痛苦之原因，盖于他有掠夺彼等之劳动者故也”，而且“劳动能健康人类之心身，使疾病绝迹于社会”）。[15]三年后他又发表《介绍哲人托尔斯泰（Lev Tolstoy）》，李大钊把博爱主义者与“革命者”的托尔斯泰融为一体，“彼生于专制国中，以热烈之赤诚，倡导博爱主义，传布爱之福音于天下，扶弱摧强，知劳动之所以为神圣”，其文字“皆含血泪，为人道驰驱，为同胞奋斗，为农民呼吁，彼其眼中无权威，无富贵，无俄罗斯之皇帝”。[16]十月革命前尚且如此，那么五四新文化运动后，在中国越发有魅力的十月革命召唤下，把俄国文学史演绎成俄国社会革命史，那就理所当然了。李大钊在《俄国革命与文学家》(1918)中声称，“19世纪，社会的政治的动机，盛行于俄国诗歌之中”，普希金曾作诗《自由歌》，终其生受警察之监视；诗人莱蒙托夫所作诗歌多体现自由与时代精神，故被剥夺官位，复遭遣徙；十二月党人雷列耶夫乃“以其思想唤起无数为自由死亡战士”；奥加廖夫与赫尔岑皆呼唤“自由！自由！”文学批评家皮萨列夫，身陷囹圄四载；车尔尼雪夫斯基曾被放逐于荒寒的西伯利亚；陀思妥耶夫斯基亦被流遣于西伯利亚；托尔斯泰晚年长期受秘密警察之侦探；高尔基必寄居于异域，始免放逐或投于坑中。[17]在《俄国文学与革命》(1918)中李大钊同样称，“俄国革命全为俄罗斯文学之反响……俄国文学之特质有二：为社会色彩之浓厚，为人道主义之发达。二者皆足以加增革命潮流之气势，而为其胚胎酝酿之主因。俄罗斯文学与社会之接近，乃一自然难免之现象。以俄国专制政治之结果，禁遏人民为政治的活动，自由遭其剥夺，言论受其束缚。社会中进步阶级之优秀分子，不欲从事社会活动则已，苟稍欲有所活动，势不能不戴文学艺术之假面，而以之为消遣岁月，发泄郁愤之一途。于是自觉之青年，相率趋于文学以代政治事业，即以政治之竞争寓于文学的潮流激荡之中，文学之在俄国遂居特殊之地位，而与社会生活相呼应”，并把俄国文学划分为“平民诗派”和“纯情诗派”，非议丘特且夫和迈科夫等“纯情诗派”，充分肯定普希金、莱蒙托夫、雷列耶夫、涅克拉索夫等“平民诗派”，认为“俄国革命之成功，即俄国青年之胜利！亦即俄国社会的诗人灵魂之胜利也！”[18]同样，陆玉钰在《高加索小曲·译后志》(1924年9月)中也称莱蒙托夫“实在是一个文学中的革命者，造成了俄国的浪漫主义者，而其作品中具有奋斗反抗的精神，所以我们读他的作品，能激起我们反抗现社会的黑暗”，尽管并非莱蒙托夫所有的抒情诗都是政治性的，其绝大部分文本是对知识分子现代性体验之困境的叙述。主张以社会革命手段处理俄国现代化运动中出现的问题，只是一部分站在草根阶层立场上的知识分子的志向，诸如在十月革命和国内战争期间，真正认同并支持苏维埃制度的俄国知识分子是很有限的，正面肯定新制度的作家更是微乎其微，因而出现大批与苏维埃政权不合作的知识分子被迫流亡国外的事件。[19]

其实，这样诠释俄国文学，或如此赋予俄国文学以社会革命意义，是五四新文化运动伊始的普遍现象。田汉的《俄罗斯文学思潮之一瞥》极力赞扬赫尔岑、别林斯基、车尔尼雪夫斯基、杜勃罗留波夫等批评家的激进思想，并从这个角度评价俄国文学史的变迁，强调文化思潮与社会革命进程之关系，甚至把屠格涅夫当作是实践这种思想的作家，把作家探讨俄国知识分子如何面对现代化所带来的文化虚无主义之力作《父与子》当作反对贵族利己主义的作品。沈雁冰的名篇《托尔斯泰与今日之俄罗斯》(1919)把对托尔斯泰的阅读与俄国文学的社会革命诉求联系起来，"托尔斯泰及俄国文学、托尔斯泰生平及著作、托尔斯泰左右人心之势力，(而该作)缘此三纲，依次叙述之。读者作俄国文学略史观可也，作俄国革命原因观亦无不可"，认为十五六世纪英国人的思想风靡世界支配世界、十八世纪则是法国人思想之大盛时代，"而十九世纪则俄国思想一跃而出始兴之时代，亦即大成之时代。二十世纪后数十年之局面，决将受其影响，听其支配。今俄之 Bolshevism(布尔什维主义)已弥漫于东欧，且将及西欧。世界潮流澎湃动荡，正不知其何底也。而托尔斯泰实其最初之动力也"，"论托尔斯泰之势力，不当仅着眼于俄国，而当着眼于世界。俄之革命，仅为托尔斯泰势力发展之第一步耳。然其势力故不止此，且将风靡全球，而与人类以一极大之改革"，并列举影响世界的六个方面，包括追求"社会公平"、呼吁"非战争好和平"、反对"体刑"与"罚金"、要求"社会面目之清洁"、追求"简单生活"等，还主张"确立救济之法"。[20]同年，在所译的萨尔蒂科夫－谢德林之作《一个农夫养两个官》中称，谢德林沉静于傅立叶和欧文的社会主义，其同时代作家也暗暗传播社会主义，所以人称是社会主义的文学时代，[21]尽管这个作家与社会主义是不相干的。更有甚者，瞿秋白给郑振铎译《灰色马》所写序(1923)云，"俄国文学史向来不能与革命思想史分开，正因为他不论是颓废是进取，无不与实际社会生活的某部分相响应。俄国文学的伟大，俄国文学的'艺术真实'亦正在此"。[22]这样阅读俄国文学的策略，此后在现代中国便没有改变，甚至日趋兴盛。

更为重要的是，《小说月报》"俄国文学研究"(1921)这一可称得上是现代中国寻求外来文化资源的重大专号，同样强烈地显示出中国对俄国文学之革命性诉求的热诚：郭绍虞的《俄国美论及文艺》作为中国第一篇关于俄国美学研究的文献，声称要全面了解俄国文学就必须搞清楚别林斯基、车尔尼雪夫斯基和杜勃罗留波夫等批评家的思想，而在具体论述时鲜有触及心平气和论述俄国文学问题的斯拉夫派或唯美主义派美学思想；上文提及的沈泽民根据克鲁泡特金的演讲《俄国文学的理想与现实》而编译出的《俄国文学批评》，又据此成文的《克鲁泡特金的俄国文学论——俄国文学的理想与实质》，同样也推崇从社会学角度诠释文学者的巨大贡献，他认为上述批评家“对于当时知识界生活曾有过极大而极广极其远的影响，这种影响能力是任何其他各界小说家著作所不能企及的”，继而就专门挑选别林斯基的“真实就是现实：必须是人生的诗现实的诗，才是真诗”、车尔尼雪夫斯基的“艺术的目的是解释人生批评人生”和杜勃罗留波夫的“艺术作品只不过是用来讨论某种事实的材料罢了”等思想当作真理来介绍，甚至认为仅对时代和后来俄国青年发生影响而言，“皮萨列夫(1841～1868)是不让别林斯基、车尔尼雪夫斯基和杜勃罗留波夫的”，不久，在《我所景慕的批评家——读书随感之二》中沈泽民又称，19 世纪俄国众多文学批评家“所尤其景慕的是皮萨列夫”，并以事例说明敬慕的并非皮萨列夫能不把眼光盯在已经成名的作家创作上，而是他对当代文学那激烈的社会批评，其功能在于“民众所不及见的，替他们指出；及见而不及感动的，使他们感动。总之，深深地给他们以刺激，大大地帮助他们”。[23] 实际上，俄国这些满腹才华、身怀宏愿的批评家，普遍以激进主义姿态面对俄国现代化进程，别林斯基公开宣称，“我所崇拜的英雄是破坏者”、杜勃罗留波夫自认为文学批评就是要追求平民主义、车尔尼雪夫斯基更是倡导民粹主义思想，[24] 尤其是皮萨列夫为了快捷、有效地进行文学批评而把别林斯基那富有原创性的、表述极有个性的社会学批评大大简化了，对这些把文学工具化、背离俄国审美传统而从意识形态观念引导俄国文学发展、使文学逐渐远离人文主义而走向功利主义等现象，克鲁泡特金少有批评，中国进步知识界对此普遍无疑义，甚至有意识回避了这些激进主义者的民族性诉求，突出他们文学批评活动中的意识形态之普遍价值，如瞿秋白完全认同地声称，“俄国文学的伟大产生于这文学评论的伟大，——引导着人类文化进程和人生目的”。[25] 由此，田汉慎思皮萨列夫的激进主义批评之论，即“其评论之中最热心者尤推艺术否定说，谓俄国如此黑暗，如此蒙稚，有为之士当用其力于必要事业、有益之劳动，否则文明殆不可望。至于艺术、诗歌、形而上学及其他抽象科学者，其在今日实为奢侈品，耽夫此者非徒无意而有损，盖为此等奢侈品而夺去其必要之力也。故艺术、诗歌、形而上学等非扑灭不可。此等装饰品于实际生活毫无交涉，在实际生活虽以柏拉图之思想、普希金之诗歌，迥不若建屋缝靴之有益耳。此对艺术之消极态度，在杜勃罗留波夫和车尔尼雪夫斯基之评论中已见萌芽，皮萨列夫不过承二氏理论而完成之……吾人于此当注意者，皮萨列夫虽极力攻击前时代理想主义之哲学，破坏艺术，高倡'理智的利己主义'(intellectualistic egoism)与官能之绝对开放，其极致至于脱离道德之说伦理，可纵情任性，耽合理之快乐，又陷于理想主义之域也。其说既非社会善又非自己牺牲，单为个人主义，于社会根柢不深，于道德上亦不能成立，遂至生爱他主义(altruism)盖当然也"，"皮萨列夫的乐利主义之浅薄，早为识者所认。徒然破除旧习，争逐物欲，则人生亦失其意义与价值。人人心中皆有构成积极理想之要求，应此要求而兴起者，非粗陋之平民文学者，而为忏悔贵族，则可注意者也"。[26]可以说，此乃中国少有的独立声音。

论及克鲁泡特金，可以说他是对现代中国知识界和思想界产生影响比较早的、影响最大的人物之一。1920年代上海自由书店先后刊行了他的《面包掠取》、《近世科学与安那其主义》、《田园工厂手作场》、《伦理学之起源与发展》等汉译本，《互助论》的汉译也另有刊行，巴金翻印了他的自传体作品《一个革命者的回忆》。与此同时，出现了大量介绍和讨论克鲁泡特金无政府主义思想的论著，诸如胡愈之在《东方杂志》1921年2月号发文《克鲁泡特金与无治主义》，积极评述这位无政府主义者的激进思想；巴金的《无政府主义的阶级性》(1926)运用巴枯宁和克鲁泡特金的理论分析无政府主义思潮，认为"无政府主义是革命的无产阶级的理想和观念学，它绝对不是资产阶级的理想。因此无政府主义的革命并非和平的，而是武力的。只有不屈的阶级斗争才能实现无政府主义"。[27]而且，巴金也深受这种思想的影响，在《革命的先驱》(1928)中明示革命的非个人性、全人类性，不应该因革命挫折而心灰意冷，转而歌颂个人主义和感伤主义，又在这个基础上于1929年初在上海自由书店出版了《断头台上》(内含《断头台上》和《自由血》两大部分)，满怀热诚地歌颂世界各国民粹主义者和无政府主义者，尤其是俄国这类青年为"主义"或"崇高理想"而战甚至牺牲的壮举，还在附录《无政府主义与恐怖主义》中称，"我不反对恐怖主义，并且对恐怖主义者也极佩服，但我反对鼓吹和宣传恐怖主义的举动，而且反对把无政府主义和恐怖主义联系起来，说恐怖主义是实现无政府主义的一个方法。无政府主义的实行，只有依靠有组织的群众运动，暗杀的行动对于无政府主义没有多大好处"。[28]这年，巴金翻译了斯普特尼克的《地底下的俄罗斯》，基于本书是虚无党人作者对俄国虚无党人历史的体验性叙述、经验性再现,便易名为《俄国虚无党人运动史》(上海启智书局,1928)。不仅如此,巴金又参照该作并综合有关俄国妇女革命运动史资料,写就了包括维娜·扎苏里奇(普列汉诺夫的同仁)在内的《俄罗斯十女杰》(上海太平洋书店,1930)。1932年巴金在《中学生》杂志(第25号"革命者的青年时代"专刊)中刊发了长文《克鲁泡特金》,热情介绍这位主人公成为革命家之前的生平。巴金写于1929年并于1935年9月由上海文化生活出版社出版的《俄国社会运动史话》,参照当时很流行的几本谈俄罗斯革命的英语参考书,热情叙述了拉辛和普加乔夫的农民暴动、拉吉舍夫与俄国知识分子之觉醒、十二月党人与激进的民主主义的兴起、赫尔岑和西欧派的革命性、车尔尼雪夫斯基与俄国民粹主义之产生、皮萨列夫与1860年代的虚无主义、巴枯宁与自由社会主义、拉甫洛夫与伦理的社会主义、涅恰耶夫与恐怖主义等俄国暴力革命历史。这些编译之作显露出克鲁泡特金的思想印记,该书当时颇有反响并于1936年1月再版(巴金本人在再版题记中论及了争论)。

特别是克鲁泡特金的《俄国文学的理想与现实》,影响更大。不仅沈泽民据此发表了上述很有影响力的译文和论文,而且这部书两次被翻译出版:民国十九年(1930)上海北新书局印行《世界文学史丛书》,其中包括韩侍桁翻译的这部著作。在"译者小引"中,韩侍桁曰,"近些年间的全部中国文坛,无疑的是被压在俄国文学的影响之下了","奇异的是,至今连一本关于它的好文学史也未曾出现",于是翻译这部书,并说明该译本不是根据1905年初的版本而是依据1916年增补本译出的,并参照了日本ARS社的日译本。他特别把该书的初版序言和再版序言一并译出,使读者明白"俄国文学对社会发展有巨大的直接的影响力,源于俄国没有公开的政治生活,于是最好的人便选择文学和批评作为他们灵感的、国家生活观念的、理想的媒介了","在俄国,一个人要理解国家政治、经济和社会思想,造成俄国社会的历史部分的灵感,不能看议会的报告书或报纸,而是要看文学作品"。而强调文学对理解俄国社会问题的重要性、重视文学思潮与俄国社会变革的关系,也的确是克鲁泡特金这部文学史的立论所在。第二年(1932年4月),重庆书店出版发行了郭安仁的译本,译者把书名易为《俄国文学史》,并在"译者的NOTE"中如是说道,原著作者"是宏博的学问者,也是热情的革命家,名字太熟悉了,用不着多介绍",认为这本书对实际需要的答复"总是不容有所怀疑的","说到有一种俄罗斯文学的空气来救助我们的文学,那么需要的急切之程度是更不待言的了"。[29]事实上,这部书尽管提供了俄国文学发展及其与社会变革之关系的重要景观，但带有很强的民粹主义色彩，如第七章“民众小说家”(Folk Novelists)认为不是为着民众写述的而是那些写述着民众的文学，在西欧，左拉这类为数不多的写矿工的作家被法国主流社会视为异类，而在俄罗斯则“极有系统”，他们才真正代表了写实主义，其中格利戈罗维奇之类的斯拉夫派作家、列舍特尼科夫和乌斯宾斯基之类的民粹主义小说家、高尔基这类新人文主义作家，乃民众小说家早中晚三个阶段的代表，并皆属于写实主义作家。[30] 在题为“政治文学”(political literature)的章节中，把围绕俄国是否需要进行西化式改革问题之争的西欧派与斯拉夫派，与在境外鼓动激进主义革命的赫尔岑、奥加廖夫、巴枯宁、彼得·拉甫洛夫(1823～1901)、在十二月党人事件中流亡巴黎的尼古拉·屠格涅夫(1789～1871)等人放在同一框架下叙述——都是反政府的作家，并不考虑他们的创作在文化意义和文学叙事策略上的巨大差别。同时，还特别赞赏民粹主义批评，认为在1870年代以后的政治思潮论争中，米哈伊洛夫斯基(1842～1904)所在的阵营是最领先的，“从1880年代一直引导着社会批评潮流到世纪末，代表着一种批评方向”，[31]充分肯定其《个人主义》、《英雄与群氓》、《幸福论》等论述。事实上，随着现代主义批评和马克思主义批评的兴起，包括米哈伊洛夫斯基在内的民粹主义者以主观社会学和个人英雄主义观为特色的文学批评日趋衰落，可是沈泽民在那篇《俄国文学的批评》中不但不纠正，却进一步强调这个说法，即“自从70年代起，执了批评界牛耳的是米海伊洛夫斯基”。不否认，这批民粹主义批评取得了很大成就，C. 温格诺夫(1853～1920)、斯卡比切夫斯基、伊凡诺夫－拉祖姆涅克(1878～1964)等人普遍从草根民众观点评价俄国文学和社会发展变化，以本土性对抗现代性，但其批评具有强烈的“左”倾色彩(温格诺夫甚至因此而被彼得堡大学解除文学史教授职务)。克鲁泡特金对俄国文学史的这种叙述显然是需要警惕的，但现代中国却全当作进步观点引进，更遑论修正了。由此上溯，名不见经传的索洛维约夫(E. Соловьев，1866～1905)之普通作《19世纪俄国文学的背景》居然被重点译介(耿济之译出，刊于《小说月报》那期著名的“俄国文学研究”专号上)也就不足为怪了。该书主要不是从文学而是从社会史角度描述俄国文学史，虽然发现了很多俄国文学中的重要现象(如斯拉夫派和托尔斯泰推崇的“村社农业”及其价值观)，但在关于“19世纪俄国丰富的生活，很容易设定个性解放的公式及农业经济转到资本主义经济的公式。这世纪俄国丰富的文学生活自然也是同样有公式”的结论上，却用大号字体标示出如此论断，即“藉着农村组织和农村生活解放的名义而同农奴制决断（斯拉夫派主要目的），又藉着解放和发展个性名义而对于同样的目标决断（西欧派的主要目的），这就是俄国文学史上重要意义，也就是19世纪以来俄国文学发达之公式”，尽管这个结论明显与整个论述很是矛盾，可是译者却不批评指正，反而说“这本书的长处就是，书中的主脑是文学代表着‘社会’，而不是文学代表着自身”；同样，俄国盲诗人爱罗先珂用世界语发表报告《俄国文学在世界上的位置》，称俄国文学的成就“可以用一句话回答，即俄国文学的民治主义思想”，这种带有相当价值判断之误论述，却当即被周作人翻译并广为传播。[32] 而且这些翻译很快收效，诸如成为文学研究会的指导思想和大批新读者接受新文化的标准。

可见，在现代中国知识界所兴起的俄国文化热中，隐含着对激进主义的文学叙事、文学批评和社会政治文本等更为热诚的倾向，这也就为转向大规模接受苏俄文学准备了条件。

二

可以说，正是有这种积极挖掘19世纪俄国文学的“革命性”意义、在俄国众多文学批评和理论中筛选激进主义思想的背景，很快转向介绍苏俄文坛状况、积极接受苏俄新文学并热情推崇苏俄无产阶级文学观念，也就自然而然了。

沈雁冰1921年1月至1924年6月在《小说月报》第12卷第1号至第15卷第6号上连续开设“海外文坛消息”专栏。在这206篇长短不一的“消息”中，苏俄文坛近况的论述所占比重最大，而且涉及劳农俄国文艺条目的无一不是肯定的。第6条《劳农俄国治下的文艺生活》（1921年1月）称，劳农俄国对文艺的注意比沙俄要强上万倍，对文学家优待、开放过去属于皇宫的艺术博物馆、学校开设社会主义史和文学史、常举办艺术展览会等，并由此得出结论：罗素关于社会主义治下艺术能否兴盛的疑问是不存在的，相反被证明艺术比资本主义治下好得多。第18条《再志俄国的文艺生活》（是年2月）引用美国《新共和》杂志所载H. Brailsford之文《旅俄印象记》，具体描述新俄如何普及艺术的情景。第46条《一本详论劳农俄国国内艺术的书》（是年4月）介绍了法国学者Konstant Umansking的新作《俄国的新艺术》，认为1917年新俄艺术不仅有康定斯基和沙加尔等著名画家的现代主义绘画，还有新俄政府如何反对为少数人而艺术的行为，并声言新政府不曾把一切艺术变成“鼓吹主义”。第89条《劳农俄国的诗坛状况》(是年8月)这样介绍俄国诗坛:阿克梅派诗人古米廖夫、阿赫玛托娃、别雷，和高尔基、勃洛克、勃留索夫等一样是积极支持新政府的，并引用象征主义诗人别雷之《基督教正在上升》的诗句“俄罗斯今天是新娘，接受春日的新光……万岁，第三国际万岁”，以此说明在别雷心中新俄就是天堂。第108条《最近俄国文坛的各方面》(1922年1月)再次把巴尔蒙特、勃洛克、勃留索夫、别雷等(这些作者名字俄文第一个字母皆为Б，对应成英文为B，所以茅盾称他们为B字排行的象征主义诗人)视为代表新俄精神的诗人，赞赏他们鼓吹革命的动的宗教、精神的发动机之类布尔什维克“动的主义”，认为勃洛克的《十二个》是最有力的革命诗篇，认为那12个赤卫队员虽愚笨而野蛮却明白要“为革命而服务”，并称赞B.卡缅斯基(1884～1961)在《民族的春季》中所抒发的豪情壮志，“让我们精赤着双臂，于是开始建造一个世界;而你，地球上唯一的用思者，唯一的真政府，开始为一切用思”，全然看不出他们是象征主义或未来主义诗人。这类介绍，基本上不考究苏俄文坛分化的实际状况，误以为新时代的文学皆是新文学。

引进并盛赞新俄文学和理论，远不只是茅盾个人的兴趣，而是1920年代中后期出现的普遍景观，而且这样的做法甚至被提升为重新认识俄国文学的思维方式、方法论——认为苏俄文学比俄国文学更为进步、有价值。且不提鲁迅在这方面的贡献，瞿秋白在《劳农俄国的新文学》(1923)中称，“俄国劳农时代的作家，足以继那光荣的俄国文学，开这光荣的俄国时代——将创造非俄国的，而是世界的新‘伟大’，如马雅可夫斯基”;[33]郑振铎的《俄国文学史略》第14章写到“劳农俄国的新作家”时，盛赞这些作家“足以继那光荣的俄国文学，辟这光荣的俄国时代，且将创造非俄国的，而为世界的新伟大的，有如马雅可夫斯基、西蒙诺夫和劳工派(Proletarian writers)”，称马雅可夫斯基是超人，“是集合主义的超人，而不是尼采式的个性主义的超人。他是唯物派，是积极的唯物派，而不是消极的定命主义的唯物派”，力求介绍无产阶级文化派。[34]《创造月刊》第1卷第2～8期上连载了蒋光慈的《十月革命与俄罗斯文学》(1926年4月16日～1928年元旦)，他综合当时苏俄流行的文学史观、沿袭苏俄的极“左”观念，称高尔基时代已经过去、勃洛克创作充满了“革命罗曼蒂克”、艺术乃为“阶级的心灵所同化”等。刘穆翻译的美国学人 Joshna Kunitz

之作《新俄文坛最近趋势》(《文学周报》第8卷第14～18号)、巴克的《1925～1926年的俄罗斯文学》(《泰东月刊》第2卷第9期,1929年5月)、蒙生译的A. Lesjnev的《新俄的文学》(《小说月报》第20卷第7号"现代世界文学专号",1929年7月10日)、沈端先据日译本翻译了戈庚П.(П. Коган)之作《伟大的十年文学》(上海南强书局,1930)和茂森唯士的《革命后十二年间的苏俄文学》(《大众文艺》第2卷第3期,1930年4月)等,依据苏联主流看法积极介绍苏俄文学,在中国此后就热闹不断了。同样重要的是,匈牙利左翼作家和理论家马采(I. Matsa)流亡到苏联后更为激进,在代表作《现代欧洲艺术》中用无产阶级文化派观点审阅现代欧洲文学艺术思潮变迁,认为现代主义主流是颓废派艺术,无论是未来派还是表现派抑或立体派等,其本质又是以个人主义为中心的,要解决现代艺术与社会发展之间的矛盾,或者面对现实,"依据唯物史观确定社会阶级利益的对立,做一个唯物主义者",或者逃避现实,扩张小市民的个人主义世界观,如此概念化的艺术论却被藏原惟人译成日文,冯雪峰又据此重译,译名为《现代欧洲艺术及文学诸流派》,刊于鲁迅主编的《奔流》第2卷第4、5号上(1929年8月和12月),它对现代中国如何看待现代派产生了深刻影响。在如此强大追求苏俄文学的社会潮流中,蒋光慈于1927年出版了《俄罗斯文学》,把自己写的十月革命后苏俄文学放在前部分,而把瞿秋白写的《十月革命前的俄罗斯文学》放在后部分,这种不符合文学史惯例的编排方式,就是认为苏俄文学比俄国文学更为重要。

此后,关心苏俄文学进展便成为中国左翼文坛的重要趋势,伴随中国抗日战争和国际反法西斯战争的进程,这种趋势更成为主流。仅茅盾而言,先后发表有介绍苏联关于战争题材的文学和电影之成就的《苏联文艺阵线》(香港《笔谈》第4期,1941年10月)、介绍葛一虹所译苏联作家贝尔采科夫斯基著的卫国战争小说《生命在呼喊》(《笔谈》同期)、曹靖华所译克雷莫夫关于苏联社会主义建设成就的《油船宾特号》(《笔谈》第5期,是年11月)、阿·托尔斯泰关于十月革命历史的《面包》(《笔谈》第7期,是年12月)、巴甫林科关于反抗纳粹德国的小说《复仇的火焰》(《中苏文化》第13卷第9、10期,1943年5月)、翻译并介绍了格罗斯曼关于在卫国战争中苏联红军如何提升自我的长篇小说《晚上》(《时与潮文艺》第3卷第5期,1944年7月)、译介吉洪诺夫关于卫国战争期间列宁格勒状况的小说《新生命的降生》(《青年文艺》第1卷第3期,1944年10月)、评述格罗斯曼关于卫国战争的长篇小说《人民是不朽的》(中苏文协选编《人民是不朽》一书,1945 年 6 月)、译介卡塔耶夫关于卫国战争主题的小说《团的儿子》(1946 年万叶书店)、译介《苏联爱国战争短篇小说选》(上海永祥书馆,1946)、译介西蒙诺夫的《俄罗斯问题》(世界知识出版社,1947)、比较苏美艺术之文《美国电影歌颂“酒色财气”,苏联电影表现人的尊严》(《新文化丛刊》1947 年 10 月号)、谈战后苏联艺术并与美国进行比较的《略谈苏联电影》(《华商报》1948 年 3 月 9 日)、苏联据高尔基作品拍摄的电影《我的大学》(香港《正报》第 106 期,1948 年 9 月)等等,无一不是积极正面的叙述,作者因认同国际共运的叙述策略,对其中不少作品所蕴含的苏联帝国意识形态诉求缺乏警觉。这些全然没有罗曼·罗兰 1935 年 6、7 月在访苏期间对苏联文艺的独立思考:在罗曼·罗兰看来,《战舰“波将金号”》和据高尔基作品改编的影片《母亲》与《夏伯阳》一样,“惨入了残忍,换句话说,惨入了仇恨,而这在任何情况下都表现为血腥的和令人不安的场面”,《胖女人》有硬塞进去的作者意图,《快乐儿童》“经不起任何评论,超美国式的,难以忍受的故作丑态和低级庸俗的歌唱的大杂烩。它证明了苏联电影的可悲趋势。(当着高尔基的面)我没有掩饰自己的憎恶”,关于苏波边境的犹太人影片《边界》、反对西方议会制度和法西斯主义的《傀儡》,“主题预先就知道了,有一些不错的镜头,但愚蠢的东西很多,也是美国式的”。[35] 而且一改茅盾早年风采,当初他能借助自己的外语而放眼世界,并写出了《欧洲大战与文学:为欧战十年纪念而作》(《小说月报》第 15 卷第 8 号,1924)、《骑士文学 ABC》(开明书店,1924)、《西洋文学通论》(开明书店,1930)等力作,30 年代末以后关心苏俄文坛和理论作为他最重要的使命和主要的兴趣所在是可以理解的,但他不再用世界眼光审视苏俄文艺则令人疑惑。连茅盾这种本有世界眼光的作家和理论家也发生了如此巨变,更何况其他进步人士和新成长起来的进步青年!

伴随这种大规模引进苏俄新文学的进程,根据新文学而来的新理论也就成了阅读俄国文学的普遍标准,即使是五四新文化运动以来的著名人物或留苏归来的人士也没认真思考苏联制度对文学的复杂影响、苏联文学标准的合理性、苏联对俄国文学评价体系等问题,而是不假思索地积极倡导苏俄无产阶级文学,并予以中国式的诠释。鲁迅在这方面是很值得一提的:他翻译了马拉士金的短篇小说《工人》,认为这虽不是杰作却在描写列宁和斯大林方面“仿佛妙手的速写画一样,颇有神采”(《〈一天的工作〉后记》);对叶赛宁自杀问题,他认为“因此知道凡有革命以前的幻想或理想的革命诗人,很可有碰死在自己所讴歌希望的现实上的命运;而现实的革命倘不粉碎了这类诗人的幻想或理想,则这革命也还是布告上的空谈"(《祝中俄文字之交》);翻译过同路人雅科夫列夫的《十月》等作品,但认为《十月》所描写的"大抵是游移和后悔,没有一个铁似的革命者",其作者"究不是战斗到底的一员,所以见诸于笔墨,便只能以洗练的技术制胜了"(《〈竖琴〉后记》/《〈十月〉后记》),还校对了韩侍桁所译的B.伊凡诺夫之作《铁甲列车 Nr14～69》并收入自己主编的《现代文艺丛书》。何止鲁迅,瞿秋白不仅翻译了更多的苏俄作品,而且在《劳农俄国的新文学》(1923)中称,"俄国劳农时代的作家,足以继那光荣的俄国文学,开这光荣的俄国时代——将创造非俄国的,而是世界的新'伟大',如马雅可夫斯基";[36]沈泽民也如此,在《新俄艺术的趋势》的"译者附注"中说道,"从前有过许多谎言,说劳农俄国怎样苛待艺术家,说高尔基已下狱,托尔斯泰坟墓被毁……现在都证明不确了,不但知道不确并且知道新俄的艺术已有异样光彩放射出来……正如世界有'资产阶级文化'一样,将来会有'无产阶级的艺术'";[37]茅盾在《未来派文学之现势》(1922)中指出,未来派与布尔什维克的理想是根本没关联的,甚至是对立的,但在破坏旧制度的精神上是相同的,勃洛克去世后象征派退却、未来派掌握了诗坛的主权,原因在于马雅可夫斯基的创作成就(尽管事实上,象征派退却后,占据文坛主流的,是没有受过很多教育的普罗大众新生代诗人,而未来主义在象征主义兴盛的后期已蜚声俄国文坛),又在《苏维埃俄罗斯革命诗人玛霞考夫斯基(Mayakovsky,即马雅可夫斯基)》(1924)中称,"布尔什维克的革命,把许多俄国的老诗人变成了守旧派——或不如说反革命派了。十月革命的意义,没有几个老诗人真个明白。同是象征派的勃洛克和勃留索夫同样被这次大革命的炮声震昏了,同样的不很了解十月革命的真意义。勃洛克的思想,与其说是近于布尔什维克主义,不如说是更近于社会革命党,但被十月革命的炮火耀得眼前雪亮,他只好赞美了,虽然并未谈得十月革命的全意义,可是被这派新光明鼓动了,不由盲目地赞扬美了,《十二个》充分表现了他这迷乱矛盾但又活跃的感觉……俄皇时代留下的诗人,除几个安居巴黎柏林作寓公之外,真可说是凋零将尽了。在苏俄新国家里,已兴起一批青年诗人,他们真是十月革命的产物,全沉浸在布尔什维克主义里",马雅可夫斯基作为这批青年诗人的领袖,"充分了解十月革命的意义,并且能用生花的笔把它描写把它赞美的",即使是未来主义诗篇也表现出了无产阶级革命精神,他"是永不失望的,他的作品处处充满了热烈的向前的精神"。[38]施蛰存后来回忆说,“在 20 年代至 30 年代,我们把苏联文学也视为现代派的文学……苏联文学的赞美机器、歌颂集体、讴歌社会主义的未来美景,西欧文学的歌颂大都市、摩天大楼,强调个人、分析潜意识,这一切五光十色的新型文学,都是属于现代主义,因为它们的共同点是对 19 世纪文学的叛逆”,[39]徐迟甚至提出“无产阶级的现代派”概念。而且,蒋光慈等人还按这种先锋性和革命性合体的激进诗学进行创作,郁达夫曾批评道,“我觉得光慈的作品,还不是真正的普罗文学,他的那种空想的无产阶级的描写,是不能使一般要求写实的新文学的读者满意的”,[40]尽管遭遇郁达夫批评,但来自苏联的强大影响已成一种潮流,使得本不平和的急躁心态反而冷静不下来,连郁达夫也把文学发展历程描述成“文学上的阶级斗争进程”,如针对自然主义没有进取的态度、不能张扬个性,“于是一群新进的青年,取消极的反抗态度的,便成了所谓颓废派和象征派的运动,取积极的反抗态度的,便成了今日的新理想主义及新英雄主义的运动。在后者的运动里,色彩更鲜明一点,反抗心更强烈一点的,就与实际运动联结一气,堂堂地张起他们无产阶级的旗帜来,把人生和艺术合在一处。他们愿意用了他们的艺术,用了他们的生命来和旧派文人宣战”,“俄国文学上的阶级斗争,已经成了过去的现象,现在正是那些无产阶级者用了血肉的人生在实际上模仿艺术的时候了。奥勃洛莫夫的无为、萨宁的冷酷,却是对社会上的有产阶级、有权阶级的最大的攻击。你们看哟,庄严伟大的无产阶级的王国,不是为他们的子孙所创建了么……俄国现代文学家所创造的作品,都是近代精神的结晶,我们但须把墓草芳新的勃洛克的‘后面是饥饿的犬,前面是血染的期……’(《十二个》这几句诗一看就可以知道了)”,“我知道现在的我们正和革命前的俄国青年一样,是刚在受难的时候。但这时候我们非要一直的走往前不可,我们即使失败了、死了……”[41]

当然,对苏俄新文学的强大兴趣并毫无介意地引进苏俄文艺观,也吻合当时整个文坛潮流。1923 年郭沫若发文《我们的文学新运动》(是年 5 月 27 日《创造周报》第 3 号)提出文学上的“无产阶级精神”和“反抗资本主义毒龙”概念,就已经意味着五四的“文学革命”方向要扭转。不久,他又致信成仿吾称,“今日的文艺便是革命的文艺”。[42]特别是他在名篇《革命与文学》(《创造月刊》第 1 卷第 3 期,1926 年 5 月)中认定,革命文学是中国文学的主潮流,赞成革命者所写的或所欣赏的文学自然是革命的文学,是替被压迫阶级说话的文学,因而是革命之先驱,号召文学青年去民间和工厂创造出这样的无产阶级文学，即表同情于无产阶级的社会主义的写实主义文学。远不只是郭沫若对革命文学有兴趣，期间恽代英也论及文学与革命问题，认为既然文学是“人类高尚圣洁的感情的产物”，那么“那些完全不是高尚圣洁感情所产生的所谓革命的文学”也就不配称文学(《中国青年》第31期，1924年5月)。同样，蒋侠僧(蒋光慈)著述《无产阶级革命与文化》(《新青年》季刊第3期，1924年8月)进一步提出“无产阶级文学”的命题，认为无产阶级不仅要解决生存问题，还要解决文化问题。第二年5月，茅盾发表长文《论无产阶级艺术》(《文学周报》第172～176期)，详述无产阶级艺术的范畴、内容和形式等问题，三年后发展到在赞成革命文学——无产阶级文学基础上，肯定标语口号式新诗乃真正的无产阶级文学。而李初梨的《怎样地建设革命文学》(《文化批判》1928年2月第2期)，甚至用大号黑体字肯定革命文学的重要性和必然性。在“革命文学”论争中，郁达夫在《无产阶级专政和无产阶级的文学》(《洪水》第3卷第26期，1927年2月)中声称，“现在中国，虽然有几个人在那里抄袭外国的思想，大喊无产阶级文学……我在此地敢断定一句，真正的无产阶级文学，必须由无产阶级者自己来创造，而这创造成功之日，必在无产阶级专政的时候”。诸如此类现象也促使中国积极倡导或呼应苏俄文学：阿英在《现代中国文学论·上海事变与资产阶级文学》(1932)中，有章节分析《大晚报》上连载的黄震遐之作《大上海的毁灭》，对它多侧面叙述上海一·二八事变过程中出现的种种复杂现象不是予以积极的评价，而是批判说，该作显出作者“既没有反对日本帝国主义，也没有向统治者表示一点反抗……这些必然的事实，是没有多加说明的必要，既然是统治者的工具，也就必然是帝国主义的工具；既然是进攻民众的人，也就必然是反革命，反苏联的人”，并列举章节说作者如何表达进攻苏联的意义；[43]王平陵在《中国文艺思潮的没落与复兴》(《矛盾月刊》1932年第3、4期合刊)中大胆设问，“卢梭的《爱米尔》、《忏悔录》，不是法兰西大革命的前夜所显现的彗星吗？托尔斯泰的《战争与和平》、普希金与莱蒙托夫的国民文艺，不是曾经播散了俄罗斯大革命的火种，而到1915年10月才整个的爆发吗?”1935年苏联出现组织人民阵线的热潮、第二年又颁布新宪法以法律形式保卫祖国，中国文艺界也相应地组织“人民阵线”、倡导文艺抗日，“国防文学”口号也如期出现(鲁迅对此曾警告不要只讲国防而不见文艺)。如此一来，胡兰成推出《五四以来中国文艺思潮》(1942)也就毫不奇怪了。他在此称“文艺思潮往往走在政治思潮之前”，并据之论及鲁迅与左翼文学青年之争的事件，认为苏联也曾有过同样的论争——托洛茨基与斯大林对文艺政策的分歧，托洛茨基承认有同路人的文艺，而无产阶级因为文化遗产贫乏并忙于独裁，现在还没产生自己的文艺，若是等到小资产阶级和农民无产阶级化了，社会也就无阶级化了，自然不再需要独裁，这时文艺也就无所谓无产阶级的了，而斯大林主张文艺为无产阶级所独裁——对此作者批评道，十月革命后、阶级消灭之前，中间有无产阶级的强大时期，自然也就有无产阶级文艺，并列举潘菲洛夫的《布洛斯基》所谓无产阶级文艺的经典，强调中国文艺发展的无产阶级方向。

而这种热衷于苏俄新文学的热潮，也进一步强化了对俄国文学“革命化”诠释的趋势，1937 年和 1947 年纪念普希金逝世 100 周年和 110 周年、1949 年纪念普希金诞生 150 周年活动中特别体现了这种情形：一方面注重反复译介普希金的《致西伯利亚的囚徒》、《致恰达耶夫》和《自由颂》等这类有强烈政治诉求的作品，另一方面对其进行政治化解读。茅盾将普希金定位为“旧贵族阶级的第一个天才诗人，然而也是第一个对旧贵族阶级叛逆的诗人”，并从他与沙皇矛盾、与十二月党人关系等“阶级斗争史”角度叙述普希金的生平和创作道路，称“他从年轻时候起，就已表示他在政治和文学上都和旧的传统反抗。他以卓越艺术的创造征服了他的同时代人，使他们虽然恨他的自由思想，反对他的革命精神，憎恶他美妙犀利的笔锋，但不得不推崇他是文坛第一人。其崇高人格——浩然的大丈夫气概，使他的反对者亦不得不钦佩”，[44]甚至在苏联普希金纪念馆题词曰：“诗人的一生就是一首革命的史诗……真和崇拜他的苏联人民，在黑暗中照亮了人类的未来”。[45]田汉在《纪念俄国文坛的“大彼得”——普史金百年祭》(1937)中称，“普希金意识中仍有相当贵族社会的残余，我们一方面爱读他这位新时代的预言家的诗作，一方面仍要认清他诗中的瓦砾”，[46]这个“瓦砾”并非普希金诗篇中强烈的俄国民族主义情绪和帝国主义意识，而是指其贵族出身。胡风在给时代出版社出版的《普希金文集》写的前言《A·S·普希金与中国——为普希金逝世一百十年纪念写》(1947)中称，普希金是“一个反抗旧的制度而歌颂自由的诗人，一个被沙皇俄国虐待、放逐、以致阴谋杀害了的诗人”，是“民主革命运动底诗人，旗手”，并解释中国左翼文坛只接受“革命诗人”普希金的原因在于“新的人民的文艺，开始是潜在的革命要求底反映，因而推动了革命斗争，接着也就因而被实际的革命斗争所丰富所培养了。中国新文艺一开始就禀赋了这个战斗的人民性格，它底欲望一直是从现实的人民生活和世界的人民文艺思想里面争取这个性格底发展和完成。

仅仅就这一点上，我们才不难理解为什么普希金终于被当作我们自己的诗人看待的原因”。[47]而这种变迁在1949年之后更加激烈，全然没有了田汉在《俄罗斯文学思潮之一瞥》中对普希金的诚恳之论（“普氏之最伟大者，首在表现俄国之社会倾向与要求，此再造出能活现国民思想感情之用语。其第一事亦与时势有关……第二事更足证其天才之卓越”），也未考虑到他作为民族诗人的意义远远超出了阶级的限制。何止是普希金如此趋于“革命”：郭沫若在《悼A.托尔斯泰》（1947）中并不对当时苏共领导人B.莫洛托夫（1890～1986）出于意识形态原因而盛赞该作家是“苏联最卓越、最有声望的作家之一”（实际上他是少数流亡归来而能与政府合作的作家，高尔基去世后继任作协主席）保持警惕，反而接着说他“是全世界最卓越、最有声望的作家之一”，“在我看来，他在主观努力的方面，有最显著的三个要素：第一就是他不断的努力，第二就是他不断地改正自己的错误，第三就是他对于民间语言和艺术的重视”，并对苏联出于意识形态需要而授予他各种奖励和职位的情形深表钦佩，认为在苏联，“不管你是否党员，只要你有成绩表现，你对于国家和人民有切实的贡献，政府是一律的重视和保护的，对于非党员似乎还特别加意保护”，[48]对其《彼得大帝》所隐含的帝国意识形态却不关注。由此，在纪念契诃夫去世50周年纪念会上田汉发表《向坚信光明自由的伟大现实主义作家契诃夫学习》，他认为“对祖国和人民的力量无限信赖，对光辉未来的无限渴望，因而他的作品虽然表露一定的苦闷忧郁的调子，但在骨子里却贯彻着乐观主义精神。他以满怀的欢喜注视着地主阶级的崩溃和迎接新时代的到来”，[49]如此拒绝现代性意义的诠释根本不会令人意外，并且这种阅读成为以后理解俄国文学的基本规则。

如此一来，也就无暇静心观察俄国文学向新俄文学转化的复杂过程，在这方面对高尔基的阅读很典型。在十月革命发生前后他于《新生活报》上连续发表《不合时宜的思想》，遭列宁严厉批评；革命后，为在苏维埃政权下保护人类优秀文化遗产、保护大批优秀学者和作家并给他们提供生存机会，他特地向列宁申请出版大型系列世界经典著作并创办著名的世界知识出版社。这些原本是他不满苏俄对文化和知识分子过激行为的正义选择，可是瞿秋白在阅读邹韬奋根据美国康恩教授之作《马克西姆·高尔基及其俄国》而编译的《革命文豪高尔基》时指出，高尔基这是在做团结同路人的工作，“有重大的政治意义。新社会的诞生，克服着难产之中的一切痛苦，不会不战胜高尔基的怀疑”，认为1918年5月之后他的态度已经有了相当的转变，《新生活报》1918年7月16

日停办之前，六月间高尔基已经停止自己在这份报上发表文章，他感觉到该报的态度“事实上违背了他的目的”，并且后来屡次坦白承认过错，在《高尔基论文选集·写在前面》中又说“他承认自己在‘十月’的时候犯了一个大错误，过分估量了知识阶层的革命性和所谓‘精神文化’”，并认为他是特别相信群众的。[50]事实上，高尔基始终没有承认过反对以暴力革命夺取政权并危及文化的持续性发展这种观点和行为是错误的(只是后来条件变化，他没有办法再坚持了)，这份报纸是被苏维埃政府以新闻审查名义查封的，1918 年 6 月 15 日他还发表了最后一篇《不合时宜的思想》，6 月 30 日刊发了高尔基在文化与自由协会上的演讲、7 月 2 日发表了他致《真理报》和《北方公社报》编辑及其他人的信。即便是高尔基追忆性散文《弗拉基米尔·柯罗连科》(1923)、《契诃夫》(1928)等不久被胡风译出，但谁也没把他当作一位人文主义作家。何止是对文学理解是这么激进，对苏俄学术研究也是如此：茅盾据美国《国际文学》杂志 1933 年第 3 号所载之文《今日之苏维埃戏院》有关内容，撰写的《莎士比亚与现实主义》(1934 年 8 月《文史》第 1 卷第 3 号，署名“味茗”)，积极介绍苏联理论家吉米纳莫夫的“莎士比亚化”之论，“所谓苏联作家的莎士比亚化就是能找出生活的真实意象，以表现那正在进行中的发展和运动。所谓莎士比亚化，就是立足于今日，并且由今日而生长到明日，升到现代思想顶点，彻底了解什么是科学、知识、文化和马克思、恩格斯、列宁、斯大林的学说，然后思想不会枯窘……所谓莎士比亚化就是做自己阶级的勇烈战士，以艺术为武器”；对胡秋原关于苏俄理论的否定性判断，瞿秋白的《文艺理论家普列汉诺夫》(1934)则依据苏联庸俗社会学而严厉批评之，认为他把普列汉诺夫的政治机会主义和哲学艺术理论分裂了，主张政治机会主义会影响到普氏的艺术理论，这种错误根源于时常脱离无产阶级立场、没有充分坚定的马克思主义观点，即使是理论本身也少了辩证法而主张审美乃“无所为而为”和“生理的欲望”、违背了马列主义反对“艺术超阶级性”原理而信仰康德那客观主义的“美学”。[51]

就这样，在成为中国启蒙主义运动的思想资源的诸种外来文化中，随着俄国写实主义文学从配置性资源演变为最主要的甚至唯一的资源，新俄文学也就成了推进中国“进步”和“革命”而不是提升文学质量的思想库和审美动力，新俄文学在中国也理所当然地比其他国家的文学更有价值，被预设有更多的未来意义；同时，对俄苏文学的实用化诠释，促进了启蒙主义朝着有利于解决救亡问题而不是启蒙问题的方向转化，从而为俄式马克思主义在中国的合法化和普及营造了社会氛围、提供了诸多根据。

[1]《瞿秋白文集》(2),第543、544页,人民文学出版社,1953。

[2]陈独秀:《十月革命与中国民族解放运动》,载《向导》周报第135期(1925年11月7日)。

[3]李大钊:《我的马克思主义观》,载《新青年》第6卷第5号(1919年5月)。

[4]霍布豪斯著,朱增汶译:《自由主义》,第25页,商务印书馆,1996年汉译本。

[5]参见田汉《俄罗斯文学思潮之一瞥》,载《民铎》杂志第6期(1919年5月)。

[6]陈独秀:《俄罗斯革命与我国民之觉悟》,载《独秀文存》,第99～101页,安徽人民出版社,1983。

[7]安德列·纪德著,郑超麟译:《从苏联归来(附:答客难)》,第79页,辽宁教育出版社,1999。

[8]陈独秀:《十月革命与东方》,载《向导》周报第178期(1926年11月15日)。

[9]《鲁迅全集》第4卷424、426页,人民文学出版社,1981。

[10] Н. Бердяев, Философия свобода · Истоки и смысл русского коммунизма(自由哲学·俄国共产主义的起源与思想), М.:"ЗАО Сварог и К",1997,С.253.

[11]别尔嘉耶夫著,雷永生译:《俄罗斯思想》,第130～137页,三联书店,1995。

[12]Иоанн Кронштадтский, Живой голос с духовной нивы(来自精神土壤的)Сад.,1909,С.27.

[13] И. В. Кондаков, *Введение в историю русской культуры*(俄国文化史导论), М.:Аспект пресс, 1997,С.262－270;See John Paxton, *Imperial Russia: A Reference Handbook*(俄罗斯帝国手册). New York: Palgrave, 2001, PP. 111－125; А. Замалеев, *Учебник русской политологии*(俄国政治学教程), СПб.:Летний Сад, 2002,С.157－196.

[14]别尔嘉耶夫著,安启念和周靖波译:《精神王国与恺撒王国》,第102页,浙江人民出版社,2000。

[15]参见李大钊《托尔斯泰主义之纲领》,载《言治月刊》创刊号(1913年4月)。

[16]参见李大钊《介绍哲人托尔斯泰(Lev Tolstoy)》,载《晨钟》报1916年8月20日。

[17]李大钊:《俄国革命与文学家》,载《言治季刊》第3册(1918年7月1日)。

[18]《李大钊全集》第3卷118、119页,河北教育出版社,1999。

[19]在《〈竖琴〉前记》中鲁迅认真提及许多著名作家在十月革命后流亡国外的历史事件(参见《鲁迅全集》第4卷433页,人民文学出版社,1981)。

[20]参见沈雁冰《托尔斯泰与今日俄罗斯》,载《学生杂志》第6卷第4、6号(1919年4月、6月)。

[21]参见《一个农夫养两个官·译后记》,载《时事新报·学灯》(1919年12月27日)(署名"冰")。

[22]《郑振铎全集》第19卷2页,花山文艺出版社,1998。

[23]参见沈泽民《我所景慕的批评家——读书随感之二》,载《中国青年》杂志第17期(1924年)。

[24]R. Mathewson, *The Positive Hero in Russian literature*(俄国文学中的正面英雄),Stanford University, 1975,PP.25—83.

[25]瞿秋白:《十月革命前的俄罗斯文学》,载《瞿秋白文集》第2卷78页,人民文学出版社,1953。

[26]田汉:《俄罗斯文学思潮之一瞥》,载《民铎》杂志第7期(1919年12月。皮萨列夫被译为"薛刹留夫")。

[27]参见巴金《无政府主义的阶级性》,载《民钟》第1卷第16期(1926年12月)(署名"芾甘")。

[28]《巴金全集》第21卷257页,人民文学出版社,2000。

[29]克鲁泡特金著,郭安仁译:《俄国文学史》,第xi页,上海/重庆:重庆书店,1932。

[30]克鲁泡特金著,郭安仁译:《俄国文学史》,第347~411页(Original

Work,PP. 239－283)),上海/重庆:重庆书店,1932。

[31]See Kropotekin, Ideal and Real in Russian Literature(俄国文学的理想与现实). Montreal and New York: Black Rose Books, 1991, PP. 311、321.

[32]参见爱罗先珂著,周作人译《俄国文学在世界上的位置》,载《晨报副镌》1922年12月9日。

[33]瞿秋白:《劳农俄国的新文学》,载《瞿秋白文集》第2卷546页,人民文学出版社,1953。

[34]参见《郑振铎全集》第15卷519～524页,花山文艺出版社,1998。

[35]罗曼·罗兰著,夏伯铭译:《莫斯科日记》,第39、40页,上海人民出版社,1995。

[36]《瞿秋白文集》(2),第546页,人民文学出版社,1953。

[37]沈泽民:《新俄艺术的趋势·"译者附注"》,载《小说月报》第13卷第8号(1922年8月)。

[38]茅盾:《苏维埃俄罗斯革命诗人玛霞考夫斯基(Mayakovsky)》,载《文学周报》第103期(1924年7月14日)。

[39]转引自施蛰存《关于"现代派"一席谈》,载《文汇报》1983年10月18日。

[40]郁达夫:《光慈的晚年》,载《现代》杂志第3卷第1期。

[41]《郁达夫文集》第5卷137、139、140页,花城文艺出版社和三联书店香港分店,1982。

[42]转引自郭沫若《孤鸿》,载《创造月刊》第1卷第2期(1926年4月16日)。

[43]参见阿英《现代中国文学论·上海事变与资产阶级文学》,载《阿英全集》第1卷641、642页,安徽教育出版社,2003。

[44]参见茅盾《普式庚百年忌》,载《世界知识》第5卷第10号(1937年2月)。

[45]参见《时代日报·纪念普希金逝世一百十周年纪念特刊》(1947年2月10日)。

[46]田汉:《纪念俄国文坛的"大彼得"——普史金百年祭》,载《新民报》1937年2月9日。

[47]参见《胡风全集》第 3 卷 391、392 页，湖北人民出版社，1999。

[48]参见《郭沫若全集》第 19 卷 537～540 页，人民文学出版社，1992。

[49]田汉：《向坚信光明自由的伟大现实主义作家契诃夫学习》，载《剧本》月刊 1954 年第 8 期。

[50]《瞿秋白文集》第 1 卷 445 页，人民文学出版社，1953。

[51]瞿秋白：《文艺理论家普列汉诺夫》，载《现代》杂志第 5 卷第 4 号（1934 年 8 月）。

（原文载《首都师范大学学报》2004 年第 6 期）

文学理论的迁徙：俄国文论与中国建构的俄苏文论

毫无疑问，现代中国对文学甚至审美活动的判断，深受俄国文学理论的影响。五四新文化运动以来关于文学的启蒙主义功能及其认识和追求写实主义的潮流、1920年代后期以来关于无产阶级文学的论争、1930年代以来对社会主义现实主义的强烈认同、1950年代以来直接搬用苏联文学理论教科书等，这些现象表明俄国人关于文学的看法，即"俄国文学理论"对中国发生了具有规模效应的时代性作用。文学理论的这种大规模迁徙，在发挥重大作用的同时，也隐藏着很多问题，诸如迁徙是否发生了变异？迁移到中国的俄苏文论与俄国本土理论是吻合的还是发生了变异？中国对俄苏文论的译介和运用，在思想领会和理论把握上是否充分理解了俄国文学理论实质，在理论体系上是否抓住了俄国文论的整体结构？无论是错位还是吻合，它们对中国文学理论建设和文学批评带来怎样的影响，如何评估这个影响？

说到俄国文学理论，我们可以肯定地说，它比西方文论要晚很多，古希腊时代已经有文论家柏拉图和亚里士多德，而且古希腊文论绵延两千多年形成了自己的特点，在知识论层面上形成了欧洲的完整体系，诸如《诗学》和《诗艺》比较纯粹地讨论文学问题；以哲学和美学理论建构为基础，大大提升了西方文论在范畴和体系上的普适性，这种情形又以古希腊和古典德国文论最为显著；虽然文学理论的发展与整个社会思潮变迁相一致，也经历了诸如文艺复兴时代强调文学的人性化、古典主义时代强调文学的审美意识形态化、启蒙主义时代强调文学的社会功能、浪漫主义时代重视文学的诗性和社会性相互作用、现代主义时代重视文学的非理性作用等，但是文学理论变化总是不脱离古典文论基础的；文学批评在整体上是对文学理论的运用；文学理论表述有严格的内涵规定和历史根据。正因为如此，韦勒克和沃伦的《文学理论》长盛不衰。

与之相比,可以说俄国文学理论形成得比较晚,是18世纪中叶以后的事情。而且,俄国文学理论非常不纯粹:关心文学问题的,远不是专业从事文学研究的学者和文学批评家,更不是专门研究文学的理论家,除了形式主义和塔尔图学派之外,甚至很少有从技术层面专门研究文学的理论家,文学是整个知识界的思想活动,并且随着俄国知识分子阶层的形成与分化、随着俄国文学的成长与成熟、随着文学批评在俄国的生成与发展,尤其是文学研究制度在俄国的确立等,对文学的看法、认识、判断等逐渐系统化为文学理论,由此导致对文学提出深刻见解的人很多不是理论家,而是文学批评实践者、文学家本人和其他知识分子,因而,他们普遍关注的也并非文学本身,而是文学与社会现实之间的关系;讨论文学问题的方式,不是依据哲学和美学原理进行的,在很大程度上附属于文学批评和社会批评,因而纯粹的职业化的文学理论文献很少,而且这种情形至今也没有整体改观。具体说来,俄国文学理论在内容构成上包括:恰当运用西方理论进行俄国文学批评或分析俄国审美观念发展变化问题,这种经验性行为被提升到具有理论意义的文学主张的位置,如别林斯基的现实主义批评、车尔尼雪夫斯基的唯物主义和人类学美学、后现代主义中的观念主义(концептуаризм)等,大多是善于借助西方启蒙主义思想、反思现代性理论,很及时地对本土文学现象和文学批评发展问题进行有效批评;为对抗西方18世纪以来所形成的现代审美观念和文学理论而生成的本土性术语,诸如"聚合性"(Собрность)、"人民性"(народность)、"社会主义现实主义"(социалим реализм)、"社会主义艺术"(соц—арт)等这类具有明显地方性特征的概念;有机融合西方理论和俄国本土实践经验而形成的文学批评和文学理论,在俄国有形式主义、巴赫金对话理论、洛特曼符号学等,这些与西方哲学理论转向语言论、心理分析、新批评等可以有对等的效力,而且对它们产生了深远的影响。

如果从文学理论队伍构成方面而言,有四种情形:由民间批评家的文学批评实践而来的文学理论;与民间文学批评相对的官方文学理论(包括官方人为建构的文学理论体系和官方重新确认的文学批评);学院派文学理论;兼有民间非意识形态化目的与自由表述、学院派研究的严谨逻辑的文学理论。当然,在批评范式上,批评队伍划分为民间批评、官方批评和学院派批评有重合之处。

就是这样的俄国文论,居然对中国产生深远影响,今天说来即便不是令人沮丧的事情,至少也是很使人疑惑的:要知道,先秦的《毛诗序》已经是很娴熟地运用了儒家思想而提出中庸的文学见解;按鲁迅《中国小说史略》意见,魏晋南北朝时期中国文学已经有自觉的文学审美意识;至于唐宋时期的诗论和词论、元明清时期的剧论和小说评点,更是表明中国人的文体意识的明确。并且这些论述中还包含有丰富的文学社会功能之认知。

也就是说,中国必须是在抛弃至少是必须改造自己有很深厚历史根基的文学理论基础上,方可接纳来自俄国的文论。巧合的是,五四新文化运动正好是要颠覆传统。但是,问题又来了:最早用来颠覆中国传统的,大多是来自西方的思想资源或经由日本中介而来的西方文化,只是在1920年代到来时那些追求进步的中国知识分子才把目光转向了俄国,何以发生这样的转移?是有人发现俄国文学理论更有生命力?而且,在谈及俄国文学理论时,中国选择了哪些俄国文论并且是如何选择的呢?在选择和向中国输入过程中,是移植还是进行了中国式的改造?文学理论能否保持原生态并作正常旅行?俄国文论对中国审美观念发生了深远影响,这是不争的事实。问题是,是哪些文论对中国产生了影响?在这种巨大影响过程中,俄国文论在中国发生了怎样的变形?或者说,俄国文论是怎样旅行到中国来的?

要回答这些问题需要做两方面工作:还原俄国文学理论的历史原貌、重建俄国文学理论的结构,同时澄清中国接受俄国文论的历史并认真清点这份历史遗产。为了方便地理解这些问题,我们从俄国文学批评家和理论家的构成入手。

一

翻阅中国接受俄国文学和文学理论的历史,可以肯定地说:中国翻译最多、耗时费力最巨、认同最为强烈的部分是列宁的文学批评和苏维埃制度建立后逐渐培植的体制化的马列主义文论(很多文学理论教程),而且这种情形并非始自新中国建立之后,只不过在1952年院系调整后,这种接受更成规模了。

中国接受的苏俄主流文艺学,毫无疑问可以把它定义为苏俄国家文学理论,它包括高校编著或教育部指定使用的《文学理论》教材或重要参考教材,从1920年代弗里契的《艺术社会学》和佩列维尔泽夫的《文艺学》、1930～1940年代季莫菲耶夫的《文学原理》(1976年修订版易名为《文学理论基础》)和伊·

维诺格拉多夫的《新文学教程》以及波斯别洛夫的《文学原理》、科学院 3 卷本《文学原理》(1962～1965),到 1970～1980 年代赫拉普琴科的《作家创作个性与文学的发展》、苏奇科夫的《现实主义的历史命运:关于创作方法的思考》等,这些有代表性的文艺学著作无论是其表述的内容还是存在方式都说明了苏联文艺学的特权性。正是这些体系化的文学理论把文学艺术提升到国家意识形态的高度,从而自身也就成了文学立法人、执法人,既规定并监督一代代文学史家如何一次次"重建"文学史、作家如何叙述时代的主旋律,又给整个批评界提供国家文学政策的指导,使批评活动所采用的策略,甚至主流读者对文学艺术的理解都不能超出时代意识形态框架下的文学法规。

中国是在马克思主义名义下接受这套苏俄国家文艺理论的,因而列宁的列夫・托尔斯泰之论和《党的组织与党的出版物》,在中国产生了异乎寻常的影响,远远超出了文学批评和文学理论的疆域。托尔斯泰作为俄国伟大的作家之一,从 1870 年代以来就成为社会焦点人物,尤其是在他 80 寿辰和 1910 年去世之际更是出现了解读这位作家的热潮,包括普列汉诺夫之《托尔斯泰与自然》、勃洛克之《俄罗斯的太阳》(1908)、梅列日科夫斯基之《列夫・托尔斯泰与教会》(1908)和《列夫・托尔斯泰与革命》(1908)(特别是他 1909 年推出的力作《托尔斯泰与陀思妥耶夫斯基》)、罗赞诺夫之《托尔斯泰》和《两个伟大世界之间的托尔斯泰》(1908)、维・伊凡诺夫之《托尔斯泰与文化》(1911)等,这些都是极其深刻解读托尔斯泰的力作。其中,伊凡诺夫称"列夫・托尔斯泰离家出走了,很快的也就离开了人世,——这是整个人的两次最终解脱,也是一个人的双重解放——引起千百万人心灵的最虔诚的震撼"[1]这样的论述,至今令人震撼。尤其是,梅列日科夫斯基在《托尔斯泰与布尔什维克主义》(《公共事业》1921 年 1 月总第 189 期)中更深刻地指出,托尔斯泰与布尔什维克革命之间存在复杂的关系,"在伦理学上,托尔斯泰并不站在布尔什维克一边,因为他是'勿以暴力抗恶的',绝对否定暴力的,而布尔什维克是绝对的暴力分子。但是,否定暴力把托尔斯泰与布尔什维克区别开来了,在同等程度上与我们区分开来了:要知道,我们并不否定强力,我们是用暴力抗恶的。所有问题在于程度上:布尔什维克的暴力是无限的,而我们的暴力是有限的","在社会学和政治学上,托尔斯泰是'资本家'和'地主',他的所有欲望就是旧俄罗斯的欲望。但是他破坏了这个欲望,就像布尔什维克一样如此毅然决然地粉碎、灭绝了这个欲望","在美学和形而上学上托尔斯泰是最切近布尔什维克的……否定任何文化，力求简易、平凡，最终是野蛮意志”，“兴奋的破坏即兴奋的建设：这就是巴枯宁、列宁、托尔斯泰、普加乔夫、拉辛等人的永恒俄罗斯(вечнорусское)”，“俄罗斯的‘野蛮意志’是否能创建全世界意志呢？可能的。在俄国是托尔斯泰，在欧洲是卢梭。卢梭和托尔斯泰是两次革命的起因”，“托尔斯泰和谁同在——这个问题只有在宗教中才能解决。因为我们只要远离了宗教，他也就离我们而去；当我们不回归宗教的时候，他也就不会回到我们身边”，“‘勿以暴力抗恶’在伦理学上是令人疑惑的真理，而在宗教上则是毫无疑义的。从布尔什维克的暴力到孟什维克的暴力走的都是这条道，而宗教目的则绝对否定暴力的”。[2]由此可见，在这众多有价值的声音中，列宁的五篇托尔斯泰论是其中的重要论述之一。可是，现代中国从1920年代开始就只是注意到了列宁的文章并多次翻译之，如郑超麟1925年就译出《托尔斯泰与当代工人运动》刊于《民国日报·觉悟》(是年2月12日)，《文学周报》第333、334期合刊(1928年9月9日)作为“托尔斯泰百年纪念特别号”收录有胡剑译的《托尔斯泰论》，是年嘉生(彭康)译出《托尔斯泰——俄罗斯革命的明镜》(《创造月刊》第2卷第3期)，两年后何畏又重译该作(《动员》第2期，1930年9月)，1933年1月胡秋原又再译《俄国革命之镜的托尔斯泰》(《意识形态季刊》1933年第1期)，是年5月北平的《文学杂志》第1卷第2期刊发了陈淑君译的《托尔斯泰论》(包括《托尔斯泰是俄国革命的镜子》、《托尔斯泰》、《托尔斯泰与劳动运动》和《托尔斯泰与时代》等)，12月何思敬翻译了《L. N. 托尔斯泰与他的时代》(《文艺月刊》第1卷第3期)，1934年瞿秋白翻译了《列甫·托尔斯泰像一面俄国革命的镜子》(《文学新地》创刊号)，1937年初上海亚东图书馆所出版的《恩格斯等论文学》(赵继芳译)中收录有列宁论托尔斯泰的三篇文章，1943年戈宝权系统翻译了《列宁论托尔斯泰》(连载于重庆《群众》周刊第8卷第6、7期合刊至第10期)，1947年北泉翻译了列宁的《论托尔斯泰》(《苏联文艺》月刊第26期)等等。而其他很有价值的托尔斯泰之论基本上无人关心，对托尔斯泰作品在十月革命后曾被查禁之事也没特别在意，尽管周作人在《托尔斯泰的事情》(1924)中提及此事：“托尔斯泰著作被俄国社会主义政府禁止，并且毁书造纸，改印列宁著书”，当时中国知识界还不相信，“有些人出力辩护，我也以为又是欧美帝国主义的造谣，但是近来据俄国官场消息，禁止乃是确实的”。[3]对列宁的托尔斯泰之论成规模甚至是系统化的翻译，与对其他篇章的翻译相配套，如《党的组织和党的出版物》的汉译先后为《中国青年》(1926年底)、《拓荒者》(1930年初)、《解放日报》(1942年5月14日)、《群众》周刊(1944年7月)等刊出,1933年神州国光社出版了王集丛翻译的《列宁与艺术》,"全部搜集了列宁对于艺术的一切意见,而且把这些意见组成了一个系统的体系"。其实,托尔斯泰超过半个世纪的创作生涯,其文学文本、文艺理论、政论、散文、书信和日记等,连同他作为一个知识分子的声望,共同显示出:他远不只是反映了宗法制农民对传统庄园制度和西式改革的愤怒而又无可奈何的情绪,而且还显示出俄国传统知识分子面对现代化进程的责任感和复杂思考,特别体现出俄国斯拉夫民族认同与基督教原教旨主义之间的融合和冲突并存、现代性在俄国受到地方性的抵抗或传统俄国向现代俄国转化的困难程度等。列宁作为革命家对托尔斯泰的认识,多着眼于作家的现实性意义和社会学价值,而且这方面的深刻性无出其右者,但没来得及顾上作家的知识分子身份、创作中的民族性诉求、超越阶级的现代性和传统性等重大问题,即使是"托尔斯泰主义"也不等同于用宗教理解世界和处理现实问题的落后思想,而是包含有考虑宗教和东方文化应付现代性问题的价值。中国把列宁的托尔斯泰之论作为认识全部托尔斯泰的指导思想,并不断提升这种认识的普遍性价值和根本性意义,又拒绝触及其他人论述托尔斯泰的资源和完整的托尔斯泰(为纪念托尔斯泰诞辰百年而编辑的全集是90卷),这不仅在事实上缩小了托尔斯泰的多方面意义,而且把列宁对讨论托尔斯泰问题创造性方法论简化,甚至僵化了。

可见,中国并不关心支撑这种马列主义文论的苏俄意识形态。为了说明苏维埃制度和苏式共产主义的真理性,证明苏俄反对西方资本主义具有普遍性意义,苏俄一批体制化的学者借助意识形态的权威,对人类和俄国的文学艺术审美活动进行了社会学式的解释,而且这种解释常常随着时代变化而变革,因而它是俄国文论和美学理论中最具时代性的一种表述。殊不知,早在1954年著名作家西蒙诺夫就在作协第二次代表大会上直接质疑社会主义现实主义的定义,从而引发了苏联意识形态的震荡;被誉为俄国后现代主义重要作家和理论家的维克多·叶洛菲耶夫在苏联还存在时就著述了《追悼苏联文学》(《文学报》1990年第12期),进而导致根本性否定苏联文学理论体系的思想公开化。1980~1990年代,在苏联解体过程中,这种把学术国家意识形态化的文艺学却并没有起到预期的维护苏联或延缓、阻止苏联解体的作用,相反,动摇苏联价值观的思想往往起源于文艺学领域,文艺学甚至在苏联解体的过程中扮演了推波助澜的重要角色。

也正因为如此，对那些真正的认真研究俄国马克思主义的著述，反而不去深究。别尔嘉耶夫的《俄国共产主义的思想与起源》(1933)表明，马克思主义在俄国得以发展具有深厚的民族性根据，苏俄马列文论只是俄国马克思主义的一个部分，可是中国没把苏俄马列文论纳入俄国马克思主义发展史中查考，或者用马列主义基本原理替代或演绎马列文论，进而，并不认真探究俄国马列文论背后的文化依据，如普列汉诺夫对马克思主义文论发展的贡献与他深刻研究俄国共产主义问题是联系在一起的，而其力作《俄国社会思想史》得到重视，在中国和苏联一样，却是很晚的事。可见，要真正理解俄国文学理论（尤其是在20世纪）并不能仅仅满足于在意识形态上否定苏联文艺学体系，或者说解构苏联文学理论与重建当代俄国文艺学体系联系起来，必须了解外面的世界并充分利用本土文艺学的民族遗产。

二

在俄国文学理论发展史上，批评家的批评实践及其所蕴含的理论意义，不仅对文学理论体系建构起了重要作用，而且其本身构成了文学理论的组成部分——影响了俄国文学理论生成的特色，即文学理论的批评化趋势。在这方面当以别林斯基、赫尔岑、车尔尼雪夫斯基、杜勃罗留波夫等人最有代表性：他们所受的文学研究训练是很有限的，他们的文学批评活动完全不是在科学院和大学里进行的，也不受国家意识形态操控，因而，他们的批评范式和批评目的与国家文学理论不同，与学院派的文学理论也有别。他们作为民间批评家和理论家，先后立足于西方启蒙主义和国内民族主义的立场审视俄国现代性建构及其所遭遇的问题，发表了大量文学批评和美学理论的论著。可以说，这种文学批评性的文论在俄国文论体系中是独立存在的，并不附属于国家文学理论的范畴。

它们构成了现代中国文艺理论和美学思想建设的主体性资源，从1930年代起中国就开始大量译介这种文学批评论著，并把它们作为俄国文学理论的主要成就和根据所在。但是，中国的译介是要在适应于中国需求的现实主义或唯物主义框架下翻译、理解和诠释的，而不是要保持原貌地介绍苏俄理论，诸如对俄国文论中的文学批评及其民族性表述、民族主义诉求等重要方面就很不在意。

民间文学批评的这种迁徙,最具特色的变形还不在选材和诠释上,而在对他们论著的中国式翻译上。这种情形当以周扬译车尔尼雪夫斯基《艺术对现实的审美关系》(大连读书出版社,1948 年 2 月初版)及从中生发出最重要的唯物主义美学概念"美是生活"最为引人注目。原作中的这段话很著名:"Самое общее из того, что мило человеку, и самое милое ему на свете — жизнь; ближайшим образом такая жизнь, какую хотелось бы ему вести, какую любит он; потом и всякая жизнь, потому что все — таки лучше жить, чем не жить: все живое уже по самой природе своей ужасается погибели, небытия и любит жизнь. И кажется, что определение: ? прекрасное есть жизнь? прекрасно то существо, в котором видим мы жизнь такою, какова должна быть она по нашим понятиям; прекрасен тот предмет, который выказывает в себе жизнь или напоминает нам о жизни"。[4] 周扬最初把它译成"在人所宝贵的一切东西中,他所最宝贵的是生活;第一宝贵是他所愿意过,如他所爱的那样一种生活;其次是一切的生活,因为生活到底比不活好;但凡活的东西在本性上就恐惧死亡,恐惧不存在,而爱生活。'美是生活''任何东西,我们在那里面看得见依照我们的概念应当如此的生活,那就是美的;任何东西,凡是独自表现生活或使人忆起生活的,那就是美的'"。[5] 据周扬的"译后记"所言,该译本是根据柯甘(S. D. Kogan)的英译本(英文版《国际文学》1935 年第 6~10 号)重译的,包括把书名改为《生活与美学》、正文加上一些小标题,并标注这个译者乃苏联著名翻译家。然而,参考苏联的英译本对这段话是这样表述的,"the most general thing that is dear to a man, than which there is nothing dearer in the world, is life; first, the life a man would like to lead, the life he loves, and then, any life; for, after all, it is better to be alive than dead: by their very nature, all living things have a horror of death, of nonexistence; they love life. And it seems to us that the definition: 'Beauty is life'; 'beautiful is that being in which we see life as it should be according to our conceptions; beautiful is the object which expresses life, or reminds us of life'",如果再往下读就是分析生活方式的不同带来生命力的差别,从而造成不同的审美,"Let us trace the chief manifestations of beauty in different spheres of reality in order to test it. Among the common people, the 'good life',

'life as it should be', means having enough to eat, living in a good house, having enough sleep; but at the same time, the peasant's conception of life always contains the concept — work: it is impossible to live without work; indeed, life would be dull without it"。[6]实际上,这位美学家深受费尔巴哈的人类学理论影响——在本质上和费尔巴哈一样,他也是强调人的生命的重要性的,[7]这在这篇学位论文中也能显示出来,如另一著名段落(“хорошая жизнь, жизнь, как она должна быть, у простого народа состоит в том, чтобы сытно есть, жить в хорошей избе, спать вдоволь; но) вместе с этим у поселянина в понятии ? жизнь ? всегда заключается понятие в работе: жить без работы нельзя; да и скучно было бы. Следствием жизни в довольстве при большой работе, не доходящей, однако, до изнурения сил, у молодого пселянина или сельской девушки будет чрезвычайно свежий цвет лица и румянец во всю щеку — первое условие красоты по простонародным понятиям. Работая много, поэтому будучи крепка сложением, сельская девушка при сытной пище будет довольно плотна, это также необходимое условие красавицы сельской; светская ? полувоздушная ? касавица кажется поселяницу решительно ? невзрачною ? ……(强调身份、地位、工作、生活方式等方面的差别,带来人的生命力各有不同,导致美的情形各不相同),这些无不是强调生命活力的重要性,不是说生活的美好。查著名的C.奥热科夫主编的《俄语详解词典》“жизнь”词条 1. Совокупность явлений, происходящих в организмах, особая форма существования материи(Возникновение жизни на земле. Жизнь вселенной). 2. Физиологическое существование человека, животного всего живого(Дать ж. кому. Вопрос жизни и смерти). 3. время такого существования от его возникновения до конца, а также в какой-н. его период(долгая ж.). 4. Деятельность общества и человека в тех или иных её проявлениях (общественная ж., семейная ж.). 5. Реальная действительность(войти в ж.). 6. Оживление, проявление деятельности, энергии(улицы полны ж.),[8]即这六个义项分别着眼于“存在”、“人的生命”、“生平”或“生涯”、“生活”、“现实”、“生命力”或“生机”等;查俄国著名的古罗斯文化史专家科列索夫(В. Колесов)对“жизнь”词源义的研究,“凡与活的生物或有机体,首先是与人的任何存在联系在一起的一切,在斯拉夫语中一律用词

根 жи 来标识。这个古老的词根源于印欧语时代(gi),жи 乃其斯拉夫语的形式:在我们时代初期,根据斯拉夫语硬化规则,更为古老的 г 替代 жи。Жизнь 的表现是各种各样、无可计数的,在自己的意识中,人首先把他们固定在一些范围明确的支点上,当然,这些支点是由其思想水平确定的。把一个古老后缀附在词根上,逐渐形成了一些新的独立词,这些词在集体意识中使一些不断变化基本特点得到了稳固,形成了生生不息过程的最初看法",并举例 жила вена для обозначения силы жизни: по вене течет кровьдарительница жизни, без крови нет жизнь。[9] 再联系 1970 年代受业于洛特曼、1980 年代在美国斯坦福大学和加州大学柏克莱校区成长起来的帕佩尔诺(Irina Paperno)教授之力作《车尔尼雪夫斯基与现实主义时代:关于行为的符号学研究》(Chernyshevsky and the Age of Realism: A Study in the Semiotics of Behavior, 1988)的最终结论,即"车尔尼雪夫斯基把艺术视为建构现实的完整手段,看作解决人之存在的主要问题的生命教科书(учебник жизни, позволяющий разрещить главные проблемы человекческого существования)。他不仅研究详细叙述这种理念的艺术理论,而且创造了能有助于现代人借此掌控现实及改造现实的艺术作品"。[10] 因而,这段话应该译成"对任何人而言,在他活着的时候,没有什么比生命更为宝贵了。首先,人人都愿意按着他所希望和所喜欢的那种方式生活;其次,任何类型的生存机会都同样宝贵,因为无论如何活着终究比不活着要好:但凡生物,就其本性而言,总是恐惧死亡、害怕生命不复存在并且热爱生命的。这样一来,似乎就可以下定义了:'美是生命';'美是一种存在,我们从中能看得见生命,并且是按照我们的理念应当如此的那种生命;美是这样一种事物,它自身就显现或提示生命'"。由此便可以说,上文所引的周扬的译文是有误的,他后来便有所修正,但他仍然译成"有人觉得可爱的一切东西中最有一般性的,他觉得世界上最可爱的就是生活;首先是他所愿意过、他所喜欢的那种生活;其次,是任何一种生活,因为活着到底比不活好:但凡活的东西在本性上就恐惧死亡,恐惧不存在,而爱生活。所以,这样一个定义:'美是生活';任何事物,凡是我们在那里面看得见依照我们的理解应当如此的生活,那就是美的;任何东西,凡是显示出生活或使我们想起生活的,那就是美的"。[11] 对这种问题的翻译与周扬本人理解俄国文学理论的观点是息息相关的,按他在《唯物主义的美学——介绍车尔尼雪夫斯基的美学》(《解放日报》1942 年 4 月 16 日)中的观点,车尔尼雪夫斯基是一个社会主义和革命民主主义活动家,进而称其学位论文和"其他哲学著作一样,表现了革命的和唯物主义的倾向。他把唯物主义的结论应用到艺术的特殊领域。这是一本具有尖锐的、战斗的、论辩的、特色的著作,它是对唯心主义美学的一个大胆挑战,是建立唯物主义美学的第一个光辉的贡献","'美是生活'这就是他在美学上的有名公式",并引述了后来与上述译文完全一致的段落作为原作者本人的思想,如此之论分别作为 1948 年初版本、1957 年再版本的"译后记"(易名为《关于车尔尼雪夫斯基和他的美学》)再次刊出,所以周扬会把"что прекрасное в природе имеет значение прекрасного только как намек на человек"(原文第 35 页)这样的句子译成"自然界的美的生活,只有作为对人的一种暗示才有美的意义"(汉译第 10 页),如果联系上一句话"красоту в природе составляет то, что напоминает человека",我们就应该把它改成"自然界的美在于提醒人注意到,自然界之美只有对人有暗示时才会有美的意义"。尽管朱光潜先生指出 жизнь 兼有"生活"和"生命"两个意义(很遗憾没指出翻译上的原因,而把责任推及车氏本人,说原作者没有区别这两种不同的意义),[12]而钱中文的《"认识论美学"思想体系》(《文学评论》1986 年第 3 期)在评述蔡仪主编的《美学原理》时则明确指出周扬这个译本的问题,说 жизнь 在原作者那儿应该有"生活"、"生命"和"生命力"三个不同层次的意义,1999 年北京大学出版社出版其《文学理论:走向交往对话的时代》又收录了这篇书评(第 94~104 页),但是事情诚如朱光潜所说,"车尔尼雪夫斯基的《艺术对现实的审美关系》(1855)在我国解放前是最早的也几乎是唯一的翻译过来的一部完整的西方美学专著,在美学界已成为一部家喻户晓的书。它的影响是广泛而深刻的,很多人都是通过这部书才对美学发生兴趣的,并且形成他们的美学观点,所以它对我国美学思想的发展有难以测量的影响"。[13]这种误读性译语因为始终没有得到修正,继续成为"唯物主义美学"的主要根据所在,这段名言及从中引出的艺术乃"生活的教科书"、"再现生活"、"判断生活"、"改造生活"等常常被中国学界用来作为丰富唯物主义美学的原则。

事实上,这种民间的文学批评家是有局限性的。普希金这位很有学识的作家于 1836 年 4 月 23 日致信一位出版家曾经这样描述别林斯基,"假如它能够在保持独立见解和敏锐力的同时,多学习、多读书、更尊重传统、更谨慎,简而言之,假如他更成熟一些,我们或许就把他看成一位真正佼佼不群的批评家"。[14]

三

第三种情形是,纳杰日金、安年科夫、霍米亚科夫等,尤其是19～20世纪之交学院派这些很有思想的专门学者,先后著述一批有深刻影响的文学史和文学理论研究的作品,诸如历史文化学派代表人物吉洪拉沃夫(1832～1893)的《俄国文学史和古代文化编年史》(1895)和佩平(1833～1904)的《俄国文学史》(1898～1899)、心理学派代表奥夫相尼科—库尼科夫斯基(1853～1920)的5卷本《19世纪俄国文学史》(1910～1911)和《俄国知识分子历史》、波捷勃尼亚(1835～1911)的《思想与语言》等,以及尼古拉·恩格尔哈特的2卷本《19世纪俄国文学史》(1913)、E.丹尼奇科夫等人合作的4卷本《俄国文学史》(1908)、A.斯卡彼且夫斯基那在19、20世纪之交连续再版7次的《最新俄国文学史,1848～1908》等,这些关注俄国民族文化特性和理想性特点的著述,深刻显示出俄国知识界所达到的思想水平和学术深度,特别值得关注。而茅盾等人在1920年代也发现了部分著作,[15]但迄今为止少有人认真对待这类文献。不仅如此,俄国比较文学之父维谢洛夫斯基那很有学术指导意义和方法论价值的力作《历史诗学》,打破了自亚里士多德以来西方诗学标准的传统,不再仅仅依据西方古典文学范本推导出文学创作规则和文学评价模式,不用既定的诗学去规范读者的审美趣味,而是回到历史语境中查考不同文学母题或文体的起源和演变,在广泛比较、分析各民族文学的具体发展现象过程中,切实揭示文学艺术发展的规律,从文学的历史发展中阐明其本质,并在这个基础上展开对情节诗学、诗歌语言、比较文学等一系列具体学术问题的研究,在文艺学与文化史之间建立了联系,使文学研究获得了扎实的历史文化基础和意义,但如此重要的研究只是到2003年才由刘宁教授翻译过来(百花文艺出版社)。同样,巴赫金的《陀思妥耶夫斯基创作问题》(1929)这部当时就很有影响的学术力作(1963年出版了修订版的《陀思妥耶夫斯基诗学问题》就是以此为基础的,卢那察尔斯基、维诺格纳多夫等著名人士1929年该作初版时就发表有书评),在中国直到1988年才有译本(钱钟书先生最先发现,钱中文先生最先介绍,白春仁和顾亚铃先生翻译)。

四

第四种情形是在形式上混合了民间批评与学院派批评的人物、在内容上形成具有思想原创性的理论，这批人物以白银时代一批自由学者（如形式主义）和大批文学家为主，巴赫金最具代表性，白春仁教授提出的六种理论最有价值，他们皆属于这批人物和学院派。

这套理论有两种：一种是技术性的，诸如波捷勃尼亚的《思想和语言》（1862）和《关于语言艺术理论笔记和讲座》（1892）、维谢洛夫斯基的《诗歌语言和散文语言》（1898）、温诺格拉多夫的《论诗歌语言的理论体系》（1927）、维诺库尔 Г. О. 的《关于文学作品的语言研究》（1945）、什克洛夫斯基的《作为情节的艺术》、日尔蒙斯基的《论形式方法问题》（1923）和悌尼亚诺夫的《论文学的进化》（1927）等等，此类把文学定义为语言艺术的重要文献，直接构成了《俄罗斯语言艺术：从语言艺术理论到文本结构（文选）》（莫斯科 Acadiemia，1997）；另一种是把文学批评和理论附属于社会学，这主要是一批文学家做的事情，他们面对现代性在俄国趋于成熟的时代所带来的种种问题，分别推出了深刻认识俄国身份、社会变革方向、知识分子使命、文学走向等问题的杰作，如梅列日科夫斯基用现代性视野透视俄国文学和文化的《托尔斯泰与陀思妥耶夫斯基》（1901～1902）和《果戈理与魔鬼》（1906）等理论力作以及《基督与反基督者》等文学巨作，别尔嘉耶夫等七位著名知识分子的《路标文集》（1909）和他本人讨论俄罗斯民族性的《俄罗斯命运》（1915），安德烈·别雷的《关于知识分子的真理》（1909）、《革命与文化》（1917）、《文化危机》（1920）和《文化之路》（1921）等理论以及《彼得报》和《莫斯科》等文学巨作，普列汉诺夫之《托尔斯泰与自然》、勃洛克之《俄罗斯的太阳》（1908）和《果戈理的孩子》（1909）等，虽然这些作者有些在现代中国颇受重视，但这些作品在当时却无人提及，直到这个世纪之交才有部分被翻译。

问题是，苏联把俄国重视文学理论的传统上升到国家意识形态的高度后，自然限制了它作为人文学科的自由发展。社会主义现实主义理论正式运行20年之久后，导致苏联主流文学发展和文学理论的危机日益加剧，伴随自1950年代中后期对它的争论以来，理论家们开始试图解决文艺学危机问题并尝试重建之，布洛夫的《艺术中的审美实质》（1956）之审美研究、利哈乔夫

(1906～1999)之《古罗斯文学中的人》(1963)的风格研究、什克洛夫斯基的《艺术散文·思考和谈话》(1959)和洛特曼的《结构诗学讲义》(1964)之结构诗学研究、弗里德连杰尔的《俄罗斯现实主义诗学》(1971)之文艺学方法论研究、赫拉普琴科的《历史诗学及其对象》(1974)之历史诗学研究等等，都是改造苏联主流文艺学的创造性成果。其中，1967 年著名学者尤里·洛特曼就针对科日落夫(B. Кожинов)的《结构诗学是否可能？》(《文学问题》1965 年第 6 期)发表了轰动一时的长文《文艺学应该成为一门科学》(1967)，正面阐释形式主义－结构主义价值，提出文学研究中的科学方法论问题，认为“辩证法是结构主义方法论基础”，在文艺学研究的传统结构中存在着两种不同方法——文学研究既可以从社会思想入手，也可从审视其旋律、节奏、结构、风格入手，而结构主义研究则选择后者以解决现代文艺学的矛盾——文学中的艺术想象、表达社会意识的独特形式与揭示作为诸种意义因素之统一体的作品理念，以确定艺术文本系统中各因素的意义。[16] 对文艺学研究的这种倡导，事实上已经表明主流文艺学中文学意识形态化的严重不足。特别是苏联主流文艺学把俄国文学的人文主义本质特征边缘化了，并中断了文学理论的开放性传统，因而 1979 年已经是著名学者的米哈伊尔·盖斯帕诺夫著文《20 世纪俄国文化中的巴赫金》强调这位理论家对解放思想的贡献(不是虚无主义地否定主流意识形态)。[17] 而巴赫金“要比形式主义长半辈，后者是未来主义时期的理论家，而他是象征主义时期思想家。他提出的问题与俄国哲学的‘世界神学’传统息息相关，中心问题是人文主义”，[18] 因而随着《陀思妥耶夫斯基诗学问题》等大批著作逐渐被认可，人们进一步意识到苏联文艺学危机的严重性和需要改造的紧迫性。

可见，在中俄文化相似性基础上绘制一幅残缺的俄国文学版图，直接影响了现代中国在接受俄国文化理论方面上的格局，并少有人去考虑修正这种格局，他们认识俄国文学的理论水平和审美能力没有随着历史进步而得到提升，更不会有人警惕苏俄文学和文学史叙述中的民族主义意识形态问题。[19]

总之，俄国在文学艺术或美学理论等问题的研究上，比较成熟并有特色的情形有四种，而中国只注意到其中的两种，并把这两种当作俄国文论的全部。由此对俄国文论的研究，要从单一转向多元、转向原创性、转向广博：认真辨析我们习惯的文学概念，如“人民性”、“史诗性”、“社会主义现实主义”等，是怎样从苏俄传播到中国,而中国左翼知识界如何自觉把它们从俄国文论体系中分离出来,以代替马克思主义文论、掩饰苏联马列文论自身的局限,不考量这些概念与中国传统审美关系是否符合实际。

[1] В. Иванов, Родное и вселенское(本土的与全世界的), М.: Республика,1994,С. 273.

[2] Д. Мережковский, *Царство Антихриста. Статьи периода эмиграции* (反基督教王国)СПб.: РХГИ. 2001,С. 145—150.

[3]《语丝》第 14 期(1924 年 2 月)。

[4] Ченышевский Н. Г., Избранные статьи. (Сот. и вступит. статья А. Ланщикова), М.: Сов. Россия, 1978, С. 31.

[5] 车尔尼雪夫斯基著,周扬译:《生活与美学》,第 7 页,大连光华书店,1948。

[6] N. G. Chernyshevusky, Selected Philosophical Essays. Moscow: Foreign Languages Publishing House, 1953, PP. 286—288. 该译本根据苏联科学院哲学研究所编辑、国家政治文献出版社出版的 3 卷本车尔尼雪夫斯基《哲学选集》译出的。

[7] 车尔尼雪夫斯基在这篇学位论文三版序言中明确陈述该文"是第一个应用费尔巴哈的思想来解决美学基本问题的尝试"。据朱光潜先生所论,车尔尼雪夫斯基的《哲学中的人类学原理》(Антропологический принцип в философии)接受了费尔巴哈的人类学原理,而费尔巴哈的人类学原理主要是从生理学来看待人及人与自然的关系问题,社会性的人也还是当作动物性的人看待的(朱光潜:《西方美学史》下卷,人民文学出版社,1979 年,第 562、563 页)。

[8] С. Н. Ожегов, Н. Ю. Шведова, Толковый словарь русского языка(4—е изд.). М.: Азбуковник, 1999, С. 194.

[9] В. Колесов, Древняя Русь: Наследие в слове. Мир человека(古罗斯:文字中的遗产、人的世界). СПб.: Филолог. Фак. СПбГУ, 2000, С. 75.

[10] Ирина Паперно, Семиотика поведения: Николай Чернышевский—человек эпохи реализма. М. НЛО, 1998, С. 184.

[11]《车尔尼雪夫斯基选集》(上卷),第 6 页,北京三联书店,1958 年。
[12]朱光潜:《西方美学史》(下卷),第 563～564、575 页,人民文学出版社,1979 年版、1985 年第 11 次印刷。
[13]朱光潜:《西方美学史》(下卷),第 559 页,人民文学出版社,1979 年版、1985 年第 11 次印刷。
[14]Пушкин о литературе. СПб. :Мнение М. Лобанова, 1836.
[15]参见郎损(茅盾)《陀思妥以夫斯基在俄国文学史上的地位》,《小说月报》第 13 卷第 1 号,1922 年 1 月。
[16] Ю. М. Лотман, *Литературоведение в должно быть наукой*. // Вопросы литературы. 1967. №1; или *О русской литературе*. СПб; Искусство－СПБ,1997,С. 759－762.
[17] Ред. Ю. Лотмана, *Вторичные межделирующие системы*. Тарту: Тартуский государственный университет, 1979,С. 113.
[18] Седакова, *М. Бахтин－еще с одной* // Новый Круш(1)1992, С. 117.
[19]See Ewa M. Thompson, *Imperial Knowledge*: *Russian Literature and Colonialism*(帝国知识:俄国文学与殖民主义), Westport, C0nnection · London: Greenwood Press, 2000.

(原文载《文学理论研究》2005 年第 3 期)

中国的外国文学史研究与中国知识界关于文学史的认知

——兼论苏俄文学史观对中国的影响

众所周知，从1917年周作人在北京大学开设欧洲文学史以降，外国文学史教学和研究很快就成为中国大学人文学科的重要工作，外国文学史的编纂成为知识界和学术界最关注的工作之一，外国文学的译介和阅读也成为推动中国社会认识世界和提高国民审美鉴赏水平的力量之一。近百年来，外国文学史的建构、变革，首先是和中国认识世界及其文学历程联系在一起的。自觉认识到中国之外的世界，是19世纪中叶以后少数士大夫的事；认识到世界上还存在其他国家文学，是19世纪末不多的知识精英的事；认识到外国文学发展变化问题，则是五四新文化运动以后的事。而五四新文化运动以后，中国关于文学的认知，先是受时代文化思潮左右，后受官方意识形态所囿，到20世纪末则受全球化进程影响。在这个过程中，对外国文学发展变化和外国文学史问题的认知，是在两种力量的交织和对立中进行的：一方面，知识界成为推动时代思潮变化的重要力量，译介外国文学作品或研究外国文学，在相当程度上是知识界认识社会的手段，对文学的认知服从于对社会的认识；另一方面，作为知识界一部分的学术界，建构文学史的历程，时常在文学自律和他律中交替前行，以至于对于外国文学史的认识和国际学术界出入很大。

一

1921年时任北大教授的胡适在开学典礼上声言，被社会誉为新文化运动中心的北京大学，其实“现在并没有文化，更没有什么新文化”，理由之一是北大四百多个教职员、三千来个学生才办一个月刊，两年之久《大学丛书》也只出了5大本。所谓“大学丛书”，是当时北京大学与商务印书馆合作出版的“北京大学丛书”，除陈映璜的《人类学》、陈大齐的《心理学大纲》、梁漱溟的《印度哲学概论》外，还有胡适本人的《中国哲学史大纲》和周作人的《欧洲文学史》。论及周作人的《欧洲文学史》，它乃是我国第一部欧洲文学史，吴宓称其"真能确实讲述西洋文学之内容与实质者"。1917 年周作人被北大聘为文科教授，据周作人晚年口述《知堂回想录・五四之前》(1960 年代连载于《南洋商报》，1970 年在香港三育图书文具公司出版单行本)，1917 年 9 月 22 日开始写第一卷(古希腊文学)，两天后开始写第三卷(中古与文艺复兴文学)，第二卷(古罗马文学)则始于 1918 年 1 月 7 日，全书完成于 1918 年 6 月 7 日("晚编理讲义，凡希腊罗马中古到 18 世纪三卷，合作欧洲文学史")，1918 年 10 月由上海商务印书馆出版("这样经过一年的光阴，计草成希腊文学要略一卷，罗马一卷，欧洲中古至十八世纪一卷，合成一册《欧洲文学史》，作为"北京大学丛书"之三，由商务印书馆出版")。该作第一讲包括古希腊文学的起源、史诗、诗歌、悲剧、喜剧、哲学、杂诗歌、杂文等，第二卷包括古罗马文学的起源、古希腊之影响、戏曲、三种诗歌(牧歌、田园诗、讽刺诗)、四种文和杂诗等，"中古与文艺复兴文学"则包括异教诗歌、异教精神之再现、文艺复兴的前驱、文艺复兴时期拉丁民族之文学、文艺复兴时期条顿民族之文学等，至于"十七十八世纪文学"则先简论 17 世纪文学，然后分别简述 18 世纪的法国、南欧、英国、德国和北欧的文学。这本由教案组成的文学史教材，其原创性价值包括：作为中国第一部外国文学史，创建了一种便于迅速掌握外国文学史知识的文学史叙述体例；力求准确传达外国文学史知识，避免知识性误读，该书的人名、地名皆不汉译，而是用罗马字样书写，书名则用原文标示，如荷马史诗中的荷马不是英文 Homer 而是 Homeros，《伊利亚特》不是 Iliad 而是 Ilias Poiesis，《奥德赛》不是拼写成 Odyssey 而是 Odyssia；撰述文学史，仰赖作者此前 10 余年所做的大量译述工作及其出色的外语能力(翻译过不少作品)、明确的文学史观(发表有许多轰动一时的论文学篇章)。即便如此，周作人在《知堂回想录・五四之前》中论及该作时还说道，"这是一种杂凑而成的书，材料完全由英文本各国文学史、文人传记、作品批评，杂和做成，完全不成东西。不过，那时也凑合着用了"。这不是自谦，说的是事实，因为《欧洲文学史》整理完成之后，继续编写"近世文学史"，"而后来商务印书馆要出一套大学的教本，想把这本文学史充数，我也把编好了的十九世纪文学史整理好，预备加进去，可是拿到他们专家审订的意见来一看，我就只好敬谢不敏了。因为他说书中年月有误，那可能是由于我所根据的和他的权威不合，但是主张著作名称悉应改用英文，这种英语正统的看法在那些绅士学者的社会虽是当然，但与原书的主旨正是相反，所以在绅士丛书里只得少陪了”(《知堂回想录·五四之前》)。不过，这部以介绍19世纪欧洲文学为主体的《近代欧洲文学史》虽没能及时出版，却未妨碍周作人继续在北京大学国文系开设欧洲文学史课程。

今天看来，这部以讲义状态存在的《近代欧洲文学史》和那本及时面世的《欧洲文学史》开汉语界撰述欧洲文学史之先河，把复杂的欧洲文学发展历程简化成文学进化史。该书结语如是总结道，“文艺复兴期，以古典文学为师法，而重在情思，故又可称之曰第一传奇主义(Romanticism)时代。十七十八世纪，偏主理性，则为第一古典主义时代。及反动起，十九世纪初，乃有传奇主义之复兴。不数十年，情思亦复衰竭，继起者曰写实主义(realism)。重在客观，以科学之法治文艺，尚理性而黜情思，是亦可谓之古典主义之复兴也。惟是二者，互相推移，以成就世纪初之文学。及于近世，乃协合而为一，即新传奇主义是也”；其《近代欧洲文学史》开篇则云，“欧洲文学，始于中世纪。千余年来，代有变更，文化渐进，发达亦愈盛。今所论述，仅最近百年内事。盖以时代未远，思想感情多为现代人所共通，其感发吾人，更为深切。故断自十九世纪写实派起，下至现代新兴诸家。唯文学流别皆有本源。如川流出山，衍为溪涧江湖，不一其状，而一线相承，不能截而取之。今言近代文学，亦先当略溯其源。通观变迁之迹，递为因果，自然赴之，足资吾人之借鉴者，良非鲜也。文学发达，亦如生物进化之例，历级而进，自然而成。其间以人地时三者，为之主因。本民族之特性，因境遇之感应，受时代精神之号召，有所表现，以成文学。欧洲各国，种族文字虽个个殊异，唯以政教关系，能保其联络。及科学昌明，交通便利，文化之邦，其思想益渐同一。故今此近世文学，亦不分邦域而以时代趋势综论之”。[1]把文学如此简单化，并非周作人的个人之举，而是中国知识界建构文学史观之潮流所为：晚清以来，以严复为代表的中国知识分子，着力引进西方进化论，也成就了中国最早的文学史观的构建，以至于在陈平原的《小说史：理论与实践》(1993)看来，“进化论”乃成为当时文学史研究的普遍方法。典型者如胡适之《白话文学史》(1919)，该作不但开创中国文学史撰述之体例，还使中国学者撰述文学史的进化论史观有了很具体的成果：胡适本人曾云，“今日吾国之急需，不在新奇之学说，高深之哲理，而在所以求学论事观物经国之术。以吾所见言之，有三术焉，皆起死之神丹也：一曰归纳的眼光。二曰历史的眼光。三曰进化的眼光”。[2]进化论的文学史观强调文学发展的进步性和规律性。这种情况,有助于还没有文学史研究经验的中国知识界能迅速地把握文学发展脉络。反过来,却也兴起了用进化论撰述文学史之风潮。在这种潮流中,用白话文著述第一部中国文学通史著作《中国文学史大纲》(泰东图书局,1924)的谭正璧,1929年出版了《中国文学进化史》(开明书局);用进化论著述《文学大纲》(1924～1927)、《插图本中国文学史》(1932)、《中国俗文学史》(1938)等著作的著名学人郑振铎,在《研究中国文学的新途径》(1927)中解释说,掌握"进化的观念"就如同"执持了一把镰刀,一柄犁耙,有了它们,便可以下手去垦种了"。这些把复杂的文学现象严重简约化了的著述,改变了中国文人对文学认知的格局:传统中国在文学认识上,更多是对文学文本的欣赏及经验性表达,如大量的诗话、词话、小说评点之类,即使有人注意到文学的理论问题,如刘勰的《文心雕龙》,却也少关注文学发展变化的历史规律问题,"诗必唐宋,文必秦汉"是中国文人认识文学规律之原则;即使刘熙载(1813～1881)的《艺概》(1874)论述文、诗、赋、词、书法及八股文等文体流变,却少文学发展史观,而是"举少以概多";钟嵘《诗品》论述每位诗人的特点,好追本溯源,清代学者章学诚的《文史通义·诗话》评价说"论诗论文,而知溯流别,则可以探源经籍,而进窥天地之纯,古人之大体矣",但钟嵘只是说明具体诗人的创作情况。当然,如此叙述与古代中国习惯于纪传体有关,即使司马迁的《史记》中有明确的史学观("究天人之际,通古今之变,成一家之言"),但也改变不了中国对历史认识的经验性表述——使用纪传体,这也正是马克斯·韦伯在《新教伦理与资本主义精神》(1904～1905)导言中所说的,"在中国,有高度发达的史学,却不曾有过修昔底德的方法"。有意味的是,以进化论判断文学变迁问题,哪怕它把复杂的文学现象简约化了,却吻合急于知道世界的风潮,而知识界许多人也尝试在文学史领域实践这种观念。

在进化论席卷文学史构建的风潮之下,外国文学史著述也成为进化论的演练场。因为许多研究中国文学史的知识分子,同样也著述外国文学史。换句话说,周作人之所以能推出《欧洲文学史》,不是因为他专攻欧洲文学史,而在于他以人文主义和进化论研究各种文学和文化现象,其相继推出《人的文学》、《平民文学》、《思想革命》、《文学上的俄国与中国》、《圣书与中国文学》等轰动一时的中国文学之作。进而,欧洲文学史研究之于周作人,亦成为演绎这些观念的又一个场域。同样,用进化论研究中国文学史卓有成就的郑振铎,更希冀用这种文学史观把中国和世界各国的文学融于一体,其3卷本《文学大纲》(1924～1927)认为圣经故事、希腊神话、东方穆斯林和佛教经典、印度史诗、中国《诗经》和《楚辞》等是世界不同民族文学的不同起源,发展到中世纪,各种文学的演变还是有着共同规律的,如关于中世纪,中国文学可分为两个时期,"第一时期乃第一诗人时代,即自沈约等人变诗之古体为近体起,中经五七言律绝诗之大发达,至唐五代间此种诗体之衰落为止;第二期即第二诗人时代,即自五代词之一体开始发展起,至宋元之间此种诗体之衰落为止"。[3]即使分专章论述中世纪波斯诗人、印度和阿拉伯文学、日本文学,但仍以理性为标准,而人文主义、理性和进化论等时常不能统一,因而对文学发展的描述多有矛盾。论述 17 世纪文学,重视英国清教文学、法国古典主义,而更有文学史价值的巴洛克文学则被忽视;把 18 世纪世界文学纳入共同的时间框架,中国传奇小说与英、法、德等启蒙运动文学放在同一平台上论述(作者并未顾及这种叙述的理论根据);论述 19 世纪文学,以进步论分析英国和法国的诗歌、小说、批评,并延及德国、波兰、北欧、南欧、中欧、美国、中国和日本等文学;最后一章"新世纪文学",描述 1925 年之前国际文坛状况,诸如康拉德、吉卜林、萧伯纳、罗曼·罗兰以及泰戈尔、林纾、严复等的创作。如此一来,在缺乏进化论或理性或人文主义文学史观之处,该作只根据时间顺序把世界各地区的文学合为一体,表述散乱,读者难以从中建构世界文学史概念。并且,这种著述虽然遵从现代学术规范,如每一章后面附有详细的参考文献,但并不意味着每一章都写得很专业,如 1928 年 6 月 10 日作者日记这样写道:该作"以四年功夫写成。发表于《小说月报》后,曾随时加以补正,但有些没有来得及。关于日本文学部分几乎全为谢君的手笔"。尽管如此,进化论作为文学史研究的方法,因其结束了孤立研究文学现象的状态,注重文学现象之间的历史联系,具有文学研究的历史思维,吻合文学史之为历史所需,很快演化为研究外国文学史的普遍方法。1924 年 8 月 10 日《小说月报》第 15 卷第 8 号刊出沈雁冰的《欧洲大战与文学:为欧战十年纪念而作》,就如此讨论 20 世纪初的文学,他以方璧之名所推出的《西洋文学通论》(1929 年开明书店初版、第二年上海世界书局再版),更是这样快捷叙述西洋文学进程及所经历的各阶段,包括神话和传说、古希腊罗马文学、骑士文学、文艺复兴时期文学、古典主义、浪漫主义、自然主义及之后的写实主义等;在李菊休和赵景深合编的《世界文学史纲》(上海亚细亚书局,1933)中,进化论亦然。这样的撰述,带动了知识界和文化界译介国外具有进化论色彩的文学史著作之热潮,如罗迪先所译(日)厨川白村的《近代文学十讲》(学术研究会,1921)、沈端先(1900～1995)所译(日)本间久雄的《欧洲近代文艺思潮概论》(开明书店,1927)、韩侍桁(1908～1987)辑译的《近代日本文艺论集》(北新书局,1929)、朱应会翻译(日)木村毅的《世界文学大纲》(昆仑书店,1929)、著名报人胡仲持(1900～1968)翻译(美)麦希的《世界文学史话》(开明书店,1931)、沈起予译弗里契的《欧洲文学发达史》(上海开明书店,1932)、楼建南译弗里契的《二十世纪的欧洲文学》(上海新生命书局,1933)、杨心秋翻译苏联柯甘的《世界文学史纲》(上海读书和生活出版社,1936)等。

进化论的文学史观,使文学史研究有着很强的目的论色彩,但对文学的历史判断反而受限于研究者所设定的"进化"这一普遍规律,文学史自身的意义被忽略,并导致具体研究过程的决定论情形,或者说,对进化史观的强调,目的已不在于文学史本身,文学史研究被用来证明事物进化的规律,证明进化之必然性,由此遮蔽了文学发展变化的独特性及其意义,以至于进化论从方法论变成了目的论,如胡适的《文学进化观念与戏剧改良》(《新青年》第5卷第4号,1918年10月)就以是否符合进化来评价中西戏剧之优劣,认为"西洋戏剧便是自由发展的进化;中国的戏剧只是局部自由的结果",把中国戏曲在长期发展历程中形成的规矩,如脸谱、嗓子、台步、唱功、锣鼓、马鞭等,视为不符合进化观的"遗形物",要求废除,并批评维护者"不懂得文学进化的道理",而"缺乏文学进化观念"。这样的认知虽深刻,却有偏狭。对此,周作人在《中国新文学的源流》(1932)中已提出异议,"中国的文学,在过去所走的并不是一条直路,而是像一道弯曲的河流,从甲处流到乙处,又从乙处流到甲处。遇到一次抵抗,其方向即起一次转变",如此之变形成了"诗言志——言志派"与"文以载道——载道派",它们起伏跌宕便造成了中国的文学史;而且,言志派和载道派之变有其发展规律,新文学是这种变化的延伸和变异,即新文学运动不是始自晚清,而源流于明末——明末文学运动和民国以来的文学革命运动多有相似,"胡适之、冰心和徐志摩的作品,很像公安派的,清新透明而味道不甚深厚","和竟陵派相似的是俞平伯和废名两人",虽然他们不读竟陵派的书,彼此相似具有巧合。[4]当然,即便把中国复杂的文学现象归结为"言志"与"载道",也有简单化之嫌,如没有顾及"雅/俗"、"文言/白话"、"文人/民间"等因素,但至少看到了文学观念和文学形式演变的更复杂情形,在承认进化论结束了此前孤立研究文学的状况并促使文学史研究到来的基础上,消解了进化论臆想文学沿一条直线或根据预定目标而进化的幻想性,批评胡适之《白话文学史》的进化论,包括把白话文学视为中国文学唯一的方向,认为文学跨越了种种障碍物而于五四走入正轨,并确定了今后的前行方向。[5]周作人这种注重中国文学发展过程中的复杂因素、文学发展史中起伏不断的力量及其作用、不预设文学发展目标等做法,改变了进化论对文学的判断,凸显了各种对立文学现象之于文学史家的意义,促使知识界注意到文学发展的各种复杂情形。

这种检讨很有成效,大大降低了进化论史观对文学史著述的影响,学界随之就少有人再撰写文学通史,转而研究不同时段的文学现象或文体发展的独特性和复杂性,文学史写作趋向于研究文学发展的具体情状,并用唯物史观解释这些情状,如罗根泽的《乐府文学史》(北京文化学社,1931)、杨荫深的《先秦文学大纲》(中华书局,1932)、苏雪林的《辽金元文学》(商务印书馆,1933)、游国恩的《先秦文学》(商务印书馆,1934)、吕思勉的《宋代文学》(商务印书馆,1929)、柯敦伯的《宋代文学史》(商务印书馆,1934)、宋云彬的《明代文学史》(商务印书馆,1934)、钱基博的《明代文学》(商务印书馆,1934)等无不如此。这种情况当然延及到对外国文学的认知。且不论此时梁实秋、冯至和朱光潜等人的欧洲文学研究,仅1934年9月至1935年11月茅盾在《中学生》第47～53期连载的《世界文学名著讲话》(1936年上海开明书店出版单行本),涉及荷马史诗、《神曲》和《战争与和平》等七种国外文学名著,专注于具体的文学现象;1935年4月上海东亚书局推出其著作《汉译西洋文学名著》,生动论述了《奥德赛》、但丁之《新生》、薄伽丘之《十日谈》……王尔德之《莎乐美》等32种欧洲文学名著,对具体的经典文学文本进行个案描述,而不是对文学发展史进行宏观研究。对此,著有《中国文学批评史》的罗根泽(1900～1960),在事后多年总结中国编纂文学史三个时期的经验时认为,主导五四前的为退化史观,主导五四后的是进化史观,1930年代则是辩证唯物史观,而以辩证唯物史观写文学史,因缺少对唯物主义史观的整体把握,成功之作不多。[6]的确,包括啸南的《世界文学史纲》(上海乐华图书公司,1937)和那位胡仲持的《世界文学小史》(三联书店,1949)在内的著作,因为唯物史观而影响甚微。

进化史观在中国的衰微和唯物史观在文学研究上的局限性,使知识界不再热衷于撰述系统完整的外国文学史,转而引进西方学院派的治文学方法——新批评:重视对文学文本的细读、用人文主义审美赏析替代理论演绎。1930年朱自清主持清华大学国文系,改革中文系课程,其《中国文学系概况》(1936)声称,该系课程要“以基本科目及足资比较研究之科目为限”,“基本科目”乃相对于工具科目与国学基础而言，包括中国文学概要、中国音韵学概要、中国文学史等；而“足资比较研究科目”是指“西洋文学概要及英文文字学入门两科”，以比较眼光透视外国文学之意义，“比较研究不独供给新方法，且可供给新眼光，使学者不致抱残守缺，也不致局促一隅”。[7] 如是“比较”，强化了外国文学课程的独立价值，也改变了授课方式：战前的“西洋文学概要”由外语系教师用英文讲授，抗战后西南联大开设“世界文学名著试译”，由杨振声用双语讲授。

论及西南联大的外国文学课程，可以说是中国教育史上最富世界眼光的变革举措之一。查考《国立西南联合大学校史（1937 年至 1947 年北大、清华、南开）》（1996），文学院中文系 1937～1946 年共开设 107 门专业课，其中“文学理论”系列选课中有“文学概论”（主要是来自古希腊罗马的西方经典文学理论，包括现代主义文论）（杨振声、李广田主讲），还开设了“世界文学名著选读及试译”。此举自然让学生受益良多——使其外语水平与外国文学阅读能力同时得到提高，对教师要求自然也很高。而外文系以英语和英国文学为主，大二开设英国散文及英语作文、英国诗歌和欧洲文学史等，大三要加上西洋小说、西洋戏剧、欧洲文学名著选读等，大四则开设莎士比亚及翻译、经典阅读、印欧语系及语言学研究，选修课则包括国别文学史（英、法、德）、断代文学史（从欧洲古代到现代各种文体）、作家作品研究（包括雨果、歌德、乔叟、尼采等西欧各经典作家）等，此外还有人文主义、中西诗之比较、文学与人生等研究专题。此举使学生的英文水平有切实长进，学生对文学及理论也有确切掌握。至于师范学院中文系（系主任由文学院中文系主任朱自清兼任）和英文系，在主干课开设上与之相当。这样一来，西南联大在外国文学课方面，并不教授系统的外国文学史，如俄国文学很少触及，原因之一是教授团中几乎没有留学俄国或专门研究俄国文学的，除历史系俄国教授加拉诺维奇开设俄国近代史和俄国史之外，就只有刘泽荣、李宝堂、衣家骥、王恩治等俄语二外教员，当然，联大这块学术阵地缺失对俄国文学的关注，对当时和后来中国社会的变革是莫大的损失——天然地少了识别苏联文学和确认俄国文学的能力。而西南联大如此变革，正是受益于清华大学的启示：1938 年国民政府教育部调整大学课程，委托朱自清等人为国文系编订“中国文学系科目表”，朱自清把清华大学战前的做法稍事修缮提交，虽然学界有人批评国文系的外国语言文学的学分要求过高。而西南联大尝试通过研究具体民族国家文学之途去准确讲授外国文学——原作阅读和试译，给学界从理论上探讨如何汇通大学中文系和外文系外国文学提供了实践基础：开明书店出版《国文月刊》刊发了胡山源的《论大学国文系及其科目》(第49期，1946年11月)、闻一多的遗稿《调整大学文学院中国语文学外国语文学二系机构刍议》(总第63期刊，1948年1月)、朱自清的《关于大学中国文学系的两个意见》(同期)等。其中，闻一多建议把“现行制度下的中国文学系与外国语文学系改为文学系(设中国文学组、外国文学组)与语言学系(东方语言组、印欧语言组)”，在他看来，“大学文法两学院绝大多数系所设的课程包括本国的与外国的两种学问：如哲学系讲中国哲学，也讲西洋哲学，政治学系讲中国政治制度和思想，也讲欧美政治制度和思想，但现在并没有一个大学把中国哲学和西洋哲学，或把中国政治学和西洋政治学分为两系的。这便是说，绝大多数文法学院的系是依学科的性质分类的。唯一的例外是文学语言，仍依国别，分为中国文学与外国文学两系”。闻一多的建议大大提高了外国文学在大学相关科系中的地位，即与中国文学平等，同为“文学系”的基本组成部分。该提议得到朱自清、冯至、王力、浦江清等人的一致赞许：冯至于1947年在《独立评论》(4月28日)上发文《关于调整大学中文外文二系机构的一点意见》称，“哲学系讲中国哲学，也讲西方哲学；政治学系讲中国政治制度和思想，也讲欧美政治制度和思想。学政治的，有中英文功底就不难研究政治了，学哲学的就不那么简单，只懂中文和英文是不够的。语言学系和文学系就更不同了，无论研究哪一种语言或哪国文学，都需要第一步能读懂那种文字”。这些连同盛澄华教授《试说大学外国语文学系的途径》(《周论》第1卷第6期，1948年12月)之主张，外语对中文/外文学系学生具有同等的重要性，中/外文系学生在文学上汇通是必要的。

而办学条件与西南联大同样艰苦的延安鲁迅艺术文学院，除同有坚持民族认同和努力进取之外，在外国文学相关课程设置上与西南联大亦有颇多相似处。自1938年延安鲁迅艺术文学院成立《宣言》到1941年6月修改的章程，都规定开设“世界文学名著选读”课。开讲人中，最著名的属周立波，他去延安之前，在上海就研读过马列和苏联文论，通过英文翻译了《被开垦的处女地》(1936)等，在鲁艺讲授托尔斯泰研究和欧美文学名著，颇受学员喜爱，以至于授课地点不得不移到大操场上。此外，1935年毕业于清华大学研究院的著名翻译家曹葆华(1906～1978)，1939年来延安后在鲁艺开设英文班，讲授惠特曼《草叶集》和菲尔丁《汤姆·琼斯》等作品；著名作家沙汀(1904～1992)曾在鲁艺讲授果戈理，经由英文翻译《安娜·卡列尼娜》等作品的周扬和长期旅居苏俄的文学系主任萧三（1896～1983）等讲授苏俄文学等。到1941年，鲁艺已具大学雏形——显示出正规化和专业化特点，如各系必修"西洋近代史"、"外文（俄/英/法）"和"艺术论"等公共课，文学系则必修"文学概论"、"中国文学史"、"西洋文学史"、"理论名著选读"、"翻译"等；期间，鲁艺人才云集，除了上述人之外，还有何其芳、陈荒煤、严文井、张庚、田方、冼星海、吕骥、贺绿汀、王朝文、华君武等优秀人才，茅盾于1941年6～9月曾受邀前来讲学，艾青、丁玲、高长虹、萧军等也应邀来此演讲。对这种重建大学性改革（即减弱干部培训、按大学规范改造鲁艺），时任教育部副部长的罗迈（李维汉）还代表中央发表了肯定性意见。只是整风运动，使这些大学性改革先被批评为"关门提高"，后被认为是阶级斗争，直至大学性消亡为工农速成中学，"世界文学名著选读"课从切实选讲演变成文学史概论，远离了学术性和外语。

西南联大和鲁艺这种培养学生独立阅读文学文本、促使教师在研究基础上提升教学质量的做法，与当时和后来西方大学很流行的新批评阅读遥相呼应。俄裔美国作家纳博科夫，1948年被聘为康奈尔大学斯拉夫语言文学系副教授、1952年被聘为哈佛大学讲师（1958年离职），曾讲授英、俄、法、德等文学大师的创作和英译俄罗斯文学课，仅短短几年的讲授笔记，而不是系统的文学史的《文学讲稿》和《俄罗斯文学讲稿》，成就了其外国文学史家的地位。对此，在散文《固执己见》（Strong opinions，1973）中他解释说，"我设法向学生提供有关文学的准确信息：关于细节及其如此这般地组合是怎样产生情感火花的，没了它们，一本书就没有了生命。就此而言，总体的思想不重要。谁都能看得出托尔斯泰对通奸的态度，但要想欣赏托尔斯泰的艺术，优秀的读者必须乐意去想象，如百年前从莫斯科到彼得堡的夜间火车之情形"。不单纳博科夫是这样理解世界文学的，新批评式理解文学至今还在延续，如早已是国际著名批评家的耶鲁大学布鲁姆教授（Harold Bloom，1930～）在1990年代写的《西方正典：伟大作家与不朽作品》（1994），针对后殖民浪潮和解构主义试图颠覆既有的文学经典，从文学审美具有超越种族、性别、国别的普遍性价值和不同作家具有不同关系的互文性等角度，细读莎士比亚、但丁、乔叟、塞万提斯、蒙田和莫里哀、约翰逊博士、华兹华斯和奥斯汀、惠特曼、狄金森、狄更斯和乔治·艾略特、托尔斯泰、易卜生、弗洛伊德、普鲁斯特、乔伊斯、卡夫卡等，从具体文本的字里行间读出不同文学作品之间不断解构和重构之规律及其意义，再次让国际学术界看到文学文本的魅力。同样，英国马克思主义理论家伊格尔顿(Terry Eagleton)的《英国小说导论》(The English Novel: An Introduction, 2003)，则用西方马克思主义视野解读斯威夫特、狄福、斯特恩等英国著名作家的小说特点和意义，同样令人叹服。这些人的阅读，个性化地解释了文学史上的具体情景，意外地提高了他们作为作家或学者或理论家的声望。

二

1950年代以来，为了适应建构新生国家意识形态之需，先后兴起包括批判俞平伯《红楼梦》研究和胡适之学术思想等在内的知识分子思想改造运动，"历史唯物主义"和"现实主义中心论"在国家的行政动员下成为人文学科的具体方法论，自然左右着文学史写作。在文学史研究中强调历史唯物主义，使文学史著述成为社会政治史进程的另一种表达，出现文学史研究大转向。罗根泽这位曾应顾颉刚先生之约而主编《古史辨》第四和六册(1932～1937)的博学者，接替郭绍虞在清华大学任职中国文学批评史教授后曾著述《周秦两汉文学批评史》、《魏晋六朝文学批评史》、《隋唐文学批评史》和《晚唐五代文学批评史》(商务印书馆，1943)等，却在此时发表《陶渊明诗的人民性和艺术性》(《人民文学》1954年)和《曹雪芹的世界观和"红楼梦"的现实主义精神及社会背景》(《人文杂志》1958年第1期)等；茅盾《夜读偶记》(1958)第二部分把中国文学史描述为"现实主义"与"反现实主义"的斗争史，非现实主义作家的作品被摈弃或被否定；为顺应"厚今薄古"时代所需，"中国新文学(现代文学)"顺势从古代文学史中分离出来，王瑶的《中国新文学史稿》甚至用新民主主义理论建立中国新文学史体系——新文学史成为新民主主义革命的一部分，这不是他个人所为，因为1953年第二次文代会就提出了建设社会主义文学的任务，新文学史也就成了社会主义现实主义在其中萌芽、成长和发展的历史。可以说，唯物史观越界到文学史研究领域，使得中/外文学研究的学术独立性被弱化。而唯物史观君临文学史研究的现象，在政治史、哲学史或思想史等研究领域亦然，这些学科无不失去学术尊严。

这种情况在外国文学史教学和研究中的冲击至今仍有余音：原本是很专业的外国文学史教学和研究，被唯物史观的演绎所替代，并用体制化方式处理——借用苏联体制改造中国大学。苏联延续帝俄接受德国大学教研室的制度，语言文学系设有外国文学教研室（зарубежная литературная кафедра），负责开设外国文学史基础课和系列选修课（苏联解体以后这种学科制度继续保留着）。这种体制保证苏俄的外国文学史研究和教学的专业性——苏联科学院高尔基世界文学研究所与高校合作编纂出高水平的《世界文学史》，该书后来成为高校重要的参考教材。该所耗时近二十年（1976～1994）著述8卷本《世界文学史》，该书知识之丰富、体系之完备令人钦佩，任何章节的作者都是该领域的杰出专家，如科学院院士M.阿列科谢耶夫和日尔蒙斯基、著名法国文学和西欧戏剧专家C.莫库利斯基教授、中世纪和文艺复兴文学研究专家A.斯米尔诺夫合作该套文学史的《中世纪和文艺复兴》卷（1978年初版，1987年再版），从而使之在中世纪文学的文献运用、史料处理、体例安排等方面，以及对世俗文学（светская литература）、民间创作等研究上，取得了举世公认的成就；同样，对欧洲诸国文艺复兴时期文学的研究，包括史料考据和对文学发展的认知，至今也是被广为承认的。而这种重视史料和文献运用的治外国文学史传统延至今天，如1990年代后期莫斯科大学出版社推出的5卷本《外国文学史》便如此。当然，苏联《世界文学史》立论上的意识形态化和写作方式的古板显而易见，如对中世纪采取严厉态度、对文艺复兴极为赞赏、没有充分重视基督教对文学的积极意义等。然而，在中国发生的唯物史观对文学僭越的情形，正好吻合了苏联在《世界文学史》著述上的不足，1950年代及此后出现的一系列外国文学教材，如北京师范大学中文系组编《外国文学参考资料》（高等教育出版社，1958～1959）、周煦良主编《外国文学作品选》（上海文艺出版社，1961～1964）、石璞（1907～）《外国文学》讲义（四川大学中文系，1957～1958）、中国人民大学文学教研室编《西洋文学选读》（1958）等，与强调细读的吕叔湘所编注的《西洋文学名著选读》（上海开明书店，1950）相去甚远，既缺乏"文学"的历史性，又少了对文学"历史"的研究。

也正因中国学界对于文学史的认知是在中国式的唯物史观的学科框架下展开的，因而这时期关于外国文学史的研究和教学，首先是背离了现代中国的文学史研究传统，如冯至1935年在海德堡大学答辩的博士学位论文《自然与精神的类比：诺瓦利斯的文体原则》已对德国浪漫派问题做了深入研究，1940年代在西南联大和北平时他发表过多篇关于歌德及其《浮士德》研究的力作，可是这些重要研究成果基本上没有进入上述文学史教程。远不只是冯至的研究成果没有转化为文学史学科建设的资源，各种版本的《外国文学史》同样没有从朱光潜、罗念生和罗大冈等人的杰出研究中受益。相应的，抛弃了胡适的科学实证和历史还原的文学史研究原则、注重考辨源流和逐层揭示历史之面目的方法，甚至许多人批评胡适之《〈红楼梦〉考证》(1921)的观点。(“我在这篇文章里，处处想撇开一切先入的成见；处处存一个搜求证据的目的；处处尊重证据，让证据做向导，引我到相当的结论上去”，大胆“假设”须辅以“小心求证”。)更为遗憾的是，严重忽视了鲁迅治文学史的研究遗产：鲁迅称其《中国小说史略》(1923 年 12 月及次年 6 月)研究“中国小说的历史的变迁”，“从倒行的杂乱的作品里寻出一条进行的线索来”，[8]在《致台静农》(1932 年 8 月 15 日)中批评郑振铎《中国文学史》说，“诚哉滔滔不已，然此乃文学史资料长编，非‘史’也。但倘有具史识者，资以为史，亦可用耳”，[9]即资料长编与文学史之异在于有无史识。鲁迅身体力行，研究中国小说史及其神魔小说、人情小说等类型，分析它们的历史演变。然而，鲁迅治文学史的思路，虽与唯物史观的理论和方法并不矛盾，但在 1952 年院系调整之后，作为一种方法很难在文学史研究中被传承。与此同时，还弃绝国际学术界在文学史理论研究上的新进展，以至于哪怕学习苏联，却不在意苏联在世界文学史研究上的学术创新。由此，1961 年北京大学西语系(而不是中文系)受国务院文科教材会议委托负责主持《欧洲文学史》的编写，1964、1979 年由人民文学出版社先后出版了《欧洲文学史》上下册，杨周翰、朱光潜、冯至等当时国内一大批国别文学研究专家参与其中，唯物史观作为建构文学史、审视文学发展变化的理论根据，使之成为很有特色的文学史，然而对许多具体文学现象的诠释，几乎看不出欧美实证主义、法国年鉴学派和结构主义、英美女性主义等对文学史研究进展之影响。

吊诡的是，在中国的文学史百年研究中，唯物史观最为显赫，甚至连鲁迅也在 1920～1930 年代因研读马克思主义著作和苏联左翼理论，放弃进化论，转而信仰唯物史观，但是在 1950～1980 年代中期外国文学史研究和教学方面，只是在学科意义上普及了外国文学，但危及外国文学史研究和教学的专业性，更殃及中国文学史研究在理论上与世界的隔阂。就在中国学习苏联不成功之际，欧美已把历史学研究成果引入文学。历史动荡让人对各种既定概念无所适从，意识形态纷争则使人对同一个历史事件的表述如此对立，这些促使人们无法信任经验主义和实证主义史学观及其所号称的客观性。于是，1920 年代末出现的法国经济和社会史年鉴学派(Annales d'histoire économique et sociale)就改变历史研究方法，即放弃系统而宏大的历史叙述，关注具体的历史现象并对其进行社会学和经济学等研究，建构生动而可靠的具体历史情景；英国史学家科林伍德（Robin Collingwood，1889～1943）之《历史的观念》（1936）强调一切历史皆当代史，摒弃历史的客观性观念和可还原性的乌托邦。史学的这些变化，连同时代变化所带来的价值观多元化和人们解读历史方式的多样化，性别、种族、身份等成为历史研究中不可忽视的因素，这些促使文学研究者必须看到，正如人类社会史不可还原一样，文学史作为历史的一种形态亦不可还原，后人只能对其进行有限度的认识，因而不存在准确的文学史，只会有深刻与否的文学史。既然不存在一个纯客观的文学史等待着人们去认知，那也就意味着，人们只能根据特定的知识结构和视野，去发掘更多的史料，并对已经发掘和认知的史料进行有效描述。于是，1960 年代法国结构主义的兴起，改变了人们对文学研究的书写。文学发展是一个自足的系统，是关于文学叙述变化的过程。这种在封闭的语境下研究具体文本，却启示了文学史家把文学研究中并未有机融合的政治、意识形态、作家个人等外在因素，变成影响文学叙事的内在行为，使人们关注传统抒情如何在一些现代作家身上有延续、不同区域的写实主义何以具有一致性、宗教信仰怎样内化为具体叙事行为等。可见，就在中国用唯物史观引导文学史研究时，国际学术界在文学史研究上已日新月异。

可以说，唯物史观原本是作为新中国国家意识形态的理论根据，被延伸到文学史研究领域，并成为文学史研究的指导思想和文学史观，结果是因为文学进化发展观以因果律为基础，既不符合文学想象的本质，又严重简化了文学史；并因遵从这个既定的史观，以宏大叙事替代新批评式细读，导致文学史研究领域既拒绝现代学术传统，又回避国际学术进展。

三

1980 年代以来，外国文学史研究和教学同整个人文学科和社会科学一样，面临着如何消解庸俗唯物史观借助意识形态而君临学术霸权的任务，唯如此方可还原文学的审美性、恢复文学史研究的生命力等。具体说来就是，在文学史研究上要把文学从意识形态范畴下解放出来，置于更大空间进行考量，并改变研究文学仅依据唯物史观或文学进化退化之思维，如游国恩认为清代诗文“由于大多数作家基本上没有跳出拟古主义和形式主义的圈子，所以很少取得更新的成就”；[10]要重建中国现代文学和近代中国文学史的结构，这涉及历史分期及其依据、和中国古典文学以及与中国传统文化的关系、同国际文化思潮的关系等，甚至不能回避新感觉派文学、丁玲创作和胡风文艺思想、现代主义、后现代主义等在中国文学发展中的面目和地位问题，自由主义、保守主义和激进主义等思潮对文学进程的影响，国家制度、计划经济体制和市场经济变革对文学生产和消费的作用等；要凸显胡适和鲁迅等人治文学史方法论的历史价值，实现由注重义理分析转向学术考证、改变重内容而轻艺术、强化文学文本的结构性价值等。进而，随着外国各种类型的文学作品、文学理论著作、文学研究方法的论著、各种文学现象的研究之作等大量引入，如杨岂深和杨自伍所译韦勒克名著的《近代文学批评史》(1987～1997)、社科院外文所和人民文学出版社共同选编的《外国文艺理论丛书》和《现代外国文艺理论丛书》等，让国人看到国外对文学认知的多元性和变化的历史性，从而多方启示中国重建外国文学史学科。这些变化，连同对许多文学现象的具体研究，促使学术界撰述文学史要以人文主义精神替代意识形态，并考虑著述文学史的方法，正如王佐良教授 1992 年所总结，“‘浪漫主义’也作为一种文学运动给予总体叙述，‘现代主义’也是常见之词，但‘现实主义’很少用于小说以外的体裁，就在小说中也主要指十九世纪中叶狄更斯诸人所作。重点作家叙述较详，也着重思想内容，但结合艺术和语言特点来谈，写法虽人各不同，受推重的则是一种有深度、有文采的一类。这个模式有学术性，可读性，但系统性不强”。[11]这样的认识正和中国知识界认识文学史的整体变化相一致。尽力解决由于国内原因所带来的外国文学史学科问题，即使是对唯物史观的运用也要减弱意识形态的干预，切实强化社会因素和作家个人因素对文学发展的实际作用。而且这种情形，和 20 世纪初挣脱实证主义藩篱的法国文学史家朗松《文学史方法》(1910)中所论相一致，即文学是对社会、政治、宗教意识等现象的形象化说明，文学史写作就是为了澄清文学作品产生的背景、作品中的问题，让读者认识历史、社会与文化等。[12]

然而，中国这个进步过程整体上并未踩踏上国际学术进展的节奏。为解决内部的拨乱反正问题，文学史研究无暇顾及国际学术新进展，以至于近 30 年来所出现的几百部各种类型的文学史教材，无论是章培恒和骆玉明所主编的《中国文学史》，还是洪子诚的《中国现代文学三十年》，抑或李赋宁主编的《欧洲文学史》，无不试图以人文主义替代庸俗唯物史观，但对人文主义作为欧洲近六个世纪以来的社会潮流所发生的危机则少有关心。实际上，随着社会的发展，人文主义演变为人类中心论和人类理性至上论，为19世纪末以来欧洲和俄国知识界所诟病，且对人文主义认知的如此变化，影响到对历史的判断，也改变了文学史编纂的原则——要求恢复文学作为语言艺术的本质。美国著名诗人和批评家、宾夕法尼亚大学英文系教授佩瑞尔曼(Bob Perelman)在《诗歌的边缘化：语言书写与文学史》(1996)中就认为，诗歌处境的日趋恶化，是因诗歌语言背离生活规则，过于技术化、理性化；芝加哥大学教授布斯(Wayne Booth, 1921～2005)之《小说修辞学》(1963)、《反讽修辞学》(1974)、《批评的理解：多元论的力量与局限》(1979)、《我们所交的朋友：小说伦理学》(1988)、《修辞的修辞学》(2004)等力作，多方论述文学首先是一种语言修辞活动，而且这种活动不单是作家异想天开的灵感，更有文学写作的语言规范要求；布鲁姆的《影响之焦虑》等著作强调文学作为语言修辞的行动，其意义是自足的语言系统，"审美只是个人的而非社会的关切……只有审美的力量才能渗入经典，而这力量主要是一种混合力：娴熟的形象语言、原创性、认知能力、知识及丰富的语汇"，即审美具有自主性(aesthetic autonomy)；美国范德堡大学(Vanderbilt University)英文系主任克莱顿(Jay Clayton)教授所选编的文集《文学史中的影响和互文性》(1991)，在语言系统内部的循环中详细讨论文学传承问题。也就是说，文学史乃叙事经验不断累积又不断被超越的语言艺术过程，这是西方对文学的另一种认知；而中国文学史研究界在这几十年对这方面的丰硕成果知之甚少，也更难以变成文学史著述的方法。

不过，文学发展尽管有着自足的系统和发展规律，却何以一种语言书写的文本之于母语读者更为亲切，翻译成另一种语言后读者所获得的感受则不尽相同？原来，影响作者创作和读者阅读的最关键因素是通过语言这个中介所显示出的民族身份及相随而至的民族认同。按康奈尔大学国际研究院讲座教授、国际著名的社会人类学家安德森(Benedict Anderson，1936～)之说，对特定国家的个体公民而言，民族国家乃是国民想象的共同体(Imagined communities)，而不是一个纯客观的真实存在，或者说国民不是依据地缘政治实体概念而认同自己所在的民族国家的，"民族是一种想象的政治共同体——并且，它是被想象为本质上是有限的，同时又享有主权的共同体。它是想象的，因为即使是最小的民族的成员，也不能认识他们大多数的同胞、和他们相遇、甚至听说过他们，然而他们相互关联的意象，却活在每一位成员的心中……民族被想象为有限的，因为即使是最大的民族，就算他们或许涵盖了十亿的活生生的人，他们的边界即便是可变的，也还是有限的，没有任何一个民族会把自己想象为等同于全人类。虽然在某些时代，基督徒确实有可能想象地球将成为一个信奉基督教的星球，但最富于救世主精神的民族主义者也不会像基督徒那样梦想有朝一日，全人类会成为他们民族的一员”。[13]探究民族认同之于不同国家居民的意义问题，正是后冷战时代人文学术获得巨大进步的力量所在。的确，民族认同和民族身份深刻影响着文学的发展，因为地理空间及其所累积的文化认知，造成语言上的差别和族裔的不同，既成就了特定空间中文学活动的重要内容，又规定了文学存在的形式(包括书写方式和阅读方式)、审美表达方式。这也就是何以长期以来文学史研究多限于撰述具体国家或特定语言的文学史，而不是普遍的文学史，哪怕比较文学兴盛也未能打破这种僵局，如在英语国家学术史上，出现的是一系列专门的国别文学史，包括哈佛大学教授温德尔(Barrett Wendell，1855～1921)的《美国文学史》(1900)、哥伦比亚大学教授埃利奥特(Emory Elliott)主编的《哥伦比亚美国文学史》、沃特鲁学院英文系主任克林柯(Carl F. Klinck，1908～1990)等人主持的多卷本《加拿大文学史：英语中的加拿大文学》(1965)、美国奥尔巴尼大学教授维斯特布鲁克(Perry Westbrook，1916～1998)的《新英格兰文学史》(1988)、奥伦学院英文系教授贝内特(Bruce Bennett)和多人合编的《企鹅澳大利亚新文学史》(1988)、莫泽尔(Chares Moser)的《剑桥俄国文学史》(1989 年初版，1992 年再版)等。这种经有通史视野描述国别文学史的做法，不单西方如此，韩国的现代朝鲜研究所彼得·李(Peter H. Lee)的英文版著作《探究韩国文学史》(1998)也声言，韩国文学史首先是高丽民族国家的文学史，描述东亚文学一定不能用洲际观念替代或掩盖民族国家概念。这些文学史研究昭示着，只存在具体国家或民族的文学史，最多只是共同文化圈的欧洲文学史，不存在作为普遍学科概念的世界文学史。相反，超越民族国家或特定语言的界限，撰述普遍的文学史，就会如瑞典学人特霍姆(Tore Zetterholm)的《插图世界文学史》(1981)那样冒险——把丰富复杂的文学史简单化：该作论及 19 世纪末的文学，只是评述了法国象征主义和反科学主义、尼采现代主义思想及其在文学上的反映、里尔克现代主义诗歌创作，没有提及此时俄国文学对世界文学的融入和促进，而实际上这期间俄国文学成就斐然，并且 1970 年代以来国际斯拉夫学界已对期间俄国文学进行大量研究；该作者来中国七次，写过关于中国和伊拉克的书，但该作最后一章“跨越战争年代”只用了不足三页叙述印度、中国和日本的文学，东方文学在其文学史结构中所占比重很少。更为遗憾的是，国际学术界注重研究民族国家语言文学史的独特性，而不是全球文学史，在中国近30年来的文学史研究中，出版了多种专门语言的文学史著作，未形成文学史研究的自觉意识，即多为复制母语国家的文学史观和方法，没有中国人的观点。

之所以出现这样的差距，是因为期间著述的具体国别文学史，中国少有用全球发展的视野透视对象国的文学史，不会把它置于全球文学结构中查考，因而，很难准确描述任何一国文学史的独特性，这就出现了学术界混淆中国文学或英国文学或其他国家文学的独特性和文学普遍性之关系的情况，即以为这种文字所表述的内容及方式皆是唯一的。问题不限于此，把文学史研究框定在特定语言和民族国家范围内，虽有可能建构出色的具体民族国家文学史或断代文学史，却出现描述同一种语言文学发展历程的各种版本文学史千差万别的现象，造成这种差别的不是文学史对象发生了变化，而是撰写者的文学史观不尽相同。文学史著述的关键是文学史观念，如哈佛大学教授佩尔金斯(David Perkins)主编的论文集《文学史中的理论问题》(1991)认为，后现代主义文学史观会对如何叙述文学史产生重大影响；霍普金斯大学创办的《新文学史》(New Literary History)杂志，专门讨论文学史观和文学史理论及其对文学史撰述的影响问题；1989 年夏威夷大学语言学和文学学院举办国际学术研讨会《文学史、叙述和文化》，讨论文学史观和文学史建构问题；国际著名文学史家、哈佛大学教授贝尔科维奇(Sacvan Bercovitch，1936～)主编的《重构美国文学史》(1986)、墨尔本大学英语文学系主任弗洛(John Frow，1948～)的《马克思主义与文学史》(1986)、俄克拉荷马大学英文系教授科托姆(Daniel Cottom)的《引人入胜的传统：文化压力与文学史》(1996)等，研究不同理论著述文学史、特定文体在文学史构成中的作用、不同文学现象在文学史中的地位等问题。既然文学史观决定着对文学史的著述，况且美国加州大学历史系斯塔夫里阿诺斯(L. S. Stavrianos，1913～2004)教授能著《全球通史——从史前史到 21 世纪》，那么是否要承认世界上确有全球史中的文学史，并可能撰写出超越特定语言或民族国家范畴的文学史——“世界文学史”呢？

说到“世界文学”，自然要提及歌德。通晓欧洲文学的歌德因阅读了中国的许多小说，受启发试图把东西方文学有机融合。1827 年 1 月，他和弟子艾克曼谈话时指出，“在我们的祖先尚未开化时，中国有着成千上万种文学作品”，“我越来越确信，诗歌是人类普遍共有的……民族文学现在是一个相当没有意义的术语；世界文学的时代正在到来，每个人都必须为促进这个时代到来而努力”。这个提法引起欧洲知识界的广泛关注，典型者如马克思的《共产党宣言》(1848)称，“资产阶级，由于开拓了世界市场，使一切国家的生产和消费都成为世界性的了……过去那种地方的和民族的自给自足和闭关自守状态，被各民族的各方面的互相往来和各方面的互相依赖所代替了。物质的生产是如此，精神的生产亦然。各民族的精神产品成了公共的财产。民族的片面性和局限性日益成为不可能，于是由许多种民族的和地方的文学形成了一种世界的文学”。有意味的是，1934 年 10 月 1 日，上海黎明书局创办的《世界文学》杂志的封面上被伍蠡甫冠上歌德所创的德语 Weltliteratur(世界文学)字样，他还在创刊号发刊词中说：“本来，‘世界文学’这个名词，是 1827 年歌德所创造。歌德在当时已是非常进步了。他之所谓‘世界文学’，并非指在世界各地发展着的文学或许多国民文学的总和。他已认识世界各地开放了文学的花朵，他正假想如何可以在这一簇簇的花丛上成立一个大整体——意识的，内容的，而不是形式的整体……把内容纳入世界文学的领土去确立中国文学的方向，深化情思，泽润外貌，这也是一个大问题。尤其是从内容上讲，中国文学也正如中国其他若干问题，都需卷入世界的澎湃巨浪，才可相当的解决。”然而，这种被中国学人所看重的概念，在民族国家时代和后民族国家时代却遭质疑。特里尔大学教授舒华茨(Hans－Koachim Schulz)在《歌德：关于世界文学概念的论文节选》(1973)导论中声言，这个术语经常被误用，它与“世界的文学”历史之联系甚少；三年后，韦勒克(René Wellek，1903～1995)在《文学理论・总体文学、比较文学和民族文学》(1976)中又批评说，世界文学是从歌德的 Weltliteratur 翻译过来的，这或许是不必要的夸大其词，它意味着要研究从新西兰到冰岛的全部五大洲文学，而实际上歌德没有这个意思，他用世界文学指称所有文学将合而为一的时代，是要把所有文学统一起来形成一个伟大的综合体，希望每一个民族在这个世界性的音乐会上将演奏自己的旋律，但歌德已注意到这是一个非常遥远的理想，我们今天距离这种融合状态更遥不可及了，世界文学现在有了另一种意思，即世界各国的文学名著或文学作品选在文学批评和教学方面的公认性；其后，法裔哈佛大学教授和巴塞罗那大学教授、西班牙皇家学院院士吉延(Claudio Guillen，1924～2007)，虽有文《比较文学的危机》(1993)呼吁放弃文学的族群中心论、面向族裔文学和普世文学之间的张力关系，却在《世界文学》(1993)中质疑说，这个术语较模糊，在较为肯定的方式上该词外延过于宽泛，容易引起误解；同样，哥伦比亚大学英语和比较文学系教授达姆罗希(David Damrosch)在《何谓世界文学》(2003)导言“歌德杜撰一个用语”中声称，“世界文学”术语至今还是很复杂的，“它真正含义说的是一种‘世界文学’吗？什么样的文学、怎样的世界？在歌德宣布民族文学必然退却过时之后，民族国家文学的产品甚至壮观如初，这个术语和这种民族文学有何关系？西方文学和全球其他地区之间、古代文学和现代性之间、新生大众文学和精英文学之间有着何种新关系？”[14] 为避免因价值判断而误认为世界文学就是世界各国文学的生产、流通和消费过程，由此筛选出各自的文学名著组成世界文学(world literatures)，“世界文学不是一成不变的经典，而是一种阅读模式，一种超然地去触摸我们时空之外的不同世界的模式”，还按这种判断和同仁选编6卷本《朗曼世界文学文选》(2004)。当然，挑战“世界文学”概念最为激烈的是巴勒斯坦裔的哥伦比亚大学英语和比较文学系教授萨义德(Edward Said，1935～2003)，其《文化与帝国主义》认为，“世界文学”作为一个概念是大师著作所包括的种种概念与全世界文学的价值综合之间偶然出现的，“世界文学”概念在实践和理论层面上皆意味着，只要文学和文化被关注，欧洲就是领路人和影响源，因而他断然否定统一的“世界文学”概念。这些论争对理解文学的民族性和普遍性之关系是很有价值的。但近30年来中国的文学史撰述基本上没有受惠于这样的学术进展，期间中国虽推出好几百种文学史著作，包括外国文学史或欧洲文学史或西方文学史或世界文学史，但多局限于中国自身的现实需要。

更为重要的是，在中国忙于著述各种版本文学史时，不但无暇顾及期间国际学界很多人质疑“世界文学”概念，同时也未听到另有部分学人热烈讨论编纂世界文学史之声。苏联科学院高尔基世界文学研究所教授涅乌波克叶娃的《世界文学史：系统和比较分析问题》(1976)继承俄国学院派的做法，声言“世界文学史是人类精神活动的特殊形式和与社会的物质生活、思想史、阶级冲突史不可分离的文化组成部分。世界文学史揭示了文学和社会生活的关系”，主张研究世界文学史应该是比较分析各民族、各地方和各区域的文学系统。后苏联，哪怕俄罗斯民族主义甚嚣尘上，但莫斯科师范大学于1996年8月、2004年12月先后举办了《文化语境下的世界文学》国际学术研讨会，以图延续编纂

《世界文学史》传统。西方亦如此，瑞典隆德大学教授彼得森（Anders Pettersson）在《文学观念和跨文化文学史》(2006)中声称，文学是文化的中心，在文明的精神价值中具有重要地位，因文学最关心形式问题——"形式的美"(beauty of form)，文学就是审美经验的表达，"即使世界文学史是想象的，是一个乌托邦计划，但这样的历史是已经存在着的……18世纪后期和19世纪初期开始了文学史撰写——欧洲各民族文学史、作为整体的欧洲文学史"。[15]华人学者也关心这个问题，如张隆溪教授在《全球文学史的两个问题》开篇就指出，"不是立足于民族国家或大的地缘政治版图，而是建基于作为全球历史的完整世界规模上的历史观念，或许预示着人文学科和社会科学研究中出现一种新的并正在成长的趋势"，即全球史。当然，"任何一种全球历史都会遇到挑战和困难，而全球文学史面临的挑战和困难可能更大更多，因为文学比其他任何形式的人类行为和表达更渗透到独特的语言和文化中去"。[16]而且，不单理论上探讨建构世界文学史问题，19世纪末以来确有人尝试超越具体民族国家文学史之上的世界文学史研究与教学，典型者如俄国比较文学奠基人维谢洛夫斯基（А. Веселовский，1838～1906）院士所开设的"总体文学"讲座——世界各民族文学即使在有些时候不直接相联，但共同的母题在不同族裔文学之间仍然有相似性、间接关系；丹麦著名批评家勃兰兑斯（Georg Brandes，1842～1927），作为众多文学事件的亲历者，掌握了多种欧洲语言及其文学，提炼出统一的文学史观，即"文学史，就其最深刻的意义来说，是一种心理学，它研究人的灵魂，是灵魂的历史"，并用这种文学理念叙述欧洲文学思潮变迁的规律，其《19世纪文学主流》对期间由不同族裔文学组成共同的欧洲文学描写得纵横自如、气势恢宏。学者们不仅从理论上孜孜以求，而且还身体力行去编纂相对完整的世界文学史，这成为20世纪后期国际学术的态势：德国 Klaus von See 教授主持编纂24卷本《文学研究新手册》(1972～2002)、赫特尔（Has Hertel）率领斯堪的纳维亚半岛学术同仁（以丹麦为主）编纂7卷本《世界文学史》(1983～1993)、1996～2004年间瑞典国家学术委员会开展"全球化语境下的文学和文学史"项目并推出4卷本《全球视角的文学史》等，甚至苏俄科学院别尔德尼科夫（Г. Бердников）和维别尔（Ю. Виппер）主编8卷本《世界文学史》(1983～1994)，在苏联时期出版第1卷(1983)描述亚洲和非洲的古老经典、欧洲古希腊罗马文学，第2卷(1984)叙述10世纪之前东方各地区文学、高加索地区文学、拜占庭文学、斯拉夫和古罗斯文学、西欧中世纪文学，第3卷(1985)

叙述拜占庭、14～16世纪西欧和美洲、斯拉夫和古罗斯、东欧、中亚和东亚、东南亚各地区文学，第4卷(1987)叙述17世纪西欧、波罗的海地区、亚洲各地区、外高加索、美洲和非洲大陆……尚未出版齐全就引起欧美学界的重视，如Peter Moller著文《苏联撰写世界文学史》(《文化与历史》1989年第5期)盛赞此举的学术意义。这样的宝贵经验必须得到尊重，这也就是佛克马在《世界文学》(2007)中所说的，“世界文学这一术语，预设了人类拥有相同的禀赋和能力这一普遍概念”。[17]遗憾的是，国际学界的这些学术探险之于文学史重建，无论是文学史观还是方法论，皆有启示价值，但中国近30年来著述的大量文学史，却限于国内情势而与这种世界文学史编纂经验和理论缘分甚浅。

进而，中国学界也少有人从这些论争及文学史编纂实践中领悟到，若是从跨语言和跨民族国家的文学经验中寻找到一个便于建构文学史的统一概念，找到明确的文学史观或文学史著述主旨，有效解决世界文学的起源、发展动力、文学史分期、基本范畴等问题，建构相对完整的“世界文学”知识体系是可能的。当然，因为文学史是源自西方的现代学术行为，因而西方中心论在世界文学史著述中是普遍存在的，如上述德国的、苏联和北欧的《世界文学史》，欧洲语言文学部分要占80%以上，中国、印度、阿拉伯和非洲虽然也作为世界文学的一部分，对世界文学发展作出了巨大贡献，但篇幅却不足20%。据德里大学教授特瑞韦迪(Harish Trivedi)之《作为印度的世界：文学史的几种模式》考察，“世界文学的西方模式”各有着对时代的学术和政治考量，由此，“世界文学模式必须使用西方的”观点是令人疑惑的，进而提出“世界文学的印度模式”概念，哪怕印度人著述文学史也是西方学术体制所影响的产物，但作者仍希望印度学者从著述印度文学史模式中提炼出撰写世界文学史的经验，这个模式要考虑文本和作者、内外视点、英语和其他语言等因素。[18]与之相比，中国学界近30年来只是在理论上反对西方中心论，在外国文学史建构上因尚未搞清楚何谓西方中心论，自然没法反对之。更为严重的是，这也是中国知识界在文学史认知上的共同处境。由此，未来30年，外国文学史之建构，除需要中国知识界的整体进步之外，其本身还要考虑：建立全球视野，并经此审视各民族文化传统在相对封闭的环境下，如何作用于文学发展，民族文化在被纳入世界结构以后如何影响文学的问题，以及每个时代文学发展是怎样在他者影响和克服他者影响的焦虑中成长起来的——未来影响与本土文学之间的张力；建立现代性意识，以清醒认识伴随现代性扩张过程，西方文学被广泛译成非西方语言,促成了俄国、日本、中国、印度和阿拉伯世界等文学的现代转化,如中国融入世界的过程中外国文学扮演着重要角色。进而,也就明确专业学者的专业责任、使命:清理世界各主要国家的文学发展历程,给国民提供准确而系统的外国文学史,并由此把外国文学史和中国文学史融合,把不同语种的文学纳入统一的世界文学框架,正如不同专业的史学家把各语种的历史纳入全球史那样是可能的,建构一种恰当的全球文学史观,以更好地呈现中国文学在世界文学格局中的切实地位。这样的目标自然能改变学风,即自然而然地尊重国际学界在文学史建构方面的理论成果和探索经验、敬重中国前辈学者的实际贡献,读者面对这样的文学史也会清楚民族国家文学或具体语种文学在世界文学史中的位置。

总之,外国文学史的建立、发展和变革,在中国远不只是从事外国文学翻译、研究和教学领域的业内行为,而是受限于中国知识界关于中国社会及文学史问题认知及变化的一种社会性活动。其中,1952 年院系调整之前,外国文学史在中国的建立和重建,是直接引领社会变革的知识界领袖,而他们对外国文学发展历程和体系的把握,得益于他们有明确的文学史观、把外国文学的译介纳入其认识文学和世界的整体框架、对外国文学史的著述充满着个性等,虽然各国进化论或唯物史观影响;1952 年之后,外国文学史建构和人文学科一样被置于唯物史观的指导之下,并改变了此前唯物史观并非国家意识形态的观念,而意识形态借助唯物史观对中国社会的影响是整体性的,因而任何文学史的建构成效甚微;近 30 年来,外国文学史的建构和中国思想解放、改革开放的进程相关,同国际学界关于文学史和世界文学史的理论探讨及实践则相脱节,究其因,除专业分化和学科壁垒而不能汇通中国文学史和外国文学史之外,更重要的是未能从国际学界吸取营养,更遑论参与国际学界的学术进程。

[1]周作人:《近代欧洲文学史》,第 3 页,团结出版社,2007。
[2]胡适:《胡适留学日记》,第 167 页,商务印书馆,1947。
[3]《郑振铎全集》第 10 卷 375、376 页,花山文艺出版社,1998。
[4]周作人:《中国新文学的源流》,第 27 页,北平:人文书店,1932。
[5]周作人:《中国新文学的源流》,第 18 页,北平:人文书店,1932。
[6]罗根泽:《古典文学论文集》,第 53～56 页,上海古籍出版社,1985。

[7]转引自《清华大学史料选编》(上),第 296 页,清华大学出版社,1991。
[8]《鲁迅全集》第 9 卷 301 页,人民文学出版社,1981。
[9]《鲁迅全集》第 12 卷 102 页,人民文学出版社,1981。
[10]游国恩:《中国文学史》第 4 卷 152、306 页,人民文学出版社,1979。
[11]王佐良:《一种尝试的开始——谈外国文学史编写的中国化》,《读书》1992 年第 3 期。
[12]刘大杰:《中国文学发展史》自序，上海中华书局,1947。
[13]安德森著,吴叡人译:《想象的共同体:对民族主义起源和散播之沉思》,第 15 页,上海人民出版社，2005。
[14]Davud Damrosch，What is World Literature?,Princeton University Press,2003. P. 1.
[15] Anders pettersson (ed.), Notions of Literature across Times and Culture. Berlin: Walter de Grueter,2006. PP. 16—35.
[16] Gunilla Lindberg-Wada (ed.), Studying Transcultural Literary History. Berlin: Walter de Grueter, 2006,PP. 52—53.
[17]Roland Robertson & Jan Cholte (ed.), Encyclopedia of Globalization, New York & London: Routledge, 2007,P. 1291.
[18] Gunilla Lindberg-Wada (ed.), Studying Transcultural Literary History. Berlin: Walter de Grueter, 2006,PP. 25—31.

(原文载《外国文学史教学和研究与改革开放 30 年》、
《首都师范大学学报》2010 年第 3 期)

Research on History of Foreign Literature in Modern China and Evolutionism

Zhou Zuoren (1885—1967) delivered a series of lectures on "History of European Literature" in Peking University from 1917. This shows that teaching and researching about foreign literature was regarded important in universities in China, and that composing and writing about the history of foreign literature was considered as one of the important means to knowing the world. However, the construction and reconstruction of the history of foreign literature was one of the ways for Chinese intelligentsia of the 20th century to have access to foreign countries and understand the world. That is to say, the cognition of literary history was decided by cultural trends of the times, or by the ideology of the era in the 20th century of China.

In the annual opening ceremony of Peking University in early September 1921, Professor Hu Shih said, "There is neither culture nor 'new culture' at all in Peking University, which is generally considered to be a centre of new culture. With over 400 faculties and 3000 students, our university edits only one monthly journal, and has published only 5 monographs of *University's Series* in 2 years". [1] Of the 5 monographs, *History of European Literature* by Zhou Zuoren was the first book on the history of foreign literatures published in China.

Subsequent to his*History of European Literature*, Zhou published another book, entitled *History of Modern European Literature*. As a textbook, *History of Modern European Literature* simplified the complicated history of European literature into a history of literary evolution, as its author was deeply influenced by Darwin's Theory of Evolution, which was popular at that time. In the conclusion of the textbook, the author summarized: "In Renaissance literature, writers imitated classical literature and stressed emotions and feelings, so the Renaissance Age was named the first Romanticism Epoch. In the 17th and 18th centuries, writers paid regard to rationality, so the age was named the first Classicism Epoch. Romanticism rose in European at the early 19th century. After decades, as less attention was paid to emotions and feelings in literature, Realism took the place of Romanticism. It stressed impersonalism and objectivity in writing literary texts by science, canonized rationalism and neglected emotions and feelings in literature, so it was named the revival of Classicism. The alternation of the two trends of thought made the history of literature".[2] In addition, at the beginning of his teaching materials of *History of Modern European Literature*, Zhou said that "European Literature started from the Middle Ages. For more than one thousand years, as epochs always change, cultures gradually made progress and developed with the changing ages. Now I only discuss literature within the last 200 years. The literature in that period is familiar to us, for its thoughts and emotions can satisfy the aesthetic needs of modern readers, and it can give us more inspiration than literature before the 18th century... As far as history is concerned, there are causes and effects in the changes of literatures, particularly European literature, which may enlighten us. According to the order of evolutionism, literature develops and moves forward step by step".[3]

Zhou Zuorenwas one of a large number of Chinese intellectuals who believed in evolutionism and its effect on China. In China, the theory on evolutionism was originated from Yan Fu (1854—1921), who is the first Chinese translator of Darwin(1809—1822)'s monograph *On the Origin of Species*, and the first president of Peking university. As the early intelligentsia of modern Chinese, Yan Fu introduced many publications on evolutionism, which became the main framework of constructing the history of literature for the Chinese academia. In the monograph *History of the Novel: Theory and Practice* (1993), the famous contemporary professor of Chinese literary history, Chen Pingyuan, said, "Evolutionism is a general method of researching histories of literature in the 1920s".[4] Hu Shih's monograph *Literary History in Chinese Colloquialism* (1919) is a prime example of constructing history based on the theory of evolution. This monograph established the approach of writing the history of literature, while also putting the evolutionism that the intelligentsia advocated into practice. Evolutionism insisted on the advancement and orderliness in the development of literature.[5] In 1920, this approach facilitated a speedy understanding of the process of literary development for intelligentsia who had little knowledge of the history of literature. It also set the fashion of writing history of literature according to evolutionism. Among the influential writers who were interested in evolutionism was the famous scholar Tan Zhengbi (1901—1991), who wrote the monograph *Outline of Chinese Literary History* (1924)-the first work on the general history of Chinese literature in the modern Chinese language-and the monograph *History of Literary Evolution in China* (1929). Another famous scholar is Zheng Zhenduo (1898—1958), who wrote *Literary History of China* (illustrated edition, 1932), *Outline of Literature* (1924—1927), *The Literary History of China with Illustrations* (1932) and *Literary History of Colloquialism in China* (1938). He explained the importance of evolutionism in the article, *The New Approach to Research of Chinese Literature* (1927), "you can easily understand anything if you know the theory of evolution?".[6] Composing literary history according to evolutionism changed the Chinese intelligentsia's opinions about literature-for example, before the May 4th Cultural Movement, there was no modern concept of literary history in China. In ancient China, few of the literati studied literary theory, except for the scholar Liu Xie (465—532) of the Southern Dynasty, who wrote the monograph *Dragon-Carving and the Literary Mind*. Traditionally, Chinese scholars were only interested in literary texts, and produced many works commenting on and discussing poetry, stories and novels. However, nobody researched the history of literary developments or changes. Moreover, they faithfully accepted the idea that "Prose in the Qin-Han Dynasty is the paradigm of writing a prose, and poetry in the Grand Tang Dynasty is the paradigm of writing a poem"-in other words, the apothegm was always the basic principle of understanding literature for traditional scholars in China. In the preface of his masterpiece *Records of a Grand Historian*, the historiographer Sima Qian (145BC—90BC) said, "In the study of history, we must follow the basic rules of investigating the general relationship between nature and man, understanding changes from past to present, and constructing our own theory of historiography". Generally, Chinese historiographers tended to comprehend the history of China according to their personal experience. Such empirical expression corresponded to Max Weber's *The Protestant Ethic and Spirit of Capitalism* (1904—1905). In his opinion, "The highly developed historical scholarship of China did not have the method of Thucydides". [7] The method and idea of evolution simplified comprehending the development of literature, but it unexpectedly agreed with the anti-traditional trend in modern China, soa lot of intellectuals were willing to adopt evolutionism in constructing the literary history of China.

Evolutionism was thus popularized in the field of constructing literary history, most especially in the field of constructing the history of foreign literature. Some writers covered both fields. That Zhou Zuoren was able to publish *History of European Literature* was not only due to the fact that he specialized in the history of European literature, but also because he was well- known among the intelligentsia who studied literary and cultural phenomena of the world from the perspective of Western rationalism, humanism and evolutionism; and because he wrote important articles such as *Literature of Human Beings* (1918), *Civilian Literature* (1919), *Revolution of Thoughts* (1919), *Russia and China in the Field of Literature* (1920) and *The Bible and Chinese Literature* (1921). Therefore, in his study of history of European literature, he put evolutionism into practice in other fields. Zheng Zhenduo and other intellectuals studied the literary history of China and of the world in the same way. Even so, evolutionism as a basic method for the intelligentsia to research on any literary history meant that they no longer studied the phenomena of literature (s) without a consciousness of history. This tallied with the contemporary perception among academia that literary history was a part of history. In this context, Maodun[8] published *Introduction to Western Literature* (1929) and *Lectures on the Literary Classics of the World* (1934—1935), which described the process of development of European literature. In his opinion, Western literature developed from ancient Greece and Rome to the middle ages and the Renaissance, progressing from new classicism to romanticism, realism and finally naturalism through the process of evolution. Such studies encouraged many Chinese intellectuals to translate Japanese and Russian works of an evolutionary nature into Chinese.

However, due to literary historystudy within the limited framework of evolutionism, the value of literary aesthetics in literary texts was greatly neglected. In a word, evolutionism as a methodology turned research on the history of literature into a utilitarian teleological pursuit. In his article *On Literary Evolution and Drama Reform*, Hu Shih concluded that Western drama was superior to Chinese drama from the point of view of evolutionism. He said that in the process of evolution, Western drama enjoyed fully free development, while Chinese drama enjoyed only partly free development and retained aspects of its heritage such as facial design, falsetto, stage walking, singing skills, drums and gongs, and 'walk-on', which conflicted with evolutionism. It was a pity, Hu Shih said, that critics who didn't know evolutionism still liked and argued for legacies which should be abolished.[9]

The application of evolutionism in literary history begot criticism among the academia. In his monograph *Origins of New Literature in China* (1932), Zhou Zuoren argued against evolutionism, "In China, the road which literature goes along isn't a straight line; but is like a winding river, flowing from A to B, and then flowing back from B to A. Literature changes its direction."[10] And he said that there were two different schools of genre: the genre of mind-"poetry is what is focused intently on the mind" and the genre of *Dao* (ideology)-"literature is what is focused intently on the *Dao* (ideology)" in traditional Chinese literature. The genres formed with the changes. In his monograph *Origins of New Literature in China*, Zhou Zuoren managed to trace their origins in a longer period of history. He thought that the periodical changes of the two genres constituted Chinese literature, and that new literature was an extension and variation on these. He considered that the origins of new literature can be traced back to the Ming dynasty, because the literary movement at the end of the Ming dynasty was quite similar to the literary revolutionary movement of the Republic of China. In this way, Zhou Zuoren found that such so-called complex factors of literature as literary ideas and form played important roles in the development of literary history. In his opinion, historiographers misunderstood the evolutionary literature view as one that saw literary history as developing in a linear manner, or as literature continuously evolving. [11] In his monograph *Origins of New Literature in China*, Zhou paid attention to complicated and incompatible factors and their effects on the development of literature and stressed the inadequacies of academic research on literary history. It means Zhou disagreed with Hu Shih. In their different approaches to literary history and the methods of research, Zhou Zuoren and Hu Shih showed a striking contrast, which changed views on literary history and methods of research held by the Chinese intelligentsia. As a result, many scholars found the complicated factors of literary development more important and valuable than evolutionism.

The arguments on literary history destabilized evolutionism in China. Evolutionism had no longer played an important role in writing any history of literature since the 1930s, and scholars were not interested in writing works on a general history of literature or the complexities and particularities of literary changes in the period. Authors paid attention to particular conditions in every monograph, such as *Literary History of Folk Songs and Ballads* (1931) by Luo Genze, *Social Systems of Southern and Northern Dynasties and Changes of Literature* (1931) by Wang Lixi, *Brief Literature of the Pre-Qin Dynasty* (1932) by Yang Yinshen, *Literature of the Liao, Jin and*

Yuan Dynasties (1933) by Su Xuelin, *Literature of the Pre-Qin Dynasty* (1934)by You Guoen, *Literature of the Song Dynasty* (1929) by Lü Simian, *Literary History of the Song Dynasty* (1934) by Ke Dunbo, and *Literary History of the Ming Dynasty* (1934) by Song Yunbin. In their works, the authors studied on specialities and complexities of literatures or literary developments of historical periods. That trend influenced scholars to translate foreign literature: Maodun serialized *Introduction to Foreign Literary Classics* in the journal *Pupils* from Sep. 1934 to Nov. 1935, introducing seven great literary works-*Homer's Epics*, *The Divine Comedy* (1307—1321) by Dante Alighieri, *War and Peace by* Leo Tolstoy, and other works. He published *Western Literary Classics Translated into Chinese* in the Shanghai Eastern Asia Press (1935), introducing 32 great literary works including *Homer's Epics* and Oscar Wilde's *Salome*. On the other hand, many other scholars, such as Zhu Guangqian and Feng Zhi, studied the particular events and writers in literature of Europe rather than the history of European literature.

With the declination of evolutionism in China, the Chinese intelligentsia introduced Western academic research and new literary criticism instead of writing and teaching the history of foreign literature. Many scholars took great interest in the close reading of classic texts, and emphasized humanist aesthetics instead of evolutionism. The changes which insisted on literary values had an effect on foreign literature courses in the departments of Chinese or foreign languages and literature in many universities in the 1930s. In the Southwestern Associated University, the Department of Chinese Language and Literature offered a bilingual course, 'World Literary Classics and Translation', instead of 'Introduction to Foreign Literature in Chinese', while the Department of Foreign Language and Literature offered many courses about British literature and European literatures such as British Poetry, Shakespeare and Translation, Hugo, Goethe, Western Drama, and Western Humanism. The courses and researchers paid special attention to the original texts and to the translations into Chinese, and they offered the potential for academia to discuss the problems of foreign literature by linking departments of Chinese and Foreign Language and Literature. *Chinese Monthly* (Vol. 1, 1948) published the posthumous article by the famous Professor Wen Yiduo, *On Regulating the Department of Chinese Language & Literature and the Department of Foreign Language and Literature in the School of Liberal Arts*. In the article, the author suggested that the two departments should be substituted by a literature department (which would include Chinese literature and foreign literature) and a philological department (which would include Eastern languages and Aryan). In fact, Zhu Ziqing, Wang Li, and Feng Zhi had similar opinions. In setting courses on foreign literature, Luxun Art College in Yan'an, like the Southwestern Associate University, offered courses on Selected Reading of Literary Classics of the World, History of Western Literature, and Translation and Foreign Languages (Russian, English and French). Teachers of the courses included writer Zhou Libo, who translated *Anna Karenina by* Leo Tolstoy in the early 1930s; the poet He Qifang; and other famous writers and poets such as Maodun, Ai Qing and Ding Ling, who were invited to make speeches on the texts of foreign literature instead of foreign literary history in the college.

Interestingly, when the Southwestern Associated University and Luxun Art College attempted to cultivate students to read original literary texts, and teachers promoted teaching on the basis of original texts, Western academia also started to study original texts through close reading. It means that intelligentsia of China and western academia researched and taught specific phenomena of literature or interested in closing reading the texts in the end of 1930 years and the early of 1940 years. For example, famous multilingual Russian-American novelist and short story writer Vladimir Nabokov (1899—1977) was engaged in teaching comparative literature and classics of European and Russian literary masters in Wellesley College (1941 — 1948), Cornell university (1948—1952) and Harvard University (1952—1958). Later, his teaching materials were published as *Lectures on Literature* (1980), *Lectures on Ulysses* (1980), *Lectures on Russian Literature* (1981) *and*, *Lectures on Don Quixote* (1983). Nabokov won fame for these works. Not only did Nabokov concentrate on closing reading texts, but also American literary critic and Professor of Yale University Harold Bloom (1930—) was interested in the same approach to literary study. Bloom studied and discussed theoretically specific writers and their texts in his monograph *The Anxiety of Influence: A Theory of Poetry* (1973), *A Map of Misreading* (1975), *Agon: Towards a Theory of Revisionism* (1982) and etc. Morever, Bloom offered undergraduate courses on Shakespeare and the literary canon, but nothing on the history of European literature.

Inconclusion, the construction and reconstruction of views of foreign literary history in early modern China were closely linked with the trend of evolutionism, and the theory of evolution led to achievements as well as defects in constructing and reconstructing foreign literary history. With the declination of evolutionism in China in the 1930s, research on the writers and their texts of foreign literature replaced research on the history of foreign literature. It was a pity to revive evolutionism in the literary research and other humanistic studies rather than go on closing reading texts of literature after the early of 1950 years in China.

[1]Chi Yuzhou & Yang Xueli, *Romance of Peking University*. Hefei: Huangshan Bookstore, 1998, P. 46.

[2]Zhou Zuoren, *History of European Literature*. Beijing: Commercial Publisher House, 1919, P. 260.

[3] Zhou Zuoren, *History of Modern European Literature*. Beijing: Unity Press, 2007, P,3.

[4] Chen Pingyuan, *History of the Novel: Theory and Practice*. Beijing: Peking University Press, 1993, P. 58.

[5] Hu Shih explained the constructing literary history based on the theory of evolution: modern China needs 3 methods, "view of induction, foresight of history, and vision of evolution" (*The Diary*

of Hu Shih Studying Abroad. Beijing: Commercial Publishing House, 1947, P. 167.

[6]*The Short Story Magazine* or *Novel Monthly* (《小说月报》) Vol. 17 extra issue of magazine, June, 1927.

[7]Max Weber, *The Protestant Ethic and Spirit of Capitalism*. New York: Dover Publications, Inc., 2003, P. 14.

[8]Maodun (1896—1981) is the pseudonym of the famous writer and translator Shen Yanbing.

[9] Hu Shih, *On Literary Evolution and Drama Reform*. In *New Youth*, Vol. 5, No. 4 (Oct., 1918)

[10] Zhou Zuoren, *Origins of New Literature in China*. Beiping: Humanistic Bookstore, 1932, P. 27.

[11] Zhou Zuoren, *Origins of New Literature in China* . Beiping: Humnistic Bookstore, 1932, P. 18.

(原文载 Susan Bouterey & Lin Jinghua (ed.), *Cultural Interactions and Interpretations in a Global Age*. New Zealand, Christchurch: University of Canterbury Press, 2010.)

中俄文化关系问题

俄罗斯问题的中国表述

进入21世纪以来，中国社会终于在俄罗斯问题研究的专业性学术成果启示下认识到，中国在俄国所建构的世界图景中的位置，无法和俄国在中国所建构的世界图景中的地位相媲美，即俄国之于中国在20世纪大半时间是最为重要的国家，是中国一代代人挥之不去的迷思，而中国之于俄国仅仅是第五层级的国际因素（远排在美国、欧盟、独联体、印度之后）。

造成如此状况远非外交的原因！甚至外交是这种状况的直接后果，更何况中俄（苏）之间的外交并非一帆风顺。可以说，此乃近年来的普遍认知，超出了外交领域。其实，鲁迅《祝中俄文字之交》（1932）已经说过，“中俄的文字之交，开始虽然比中英、中法迟，但在近十年中，两国的绝交也好，复交也好，我们的读者大众却不因此而进退；译本的放任也好，禁压也好，我们的读者也决不因此而盛衰。不但如常，而且扩大；不但虽绝交和禁压还是如常，而且虽绝交和禁压而更加扩大。这可见我们的读者大众，是一向不用自私的‘势利眼’来看俄国文学的。我们的读者大众，在朦胧中，早知道这伟大肥沃的‘黑土’里，要生长出什么东西来，而这‘黑土’却也确实生长了东西，给我们亲见了：忍受，呻吟，挣扎，反抗，战斗，变革，战斗，建设，战斗，成功”，而鲁迅明白如此俄罗斯情结，“我们岂不知道那时的大俄罗斯帝国也正在侵略中国”。可见，俄国之于中国如此亲切、重要，是有另外更为深层的原因！

这就是中国知识界对俄罗斯问题的表述！

论及中国知识界对俄国的表述，20世纪基本上是屏蔽了俄罗斯文明结构的复杂性——东正教、东方蒙古、启蒙主义以来的西方、伊斯兰教等不同因素，在不同时段内，以不同方式（或者君主一厢情愿地强制性引入，或者外来力量的强行带入，或者皇帝宏伟大业的胁迫引进，或者国家不断扩大而客观进入），进入东斯拉夫的基辅罗斯、莫斯科罗斯、俄罗斯帝国、苏联，但这些因素千余年来基本上是混杂在一起，没有化合成有机整体，唯有具有强烈国家意识形态功能的东正教和斯拉夫民族性诉求能相容，并且正因为这样的融合，跨欧亚大陆的俄国却无法让东方因素和西方因素和谐相生，以至于以国家形式追求物质进步或现代化的俄国，却在精神上不断排斥西方。但是，中国却因此把已知的反资本主义的马克思主义，和基于自身文明结构复杂而反资本主义和西方的苏俄马列主义，对接起来！俄国文明结构的复杂性问题被表述成俄国因为要实现马克思主义的共产主义目标才和西方冲突的。

令人疑惑的是，俄罗斯问题被简化了，并从中延伸出中国和苏俄之间有许多相似性的简单判断，何以在20世纪大半时间成为中国人的普遍认知、社会导向？

原来肇始于五四新文化运动时期那些主导引进俄国文化的知识分子，多是时代著名的作家、理论家、批评家、思想家等，他们原本是个人对俄国文学、正在发生的俄国革命和正在生成的社会革命理论等的肯定或否定，却因其博学、启蒙主义时代特有的知识分子使命感去理解俄罗斯问题，把引进俄国文化问题置于当时世界语境下来考量，具有相当的深刻性，并因为他们在诠释俄罗斯问题及其之于中国的意义方面所显露出的个性，而使之具有神奇的魅力。

李大钊这位译介俄国文化卓有成效的人士，通晓世界历史、国际法学（在天津北洋法政专门学堂学习时曾对所学日文《法学通论》和《刑法讲义》作过深刻的批注，还同张润之合译日文著作《中国国际法论》）、国际政治（1912年曾负责日文《支那分割之运命》的翻译和批评工作，还写了很多关于国际政治问题的文章）、世界文化思潮（在介绍和倡导托尔斯泰的同时，也写下了《介绍尼采》、《培根之偶像说》、《爱国艺术家罗丹翁病笃》等积极倡导西方文化的名篇）等，这样的学者又是很有道德操守的北大教授（北大“进德会”发起人之一）、很有理想追求的社会活动家（中国共产党创始人之一），因而他能用世界眼光看俄国问题。在著名的《法俄革命之比较观》(1918)中，他如是称，俄罗斯虽也为欧陆国家，但与西方相比，“俄国文明之进步，殊为最迟，其迟约为三世纪之久。诉诸历史，其原因乃在蒙古铁骑之西侵，俄国受其蹂躏者三百余载，其渐即长育之文明，遂而中斩于斯时，因复反于蛮夷之境而毫无进步。职是之故，欧洲文艺复兴前后之思想，独不与俄国以影响，俄国对于欧洲文明之关系遂全成孤立之势。正惟其如此，所以较欧洲各国文明之进步为迟，亦正惟其文明进步较迟也，所以尚存向上发展之余力。由地理位置言之，俄国位于欧亚接壤之交，故其文明之要素，实兼欧亚之特质而并有之”，并引用时人关于俄罗斯精神兼有东西方文明、东西方文明之中介名言，“俄罗斯于同化中国之广域而能成功，则东洋主义，将有所受赐予一种强健之政治组织，而助之以显其德性于世界”，肯定俄国革命对中国的意义。[1]同样，对引进俄国文学极有贡献的周作人，是当时著名作家和学者，在北京大学开设过欧洲文学史并尝试著述《欧洲文学史》，翻译过很多国家的文学作品。至于沈雁冰，其世界文学史知识之广博令人折服，不仅著过《西洋文学通论》、《世界文学名著讲话》和《骑士文学 ABC》等，而且在《关于文学史之类》(1934)中，针对商务印书馆 1933 年出版费鉴照的《浪漫运动》少有创新价值并在概念理解上有错、针对梁镇翻译 Maurice Baring 的《俄罗斯文学》学术价值不高且此前郑振铎的《俄国文学史略》已涉及不少内容等，他切中肯綮地予以批评。[2]这样的例子很多，郑振铎著有 3 卷本《文学大纲》(1924～1927)，尝试把俄国文学纳入整个世界文学体系中进行查考；沈泽民这位 34 岁病逝于鄂豫皖省委书记职位上的革命家，也不独独满足于译介俄国文学，在《小说月报》第 13 卷号外“法国文学”专号上发表有长文《罗曼・罗兰传》、在《小说月报》第 13 卷第 3 号上著文论 1916 年诺贝尔文学奖得主瑞典诗人海顿斯坦(1859～1940)、在《中国青年》杂志(第 27 期)上著文《泰戈尔之生涯与思想》等。值得特别提出的是在塑造俄国正面形象方面贡献极大的瞿秋白，他关心的远不限于俄国文学，对中国问题、世界主要大国的政治经济和文化都很关注，他写有著名的《新中国文草案》(1932)试图重建汉语，在鲁迅编辑的《海上述林》中收录有他不短的书评《房龙的〈地理〉和自己》，俄国只是他世界视野中的一个部分，因而他对俄国的社会政治变革、经济发展、苏俄进步等的系统论述颇为深刻；在俄国文学方面，除了翻译大量苏俄理论和高尔基的许多作品之外，还有专门的《十月革命前的俄罗斯文学》和《苏联文学的新阶段》等，进而他眼中的俄罗斯就不是单一的。诸如此类，不一而足。

博学、视野开阔，使得这批通才式人物对俄国文学的审视，客观上能把它置于相对公允的位置。茅盾20世纪20年代在《小说月报》上开设"海外文坛消息"放眼世界,即便涉及苏俄也并非只是选择有利于苏维埃政府的文学现象,如第111条《哥萨克作家克拉斯诺夫》(第13卷第2号,1922年2月)就介绍了红色政权所排斥的白俄作家克拉斯诺夫将军关于十月革命之作《从双头鹰到红色标准》,在第173条中还把该作与普宁、库普林、阿·托尔斯泰等叙述革命的文学作品(如《苦难的历程》)同归并为"俄国革命的小说",以求客观而全面地呈现苏俄文学现状。在第191条《苏俄三个小说家》中如是分析十月革命后最初三年苏俄文坛凋敝的原因:旧日重要作家亡命国外,少了文学生力军,而十月革命把人心震动得不知所措,新旧更替使人目迷神乱、实际生活变化之速让人思想跟不上,还有这几年的纷乱使一般作家的处境不利于文学创作,更何况这期间只有苏维埃政府一个出版社,而且出版多为宣传文字,只是新成长起来的皮里尼亚克和伏谢沃洛德·伊凡诺夫等作家改变了这种状况。这些文字今天看来是相当深刻的。同样,胡愈之在《屠格涅夫》(1920)中论及俄国文学主题时,字里行间透出深刻的见解:"人道主义色彩最显明的要算陀思妥耶夫斯基、高尔基、安德烈耶夫。托尔斯泰乃最大的人道主义者,托尔斯泰是人道主义者,又是最大的艺术天才。托尔斯泰的小说戏曲是借此来宣传其主义的,屠格涅夫小说是纯粹的艺术作品","屠格涅夫是写实主义的浪漫派(Romanticist of Realism)、浪漫主义的写实派(Realist of Romanticism)","托尔斯泰、陀思妥耶夫斯基、屠格涅夫乃俄国写实派三大文豪,屠格涅夫以道德解释人生,陀思妥耶夫斯基以病态心理解释人生,屠格涅夫以艺术解释人生"。[3]还有,著名作家和翻译家汪倜然的《俄国文学ABC》论及普希金时,称《叶甫盖尼·奥涅金》"是注重性格描写而不大注重情节的,这本诗体小说的趣味是抒情性的、心理描写的,而不是叙述的",他推崇《黑桃皇后》,说"不但是普希金最好的短篇小说,亦是世界最好的短篇小说之一",而论及1846～1904俄国文学主流——写实派一自然派文学时,他判断说这种文学的人物比情节更显著、所叙述故事不完善、情节不十分动人等,把人物故事做成了"人生的片断",小说仿佛自传,而自传与小说难分。在理解俄国文学和理论上的如此表述,虽然参考了欧美学者之论,甚至有不少编述或摘译之嫌,但整体上是经过了自己视野过滤的,这比单依据苏俄文献看俄国文学视野更为宏大、认识更为深刻,更让人信服。

当然,这样的"通才"译介和诠释俄国文学的目的,自然也会有自己的独立思考。耿济之这位把俄国文学引入中国的重要人物去世不久，戈宝权有文《耿济之与俄国文学》(1947)称，五四新文化运动前后耿济之等人译介俄国文学的工作，“是有重大的意义的，一方面是我们有可能认识俄罗斯民族的丰富的文化与文学，另一方面又促进了中国新文学的诞生、发育和成长”，并根据耿济之的译介成果、参考耿济之给安寿颐的《甲必丹之女》译本所写的序而探寻此举的根据，“外国文学之当介绍，其意义在建设中国之新文学……在我介绍者方面而言，对于某派文学固有其主观之憎恶，而从社会方面着想，是不得凭一己之憎恶，以为介绍之标准。故外国文学之介绍，不当限于一宗一派、一时一代。我借之介绍俄国文学亦即此意，但视此作品之意义若何，其对于俄国当时社会之影响若何，而作应介绍与否之标准，初不顾其与古典派、浪漫派或写实派也”，也正因为如此，耿济之所翻译的作品遍及俄国文学不同时代、不同倾向、不同文体，囊括了从普希金、果戈理经安德烈耶夫到高尔基一大批俄国经典作家，没有意识形态的限制，成就斐然，也的确促进了中国新文学的发展。[4]而且，这不是戈宝权一人的情感性评价，这期《文艺复兴》中还刊有叶圣陶的《零星的说些》、徐调孚的《忆济之先生》、周予同的《悼耿济之先生》、赵景深的《忆耿济之》等，他们根据各自的经验也表达了类似的认识，并与耿济之本人有颇多的同感，如叶圣陶声言，五四以来中国文学隐藏着“为人生”的潮流，“如果说这是承袭了俄国文学的精神，当然不妥当，我国文学为什么要承袭别国的文学精神？大概是我国的现实情况与当时的俄国相类，故而表现为文学方面，与俄国文学同其趋向”(同期第274页)。其实，对耿济之的这种评价，同样适用于期间其他翻译家：虽然感情专注于写实主义并趋于苏维埃文学，但能在一定程度上正面触及他们感情上并不认同的俄国现代主义和东方基督教，为复杂俄罗斯形象的塑造奠定了基础。

但是，20世纪20年代末～30年代初，引进俄国文学和理论逐渐成为进步青年、职业革命理论家、俄语方面专家等的专门工作后，即出现了“专才”替代“通才”的现象，随之在接受或拒绝俄国问题上也显示出相应的变化：选材上日趋受苏俄思想影响，在理解俄国文化问题上缺乏世界眼光，发展到20世纪40年代已经把阅读俄国文学当作一种意识形态行动，主体性意识丧失成为趋势，和苏联人一样，中国学者中几乎不再有关于俄国现代主义思潮和宗教问题的正面讨论，写实主义逐步被苏俄新文学和“社会主义现实主义”所替代。这种变化在新增的俄文队伍中尤为明显。当然，五四新文化运动前后已经成为引进俄国文化主力人士作品的时期，在新时代一方面受到时局的感染，另一方面原本的世界视野和知识结构在一定程度上还是抵挡了潮流，如瞿秋白在阅读邹韬奋编译的《革命文豪高尔基》(1933)时指出，"这确是一本好书，虽然这书的原文——美国康恩教授的《高尔基和他的俄国》——就已经包含着一些模糊的偏颇的见解，然而他毫无疑问地感动着读者，引起读者许多新的思想，教训读者许多生活的经验……美国大学教授的偏见还不至于淹没新世纪文学的巨大形象"。[5]诸如此类的叙述，对当时开阔认识俄国的视野、避免从单一渠道接受俄国，是很有积极作用的。遗憾的是，在整体上不能改变时代变化的趋势，导致中国对俄国文化的接受虽然主要开始于俄国文学，很快上升到对苏俄社会制度的认同，但中国误读俄罗斯并非因为文学本身，而是日趋紧张的社会情势和越来越强势的追求"进步"/"革命"之社会思潮，而且对苏俄文化的接受，反过来助长了把文学简单化、引进外来文化的功利主义化等负面效应。

不仅如此，早期译介俄国文学和苏俄社会革命理论者的那些通才式人物，知识结构相当完备，能够把俄国置于世界中来查考，有些人甚至也能在知识论层面发现俄国问题的民族性因素、俄国文学中的民族身份问题。田汉的《俄罗斯文学思潮之一瞥》称，"考19世纪欧洲思想界，德、俄之间两雄对立，一为德之尼采，一为俄之托尔斯泰，尼采研究希腊哲学倡强权主义(Machismo)，20世纪凯咱尔主义(Kaiserism即独裁政治)所自来。托尔斯泰信仰基督教，倡人道主义(Humanism)，即为20世纪威尔逊主义(Wilsonism)所由起"，"与威尔逊主义所代表之和平会对抗者，今则有俄国列宁主义所代表之大多数派(布尔什维克)政府。夫列宁主义之所主张(非如报所传者)因为合理之希腊主义创造伊始，缺点自多。然虽威尔逊主义亦逊其真切、彻底，与德国所崛起之'新产业主义(New Industrialism)'同为吾人亟当研究对象"，"横而观之，自彼得大帝改革以来，知识阶级分为两派"，其中赞成彼得改革的西欧派发源于圣彼得堡，欲以西欧思想改良俄国、代表为古希腊思想，而不赞成改革的斯拉夫派发源于莫斯科，欲以俄国为希腊正教指导西欧、代表为希伯来思想，"以希伯莱思想与希腊思想说明俄国文学，此19世纪40年代正其所焉……西欧主义者之所主张，细言之，即以一般人类的文化种子播之俄国，使国民生活益臻丰富为其天职，力说俄国与西欧精神的兴味既同，即政治经济与精神生活发达之步调亦不能不与同。斯拉夫民族苦于东方教权、王权与旧制度已久，今亟当使个性的自由发展，要求个人在社会的权利，西欧文明各国已将正当的社会组织由理想成为事实，吾人当以为模范，勉为学步。夫此种精神故俨然一希腊主义也。而西欧主义者之目的，不以模仿西欧为止，而谓俄国文明大进之时，有改造一般人类的文明之必要。是说呼为博爱主义、人道主义亦至切当，则又带希伯来思想也”。[6]在这样全球性视野中谈俄罗斯文学，相对而言是比较客观、全面的，只不过因为这类比较，可能更着眼于当时的中国现实，而不是俄国文化本体。这种情形在《小说月报》那期“俄国文学研究”专号中同样反映出来，如郑振铎之文《俄国文学的启源时代》专门探究俄国文学何以在19世纪以后被世界关注之因果问题，就涉及俄国独特的历史发展原因。同样，沈泽民有文《布兰兑斯的〈俄国印象记〉》(1921)称，“研究俄国文学比研究别国的文学不同：俄国的政治生活、知识界的状况，都是特别的重要。并且俄国文学是新起的文学，其中充满了民族的渴望和信念，文字也特别的忠实纯朴，不像别国老了的文学一样，所以关于俄国的地势气候，这种天然情况对文学所生的直接间接的影响，都是特别要注意的”。并提醒读者说，勃兰兑斯这部《俄国印象记》就记录了这类材料。但是，一方面，受客观条件限制而不能静心体验俄国，李大钊和胡愈之对苏俄只有短暂的访问，陈独秀和周氏兄弟等更多的人对俄国没有亲身感受，瞿秋白虽有不短时间的旅俄经历，但逐渐地主要是根据苏俄公共价值观和国际共运理论而不是按照个人体会去理解俄国，结果只看到新苏俄，而没有发现苏维埃外表掩盖下的俄国问题，对俄国文化传承、俄国宗教和现代主义存续等问题无缘深入体会，这种情况后来日趋严重；另一方面，来自俄国写实主义的洪流、普遍信奉的“中俄文化相似性原则”、把新苏俄当作社会主义范本的“革命”浪潮等，使得那些“通才”对俄国文化的民族身份认同问题以为理所当然，进而对俄罗斯民族性诉求缺乏警觉。这种情形，到了20年代和30年代之交，中国译介俄国文学的队伍大变，虽然有更多的专才去苏俄，但知识结构使他们难以理解俄国的复杂性，并因为苏俄自身的变化，使他们缺乏对俄国民族身份认同问题的深入体验，特别是，他们反对西方资本主义的立场、认同新苏俄的心态，使他们对俄国何以变成苏俄的复杂过程及后果所隐含的问题缺乏警觉，对俄国文学的热情变成了对苏俄的全面认同。这种情况也延及到那些通才式人物身上。高尔基提议以“世界的一日”为题写1935年9月27日这一天，苏联作家米哈伊尔·科尔佐夫欣然命笔，这原本只是一个出色的创意，茅盾却盛赞“现在译出此篇，我们便可以知道这理想不但新奇而且非常伟大。不以金钱，不藉请托，全世界的文化界欣然集体合作，这恐怕是苏联以外任何国家的出版家所办不到的吧？……因有高尔基这一‘理想’，这一天将在此后的文化史上永远不朽了”。[7]同样，茅盾的《作家和读者在苏联》(1936)以当时的苏联作家伊凡诺夫 1935 年在巴黎举行的国际作家保卫和平大会上的发言为蓝本，称苏联作家社会地位多么崇高和待遇多么好、党和政府以作协形式培养作家的好处多么多、作协对作家寻求工作和创作的好处很多等，[8]全然不管苏联政府对作家的监控情形，更没有考虑作协是俄国严重的官僚主义传统在苏联时代向文学界的扩散；茅盾的《儿童文学在苏联》(1936)盛赞苏联儿童文学大会“充分表示了苏联的党政当局如何注意这两千八百万学童精神上的食粮”，苏联政府通过儿童文学艺术的普及而重视儿童的教育，认为这“反映着社会主义文化的成长以及社会主义的巨大成功”，[9]全然没有考虑俄国原本就有重视儿童文学创作的传统(从克雷洛夫、普希金、托尔斯泰、谢德林到高尔基、科罗连柯等无不热衷于儿童文学创作)，也没有认真反思苏联 20 世纪 30 年代儿童文学创作成就之低的现实。

更有意思的是，误读俄国主体的结构性变化直接影响到介绍和研究俄罗斯问题“文风”和“学风”的变化。通才式人物在引进和理解俄国文化方面，不仅视野开阔、有独立思考能力，而且才华横溢，原因就在于他们普遍有深厚的文字功夫和文学修养。今人重读李大钊的《青春》(1916)，对这样的语句“致我为青春之我，我之家庭为青春之家庭，我之国家为青春之国家，我之民族为青春之民族。斯青春之我，乃不枉于遥遥百千万劫中，为此一大因缘，与此多情多爱之青春，相邂逅于无尽青春中之一部分空间与时间也……”[10]还会怦然心动？而这样的表述又何止是这一篇，著名的《新中华民族主义》、《布尔什维主义的胜利》、《庶民的胜利》、《我的马克思主义观》等篇章无不同样激动人心。不仅李大钊这样，周氏兄弟、茅盾、郑振铎等人也无不如此。这些人把这样的文字功夫和文学修养用在了译介俄国文学事业上，自然是促成俄国文化热的关键性原因。由此也不难理解瞿秋白的《饿乡纪程》和《赤都心史》何以成为文学名著，而不仅仅是游记。更为重要的是，这些人在译介俄国文学时，不少地方要借助外文材料，但学风颇为严谨，每篇文章或著作后大多附上参考文献并作说明，如《小说月报》那期“俄国文学研究”专号中的郑振铎之文《俄国文学的启源时代》结尾明确标示，“因为时间匆促，极力求简的缘故，这篇东西只根据 M. Baring 的 Outline of Russian Literature(俄国文学概观)的头两章，不及多所参考。这是应该非常抱歉的”。在同期的《托尔斯泰的艺术观》中，作者张闻天有译述题记明示,“本篇依据托尔斯泰的艺术论 What is art? (英文译本),引用的地方都是(从)本书上植移下来的”。郑振铎之作《写实主义时代之俄罗斯文学》、《俄国诗歌》和《俄国文学史略》等明确表明,参考了 Leo Wiener 选编的 2 卷本《俄国文学作品选》(1902)、Bechhofer 的《英译俄文选》(1917)、P. Selver 选编的《现代斯拉夫文学作品选》和《现代俄语诗歌》(1917)等,在俄国文学史知识上着重依据 M. Baring 的《俄国文学概观》(1905)和《俄国文学的里程碑》(1910)、勃兰兑斯的《俄国文学印象》(1889)、W. Phelps 之作《俄国小说家论》(纽约麦克米兰出版公司 1911 年英文版)、Leo Wiener 的《对俄国人的阐释》(纽约 McBridge Nast 出版公司 1915 年英文版)等,以及 A. Bruckner 以叙述文学史为主体的《俄国自由史》(1908)、C. Fanning 以综合讨论当代俄国政治和宗教等问题为主的论文集《俄罗斯》(1918)等,还推荐说《对俄国人的阐释》虽非专论俄国文学,“对俄国国民性解释得极为详尽,是研究俄国文学者所不能不看的书”。同样,阿英在评述作家涅维洛夫叙述苏联饥饿时代情景的《面包城》之文《涅维洛夫与饥馑时代》(1930)结尾有附记说:“本文得力于柯根的《新兴文学论》的地方甚多,特此说明。”不仅如此,俄国文学、文化和社会革命理论的译介队伍还形成了相互砥砺的风气,如瞿秋白的《饿乡纪程》问世不久,王统照写下《新俄国游记》(1922)盛赞该书乃“一个奋勇的少年人的人生观念的自述”,是令人感动的游记作品,而如此书评是“为了引导当时青年去阅读和深入理解《饿乡纪程》,希望他们思考和领悟人生”。[11] 同样,鲁迅对瞿秋白在引进俄国文学和理论方面的贡献,不仅赞誉有加,而且切实延续这种作风、倡导这种精神,还为瞿秋白译作编纂《海上述林》。但是,“专才”成为主流后,这种比较严谨的情形就逐渐消失了,直接搬用苏联人对文学的看法,或综述俄文材料而成关于苏联文学批评或理论之作,不再指明材料出自何处、参考何种文献,以至后来发展到绝大多数人,尤其是俄语语言学者、政治学者等基本上不尊重国际学术成果和前人成果的境地;同时,即便是批评或褒扬,主要是出于意识形态目的,而不是为了学术进展,甚至仅仅是为了学术进步而坦诚鼓励和批评的情景也日趋少见。当然,这种变化与苏联理论界和批评界在思想上日趋平庸、在表述上日益丧失个性而趋于意识形态化、学术规范遭遇危机等也不无关系。

应该说,现代中国知识界在引进和研究俄国文化方面的这些变化,造成对俄国的误读是综合性的,不同的误读情景是混合在一起的,但不能否认不同时期所具有的时代性效益，诚如郁达夫在《五四文学运动之历史的意义》(1933)中总结说，五四运动的意义是促成了易卜生、惠特曼和俄国19世纪诸作家作品“在中国下了根，结了实”。[12]即使后来出现了“专才”替代“通才”的变化，但社会情势促成了这批“专才”在塑造俄国形象的成效上更具时代性，而误读则更具超时代性，即面对共同的西方时注重精神诉求的俄国和中国能找到不少共同点。但离开了国际共运的框架，俄国却有不少和西方切近的东西，诸如基督教在俄国是一种文化传承形式和载体，但中国则没有，因而针对与基督教相关的自由主义、社会主义、共产主义、混合主义(syncretism)、文化多元论(pluralism)等，俄国和中国是有巨大差别的。[13]也就是说，引进俄国文化的知识群体的变化是造成中国现代性问题的重要力量：这一知识群体的变化越来越用苏俄思想理解和规范中国基层社会的发展，以至于造成在反右年代，很多俄语专业毕业生成为急先锋；而20世纪80年代以来，面对中国借用西方现代性重建中国现代性变体的潮流，中国的俄语专业建设很难适应这种时代变化，造成全国性大学俄语专业衰落的趋势。20世纪40年代末期开始生成的制度性传统、惯例性思维，无疑影响了俄语专业在全国高校专业调整中的作用(当然，不否认也与俄国本身国力衰退、没有对全球化产生很大影响、俄语越来越成为地域性语种等客观情势有关系)。

误读结果的结构性变化：从民族性问题到民族认同问题

关于“误读”问题，现代中国并非不知晓。茅盾在《文学和人的关系及中国古来对于文学者身份的误认》(1921)中基于自己的世界文学视野、“文学为人生”的使命感而深刻指出，“在中华的历史里，文学者久矣失却独立的资格，被人认作附属品装饰物了……附属品装饰物，这便是我国自来文学者的身份了”，“我国古来的文学者只晓得古哲圣贤的遗训，不晓得有人类的共同情感；只晓得有主观，不晓得有客观；所以他们的文学是和人类隔绝的，是和时代隔绝的，不知有人类，不知有时代！这便是我们翻开各家集子搜寻他们文学定义时常要触着的感想了”，“我们一向不知道文学和人的关系，一向不明白文学者在一国文化中的地位”，进而导致国民文学不能独立和发达，倡言“文学者表现的人生应该是全人类的生活，用艺术手段表现出来，没有一毫私心，不存一些主观”，文学即便是涉及思想和感情，也一定是属于民众和全人类的，这才是人的文学、真的文学，“这样的文学家所负荷的使命，就他本国而言，便是发展本国的国民文学，民族的文学；就世界而言，便是要联合促进世界的文学。在我们中国现在呢，文学家的大责任便是创造并确立中国的国民文学。改正古人对文学的见解，这是现在研究文学者的责任了；提高文学者的身份，觉悟自己的使命，这便是我们所决不可忘的啊！”“文学家是来为人类服务的，应该把自己忘了，只知有文学；而文学呢，即等于人生！这是最新的福音。我国文学的不发达，其患即在没有听到这个福音，错了路子；并非因为我们文学家没有创造力，不曾应用创造力！文学家对文学本意的误认及社会上对于文学家责任的误认，尤是错了路子的根本原因。所以我们现在的责任：一方是要把文学与人的关系认得清楚，自己努力去创造；另一方是要校正一般社会对于文学者身份的误认”。[14]且不提夏志清在《文学革命》中批评这种借助外来文化诊断中国文化传承问题是浅薄之举的意见，至少应该说，在误读问题上茅盾的如此辨析还是很深刻的。很可惜，他没把这种辨析运用于现代中国在对世界文明尤其是对俄国文化及其民族身份的误读问题上来。

本来，如何借用外来民族文化解决本土问题就是一件很有风险的事情，因为首先涉及民族性问题。要知道，“每个民族都有深刻的民族特性，即便你经常观察和赞赏这种特性，但你对它一切的描述较它本身来仍要贫乏得多。在那些为使人能够理解和感受这种真正特性而写的历史著作中，也极少能看出这种特性。知道了这一切，我们就会明白，想洞见这些事物，恰似想在一瞥之下，用一种情感和一句话就一览无遗地把握一切民族、一个时代和一个国家，字句所传达的反映是何等的苍白、模糊。为更接近于本真，不得不给这些字句添加上生活方式、习惯、需要、地理特性和气候特性的整幅生动画面，或者先行写一篇导论；为领悟一个民族的一个愿望或行动的意义，就得和这个民族有同样的感受；为找到适于描述一个民族的所有愿望和行动，就要思考他们的丰富多样性，就必须同时感受所有这些愿望和行动”。[15]俄国人对此有更深刻的认识：1825 年 5 月普希金致信著名的十二月党人作家雷列耶夫说，“气候、政体形式和信仰赋予每个民族自己特殊的面貌，这副面貌在诗这面镜子中得到某种程度的反映。某些思维方式和感觉方式，不计其数的习俗、信念和习惯，只属于这一个民族”。[16]这意味着，超越民族国家疆域的普世性概念、全球性标准、世界性价值观等实际上并不是天然就存在的，即便后来制造出来了，也可能难以通行，诸如“全球自由市场预设经济现代化在任何地方都是相同的，它把经济的全球化,即在全世界相互联系起来的市场经济中传播工业生产的现象,解释为单一类型的西方资本主义,也就是美国自由市场的无情推进。但在我们的时代,情况似乎正相反。经济现代化并没有在全世界复制出美国自由市场体制,而是与自由市场背道而驰的。其孵化出本土型资本主义,可以归功于西方模式的东西很少。东亚市场经济之间有深刻的差异,它们就体现了资本主义的不同类型。但所有这些新型资本主义有一个共同特点,那就是并不与任何西方模式趋同。真正的全球经济并不意味着西方价值观和制度会向人类其他部分的扩展,而是意味着西方全球霸权的终结……在中国,它们孕育出了新型的市场经济,并为散居在全世界的华人所实践。在俄国,苏维埃制度的崩溃并没有产生自由经济,它产生出的是后共产主义的、无政府资本主义的奇特类型。世界经济的发展,并未促进西方自由民主的普遍传播。在俄国,它产生了混合式的民主政府,强有力的总统权力是其核心……世界经济没有使'民主资本主义'体制普遍化。随着它孵化出的各种新型资本主义,也就繁殖出各种新型的政体"。[17]而资本主义在俄国之所以如此,是因为俄国作为多民族国家有自己独特的文化构成,其中如斯拉夫民族难以割舍农业文明时代培养的价值观、继续信仰敌视经济社会的东方基督教,包括俄罗斯民族在内的各族群各有自己的时空观念和生活方式,[18]而这些不仅难以为西方文化所同化,而且与中国文化少有公分母。如此一来,"他者"资源如何嫁接到本土文化,就成为后现代化国家普遍遭遇的难题。德国在这方面一开始就树立了很好的榜样:18世纪德国所开展的启蒙运动,既受益于英法和南欧理性主义思潮,又对这种外来文化的强大影响抱有警惕,这种矛盾使得德国知识界与外来文化之间不断保持着张力关系,因而促进了德国古典哲学的繁荣、培育了德国自己的启蒙主义文学,也造就了德国独立思考现代性的传统,由此出现了马克思、尼采、海德格尔等不断深刻批判以工具理性为主体的西方现代性的思想巨人。自彼得大帝推行现代化运动以降,俄国得益于英国经济模式、法国启蒙主义、北欧军事制度等方面的经验而迅速进步,却一直未被西方所同化,还能用本土斯拉夫文化遗产抵抗文化上的西化,此乃俄国知识界受惠于德国用本土资源认真面对外来文化之结果,但这未必解决了俄国发展问题。很有意味的是,郑振铎和沈雁冰的《法国文学对于欧洲文学的影响》论及赫尔德如何运用孟德斯鸠的民族性原理分析德国问题时也发现了这种现象,即"(赫尔德认为)文学是民族性之表现,并由此说明文学发达的公例。他以为文学艺术之最高形式并非全是创造出来的，他们是聚居于一地的人类（民族）所接所感之自然结果。他相信凡在同一境遇同一环境下之人类，其所思所感，皆为整个民族性之一点一滴”。[19]此言甚为深刻。

现代中国所出现的多种误读俄国现象，表面上是因为要为重建中华而有意识借助外来现代文化、寻找理论资源所致，事实上与现代中国的生成过程有相当的背离，此举隐含了很多风险。众所周知，李大钊的《新中华民族主义》已经呼吁“今日世界之问题，非国家之问题，乃民族之问题也。而今日民族之问题，尤非苟活残存之问题，乃更生再造之问题也。余于是揭新中华民族主义之赤帜，大声疾呼以号召于吾新中华民族少年之前……国民精神既已勃兴，而民族的运动遂继之以起”。此外，作者还继续倡言，“德意志则倡大日耳曼主义(Pan Germanism)矣，俄罗斯、塞尔维亚则倡大斯拉夫主义(Pan Slavism)，英吉利则倡大盎格鲁一撒克逊主义(Pan Anglo—Saxonism)。他如美之守孟禄主义，日本近来之倡大亚细亚主义，即在印度民族，迩来对于英国亦颇思扬独立之旗，举革命之烽火者，无非应此民族的运动之潮流而兴者也”，“然则今后民国之政权典型，延至当悉本此旨以建立民族之精神、统一民族之思想，此之主义即新中华民族主义必新中华民族却能发扬于东亚，而后大亚细亚主义始能光耀于世界”。[20]李大钊呼唤现代民族国家观念的浩然之气，令人振奋并很吻合正日益成熟的现代民族国家理念。据当代德国著名思想家哈贝马斯《公民身份和民族认同》(1990)的说法，“在古典语言学中，民族是一些血缘共同体，它从地域上通过栖居和相邻而居而整合，在文化上通过语言、习俗传统的共同性而整合，但没在政治上通过一种国家形式而整合”，并引用康德的话说“那些由于共同血缘关系而被认作一个联合为公民整体的人群，就叫做民族”，15世纪以后“民族”被视为主权，18世纪中叶后“民族”概念发生巨变，法国大革命把民族国家和民主当作双生子推出，“‘民族’的意义从一种前政治整体变成对一个民主共同体的公民之政治认同而言具有结构性意义”，“通过历史意识和浪漫主义文学表达的民族主义，为这样一种集体认同奠定了基础，对法国革命时期的公民角色起了功能性的作用”，民族意识的血缘特征转化为一种自觉的传统承受的结果，祖传的民族归属变成了一种获得性的民族主义、一种有自身力量构成的精神形态。共同的民族归属感成为民众通往经济现代化和社会现代化的社会纽带，而民族主义是这样一种形式的意识，而且民族主义与共和主义一开始就相互依赖，“每个人无一例外得到三重承认：作为不可替代的个人、作为一个族裔或文化全体的成员、作为公民都应该能得到对其完整人格的同等保护和同等尊重”。[21]然而，中国在实际操作层面上却没有完全适应这种潮流，如把俄文的 Националиность、英文的 Nationality 译成“国民性”，而不是“民族性”，也就顾及不了“民族性”概念下的个人地位问题：背离了民族国家观念！进而，当然不会去辨析俄国人是如何把自己的事情说成是“世界性”的修辞，同时还把苏俄理想化，使之成为与西方有效对抗的范本，因而把俄国的“国民性”概念也就普遍化了，即相信苏俄把国内社会问题的叙述当作对人自身或人类发展问题的普遍叙述。理论上是这样，实际上也如此：1924 年 2 月 16 日蒋梦麟、沈尹默、胡适之、马叙伦、李大钊、周作人和郁达夫等北大 47 位教授致函《国人力促恢复中俄邦交》称，“俄国革命，国体变更，中俄邦交，因以暂辍。然此乃事势所迫，国际常例，苟其主体已定，则邦交自当随复……况俄之与我境界相毗，不徒念鲁卫之政立先诸国复其故交，即援连疆之谊，亦当应其嚶鸣。况俄之于我，互助之勤，亦屡宣布，苟相与以诚，何至食言？若先以利合，后图未可必也。所以思惟再三，谓宜绝瞻顾翼望之怀，立遗俄复续两国之多，选民有言，当仁不让”。[22]北洋政府派王正廷与苏俄代表加拉罕谈判，结果谈判破裂，可是李大钊发文《中俄交涉破裂后各团体态度》，却不以为然地说：“吾人以中俄两国，疆土毗连，有历史关系，兼以两国民族同受帝国主义之害。”周恩来当时也发表了类似意见。这样一来，中俄文化相似性原则的地位不断上扬，俄国写实主义文学和左翼社会思潮等，自然而然地从配置性资源上升到主体性资源，甚至唯一性资源的位置。而且，这种发展趋势不可阻挡。

按照洛特曼的《论建构文化的相互作用理论》深刻判断，“显而易见，任何人的意识都包括自己思想的因素和他人思想的因素。但是，可以假定，科学意识是以逻辑结构为特点的，艺术思维则以创造性为特色，而普通想法则是中庸的”。[23]对照上述情形，我们可以说，中国对俄国的误读在相当程度上欠缺了用科学思维来锻造自己的民族主体性意识，没有充分考虑俄罗斯文化的民族性诉求，把接受俄国文化演变为对俄国所构造的普世性价值观的认同。这种误读，实际上忽略了俄国文化所包蕴的东方性资源。俄国文化的东方性归属问题是 18 世纪以来俄国知识界的重要论题，且不提托尔斯泰的东方文化诉求，就是热衷于象征主义的勃洛克在《塞西亚人》中也称，“是的，我们是塞西亚人！是的，我们是目光炯炯的斜眼亚洲人”。茅盾在“海外文坛消息”第 107 条消息《再志勃洛克》(第 13 卷第 1 号，1922 年 1 月)中就提及该篇言论，“俄国将弃绝欧洲，而且请你们看亚洲的乡村”(茅盾解释这首诗说它整个是象征的，未必就是具体指向欧洲和亚洲，而是借东西方比作新旧，而主人公则比作新旧的过渡)。不认为自己属于西方是俄国社会不少人士的习惯性自我认知，到今天依旧如此，如20世纪90年代以来俄国深受西方影响，学术发展在一定程度上与西方接轨、越来越接纳西方所确定的“公共学术规范”等，但不少人讥讽这是学术范式上的“新西欧主义”。[24]可是，对俄国的这种东方性诉求，中国感知甚少，主要相信苏俄构想出来的“社会主义东方”。茅盾在“海外文坛消息”第108条《最近俄国文坛的各方面》中称，“布尔什维主义的诗人又是主张俄国与东方联合的；他们都说传布亚洲文化于世界是俄国的使命，而这亚洲文化就是新俄的文化作了代表”；毛泽东在《新民主主义论》(1940)中称中国革命是世界革命的一部分，主要是依据斯大林《十月革命与民族问题》(1918)所构想的西方无产阶级经由苏俄建成了社会主义东方阵营之说，即“十月革命就在落后的东方各民族人民和先进的西方各民族之间建立了联系”。进而，没有人疑惑国际共运描述“东方”时何以就一定要加上“落后的”修饰语。也正因如此，常常出现把俄国归之于西方的现象，如茅盾于1930年8月在上海世界书局出版的《西洋文学通论》，论及现代主义时就旁及了俄国，尽管具体表述时曾说“西欧的象征主义和神秘主义到了俄国，又失去了‘颓废’的色彩，而转入了幻想的玄学”。[25]1935年4月上海亚细亚书局出版的茅盾之作《汉译西洋文学名著》收录了果戈理的《巡按》和屠格涅夫的《父与子》、托尔斯泰的《复活》、陀思妥耶夫斯基的《罪与罚》、契诃夫的《三姐妹》等俄国经典作品。当然，造成这种情景显然不能排除辨析和运用俄国的东方文化资源客观上有许多困难：在一般情况下，俄国大片疆域在亚洲却不意味着俄国的文化主体是东方的、俄国的欧洲地区(包括伏尔加河沿岸城市)也不是没有东方因素、俄国的“东方”内涵有自己的规定等；[26]在苏俄时期构想的“东方”不是本体论意义上的东方，斯大林在《不要忘记东方》(1918)中描述的“东方”是西方资本主义和苏俄在战略利益上彼此对抗的东方，不是文化价值上独立、自足、与西方和苏俄平等意义上的东方，因而他呼吁“要重视东方”是在维护国际共运的修辞意义上表述的；1945年之前的抗战，苏联对中国的帮助未必比盟国更多，但是苏联文学却成为中国抗战的思想资源之一，这在塔斯社于上海创办的《苏联文艺》中就能看出来，如在创刊号(1942年11月)上，主编罗果夫通过“编者的话”发言说：“在伟大的十月革命之后，俄国文学的声誉在中国有特别的增长……在第二次卫国战争时,中国对于苏联文学的兴趣愈加提高了。中国朋友竭力要求把英雄时代的苏联文学介绍给他们,于是我们创办了这份《苏联文艺》月刊。”而杂志通过译介苏联文学和发表社论、评论,把苏联描绘成拯救东方和世界的反法西斯战争的主战场。而时代出版社 1945 年推出的大型系列《苏联卫国战争文艺集》又再次巩固了这种叙述,可是中国不少人却从不怀疑苏联人的这种判断。

与此同时,没有充分顾及俄国对东方文化的排斥问题。深受黑格尔影响的别林斯基是一位很有民族主义色彩的批评家(他是以思想活泼、表达犀利、见解深刻而见长的非专业性批评家),他对包括中国在内的东方文化却很藐视;而博学且富有智慧的弗拉基米尔·索洛维约夫(1870 年以《西方哲学危机》获得硕士学位)在《欧洲与中国》中认为中国文化于欧洲是一种威胁,学院派领袖人物亚历山大·维谢洛夫斯基在《历史诗学》中对东方的理解也有偏狭,在他看来,“为什么斯拉夫的东方在中世纪没有产生自己的美文学、自己的个人创作诗歌、没有创造出文学传统呢?许多事情可以从斯拉夫民族比较晚才登上文化史,以及斯拉夫族有责任同异族东方展开斗争的地理位置等情况中得到解释……如果可以把西方文学视为民族因素和古典拉丁文因素相结合的产物的话,那么这种结合在斯拉夫的东方却是在更狭窄的意义上发生的,即受到读书识字和教会教育的目的制约。这也就是为什么俄国会缺少诗歌的原因所在”。[27]把俄国中世纪文学不发达的原因与东方联系起来,实在是令人疑惑的叙述:同为中世纪的东方,中国和日本古典文学何以很发达?更有甚者,著名的美籍俄裔史学家 H. 梁赞诺夫斯基之文《经由俄国眼光看亚洲》(载《俄国与亚洲:俄罗斯对亚洲居民影响论文集》,1972),从基辅罗斯和战胜鞑靼蒙古的历史变迁中说明古俄国已经对东方产生影响,彼得大帝改革之后俄国开始与东方为敌,称亚洲人为“懒汉”(халатник),认为他们“懒散”和“玩忽职守”(халатничать),因而断言“俄国人虽然生活在欧洲的东部,至少可相信从来就不属于东方,彼得大帝在白纸上找到了自己的归属并用强有力的手在上面书写欧洲和西方的文字,此后我们就属于欧洲和西方了”。[28]在现代俄国人视野中,“中国”和“东方”,或与其利益问题联系在一起(随着西伯利亚、远东、高加索、中亚等并入俄国版图,俄国越发强烈地关注东方国家),或与“落后”联系在一起,是需要启蒙的对象(自认为比东方更早开始现代化历程,从而召唤了东方并给东方提供成功的经验)。[29]因而,在俄国的全球观念中,“中国”或“东方”的位置是很有限的,在俄国的高校教材《俄罗斯学》中论及了俄罗斯作为一种文明的独特性、地理空间性、多民族性等重大问题，特别安排一章“西方对俄国的接受”（Россия в западном восприятии），却未曾触及“东方如何阅读俄国”。如此地审视中国至今还在延续：2000 年 4 月北京刮起几场沙尘暴，期间俄国国立电视台和独立电视台一致地播报沙尘暴肆虐的情景，并声言“五十年后北京将不再存在”；当代俄国分析家们焦虑过去用武力掠夺而来的中国领土要被索回的前景，并担忧中国影响的逐渐增长所带来的威胁，尽管俄国很多地区和居民受益于中国的经济发展和中国人口的季节性移民；[30] 2003 年 4 月北京“非典”疫情扩散高峰期，俄国《独立报》4 月 29 日发表长文评述非典型性肺炎（атипичная пневмония）会导致“北京将在地球上消失”，这与当时美国《时代周刊》所刊载的五星红旗变成了一张“非典”X 光片下的《SARS 将改变中国》同样危言耸听，并且第二天在没有发现任何疫情的情形下莫斯科市长卢日科夫下令关闭莫斯科地区中国和越南开设的 13 处自由市场，并主张莫斯科应拥有自己人开设的自由市场。[31] 可是，“中俄文化相似性原则”却能在中国毫无阻拦地通行大半个世纪！即使今天这个原则不再有那么大的效力，是因为中国把目光投向了别处，而不是发现了这个原则所包含的悖谬。

由此带来对俄国自我认同问题的严重误读！俄国作家的民族认同几乎是无所不在的，且不提一代代知识精英对民族文化的自豪表述，连民族主义意识相对薄弱的作家科罗连柯也称“我们是俄罗斯人就因为我们出生在俄国，从呱呱坠地开始，我们就呼吸着俄国空气，并凝视着俄罗斯那忧愁和荒凉有时也美丽的大自然”；[32] 以书写人对大自然的自发感受而著称的作家弗拉基米尔·索洛乌欣更主张，“如果我们试图仔细查考我们对自己故乡的感觉，那么我们就会发现我们身上的这种感觉并不是自发的，而是相当有组织和文化的，因为这种感觉不仅已经被对大自然自发产生的沉思所养育，而且也被整个乡间艺术所教化过，还被它的全部文化传统所熏陶过”。[33] 这类表述是吻合民族国家观念发展趋向的，“经由印刷品的散布，资本主义协助在欧洲创造出群众性的、以方言为基础的民族主义，而这个民族主义从根本上腐蚀了历史悠久的王朝原则，并煽动了每一个力有所及的王朝去进行自我归化。官方民族主义——新的民族原则，和旧的王朝原则的融合，反过来导致我们为了方便起见称之为‘俄罗斯化’的政策出现在欧洲以外的殖民地。这个意识形态倾向于干净利落地调和实际的迫切需要……作为双语知识分子，尤其是作为 20 世纪初期的知识分子，他们能在教室内外接触到从超过一个世纪的美洲和欧洲历史的动荡、混乱经验中萃取关于民族、民族属性和民族主义的模型”。[34]可是，现代中国只注意到俄国文学对帝制时代社会现实的否定性、批判性叙述，而对其中的苏俄本身的强烈认同和国际社会对于苏俄的认识少有谨慎的审视、判断，如得知伦敦大学政治学教授拉斯基盛赞苏联宪法使苏俄人民“自由大为扩张”及有了“经济安全”的根据、实行各民族一律平等的主张（“此与德国及其他民族情形对比，给人以深刻的印象，实对西欧具有伟大的意义”），胡愈之便在《生活日报》（1936 年 6 月 23 日）上发表社论，同样热情转述这种赞赏，而没有考虑当时苏联大清洗高峰还未退却；对《苏德互不侵犯条约》的签订，胡愈之在《桂林日报》上著文说，这表明“希特勒已经公然向张伯伦叛变，不愿再做反苏联的工具”，“侵略阵线已经开始破裂。向来用作侵略弱小民族的幌子的《德日意反共协定》，由于《苏德互不侵犯条约》的签字而成为一撮废纸”，“苏联在欧洲及远东地位已大大增强。在欧洲方面，对德意与英法的冲突，苏联取中立态度”。[35]殊不知，该条约正是二战迅速发生的另一个重要理由。抗战胜利后，中国少有人反思苏联在中日战争中的角色问题，热情倡导苏联文化的声势一浪高过一浪，仅广州兄弟图书公司就经营《中苏文化》、《苏联文艺》和《苏联医学》等多种期刊。

在这种认同与排斥的错位性误读中，一定程度上自然延伸出进一步否定自身传统、背离自己民族国家精神独立的潮流。阿英的《中苏两国伟大的友谊万岁》（《星报》1950 年 2 月 16 日）开篇便声言，“我们在极度兴奋情绪下，读完了中苏两国友好同盟互助条约的全文”，赞赏“一边倒”政策的正确性；冯牧声称，“正如苏联军队是世界上最先进的军队，苏联文艺是世界上最先进的文艺……在战争年代里，苏联文艺曾在思想上武装了我们，在建设的年代里，这种思想必然会日益加强。我们要学习苏联，学习苏联人民的建设经验，学习苏维埃人崇高的共产主义品质，学习苏联军队的英雄的战斗道路，苏联文艺应当成为我们重要的、不可缺少的教科书”，[36]“我们可以列举出许多事实来证明苏联文学是怎样地教育了我们，加强了我们的思想武装和斗争力量，以至于我们可以毫不夸张地说：苏联文学已经成为我们文化生活和精神生活中不可缺少的一个部分。这种情况，随着我们国家的巩固和发展，随着我们国家在社会主义建设中所取得的巨大胜利，就越来越变得明显和突出了……我们常常宣称向苏联作家学习，而重要的问题是我们不但要向他们的作品学习，而且也要向他们的行动学习，向他们的深入斗争生活学习……四十年来，苏联文学也以自己的经历为我们证实了毛主席的指示英明与正确……我们酷爱苏联文学，不仅因为它能够给我们以崇高的美学上的享受，而且更因为它教育了我们，鼓舞了我们，加强了我们的思想武装和战斗力量"。[37]1959 年苏联已经进入改革时期，《北大学报》是年第 2 期发表署名冯志、陈祚敏、罗业森的文章《五四时期俄罗斯和其他欧洲国家文学的翻译和介绍》，文章不是以主体性意识重新认识五四新文化运动时期对俄国文学的误读历程，相反，完全是正面评价这种阅读。诸如此类，不一而足。

这种主要是看到俄国革命的正面价值、推崇苏俄国际共运目标等方面的社会性误读，直接或间接演绎出"中国是世界革命又一个中心"的逻辑，并且在中苏友好关系破裂之后，这种逻辑力量进一步膨胀。《人民日报》和《解放军报》1967 年 11 月 6 日发表社论说："18 世纪末，法国曾经是世界革命的中心。19 世纪中期，革命的中心转移到无产阶级登上了历史舞台、马克思主义已经产生的德国。20 世纪初，革命的中心转移到产生了列宁主义的俄国。后来革命的中心逐渐转移到产生了毛泽东思想的中国。在无产阶级文化大革命中，中国作为世界革命的中心变得更加巩固更加强大了。"并配有毛泽东关于"中国是世界革命的中心，也必须是军事的、技术的中心，世界革命的军火生产中心"等语录。与这些主张相一致的是，向世界不少地方输出革命。这些描述在思维方式上，很显然是苏俄把苏联描述成国际共产主义运动中心的延伸，是导致今日世界怀疑中国和平崛起的历史记忆。

同样，这类误读自然不会促使中国知识界去探究俄国思想史、文学史、社会发展史上始终存在的文化守成主义潜流。且不提俄国浪漫主义之于启蒙主义、写实主义之于浪漫主义、现代主义之于现实主义等有序变革，仅 19 世纪 40～50 年代出现的斯拉夫派与西欧派之争就很能说明问题：斯拉夫派强调理性个人(rational individuality)与理想的俄罗斯难以汇通，主张俄国发展应立足于自己的历史；认为试图通过在西方寻找改造俄罗斯的灵感是对俄国的腐化；而西欧派则确信西方文明的优越性，认为要维持俄国的本质就得与西方相通，断言俄国本来就容易接受外来文明，因而应该尽可能西化。但他们的这种差别却源于共同的社会与知识背景，即都对俄国如何面对外来文化积极而认真地反应、对当下制度共同地大失所望，彼此间有不少共同处，如斯拉夫派不信任西方的天主教和新教，认为由此而来的宪政和帝国主义是有欠缺的社会产物，东正教信仰能把基督教共同体里的人们连成一体，在这个精神共同体内人们能找到真正的自由,西欧派对此并不反对。[38]可是,中国为了更快捷地实现自己的种种宏大目标,酝酿出急功近利的思潮,恰如胡适之在《白话文学史》(1921)的“引子”中所称,人类进步分自然的演进和顺着自然进化的趋势而加上人力的督促——“革命”这两种,而自然进化的趋势加上人力的督促,可以将时间缩短十年百年、成效可以增加十倍百倍。而这“人力的督促”在中国现实社会中很大程度便是有意识引进外来文化迅速解决中国问题,而俄国文化则是其中最重要的力量,但主要是那些“有用的”写实主义文学或苏俄理论。因而,胡愈之从法文本翻译了 M. 伊林(1895～1953)(马尔沙克)的《书的故事》这部以童话形式叙述世界主要国家的书籍诞生和发展史的科普性读物(生活书店 1937 年 1 月在上海出版),很受欢迎(抗战期间不止一次重版),这在现代中国是很罕见的无功利现象。进而,无暇认真关注俄国是如何在接受外来文化中成长起来的历史,对俄国没因 300 年现代化运动而消磨自己的民族认同这一重要的“他者”经验,也没好好吸取,即不是从接受俄国文化过程中培养中国自身的主体性,相反,接受越多就越忽视俄国文化大师对传统文化的情感,越不能感化知识界和思想界反传统的情绪,“打倒孔家店”/“不读中国书”/“废除汉字”等激进主义情绪,几乎毫无障碍地一泻而出并无阻拦地导引着全社会思潮,甚至为这种激进主义思潮提供了合法性。这种结果,反过来又使人误以为整个俄国文化就是激进主义的,进而导致 20 世纪 90 年代以来不少人把中国激进主义的责任推卸于俄国文化及其影响。

大量引进俄国文学尤其是苏俄文化,原本是要借之改造中国传统、提升国民性质量、更有效地解决中华民族生存与发展问题,结果却逐渐形成对欧美现代文化的排斥之势,进而改观了五四新文化运动前后已经形成的多元接受世界文化的格局,变成了唯俄国文化是从的趋势。不仅如此,在引进俄国文化过程中,又逐渐把现代主义与写实主义对立、把作为文化传承或一种文化形态的宗教与进步的左翼文学对立起来,并在“革命”的名义下,排斥前者而强调后者,导致在现代中国的建构过程中缺乏文化宽容精神,很不严谨地片面接受某种文化,对很有学术价值的斯拉夫文化传统很少认真、全面、准确、积极地译介评述,即使在阶级问题上也不重视俄国文学和文化史如何寻求阶级和谐、弥合阶级分裂的叙述,主要看重苏俄强调阶级斗争的判断,并以此掩盖俄国民族认同问题,更不探究阶级冲突背后的深层原因,正如易卜生提倡妇女解放的《娜拉》在中国有轰动效应,而其晚期更重要的文本却无人注意,与高喊民主自由口号却不研讨西方天赋人权观念之渊源一样，作品被译介最多的普希金和屠格涅夫等人，中国也只停留在对他们的作品进行启蒙主义和写实主义的诠释上，而对他们眷恋传统的情绪或热爱俄罗斯的情感则无从感应；至于赫尔岑和别林斯基等晚年改变对传统文化的激进主义态度，更是被忽略了，以至于中国塑造的丰富复杂的俄国形象没有一种对俄罗斯民族主义有足够理性的认识，尽管俄国民族主义在19世纪60～80年代已广泛形成，俄国文学、民粹主义运动正是这种情形的产物。[39]与此同时，并不认真探寻俄国文化的复杂性，利哈乔夫1990年在第七届国际俄语教师和文学大会上发表《现代世界中的俄罗斯文化》演讲中称："俄国文化属于东方或西方的问题，是完全不存在的。俄罗斯文化属于东西方的几十个民族。正是在这个基础上、在多民族根基上，俄罗斯文化成长为自己独特的特性。"[40]这种独特性包括精神诉求和审美的混合性，文学是知识界关注俄国问题的一种方式，与同是表达俄国民族诉求的音乐、绘画、歌剧等艺术纠缠一起，如俄国民谣《为沙皇而生》、普希金的《鲍里斯·戈东诺夫》、十二月党人K.雷列耶夫的《伊凡·苏萨宁》(1822)、B.索洛古勃的《为沙皇而生》(1836)、格林卡的歌剧《为沙皇而生》等用不同艺术方式表达对同一种现象的理解。卡拉姆津、普希金和穆索尔斯基分别以历史、戏剧和音乐叙述鲍里斯题材，而伊戈尔王子成为文学和音乐文本的共同题材。[41]俄国文学作品还是俄罗斯哲学创造的文学形式，"只是这些作品很少单一地针对特定的哲学问题——这类作品通常是在反映历史生活、政治生活或文学生活的某一具体问题的同时，阐明最深刻、根本的世界观问题……较之西方哲学，俄国哲学在更大程度上正是一种世界观理论，其实质与基本目的从来不在于纯理论上的、不偏不倚地认识世界，而总是对生命的具有宗教情感的解说。只有由此出发深入到宗教世界观之根源，才可能理解俄罗斯哲学"。[42]特别是，在俄国文学召唤下，强化了原本就问题多多的启蒙主义的意识形态功能的导向，进一步膨胀知识分子的意识形态的作用，严重弱化了知识分子的其他作用和民众的主体性意识，也减弱了文学中的人文主义和对具体生命的关怀，满足于对苏俄社会主义所追求的社会阶级平等、对资本主义的批判，严重贬抑文学对人的复杂性、个体的精神解放、个人的内在自由和民族性诉求等普遍问题的叙述。

可以说，就误读的趋向而言，现代中国对俄国的认识存在日趋简化的趋势，或者说，普遍地把俄国问题简单化了，以至于产生对俄国拒绝性误读和肯定性误读并存的现象,这尽管符合俄国文明结构——18世纪以来俄国思想界争论的主要是如何弥合“俄罗斯形象”的分裂性、不确定性,结果却是越争论分裂越严重。但中国对俄国的认同性误读或拒绝性误读与俄国的自我想象并不一致,有时甚至相反,如“领受洗之后,俄罗斯人民并不把自己称为美丽俄罗斯,或者伟大俄罗斯,而称为神圣的俄罗斯。这一名称并不是指俄国人事实上的圣洁,而是表达了他们的历史原则本身;用陀思妥耶夫斯基的话说,它是指绝对理想乃是俄罗斯人万死不辞的唯一力量”,[43]与之相反的则是非宗教的俄罗斯,即所谓“邪恶的俄国”。而且,正是这种“神圣的俄罗斯”培植出俄罗斯精神的基础、俄罗斯灵魂的核心,并因要抵抗“邪恶的俄国”而酝酿出俄罗斯问题,还由此延伸出写实主义、现代主义和激进主义等俄国的变体形式。可是,中国却用这些变体形式的外表现象替代其内在依据,并塑造出“进步”/“落后”、“革命”/“颓废”等另一类的对立性俄国形象。而这些形象的塑造,表面上吻合中国现代性生成时期的历史境遇,实际上则影响了现代性在中国生成的质量,给后来中国提升自我带来了不少障碍。

最后需要特别补充说明:苏联解体和近10多年来国际社会对俄国形象的塑造,不断打破五四新文化运动以来社会需求所建构的苏联神话,外加中国本身的日益开放和被卷入全球化、大规模引进西方文化,导致日益富裕起来的中国人以好奇和自足心态虚拟着一个不断崩溃的俄罗斯。苏联时代中国人所积累起来的俄罗斯形象,对20世纪70年代以来出生的中国青年来说,亲切感日趋丧失,俄国文化在中国失去了普遍意义,俄国文学和文化在中国变成了一个专门学科研究的对象。如此一来,本文所论表面上似乎恰好吻合了时代潮流之需:否定历史上所塑造的俄国形象!事实上,完全不是这么回事:作者的用意在于描述五四新文化运动及此后30多年间中国对俄罗斯文化接受的问题,从学理上反思误读俄国文化的复杂效应,无意颠覆中国选择俄国文化之路的意义,更不图谋因为接受俄国文化而否定现代中国的选择,倒是期望通过这样严肃分析而能认真、冷静、理性地面对现代中国生成的历史,还原写实主义潮流、中俄文化相似性原则、激进主义呼唤、无神论浪潮等所促成的种种误读俄罗斯情景。本文作者完全不同意那种脱离历史客观情势的假定——若是不经由俄国中介来重建中华民族效果或许更好,而是希望通过对以这样路径建构现代中国的过程进行知识考古学的重新梳理,严肃面对历史过程中客观上造成的很多后遗症。陈独秀在《世界革命与中国民族解放运动》(1926)中已经批评国民党右派和国家主义者的类似假设,即“以为中国的民族独立解放运动应该由中国人自己的力量来做,不应该接受外力即苏俄的援助,仿佛是一民族的独立解放运动中若夹杂了外力,便失去了独立性,所谓独立便名不称实了”,批评“这种关门革命的方法,表面上好像是他们的民族主义更高调些,他们的独立运动更彻底些;可实际上,若是用他们这样独立的方法,想达到之目的,真算是缘木求鱼!他们不是民族主义而是闭关主义,他们不是独立运动而是孤立运动”;主张“中国的民族革命者,不但要尽力世界革命,并且要努力研究世界革命的现状及其趋势”。[44]在现代中国构建过程中,从国外寻求解决中国问题的资源乃无可奈何使然,在相当大程度上为客观情势所迫:当时资讯和传媒不够发达、放眼世界不久,造成对来自不同地区的国外经验、思想、理论、学说、思潮等,一般是凭着一部分人的热情、感觉,而不是学术界的理性判断和学术研究,从而或过于认同或过于拒绝。对俄国一厢情愿的有意或无意误读,选择经由苏维埃所确认的那个俄国,而不是自己所了解的俄国,并不探究俄国何以选择社会主义一共产主义的民族性依据问题,而误以为完全是马克思主义在俄国的成功实践,把原本是在国际反资本主义浪潮下获得成功的苏俄革命这一地域性现象,泛化为一种普世性的规律而广泛推行,来不及认真考虑其中所包含的苏联国家利益的图谋和意识形态的考量。革命如此,“建设”又何尝不是呢?而且,我们在经历把经济问题政治化,限定在“社会主义阵营”搞建设的失败教训后(中苏论战后,苏联撤出专家和终止援助项目等给中国带来巨大损失),不是更积极反思历史,从而参与资本主义世界经济进程,而是更封闭自己,直到20世纪80年代以来此种情况才逐步改观。近年来以WTO成员国身份参与全球化过程,更强烈感受到在世界语境下进行“建设”的意义。由此,本文不是要还原中国误读性塑造俄罗斯形象的原貌,而是要呈现出造成如此误读的复杂过程及必然性,以直面当初为何一定如此的历史偏差而正视之,并在中国引进世界知识和思想的丰富程度、文化观念的开放程度、认识俄国的途径和方便程度等空前增加的情形下,相应增加理解俄国的准确性并澄清历史性误读,避免重复历史上一厢情愿的误读、为实用性目的而发生的有意误读、因为缺乏了解世界文化发展格局而带来的无意误读、不明白俄国实际情况而出现的知识性误读等,而是把俄国文化置于世界文化发展的格局中进行多元化的查考并做出恰当的判断、选择。这样做,也适用于当今对美国文化的想象,以免陷入单一接受全球化框架下美国文化的新陷阱。

[1]《言治》季刊第3册(1918年7月,署名“李大钊”)。

[2]参见《文学》杂志第2卷第3号(1934年3月)(署名“惕若”)。例如在该文中,作者批评费鉴照言论“凡从拉丁文孵化而来的文字都统称为Romans”是错误的,认为“从拉丁文孵化而来的,有多种文学”;与其翻译这部《俄罗斯文学》,不如翻译勃兰克斯的《俄国印象记》的后半部《论俄罗斯文学》,尽管这也是一部旧书了,但原作者不失为是有“卓见”的批评家。这些批评,今天看来依旧是立得住的。

[3]参见《东方杂志》1920年2月号。

[4]参见《文艺复兴》第3卷5月号(民国三十六年五月),第269~273页。

[5]《瞿秋白文集》第1卷,第444页,人民文学出版社,1953。

[6]参见《民铎》杂志第6期(1919年5月)。

[7]参见《译文》第1卷第1期(1936年3月16日)。

[8]参见《作家》第1卷第1号(1936年4月15日)。

[9]参见《文学》杂志第7卷第1号(1936年7月)。

[10]参见《新青年》第2卷第1号(1916年9月)。

[11]参见《晨光》杂志第1卷第3期(署名“剑三”)。

[12]《文学》杂志创刊号(1933年7月)。

[13]See Donald Treadgold, *The West in Russia and China: Religious and Secular thought in modern times*(《俄国和中国视野中的西方:现代宗教和世俗化思想》)(2), Cambridge Univ. 1973,PP. 173—195.

[14]参见《小说月报》第12卷第1号(1921年1月),作者署名“雁冰”。

[15]转引自恩斯特·卡西勒(1874~1945)著,顾伟铭译:《启蒙哲学》,第224、225页,山东人民出版社,1996。

[16]См. Пол. соб. А. Пушкина(10), Москва — Ленинград: Худож. Лите., 1977, С. 113.

[17]格雷(John Gray)著,张敦敏译:《虚假的黎明:全球资本主义的幻影》,第4、5页,中国社科出版社,2002。

[18]См. Л. Лаврентьва и Ю. Смирнов, *Культура русского народа: обычаи · обряд · занятия · фольклор*(俄罗斯人们的文化:风俗、惯

例、劳作、民俗). СПб. :《ПАРИТЕТ》,2004.

[19]郑振铎和沈雁冰:《法国文学对于欧洲文学的影响》,《小说月报》第15卷号外(法国文学研究专号,1924年4月)。

[20]参见《甲寅》日刊1917年2月19日。

[21]参见哈贝马斯著,童世骏译《在事实与规范之间:关于法律和民主法治国的商谈理论》,第656～660页,三联书店,2004。

[22]参见《李大钊全集》第4卷335、336页,河北教育出版社,1999。

[23]Ю. М. Лотман Избранные статьи (1), Таллин:"Александра",1993, С. 605.

[24]参见俄刊《新文学评论》杂志系列文章《"新西欧派":人文学术研究和社会科学的现代化及其在现代俄罗斯高校中的教学》(2000年第5期)、《在俄国与西方之间的后苏联人文学术》(2001年第3期)、《探索认同中的新人文学术研究》(2002年第4期)。

[25]《茅盾全集》第29卷335页,人民文学出版社,2001。

[26]See Robert Geraci, *Widow on the East: National and Imperial Identities in Late Tsarist Russia*(面向东方的窗户:沙俄末期的民族和帝国认同). Ithaca and London: Cornell University Press, 2001.

[27]维谢洛夫斯基著,刘宁译:《历史诗学》,第42、43页,百花文艺出版社,2003。

[28]N. Riasanovsky, *Asia Through Russian Eyes* // Сб. ИРИ РАН, В раздумья о России(xix век). М. : Археографический центр, 1996, С. 387—416.

[29]Сб. Россия и Восток(俄国与东方). Ред. под С. Иванов и Б. Мельниченко,СПб. Унив. Изд. , 2000,С. 6.

[30] See Russia after the FALL. Ed. by Andrew Kuchins, Washington, D. C. : Careigie Endowment for International Peace, 2002,P. 208.

[31]См. Сергей Антонов, *Атипичная страна* // Независимая газета, 30 Апреля 2003.

[32]Соб. Соч. Т. 3 Ленинград: Худож. Лите. ,1990,С. 232.

[33] Vlajimir Solukhxin, A Time to Gather Stones. Northwestern University Press,1993,P. 44.

[34]本尼迪克特·安德森著,吴睿人译:《想象的共同体:对民族主义起源和传播的思考》,第157、158页,上海世纪出版集团,2003。

[35]《胡愈之全集》第4卷400、401、76、77页,三联书店,1996。

[36]参见冯牧《苏联文艺加强了我们的思想武装》,载《云南日报》1952年11月16日。

[37]参见冯牧《苏联文艺加强了我们的思想武装》,载《文艺报》1957年第22期。

[38]See John Paxton, Imperial Russia: A Reference Handbook. New York: Palgrave, 2001, PP. 41—42.

[39]See Geoffrey Hosking, *Russia and the Russians: A History*(俄国与俄国人的历史). Massachusetts: The Belknap Press of Harvard University Press, 2001,PP. 320—352.

[40]Д. Лихачев, *Русская культура*(俄罗斯文化). М.: Худож. Изда., 2000,С. 392.

[41] See *Intersections and Transpositions, Russian music, literature and Society*(交叉与转换:俄国音乐、文学与社会). Ed. by Andrew B. Wachtel, Evanstо̀, Illinois: Northwestern University Press, 1998,PP. 3—30.

[42]弗兰克著,徐凤林译:《俄国知识人与精神偶像》,第4、5页,学林出版社,1999。

[43]叶夫多基莫夫著,杨德友译:《俄罗斯思想中的基督》,第32页,学林出版社,1999。

[44]《新青年》1926年7月号。

(原文载《俄罗斯研究》2009年第6期)

俄国马克思主义转口输入中国：苏俄革命的影响

众所周知，中国知识分子接受马克思主义，不是直接来自马克思的经典著作，而是经由苏俄新文学和日本中介的苏俄马列主义。确如毛泽东在纪念中国共产党成立 28 周年时所论，“中国人找到马克思主义，是经过俄国人介绍的……十月革命一声炮响，给我们送来了马克思列宁主义。十月革命帮助了全世界的也帮助了中国的先进分子，用无产阶级的宇宙观作为观察国家命运的工具，重新考虑自己的问题。走俄国人的路——这就是结论”。[1] 苏联解体导致马克思主义在俄国的命运发生巨变；这一事件连同中国近 30 年来的变革，促使我们有必要反思苏俄马克思主义之于中国的意义。

历史发展到今天，反而容易让事情的原委得以呈现。20 世纪初中国出现的革命浪潮，不是一批激进分子的人为所致，而是合拍于 18 世纪以来现代民族国家建构过程中发生革命的大趋势，也是 20 世纪初国际社会的主流趋势之一。陈独秀在《新青年》第 2 卷第 6 号（1917 年 2 月）中刊发的著名《文学革命论》中已经声明了这点：

> 今日庄严灿烂之欧洲，何自而来乎？曰，革命之赐也。欧语所谓革命者，为革故更新之义，与中土所谓朝代鼎革，绝不相类；故自文艺复兴以来，政治界有革命，宗教界有革命，伦理道德亦有革命，文学艺术亦莫不有革命，莫不因革命而新兴而进化。近代欧洲文明史，宜可谓之革命史。故曰，今日庄严灿烂之欧洲，乃革命之赐也。吾苟偷庸懦之国民，畏革命如蛇蝎，故政治界虽经三次革命，而黑暗未尝稍减……推其总因，乃在吾人疾视革命，不知其为开发文明之利器故。[2]

两年后,陈独秀在《二十世纪俄罗斯的革命》(1919)中进一步把苏俄革命泛化为普遍的革命,“英、美两国有承认俄罗斯布尔什维克政府的消息,这事如果实行,世界大事必有大大变动。十八世纪法兰西的政治革命,二十世纪俄罗斯的社会革命,当时的人对着他们极口痛骂;但是后来的历史家,都要把它们当作人类社会变动和进化的大关键”。[3]

问题是,20世纪初中国的革命潮流何以一定要和苏俄革命联系起来?因为苏俄的介入,中国把经典的德国马克思主义搁置起来,许多进步人士满怀理想地接纳并实践苏俄马克思主义。尽管实现了一系列伟大目标,但也带来诸多严重后果。苏俄马克思主义在中国如何旅行的问题,成了值得深入探讨的课题。况且,在后苏联的俄罗斯,马克思主义已经从国家意识形态变为众多学说中的一种,也能看到当年侨民学者如何自由探讨俄国马克思主义问题之作,还能自由发表还原俄国马克思主义原貌的言论。[4]这些为我们深入探讨马克思主义如何从苏俄进入中国,提供了很扎实的学术基础。

20世纪初中国知识界的苏俄文学热

就一般情况而言,现代中国接受苏俄马克思主义是20世纪初以来中国革命情势的有机组成部分。我们知道,无论俄国多么贫穷、议会(杜马)政治多么乱,但二月革命的发生及其建立的临时政府,使俄国远离了封建帝制,走向了共和;而十月革命的发生及其所建立的苏维埃制度,使俄国自觉远离了西方帝国主义(如主动退出第一次世界大战)。经历第一次世界大战的浩劫,不管苏俄理念是否是乌托邦,苏俄已经成为一个航标,为来自战争瓦砾上的西方思想家、艺术家以及寻求理想世界的政治激进主义者指明了方向,也让饱受帝国主义伤害的第三世界的知识分子看到了希望。因此,世界各国的许多热血知识分子为苏俄马克思主义所诱惑。苏俄就这样在全球扩展其影响,并在后来大半个世纪连绵不断的国际反西化和反资本主义潮流中扮演着不可缺少的角色。[5]

而中国则更甚:从孙文到毛泽东、从李大钊到周作人、从陈独秀到鲁迅等,大批满怀壮志的仁人志士,为重建中华民族,使之成为一个独立的民族国家去寻求更有效的思想文化资源,由此知识界的苏俄文学热长盛不衰。这种热浪又从知识界普及到难以计数的作家、文学青年、热爱文学的读者和译者等公众身上,以至于关心苏俄成为现代中国知识界的一种普遍现象。

1920年8月22日新民学会以“俄国事情亟待研究”为由成立“俄罗斯研究会”,“以研究俄罗斯一切事情为宗旨”(毛泽东还担任研究会书记干事),会议认真研究了一些问题后,决定发行俄罗斯丛刊、派人赴俄实地调查、提倡留俄勤工俭学。5天后,《大公报》发表署名荫柏之文《对于发起俄罗斯研究会的感想》,该文称,“你要觉得现在的政治经济社会的万恶,方才知道俄罗斯怎么起了革命,方才知道应当怎样研究俄罗斯,方才会研究俄罗斯到精微处”。而且,第二年夏天该会还真的派遣了第一批留学生。俄罗斯研究会在中苏政治进程中的角色极为重要:前后介绍了16名进步青年先到上海外国语学校(陈独秀所创)补习俄语,然后赴苏俄学习,其中包括了刘少奇、任弼时、萧劲光等新中国的开国元勋。

对苏俄的这种认同,首先是和当时的苏俄文学热联系在一起的。鲁迅的《祝中俄文字之交》(1932)曾生动描述了“读者大众对俄国文学共鸣和热爱”的壮观情景,即“这伟力,终于使先前膜拜曼斯菲尔德(K. Mansfield)的绅士也重译了都介涅夫的《父与子》,排斥‘媒婆’的作家也重译着托尔斯泰的《战争与和平》了”。[6]今天回过头来看,《战争与和平》(Война и мир,1865~1869)的各种中译本超过10种,各种版本再版近百次,其影响力不可思议。

何止是这部《战争与和平》有如此声誉。超过10种译本的苏俄文学作品不下30种,其中著名诗人普希金(А. Пушкин)的诗体长篇小说《叶甫盖尼·奥涅金》(Евгений Онегин,1823~1931)已经超过了15种译本。这类现象意味着,俄国文学对中国的影响力远远超出了专业研究队伍,以至于以学法国象征派而著称的“诗怪”李金发,在诗名隆盛的20世纪20年代如是称:“日看小说,夜看小说,不知不觉把托尔斯泰和罗曼·罗兰的小说看了几十本,甚至神经衰弱都不知。”[7]正因为如此,从西方留学回来的朱自清先生1929年在清华大学开设“中国新文学研究”课程(以后在师大和燕京大学也曾应邀开设),内设有“‘外国的影响’与现在的分野”专题,专门论述“俄国与日本的影响——理论”,并且认为《新青年》、五四运动期间各社团、文学研究会、成仿吾和钱杏邨等的革命文学与无产阶级文学先后深受俄国和日本的影响。[8]

这种情况后来一直延续着,茅盾1945年在归纳抗战以后的外国文学译介情况时如是说:从七七抗战开始到太平洋战争爆发,介绍的“主要是苏联战前作品(苏维埃文学中划时代的长篇巨著),以及世界的古典名著”,而从太平洋战争到抗战胜利前夕,“除继承前期的工作而外,还把注意力普遍到英美的反法西斯战争文学了——不用说,苏联的反法西斯战争文学是尤其介绍得多”。[9]

然而,中国知识分子对俄罗斯文学的热爱,主要不是由于其审美性,而是基于其反映种种社会问题时所蕴含的思想价值。瞿秋白在给《俄罗斯名家短篇小说集》(北京新中国杂志社,1920)所写的序中曾深刻分析:

俄罗斯文学的研究在中国却已似极一时之盛。何以故呢?最主要的原因就是:俄国布尔什维克的赤色革命在政治上、经济上、社会上生出极大变动,掀天动地,使全世界思想都受它的影响。大家要追溯其原因,考察其文化,所以不知不觉全世界的视线都集于俄国,都集于俄国的文学;而在中国这样黑暗悲惨的社会里,人都想在生活的现状里开辟一条新道路,听着俄国旧社会崩溃的声浪,真是空谷足音,不由得不动心。因此大家都要来讨论研究俄国。于是,俄国文学就成了中国文学家的目标……不是因为我们要改造社会而创造新文学,而是因为社会使我们不得不创造新文学,那么我们创造新文学的材料本来不一定要取之于俄国文学,然而俄国的国情,很有与中国相似的地方,所以还是应当介绍。[10]

而且,这并非已经开始倾向于左翼的瞿秋白个人的一厢情愿,而是知识界的普遍认知,如鲁迅也有同感,在《祝中俄文字之交》中也叙述了俄国文学热的情景并分析其原因:

祝贺的,是在中俄的文字之交,开始虽然比中英、中法迟,但在近十年中,两国的绝交也好,复交也好,我们的读者大众却不因此而进退;译本的放任也好,禁压也好,我们的读者也决不因此而盛衰。不但如常,而且扩大;不但虽绝交和禁压还是如常,而且虽绝交和禁压而更加扩大。这可见我们的读者大众,是一向不用自私的“势利眼”来看俄国文学的。我们的读者大众,在朦胧中,早知道这伟大肥沃的“黑土”里,要生长出什么东西来,而这“黑土”却也确实生长了东西,给我们亲见了:忍受,呻吟,挣扎,反抗,战斗,变革,战斗,建设,战斗,成功。

正是在这种热潮中，连对暴力革命有深刻理性研究和宗教哲学分析的著名作家陀思妥耶夫斯基（Ф. Достоевский，1821～1881），也被中国知识分子革命化了，如落落的《陀思妥耶夫斯基之文学与俄国革命之心理》（《东方杂志》第15卷，1918年12月15日出版），很真切地显示出了这种趋向。如此一来，中国知识分子把苏俄社会主义革命视为“必然趋势”，并且把原本作为地方性的苏俄革命演绎成适合社会主义革命的普遍模式。事实上，十月革命是俄国社会变革的极端形式之一，是超出当时人们预期而未必一定要发生的社会事件，后来历史证明，它所建立的布尔什维克政权，让俄国国民和国际社会付出了巨大的代价。至于俄国文学，它和布尔什维克革命的关系甚微：说俄国文学表现出十月革命的必然性，那是苏俄意识形态操控下的官方学术观念。

俄国文化传统与马克思主义的俄国化

后现代主义理论家米爱泼斯坦（Mikhail Epstein）深刻指出，俄国始终存有重建俄罗斯帝国的伟大理想，苏俄马克思主义及其所建立的社会主义现实主义理论，和苏俄后现代主义一样，都是深深植根于俄国文化传统的同一种意识形态范式。[11]马克思主义作为俄国民众的理想追求之一，同俄国文化传统是相容的。据俄国杰出的宗教哲学家别尔嘉耶夫（Н. Бердяев，1874～1948）在《俄国共产主义的起源和思想》中的辨析，马克思主义的俄国化过程，就是融合俄国本土各种各样信仰的过程，包括斯拉夫农民村社式社会主义、只求信仰而拒绝理性的虚无主义、排斥西方现代文明的民粹主义、反对理性和法制的无政府主义、东方基督教等等，其表现形式既有思想探索和文学叙述，也有身体力行的社会行动，苏维埃共产主义乃诸种马克思主义思潮之一——这是广大下层民众信仰的布尔什维克式马克思主义，它比孟什维克式马克思主义（主要是知识分子所追寻的、带有学理性的）要强大得多。[12]

换言之，苏俄马克思主义并非德国经典的马克思主义，而是经由俄国文化传统改造而成的列宁主义，即马克思主义和俄国共产主义传统相结合的产物。而且，结合的结果是本土传统的分量大大压倒了外来学术，改变了经典马克思主义的结构，哪怕马克思和恩格斯曾直接关心俄国社会发展动态和马克思主义著作在俄国发行的情况，如恩格斯写有论文《论俄国的社会关系》（On Social Relations in Russia，1875），且被收录在俄罗斯公开发行的《恩格斯论俄国》俄文本(Фридрих Энгельс о России, 1894)中,恩格斯还特意为这本小册子写有跋。可以说,马克思主义在俄国的成功登陆,并非列宁个人及其布尔什维克党在短时间内成就的,而是经历了一个相当长的本土化过程:

激进主义批评家别林斯基(Виссарион Белинский,1811～1848)读过马克思和恩格斯1844年发表于《德法年鉴》(Deutsch－Franz sische Jahrbücher)上的一些文章,包括《〈黑格尔法哲学批判〉导言》(Critique of Hegel's Philosophy of Law. Introduction)、《论犹太人问题》(On the Jewish Question)等。而彼得拉舍夫斯基(Буташевич－Петрашевский,1821～1866)这位俄国外交官和《袖珍外语词典》(Карманный словарь иностранных слов)编辑者,因为信仰傅立叶(Charles Fourier,1772～1837)的空想社会主义,在彼得堡组建了传播禁书的彼得拉舍夫斯基小组,而这个组织的藏书中就有马克思的著作多种。安年科夫(Павел Анненков, 1813～1887)这位在苏联人看来属于保守的19世纪文学批评家、美学理论家、第一套《普希金文集》(сочинений А. Пушкина, 1855～1857)的主编,1846年认识马克思之后便与其保持着多年的私人联系。著名无政府主义者巴枯宁(Михаил Бакунин, 1814～1876)尽管和马克思、恩格斯矛盾重重,[13] 但1869年居然出版了《共产党宣言》俄译本(Манифест Коммунистической партии)。1872年俄国经济学家丹尼尔逊(Н. ДАНИЕЛЬСОН, 1844～1918)翻译《资本论》(Капитал)第一卷,并在彼得堡公开出版发行,第一次印刷了3000册,在一个半月内就售出900册。1882年1月《共产党宣言》俄文第二版问世(马克思、恩格斯亲自作序)。而社会学家和经济学家拉甫罗夫(Пётр Лавров,1823～1900)这位1870年加入第一国际、1871年参加巴黎公社起义的民粹主义知识分子,曾为马克思写作《资本论》第三卷"地租篇"提供了关于俄国土地问题和农村公社的材料,其著作《历史信札》(Исторические письма,1868～1869)、《试论当代思想史》(Опыт истории мысли нового времени,1888～1894)、《理解历史的使命》(Задачи понимания истории,1898)等显示出马克思主义的影响。诸如此类的情形难以尽数,且透出重要信息:早期热衷于马克思著作的俄国知识分子没有一个是共产主义者!

马克思主义传到俄国30年后,才出现首个马克思主义组织:1888年9月25日普列汉诺夫(Г. Плеханов,1856～1918)、查苏利奇(В. Засулич,1849～1919)、阿克雪里罗得(П. Аксельрод, 1850～1926)、捷依奇(Л. Г. Дейч, 1855～1941)、В. Н. 伊格纳托夫(В. Игнатов,1854～1885)等五人在日内瓦成

立马克思主义小组“劳动解放社”(Освобождение труда)。普列汉诺夫及该社先后翻译、出版马克思和恩格斯著作30种,包括《共产党宣言》、《哲学的贫困》(Философии нищеты)、《雇佣劳动与资本》(Наемный труд и капитал)和《社会主义从空想到科学的发展》(Развитие социализма от утопии к науке)等,并把它们秘密运回俄国传播。到1895年,《家庭、私有制和国家的起源》(Происхождение семьи, частной собственности и государства)俄译本出了第三版。在马克思主义作用下,普列汉诺夫本人还写了《社会主义和政治斗争》(Социализм и полит. борьба,1883)、《一元论历史观的发展》(К вопросу о развитии монистического взгляда на историю,1895)与《我们的意见分歧》(Наши разногласия, 1885)等经典著作。这些传播马克思主义的活动产生了巨大作用,如引起马克思和恩格斯本人的关注,列宁受益于这些著作。但是,在社会民主党分化后,普列汉诺夫本人因其坚守马克思主义经典学说,成为少数派,被批评为孟什维克分子和“正统马克思主义”(ортодоксальный марксизм)的始作俑者。但是,就在普列汉诺夫等职业革命家试图把马克思主义经典理论付诸实践而遇到困难时,因为本土化的马克思主义在付诸实践过程中出现激进化趋向,使得索洛维约夫(Вл. Соловьев,1853~1900)和弗兰克(С. Фраhк,1877~1950)等著名宗教思想家、别雷(А. Белый, 1880~1934)等象征主义文学家谨慎地放弃了马克思主义信仰。政治活动家和经济学家司徒卢威(П. Струве,1870~1944)院士、神学家和经济哲学家布尔加科夫(С. Булгаков,1871~1944)和别尔嘉耶夫等人把马克思主义改造为经济唯物主义,列宁在《怎么办?(我们运动中的迫切问题)》(Что делать? Наболевшие вопросы нашего движения, 1902年初版、1907年再版)中否定性地称之为“合法马克思主义”(легальный марксизм)。

马克思主义俄国化过程值得认真研究:这是俄国普遍接受德国文化的一个组成部分、一个重要阶段!俄国在彼得大帝实施西化政策半个世纪后就出现了本土斯拉夫文化危机,引发知识界寻求摆脱危机的出路。当时的德国如何在接纳现代性的同时抵抗英法现代化模式,随即被俄国有识之士所关注。于是,德国在现代化过程中建构民族认同的行为,从18世纪末以来一直为俄国知识界所痴迷,并且伴随资本主义改革所带来问题的日趋突出,马克思主义在欧洲的发展和普及,自然也就促使俄国从接纳德国启蒙文学(以接受歌德最甚)、古典哲学(主要是谢林和费希特等)转向接纳马克思主义。

上述马克思主义在俄国的被接纳过程,也是其本土化过程,并且随着马克思主义被付诸实践,出现了激进化倾向,而且这种趋向又可视为俄国知识分子激进主义历史传统的自然延续、自觉更新。从深受法国启蒙主义影响的十二月党人革命,经把马克思主义和本土斯拉夫村社社会主义融合的赫尔岑(A. Герцен,1812～1870)的"俄罗斯社会主义"、把村社社会主义和法国唯物主义相结合的车尔尼雪夫斯基(Н. Чернышевский, 1828～1884)的农民社会主义、巴枯宁的无政府主义、托尔斯泰的宗教无政府主义论(否定国家的作用)等,发展到和普列汉诺夫孟什维克主义斗争取胜的列宁主义,最终演变成在和托洛茨基(Л. Троцкий,1879～1940)、布哈林(Н. Бухарнин,1888～1938)斗争中所形成的斯大林主义,彼此之间确有思想和文化上的渊源。[14]

由此可见,苏俄马克思主义离德国经典马克思主义相差简直是十万八千里,以至于:俄国许多职业革命家认为,共产主义不是源于理论,而是来自实践和民间追求。法国著名左翼作家纪德(Andre Gide,1869～1951)因为太执著于马克思主义,1936 年 6 月 17 日已经 67 岁的他还是应苏联政府邀请,开始了历时两个多月的苏联之行,访苏归来三个月后,即同年 11 月出版了在东西方世界分别掀起轩然大波的《访苏归来》(Retour de L'U. R. S. S.),作者很失望又于一年后写下《为我的〈访苏归来〉答客难》(Retouches mon Retour de I'U R S S),其中有言,"三年来,我太沉溺于马克思主义的著作,到了苏联后,反而觉得是在异乡异俗生活似的"。[15]这些很生动地证实了苏俄马克思主义具有强烈的俄国地方性特征。

令人惊奇的是,中国知识分子对俄国马克思主义这一复杂历史过程是有所知的。田汉在著名的《诗人与劳动问题》(1920)中曾专门论及"波尔舍维克到底甚么一个东西?"的问题。经他考证,《资本论》于中国同治十一年已经被译成俄文,俄国社会主义运动扩展最为强劲是在 19 世纪 80～90 年代,俄国最初的马克思派代表人物为普列汉诺夫(译成"勃雷哈洛夫"),其先驱有车尔尼雪夫斯基所开创的"到民间去运动"、继之乃"土地与自由"之结社(即虚无党)。虚无党分裂成激进派与温和派之后,便有了激进派组建的社会革命党("农民党,多数斯拉夫主义者")和温和派静心研究马克思主义而成立的"社会民主党"("与工厂劳动者一气,多属西欧主义者"),两党都脱去了虚无党的色彩,都以废除君主专制、成就社会革命为根本目的,但手段与主张却不能相容。社会革命党(农民党)尊重俄国米尔(村社)制度,视为社会主义的要素,而社会民主党(工厂劳动者党)则蔑视此种保守主义，谓于现代为无用；革命党主张土地之共有，民主党则主张土地之自由；革命党认为革命之方法当采恐怖主义，而民主党则视之为无益而有损。两党龃龉不断，同时诱起各党内部之分裂。民主党主张以稍和平的手段达其目的者则为普列汉诺夫派，主张以激烈手段急行政治的与社会的革命者则为列宁派(当时译为“吕宁”)。田汉还介绍说，1903年社会民主党开第二次大会于斯德哥尔摩，列宁派遂以多数战胜普列汉诺夫派的少数，于是就有了列宁的多数派(布尔什维克)和普列汉诺夫的少数派(孟什维克)，分裂原因在于孟什维克“固执议会政治”，而布尔什维克主张“劳动阶级的执政权者”甚坚，不肯与第三阶级议会政治相妥协。最后，田汉总结说：“波尔舍维克的基础特质就是劳动阶级的执政权!”“最能表现此种特质者，莫如由波尔舍维克之手所定之《劳兵会全俄社会主义联合共和国宪法》，此宪法主要条项是‘一切权力属此国之劳动者’”。[16]

应该说，这样的考释是很有学术价值的。遗憾的是，中国接受苏俄马克思主义，并不在意马克思主义在俄国本土化过程中的是是非非，只是关心其结果，一方面，改变了马克思主义在中国传播的路径——来自德国和欧洲其他文献的马克思主义日趋不畅(1920年3月李大钊在北京大学成立马克思主义研究会时所收集和研究的马克思主义著作大部分是西文的)；另一方面，苏俄马克思主义在国际共运的名义下可以合法地干预中国革命进程，同时中国也相应地把苏俄马列主义等同于马克思主义，把列宁、斯大林当作中国革命的领袖、导师(1951年人民出版社出版的《列宁是中国人民伟大的朋友和导师》)。

中国知识分子无暇深究苏俄的真相

今天看来，田汉的这番重要研究没有产生影响，是基于人们无暇也没条件认真研究马克思主义：中国社会对包括苏俄马克思主义在内的各种问题皆无法深入辨析，更没人去区分苏俄马克思主义和德国马克思主义之间的差别。情形如陈独秀在《马克思的两大精神》(1922)中所倡言的那样，即要学习马克思用归纳法研究社会问题的精神，“不要单单研究马克思的学理”、“宁可少研究点马克思的学说，不可不多干马克思革命的运动”。[17]这样一来，中国知识分子自然就普遍认为十月革命和劳农政权乃对共产主义理想之实践，而列宁主义则是马克思主义的正常发展。对他们来说，用阶级斗争手段解决资本主义国家或资本主义化国家的阶级结构问题,就是真正的马克思主义。

正是由于现实遮蔽了人们对苏俄马克思主义的认知,外加中俄文化相似性原则的深入人心,中国左翼知识界更是一厢情愿地把苏俄的事情泛化为中国的诉求,以至于中国民族主义运动本来是随中国的国家观念建构、20世纪第一波国际民族主义浪潮而兴起的,可是在陈独秀看来,中国受外敌侵略八十余年后才有自觉的民族运动,主观上是“苏俄十月革命触动了中国青年学生及工人革命的情绪,并且立下了全世界各被压迫的国家及各弱小民族共同反抗帝国主义之大本营”。[18]

在这样的情形下,发生了一些在后人看来很是奇怪的事情。1922年3月初苏俄发生喀琅施塔德水兵反叛苏维埃政府事件,起义的官兵们提出“自由贸易”、“开国会”和“无共产党之苏维埃”等要求。这本来是对苏维埃政府实行严厉的军事共产主义政策的自然反弹,却遭到苏维埃当局的武力镇压。事后不久,俄国布尔什维克党第十次全国代表大会召开,会议不反思这次事件,反而通过了今后要严厉镇压此类事件的无产阶级专政的决议。这些自然引起了国际社会的强烈反响。可是,向来关心国际问题并深受五四洗礼的瞿秋白,在亲历苏俄、体验了苏维埃政权的实际生活后,在《赤都心史》(1924)中生动叙述了苏俄见闻及其理解,例如在“宗教俄罗斯”章节中记录了东正教继续存在的盛况,但在喀琅施塔德水兵反叛苏维埃政府事件上,却断然否定苏维埃政府的责任,认为是军人“受资产阶级思想之影响”的结果。[19]

还有,当时中国知识界对于苏俄发生的一些重大事件,也误会连连。我们知道,苏维埃政权的稳定过程很快就显露出很多剧烈矛盾——一方面布尔什维克许诺了许多关于共产主义的美好理想,并因此唤起很多渴望变革的青年的热切期望,另一方面苏维埃政权很快成为新的利益团体,并且得到意识形态和体制的双重护卫,导致一些知识分子或者去国他乡,或者自杀身亡。在这个过程中,原本是著名的未来主义诗人的马雅可夫斯基(Вл. Маяковскпп,1893～1930),满怀热诚于新政权,并由此而成为激进的左翼诗人,但也写下了《臭虫》(Клоп,1928)和《澡堂》(Баня,1929)之类讽刺苏维埃官僚主义的喜剧、《官僚主义者》(Бюрократида,1922)之类诗篇,可是他得不到当局认可,被布尔什维克党支持的文艺团体所拒绝,在又一次失恋的刺激下,于1930年4月14日自杀身亡。此事件曾在国际文坛轰动一时,可是胡风却在《最近的世界文坛》第八则(1930)“马雅可夫斯基死了以后”中评论说,“诗人自杀后给与了各方面一个大的震动。当时苏俄政府曾疑心他有政治的嫌疑,搜查的结果,发现了遗书——自杀的原因是失恋",以掩盖诗人之死的社会原因;接着又说,"最近发现了他未发表的题作《蒸汽浴场》的剧本(即《澡堂》),舞台在纪元二千三十年,锐利地讽刺苏俄的现状,但这也许是帝国主义新闻记者的谣言"。[20]

无独有偶,在高尔基去世问题上,中国人也是用苏俄马克思主义的态度加以理解。1936 年 6 月 19 日苏联《消息报》刊载高尔基逝世讣告。第二年底高尔基之死就开始成为苏联政治斗争中的重大事件被提及,如先是高尔基的医生接二连三地被逮捕、判刑,继而说是当时苏共中央政治局委员托洛茨基授意所为,到 20 世纪 90 年代以后又先后有新说,包括斯大林指使苏共中央政治局委员贝利亚周密部署让高尔基致死、斯大林指使高尔基的情人毒害等。既然连一个事实的说法也如此多变,那么和苏联关系密切的人士就应该注意苏联官方的说法。而中国知识界对高尔基应该是比较熟悉的,如《东方杂志》第 17 卷(1920 年 2 月 25 日出版)的"世界新潮"栏中刊载了《俄国文豪高尔基氏之通告书》。可是,在高尔基去世五年后,茅盾却于《华商报》上撰文《纪念高尔基》(1941 年 6 月 18 日)声称,"高尔基是被托洛斯基派害死的。为什么托洛斯基派要害死这位暮年多病的老头子?因为高尔基是被苏联人民所爱戴的,是全世界劳苦人民所拥护的,他宣扬赞美者,正直、博爱、勇敢、公正、为高尚理想而斗争的精神"。[21]茅盾是声名赫赫的作家,此说产生了深刻影响,至今还余音缭绕。而对高尔基的事实性误读远不止这些,如十月革命发生前后高尔基于《新生活报》(Новая жизнь)上连续发表《不合时宜的思想》(Несвоевременные мысли),呼吁不要为了党派利益而置人类优秀文化遗产于不顾,劝说布尔什维克放弃暴力革命,这些言论遭列宁严厉批评并被查禁(直到 1988 年才开禁),《新生活报》在十月革命成功不久就被取缔了。而中国知识界也一直认为在这个事件上高尔基是有问题的,事实真相直到 20 世纪末《不合时宜的思想》被汉译后才有所揭示。

诸如此类,本来是苏俄官方意识形态所为,却演变成中国的信念,这类情形不胜枚举。而事实上当时国际社会就已经发现,二战前"苏俄占统治地位的文学流派,是一种文学上的官派,它组织得极可赞美,报酬也颇为丰富",同时伴随有很多著名老作家、杰出学者(包括《资本论》的名译者巴扎洛夫)、基层领导者等,或坐牢、流放、失踪,或被警察监控的现象,"劳动立法糟糕得很,官僚们可以胡乱执行!那种国内身份证制度,剥夺了人民迁居权利;为反对工人甚至小孩的法律,简直痛苦得要人的命;还有连坐的法律也是很残酷的……”国际社会“正在建造一条反法西斯的阵线,但在我们的后方有这许多集中营,这是多么妨碍了我们前进的道路”。[22] 对此,当时的中国知识分子是无暇深究的。

更为重要的是,对苏俄如何从军事共产主义转向新经济政策的过程及意义问题,中国知识界缺乏清醒的认识。我们知道,苏维埃政府根据马克思批判资本主义的社会制度、经济理念、经济运作模式等学说,推出计划经济=社会主义、商品经济=资本主义等极端“理论”。在经历军事共产主义教训后,列宁意识到这种马克思主义的危险性,便尝试以新经济政策替代之:1921年列宁写下了著名文献《十月革命四周年》(К четырёхлетней годовщине Октябрьской революции),该作称得上是苏俄要从军事共产主义时期转向新经济政策时期的理论纲领。列宁在此列举了十月革命种种伟大意义后声称:

三四年来我们稍稍学会了实行急剧的转变(在需要急剧转变的时候),现在我们开始勤奋、细心、刻苦地(虽然还不够勤奋,不够细心,不够刻苦)学习实行一种新的转变,学习实行“新经济政策”。无产阶级国家必须成为一个谨慎、勤勉、能干的“业主”,成为一个精明的批发商,否则,就不能使这个小农国家在经济上站稳脚跟。现在,在我们和资本主义的(暂时还是资本主义的)西方并存的条件下,没有其它道路可以过渡到共产主义。[23]

而且,新经济政策实施给苏俄带来的经济政策变化,瞿秋白在《赤都心史》中进行了很生动的描述,并且在该书第10节“俄国式的社会主义”中还认真论及新经济政策实施的决策问题:

(俄通商人民委员会副委员长)列若之告诉我们许多苏维埃政府的国际关系:俄国和国外通商是政府的专利。……现在俄国还正努力协理各种租借地,借外国资本来发展俄国工业——社会主义的基础。战事革命,工业毁坏太甚。内战继起,令政府不得不注全力于战事,一切原料及工业产品都用在军事上。机器不够用,技师非常之少,技术程度又太低——俄国技师死者甚多。所以非聘用外国技师、购买外国机器来发展不可……他还着重说:“没有工业就没有社会主义,况且绝不能在隔离状态中实行新村式的共产主义。我们俄国革命史上十九世纪七八十年代盛行的民粹派主张无工业的农村公社社会主义。马克思派和民粹派的争执焦点就在于此。你们想,我们是马克思主义者,绝不能实行这种俄国式的马克思主义”。[24]

不仅如此,1921年3月号《东方杂志》(第18卷第6号)的“新思想和新文艺”栏目上有化鲁之文《马克思的最近辩论》,及时介绍了当时欧洲马克思主义研究的新进展,并特别引述罗素游俄归来后之作《布尔什维主义的理论与实践》中的重要思想,也提及社会主义经济问题:

决定一时代或一民族的政治与信仰,经济的原因自然是很关重要的,但是把一切非经济的原因一概不顾,只以经济的原因断定一切的运命,而以为一无错误,这个我却有些不信。有一种最显著的非经济的原因,而亦是社会主义者所最忽视的,那便是民族主义了……单看大战中,全世界的雇佣工人——除极少数的例外——都被民族主义的感情所支配着,把共产党的宝贵格言“全世界劳动者,联合起来”已完全置诸脑后了。马克思派断定所谓人群只是阶级而已,人总是和阶级利益相同的人互相联合起来的。这句话只含一部分的真理。因为从人类长期的历史看来,宗教乃是断定人类命运最主要的原因……人的欲望在于经济的向上,这话不过比较的合理罢了。马克思的学说渊源于18世纪唯理的心理学派,和英国正统派经济学者同出一源,所以他以为“自私”(self-enrichment)是人类政治行动的自然要求。但是近代心理学已经从病的心理的浮面上谈下去,为更进一层的证明。过去时代的文化乐观主义,已给近代心理学者根本推翻了。但是马克思主义却还是以这种思想为根据,所以马克思派的本能生活观,不免有残刻呆板之肖了。

此文还提及了考茨基的有关文章以辨明俄国布尔什维克的行动“和马克思主义不合”,另外,又论及英国司各特博士(Dr. J. W. Scott)的新作——《马克思的价值论》和《现代评论》上讨论了俄国实践马克思关于工业国有化理论但效果欠佳之文,最后总结说“马克思的社会进化理论、劳动阶级勃兴论、贫乏废灭论,现代学者大概都加以承认,只是他的价值法则、唯物的历史观、武力的革命理论、阶级斗争说、无产阶级专政的计划,却还没有成为一定不易的理论呢”。

1922年8月,在美国加州大学伯克利校区勤工俭学的张闻天(时年22岁),翻译了英国《曼切斯特卫报》(The Manchester Guardian,1959年改为《卫报》)所刊载苏维埃实行新经济政策的政府报告内容并取名为《苏维埃俄罗斯政策之发展》:该报告论述苏俄实行新经济政策的必要性、根据、基本原则、意义,提出"苏俄要做从资本主义到共产主义变迁中的一种经济组织,它不会做纯粹的社会主义,因为这种日子尚未到来;也不会做纯粹的资本主义,因为这种日子已经衰败。他是过去与未来的唯一结合——资本主义与社会主义元素混合的同时存在","指导苏维埃俄罗斯事业的不是梦想者","而是共产主义的实际者"。这一重要翻译刊于《民国日报·觉悟》1923年1月18、19、21日。

然而,这些文字基本上没有产生实际影响,[25]更没有让更多的人关注苏俄马克思主义变革的问题。究其因,与中国最早接受十月革命的是一批无政府主义者有关:他们鉴于俄国著名的无政府主义理论家和革命家克鲁泡特金(П. Кролоткин,1842～1921)与布尔什维克的合作,以及劳农政府高度重视工农利益的特点,率先发表了同情俄国十月革命的言论,欢迎俄国平民革命胜利。无政府主义者创办的(上海)《劳动》杂志第3号(1918年5月)刊文《李宁之解剖,俄国革命之真相》称,"法兰西革命,乃孕育十九世纪之文明,俄罗斯革命,将转移二十世纪之世局"。

在无政府主义影响下,中华革命党人逐渐改变对苏俄的态度,如《民国日报》1919年6月17日社论首次称俄国为"民主友邦",称布尔什维克为"新派",李大钊才发表了《庶民的胜利》。此后,苏俄马克思主义在中国产生了更为激进的影响:1919年7月李大钊在《每周评论》上著文《阶级竞争与互助》,用"互助论"来补充阶级斗争学说,说"这最后的阶级竞争是改造社会组织的手段,这互助的原理是改造人类精神的信条";瞿秋白称新文化运动"非劳动阶级为之指导而不能成就"(《新青年·新宣言》);邓中夏断言新文学是"惊醒人们有革命自觉的最有效用之工具"(《贡献于新诗人之前》)等,诸如此类不一而足。尽管陈独秀在《虚无主义》(1920)中否定虚无主义,呼吁"笃行好学的青年,要觉悟到自己的实际生活既然不能否定,别的一切事物也都不能否定;对于社会上一切黑暗、罪恶,只有改造、奋斗,单单否定它是无济于事的,仍不能取消它的实际存在",[26]但仍然无暇分别马克思主义、列宁主义与无政府主义思潮之差别。五四新文化运动高潮过后,尤其是1923年后,相比较来自日本和西欧的马克思主义而言,苏俄马克思主义的影响已经显示出绝对优势。

1931年，杨东蕙在《本国文化史大纲》中如实描述了这样的分化："不到几时，《新青年》受了苏俄革命的影响，便断片地介绍了马克思的学说；而李大钊竟在北大讲授唯物史观。后来思想分野，李大钊和陈独秀便信奉马克思主义，而成为中国某某党的指导人物；胡适之一派便信奉杜威的实用主义，提出'多研究些问题，少谈些主义'的口号。"[27]

可见，中国所理解和认同的是"暴力革命"的苏俄，经济和文化建设的苏俄马克思主义基本上少有人关注。此举的结果导致中国马克思主义问题的复杂化——一厢情愿地建构了既不是经典的马克思主义，也不是强调建设的列宁主义，而是把革命的布尔什维克主义、民粹主义、无政府主义、民族主义和来自日本的马克思主义等混合一体的中国马克思主义。这些是苏俄马克思主义给中国社会制造的最深刻映象之一。[28]

结语：中国马克思主义在源头上的歧出

可以说，和新文化运动同时出现并持续更长时间的俄国文学热，是促使人们全方位接纳苏俄马克思主义的情感基础。苏俄十月革命及布尔什维克政权的建立，是在马克思主义名义下进行的，这吻合了中国社会对反西方和反资本主义的民族主义诉求，符合知识界为重建中华民族而成为一个独立的民族国家的现实性需求。在爱国热潮席卷中国的过程中，社会上又流行起快捷认识并实践苏俄马克思主义的热切期望，并因缺乏深刻理解苏俄马克思主义的条件，紧迫的现实又促使人们愿意把已经取得革命成功的苏俄马克思主义和解决中国问题结合起来。这些促成了苏俄马克思主义，而不是传教士和从西方归来的学人所倡导的德国马克思主义，迅速在中国登陆成功。[29]

然而，接受经由苏俄而来的马克思主义，是凸显革命的列宁主义和把所有问题政治化的斯大林主义，而不是新经济政策时期的列宁主义。这样的"马克思主义"强调的不是经由重建社会各阶层关系的路径，使之良性互动起来，从而有效召唤国民的民族国家认同，而是相反，即凸显社会变动中阶级冲突情势的紧迫性和全面性，并用阶级斗争手段解决阶级矛盾问题。这就既在事实上加剧了中国建构现代民族国家的困难，也在观念上让中国人无所适从——从无政府主义、民族主义到民粹主义等，常常打着"马克思主义"旗号进行过激的革命实践，加剧了马克思主义问题在中国的复杂化，也使中国的现代性建构问题更为棘手;事实就更是有目共睹了——20 世纪末的中国社会进程及其成就,一言以蔽之,就是革除苏俄影响。

同时,中国还因遵循国际共运原则,忽视了苏俄马列主义的俄国文化传统基础、苏俄民族身份和苏联国家利益诉求等,而把苏俄社会进程当作具有普遍意义的真理。这种移植苏俄的做法,违背了民族主义和民族国家建设的潮流。20 世纪初是帝国普遍崩溃而代之以民族国家的时期,现代中国知识界未能冷静辨析真假马克思主义、正视资本主义和殖民主义问题、在世界多元文化图景中更合理地选择和配置资源等,也因此未能找到更有效的途径,来解决中华民族国家的重构和国家认同、国民的民生和民权等重大问题,从而给中国社会后来的发展带来了无限的障碍,也增加了 20 世纪后期以来中国改革的难度。

[1]毛泽东:《论人民民主专政》(1949 年 6 月 20 日),《毛泽东选集》第四卷 1470、1471 页,人民出版社,1991。

[2]《独秀文存》卷一,第 135 页,亚东图书馆,1934。

[3]《独秀文存》卷二,第 29 页,亚东图书馆,1934。

[4]其中,最有代表性的是整理出版了别尔嘉耶夫的《俄国共产主义的起源与思想》(莫斯科科学出版社,1990)。该书是作者为了回应西方出版界(主要是美国和英国)一些探讨俄罗斯革命年代的思想及宗教斗争的历史之作而写,故本书面向西方读者(1937 年首先用英文出版,随后用德、法、西、意与荷等文印刷发行)。1998 年 4~5 月为纪念马克思诞辰 180 周年,莫斯科大学哲学系与人文科学院联合举办"理解马克思"国际学术研讨会,科学院历史研究所举办"俄罗斯与卡尔·马克思:选择与命运"国际研讨会,科学院哲学研究所举办"马克思与现代哲学"等大型学术研讨会等;莫斯科 Алгоритм 出版社 2005 年推出卡加尔利茨基(Борис Кагарлицкий)的著作《马克思主义:不是用来推荐学习的》(Марксизм: не рекомендаовано для обучения. 该作研究经典马克思主义、马克思主义与民族主义等问题)。

[5]Sleven G. Marks, How Russia Shaped the Modern world? From art to Anti－Semitism, Ballet to Bolshevism (Princeton University Press, 2003), PP. 4－5.

[6]《鲁迅全集》第 4 卷 461 页,人民文学出版社,1981。凯瑟琳·曼斯菲

尔德(Katherine Mansfield，1888～1923)英国著名女作家，20岁开始文学创作，尤以短篇小说享誉文坛，其作品早在1927年就已介绍到中国，译者是徐志摩，在他的眼里，曼斯菲尔德的形象代表了清秀明净的女性美。“媒婆”即郭沫若，1921年2月郭沫若在《民铎》月刊第2卷第5号发表的《致李石岑函》说，“创作是处女，翻译是媒婆”，“我觉得国内人士只注重媒婆，而不注重处子；只注重翻译，而不注重产生”。鲁迅所说的都介涅夫，乃俄国著名的写实主义小说家伊凡·屠格涅夫(Иван ТУРГЕНЕВ，1818～1883)，其重要小说《父与子》(Отцы и дети，1862)叙述了19世纪中期俄罗斯知识分子围绕俄国走怎样的现代化道路展开争论之问题。

[7]李金发:《我名字的来源》,《小说月报》第17卷第2号(1926年2月10日)。

[8]朱自清:《中国新文学研究纲要》,《朱自清全集》第8卷83、84页，江苏教育出版社，1998。

[9]茅盾:《近年来介绍的外国文学》(1945),《文哨》创刊特大号(1946年5月4日)。

[10]《瞿秋白文集》文学编第2卷248、249页，人民文学出版社，1986。

[11]Mikhail Epstein. *After the Future: The Paradoxes of Postmodernism and Contemporary Russian Culture* (Amherst: The University of Massachusetts Press, 1995), P. 188.

[12]Н. Бердяев, *Истоки и смысл русского коммулизма*(俄国共产主义的起源与思想)(М. Наука, 1990), С. 82.

[13]1869年9月第一国际第四次会议上双方争执得很厉害，以至于马克思先后称他是俄国政府和泛斯拉夫主义党的间谍。

[14]关于俄国马克思主义史，请参见：А. Д. Сухов, Идеи Маркса в русской философии. //Сб. Карл Маркс и современная философия. М. ИФ РАН, 1999; Российкая цивилизация: Этнокультурные и духовные аспекты. Энциклопедический словарь. Ред. под М. Мчедлов и др., М.: Изда. Республик, 2001, С. 174—178. А. Ф. Замалеев, учебник русской политологии, СПб: Изд. —торговый дом “Летний Сад”, 2002, С. 157—196.

[15]安德列·纪德著,郑超麟译:《从苏联归来(附:答客难)》,第 114 页,辽宁教育出版社,1999。

[16]田汉:《诗人与劳动问题(续)》,《少年中国》第 1 卷第 9 期(1920 年 2 月),第 52~54 页。应该说,这种陈述表明田汉先生对苏俄问题的判断是比较谨慎的。

[17]参见《广东群报》1922 年 5 月 23 日。

[18]陈独秀:《十月革命与中国民族解放运动》,《向导》周报第 135 期(1925 年 11 月 7 日)。

[19]《瞿秋白文集》第 1 卷 108 页,人民文学出版社,1953。

[20]谷非:《马雅可夫斯基死了以后》,《现代文学》第 1 卷第 4 期,转引自《胡风全集》第 5 卷 50 页,湖北人民出版社,2001。

[21]《茅盾全集》第 33 卷 477 页,人民文学出版社,2001。

[22]安德列·纪德著,郑超麟译:《从苏联归来(附:答客难)》,第 11、12 页,辽宁教育出版社,1999。

[23]《列宁选集》第 4 卷 572 页,人民出版社,1972。

[24]《瞿秋白文集》第 1 卷 138~140 页,人民文学出版社,1953。

[25]直到 20 世纪 80 年代邓小平还说,“社会主义究竟是什么样子,苏联搞了很多年,也没有完全搞清楚。可能列宁的思路比较好,搞了个新经济政策”。参见《邓小平文选》第 3 卷 139 页,人民出版社,1993。

[26]《独秀文存》卷二,第 92 页,亚东图书馆,1934。

[27]杨东蓴:《本国文化史大纲》,第 493 页,北新书局,1931。

[28]关于无政府主义和民粹主义同中国马克思主义之关系问题研究,请参见顾昕《无政府主义与中国马克思主义的起源》(载《开放时代》1999 年 4~6 月号;许纪霖主编《20 世纪中国思想史论》下册,东方出版中心,2000 年转载)。

[29]关于现代中国接受马克思主义问题,详情请参见李泽厚《试谈马克思主义在中国》,《中国现代思想史论》,第 146~209 页,安徽文艺出版社,1994。

(原文载香港中文大学《二十一世纪》2007 年第 10 期)

五四新文化运动和中国的国际视野之建构：以《新青年》为观察点*

五四新文化运动开启中国自觉用世界文明改造自我之风气，从而使梁任公在《中国史叙论》(1901)第八章“时代之区分”中关于中国之认知的论述——“(中国的)上世史，自黄帝以迄秦之一统，是为‘中国之中国’”，“中世史，自秦一统后至清代乾隆之末年，是为‘亚洲之中国’”，“近世史，自乾隆末年以至于今日，是为‘世界之中国’”——真正得以落实，进而醒目地凸显了“中国问题”之存在，即作为东方弱国需要通过引进外来文明对其传统的政治制度、经济结构和文化构成等进行全方位的改造；知识界切实认识到中国属于世界、中国问题不单是中国自产的也是世界促成的、中国问题之解决需在世界格局中方可进行，确立了用国际通用概念解释中国问题的思维，包括“共和国”、“人民”、“民主”、“科学”和“经济”等公共概念，建立了哲学、文学、社会学、法学等人文社会科学体系，和理学、工学、医学等自然科学、工程科学。换句话说，是五四新文化运动使中国有了进入世界和描述世界的概念、范式，并且对这些概念的诠释和范式的使用，也在这期间迅速固定下来。

既然如此，何以并非发达之国的俄罗斯却成为后来中国问题及其解决的最重要世界因素，苏俄不是以其先进性而是因斯拉夫

---

* 本文系北京市重点文科研究基地首都师范大学中国诗歌研究中心规划项目阶段性成果。

魅力的苏俄价值观、不是以对德国学理上的马克思主义之真切践行而是以充满意识形态诉求的列宁主义之实践,对中国产生了巨大影响;在热切呼唤现代文明的过程中,不是欧美的思想和审美观,而是立足于俄国本土意识的批判西方和怀疑引进西方文化之意义的俄苏文学,更为中国知识界所热衷?这些今天看来极为严重的大问题,当时被视为理所当然的正常现象:《新青年》(第8卷第1号,减写为8—1,下同。另,该刊是每年一卷再分期,每篇文章分别标页码)如是推介晨报社出版、兼生所译《苏俄六周见闻录》(1920),“俄国到底是什么情形?这一疑问,现在社会上稍微关心世界大势者,必定会想知道的。我们既然不能亲到俄国去观察,那只好择他人关于俄国著作来看。英国兰姆塞所著的《1919年旅俄六周见闻》,在西洋关于研究俄国的著作中是最新、最详、最公正的”。正是这种在当时看来理所应当的“世界性”趋向,给后来中国带来了更多问题:成为改革开放最难克服的障碍之一。

实际上,把俄国作为解决中国问题最重要的国际因素,是五四新文化运动对世界认知的一种趋向。而造成如此境况的,与五四新文化运动中最具影响力的《新青年》之切实倡导相关!不否认,《新青年》广泛关注世界文化思潮,且译介的对象和讨论的问题,如刘叔雅《伯格森之哲学》(4—2)、凌霜《德意志哲学家尼采的宗教》(4—5)、高一涵《斯宾塞的政治哲学》(6—3)等等,至今仍为知识界所肯定;社会影响力立竿见影,如昆剧意外盛行起来,新文化阵营有所不甘,胡适便策划易卜生专号(4—6)对抗之,果然传统戏曲的风光迅速让位于话剧,反传统风潮更甚。在这种世界视野中,苏俄很快成为主导性因素:前六期封面人物中俄国有两个,即托尔斯泰(1—4)、屠格涅夫(2—2),前八期分别四次连载陈嘏所译屠格涅夫小说《春潮》和《初恋》(这在《新青年》绝无仅有),从第8卷第1号(1920年9月)封面改成一幅地球图案,从东西两半球上伸出两只手紧握——暗示中俄人民团结。《新青年》何以对俄国有如此热诚,并能预示中国问题之解决的趋势?

《新青年》这份前后持续不足七年之刊(1915年9月陈独秀在上海创办《青年杂志》月刊,1916年2月因护国战争爆发停刊,至1917年1月复刊,编辑部随陈独秀任职北京大学文科学长而迁至北京,并于1916年9月易名为《新青年》;五四运动爆发后,编辑部迁回上海;1920年5月第7卷后刊物改组成为上海共产主义小组的刊物,1922年7月第9卷第6号刊行后休刊。1923年后改为季刊共出五期的《新青年》,和此前的无关),其作者群有变化,初时主撰稿人为陈独秀、北大编译员安徽六安人高一涵(1885～1968)、后任清华大学国文系主任的合肥人刘叔雅(刘文典)、后任北大教授的江阴人刘半农(1891～1934)、曾在安徽执教的长沙人易白沙(1886～1921)、北大教授吴虞(1872～1949)和周作人(1885～1967)等,从第4卷第1号(1918年1月)改由陈独秀、钱玄同、高一涵、胡适、李大钊、在北大中文系任教的陕西人沈尹默(1883～1971)等轮流主编,鲁迅稍后加入,撰稿人增加浙江义乌人、《共产党宣言》最早译者陈望道(1891～1977),毕业于东京帝国大学的湖北人李汉俊(1890～1927),共产党创始人之一的永州人李达(1890～1966)等。由此,虽然作者中有不少是北大教授或与北大相关的人物,但作者群具有全国性,故第6卷第2号(1918年4月)发表《新青年编辑部启事》说:"近来外面的人往往把《新青年》和北京大学混为一谈,因此发生种种无谓的谣言。现在我们特别声明:《新青年》编辑和做文章的人虽然有几个在大学做教员,但这个杂志完全是私人的组织,我们的议论完全归我们自己负责,和北京大学毫不相干。"这9卷50期刊物,因作者的视野和志趣而使之热衷讨论国际问题,论述亦具国际视野,如创刊号有陈独秀《法兰西人与近世文明》,陈独秀本人此后常在此杂志上发表讨论国际问题的文字。换言之,就是这样的作者群和编辑队伍,关注国际问题的主要视野转向了俄国(据笔者统计,翻译文字占40%,关于俄国的篇章则过半,中国作者的撰述文字也有不少涉及俄国),由此引发了持续不衰的俄国文学热,促成对苏俄问题的热情和对苏俄社会主义—马克思主义的认同等。

一

按鲁迅《祝中俄文字之交》(1932)所描述,俄国文学在20世纪20～30年代的中国很兴盛,"中俄的文字之交,开始虽然比中英、中法迟,但在近十年中,两国的绝交也好,复交也好,我们的读者大众却不因此而进退;译本的放任也好,禁压也好,我们的读者也决不因此而盛衰。不但如常,而且扩大;不但虽绝交和禁压还是如常,而且虽绝交和禁压而更加扩大。这可见我们的读者大众,是一向不用自私的'势利眼'来看俄国文学的。我们的读者大众,在朦胧中,早知道这伟大肥沃的'黑土'里,要生长出什么东西来,而这'黑土'却也确实生长了东西,给我们亲见了:忍受,呻吟,挣扎,反抗,战斗,变革,战斗,建设,战斗,成功"。[1]如此奇观,在一定程度上由《新青年》所引发:前八期分别四次连载陈暇所译屠格涅夫小说《春潮》(1872)和《初恋》(1860),就预言了译介俄国文学乃该杂志的重要工作。屠格涅夫虽不是最伟大的文学家,却是“小说家中的小说家”(the novelist's novelist),创作了许多经由叙述爱情婚姻折射时代风云的力作,这两篇作品乃俄语文学中的美文——着力写爱情之于当事者的美好、不可替代性。在《剑桥俄国文学史》(1989)看来,此乃作家最迷人和最亮丽的爱情小说,“《初恋》再次触及个人主题及个人教育的特性”,和《阿霞》等作品一样,虽是关于爱情之作,但深刻地召唤怀旧之情,而《春潮》作为屠格涅夫最后一部重要的爱情小说,却是典型的屠格涅夫式爱情,即初恋仍因玩世不恭的现实态度而使爱情遭到背叛。[2] 著名文学史家维克多·特拉斯甚至认为,“《初恋》是最伟大的爱情小说之一……作者用暗示、隐喻和一些有意义的细节之类将故事的艺术显露出爱情的光辉、明亮”。[3] 俄国著名的保守主义思想家列昂捷耶夫(K. Леонтьев,1831～1891)的《东方、俄国和斯拉夫民族》(1885～1886)赞赏《初恋》乃不关心政治之佳作。有意思的是,译者陈嘏——陈独秀长兄陈孟年之子也有同感,“作家乃俄国近代杰出文豪也……尤厌恶本国阴惨之生活……其文乃咀嚼近代矛盾之文明而扬其反抗之声也。《春潮》为其短篇中之佳作,崇尚人格,描写纯爱,意精词瞻臻其极,各国皆有译本”(1－1)。

殊不知,如此不吝版面刊出追求审美诉求的俄国文学作品,居然是《新青年》后来的志趣之一:鲁迅翻译阿尔志巴绥夫(M. Арцыбашев,1878～1927)的《幸福》(8－4),是作家创作中最少政治诉求而多审美叙述之作,且这样的译介带动了后来知识界对这位作家的兴趣,其许多作品被译出,如鲁迅后来翻译他的《医生》(《小说月报》“俄国文学研究专号”,1921)和《工人绥惠略夫》(北新书局,1927)等;留学美国的学人胡适,最早在《新青年》上发表之作、该刊最早出现的白话文是由英文转译俄国著名的“星期三文学社”创立者、苏联功勋艺术家的捷列绍夫(H. Телешов, 1867～1957)的小说《决斗》(2－1);尤其是周作人这位因《人的文学》(5－6)和《平民的文学》、《思想革命》(《每周评论》1919年第1、3期)等而享誉知识界的人物,不仅翻译了至今仍被视为经典的《卖火柴的女儿》(6－1)等著名篇章,更着力于俄国文学之译介——在《新青年》上翻译俄国文学最多的人物,包括托尔斯泰《空大鼓》(5－5)、契诃夫《可爱的人》(6－2)、象征主义作家索洛古勃(Ф. Сологуб, 1863～1927)《童子lin之奇迹》(4－3)(译序指出其著作多隐晦)和《铁圈》(6－1)、库普林(А. Куприн, 1870～1938)《皇帝之公园》、科罗连柯(1853～1921)《马加尔的梦》(8－2)等。这些翻译值得嘉许：主要是19、20世纪之交以象征主义为主体的文学——20世纪40年代后中国就遵从苏联而排斥其为颓废文学，直到20世纪90年代才重视起来而视为白银时代文学。鲁迅《〈幸福〉译者附记》(8—4)曾解释曰，“阿尔志跋绥夫虽没有托尔斯泰和高尔基这样伟大，然而是俄国新兴文学典型的代表作家的一人；他的著作，自然不过是写实派，但表现得深刻，到他却算达了极致。他的著作是厌世的，主我的；且每每带着肉的气息。但我们要知道，他只是如实描出，虽然不免主观，却并非主张和煽动；他的作风，也并非因‘写实主义大盛之后，进为唯我’，却只是时代的肖像：我们不要忘记他是描写现代生活的作家……其本领尤在小品；这篇也便是出色的纯艺术品，毫不多费笔墨，而将‘爱憎不相离，不但不离而且相争的无意识的本能’浑然写出，可惜我的译笔不能传达罢了”。可见，鲁迅热衷于这样的作品，并非心血来潮，而有着特别考虑的——注重文学的审美诉求(况且创作之于他是阶段性的，翻译则几乎贯穿终生)。而且，《新青年》所关心的，也意外地促成了后来俄国文学热的另一个方面——对俄国现代主义文学的兴趣。

当然，《新青年》更热衷于对写实主义文学的译介，这尤其体现在对列夫·托尔斯泰和陀思妥耶夫斯基作品的译介上。曾把马克思主义说成是集体主义的无政府主义者、广东台山籍的北京大学学生黄凌霜，以凌霜为名发表长文《托尔斯泰之平生及其著作》(2—4,1917)，为当时描述托尔斯泰创作情况最详细之作，认为“托尔斯泰之关系于近世思想界、文学界、道德界、宗教界既如此深切，其能转移学者之心理”在于“人道之正谊”、“和平之先声”、“诚爱真之美德”，总结其著述性质为“诚”、“爱”、“真”。这些表述，可谓抓住了托翁的实质。而探讨托尔斯泰思想之根源、发展，乃《新青年》兴趣之所在：甚至早在《青年杂志》(1—2)上汝非就发表《托尔斯泰之逃亡》，及时注意到托尔斯泰离家出走事件，并解释为托翁精神探索的悲壮行为，“所处四周之丰亨境遇实与彼纯洁道义心有大相反对者。阅时愈久直觉身之所处者与其心之所怀抱者两不能相容”，“时人有云，使托氏学派再假以时日，流传播布，熏陶人心，今日欧陆之大战争，可以不作”；邹翻译日本升曙梦《启发托尔斯泰的两个农夫》(6—6)，生动叙述了托尔斯泰主义(包括热衷于体力劳动、宗教)产生的生活原因，即受到两个农民的影响。不单托尔斯泰的文字深刻，关于陀思妥耶夫斯基的文献亦然：周作人翻译英国W. Trites之文《陀思妥耶夫斯基之小说》(4—4)称，“近来时常说起‘俄祸’。倘若世间真有俄祸，就是俄国思想，俄国舞蹈、俄国文学皆是。

此种思想却正是现在世界上最美丽最要紧的思想”,“正如俄国舞蹈一样,世界小说亦统受陀思妥耶夫斯基、果戈理、托尔斯泰和屠格涅夫之指挥。《罪与罚》、《死魂灵》、《父与子》与世界小说比较,正同俄国舞曲和平常舞蹈一样的高下。陀氏是俄国最伟大小说家,亦是现在议论纷纭下的人。其著作近来忽然复活,复活缘故就因有非常明显的现代性(现代性是艺术最好的试验物,因真理永远现在故)。人说他曾受狄更斯影响,我亦时时看出痕迹。但狄更斯在今日已极旧式,陀氏却终是现代的,只有约翰逊博士可相比。此一部深为广大的心理研究,仍然现代宛然昨日所写”。这是中国较早使用现代性概念并以此分析作家的重要小说《罪与罚》而誉之为幻想性小说的文章,论述之独到为后来中国所罕见。

对苏俄新文学自然有关注。郑振铎所译高尔基《文学与现在的俄罗斯》(8—2),乃高尔基给苏俄世界文学出版社首版目录所写序言,极为推崇文学,“文学是世界的心,一切世界上的喜与忧,人类的梦幻与希望,他们的失望与愤怒,他们对于自然的美的尊敬,以及他们对宇宙的神秘恐怖,多翱翔于其中。这个心因自己知识的干渴,激烈的、永久的颤动……文学亦可以说,是世界无所不见的眼,他的眼光透入于人类精神的最深处……我们没有一种世界的文学,因为现在还没有地球通用的文字,但所有的文学作品,散文的或诗体的,却满注着同样的,一切人所通有的感情、思想及理想,同样的,人的生活痛苦的厌恶,更高的生活方式之可能的希望,也还满注着一些不能用文字或思想定义,又怎能以感觉理会的,而我们称为‘美’,能回复永久的、更光明的、更快乐的花在世界上,在我们自己心里的神秘的东西。无论国家、种族、个人的内部怎样的差异,也无论政府、宗教、风俗的外形怎样的不同,阶级间的冲突怎样的难以调和—— 所有这些我们自己多少世纪来所创造的差别上,却翱翔着普遍认识的悲剧性人生的黑暗、压迫的灵魂以及人类在世界上的孤寂的残酷的意义”。正因为文学如此美妙,具有超越时空的传承人类文明之意义,所以无论战争形势多么严峻,高尔基都致力于组织翻译、编辑和出版世界不同时代的优秀文学,打算出版一千五百多种书、三到五千个小册子。对此,郑振铎在译序中盛赞道,“不仅是高尔基的重要论作,也是现在最紧要的、最伟大的出版宣言,使我们与俄国的文学关系更增亲切”。然而,译者不知情:世界知识出版社是高尔基借助和列宁的私人感情,从苏维埃政权努力争取的一个项目——《不合时宜的思想》未能感动苏俄政府放弃对传统文化和外来文化采取严厉政策,转而希冀新政权给重要知识分子提供就业机会(编辑、翻译和出版等),挽留更多的志同道合者留在苏俄,以在艰难环境下维护俄国的文化可持续发展,但计划很快半途而废。而译者却相信这是空前伟大的平民教育计划,表明"布尔什维克不是文化的破坏者,乃是文化的拥护者、创造者",没看出高尔基何以要如此盛赞文学的伟大意义。同样,本期的李少穆译作《高尔基在莫斯科万国大会演说》,也没明白高尔基何以要这么强调文学的重要性。更遗憾的是,这样看苏俄文学是后来中国的潮流,哪怕鲁迅《〈竖琴〉前记》(1932)曾说明,"俄国文学,从尼古拉二世以来就是'为人生'的,无论其主意是在探究,或在解决,或堕入神秘,沦于颓唐,但主流还是一个:为人生……但它在本土,却突然凋零下去了。此前,原有许多作者企望转变的,十月革命的到来,却给了他们意外的莫大的打击",朱维之《基督教与文学》(1941)对此论曾有呼应,但认同新文学的潮流势不可挡。

《新青年》这样倡导俄国文学,有其目的性,即给改造中国提供一个参照系:第8卷第5号(1921年元旦)刊载的周作人1920年11月8日在北京师范学校的演讲《文学上的俄国与中国》给予了深刻说明,中国需要译介俄国文学,"(不仅是因)俄国近代文学,可以称作理想的写实派文学;文学的本领原来在于表现及解释人生,在这点上俄国的文学可以不愧为真的文学了",更因为"俄国文学的背景有许多与中国相似,所以他的文学发达情形与思想内容在中国也最可以注意研究","中国创造或研究新文学的人,可以得到一个很大的教训,中国的特别国情与西欧异,与俄国却多相同的地方,所以我们相信中国将来的新兴文学,自然的也是社会的人生的文学",希望能通过俄国希腊正教之人道主义补中国宗教之不足、俄国思想自由补中国趋向权贵之不足、俄国文化的博大精神和激进思想补中国平庸妥协之不足、俄国文学对人民生活困苦之深切表达补中国文艺对生活苦痛只是玩赏或怨恨之不足、俄国文学富于自我谴责精神补中国文人或攻讦他人阴私或自我炫耀之不足等。而且倡导的确产生了预期作用:不但推出了持续不衰的俄国文学热,而且改变了中国文学的诉求,如五四新文化运动中最早创立的大型文学团体——文学研究会,其成立宣言(8—5)曰,"将文艺当作高兴时的游戏或失意时的消遣的时候,现在已经过去了。我们相信文学是一种工作,而且又是于人生很切要的一种工种;治文学的人也当以这事业为他终生的事业,正同劳农一样",这种"为人生的艺术"的文学观,又使其很重视俄国文学作为文化资源的价值,其会刊《小说月报》大量刊载这方面的作品，推出过“俄国文学研究专号”(1921)。

可以说，《新青年》开风气之先，并因其巨大的影响力，不同身份的知识分子积极参与、呼应，引发、倡导和促成了后来的俄国文学热：且不论上述《小说月报》作为1921～1931年知识界又一个重要刊物出版“俄国文学研究专号”，商务印书馆和北新书局等短短几年间陆续推出了《近代俄国小说集》5集、《俄国戏剧集》10集、《俄罗斯名家短篇小说集》、《普希金小说集》、《托尔斯泰小说集》、《托尔斯泰短篇小说集》、《契诃夫短篇小说集》等，冯雪峰1927年在北新书局出版汉译日本无产阶级学人升曙梦的《新俄文学的曙光期》、《新俄的无产阶级文学》、《新俄的演剧运动与跳舞》等，这一批批具有规模效益的译作，连同许多报刊所发表的相关文字，促成一浪高过一浪的“俄国文学热”，促进了后来的中国文学创作、改变了审美观念、提高了社会公众意识等，虽然中国经历艰苦的抗日战争、国民政府时时警惕苏俄思想侵袭，却不影响国人对苏俄的认同，情形如茅盾《近年来介绍的外国文学》(1945)归纳抗战以后的外国文学译介情况所论，从七七抗战开始到太平洋战争爆发，介绍的“主要是苏联战前作品，以及世界的古典名著”，从太平洋战争到抗战胜利前夕，“除继承前期的工作而外，还把注意力普遍到英美的反法西斯战争文学了——不用说，苏联的反法西斯战争文学是尤其介绍得多”；[4]稍后的《高尔基和中国文坛》(1946)茅盾描述了高尔基作品在中国的兴盛情形，“30年前中国新文学运动刚开始时，高尔基作品就被介绍过来了。抢译高尔基成为风尚：从日本重译，从英、法、德、世界语重译。即使最近十多年，直接从俄文翻译已日渐多了，重译还是继续不绝”，就算这是赶时髦，“持续了三十多年而未见衰竭”亦难得，且中国作家“不但从中接受了战斗精神，也学习了如何爱与憎，爱什么、憎恨什么；更从其一生事业中知道了一个作家若希望不脱离群众，便应当怎样的生活”，甚至说，对高尔基影响中国进行专门研究，“可写成一本厚书，而这工作本身也就是一种学问”。[5]

二

其实，《新青年》远不止是改变了中国的审美趋向和文学发展方向，更重要的是改变了中国社会对俄国的正常认知。鲁迅《祝中俄文字之交》已明言，“我们岂不知道那时的大俄罗斯帝国也正在侵略中国”，甚至五四主将陈独秀第二次东渡日本专习军事是因1903年帝俄违约不从东北撤兵，东京留学生黄兴等组织拒俄义勇队，陈独秀亦是成员，后日本政府因循清廷的要求，勒令解散义勇队。而《新青年》不顾反俄之势，在倡导俄国文学的同时，更热衷于言说新俄之美好，如俄国发生二月革命时，陈独秀还不是很清楚这是怎样的从帝制到共和制的革命（虽然《新青年》及时在第3卷第2号刊载“记者”之作《俄罗斯大革命》，详述了此次革命的远近因、新政府之构成、国际社会之认可等），便认为这次革命会改变正在变化的世界大战之国际格局，于是撰文《俄罗斯革命与我国民之觉悟》(3－2)呼吁国人觉醒，“此次大战争乃旷古所未有，战后政治学术一切制度之改革与进步亦将为旷古所罕闻。吾料欧洲史，大战后必全然改观。以战前史观推测战后世界大势，无有是处……吾国民所应觉悟者，俄罗斯革命，非徒革俄国皇室之命，乃革世界君主主义侵略主义之命也。吾祝其成功！吾料其未必与代表君主主义侵略主义之德意志单独媾和，以其革命政府乃亲德派旧政府之反对者，为民主主义者人道主义之空气所充满也。吾料世界民主国将群起而助之”。如是分析虽有乐观之嫌，如临时政府延续帝俄参与世界大战之政策，但半年后十月革命所建新政府，如陈所料，立即退出战争，但情势变化远非陈独秀所说的那样乐观。这些文字，同李大钊此时关于二月革命之作《俄国共和政府之成立及其政纲》、《俄国大革命之影响》和《俄国革命之远因近因》等各有片面性、深刻性。

《新青年》如此导向，很快改变了中国社会原本不接受十月革命及其布尔什维克政权的格局。起初得知布尔什维克以革命方式推翻二月革命，中国改良派和革命派人士皆反对，时任教育总长的孙洪伊(1873～1936)在《吾人对于民国七年之希望》(《民国日报》1918年元旦)中称，布尔什维克不惜重蹈“法兰西革命之覆辙”，演成“杀人流血之惨剧”，“俄过激主义的传染非常可怕”，非想法子“预防”不可；十月革命后一年多，挑起科学和玄学论战的张东荪(1886～1973)《过激主义之预防策》(《国民公报》1919年1月29日)还认为，二月革命已“奋起为大破坏大建设大创造之事业”，对此本“不胜其希望也”，而十月革命竟“颠覆新政府”，“使全国重蹈于无政府之状态”，“是吾国民自辛亥以来经验之恐怖、悲哀、不安、愤激诸苦，俄国民亦经验之，乃较吾国为甚矣”。但《新青年》则不然，在热烈译介俄国文学和讨论马克思主义—社会主义过程中，就积极对待新苏俄：第6卷第4、5号(1920)刊发起明所译的英国著名的俄罗斯问题专家Angelo S. Rapport博士《俄国革命之哲学的基础》。该文认为，1825

年十二月党人事件后黑格尔虚无缥缈的哲学在俄国风行(政府认为那是保守思想而不加禁止),“这在俄国影响是有害的,使人只是空谈理论而不着实际。但当时也有益处,因为它使俄国思想家能用哲学文句来说尼古拉一世的检查官不容易懂的空想社会主义,只想从道德与精神的复活上求出人类的救济思想,也瞒了检查官的眼。这样,俄国哲学家能介绍新思想,有用隐晦文句讨论宗教政治的根据”;克里米亚战争之后,俄国先后流行赫尔岑斯拉夫主义革命思想、车尔尼雪夫斯基民粹主义思想、巴枯宁满怀唯物论情怀的无政府主义思想,还辨析马克思主义和巴枯宁主义之差别(马克思期望受过教育者实践社会革命,巴枯宁则鼓吹爱自由者革命;马克思认为只有最进步的国家才发生革命,巴枯宁认为最具反抗本性和自由精神的国家才发生革命)。虽然该文未讨论俄国的宗教哲学、列宁等之类重要文化和人物,但使人明白了十月革命之发生有其历史依据。既然如此,应北大校长蔡元培等人之邀来华演讲的罗素(B. Russell,1872～1970),其亲临苏俄的经历、感受和意见,自然得到《新青年》的关注。他刊于美国周刊《苏维埃俄国》(Soviet－Russian)和伦敦《民族国家》(Nation)杂志上的长文《游俄之感想》,被沈雁冰及时翻译出(8－2,1920)。罗素在此介绍自己游俄的背景(1920 年 5 月 11 日～6 月 16 日随英国劳动代表团访俄。在苏俄看来,该团和苏俄共产主义休戚相关。实际上,“我们此来,是欲尽我们的所能,求出俄国的情形和俄国政治的方法”,外加罗素不是代表团正式成员而有些个人自由,分别访问彼得格勒和莫斯科,以及伏尔加河沿岸的一些城市),叙述见闻时分析说,“俄国现状和历史上事物最相近的是柏拉图的《共和国》”,把苏维埃理解成英国议会,布尔什维克只是苏维埃的一个部分,并又分为曾饱受牢狱之苦的老革命家、革命成功后掌握权力的布尔什维克、不很热心共产主义的普通党员等三派;对苏维埃制度下城市和乡村不太好的状况,他认为“俄国虽是一个庞大而强有力的帝国,外相是极好看,但中心糟得不可言……我们若拿布尔什维克所不可能避免不满意而困难的情形来责骂布尔什维克,这是废话。他们的问题只要在下面方法中取得一个便可解决:①停止战争与封锁,那就可以使他们拿货物供给农人换粮食;②渐渐发展一个独立的俄国工业”;虽断言俄国倦于战争、期望和平,“但俄国是后进的国,还不配用平等合作的方法,这方法是西方诸国所求以代替政治上和工业上专断的。在俄国,布尔什维克的方法或是免不了的,无论如何,我是不想就他们大体下批评。不过,这种方法不合宜于先进国,若社会主义者要去看他们,模仿他们,这可就是不必退化而退化了”。接着,《新青年》(8－3)刊出沈雁冰翻译哈德曼讨论罗素如何对待苏俄无神论问题的《罗素论苏维埃俄罗斯》:[6]罗素把苏维埃政权比作英国光荣革命之后的克伦威尔,“信仰共产主义者很像清教徒军人,怀抱有严格的政治道德,克伦威尔对议会的处置,类似于列宁对宪法会议的办法”,这两个时代有相似处,克伦威尔对待反对革命的议会之坚决,和列宁对待杜马相当;在排斥宗教方面,“罗素应该不是反对俄国之形似无宗教与艺术的第一人”,俄国人对民族理想之坚信,就是全体人民共有之理想,类似于宗教信仰,“‘马克思福音的宗教般的信仰,代替了基督教殉道者天堂的期望’,却是我们在列宁身上看见马克思方法不杂着宗教的元质。我们宁可设想这是俄国民众,要把马克思教义变成宗教”。当然还注意到时任英国健康保险咨询委员会顾问、后任英国下议院议员的邦菲尔德(Margaret Bonfield, 1873～1956)赴俄观察报告《克鲁泡特金告英国工人》(8－3):无政府主义者克鲁泡特金(Пётр Кропóткин, 1842～1921)呼吁英国停止攻击苏俄。这些文字趁着“罗素热”,及时向中国提供了鲜为人知的有关苏俄的信息和考虑苏俄问题的另一种思路。

实际上,《新青年》对苏俄问题的关注是全方位的:从第8卷第1号(1920年9月)开始开设“俄罗斯研究”栏目,先后持续四期共35篇(译自美、英、法、日等报刊所载有关苏俄的政治、经济、文化教育、妇女政策等,其中来自纽约《苏维埃俄国》周报的文字最多)。在这些译介中,布尔什维克革命及其历史合法性依据,成为首先关心的问题。首篇乃曾留学美国的中国政治学创建者张慰慈(1890～?)翻译美国社会学者洛史与伯尔曼介绍苏维埃政府构成基本情况的《俄罗斯苏维埃政府》(8－1):“布尔什维克是一个政党,是一种政治制度”,1919年3月第四次代表大会讨论对德和约签订,布尔什维克只是九个党派中人数最多的一个,“苏维埃共和国是一种苏维埃的阶级制度,从乡村苏维埃、城市苏维埃到全俄苏维埃全包括在内”,“苏维埃制度最有趣的地方,就是拿职业做代议制度的单位,打破以前以地方为单位的制度”。佐野学著、李达译的《俄国农民阶级争斗史》(8－6,1921),从俄国农民史上证明十月革命的合法性:原是从事牧业生产并向重商转变的斯拉夫人,13～16世纪后被鞑靼统治而成为离不开土地的农民,16世纪以后农奴制度形成,彼得大帝虽打开了俄国开放西方的门户,却颁布了许多对农民严加限制的法令,叶卡捷琳娜大帝虽和启蒙主义者有往来,但强化了农奴制,导致农民不断反抗,以至不得不进行1861年改革，但资本主义改革导致农民的生存环境更加恶化，故引发1905年革命和十月革命。更为激进的是李守常《俄罗斯革命的过去及现在》(9－3)把俄国历史叙述成革命史：1825年十二月党人起义、1861年改革及其引发的自由主义运动和民粹主义运动、1905年革命、1917年革命，"俄国革命首领对人民很抱一种热望，把他们的希望放在农民身上，并常注意村社，一向把它当作未来的理想社会，但运动愚钝的农民去实行革命是不可能的事情，所以有许多革命领袖郑重主张'教育比革命还要紧'……屠格涅夫曾寄书于一热烈的革命家说，'你想革命的要素存在于人民中，其实恰恰相反，我可以断定革命这样事体，从他的真意思、最大的意思解释起来，只存在于知识阶级的少数人'……当时俄国人民总有一亿农民，极其守旧，故革命运动的事也不能不担在少数知识阶级的肩上……大俄罗斯自成一部，或存或亡都为一体，在其六千万人口中约有10%是构成俄罗斯革命的要素的，其余都与革命无关……俄罗斯中心只是俄国一部分，而在大俄罗斯革命的中心势力又只在大俄罗斯全人口中少数的知识阶级"。而震瀛译自美国《苏维埃俄国》的《劳农协社》(8－3)、《俄罗斯的我观》(8－3)、《列宁与俄国进步》(8－6)等文，分别介绍农奴解放后农民组织情况和反对资本主义的必要性、英国劳工组织官员R.威廉亲临当时的苏俄观察劳农情况时所留下的生动印象、布尔什维克用新思想救济1861年改革后的俄国，表明列宁及其布尔什维克实践马克思主义的贡献，按R.威廉记录，"我经过许多严密观察，以为俄国劳农政府很有存在的价值。英国反对和俄国通商，必至失败。俄国东方的政策，不是帝国主义的侵犯，不过盼望英国不要联合各国来攻击劳农政府。我深信列宁、托洛茨基等辈，和各国陈腐外交家脑力战争，列宁等辈终必占优胜利"。期间还关注俄国工运史：陈望道译山川均的《劳农俄国的劳动联合》(8－5)介绍旧俄国没有劳工组织联合大家、新俄国全体劳动者则因有劳工组织而权益得以保障；懂日、英、德、法等外语的李汉俊以其号(汉俊)为名译伦敦俄国人民通讯社的稿件《俄罗斯同业组合运动》(8－1)，介绍源于1905年，1908～1916年受到打压的俄国同业组合运动的发展史，尤其是二月革命后的发展情况；十月革命后加入俄共、就学于莫斯科东方劳动者共产主义大学、1920年回国帮助筹建中国共产主义小组和中俄通讯社的山东平度人杨明斋(1882～1938)翻译《俄国职工联合会发达史》(8－3)，详述1905年以来工会运动变化发展史和圣彼得堡工会情况。这些文字强化了人们对苏俄的好感，以至于哪怕《彼得格拉的写真》和《苏维埃俄罗斯的社会改造》(8—4)介绍了期间苏俄的不好情况,“俄国人有些怨恨布尔什维克同志,对共产社会实业的改组,负担的责任太重。这些艰难,不易克服。时症流行,死亡甚众。俄国深受战争和革命的痛苦,缺乏各种需要”,粮食紧张、药品和日常生活用品奇缺、儿童教育和社会风尚需要改善等情形,中俄通讯社来稿《关于苏维埃俄罗斯的一个报告》(8—2)介绍苏维埃粮食委员会规定粮食必须国有、配给,食品店(“点心店”)作为补充只供给富裕之家、当政者和儿童,但这些情形没有妨碍正在扩大的认同苏俄之潮流。

当然,新政权如何构成和苏俄发展等情况,成为五四新文化运动所关注的另一个重要问题。杨明斋译自莫斯科《普斯拉科夫》报的《劳农政府召集经过情形》(8—4)介绍苏俄劳农地方议会及其代表构成情况,震瀛译自《苏维埃俄国》的《中立派大会》(8—4)和《全俄职工联合大会》分别介绍了苏维埃会议及代表构成情况(尤其是1920年4月苏维埃全俄职工代表大会情况,包括党派构成和执政党关系)。其中,经济问题尤其得到了关注:震瀛译自美国《国民》杂志之作《俄罗斯的实业问题》(8—4)介绍了因战争、内乱、封锁、运输不济、没有食物等困境,“苏维埃俄国的实业生产问题,是非常困难的”,“俄国的实业问题,最后演变为信用问题。农民不肯供给食物,是因为不能即可取回制造用品,而工人也不做工,除非先得食”。而他译自《苏维埃俄国》的三篇文章,即介绍生产劳动(军人转岗从事生产的必要性)的《苏维埃俄罗斯的劳动组织》(8—4)、介绍国内战争带来苏维埃设立经济局直接管理经济方式和实行国有化政策的《苏维埃政府的经济政策》(8—4)、列宁为战时共产主义政策辩护的《过渡时代的经济》(8—4)等。其中《过渡时代的经济》声称,“社会经济根本的制度,便是资本主义、小生产力和共产主义”,“无产阶级在资本主义时代,完全是被压制的,由于生产方法不良,他们的财产便全被劫掠。所以劳动和资本是很大的仇敌,这一次革命非根本解决不可。自从有产阶级被推翻以后,战胜了政治势力,无产阶级成为治人的阶级”。更为重要的是,周佛海提供了当时中国认真研究新俄国的重要文献《劳农俄国的农业制度》(8—5),基于俄罗斯乃农业国,研究这个问题对中国这样一个农业国有意义,他研究苏俄土地国有化、成立农社、农业改良、森林经营、农民对苏俄农业改革的态度等许多问题。在论及土地国有化问题时指出,劳农政府最关心的是如何避免知识少、眼界低的农民再次把土地私有化;论及农民态度时则指出,政府对农民的处置抑制了富农的自主性,贫农在十月革命后获得土地,成为支持政府的重要力量。难能可贵的是，在中国兴起社会主义思潮、《新青年》日趋左翼时，居然注意到经济发展，尤其是当时中国不可能想到的电气化问题和新经济政策：邓生（1901～1930）翻译俄国电气化委员会主任委员关于开发水利和在全俄各地建立电站的答问《劳农俄国的电气化》（9－3），沈雁冰翻译布哈林的《俄国的新经济政策》（9－3），该文称，"俄国革命的经验指出，我们从前的革命程序观念完全是痴人说梦。从前即使是最正派的马克思主义者也以为无产阶级只需抓住政权便可以充分管理生产机构了。但经验告诉我们，根本不是这样的。每次革命包含一次复杂的社会改组。而无产阶级革命所包含的社会改组，比过去的中产阶级革命所包含的要复杂得多。无产阶级革命不单需要人民抓得政府而改组之，并要去抓得整个社会的生产机关而改组之，而且此举更为重要"。如此客观说明苏俄发展经济的文字，当时中国罕见，后来中国也不多见。

因为五四新文化运动时期乃追求个性解放年代，使得苏俄妇女解放和婚姻制度改革问题，成为《新青年》关注的又一个方面。李汉俊翻译的 Lincolin Eyre 之作《苏维埃共和国的产妇和婴儿及科学家》（8－2），介绍苏维埃政府婚姻登记制度的人性化、产妇保护、育婴福利、儿童培养等情况，"布尔什维克既努力于人类的改良，又不忘记科学。不但没忘记，他们还把他与公民教育和公共健康一样地看待。科学家，无论他们如何反对共产主义社会，还是受到最大的尊重"。而震瀛翻译的《俄国与女子》（8－5）作为这方面最重要的文献，介绍女工代表大会的构成（包括行业代表和党派代表）；苏俄新政府让离婚手续更为便捷而真正实行婚姻自主、男女平等；批驳西方关于苏维埃政府把女子收归"国有"或"公有"、虐待妇女等舆论；帝制时期连上流社会女子也不能介入社会政治，而二月革命后妇女解放改变了这种状况；女子能从军并在军旅中建功立业和接受教育；十月革命后女工在家庭和经济上获得了独立和解放。有趣的是，李达所译《劳农俄国的结婚制度》（8－6）和《劳农俄国的妇女解放》（9－3）分别补充说明了妇女革命、母亲和儿童保护、婚姻制度等问题，如新政府虽推行放松结婚和离婚的制度，但办理婚姻的机关并未出现应接不暇的状况，如此结果得益于新婚姻法承认男女恋爱属于私事、排除宗教对婚姻的干预（还附录了苏俄婚姻法主要条款、对比苏俄和日本的婚姻法说，"资本主义与社会主义一个根本的相异点在于，前者以金钱为本位，后者以人为本位"）。这些连同李达所译的要废除一切歧视妇女之法规的《列宁的妇人解放论》（9－2），让倡导男女平权的中国得知了苏俄妇女解放和婚姻革命情势。

然而，由于《新青年》编辑队伍多为知识界名流，关心苏维埃新政权的文化发展和教育也就理所应当了：李汉俊翻译美国基督教青年会秘书和红十字会秘书洪福利(Wilfred Humphries)的《我在新俄罗斯的生活》(8—1)，如是解释了苏俄文化困境，“(过去)在彼得堡数月所看的歌剧，比我有生以来看过的还要多。在莫斯科每天晚上看见妇女们出入剧场”，进入革命和战争以后，许多人就失去了平静生活，政府对社会各个方面进行了强行干预，大家还是很配合的，以至于知识分子很疑惑这样的情景，“资本家问士兵，‘你们为何不信任受过教育的人来指导你们，反而信任那个德国委员会的列宁?’士兵答曰，‘我们是愚昧者，不晓得什么，但有一桩事我们知道，就是受过教育的人常常欺瞒我们’”。而震瀛译自《苏维埃俄国》的四篇文章提供了另外的情形：《文艺与布尔塞维克》(8—4)和《苏维埃政府的保存艺术》(8—5)用苏俄新政府变皇室和许多的贵族庄园为收藏历史文物或艺术品、且向公众开放的博物馆，以及出版、艺术创作照常等资料，反驳诋毁苏维埃政府破坏艺术和文化遗产的舆论，说明布尔什维克不是阻碍世界文明的生番野人，而《赤军教育》(8—4)和《俄国的社会教育》(8—5)分别介绍苏维埃政权中军队教育情况、列宁之妻克鲁普斯卡雅作为苏俄社会教育委员会主任所发布的社会教育情况。其另外三篇译文《俄罗斯的教育状况》(8—4)、《革命的俄罗斯的学校和学生》(8—4)、《苏维埃的教育》(8—4)等，分别介绍小学生入学情况、新政权下速成教育和义务教育及劳动教育、苏维埃教育人民委员卢那察尔斯基的发展平民教育报告等。而杨明斋所译苏维埃年度公报《苏维埃平民教育》(8—2)，突出苏俄新政权在改造旧式教育、发展平民教育和强制性义务教育、大学改革等方面的创新、业绩。

要说明的是，该刊译介苏俄问题的文献很有召唤力，得益于张慰慈、李汉俊、杨明斋、陈望道、周佛海、李达、震瀛等译者、作者：是他们的世界眼光和热诚促成了如此选择。一人在该刊发表翻译文章22篇的东莞人袁振英(字震瀛)，是能说明问题的：他幼年受业于曾中过秀才的父亲的私塾，1905年废科举后随父来到香港，先后在英皇书院与皇仁书院就读，迷恋上无政府主义及其理想社会(“无治主义”)，毕业时回内地投考北大并于1915年进入其西洋文学系。震瀛大三时，陈独秀为文科学长，《新青年》从上海迁到北京，震瀛作为班长，意外成了杂志作者：处女作乃翻译美国无政府主义者高曼女士的《结婚与恋爱》(3—5)；胡适策划《新青年》“易卜生专号”时(1918)，受邀提交了影响力至今不减的《易卜生传》。这意味着，日后对苏俄问题的关注，不囿于苏俄意识

(该刊刊出以"袁振英"为作者名的许多文章),由此他既能注意到罗素积极评价苏俄的文字,又能看到对罗素的不同批评,如翻译《罗素——一个失望的游客》(8-4)(批评罗素游历苏俄五周多,且不懂俄语和东欧俄国之实情,如何可能正确知道苏俄这么大国家的社会政治变革);还译有罗素对高尔基矛盾印象的《罗素和高尔基》(8-5)(高尔基身体强壮、步行不倦,却对新俄国很失望,发表许多批评布尔什维克的文章);更译有《批评罗素论苏维埃俄罗斯》(8-4),"罗素带着共产党的眼光考察俄国。他见共产党已实行,但有些误会——对共产党实行的法子,不大表同情。提出许多反对苏维埃政府的地方,是没有民主选举的方法,也有对待国家的管理。罗素一定是受了各处资本家和帝制派所载新闻的影响……罗素虽是无心之矢,但已铸成大错。我们从前以为他是天上人,经历人生许多污浊的奋斗,完全同大多数庸俗的公理相反,结果却说出这样的话,'若我们继续拒绝和平与通商,我也不以为布尔什维克政权会坚持不下去。俄国将忍苦耐劳于来日,如过去数年一般。俄国人习于劳苦,西方民主没有一个及得来;他们能在我们所不能忍耐的情形下生活工作'";尤其是翻译丹麦著名学人勃兰兑斯(Georg Brandes, 1842~1927)的《俄罗斯》(8-6)——介绍十月革命和国内战争的国际社会反应,"反应是无意识的,全由恐怖而发生,他们担心革命的思潮由俄国传播到欧亚。这种同盟性反对革命俄国之事,类似于过去欧洲联合起来反对法国大革命……而法国革命之理想输入保守的德国,德国人只采用那些适用于他们的政策,贵族还是保守他们的财产。欧洲各国如能容许俄国自由处理各事,而俄国人对于欧洲各国和平待遇,使各国也可以平安地处理自已国内的事情。历史上许多经验,凡一种政治运动,各国不加干涉,自然日趋于和平,摆脱暴乱,由内部发动起来,达到一定程度,适宜于联邦各国的关系",欧洲各国干涉苏俄内政,"已有六年战争,应该取消封锁政策,同谋和议。这不单是人道的理由,亦为欧洲各国的利益"。可以说,只有世界眼光和历史意识,方能写出如此论述;亦只有世界意识,方能发现勃兰兑斯这样的批评家及其关于俄国问题的论述。

《新青年》所创"俄罗斯研究",迅速带动了对俄国问题关注之风潮,20世纪20年代初许多报刊大量发表关于苏俄问题的意见,如《妇女评论》(2-2)刊瞿秋白《托尔斯泰的妇女观》,《曙光杂志》(2-1)刊王统照的《新俄罗斯艺术之谈屑》和《罗素游俄感想之批评》、宋介《彼得格勒之粮食的分配》和《俄国之女劳动家》及《赞列宁》(2-2)、睛霓《苏维埃俄罗斯的现在》(2-2),《今日》杂志

(1—3)刊程天山的《俄苏维埃的新经济政策》和王中君的《托尔斯泰的哲学》,《解放与改造》杂志(2—15)刊福同的《苏维埃俄国之妇女与儿童》、沈江的《克鲁泡特金之社会思想研究》等,诸如此类,不一而足。而且,还不只关注信息,更培养了社会对苏俄的认同:五四新文化运动高潮过后十年,鲁迅《我们不再受骗了》(1932)坦言,“我们被帝国主义及其侍从骗得太久了。十月革命后,他们总是说苏联怎样的穷下去、怎样的凶恶、怎样的破坏文化。但现在的事实怎样?小麦石油的输出,不是使世界吃惊了么?正面之敌的实业党的首领,不也只判了十年的监禁吗?列宁格勒和莫斯科的图书馆和博物馆,不是没有炸掉么?文学家绥拉菲莫维奇、法捷耶夫、格拉特科夫等不是西欧东亚无不赞美他们么?”对有人说苏联购物排长队,他认为,苏联在建设中,受帝国主义压迫,物品不足是正常的,“苏联是无产阶级专政的,知识阶级就要饿死——一位名记者告诉我。但无产阶级专政,不是为了将来的无产阶级社会吗?你不去打他,成功就早,阶级消灭得也早,那时就谁也不会饿死了,自然排长队是一时难免的……我们不受骗了,我们反对进攻苏联,我们倒要打倒进攻苏联的恶鬼,无论他说着怎样甜腻腻的话,装着怎样公正的面孔”。[7]

三

实际上,经由《新青年》,五四新文化运动给中国社会带来更深刻变化的,是在把俄国文学作为世界上最重要的文学、苏俄问题乃世界上最重要问题之同时,也改变了对社会主义—马克思主义的认知和认知方式。曾留学日本的周佛海(1897～1948)在《实行社会主义与发展实业》(8—5)中声言,“社会主义为救现代社会一切恶弊的万能良药。恐怕就是反对社会主义的人,良心上也是承认的。不过,尚需讨论的是中国于最近的将来能否实行社会主义。近一年来,谈社会主义的杂志很多,似乎有不谈社会主义则不足以称新文化运动出版物的气概”,“罗素来中国以后,谈社会主义,一定会加大勇气。哪晓得结果适得其反。因为罗素有‘中国须发展实业,振兴教育’这两句话,反引出反对社会主义的讨论来……反对社会主义的议论,是以中国现在宜发展实业、振兴教育,不宜谈社会主义为论据的”,但对欧洲尤其是苏俄的社会主义趋势和中国的贫富悬殊现象,他认为中国虽没有资本家阶级,却有实行社会主义的必要和资格。虽然其论述有知识上的不足,但因“苏俄”视野的介入,道出了一种新鲜的社会主义判断。与之相当,湖南岳阳人李季(1892～1967),这位1918年毕业于北大英文系、1920年参与筹建上海共产主义小组、1922年留学德国入法兰克福大学经济系、1924年转入苏联东方大学的学人,其《社会主义与中国》(8－6)却明言,马克思去世不过38年,俄国实践马克思的社会主义理论已有4年,并取得可观成绩,西洋社会主义由留日学生间接输入、留法学生直接输入,辛亥革命后,社会主义运动消退,十月革命后又有人注意到社会主义,五四新文化运动后社会主义学说重新盛行,虽然真正认识社会主义者甚少,但不影响人们信仰社会主义,作为和资本主义生产、分配、消费等不同的现代经济制度,中国经济发展多操纵在外国资本家手中,资本主义企业中资本家获取高额利润、工人高强度作业和贫困,农民田产极少,这与俄国相当,因而实现社会主义是必要的,不必再发展让更多人痛苦的资本主义。

而经由苏俄中介讨论社会主义的趋向,在五四新文化运动初期已显露出来:李大钊的《法俄革命之比较观》(《言治》第三册,1918)称,"俄国革命是20世纪初期之革命,是立足于社会主义之上的革命";十月革命周年后他发文《布尔什维主义的胜利》(5－5),在世界民主革命潮流下查考布尔什维克革命,根据苏俄政府妇女委员会委员柯伦泰(A. Коллонтай,1872～1952)答英国记者问,解释何谓布尔什维主义,即西方社会主义革命,在东欧即为布尔什维克革命,是奉德国社会主义经济学家马克思为宗主的革命,以图打破各国建立社会主义的障碍,"全世界无产阶级拿起他们最强的抵抗力,创造一个自由乡土:先造欧洲联邦民主国,做世界联邦的基础,这是布尔什维克主义,这是20世纪世界革命的新信条","布尔什维主义虽为俄人所创造,但其精神是20世纪全世界人类人人心中共同觉悟的精神","这件功业,与其说是威尔逊的,毋宁说是列宁的;是李卜克内西的,是马克思的","自今以后,到处所见的,都是Bolshevism战胜的旗,到处所闻的,都是Bolshevism的凯歌声","试看将来的环球,必是赤旗的世界","吾人对于俄罗斯今日之事变,惟有翘首以迎其世界的新文明之曙光,倾耳以迎其建于自由、人道上之新俄罗斯之消息,而求所以适应此世界的新潮流,勿徒以其目前一时之乱象遂遽为之抱悲观也"。是年11月末李大钊演讲《庶民的胜利》(5－5)同样称,"1789年法国革命是19世纪各国革命的先声。1917年俄国革命是20世纪世界革命的先声……须知今后的世界变成劳工世界"。这并非李大钊一厢情愿,蔡元培在给李季翻译的《社会主义史》所写序言(8－1,1920)中同样解释说,"西洋社会主义,二十年前,始输入中国。一方面是留日学生从日本间接输入的，译有《近世社会主义》等书。一方面是留法学生从法国直接输入的，载于《新世纪》周刊上。后有《民声》周刊介绍。俄国广义派(即布尔什维克)政府成立后，介绍马克思学说的人多起来了，在日报月刊上常见这一类题目”，由此改变了中国固有的社会主义(《论语》曰:“有家有国者不患寡而患不均，不患贫而患不安。盖均无贫，和无寡，安无倾。远人不服，则修文德以来之。”《周礼》曰，“小司徒经土地而井牧其田野”)。

的确，十月革命后，《新青年》更热心于译介马克思主义，以至于 1919 年 5 月五四运动之际出版的《新青年》(6－5)称得上是马克思主义专号:开设“马克思研究”栏目，发表陈启修的《马克思的唯物史观与贞操问题》、渊泉(李大钊留学日本时期的同学、福建人陈溥贤)的《马克思的唯物史观》和《马克思奋斗的生涯》等;推出一系列后来堪称中国马克思主义研究的经典文献，如毕业于北大经济系(1917)并于英国和德国获得经济学硕士学位的刘秉麟(1891～1956)的《马克思传略》、李大钊的《我的马克思主义观》(6－5)(上)、曾留学柏林大学的北大教务长顾兆熊(1887～?)的《马克思学说》等一系列文章。而且，这些篇什与苏俄十月革命不无关系，如李大钊《我的马克思主义观》声言，“自俄国革命以来，几有‘马克思主义’风靡世界之势，德奥匈诸国的社会革命相继而起，也都是奉‘马克思主义’为正宗。‘马克思主义’既然随着这世界的大变动，惹动了世人的注意，自然也招了很多的误解。我们对于马克思主义的研究，虽极其贫弱，自 1918 年马克思诞生百年纪念以来，各国学者研究他的兴味复活，批评介绍他的很多。我们把这些零碎的资料，稍加整理，乘本志出‘马克思研究号’的机会，转介绍于读者，使之为世界改造原动的学说，在我们的思辨中，有点正确的解释，吾信这不是绝无裨益的事”。可见，知识界改变了讨论马克思主义的思路——苏俄社会主义成为潜在的或公开的参照系。在李达《马克思还原》(8－5)看来，“马克思的社会主义已在俄国完全实现了，但还有许多人怀疑，实在有解释的必要，特意作文”，以解释何谓马克思主义及其发展;不过，马克思主义发展到苏俄，实行各国最怕的劳动专政，其实是马克思所倡导和主张的，无须担忧;马克思既是理论家又是实干家，“列宁不是创造家，只可称为实行家，不过能将马克思主义的真相简明地彰显出来，善于应用，这便是列宁的伟大”。诸如此类的论述，在后来中国讨论马克思主义的过程中如影随形。

当然，因苏俄社会主义之引入，马克思主义与无政府主义、社会主义论战的复杂性亦加剧：一，有"建设"社会主义的声音：陈独秀《关于社会主义的讨论》(8－4)作为对张东荪、陈望道、邵力子等关于社会主义问题的回答，强调中国要解决的问题是贫困、"增加富力"，即发展经济的重要性；周恩来和朱德入党的介绍人张崧年(1893～1986)所译罗素《民主与革命》(8－3)主张，"自由、民治、平和、生产效率的增加、经济的公平，只有世界的社会主义才能做到。据我所见，没有别的法子能做到……将来做得到这些或做不到这些，却要看那先驱者之态度如何、奋斗的勇气如何、胜利者的性情如何"；曾在北大授课"中国古代经济思想之特点"的李大钊，其《唯物史观在现代历史学上的价值》(8－4)深刻辨析唯物史观说，它包括历史之经济的解释、经济的决定论等，"社会进步只靠物质上自然变动，勿须人类的活动，而坐等新境遇的到来。因而一般批评唯物史观的人，亦有以此为口实：便说这种听天由命人生观，是唯物史观给下恶影响。这是大错特错。唯物史观及于人生的影响乃适居其反"；同样，周佛海《从资本主义组织到社会主义组织的两条路——进化与革命》和《社会主义国家与劳动组合》(9－2)等都有类似观点。二，推崇"革命"社会主义的声音更甚，同一个陈独秀，把《马克思学说》(9－6)简化成剩余价值、唯物史观、阶级斗争、劳工专政等，其《民主党与共产党》(8－4)认为，"民主主义乃资本阶级在从前拿它来打倒封建制度的武器，现在拿它来欺骗世人把持政权的诡计。从前政治革命时代，打倒封建主义的功劳，我们自然不能否认，在封建主义未倒的国度，就是现在我们绝不能反对。若是妄想民主政治才合民意，才真是平等自由，那便大错特错……民主主义只能代表资产阶级意，既不能代表封建主义，也不能代表劳动阶级的意"；类似的还有李达《讨论社会主义并质疑梁任公》(9－1)、高一涵《共产主义历史上的变迁》(9－2)、李达《马克思派社会主义》(9－2)、成舍我《无产阶级政治》(9－2)等等，这种看重马克思主义革命性诉求的情形在后来演变成浩浩荡荡的潮流。

《新青年》如此倡导马克思主义，促使知识界在讨论社会主义问题过程中尤其关注苏俄社会主义问题并和中国问题联系起来：C. T. 及时翻译了日本河上肇用对话体讨论苏俄布尔什维克革命的意义及其问题的《俄罗斯革命和唯物史观》(9－6)；复刊后的《新青年》第1号(1923年4月)为"列宁专号"，刊发陈独秀《列宁主义与中国民主运动》、瞿秋白《列宁主义与托洛茨基主义》等。同时，增加了知识界对苏俄社会主义的认同：1920年11月7日《共产党》月刊在上海创刊，陈独秀写发刊词《短言》说，"经济的改造自然占人类改造之主要地位。吾人生产方法除资本主义及社会主义外,别无他途。资本主义在欧美已由发达而倾于崩坏了,在中国才开始发达,而他的性质上必然的罪恶也照例扮演出来。代他而起的是社会主义的生产方法,俄国正是这种方法最大最新的试验场","要想把我们的同胞从奴隶境遇中完全救出,非由生产劳动者全体结合起来,用革命手段打倒本国外国一切资本阶级,跟着俄国共产党一同试验新的生产方法不可";列宁五十寿辰之际,《苏维埃俄国》推出"列宁专号"(8—3),震瀛择译 George Lansbury《列宁——最可恶的和最可爱的》,该文描述道,"各国政治家,没有一个像现在俄国指导者的智能、忠诚和刚毅。我和他初次相见,便能肝胆相识:这是我从来没有见过的",他生活俭朴,没有佣人,只有一个秘书,"他的宗旨是,能知必能行。他言行相符。他在内阁开会时,态度非常冷静,很像一个临死的人。虽然他是这般的温柔,但到了必要的时候,必然要愤怒","有许多人以为我在俄国日子很久,一定知道其中很多残酷的事情,这是很不对的。我曾遇见一个牧师,他告诉我列宁是极力保持秩序的人,并肯负责任。他非常赞赏列宁的为人。他讲英语,非常娴熟,我们可以自由言谈"。如此领袖形象,使列宁很快成为最为中国人所知晓的国际名人:1918 年创刊的《每周评论》发刊词说,三年前中国认为美国总统威尔逊是"世界第一好人",现在北大进行"世界第一伟人"民意测验,497 张票中列宁独得 227 票居第一,第二位的威尔逊仅得 51 票;列宁去世(1924 年 1 月 24 日)再次引发中国人对列宁的关注,恽代英《列宁与中国的革命》(《中国青年》第 16 期)塑造了一个有知识、有能力、有品格的革命家和学者形象的列宁;3 月 16 日一批知识分子在北京集会追悼列宁,李大钊发表演讲《列宁不死》;列宁逝世周年纪念日,陈独秀的《列宁与中国》(《向导》周报第 99 期)塑造了一个同情中国、支持中国革命的国际无产阶级领袖形象。与此同时,胡愈之在《东方杂志》上连续发文《列宁与威尔逊》,一方面披露美国总统威尔逊的主张及巴黎和会十四条如何成为谎言,另一方面介绍列宁如何成为国际无产阶级领袖,在对比中张扬列宁的伟大。

可以说,《新青年》及其倡导苏俄式马克思主义,促成无政府主义趋于式微、自由主义发展之不足等时代潮流,哪怕五四运动前后无政府主义思想有进一步的发展,专门传播无政府主义的刊物和小册子有 70 多种(如《劳动》、《进化》等),但知识界契合了《新青年》的呼应,不少人转向了马克思主义—社会主义;1919 年 4 月 10 日至 26 日渊泉在《晨报》上连载《劳农政府治下的俄国——

实行社会共产主义之俄国真相》,发表《各国要承认列宁政府了》,解释布尔什维主义的真实含义,是年5月协助李大钊在北京《晨报》副刊开辟“马克思研究”专栏,并连载《近代社会主义鼻祖马克思之奋斗生涯》,表明“吾侪固深信马氏之学说,乃现代万恶社会之唯一疗法也”。这样的马克思主义热潮,加速了无政府主义的退潮、改变了社会主义及其讨论方式,使来自法国或德国的社会主义—马克思主义让位于来自苏俄或经由日本中介的苏俄社会主义—马克思主义,五四新文化运动的性质也发生着激进的变化,情形如易嘉(瞿秋白)的《五四和新的文化革命》(1932)所说,“五四是中国资产阶级的文化革命运动。但是现在资产阶级早已投降了封建残余,做了帝国主义的新走狗,背叛了革命,光荣的五四革命精神,已是中国资产阶级的仇敌”,“五四遗产是对封建残余的极端的痛恨,是对帝国主义的反抗,是主张科学和民主”,这种极端观点依据的却是列宁对俄国1860年社会解放运动的评价,并认为五四一些知识分子和当时俄国西欧派相似。[8]

总之,《新青年》倡导并身体力行去译介俄国文学、把苏俄及其社会主义作为解决中国问题的重要国际因素,从而推动了五四知识分子建构更有直接效益的国际视野,孙伏园主编《晨报》副刊和《京报》副刊,邵力子等主编《民国日报·觉悟》副刊,张东荪等主编《时事新报·学灯》等副刊,《每周评论》、《星期评论》、《湘江评论》、《星期日》等周刊,《少年中国》、《新潮》等杂志无不发生了这样的变化。由此,影响了中国认知世界思路之变化,即从发达世界寻求文化资源,转向直接从苏俄搬用思想和方法;同时,胡适之《新思潮的意义》(7—1)所说的“研究问题,输入学理,整理国故,再造文明”,所倡导的“重新估定一切价值”(重估不是破坏),很快被对苏俄的强烈认同及其所激发的革命热情、反传统情绪等所湮没,哪怕陈独秀《新文化运动是什么》(7—5)对五四新文化运动有所反思,“新文化运动,是觉得旧的文化还有不足的地方,更加上新的科学、宗教、道德、文学、美术、音乐等运动……宗教在旧文化中占很大的一部分,在新文化中也自然不能没有它……除去旧宗教传说的附会的非科学的迷信,就算是新宗教……现在主张新文化运动的人,既不注意美术、音乐,又要反对宗教,不知道要把人类生活弄成一种什么机械的状况,这是完全不曾了解我们生活活动的本源,这是一种大错,我就是首先认错的一个人”。也就是说,《新青年》在五四新文化运动中建构国际视野的立足点之转化,显示出中国知识界认识世界思路的变化，即从关心发达世界转向关注反对西方和资本主义的苏俄，促成了长盛不衰的俄国文学和苏俄问题热；从法、德的马克思主义转向苏俄的马克思主义，导致科学和民主吁请之衰微、反帝和反资声浪之高涨，更关心如何解决现实问题而不是冷静检讨中国文化结构的症结问题。

[1]《鲁迅全集》第 4 卷 461 页，人民文学出版社，1981。

[2]Charles Moser (ed.), The Cambridge History of Russian Literature. Cambridge University Press, 1989, P. 213、281、317.

[3] Victor Terras, A History of Russian Literature. New haven & London: Yale University Press, 1991, P. 331.

[4]《文哨》创刊特大号(1946 年 5 月 4 日)。

[5]参见《时代》周刊 1946 年第 23 期(6 月 15 日)。

[6]哈德曼(Jacob Wittmer Hartman)是以及时翻译介绍苏俄革命和战争而著名的人物，1918 年在密歇根大学的共产党人出版社出版了他翻译的 Lewis Corey 选编的列宁和托洛茨基《俄国的无产阶级革命》，著有长文《苏维埃俄国：苏俄政府机构的官方机关》等。

[7]《北斗》第二卷第 2 期(1932 年 5 月)，第 329、330 页。

[8]《北斗》第二卷第 2 期(1932 年 5 月)，第 323 页。

（原载《社会科学战线》2009 年第 4 期）

俄国东正教正面价值何以在中国失落

不能否认，现代中国人对俄国东正教问题是有所感知的，不少人还能在论述俄国文学发展过程中顾及到东正教的作用，或者说，我们借助文学体会到了俄国基督教的世俗化价值，这些与现代中国的诉求并非是绝对排斥的。但是，在整体上，现代中国人并未把东正教问题作为认识俄国、接受俄国文化的重点，相反，对其只是作了很不重要的解读：一方面，在所译介的俄国文学和社会革命理论等文本中，对俄罗斯宗教的叙述比重很低、修辞策略并不积极、价值判断偏向负面等，外加写实主义文学和激进主义文化潮流的强大足以淹没宗教的正面性，并且视俄国现代主义为文化颓废现象，因而现代主义中所包含的宗教诗学和自然诉求也就得不到重视，导致对俄国形象的塑造显不出宗教的俄罗斯意义；另一方面，那些专门讨论宗教问题的经典文献，或者那些关心西方文化的人士，基本未顾及俄国宗教问题。于是，在现代中国的主流文化中，塑造的是一个无神论的俄罗斯形象。

实际上，这只是历史的结果。那么，历史何以造成如此结果呢？有显而易见的公共原因：东正教作为基督教的一个分支与中国文化传统存在着信仰上的差别。中国文化主流倡导的是《论语》的“子不语怪离乱神”(《述而》)、“务民之义，敬鬼神而远之”(《雍也》)、“未能事人，焉能事鬼？”和“未知生，焉知死？”(《先进》)、“祭神如神在。吾不与祭，如不祭”(《八佾》)等，主张的是荀子的“天行有常，不为尧存，不为桀亡”和“制天命而用之”(《天论》)、“天地合万物生，阴阳接而变化起”(《礼论》)等，宣扬的是王充《论衡》的“天地合气，万物自生”、“夫天道自然也”、“死而精气灭”、“人死不为鬼，无知，不能害人”等，坚信的是刘禹锡《天论》的“天人交相胜还相用”、“人能胜乎天者，法也”等，这些连同《晏子春秋》的“天生之有死，天之分也”、范缜《神灭论》的“神即形也，行即神也。是以形存则神存，形谢则神灭也”等，而这些也构成了中国的无神论传统，它们在相当程度上决定了中国主流社会和知识阶层对宗教信仰的排斥，即便是佛教在中国的成功登陆，在很大程度上也得益于它的世俗化。由此，就信仰问题，中国无法与欧美进行学理上的沟通，以至于有传教士抱怨，在美国用几周时间就能说服一个城镇皈依基督教，“而在中国，改变一个城市的信仰需要三四个世纪”。[1]五四新文化运动之后，种种西方社会理论或世俗化思潮更容易在中国找到生存土壤，陈独秀的“科学替代宗教论”、梁漱溟的“道德替代宗教论”、冯友兰的“哲学替代宗教论”，特别是蔡元培的“以美育替代宗教论”无不对中国产生巨大的影响，[2]导致虽基督教在教会教育方面取得了不少成就，但明清以来基督教始终未能像佛教那样与中国文化融合的状况却没有改观。进而，出现陈独秀的《基督教与中国人》(1920)所说的情形，基督教在中国行了四五百年历史，“可是我们向来不把它视为重大问题，只是看作一种邪教”，原因就在于真信教的人少、中国人尊圣和鄙夷、基督教教义与中国人的祖宗牌位或偶像有矛盾、白话文的圣经比不上中国古文的四书那样文雅等。[3]而且，其本人还声言，“天地间鬼神的存在，倘不能确实证明，一切宗教都是一种骗人的偶像……耶和华也是骗人的”。[4]进而，苏维埃把无神论作为马克思主义原理来实践，一旦被中国意识到，很快就会获得广泛的认同，这不仅是现实需求促成的，而且在相当程度上是吻合中国传统信仰的。

除了信仰上的差别之外，更有感情上的排斥和意识形态上的对抗。基督教对中国社会从传统向现代的转型虽然起了不少积极的作用，但不能否认，自晚清以来中国遭遇的外患中基督教所担当的角色，并由此给中国民众留下了刻骨铭心的创伤，这就使得中国人对基督教产生了民族感情上的隔阂、对立，以至于“在接受西方知识的同时拒绝西方宗教，不但证明是可行的，而且前者甚至可变成反对后者的武器”，[5]即现代中国知识界在主体上是接纳西学、摒弃基督教的。梁启超在《西学书目表列序》(1896)中以鄙夷的语气描述了西学(教会教育)给中国带来的巨大危害，即受此教育者，“上之可以为洋行之买办，下之可以为通事之西奴，如此而已”；朱执信在《民风》“耶稣专号”上发文《耶稣是甚么东西?》，把耶稣批得体无完肤，说他自私自利、荒谬，并把唯利是图之徒引入天国，他认为自私与复仇伴随着教会始终，而在《介绍杂志》中他又批评说，甚至一些自命新思想家者，“也受了托尔斯泰的毒，上了倭铿的当，以为精神生活和社会的爱，是要宗教才能完成的”，“许多出版物受到文学媒介的传染，感受了宗教的瘟病，字里行间充满了‘上帝听汝’的空气”；余家菊的《教会教育问题》(《少年中国》第 4 卷第 7 期)批判基督教会的教育是文化侵略、制造宗教阶级和妨碍中国教育统一的罪魁祸首；恽代英的《我的宗教观》(《少年中国》第2卷第8期)从欧洲知识论和日常生活经验角度否定了基督教存在的意义，两年后，他又写《我们为什么反对基督教》(《少年中国》第4卷第8期)指责基督教徒互相勾结并霸占中国教育界和外交界，声称"多一个基督教徒便是多一个洋奴"，而《基督教与社会服务》(1924年6月16日《民国日报·觉悟》)更宣称，"基督教所以在中国还能像今天这样盛行，完全因为它是帝国主义工具。我们要尽力社会活动，没有可以依赖基督教的道理"。与此同时，李大钊的《东西文明根本之异点》(1918)和《物质变动与道德变迁》(1919)等对基督教进行了深刻的学理性批评。而陈独秀在《基督教与中国人》中指出，西方以基督教为侵略武器已经妨碍了中国正面对待基督教，在《对于非宗教同盟的怀疑及非基督教学生同盟的警告》(1922)中声言，研究宗教"是大学校研究室之事，若拿它做群众运动的目标，实在要令人迷惑"。随着收回教育主权运动的发展、马克思主义唯物史观在中国的传播，进步知识界反基督教的声浪高涨：李大钊不仅在《宗教与自由平等》和《宗教妨碍进步》(1922)中旗帜鲜明地否定基督教，而且本人还积极参与非基督教同盟运动；在非基督教运动发生后，恽代英发表了《反对帝国主义的文化侵略》、《广州圣三一学生的民族革命》和《谈国家主义的教育》等文章，更激烈地反对基督教及其在华教育；张闻天也积极投身于这种反对基督教运动，并在《非宗教运动杂谈》中盛赞1922年发生的非基督教运动，认为"此次非基督教运动是中国人科学态度的有意识觉醒的一方面表示"。[6]诸如此类的变化是很有意义的：过去中国知识界反对基督教的主要理论根据是中国传统文化及本土信仰体系，尽管有民族主义支持，但保守的思维方式与代表某种革新力量的基督教之争未有成效。1920年之后的反基督教运动，在继续借助民族主义的同时，大量运用西方现代文明成果，尤其是运用马克思主义和科学进化论分析基督教问题，认识程度和批判力度明显增强，更有现实效果。特别是要改造中国并使中国从传统走向现代，基本上以欧美近代世俗文化、俄国文学和社会理论为主体，而不是基督教神学，这就吻合了苏俄无神论，进而导致对俄国写实主义或无神论政治学的充分肯定，并褒扬为"革命"和"进步"，不去深究这种反宗教叙述的内在结构、宗教哲学或正面叙述宗教的任何文本。

当然，陈独秀的《基督教与中国人》所言基督教本身的神秘性妨碍了中国积极接受基督教，这种情形也殃及中国对俄国东正教的认识。东正教作为基督教的一个重要分支，其教会制度和神学体系比天主教或新教更为复杂。俄国东正教神学与官方教会制度常常是联系在一起的，它们最初是把拜占庭神学传统、希腊教父神学和本土政治运作中的意识形态导向融为一体。16世纪以来，又先后接受天主教和新教影响，最终因不断要解决俄国自身问题，在官方教会制度下形成以“莫斯科—第三罗马”理念和弥赛亚意识为核心的俄国东正教神学，在“末世论”、“救赎论”、“灵修学”和圣事或仪式等各方面自成体系。要认真领会俄国教会制度和东正教神学，需要相当的感性体验。可是，俄国传道团在中国修建的东正教教堂主要集中在哈尔滨、沈阳、上海、北京、汉口和天津等少数几个城市，而中国的东正教徒又很少，这些教堂主要是供俄侨使用，能够去俄国感受东正教的人更是微乎其微。实际上，20世纪20年代末以后苏俄无神论得以制度化，使得即便是去了俄国的人也难有机会体验东正教，这就大大妨碍了中国知识界感性地领会俄国东正教。不仅如此，中国对俄国宗教的了解，主要是从写实主义文学家对其经验性描述和苏维埃无神论者对其批判性叙述中知晓的，上文所论及的俄国传道团翻译或编纂的俄国东正教神学著作很少，尤其是五四新文化运动之后在中国刊行这方面典籍几近于无。如此一来，中国知识界关于俄国东正教神学和教会制度的认识，在知识论层面上就既有限且以负面为主导，还误以为此乃俄国基督教的全部，其他的皆从中延伸而来，进而也就自然而然地导致对俄国宗教问题在价值层面上的误读，没有人去辨析俄国官方教会的教义、教会内部出现的东正教神学、世俗化的宗教哲学和文学等，也没有人去区分不同的民族共同体、各自的语言体系和文化系统等所导致的东正教与天主教、新教之差别。

通过文学文本和无神论文本去认识俄国东正教，却从中得出否定俄国教会及其一整套制度、价值观的结论，这是令人疑惑的事情。批判性叙述俄国教会，并非是俄国文学中关于东正教叙述的全部，即使俄国文学中有批判官方教会的叙述也不是要摧毁东方基督教，更何况还有教会内外人士对宗教进行世俗化的正面诠释，尤其是索洛维约夫、特鲁别茨科伊、列昂捷耶夫、别尔嘉耶夫、舍斯托夫、弗兰克等人的宗教哲学探索，是对俄国民族性问题的深刻思考，它构成了俄国现代主义运动的思想基础，是俄国文化从传统向现代转型的本土理论资源。然而，这些人的宗教哲学被苏俄政府视为俄国制度性宗教的一部分，从而查禁之，甚至把其中不少作者驱逐出国。由此，现代中国几乎没人知道这些人及其宗教哲学探索的意义。更有甚者，对俄国文学艺术家的东方基督教探索，现代中国知识界也没有认识到此举所蕴含的积极价值——把基督教世俗化，人们热衷的仅仅是文学作品中关于宗教的否定性叙述，对那些写实主义作家的基督教探索之作，基本上很少提及。不否认，现代中国有不少人发现基督教在托尔斯泰创作中占有重要地位，但没有人进一步探究这种文学叙述背后的宗教因素，对其一系列关于宗教问题的论著，诸如《一个基督徒可以做什么与不能做什么》(1879)、《论天国》(1879)、《忏悔录》(1884)、《福音书简述》(1885)、《我信仰的是什么》(1885)、《关于教义神学的研究》(1891)、《十二使徒训诫》(1892)、《天国在您心目中》(1893)、《宗教与道德》(1893～1894)、《如何阅读福音书与其本质何在》(1897)、《何谓宗教及其性质》(1902)、《论信仰》(1904)和《死刑与基督教精神》(1909)等，这些重要篇什是作家有意发表出来的，但是它们基本上不被中国人所察觉，甚至他去世后苏俄学者整理出来的《关于宗教》(1865)、《论基督教的意义》和《基督教信仰的定义》(1875～1876)、《教会与国家》(1891)和《宗教与科学》(1908)等重要篇什，也无人问津，至于翻译它们并对托尔斯泰的宗教问题进行专门研究那更是奢望了。而不阅读这些文字就试图理解托尔斯泰的文学创作，在梅列日科夫斯基的《托尔斯泰与陀思妥耶夫斯基》、《列夫·托尔斯泰与教会》(1908)和《列夫·托尔斯泰与革命》(1908)，罗赞诺夫之《托尔斯泰》和《两个伟大世界之间的托尔斯泰》(1908)，维·伊凡诺夫之《托尔斯泰与文化》(1911)等重要篇章看来，几乎是不大可能的，因为作家更看重的是基督教的道德实践意义，其文学构思和叙事在很大程度上也是基于这种基督教道德实践的体验，因而其作品相应的是对俄国社会问题的基督教信念之叙述。也就是说，要认真理解托尔斯泰的文学文本，是很难离开这些宗教文本的。其实，这种情形远不限于托尔斯泰，而广泛存在于很多经典作家身上。也正因为这种奇特现象，现代中国人对普希金、果戈理、托尔斯泰、陀思妥耶夫斯基等作家接受越多，就越把他们的写实主义与其宗教诗学内涵割裂开来，并认为其“进步”就在于对宗教的批判，而“落后”则是深受宗教的负面影响。

如此一来，中国人对俄国基督教的认识，基本上不是从专业方面进行的，而是通过阅读俄国文学和苏俄社会政治理论来完成的，教会内的东正教神学和世俗化的基督教哲学则被排除在外。尽管俄国宗教哲学在一定程度上与西方设定在个人价值基础上、尊重个人内在自由的自由主义有些接近，但这是中国特别需要的也是最缺乏的。不能否认这种认识途径的可能性意义，俄国基督教的知识论、伦理学及其在政治学、经济学、科学、社会学等领域的渗透，在俄国文学中得到了一定程度的反映，因而俄国文学成为中国认识俄国基督教的基础，并有可能把它当作俄国文化的一个组成部分来看待。但是，在大力引进或广泛引用有关俄国文学的各种西语或俄语文献中，基本上避免正面触及俄国宗教史、神学理论分析、东正教在文学中的正面意义等，而这些正是构成俄国民族性本质之所在。自五四新文化运动伊始，中国主要热衷于俄国写实主义和激进主义的文学批评，而这样的批评大多是有意识不讨论或回避宗教问题的，进而，依据这样的文学批评文献来阅读俄国文学，自然不会认真关心俄国宗教问题及其在俄国文学上的表露。且不提贝灵(Baring)的《俄国文学史》和克鲁泡特金的《俄国文学的理想与现实》这类被现代中国引用最多、翻译多次的俄语文献鲜有触及宗教问题的，这种情形在《小说月报》"俄国文学研究专号"中同样如此：陈望道所译的升曙梦之作《近代俄国文学底主潮》，论述了俄国文学的确立、斯拉夫派和西欧派、乡土派与平民派作家、马克思主义与高尔基等 20 个问题，几乎没有一处认真论及东正教问题，即便第 17 个问题是论述陀思妥耶夫斯基和托尔斯泰等作家的，但也只是说"陀思妥耶夫斯基是俄国文豪中最富牺牲精神的作家。又受了当时自己牺牲倾向的影响，他就显出两种矛盾的精神在一种迷人的强力中。一面是天使，一面又是恶魔。一面登上了宗教兴奋的最高峰，一面又沦入了无信仰的深渊(他的无信仰是仰慕宗教太切所致，不是淡视宗教的结果)"；耿济之所译的《19 世纪俄国文学的背景》一文，虽提及俄国批评蕴含有"人类个性神圣的宗教道德的观念，正和文学一般"，并引证说杜勃罗留波夫是宗教人物，人类幸福就是他的上帝，但论述俄国文学的十种"个性"却未曾涉及基督教问题；其他的重要篇章主要成文于外语文献，无论是如郑振铎的《俄国文学的启源时代》、耿济之的《俄国乡村文学家伯得洛柏夫洛斯基》和《阿里鲍甫略传》、郭绍虞的《俄国美论与其文选》、沈泽民的《俄国的叙事诗歌》和《俄国的农民诗歌》等，还是沈泽民所译的克鲁泡特金之作《俄国底批评》连同据此而成文的《克鲁泡特金的俄国文学论》、夏丏尊译克鲁泡特金的《奥勃洛莫夫主义》(原文为"阿甫洛莫夫主义")以及译自日文的《俄国底诗坛》和《俄国底儿童文学》等，很少讨论基督教对俄国文学的影响或基督教在文学中的表现问题，尽管所涉及的话题无一能逃脱基督教框架。如此视野后来居然成为一种惯例：专门选择少涉及基督教问题的文献。革命家和政论家托洛茨基于 1922、1923 年写的系列文学批评《当代文学》、1908～

1914 年写的文化批评《前夜》，曾先后引起俄国社会关注，于 1923 年 4 月合并成书为《文学与革命》，由红色处女地出版社推出、第二年再版，五年后韦素园和李霁野据此译成汉文（北平未名社 1928 年 2 月版）作为《未名丛刊》之一出版。该作尽管涉及罗赞诺夫，特别是大量论述梅列日科夫斯基和别雷等现代主义作家，却很少论及宗教哲学及其对文学的影响，即便偶尔叙之，也是否定性的，如说到梅列日科夫斯基，就说其宗教意识如镜子般，缺乏实际内容，更多的是宗教信仰的投影、纯粹的公式、宗教知识等，他本人不是神秘主义者，而是头脑清醒者，更精于世俗现象而不是精神问题。持如此之论的这部书，在很长时间内流行于中国，且影响不凡，这无疑消磨了俄国基督教的正面意义。

实际上，这种不认真触及俄国文学和文化中基督教价值的现象，不单存在于外国文献中，也是中国知识界的共同兴趣之所在。关注世界文学进展，甚至不忘记其他国家在研究俄国文学上的进展，此乃五四新文化运动以来的一种普遍趋势。沈雁冰于 1921 年 1 月至 1924 年 6 月在《小说月报》第 12 卷第 1 号至第 15 卷第 6 号上连载“海外文坛消息”共 207 篇，包括英国《泰晤士报》称高尔基被列宁驱逐（因为高尔基和索洛古勃邀请英国文学家威尔士，他回国后发文《苏俄劳农新政权之无道》，令列宁不悦）（第 12 卷第 3 号，1921 年 3 月 10 日）、《俄国文学出版界在国外之活跃》和《文学家对于劳农俄国的论调》、《陀思妥耶夫斯基的新研究》（专谈瑞典学人 Martin Gran 的新作《陀思妥耶夫斯基研究》）等。[7]诸如此类的介绍，对开阔国人认识俄国文学的视野大有裨益，却回避了苏俄新政权如何对待现实宗教、如何解读文学中的宗教、新作家如何处理宗教等问题，尽管可能有文献上不足的原因，但这也吻合作者的心意。如此一来，也就直接影响了我们对俄国文学的理解。具有现代文体特征的俄国文学是在西化潮流下生成的，但这并不意味着基督教消失于世俗化的浪潮中，且不提果戈理、托尔斯泰和陀思妥耶夫斯基这类作家极其显而易见的基督教思想和诗学，就是普希金这种热衷于享受现实人生的民族诗人、高尔基这位特别关注现实社会政治问题的苏联最著名作家，也与基督教密不可分。而这两人在中国也是颇受欢迎的，如瞿秋白于 1932 年底翻译了包括《说文化》、《论白党的侨民文学》、《答复知识分子》等著名篇章在内的大型《高尔基论文选》，此前翻译过高尔基小说和散文《26 个和 1 个》、《马尔华》，1932 年 3 月翻译了《高尔基创作选集》（收录《作家自传》、《海燕》、《同志》、《大灾星》、《坟场》、《莫尔多姑娘》、《笑话》、《不平常的故事》），甚至还翻译了《克里姆·萨姆金的一生》的片断，而这些作品，和其自传体三部曲、《意大利童话》与《俄罗斯童话》、《三人》、《克里姆·萨姆金的一生》等一样，有着很浓郁的基督教情结，至少有不少关于宗教的感性叙述，[8]至于著名中篇小说《忏悔》关于宗教意义及其变革的叙述那就更不言而喻。可是，瞿秋白几乎没有注意到高尔基受宗教影响问题，相反，更多的是从社会制度革命和现实主义角度认识高尔基，在那部《高尔基创作选集》中把卢那察尔斯基所写的原序《作家与政治家》也一并译出，而该文称"马克思主义者知道，一切作家都是政治家，我们知道艺术是意识形态的强有力的方式，这种意识形态反映某一阶级的实质，同时这是替阶级服务去组织自己，组织附属阶级，或者将要附属他的别些阶级的一个工具，而且这又是瓦解敌人的一个工具"，译者后记继续称，"对于中国读者，尤其可以注意的是高尔基的反市侩主义和集体主义"。[9]塑造了一个与宗教毫不相干的高尔基形象。同样，阿英这位晚清以来很关心译介国外文学的作家和学人，著述了《作品论·关于俄罗斯文艺的考察》(1928)、《力的文艺》(1929)和《安德烈耶夫评传》(1929)等重要篇章，也翻译了不少作品，在多篇论及阿尔志巴绥夫的文章中，更多的是触及其虚无主义思想，几乎没有一处关注作家受基督教影响的问题，在1929年写成、1931年上海文艺书局出版的《安德烈耶夫评传》这篇现代中国论述该作家最长的文献中，开篇就称，"他是俄罗斯文学里颓废派的代表"，接着就把他和高尔基对立起来——"高尔基是一个胜利的歌唱者，安德烈耶夫是一个失败的预言家。高尔基是一只海燕，暴风雨的胜利的先知，他是一只乌鸦，他生着一对黑色的羽翼"，1905年后他就脱离了高尔基的精神，甚至脱离了托尔斯泰、契诃夫，因为革命失败的刺激，其创作便充满了忧郁和黑暗的情调，完全是城市小资产阶级的绝望，"高尔基的创作充满了乐观怜悯的心情，他所有的艺术只是悲观的艺术。高尔基看到了人类潜在的生命力量，他所看到的只有人类的丑恶，使他对人间绝望的丑恶。高尔基的英雄在自身以外，他的英雄却产生在他自己的内心。这当然是脱离了群众的知识阶级的必然的结果。所以，他终于转入了神秘的一面，颓废派作家的精神完全暴露了出来"，"他完全是近代主义者，他的创作在当时被称为'文学的梦魔'，愁残、黯淡，而且沉闷，其小说和剧本中的人物，也好像是些阴影"，还论述了《瓦西里·费维伊斯基的一生》、《撒旦日记》和《七个被绞死者的故事》等涉及基督教问题之作的有关内容，但作者站在阶级论立场上评价说，作家的这些创作之所以很沉闷、悲观、阴郁、晦涩等，是因为生平遭遇磨难太多，特别不赞成革命，反对布尔什维克革命,“站在社会主义的观点上看来,他是反动的”。[10] 如此之论,排除了基督教之于安德烈耶夫的意义,把高尔基对宗教探索的意义也消解了！对普希金和其他作家的阅读又何尝不是如此呢?

我们知道,基督教在超越殖民主义框架时对中国社会的进步作出了不小的贡献,如促进了西学在中国的传播、召唤了维新派的变法和维新意识、造就了改革派的思想和世界观等,康有为曾声言,“我信仰维新,主要归功于两位传教士李提摩太牧师和林乐知牧师的著作”;[11] 梁启超的《西学书目表》虽显示出作者对基督教的痛恨,但其所列西学各书 42 种中西方传教士著作占 30 种,包括李提摩太的《泰西新史概要》和《农政新法》等 6 种、林乐知的《万国公报》和《文学兴国策》等 6 种、艾约瑟的《欧洲史料》和《富国养民策》等 5 种,以及花之安、慕威廉、丁韪良等 10 人的 13 种。[12] 而且,即便是新文化运动之后,基督教思想尤其是教会还是对中国的进步做了不少贡献:一方面,1922 年之后所兴起的“收回教育主权”运动,因为抗战来临而有所缓和,教会创办的金陵大学、燕京大学、华中大学等大多能积极理解中华民族的危机,不少师生热情投入救亡运动;另一方面,教会大学内部孕育出比较宽松的环境,比国立大学少了政府控制,师生有机会接触更多的思想和理论,因而培育了不少学生的自由思想、进步理想(大批学生领袖出自教会大学)、团队精神等,知识界有很多人受益于基督教会的教育。而东正教作为基督教的三个组成部分之一,遍及俄国的文学艺术、社会学、政治学、历史学和文化学等领域,在持续不衰的俄国文学热中,按理想状态现代中国知识界也应该受益于东正教,但事实上几乎没有人把它作为思想资源,这与中国进步知识界在意识形态和感情上接受苏俄无神论(атеизм)是息息相关的。十月革命后,苏维埃政府发布了一系列法令法规,强制性规定政教分离,从制度上保证布尔什维克政权延续的安全性,可是,在实际运行这些法律法规过程中,又增加了废止宗教信仰自由的法律,用国家行政力量和政权强力消灭法律许可存在的东正教,“向宗教斗争”的口号一直不绝于耳,并消解东正教在群众中的威望、压制宗教领袖提出的正当要求(暗杀主教、捕杀数以千计的神职人员、吊销大牧师的食品供应卡、查封东正教会的出版机构、关闭教堂或修道院等)。[13] 同时,把宗教问题政治制度化,即把东正教同旧制度联系在一起。1913 年,列宁致信高尔基声称,“现在无论在欧洲或者在俄国,任何捍卫或庇护神的观念的行为都是庇护反动派的行为”,“僧侣、地主和资产阶级假借上帝的名义说话,为的是谋求他们这些剥削阶级自身的利益”，[14]从而使原本有着浓郁东正教信仰的国度变了形。不否认，东正教确实具有政治意识形态功能，如针对十月革命颁发的一系列涉及宗教的法令条规，全俄宗教会议通过“关于俄国基督教会合法地位的决议”，强烈主张俄罗斯国家事务属于东正教会职权范围。[15]但是，“无神论”不是马克思主义的目标（马克思除了批判作为意识形态化的基督教外，对作为文化和精神现象的基督教的认识是很学理性的），也不是苏维埃首创：现代化变革过程及其孕育而成的唯物主义思潮不断冲击着官方东正教会，而俄国教会神学缺乏有效的应对策略，外加民众在现实变革中的付出远不抵回报而导致对官方教会神学的怀疑及草根民众因为文化水平普遍低下而更注重于现实性的诉求等，已经导致无神论思想在平民和中下层知识分子中广泛流行。更为重要的是，东正教本身乃无神论基础之一：C.布尔加科夫在提出东正教不捍卫私有制和反对资本主义经济这两个原则的同时还指出，在陀思妥耶夫斯基看来，“东正教是我们俄罗斯的社会主义”，“东正教包含着无神论的社会主义中所有没有的爱和社会平等的灵感”，对“社会主义”、“唯物主义”、“虚无主义”等信仰的热诚、痴迷，是俄罗斯灵魂的另一种内涵，“俄罗斯灵魂的宗教力量有一种转向非宗教的目的及能力，诸如指向社会目的”；叶夫多基莫夫更声称，“俄罗斯文化，就其渊源而言，是从一种独特的宗教源泉吸取营养的；就连后来18世纪反教会的诸种思潮亦如此。1860年代虚无主义，也只有从这一独特源泉出发，才能得到理解”，“俄罗斯人或与上帝同在，或反对上帝，但永远不能没有上帝”，列宁、波格丹诺夫、普列汉诺夫普遍认为，马克思主义就是一种福音。[16]这些情形意味着苏俄和中国本应该认真关注无神论生成和发展源自东正教的问题，可是，“在现代生活纷争中，基督教支持社会团结，只有这种团结才能使社会免受阶级斗争的离心力的毁灭作用。假如阶级斗争学说穷尽了全部社会学说，那么社会就不会存在了，因为这样，社会将在内讧中瓦解。然而，人类毕竟是依靠爱而不是依靠恨去生活的，可以说，是在与恨的抗争中生活的。而拯救和团结人类的爱的力量，是教会赋予的”，“至于社会主义本身，东正教（全部基督教也一样）不能容忍其中的无神论，这种无神论仿佛成为社会主义的宗教。社会主义与反基督教的人神论的这种联系，是现时代的事实，此事实具有其宗教的和历史的原因。这就是面包的诱惑，人类为了面包而背弃基督，相信人只靠面包为生（经济唯物主义）……但在东正教传统中，在公认的教会教师的作品中，我们完全可以找到对社会主义持充分肯定态度的根据，这是指广义的社会主义，即对剥削、投机、贪财的制度的否定”,俄国共产主义出现了很多问题,就是因为其灵魂是无神论和战斗的反神论,“不存在宗教限度”,有别于“自由的或民主的社会主义”,“东正教没有任何理由反对这种社会主义,这种社会主义是在社会生活中履行爱的诫命。东正教有力量承担这样的历史使命——以自己的光明照亮人类的历史道路,唤醒社会良知,向劳动人民和受压迫者传布福音”。[17]很显然,C. 布尔加科夫的这番言论表现出他作为宗教哲学家的意识形态导向,但不可否认,这种把无神论与东正教问题联系起来的分析具有相当的深刻性。

也正因为如此,当时能有机会感受苏维埃制度及其推行的无神论,但一般还是比较警惕的。纪德这位法国著名左翼作家在访苏期间发现了“反宗教斗争”问题便疑惑道,“苏联在这个反宗教战争中所取的方法,我颇疑其不巧妙。马克思主义者,在这里,颇可以一味信赖历史,颇可以一面否认基督的神性,甚至基督的存在……无论如何,总比不理、总比否定,更好些。现在的人总不能使当初的人没有产生这个东西。现在,在这个问题上,人们将苏联民众维持于无知之中……我以为去信仰神话,乃是不合理的;但不承认其中所含的真理,而以为可以含笑耸肩弃之不顾,那也是不合理的”。[18]同样,丁文江于1933年访问苏联时也有同感,出现了前文所引的判断:“打倒神秘最努力的莫过于苏俄,但是最富于宗教性的莫过于苏联共产党”。苏俄无神论传到中国后,同样也应该引起人们的关注,但它却是作为“革命”和“进步”而被积极倡导的,或者说,让中国民众对无神论有兴趣的不是因为东正教曾经充当了俄国对华殖民扩张的意识形态工具,而是因为苏维埃作为崭新的社会制度主观上要彻底否定帝俄时代的东正教信仰,而所推行的无神论制度性行为就是对历史上宗教俄罗斯的颠覆,此举深得中国进步知识界和解放区、新中国的肯定,由此开始不断翻译这方面的俄语文献,如E. 肖洛霍娃之作《巴甫洛夫学说的无神论意义》(辽宁人民出版社,1957)、T. 萨哈洛娃之作《谢琴诺夫与巴甫洛夫著作的无神论的意义》(北京科学出版社,1957)、科洛尼茨基的《宗教和无神论问题》(中央党校出版社,1957)等被及时出版。可见,东正教在现代中国几乎没有产生积极意义,没有对我们认识俄国文化、苏俄革命、东正教的正面意义等发挥作用,不仅与基督教在中国传播的历史和超越殖民主义框架的效果相背离,也促进了中国对苏俄无神论的向往。

而无神论的流行及对作为文化传承形式的俄国宗教缺乏深入了解,使得中国对俄国很多问题的关心只是流于表面。五四新文化运动以来中国对俄国知识分子的使命和性格问题，如别林斯基、车尔尼雪夫斯基、赫尔岑等苏联时代很多作家的创作道路、业绩等一直痴迷不已，可是没有人关心他们作为俄国知识分子的代表，其独特气质、深刻思想与个人俭朴生活的严肃态度之关系等。殊不知，俄国知识分子的正面价值诉求和追求，在相当程度上是源自东方基督教的精神熏陶：他们大多成长于充满宗教氛围的家庭、社区，即便没有在教会学校受业，也无不阅读过大量宗教著作、遵从习俗而定期出入教堂，因而培养了他们对"社会"、"民众"有浓郁忏悔意识的心灵结构，而一旦他们把这种心灵的感悟付诸行动时，便转化为以人道主义替代宗教救赎的无神论行为。也就是说，怀疑探索客观真理(истина)的哲学、崇尚作为意识的"科学"的无神论，正是东方基督教的纯洁信仰在西方文明召唤下的一种崇高行动。而对俄国知识分子的这些特点，刊于《路标》文集的别尔嘉耶夫之作《哲学的真理(истина)和知识分子的真理(правда)》、C. 布尔加科夫的《英雄主义与自我牺牲：关于俄国知识阶层宗教特质的思考》等，以及安德烈·别雷的《关于俄国知识分子的真理》(1909)等，曾经做过深刻的分析。然而，现代中国所塑造的俄国正面知识分子形象，基本上经由对他们社会性行为的叙述而完成的，与东方基督教毫无关系：这是莫大的误读。

与这种无神论相伴随的是，对俄国基督教问题在知识上拒绝、在思想上排斥，更不去进行学理性研究。但是，此举吻合启蒙主义目的、写实主义热潮，从功用主义视点阅读俄国文学。俄国文学热在中国的持续不衰，很重要的原因是发现了俄国文学对改造中国的功用。于是，不吻合现实诉求的关于俄国东正教的叙述，在俄国文学热潮中整体上被人们排除了，这在当时已成为知识界的共识。在《且介亭杂文二集·陀思妥耶夫斯基的事》(1935)中，鲁迅如是说，不能总爱但丁和陀思妥耶夫斯基，因为在"那《神曲》的《炼狱》里，就有我所爱的异端在；有些鬼魂还在把很重的石头，推向俊俏的岩壁去。这是很吃力的工作，但一松手，可就立刻压烂了自己。不知怎地，自己也好像很是疲乏了。于是我就在这地方停住，没有能够走到天国去"，而阅读陀思妥耶夫斯基的处女作《穷人》，"就已经吃惊于他那暮年似的孤寂。到后来，他竟作为罪孽深重的罪人，同时也是残酷的拷问官而出现了。他把小说中的男男女女，放在万难忍受的境遇里，来试练他们……而且还不肯爽利的处死，竭力要放他们活得长久。而他则仿佛就在和罪人一同苦恼，和拷问官一同高兴着似的。这决不是平常人做得到的事情，总而言之，就因为伟大的缘故。但我自己，常常想废书不观"，不仅如此，"作为中国读者的我，却还不能熟悉陀思妥耶夫斯基的忍从——对于横逆之来的真正的忍从。在中国，没有俄国的基督。在中国君临的是'礼'，不是神……忍从的形式是有的，然而陀思妥耶夫斯基式的掘下去，我以为恐怕也还是虚伪。因为压迫者指为被压迫者的不德之一的这虚伪，对于同类，是恶，而对于压迫者，却是道德的。但是，陀思妥耶夫斯基式的忍从，终于也并不只成了说教或抗议就完结。因为这是挡不住的忍从，太伟大的忍从的缘故。人们也只好带着罪业，一直闯进但丁的天国，在这里这才大家合唱着，再来修炼天人的功德了。只有中庸的人，固然并无堕入地狱的危险，但也恐怕进不了天国吧"。[19]鲁迅如此描述显示出，俄国宗教观和对苦难者的体认姿态无助于启蒙中国民众，因而不能得到认同。更有甚者，针对巴金反对把托尔斯泰说成是"卑污的说教者"，阿英在《力的文艺・附记》(1929)中反驳说，"托尔斯泰固然有他伟大的地方，但说他是'卑污的说教者'也并不是一种污蔑"，并引证托尔斯泰言论"中国人民过去以及将来还要遭受的折磨确实重大，但是在这个时候，中国人民不应当把忍耐心失了"，"基督教徒说，那个能够忍受到底的人是唯一的幸福者。我觉得这是已经树定的真理，虽则人们很难使自己相信它。不以恶抗恶，不与恶合作，这就是自赎和战胜那作恶的人们最妥当的方法"，由此断言，"不必再翻他的全著作，也就可以看到他是怎样的在说教了"，并继续引证列宁之言"……一方面无忌惮的批判资本主义的榨取，剥去政府的暴行……另一方面提出了'抗恶勿以暴力'这个愚劣的说教。虽然以清醒的现实主义剥去一切的假面具，但同时又是世界中最卑污的人，即宗教的说教者"，以证明巴金的反对无效。[20]同样，在接受托尔斯泰的过程中，不少人从意识形态上夸大了托尔斯泰在《复活》和《我不能沉默》等篇章中对官方教会的批判作用，并未深究这种批判的文化意味，按梅列日科夫斯基所言，"在托尔斯泰思想的整个脉络上，对作为基督教文化——历史形态的东正教的否定，是能够理解的：这一否定，只是他对全部现代欧洲文化否定性结论整个链条上的一环；在这里，教会不是作为外在于文化，并与其对立之物，而正是作为这一虚伪文化的组成部分遭到反对的；这一虚伪文化的其他部分是科学、艺术、财产、国家"，"是在当今的托尔斯泰式的虚无主义中，而非 1870 年代虚无主义中，正在完成俄国文化界脱离人民这一伟大的分裂；始于彼得大帝改革的俄罗斯文化的历史之路已经走到尽头，诚如陀思妥耶夫斯基所言，'不可能再往前走，也无处可走；路已经没有，路已经走尽'……俄国文化界因为追随托尔斯泰反对作为俄国和世界文化组成部分的教会，而且追随到底，就可能必然地要否定自己的俄国本质和文化本质；这个文化界若置身于俄国和欧洲之外，就会反对俄国人和欧洲文化；若不是俄国的和文化的，那就什么也不是。在托尔斯泰的虚无主义中，彼得大帝后的全部俄罗斯，从文化上看还是如陀思妥耶夫斯基所说，'是站在某种终点上，在深渊上方摇摆（стоит на какой－то окончателной точке，колеблясь над бездной）'"。[21]更何况，他除了对官方教会进行激烈批判之外，上述很多篇章还积极探索基督教的真谛及其可能性意义。也就是说，现代中国所痴迷的19世纪俄国文学，其魅力之一在于文学家借助基督教信念，对俄国资本主义改革过程中付出的沉重伦理代价表达关怀，并抗议造成这种进步代价的西方资本主义文明和西化改革，由此延伸出写实主义大潮下的人道主义精神，试图传播"爱"的信念来改造欧洲文化，尽管周作人在《圣书与中国文学》中公开声言，"现代文学上的人道主义思想，差不多也都从基督教精神出来"，"我们要理解托尔斯泰、陀思妥耶夫斯基等人的爱的福音文学，不得不从这源泉上注意考察"，可是现代中国受益于无神论的阅读，难以顾及俄国文学发展与东方基督教之间的关系，以至于在中国越是有声望的俄国作家，就越会因基督教问题而遭遇更多的误解。

与无神论风潮相伴随的是"科学"思潮。五四新文化运动确立了引进西方文化的主流是"民主"与"科学"。在阶级矛盾激化的语境下建构"民主"的需求，导致对法国启蒙主义、苏俄激进主义思潮的热诚追求，从而孕育出后来指向平民的"民主"，颠覆了"民权主义"的普遍诉求。而对"科学"的热情，似乎理所当然要排斥基督教、与宗教对抗，诚如钱穆的《略论中国宗教》所言，"近代中国人则唯西方是慕，然不热衷于其宗教，独倾心于其科学，此选择亦可谓妙得其宗矣。科技为今日国人竞崇，先以赚人钱，最后必达于要人命"。[22]而表面上科学有其自身特点，如关注物质世界并用理性化的逻辑、实验方法和准确概念来达到目的、没有价值判断和伦理预设等，与宗教追求终极关怀、关心超越现世的精神性信仰、借助于某种仪式和组织形式来培养甚至强化这种关怀和信仰等有所不同。但仔细辨析科学史可以发现，欧洲成形的科学形成于17世纪，其基本特点是理性主义和经验主义，而理性主义已经广泛存在于中世纪经院哲学中——借助亚里士多德的逻辑学为信仰上帝寻找理性的依据，使信仰理论化，并让人心悦诚服于上帝，建构包容科学与宗教的自然神学，由此中世纪神学研究演变为有自身严密逻辑和严整体系的经院哲学，很多神学家关注神学和知识的方式并非是背离理性的，如大阿尔伯特（Albertus Magnus，1206～1280）除了《箴言四书著》、《被造物大全》和《神学大全》等神学著作之外，还系统评注亚里士多德的《形而上学》、《物理学》和《政治学》等著作，而在这些著作中显露出相当的科学性，即用经验观察和思辨相结合的方法，建构关于自然的思辨体系，并对灵魂进行心理学解释等。正是诸如此类的科学基因，奠定了欧洲现代思想的基础、培养了欧洲人的科学精神，以至于顾准声言，唯理主义是典型的宗教精神，它与基督教一同成长，宗教"固然窒息了科学，也培育了科学"。[23]这种情景至今还在延续着，如在被誉为诺贝尔宗教奖的邓普敦宗教促进奖（Templeton Prize for Progress in Religion）得奖者中，有 1/3 为致力于宗教与科学对话的学者，其他得奖者大多曾受益于自然科学专业的训练甚至很有科学成就。[24]另外，不单神学家关注科学与神学的关系，一代代科学家也关心科学进程的宗教意义、宗教与科学的关系：罗素这位杰出的科学家和哲学家在《宗教与科学》中声言，"宗教自称含有永恒的和绝对可靠的真理，而科学却总是暂时的，它预期人们迟早会发现必须对它目前的理论做出修正，并意识到自己的方法是一种逻辑上不可能得出圆满的、最终论证的方法"，"科学鼓励人们抛弃对绝对真理的追求，而代之以可称为'技术'真理的东西"，这就形成了对宗教的严峻挑战，因为在宗教看来，世界是由一位全能的上帝创造并主宰，世界万物的运行体现神的意志，而这在科学上是不能验证的，这表明科学与宗教是对立的；[25]而布鲁诺之死却并非是宗教与科学的对抗，他不是为了科学而是为了自由构思的玄想才触怒宗教审判所的；[26]特别是，爱因斯坦在《宗教和科学》(1930)中声言，"如果宗教感情不能提出关于上帝的明确观念，也不能提出什么神学来，那么它又怎么能够从一个人传到另一个人呢？照我的看法，在能够接受这种感情的人中，把这种感情激发起来，并且使它保持蓬勃的生气，这正是艺术和科学的最重要的功能……宇宙宗教感情是科学研究的最强有力、最高尚的动机。只有那些做了巨大努力，尤其是表现出热诚献身的人，才会理解这样一种感情的力量，唯有这种力量，才能做出那种确实远离直接现实生活的工作"，并以开普勒和牛顿为例说明这种规律，最后断言"在我们这个唯物论时代，只有严肃的科学工作者才是深信宗教的人"，而在《科学的宗教精神》中，他断言，"很难在造诣很深的科学家中找到一个没有自己宗教感情的人……其宗教感情所采取的形式是对自然规律的和谐所感到的狂喜的惊奇，因这种和谐显示,这样一种高超的理性”,还在《宗教同科学不可和解吗?》中宣称,“科学就其掌握因果关系而言,固然可以就各种目标和价值是否相容做出重要结论,但关于目标和价值的独立的基本定义,仍然是在科学所能及的范围之外”,而且伟大的科学家一定有宗教感,“浸染着真正的宗教信念”,进而断言科学与宗教是依存关系,即“科学没有宗教就像瘸子,宗教没有科学就像瞎子”。[27]历史进程确亦如此,自近代科学产生以来,宗教改革与科学发展显示出此乃人类思想的两大体系,它们之间的张力关系构成了现代文明发展的动力。

对这种矛盾现象,中国并不陌生:明代传教士已经在中国进行了有效的实践,徐光启这类科学家受益于传教士并入教的事件便是明证。近代,来华传教士传播基督福音的同时,也关注科学传播问题,不少传教士甚至把向中国人传播科学视为上帝赋予的使命(尽管在实际工作中不是最高目的):传教士库柏非(C. Kuperfer)的《中国的教育》(1886)称,“宗教缺了科学就如同写历史书而没有史实,而科学少了宗教则像传记没有主题”,[28]他还在白话体的《圣经格致合参》中经由对天地、光、空气、水陆和植物、时间、百兽昆虫、人等的论述,证明“圣经与格致相吻合”,试图将自然神学和启示神学结合为一体;传教士教育家谢卫楼(D. Seffild)在《就中国教育改革而言的基督教育》(1902)中指出,西方学者热爱探索知识本于知识自身而不是其效用,并为了提高人类的尊严而拒绝接受任何奴役、只接受正义原则,传播这样的世俗知识和价值观与传播基督福音并不矛盾,因为基督教导的一神论与神圣生活的潮流相一致,并寻求把自己投入人类生活中,人可能因为知道自己的起源和命运而了解自己,进而知道人的尊严在于人是按神的样子创造的;[29]传教士波尔顿(E. Burton)在教育会1909年会议上宣称,必须将基督教国度里先进的东西介绍给中国,包括宗教、艺术、政治、科学和教育等,无论它们是否直接有助于教会。[30]其他在华传教士也时常提出类似把基督教泛化为包容神学和世俗知识的概念,而这种基于自然神学基础上的科学观,在近代中国也产生了效力(虽然有不少传教士严厉批评严复的《天演论》所传达的进化论思想及译者的认可态度):《广学会年报》第十次宣称,“科学没有宗教,会导致人的自私和道德败坏;宗教没有科学,也常常会导致人心胸狭窄和迷信。真正的宗教和真正的科学不是相互排斥的,他们像一对孪生子——从天堂来的两个天使,充满光明、生命和欢乐来祝福人类”,第十二次则断言,“只有对科学和宗教都无知时,才会感到它们之间是矛盾的”。[31]

在这种情势下，伴随五四新文化运动而来的“赛先生”，也催生了“科学”与“宗教”之关系问题的热烈讨论。陈独秀在《新文化运动是什么?》(1920)中批评国内妄自尊大、否定西方的心态，国人认为“科学无用了”、“西洋人倾向于东方文化了”，“这两个妄想若合在一处，是新文化运动一个很大危机”，他强调“宗教在旧文化中占很大的一部分，在新文化中也自然不能没有他”，认为人类行为是内部对外界刺激所作出的反应，最主要的是本能上的感情冲动，“利导本能上的感情冲动，叫他浓厚、真挚、高尚，知识上的理性，德义都不及美术、音乐、宗教的力量大”，引例说美国科学家詹姆斯和英国科学家罗素都不反对宗教，“因为社会上若需要宗教，我们反对是无益的”，“现在主张新文化运动的人，既不注意美术、音乐，又要反对宗教，不知道要把人类生活弄成一种什么样的机械状况，这是完全不曾了解我们生活活动的本原，这是一桩大错，我就是首先认错的一个人”。[32]刘廷芳的《新文化运动中基督教宣传教师的责任》则有言，“新文化运动大声疾呼‘科学的万能’。竭力介绍科学的方法。国人经过这一番的鼓吹，对于科学，取一种特别的态度。今日学术界的注重科学，和十余年前重视科学是不同的。从前只求科学的物质的制造，枪炮、机器、路矿等。现在注重科学，是要将科学变为方法，在个人平日的生活上发出效应来”。统观科学的唯物史观进入中国后，增加了科学的声势，连 1923 年身居美国的张闻天也感受到中国的这种变化，随之称“自从新文化运动发生以来，西洋的思想输入的也不算少，而最合于我们中国一般青年的脾胃的就是唯物的命定论与唯物史观”，[33]由此导致科学与宗教之争演变为科学即进步、宗教即落后：1927 年基督徒张钦士选辑了《国内近十年来之宗教思潮》，辑录了蔡元培的《以美育代宗教说》(“盖宗教之内容，现皆经学者以科学之研究解决之矣”)、王星拱的《宗教问题演讲之一》(断言宗教崇拜的仪式和心理“都不是科学家所赞成的”)、屠孝实的《宗教问题演讲之三》(声言在科学家和历史学家看来，宗教“是人类思想幼稚时代的产物，他所以能维持生命到今天，只是靠着人类的惰性”)、周太玄的《宗教与中国之将来》(认为宗教与科学的关系是“相倾相灭”的)、罗素的《宗教问题演讲之二》(抨击宗教信仰不是理性的信仰，由此引发了他后来的《我为什么不是基督徒》)等，这些特别显示出科学迅速战胜了宗教。随之，“科学”浪潮在现代中国兴起，一时间自启蒙运动以来推崇科学的西方经典名著大量传入中国，瞿秋白的《唯物论的宇宙观概说》(1926)和《马克思主义之意义》(1926)等宣称,唯经由"科学"的唯物史观和马克思主义方可正确理解自然界变化、进行社会革命,杨杏佛的《托尔斯泰与科学》(《科学》第5卷第5期)更声言,"迷信与科学所异不在知识之广狭,而在科学方法之有无"。而写实主义文学潮流则吻合了这种科学诉求:写实主义在一定程度上深受启蒙主义和科学精神之影响,因而着眼于现实的、肉体的世界,使基督教也转向现实,并且用科学逻辑构思、处理、理解现实生命要求与宗教之关系问题,这种叙述变得容易理解,也符合中国解决现实问题的需求。然而结果却是相反的,即现代科学及其对客观真理的探索、现代科学精神和现代科学成果等对中国来说是急需的,但"赛先生"并没有成长起来,"从理论上说,与其他知识传统相比较,自然科学的传统更能在它们的发源地以外的社会和文化中生存,然而事实上,异域中也存在着种种障碍,向异域传输科学知识传统的努力也屡遭失败"。[34]可以说,"科学"在中国流失,如此接受俄国是其中原因之一:中国在塑造俄国形象过程中,把注意力转向了"民主",而同样迫切需要的"科学"被排斥了(丁文江在访苏归来后提出俄国现代化成效的方方面面——铁路建设、地质勘探等,并没有引起人们这种成效与科学关系问题的关心),进而"科学"本身变得不重要,指导"科学"的唯物史观替代了"科学":这从《科学》杂志的变化中能见出这样的趋势。吊诡的是,这种被科学化的"唯物史观",又反过来成为理解宗教问题的根据。如此之见标志着中国对外来文化的误解,吴宓在《论新文化运动》(1922)中曾深刻批评过,后来鲁迅在给周建人辑译的《进化和退化》(1930)所写的序中又批评曰,"进化学说之于中国,输入是颇早的,远在严复的译述赫胥黎《天演论》。但终于也不过留下一个空泛的名词,欧洲大战时代,又大为论客所误解,到了现在连名目也奄奄一息"。[35]这种情形在后来对俄国的接受中发生了更严重的变异。

如此一来,带来了很多不可估量的后果。随着西方文化的不断传入,知识界不少人在激烈批判基督教的同时,又不得不面对基督教的价值。其中,在《基督教与中国人》(1920)中,陈独秀称基督教在中国有四五百年历史,可是我们向来不把它视为重大问题,"只是看作一种邪教","没有积极的十分得到宗教的利益。现在若仍然轻视他,不把它当作我们生活上一种重大问题,说它是邪教……那么将来不但得不着他的利益,并且在社会问题上还要发生纷扰","所以我以为基督教问题,是中国社会上应该研究的重大问题,我盼望我们青年不要随着不懂事的老辈闭起眼睛瞎说",认为基督教乃欧洲文化两大源泉之一,称"耶稣所教我们的人格情感是:崇高的牺牲精神,伟大的宽恕精神,平等的博爱精神。除了耶稣的人格情感,我们不知道别的基督教义,这种根本教义,科学家不曾破坏,将来也不会破坏",倡言要用基督教精神补救中国人的不足,如"缺少美的、宗教的纯情感",所以有了上文所提及的呼吁,即"我们不用请教什么神学,也不用依赖什么教义,也用不着藉重什么宗派,我们直接去敲耶稣自己的门。要求他崇高的、伟大的人格和热烈的深厚的情感与我合而为一",并在《山中杂信》中进一步指出,"要一新中国的人心,基督教实在是很适宜的"。同样,张闻天在1921年论及"少年中国学会会员与宗教徒问题"时提及了很多发人深省的事情,"不许宗教徒做少年中国学会会员是完全没有理由的。说有宗教信仰的人不应该入会吗?那么这宗教心是精神上的东西,哪里能去限制它、管束它呢?难道有了宗教信仰心,就不是好人吗?就不配和我们携手吗?其实世界上无论哪一个人,都有一种信仰心,没有信仰心就不能生活。科学家找出世界上一部分的现象是依照了自然律运行的,就相信世界的实在是电子的运动,物理化学的世界是他们的实在,是世界的究竟。宗教家找到世界上一部分的现象是依照自然律的,但不是全部的,他们相信世界上凡是现象不过是一种象征,是一种精神力量的表现,他们把精神力命名之为精神",如柏格森称为"生之冲动"、泰戈尔命名为爱、叔本华和哈特曼称为无意识的意志、费希特称为伦理的表现、雪莱谓之为艺术的表现,"其实都差不多的,难道我们只容忍前者而不容后者吗?我们没有理由!我还相信后者呢!"他更反对因为接受了基督教受洗仪式而反对其入会的观点,反问"难道行了这种仪式,一个人就腐败了吗?既然没有理由反对宗教信仰心,那么反对有宗教信仰心后而实行之规诫者,当然也没有理由",只要信守"纯洁"、"俭朴"、"实践"和"奋斗"四标准即可。[36]可是,在主要经由文学通道认识俄国基督教问题上,中国虽然有所领悟其正面价值,但在整体上对俄罗斯宗教问题的理解并未达及这样的深刻程度,没有随着整个社会认识基督教和外来文化水平的进步而增长,相反,服从苏俄的主流意识形态判断,更重视俄国文学中批判宗教的叙述和政治学中的无神论思想,并把它们的意义推到无以复加的高度。

也正因为如此,很难把基督教作为超越信仰的俄国文化传承形式来看待,尽管T.S.艾略特曾声言,"只有基督教文化,才能产生伏尔泰与尼采",[37]而这两个人正好是西方思想史上批判基督教最为严重者,即那些严厉抨击教会制度的启蒙主义思潮、试图从精神上颠覆基督教作为人生信念和欧洲文化基础的现代主义运动,也未能挣脱与基督教的关系,进而使得欧洲文化自18世纪以来的发展尽管起伏跌宕,却有章可循、没有脱离文化传统根基,是一种可持续发展,而现代中国对这种宗教文化现象不是毫无意识,1922年中国就有人翻译了W. Hudson的《圣经之文学研究》,该文明确说道,"圣经是近代西洋文学的两大根柢之一。在我们的文化里,我们很熟悉其中混而为一的两种势力渊源,即安那特(Mathew Arnold,即马修·安诺德)所谓两希主义,希腊主义代表文化中之理智的及艺术的方面,希伯来主义代表文化中之宗教的及道德的方面……圣经为英语文学主动力者凡一千二百年,想了解英国文学的人,不可不知道以教育中的'经典'为与希伯来人有密切关系的论证"。[38]基督教对欧洲文化传承的意义,不仅是作为知识被中国所感知,也作为一种意识被现代中国所领略,陈独秀在《基督教与中国人》中声称,"支配中国人心底最高文化是唐虞三代以来伦理的意义,支配西洋人心底最高文化是希腊以来美的情感和基督教信与爱的情感",并希望用这种文化传统改造国民。[39]这种情形在俄国同样显而易见:东方基督教之于俄国是整个文化传承的方式、基础。而且,基于这样的传统延续方式,苏维埃也并非全新的,专制国家的社会结构(诸如对斯拉夫的农业文明认同依旧、莫斯科军事神权政治等影响力也存续着等)、意识形态运动、传统经济模式、帝俄政治结构、对思想的控制方式等在十月革命后对苏俄的潜在影响一直存在着。[40]而这些不仅是作为一种专门知识而存在着,更需要心性体验和精神诉求才能领会,并因东正教比天主教或新教更为复杂,所以对它的体验更不能停留在知识层面上。但是,在现代中国热衷于译介俄国文化的知识群体中,因为日趋紧张的局势和日益高涨的革命热情等,很少有人能静下心来去体验它,不少人的知识结构也未能自如应付基督教,或者因为启蒙主义目的,即使早期一些译介俄国文化的人可能还有一些心性体验的愿望,但也不能认真领会超出文学现实性意义的宗教价值,虽然果戈理文学创作中对社会现实问题的愤怒、否定性、讥讽性等叙述,在叙事策略上受欧洲现实主义思潮影响,但支撑这种叙事的终极理念则是作者纯洁的东方基督教信念,这种信念在前期掩藏在具体叙述细节背后,而在后期则演变为宗教诉求浮出水面而与对现实问题的叙述产生矛盾,由此可以说《死魂灵》第二部是有自己价值的,即透出俄国写实主义作家的复杂性,可是鲁迅翻译这部残稿第一、二章后在《译者附记》中只从文学写作技术层面上批评果戈理创作上的失败,而没有深究其背后的深刻原因,认为"只要第一部也就足够,以后的两部——《炼狱》和《天堂》已不是作者的力量所能达到了",[41]基本上否定了宗教之于果戈理创作的意义。这种情形越到后来,进步知识青年越不可能严肃体会俄国基督教,更没有人关心俄国东正教与整个基督教之关系、东正教与俄国文化传统之关系、苏俄无神论与东正教传统之关系等论题。于是,现代中国便很有底气地推崇苏俄无神论这类颠覆文化传统的文化革命活动,出现杰米扬·别德内依这类缺乏传统文化熏陶、没有传统文化底蕴、更不可能吸取宗教文化传统资源的诗人,其诗篇在审美力度和诗学范式上缺乏俄国传统风范,背离了俄国文学追求意境之传统,仅因得到斯大林高度赞许并倡导无产阶级诗歌要"杰米扬化",而得到中国社会的热烈肯定:蒋光慈的《十月革命与俄罗斯文学》称赞别德内依是普希金最好的学生,说他的诗歌包含有莱蒙托夫、勃洛克和马雅可夫斯基等人诗歌的特点,并不警惕这种诗人在精神深处与俄国文化传统绝缘、屈从于意识形态而日益肤浅起来等现象。这种由要背弃教会制度而随之抛弃了作为一种俄国精神的东正教,转向热衷于无神论,此举导致了中国对俄国文化如何传承问题的忽视,导致 20 世纪 20～30 年代以后中国对俄国文学的认识水平没有根本的长进,过去没来得及关心的问题,如 18 世纪之前古罗斯文学史及其给后来俄国文学发展提供了怎样的传承基础、俄国知识界如何通过宗教的中介而延续传统等,仍旧没人关心,俄国文学继续如空穴来风、完全来自欧洲影响等误读现象继续存在,尽管现代中国有不少人从俄国文学作品中感悟到了基督教之于俄国人的重要性,但几乎没人把文学中所叙述的基督教信仰置于俄国文化史上来考量,因而理会不了基督教对历经变革而不变民族性本质的俄国之伟大意义,进而随着对苏联的接受,无神论成为理所应当的真理,回避作为一种文化传统的俄国宗教也就在情理之中了,至于从学理上反思苏联何以要中断这种传统、中断这一传统是否可能及后果如何等问题更无从谈起。

本来,引进外来文化是为了更好地促进现代性在中国的成长,通过外来经验提升自己,更清醒面对自身的问题。而如何处理传统文化问题是很复杂的工作,按普实克的《叶绍钧和安东·契诃夫》的说法,"现代中国作家与欧洲作家的联系,不应归结为欧洲新文学对中国的直接影响;应该说,中国传统写作方法接近欧洲现代文学表现手法。传统的力量使叶绍钧和鲁迅在某些方面表现得比俄罗斯作家更现代化,其特点之一,正如鲁迅和叶绍钧所实践的那样,重视叙述者的作用"。[42]可是五四新文化运动伊始,否定本土的文化传统便成为一种潮流，但这并非是现代中国知识精英的初衷，陈独秀在《新青年》创刊词中声称“改造青年的思想，辅导青年之修养，为本志之天职，批评时政非其旨也”，而实践这种宗旨少不了传统文化的内容。而且，近代中国社会遭遇的问题或危机，直接原因并不完全在于传统文化本身，造成辛亥革命局限性的重要原因也远不在于传统文化。可是，历史和现实使新青年与整个传统文化产生了疏离感，而长期接受一元论教育的传统（儒教或经学），使他们无法用科学精神分析整个文化结构，把“中国问题”归结为整个传统文化体系，而传统政治与文化架构解体，为反传统主义者提供了全盘否定传统的可能并以这个思想模式作武器全面攻击传统文化，因而出现一场声势浩大的整体性（totalistic）反传统主义，并以启蒙主义名义出现、与民族主义结合在一起。[43]陈独秀的《文学革命论》(1922)声言，“自文艺复兴以来，政治界有革命，宗教界亦有革命，伦理道德亦有革命，文学亦莫不有革命，莫不因革命而新兴而进化”，而文学革命的对象则是构成中华文明核心所在的古典文学，因为在他看来，此乃雕琢阿谀、陈腐铺张、迂晦艰涩的贵族山林文学，“今日吾国文学，悉承前代之敝……其形体则陈陈相因；其内容则目光不越帝王权贵神仙鬼怪及其个人之穷通利达……此种文学盖与吾阿谀夸张、虚伪迂阔之国民性，互为因果。今欲革新政治，势不得不革新盘踞于运用此政治界精神界之文学”，[44]尽管陈独秀的“推倒古典文学”之论并未妨碍他对诗经、楚辞、乐府、唐诗、元明清戏曲和小说进行认真研究，而且此论本意乃“推倒仿古文学”，英译本《中国现代文学史简编》引用这一言论时译成“get rid of the literature in the style of classics”，而不是“get rid of the classics literature”，至于“桐城谬种、选学妖孽”之口号的本意也并非否定历史上的散文和骈文，而是攻击民国初年那些桐城派和骈体文的末流而已。[45]同样，刘半农的《我之文学改良观》(1917)呼吁“吾辈欲建造新文学之基础，不得不首先打破崇拜旧时文体之迷信”；[46]周作人的《人的文学》(1917)倡言，“应该提倡新文学，简单的说一句，是‘人的文学’……中国文学中，人的文学，本来极少。从儒教道教出来的文章，几乎都不合格……人的文学乃全人类的文学，所以我们只能说时代，不能分中外……眼里看见了世界的人类，养成人的道德，实现人的生活”。[47]诸如此类主张和吴虞的《家族制度为专制制度之根据论》、鲁迅的《狂人日记》、罗家伦的《近代中国文学思想的变迁》(1921)等大批全方位攻击传统文化的经典文献一样，轰动一时并在相当程度上深深影响了中国社会。与之相应的是倡言，“西洋文学所以能成为世界文学，是因为关切着人生而富于创造精神。而中国文学所以不中用，和世界文学无关，也在于缺乏这两种特点。我们要改造中国文学便不可不注意这两点”。[48]如此一来，出现了普实克的《以中国文学革命为背景看传统东方文学同现代欧洲文学的对立》所描述的现象，即传统中国文学同第一次世界大战后兴起的新文学之间有着天壤之别，使人们难以相信它们竟是同一个民族的产物，造成此景的原因是作家个性和现实性要求的重要性日益增长，而传统文化因素的重要性减少，如诗歌的地位绝对地被降低、文学的理性价值被凸显出来，即便存在同过去的联系，也更多地表现于内在倾向和结构方面。[49]

针对这种悲壮而紧迫的时尚，现代中国本来需要找到某种外来资源作为警惕自己的清醒剂，以与时尚保持相当的张力，阻止这种潮流的泛滥，在这方面俄国文化发展可资借鉴。现代俄国文化的生成过程尽管曲折、俄国三百年来始终处在文化转型时期，但在内在理路上还是充满着理性的：文艺复兴在西方不是用原始的古希腊罗马替代现实，而是在基督教基础上借用它的高级文化形式，使不同类型的文化相碰撞，文艺复兴的基本特征是把文化从神学下解放出来，促使它关注与另一种宗教混在一起的古希腊文化，与之相当，俄国从17世纪末开始出现文化世俗化趋势，但俄国文艺复兴主要依靠的是“古希腊”，而不是回到单一的基督教文化或基辅文化。[50]这样的经验或教训对五四新文化运动以来的中国应该有所启示，甚至能在一定程度上提供参照，况且热衷于接受俄国文化的陈独秀、李大钊、茅盾等人是通晓传统文化的。可是，他们主要是在知识状态上触及俄国宗教，尽管在译介俄国文化上卓有成效，有些人甚至是某方面的研究专家，但普遍没有重视基督教在俄国从信仰到神学、到宗教哲学的变化过程及其对延续俄国文化传统的积极作用，甚至有意回避东正教作为俄国文化传统的重要性问题，服从苏联对宗教的判断，没有从理性意识上去分析俄国文化传统。中国最热衷接受的普希金、屠格涅夫、托尔斯泰和陀思妥耶夫斯基等人，无不借助东正教信念而创造性延续斯拉夫传统文化，中国对他们在这方面的贡献，以及苏俄无神论制度对文化传统的正常传承之威胁等，基本上没有感知，如在那么多普希金之论中，几乎找不到普希金与俄国文化传统之论，更遑论普希金创作中的基督教信念、民族性诉求、帝国意识形态等相互渗透于俄国文化史的问题。同样，包括郑振铎的《俄国文学史略》在内的任何一部俄国文学史，基本上看不出俄国文学的基督教诗学特点及文学史变迁的民族文化传统根据，对诸如《卡拉马佐夫兄弟》和《复活》等作品也未正面挖掘其中基督教影响下的价值。至于《世界文库》第6册(1935年10月)收录了茅盾译自英文的《对契诃夫的回忆》,包括高尔基、库普林和布宁写的回忆文章,声情并茂透出俄国作家对传统的热诚,但没有文字显示出中国读者对这种叙述的感悟。可以说,接受排除了基督教正面价值的俄国文学和苏俄无神论,对如何处理外来现代文明与本土传统的关系这一复杂问题带来实际效益是很有限的,无助于缓解整体性反传统主义思潮,甚至为现代中国整体反传统主义情绪的助长提供了合法化的根据,并使传统文化意义以整体形式存在着的认识论(波谱所说的整体主义思想就是乌托邦主义历史决定论)能继续下去。也就是说,经由排除了东方基督教正面价值的俄国文学和苏俄无神论制度,不是减弱而是助长了中国激烈的反传统风潮。至于因此而进一步拒绝在相当程度上延续了俄国传统文化的现代主义文学和宗教哲学、排斥俄国最有审美和思想创造力的自由主义知识分子,那就更是自然而然的事情了。

可见,因为信仰差别、民族感情对立、价值观上的冲突等,中国本来就对基督教有相当的排斥,而对东正教的认识,现代中国主要是经由文学和无神论的通道进行的,可是写实主义潮流和苏俄新文学热潮把文学使命落实于启蒙主义目标,因而主流上严厉排斥东方基督教,外加特别认同苏俄无神论政策的意识形态行为,导致现代中国所塑造的俄罗斯形象主体上是反基督教的,与俄国历史上生成的正面俄罗斯形象刚好对立,即不顾东方基督教已经成为俄国精神载体和文化传承形式的文明结构,苏俄强行对基督教进行革命,导致不信仰上帝、甚至诋毁基督教的现象泛滥,以至于有人把这样的苏联诅咒为"邪恶帝国"(Evil Empire)。现代中国并不考虑东正教及其在正统俄国社会中的地位,而积极塑造无神论的俄罗斯形象,结果如同苏俄在推翻基督教的同时也在相当程度上中断了俄国民族文化的正常传承一样,不仅没有减弱现代中国剧烈反传统的风潮,反而助长了这种潮流。

总之,基督教在俄国的构成是很复杂的,包括官方教会神学、世俗化的宗教哲学和文学中的宗教诗学等不同部分。它作为俄国文化传承的一种方式、载体、意识,深刻影响着俄国社会的构成和发展、俄国大部分居民的身份确认、俄国历史变迁等方面,甚至无神论也是东正教历史依据的。可以说,"不领会东正教,就不可能理解俄罗斯文明、古罗斯的意义,应该明白东正教并不是纯粹教会和古罗斯圣像,而是要比这广泛和深入得多,它包括俄罗斯人的整个精神道德氛围、远在接受基督教之前所出现的精神道德诸多因素，东正教使俄罗斯居民的原始世界观合法化并得以稳固下来，还赋予了他更雅致和更高级的特征”。[51]基督教在超越殖民主义框架时，对中国的积极作用是不可忽视的，而作为基督教的一个分支及传承俄国文化的东正教，不仅是中国认真接触俄国文化绕不过去的，而且也应该有助于中国认识俄国和宗教世界。但是，中国接触俄国基督教主要是经由写实主义文学中的批评性叙述和苏俄制度化的无神论，这只是触及并领会俄国基督教的一部分实质和意义，而不是东方基督教的整体，并因为识别俄国基督教的通道比较狭窄、单一，不仅堵塞了通往整体认识东正教神学和宗教哲学之路，而且无法充分把握其意义、深入认识其问题。因而，与西方基督教在中国所产生的正面价值相比，俄国东正教作为俄国文化传承形式的价值没有得到充分重视，其正面价值实现得很有限，中国在塑造一个无神论的俄罗斯形象之同时，没有从中受益或从俄国无神论制度的推行中吸取教训，从而冷静地对待五四新文化运动以来激烈反传统的文化思潮，进而无助于现代性在中国的健康成长。

[1] Paul Varg, Missionaries, Chinese and Diplomats: American Missionary Movement in China, 1890－1952(传教士、中国人和外交官:美国在华传教运动,1890～1952). Princeton University Press,1958,P. 22.

[2]在蔡元培看来，美育是自由、进步、普及的，而宗教是强制性、保守、有限的，故“以美育代宗教：于是宗教上所被认为尚有价值的，只有美育的元素了”(《蔡元培选集》上卷，第 210、304 页，浙江教育出版社，1993)。

[3]《新青年》第 7 卷第 3 号(1920 年 4 月)。

[4]《陈独秀著作选》第 1 卷 319 页，上海人民出版社，1984。

[5]费正清著，中国社科院近代史所译:《剑桥中国晚清史》(上册)，第 617 页，中国社会科学出版社，1985。

[6]参见《民国日报·觉悟》1922 年 4 月 16 日。

[7]列举了柏林俄文书店出售民粹派批评家伊凡·拉祖母涅克的《自己的面孔》，并打算出版《俄文图书》以向世界报告俄国文坛现状；赫尔辛基俄文书店出售库普林新作；巴黎俄文书店出售巴尔蒙特新诗集《赠予大地的礼物》和普宁的《从旧金山来的绅士》；保加利亚的索菲亚书店

有米留科夫的《俄国二次革命史》等；在《文学家对于劳农俄国的论调》一书中，论及了英国威尔士旅俄游记《影中的俄国》(黑暗中的俄罗斯)，说他既非难劳农政府之专断，又称许劳农新政权有创造实力，“我嘲笑他们的主义，但我了解并敬视他们的精神”，“如果俄国是应得救的，各协约国就应和劳农政府通使，这是俄国现在唯一的政府”(第12卷第4号，1921年4月10日)。

[8]M. M. Дунаев, Православие и русская литература(东正教与俄国文学), Т. 5, М.: Христианская Литература, 1999,С. 345—476..

[9]《瞿秋白文集》(三)，第1482、1483、1692页，人民文学出版社，1953。

[10]《阿英全集》第2卷204～271页，安徽教育出版社，2003。

[11]杰西·卢茨著，曾钜生译:《中国教会大学史》，第45页，浙江教育出版社，1988。

[12]参见中国史学会编《戊戌变法》(一)，第452、453页，北京神州国光社，1953。

[13]See Sergei Pushkarev, *Christianity and Government in Russia and Soviet Union Reflections on the Millennium* (俄国和苏联的基督教与政府对千禧年的反应)London: Westview Press, 1989,P. 56.

[14]《列宁全集》中文第2版，第39卷303页；第46卷368页。

[15]Dimity Pospielovsky, *The Russian Church under the Soviet Regime*, 1917—1982(在苏维埃政权下的俄国教会). New York: St. Vladimir's Seminary Press,1984,P. 37.

[16]叶夫多基莫夫著，杨德友译:《俄罗斯思想中的基督》，第28、31页，学林出版社，1999。

[17]C. 布尔加科夫著，徐凤林译:《东正教——教会说概要》，第213、214页，商务印书馆，2001。

[18]安德列·纪德著，郑超麟译:《从苏联归来(附·答客难)》，第68、69页，辽宁教育出版社，1999。

[19]《鲁迅全集》第8卷411、412页，人民文学出版社，1991。

[20]《阿英全集》第1卷44、45页，安徽教育出版社，2003。

[21]Д. Мережковский, *Л. Толстой и Достоевский. Вечные спутники* (托尔斯泰与陀思妥耶夫斯基·永远的伴侣). М.: Республика,

1995,C. 145、146.

[22]钱穆:《现代中国学术论衡》,第 8 页,三联书店,2001。

[23]《顾准文集》,第 352 页,贵州人民出版社,1994。

[24]参见江丕盛《自然科学与基督教神学对话的知识论意义》,载何光沪、许志伟主编《对话二:儒释道与基督教》,第 355 页,社会科学文献出版社,2001。

[25]参见罗素著,徐栾春等译《宗教与科学》,第 2、77 页,商务印书馆,1989。

[26]参见 A. N. 怀特海著,何钦译《科学与近代世界》,第 1 页,商务印书馆,1959。

[27]《爱因斯坦文集》第 1 卷 281~283 页,商务印书馆,1979;第 3 卷 253、182 页。

[28] C. Kuperfer, *Education in China*(中国教育)// The Chinese Recorder Vol. 17 (1886),P. 421.

[29] See D. Seffield, *Christian Education in Relation to Educational Reform in China*(与中国教育改革相关的基督教育)// Records of the Fourth Triennial Meeting of the Educational Association of China Held at Shanghai, May 21—24,1902,PP. 57—58.

[30]See E. Burton, The Educational Situation in China // Records of the Sixth Triennial Meeting of the Educational Association of China Held at Shanghai, May 19—22,1909,P. 124.

[31]分别参见《出版史料》1991 年第 2 期、1992 年第 2 期。

[32]《新青年》第 7 卷第 5 号(1920 年 4 月)。

[33]参见《少年中国》杂志第 4 卷第 7 期(1923 年 9 月)。

[34]E. 希尔斯著,傅铿等译:《论传统》,第 174 页,上海人民出版社,1991。

[35]《鲁迅全集》第 4 卷 250 页,人民文学出版社,1991。

[36]参见《少年中国》第 3 卷第 2 期(原文无标题)(1921 年 9 月)。

[37]T. S. 艾略特:《基督教与文化》,第 205 页,四川人民出版社,1989。

[38]参见《小说月报》第 13 卷第 10 号。Mathew Arnold(马修·阿诺德,1822~1888)系英国著名诗人和文化批评家。

[39]《陈独秀文章选编》(上),第 482 页,三联书店,1984。

[40] See Dinko Tomasic, *The Impact of Russian Culture on Soviet Communism*(俄国文化对苏维埃共产主义的影响). *Illinois*,: The Free Press,1953.

[41]《鲁迅全集》第 10 卷 411～413 页,人民文学出版社,1981。

[42]普实克著,李燕乔等译:《普实克中国现代文学论文集》,第 209 页,湖南文艺出版社,1987。

[43]参见林毓生《中国传统的创造性转化》,第 147～158 页,三联书店,1988。

[44]《独秀文存》第 1 卷 136～139 页,亚东图书馆,1922。

[45]转引自严家炎《五四的误读》,第 19、20 页,福建教育出版社,2000。

[46]参见《新青年》第 3 卷第 3 号(1917 年 5 月)。

[47]参见《新青年》第 5 卷第 6 号(1918 年 12 月)。

[48]参见沈雁冰《近代文学体系的研究》,载《新文学》1921 年 12 月号(后收入《中国文学变迁史》)。

[49]普实克著,李燕乔等译:《普实克中国现代文学论文集》,第 81～93 页,湖南文艺出版社,1987。

[50]Лихачев,Русская культура(俄罗斯文化史)Т. 1, М. :《Рус. куль. язык》, 2000,С. 725－731.

[51]О. Платонов, Русская цивилизация(俄罗斯文明). М. : Роман－газета, 1995,С. 19.

(原文载《东方丛刊》2009 年第 2 期)

苏俄文化之于20世纪中国何以如此有魅力

其实，俄国在中国现代性建构过程中所起的作用，远不限于给中国现代文学发展提供了丰厚的资源这一方面，更重要的是给中华民族建构独立的民族国家输入了指导思想：这便是经由列宁主义为中介的俄国马克思主义和社会主义，以及运用这种马克思主义分析社会问题和文学问题的方法。

说到马克思主义，据丁守和先生考证，20世纪初梁启超已经在《新民丛报》上介绍过马克思。不久，《译书汇编》、《中国日报》、《国民日报》和《东方杂志》等近20种重要报刊开始译介马克思理论，尤其是梁启超和马君武等人对马克思的经济学说、阶级斗争论、唯物史观和社会主义理想等译介的贡献更为显著。[1]问题是，这些直接来自西文的译介更多的是作为知识形态存在的，并没有对中国产生社会性效应，作为在中国有社会影响力的马克思主义是在五四新文化运动中形成的，而在中国产生实际意义的是俄国马克思主义，即实行新经济政策之前的苏维埃国家意识形态的列宁主义，而不是来自德国的经典马克思主义。俄国马克思主义在中国广泛传播并发展为国家意识形态，不仅是俄国马克思主义者以实际行动号召世界人民进行反对帝国主义的"世界革命"，既体现"西方世界"的分裂，又符合了中国人对西方爱憎交加的心态，这根源于复杂的原因和过程：中国实践马克思主义在很长时间内不是对德国马克思学说本身的自觉需求，而是因为列宁主义在中国更有实际指导意义和可操作性，苏俄社会主义于中国更有亲近感，而且这种情形属于中国关心俄国政治革命并全方位认同苏俄的自然延伸。

事实上，中国关注俄国社会革命远不是从十月革命开始的。从上文陈独秀的《俄罗斯革命与我国民之觉悟》可以看出，中国对俄国二月革命已经抱有很高的认同性期望。同时，李大钊据日文报纸《时事新报》所提供的资料而于

1917年3月19～21、27、29日在《甲寅》上连续发文《俄国共和政府之成立及其政纲》、《俄国大革命之影响》和《俄国革命之远因近因》，陈述了俄历1917年2月发生以共和制替代帝制之革命的情形，并仔细分析其原因，包括俄国新旧思想斗争，虚无主义盛行，德国官僚主义之输入，革命文学之鼓吹，农民困苦，皇帝专断，官僚反动派之跋扈，杜马上院右派党复活，守旧派反对国会、工党之缘故，面包之缺乏等，如论及深刻影响二月革命的俄国文学曰，"亦即革命文学也，其各种作者无不以人道主义为基础，主张人性之自由发展、个人之社会权利，以崇奉俄国民生活之内容"。另外，李大钊还关注这次革命对世界和中国的影响，"俄人以庄严璀璨之血，直接以洗涤俄国政界积年之宿秽者，间接以灌润吾国自由之胚苗，确认专制不可复活、民权不可复抑、共和不可复毁、帝政不可复兴，即彼貌托共和之'官僚政治'，于今亦可不尝试，今吾更将以俄国革命成功之影响，以原俄国共和政治之势力，此因果之定律，报偿之原则，循环往复，若兹其巧，或即异日中俄两国邦交日笃之机缘欤"，断言二月革命警示中国再鼓吹"官僚政治"和"贤人政治"已不合时宜，因为共和趋势不可挡。[2]进而，针对十月革命俄国政权易手"激进社会党"而导致俄国"悲观"、吾帮"多窃窃焉为之抱杞忧"之势，李大钊又写下著名的《法俄革命之比较观》(1918)，称"俄国今日之革命，诚与昔者法兰西革命同为影响于未来世纪文明之绝大变动。在法兰西当日之象，何尝不起世人之恐怖、惊骇而为之深抱悲观。而后法人之自由幸福，即奠基于此役。惟其法人，19世纪全世界之文明，如政治或社会之组织等，罔不胚胎于法兰西革命血潮之中。20世纪初叶以后文明，必将起绝大之变动，其萌芽即茁发于今日俄国革命血潮之中，一如18世纪末叶至法兰西亦未可知。今日俄国革命抱悲观者，得毋与在法国革命之当日为法国抱悲观者相类欤……俄罗斯革命是20世纪初之革命，是立于社会主义上之革命，是社会的革命而并著世界的革命之彩色者也。时代之精神不同，革命之性质自异，故迥非可同日而语者。法人当日，故有法兰西爱国的精神，足以维持全国之人心；俄人今日，又何尝无俄罗斯人道的精神，内足以唤起其全国之自觉，外足以适应世界之潮流，尚无是者，则赤旗飘飘举国一致之革命不起。且其人道主义之精神，入人之深，世无伦比。数十年来，文豪辈出，各以其人道的社会的文学，与其专擅之宗教政治制度相搏战。迄今西伯利亚荒寒之域，累累者固皆为人道主义牺牲者之坟墓也。此而不谓之俄罗斯人之精神殆不可得。法人当日之精神，为爱国之精神，俄人之今日精神，为爱人的精神。前者根于国家主义，后者倾于世界主义；前者恒为战争之泉源，后者足以为和平之曙光”。[3] 1922年11月8日《晨报》刊文《昨天的苏俄纪念会真热闹》，报道7日北京各团体三千余人在北大集会纪念苏俄十月革命，被公推为主席的李大钊发表演讲称，“苏俄革命的历史及对于世界的影响，有四种好处：无产阶级专政；剥夺压迫阶级的言论出版权；红军；恐怖主义”。同时，在《独秀文存》卷二之文《20世纪俄罗斯的革命》(1919)中有言，“英、美两国有承认俄罗斯布尔什维克政府的消息，这事如果实行，世界大势必有大大的变动。十八世纪法兰西的政治革命，二十世纪俄罗斯的社会革命，当时的人都对着他们极口痛骂；但是后来的历史学家，都要把他们当作人类社会变动和进化的大关键”；[4]《独秀文存》卷三有文《俄国精神》称，“黄任之先生说：中国人现在所需要的，是将俄国精神、德国科学、美国资本这三样集中起来。我以为我们尚能将俄国精神和德国科学合二为一，就用不着美国资本了，但是中国人此时最恐怖的是俄国精神、所最冷淡的是德国科学、所最欢迎的只有美国资本”，[5]尽管作者在此没有明说何谓最恐惧的“俄国精神”，实则指暴力革命。陈独秀得知俄国温和派人物克伦斯基致电列宁说他的思想渐渐和布尔什维克接近的消息时，便提出“世界上温和的人都要渐渐的激烈起来了，这是什么缘故”[6]的疑问，显出其对暴力革命的向往。更有甚者，胡愈之的《劳农俄罗斯之改造状况》(1920)热情洋溢地塑造了有亲和力的新俄形象，包括给劳动者以言论自由、解决劳动者就业问题和改善就业条件、改革司法制度及其带来的积极效果、改造教育状况和卫生等方方面面。[7]

除了对这种呼唤革命和新制度的意识形态的认可之外，罗素访华演讲时发表了大量涉及苏俄的印象记和马克思主义论，也加强了中国对新俄的认同。罗素访华演讲是现代中国生成过程中的重要事件，《民国日报》派记者跟踪报道罗素在华行程：1920年11月9日发文《布尔什维克与世界政治——罗素在湖南演讲》称，罗素把布尔什维主义视为一种倡导平均分配和人人劳动并对生活有希望、主张国有化与和平主义、废除重商主义等理想的宗教，因为“资本主义已到末路，世界的将来，布尔什维克正好发展，推倒资本主义”，“资本主义总会失败，布尔什维克可以发展”；并用亲身经历莫斯科秩序井然的事实，反驳那些关于赤俄内地毫无秩序和外人去了会有生命危险的谣言或其他攻击布尔什维主义的不实之论；还辨析了俄国布尔什维克革命，“马克思认为工商业发达，社会革命才能成功，但今日世界以美国最为发达，如此看来布尔什维主义应该发生在美国。俄国工商业不发达，就不至于发生布尔什维主义了。然而，美国应该发生而没有发生，俄国不应该发生却发生了，我想马克思复活了也不能理解”，“我虽然相信共产主义是一种好学说，我虽信那是文化的进步，但我想必用渐进方法实行这主义，不必用强硬手段压制他们”。11月29日刊载《布尔什维克的思想——罗素在北京女子高师学生自治会上的演讲》，罗素在此称“人们反对布尔什维主义之处，正是布尔什维克最高尚最好的地方。如果布尔什维克把招人反对的最好及最高尚处着实地实行下去，确实是一种很好的事情。所以，我以为布尔什维克之所以为人所恨、招人反对者，并不是因为它的罪恶和不好之处，却正是布尔什维克的功德极好之处。因为布尔什维克的罪恶和坏处，世上完全统有，彼的好处却为世上所没有……据我想来，除了共产主义之外就不能给女子以应享的权利及应得的位置了。在苏俄男女间的关系，可以说比世界上哪国男女间的情形要好，虽然也许是俄国民族的天性如此，却也因为布尔什维克的好处。但是除了共产主义制度，此外便没有比这个好的经济制度，可以使男女平权了”，“我希望世界上文明各国应当来辅助俄的好意，才能保守自古以来的文明。我更希望世上各个文明国，都应该以这种大好新主义来实地试验”。罗素访华演讲虽不敌杜威那样有影响力，但引发的争论表明其效果不可低估：胡愈之在《东方杂志》发表《革命与自由》（1920年11月），积极为罗素的苏俄言论辩护，赞同他游俄归来后在华的演讲或答记者问的有关内容（俄国现行制度乃社会主义代替资本主义之明证，俄国革命领袖之才智与其毅力不可蔑视；俄国单独采用新制度，引起国际社会关注和帝国主义反对，其结果使俄国政府不能不用武力，而武力之结果不免丧失革命之本义，真自由真幸福反不可期矣），“俄国政治改造之成功，亦不能分为武力革命之结果。俄国文学者、哲学者，以精神的训练砥砺其国民。殆已百年于兹，至此次革命而始食其果。俄国今日所以能有多数不慕利禄，忠于主义之共产党，罗素之所述，亦何莫非精神熏陶之功。故俄国革命之成功，与其谓为托洛茨基和列宁之力，不若谓为赫尔岑、陀思妥耶夫斯基、高尔基之力也。吾中国改造之方法，武力革命乎？平和的文化运动乎？在今日犹徘徊歧路，无所适从。兹得聆罗素先生之名论，知久经文化熏陶之俄国，犹且因采用武力之故，不能达改造之鹄，亦可以知所取舍矣”。[8]在《罗素新俄观的反响》（《东方杂志》1921年4月号）中称罗素的《布尔什维主义的理论与实践》和在中国发表的游俄观感，“对于俄国革命的英国及其内容，阐发得非常出透，凡是关心俄事的人，看了没有不佩服的”。虽然美国有人称罗素是共产主义者，但俄共中央委员拉狄克反对罗素的和平主义。

正是十月革命和苏俄在中国知识界引起热烈反响，使得“社会主义”、“马克思主义”这些抽象概念在中国变成了具体话语，甚至被提升为分析中国问题的方法。李大钊如是解释十月革命曰，“俄罗斯革命是20世纪初期之革命，是立足于社会主义之上的革命”，[9]“由今以后，到处所见都是布尔什维主义战胜的旗。到处所闻的，都是布尔什维主义的凯歌的声”，“试看将来的环球，必是赤旗的世界”，[10]并声言，缔造这个新世界的指导思想——马克思主义乃是“世界改造原动的学说”，而阶级斗争乃把唯物史观、政治经济学和科学社会主义有机串联起来的马克思主义核心，[11]进而发现“孔子学说所以能支配中国人心有二千年的缘故，不是他的学说本身有绝大的权威，永久不变的真理，配做中国人的‘万世师表’”，而是“因为他是适应中国二千余年来未曾变动的农业经济组织反映出来的产物”，“因为经济上有他的基础”，按马克思观点，即“经济组织一有变动，他们都跟着变动。换句话说，就是经济问题的解决，是根本解决，什么政治问题、法律问题、家族制度问题、女子解放问题，都可以解决”。[12]在长文《俄罗斯革命的过去及现在》(1921)中，李大钊对俄国历史进行了另一种叙述，即1825年十二月党人起义、1861年改革及其引发的自由主义运动和民粹主义运动、1905年革命、1917年革命，这些“俄国革命首领对人民很抱一种热望，把他们的希望放在农民身上，并经常注意村会(village mir 即村社)，一向把它当作未来的理想社会，但是运动愚钝的农民去实行革命是不可能的事情，所以有许多革命的领袖郑重主张‘教育比革命还要紧’……屠格涅夫曾寄书于一热烈的革命家说，‘你想革命的要素存在于人民中，其实恰恰相反，我可以断定革命这样事体，从他的真意思、最大的意思解释起来，只存在于知识阶级的少数人’……当时俄国人民总有一亿农民，极其守旧，故革命运动的事也不能不担在少数知识阶级的肩上……大俄罗斯自成一部，或存或亡都为一体，在其六千万人口中约有10%是构成俄罗斯革命的要素的，其余都与革命无关……俄罗斯中心只是俄国一部分，而在大俄罗斯革命的中心势力又只在大俄罗斯全人口中少数的知识阶级”，1917年后俄罗斯革命的无政府主义和虚无主义派已经不成为重要元素，“自由主义派、社会主义派是近年来促进俄国革命的两大势力”，在介绍劳农政府组织及其中心人物方面主要是列宁，此外还有卢那察尔斯基、托洛茨基、布哈林等8人(没有论及斯大林)。[13]而且，在《社会主义下之实业》(1921)中李大钊还指出，“俄罗斯既是社会主义国家，为何还能振兴实业？单就铁路一端而论，苏维埃政府于过去三年间，添造铁路五千七百俄里。现在还派员四处测绘，预备再筑新路两千俄里，今年年内即可通车……中国共和现在已近十年，添造的铁路在哪里？且俄国于改良农业，开垦荒地，都有切实之计划。中国以农立国，然而农业腐败得不堪过问"，进而强调中国"用资本主义发展实业，还不如用社会主义为宜"，[14]此后在《社会主义下的经济组织》(《北大经济学半月刊》1922年1月16日)中，李大钊赞同性地介绍了社会主义经济在生产、流通和消费等各环节上的计划经济特点。

李大钊如此巧妙地把俄国革命与中国实践马克思主义、社会主义的问题联系在一起，大大提升了正面塑造的苏俄形象，也激发了国民关注苏俄革命理论和历史之热诚，新青年很快把反对西方、否定资本主义、对抗私有制的民族主义、民粹主义、无政府主义等当作马克思主义来推崇，并且运用于中国实践。由此，克鲁泡特金的学说在中国风行一时，如《俄国文学的理想与现实》在文学界流行，一系列无政府主义著作尤其是《互助论》则在理论界盛行。《互助论》作为社会主义经典文献最早由周佛海引进(1921年商务印书馆初版)。该书用无政府主义思想叙述社会发展历程，主张人类以互相帮助的本能就能建立和谐的社会，无须建立权威和制度。这原本是俄国民粹主义者借用乡土观念，抵抗外源性现代化运动中政府推行西化、建立国家权威的乌托邦，可是此说在中国却极有影响力：1923年10月出第三版、1926年6月出第四版、1930年《万有文库》第一辑收入该作(重译)、1933年1月出第五版。这广为流传的思想和俄国民粹主义一道召唤着进步青年，毛泽东、周恩来、蔡和森、李维汉等人读了这类书刊，觉得共产主义的美妙远景非常好，应该作为自己的奋斗目标，他们也纷纷为实践这些理想而奋斗，如周作人在《新青年》上介绍日本"新村"试验、毛泽东赞赏岳麓山建设新村、恽代英准备组织这种新村等。特别是李大钊，1919年2月在《晨报》上发文《青年与农村》称，"要想把现代的新文明，从根底输入到社会里面，非把知识阶级与劳工阶级打成一气不可。我甚望我们中国的青年，认清这个道理。俄国今日的情形，纵然纷乱到什么地步，他们这回革命，总算是一个彻底的改革，总算为新世纪开一新纪元……他们有许多文人志士，把自己家庭的幸福全抛弃了，不惮跋涉艰难辛苦，都跑到乡下的农村里去，宣传人道主义、社会主义的道理……在那阴霾障天的俄罗斯，居然有他们青年志士活动的新天地，那是什么？就是俄罗斯的农村。我们今日中国的情况，虽然与当年的俄罗斯大不相同，可是我们青年应该到农村里去，拿出当年俄罗斯青年在农村宣传运动的精神，来做开发农村的事情，是万不容缓的”，中国是农业国，劳工阶级的主体是农民，农村黑暗、愚昧，民主政治精神无法深入，现代青年去农村可以大有作为，在都市里待下去反而会平庸，故热切呼唤："在都市里漂泊的青年朋友们！你们要晓得，都市上有许多罪恶，乡村里有许多幸福；都市的生活黑暗一方面多，乡村的生活光明一方面多；都市上的生活几乎是鬼的生活，乡村中的活动全是人的活动；都市的空气污浊，乡村的空气清洁。你们为何不赶紧收拾行装，清结旅债，还归你们的乡土？……只要知识阶级加入了劳工团体，那劳工团体就有了光明；只要青年多多的还了农村，那农村的生活就有了改进的希望；只要农村生活有了改进的效果，那社会组织就有了进步了"；[15]1919年7月，他又在《每周评论》上著文《阶级竞争与互助》，用"互助论"来补充阶级斗争学说，说"这最后的阶级竞争是改造社会组织的手段，这互助的原理是改造人类精神的信条"；《我的马克思主义观》也隐含着类似思想。可以说，这些既不是经典马克思主义，也不是强调社会建设的列宁主义，而是主张革命的布尔什维主义、民粹主义、无政府主义、民族主义和来自日本马克思主义之混合，由此在意识上逐渐远离了科学与民主的启蒙精神，瞿秋白称新文化运动"非劳动阶级为之指导而不能成就"（《新青年·新宣言》）、邓中夏断言新文学是"惊醒人们有革命自觉的最有效用之工具"（《贡献于新诗人之前》），这些逐渐成为流行观念，由此无暇分别马克思主义、列宁主义与无政府主义思潮之差别。[16]五四新文化运动高潮过后，这种情形几乎改变了要急切变革中国的知识界的结构。1931年，杨东蕙在《本国文化史大纲》如实描述了这样的分化："不到几时，《新青年》受了苏俄革命的影响，便断片地介绍了马克思的学说；而李大钊竟在北大讲授唯物史观。后来思想分野，李大钊和陈独秀便信奉马克思主义，而成为中国某某党的指导人物；胡适之一派便信奉杜威的实用主义，提出'多研究些问题，少谈些主义'的口号"，[17]即中国进步知识界发生马克思主义与自由主义的分裂。

十月革命、苏俄新文学和俄国马克思主义在中国赢得了极大的声望，也促使人们去热情地想象苏俄政权领导人列宁。1918年创刊的《每周评论》在其发刊词中郑重声明，三年前中国认为，美国总统威尔逊是"世界第一好人"，现在北大进行"世界第一伟人"民意测验，497张票中列宁独得227票居第一，第二位的威尔逊仅得51票；列宁去世（1924年1月24日）引发了中国人关注列宁的又一轮热潮，一周后恽代英便在《中国青年》第16期上发文《列宁与中国的革命》，塑造了一个有知识、有能力、有品格的革命家和学者形象的列宁，认为这是一个对中国革命很有指导意义的列宁；3 月 15 日出版上海大学学生主办的《孤星》旬报第 4 期发表"追悼列宁专号"（陈独秀之文《列宁之死》便刊于其中）；3 月 16 日一批知识分子在北京集会追悼列宁，李大钊发表演讲，题为《列宁不死》，为列宁之言"苟能成就世界革命，即使俄罗斯民族蒙莫大的牺牲，所不敢辞"激动不已。[18]在列宁逝世周年纪念日，陈独秀在《向导》周报第 99 期发文《列宁与中国》，塑造了一个同情中国、支持中国革命的国际无产阶级领袖形象。与此同时，胡愈之在《东方杂志》上连续发文《列宁与威尔逊》，一方面介绍美国总统威尔逊的主张及巴黎和会十四条如何成为谎言、自由主义如何破产，另一方面介绍列宁如何从"过激派乱党"头领成为国际无产阶级领袖，在对比中强有力地张扬了列宁的伟大；《诸名家的列宁观》汇集了高尔基、英国社会主义作家和《先驱日报》主笔 G. Lansbury（兰斯伯雷）、法国工团主义者 G. Sorel（沙列尔）、英国学人罗素、俄侨 C. Rappaport（拉巴洛尔特）等人的列宁观，这些或者源于他们与列宁交往所得的直观印象，如在高尔基看来，"列宁一生的大志，是在把全世界的劳动者，从奴隶制和资本主义拯救出来，以建立大同社会，'世界是我的祖国，全人类是我的兄弟，行善是我的宗教'，这几句著名格言就是列宁的座右铭……列宁乃世界上最受人恨的人，也是世界上最受人爱的人……我这样描写列宁，可不是因为我同意于他的一切主张——有许多基本事情，我却不能同意——不过因为我知道他是一个好人，是一个言行相符的好人"；罗素莫斯科之行和列宁有直接交往，发现他英文很好（不需要翻译），"他好像一个大学教授，一方面希望人家对于他的学说能够了解，另一方面因为人家误解他的学说或反对他的学说，又非常气愤；大学教授极喜欢向别人讲道理，列宁也是这样。我觉得他对大多数人都看不上眼，他简直是一个文化贵族……据我猜想，他具有这般能力，是从诚实、勇敢、坚定的信仰——就是对马克思福音的信仰，这种福音很可以替代基督教殉道者对极乐园的希望，不过利己观念比较少一点罢了——这几种好处得来的"；拉巴尔德说，"和列宁相识于巴黎会议上，当时我对于这位劳农政府领袖所得的最深印象是他的思想的清楚与坚定"。《列宁及其后》认为列宁无论功过如何，但对于当代和未来世界的影响可能没人能与之相比，"列宁的革命事业可以说已做到六七分，还剩着三四分，后人只需要遵着列宁的遗规干去就是了"。[19]1926 年 1 月 21 日北京各届六百余人云集北大纪念列宁去世两周年，事后《政治生活》杂志第 66 期推出

《列宁逝世二周年纪念大会纪实》，李大钊发表演说，“因列宁先生想到中山先生”并对他们的革命精神、毅力和影响力等进行了比较，称“列宁精神就是中山精神，就是革命者精神！我们应该服膺这种精神！列宁主义是帝国主义时代无产阶级革命的理论与策略。中山主义是帝国主义时代被压迫民族革命的理论与策略。在理论上，中山主义与列宁主义是可以联合成一贯，策略上是能连贯一致的。所以列宁主义者可以说就是中山主义者，中山主义者就是列宁主义者！他们的主义同是革命的主义。假如中山生在俄国，他一定是列宁；假使列宁生在中国，他也一定是中山！他们主义表面看起来不同，实在是环境的不同。中山与列宁的目的相同，可惜乎环境不让他实现得如列宁那样成功！他最初想联合菲律宾，先帮助他们革命成功，再来实现中国的革命。中国国民党最初有日本的革命党人。这都是他联合世界革命的表现，与列宁的主张相同……现在无论列宁主义者或中山主义者都不应该两下分离！在座的同志们，你们不管是列宁主义信徒，中山主义信徒，应该紧紧的联合起来！”[20] 而李大钊的这种类比，其实 1925 年 4 月 6 日张闻天发表的《追悼孙中山先生》(重庆《南鸿》周刊第 2 期)已尝试了，并在比较两人留下的不同遗产(统一的苏维埃和分裂的中国)中呼唤俄式革命。很有亲和力的列宁形象就这样生成了！以后把列宁主义—斯大林学说作为马克思主义一个部分的做法也就不令人意外了：陈独秀称，“列宁主义自然就是马克思主义，然而马克思主义到了列宁，则更明了确定了，周密了，也扩大了……世界上一切被压迫的殖民地即被压迫的国家，他们的民族运动，只有依照列宁这样伟大的周到的意见而行，才能够彻底的解决，才能够得着真正的自由，这是一件最明白无疑的事”，孙中山在临终致苏联遗书中也有同感，认为苏俄“是自由的共和国大联合之首领，此自由的共和国大联合，是不朽的列宁遗于被压迫民族的世界之真遗产”，并希望国民党能按这个规则进行民族革命运动。[21] 进而，莫斯科中山大学和共产国际、倡言“国家是阶级斗争不可调和的产物”的列宁之作《国家与革命》(1930 年上海中外研究学会翻译出版)、重新设计“马列主义体系”《辩证法唯物论教程》(1931 年在米丁领导下共产主义科学院列宁格勒分部为苏联党校及高校编撰的教材，1936 年延安翻译出版该作)和《联共(布)党史简明教程》(1939 年中国出版社初版、1948 年时代书报出版社再版、1949 年上海中国出版社和北京解放社出版干部读本)、把计划经济等同于社会主义的斯大林之作《苏联社会主义经济问题》(1952 年人民出版社)等等，对中国产生难以估量的影响也就自然而然了。

更为重要的是，对列宁的认同，延伸出把苏俄首先是维护自己利益的国际共运原则当作经典马克思主义而加以确认，并相信劳农新政府是按这种国际共产主义原则无私处理中国问题的。1919年7月25日的《苏俄第一次对华宣言》和第二年9月27日的《苏俄政府第二次对华宣言》引起中国社会的激动，特别是苏俄利用共产国际原则促成了中国第一次国共合作后，不少人更相信苏俄对华的诚意，如孙中山称苏俄"不但没有侵略各国的野心，并且抑强扶幼，主持公道"。[22]周作人在那篇著名的《文学上的俄国与中国》中称，"俄国从前以侵略著名，但是非战的文学之多，还要推他为第一。所谓兽性的爱国主义，在俄国是极少数；那斯拉夫派的主张复古，虽然太过，所说俄国文化不以征服为基础，却是很真实的"。[23]1923年1月16日，孙中山与苏俄政府在华代表越飞签署的《孙文越飞联合宣言》宣称，"孙逸仙博士以为共产组织，事实均不能引用于中国。因中国并无使此项共产制度可以成功之情况也。此项见解，越飞君完全同感。且以为中国最要最急之问题，乃在民国的统一之成功，与完全国家的独立之获得。关于此项大事业，越飞君并确告孙博士，中国当得俄国国民最炙热之同情，且可以俄国援助为依赖也"，并同意中东铁路共管，特别是"越飞君正式向孙博士宣称，俄国现政府绝无亦从无意思与目的，在外蒙古实施帝国主义之政策，或使其与中国分立，孙博士因此以为俄国军队不必立时由外蒙撤退"。[24]瞿秋白的《赤都心史》(1923)热诚记录了卢那察尔斯基的东方观："因为俄国跨欧亚，和东方古文化素有接触；革命前俄国境内各民族也是被压迫的，对于'东方'极有同情。况且苏维埃俄国不像其他欧美各国妄自尊大，蔑视东方，我们是对于东方各民族极端平等看待，对于他的文化尤其有兴趣。现在极注意于促进两民族的互相了解，采用他的文化，已经设一东方学院。东方文化之'古'、'美'、'伟大'、'崇高'，诗文哲学，兴味浓郁"。[25]这年底，陈独秀发文《苏俄六周(年)》全面反驳国内非俄之言，断称新俄不会侵略中国和世界、苏俄社会各方面都在趋向完美，而且"我们革命十二年如今越闹越糟，俄罗斯革命才六年，为什么能有这样的建设？主要的原因是有一个几十万人的过激党，负了为国家由破坏而建设的大责任同心戮力的干。所以疑谤苏俄的人，每每只是疑谤苏俄的过激党；可是感佩苏俄的人，也应该首先感佩苏俄的过激党"。[26]1924年底，李大钊在苏俄感受到新俄和红色国际对中国革命的同情，从而更坚信苏俄奉行的是淡化民族国家观念的国际共运原则。[27]更为重要的是，1928年8月底在莫斯科举行的共产国际"六大"第四十三次会议上通过了一项东方各国共产党关于苏联社会主义建设问题的声明，这是瞿秋白起草的："作为全世界无产阶级祖国的苏联的发展问题，即苏联社会主义建设问题，是国际共运极为重要的问题……苏联是世界无产阶级革命运动的中心，是民族解放运动、殖民地反帝起义和反帝战争的中心"。[28]中国不仅在理论上如此憧憬苏俄，而且在中俄关系所遭遇的实际问题上，中国进步知识界也是这样乐观。针对《中俄解决悬案大纲协定》签订未果事件，陈独秀于1924年3月在《中俄会议之成败》(《向导》周报第58期)中评述会谈破裂事件，"好的方面是：蒙古人民免得马上要受中国军阀的统治及中国兵的奸淫焚掠；在中国兵未去之前，他们可以多得时间充分准备抗斗自卫的武力"，在《评中俄协定》(《向导》周报第59期)中继续称，"对于这次中俄协定，也有一点不满意，就是苏俄承认中国在外蒙之主权，轻轻将外蒙独立的国民政府否认了。或者苏俄也有一种苦心，以为蒙古独立的力量还不充分，与其放任了为帝国主义的列强所取，不如归之中国，中国的侵略力量究竟不及列强"，在《向导》周报第68期发文《中俄协定签字后之蒙古问题》(1924)，更强烈反对这种把外蒙归还中国的协定。以至于当1925年发生苏俄是友是敌的大争论时，张溪若指出，"在近日人人对这个重要问题不敢有所表示的时代"，《晨报》敢站起来发表反对意见，"令人非常钦佩"(1925年10月8日《晨报副刊》)，尽管事实上，苏俄对华政策首先是要解决新生苏维埃共和国的安全和生存、自己的国家利益问题，其次才是国际共运，即列宁的共产主义思想和国际共运原则在劳农新政权中落实的程度并不高。

在塑造"革命"、"进步"和"正义"的苏俄或列宁形象中，苏俄社会主义实践和列宁思想几乎全部被视为马克思主义的新发展。由此，列宁关于文化和文学的论著，尤其是关于列夫·托尔斯泰之论和《党的组织与党的出版物》，在中国产生了异乎寻常的影响力，远远超出了文学批评和文学理论的疆域。托尔斯泰作为俄国伟大作家之一，从1870年代以来就成为社会焦点人物，尤其是在他八十寿辰和1910年去世之际更是出现了解读这位作家的热潮，包括普列汉诺夫之《托尔斯泰与自然》、勃洛克之《俄罗斯的太阳》(1908)、梅列日科夫斯基之《列夫·托尔斯泰与教会》(1908)和《列夫·托尔斯泰与革命》(1908)《托尔斯泰与陀思妥耶夫斯基》(1909)、罗赞诺夫之《托尔斯泰》和《两个伟大世界之间的托尔斯泰》(1908)、维·伊凡诺夫之《托尔斯泰与文化》(1911)等，这些都是极其深刻解读托尔斯泰的力作。其中，伊凡诺夫称"列夫·托尔斯泰离家出走了，很快的也就离开了人世，——这是整个人的两次最终解脱，也是一个人的双重解放——引起千百万人心灵的最虔诚的震撼”。[29]尤其是，梅列日科夫斯基在《托尔斯泰与布尔什维克主义》(《公共事业》1921 年 1 月总第 189 期)中更深刻地指出，托尔斯泰与布尔什维克革命之间存在复杂的关系，“在伦理学上，托尔斯泰并不站在布尔什维克一边，因为他是‘勿以暴力抗恶的’，绝对否定暴力的，而布尔什维克是绝对的暴力分子。但是，否定暴力把托尔斯泰与布尔什维克区别开来了，在同等程度上与我们区分开来了：要知道，我们并不否定强力，我们是用暴力抗恶的。所有问题在于程度上：布尔什维克的暴力是无限的，而我们的暴力是有限的”，“在社会学和政治学上，托尔斯泰是‘资本家’和‘地主’，他的所有欲望就是旧俄罗斯的欲望。但是他破坏了这个欲望，就像布尔什维克一样如此毅然决然地粉碎、灭绝了这个欲望”，“在美学和形而上学上托尔斯泰是最切近布尔什维克的……否定任何文化，力求简易、平凡，最终是野蛮意志”，“兴奋的破坏即兴奋的建设：这就是巴枯宁、列宁、托尔斯泰、普加乔夫、拉辛等人的永恒俄罗斯(вечнорусское)”，“俄罗斯的‘野蛮意志’是否能创建全世界意志呢？可能的。在俄国是托尔斯泰，在欧洲是卢梭。卢梭和托尔斯泰是两次革命的起因”，“托尔斯泰和谁同在——这个问题只有在宗教中才能解决。因为我们只要远离了宗教，他也就离我们而去；当我们不回归宗教的时候，他也就不会回到我们身边”，“‘勿以暴力抗恶’在伦理学上是令人疑惑的真理，而在宗教上则是毫无疑义的。从布尔什维克的暴力到孟什维克的暴力走的都是这条道，而宗教目的则绝对否定暴力的”。[30]由此可见，在这众多有价值的声音中，列宁的五篇托尔斯泰论是其中的重要论述之一。可是，现代中国从 1920 年代开始就只是注意到了列宁的文章并多次翻译之，如郑超麟 1925 年就译出《托尔斯泰与当代工人运动》刊于《民国日报・觉悟》(是年 2 月 12 日)，《文学周报》第 333、334 期合刊(1928 年 9 月 9 日)作为“托尔斯泰百年纪念特别号”收录有胡剑译的《托尔斯泰论》，是年嘉生(彭康)译出《托尔斯泰——俄罗斯革命的明镜》(《创造月刊》第 2 卷第 3 期)，两年后何畏又重译该作(《动员》第 2 期，1930 年 9 月)，1933 年 1 月胡秋原又再译《俄国革命之镜的托尔斯泰》(《意识形态季刊》1933 年第 1 期)，是年 5 月北平的《文学杂志》第 1 卷第 2 期刊发了陈淑君译的《托尔斯泰论》(包括《托尔斯泰是俄国革命的镜子》、《托尔斯泰》、《托尔斯泰与劳动运动》和《托尔斯泰与时代》等)，12 月何思敬翻译了《L. N. 托尔斯泰与他的时代》(《文艺月刊》第 1 卷第 3 期)，

1934 年瞿秋白翻译了《列甫·托尔斯泰像一面俄国革命的镜子》(《文学新地》创刊号),1937 年初上海亚东图书馆所出版的《恩格斯等论文学》(赵继芳译)中收录有列宁论托尔斯泰的三篇文章,1943 年戈宝权系统翻译了《列宁论托尔斯泰》(连载于重庆《群众》周刊第 8 卷第 6、7 期合刊至第 10 期),1947 年北泉翻译了列宁的《论托尔斯泰》(《苏联文艺》月刊第 26 期)等等。而其他很有价值的托尔斯泰之论基本上无人关心,对托尔斯泰作品在十月革命后曾被查禁之事也没特别在意,尽管周作人在《托尔斯泰的事情》(1924)中已提及此事:"托尔斯泰著作被俄国社会主义政府禁止,并且毁书造纸,改印列宁著书",当时中国知识界还不相信,"有些人出力辩护,我也以为又是欧美帝国主义的造谣,但是近来据俄国官场消息,禁止乃是确实的"。[31] 对列宁的托尔斯泰之论这类成规模甚至是系统化的翻译,与对其他篇章的翻译相配套,如《党的组织和党的出版物》的汉译文本先后为《中国青年》(1926 年底)、《拓荒者》(1930 年初)、《解放日报》(1942 年 5 月 14 日)、《群众》周刊(1944 年 7 月)等刊印,1933 年神州国光社出版了王集丛翻译的《列宁与艺术》"全部搜集了列宁对于艺术的一切意见,而且把这些意见组成了一个系统的体系"。其实,托尔斯泰超过半个世纪的创作生涯,其文学文本、文艺理论、政论、散文、书信和日记等,连同他作为一个知识分子的声望,共同显示出:他远不只是反映了宗法制农民对传统庄园制度和西式改革的愤怒而又无可奈何的情绪,而且还显示出俄国传统知识分子面对现代化进程的责任感和复杂思考,特别体现出俄国斯拉夫民族认同与基督教原教旨主义之间的融合和冲突并存、现代性在俄国受到地方性的抵抗或传统俄国向现代俄国转化的困难程度等。列宁作为革命家对托尔斯泰的认识,多着眼于作家的现实性意义和社会学价值,而且这方面的深刻性无出其右者,但没来得及顾上作家的知识分子身份、创作中的民族性诉求、超越阶级的现代性和传统性等重大问题,即使是"托尔斯泰主义"也不等同于用宗教理解世界和处理现实问题的落后思想,而是包含有考虑宗教和东方文化应付现代性问题的价值。中国把列宁的托尔斯泰之论作为认识全部托尔斯泰的指导思想,并不断提升这种认识的普遍性价值和根本性意义,又拒绝触及其他人论托尔斯泰的资源和完整的托尔斯泰(为纪念托尔斯泰百年而编辑的全集是 90 卷),这不仅在事实上缩小了托尔斯泰的多方面意义,而且把列宁批评托尔斯泰的创造性方法论价值也简单化甚至僵化了。

也正因为如此,促成了中国引进外国文论的格局不再是世界性的、多元化的，而改为以俄国文论为主体，并且进一步缩小为以苏俄文论为正宗，甚至以为苏俄文学批评和理论一定就是马列主义的。在普罗文学时期，从苏俄回国不久的蒋光慈写了《无产阶级革命与文化》(1924)和《十月革命与俄罗斯文学》(1927)等著名论著，连同茅盾的《论无产阶级艺术》(1925)这类重要篇章，也已经显露出进步知识界对苏俄文论的强烈兴趣，细读这些篇章还可以发现，中国这类倡导普罗文学的著述，基本上是深受苏俄无产阶级文化派之说影响的结果。而郭沫若、成仿吾、蒋光慈、李初梨、冯乃超等创造社和太阳社成员，借助波格丹诺夫的"组织生活"理论、无产阶级文化派尤其是拉普庸俗社会学思想，名义上热情倡导无产阶级文学，结果却在相当程度上推进了中国进步文坛和理论界对"左"倾思潮的热情，五四新文化运动以来的文学及其作者遭到不切实际的批评、否定，挑起革命文学论争，鲁迅等人被迫关注苏俄新文学和理论，由此启动了他和冯雪峰合作编辑的《科学的艺术论丛书》，最初计划 14 种，实际出版了普列汉诺夫的《艺术论》(鲁迅译)、《艺术与社会生活》和《艺术与文学》(冯雪峰译)，卢那察尔斯基的《艺术之社会的基础》和《文学与批评》(鲁迅译)、波格丹诺夫的《新艺术论》(苏汶译)、弗里契的《艺术与革命》(冯乃超译)等 7 种，也因此提高了论争的水平。1930 年初左联成立，随之成立马克思主义文艺理论研究会，开始有计划地从俄文翻译马克思主义文论，于是便有了上文系统引进列宁的托尔斯泰论，尤其是更积极引进"左"倾理论，如冯雪峰译了法捷耶夫那倡导无产阶级文学应该为辩证唯物论而斗争的《创作方法论》(1931)、周扬等人及时引进社会主义现实主义。这些过程，制造了中国式的"马列文论"，诚如向培良的《卢那卡尔斯基论》(1933)所称，"马克思派的艺术论，即以艺术与其他文化政治等同为上层建筑，以经济的生产力为其基础而相应地变化的理论，以马克思主义及布尔什维克的政策为骨干来处理艺术及艺术论，在国内曾一时变得非常流行。以鲁迅等人之努力，此派艺术理论译过来的非常之多，成为艺术底流行物了"。[32] 得益于这场论争，普列汉诺夫受到了特别重视，不仅他的很多文献被译过来了，而且他的思想也得到运用：瞿秋白在翻译普列汉诺夫论易卜生、别林斯基和法国文艺等名家名作基础上写就了《文艺理论家普列汉诺夫》(1932 年，后收于《海上述林》上编)，冯宪章、黄芝威、韩起等人译介了苏联对普列汉诺夫研究之论，鲁迅从日文转译的普列汉诺夫《艺术论》，包括《论艺术》、《原始民族的艺术》和《再论原始民族的艺术》(上海光华书局，1930)，并在此基础上写成了《〈艺术论〉译本序》，称作者乃俄国马克思主义先驱，其《艺术论》为马克思主义艺术理论和社会学美学的古典文献，并肯定文艺作为社会现象是有阶级性的，还把普列汉诺夫唯物主义美学思想“并非人为美而存在，乃是美为人而存在”延伸为中国左翼文艺运动的美学纲领。[33]不过，没人认真分析普列汉诺夫从俄国马克思主义之父转变为孟什维克的原因。胡秋原1929～1930年编著于日本的《唯物史观艺术论——朴列汗诺夫及其艺术理论之研究》(上海神州国光社，1932)是一部专论普列汉诺夫的艺术理论的力作，在“编后记”中甚至把弗里契这位“左”倾理论家视为普列汉诺夫的真正继承者。这些与早年李大钊主持的《晨报副刊》“马克思主义研究”专栏少有马克思本人的经典著作一样(刊载的是日本左翼学者河上肇著的《马克思的唯物史观》)，甚至在理论水平上并不比1903年上海广智书局出版福井准造的《近代社会主义》汉译本更高(当时译者赵必振视之为马克思主义理论)，只不过当时缺乏十月革命的契机而已，这些译介没有产生实际的影响。今天回过头阅读当时颇有影响的“马列文论”译作，包括上文未提及的《伊里几的艺术观》(裘耐夫作，沈端先译，1930)、《文学的党派性》(川口浩作，张英白译，1933)、《伊利奇的高尔基评》(特里方诺夫作，孟式钧译，1936)等篇章，我们可以发现：不少俄文原作早已成为历史陈迹，译作同样问题多多。但这些翻译显示了中国引进“马列文论”的基本格局：不少是经由日文左翼理论家的中介而来的(而日本译者大多是激进的理论家，这点连同日文自身的局限性，使中国的再度转译产生更多的误读)，即使是直接来自俄文的，也少有马克思恩格斯本人的经典作品，基本上是译介和更激进地诠释苏俄无产阶级文学理论。

也正是在这种引进“革命文论”潮流中，苏俄不少人物在中国成了马克思主义文论的著名理论家，如波格丹诺夫(А. Богданов，1873～1928)，这位革命活动家和经济学家之作《新艺术论》由苏汶译出、上海水沫书店作为《科学的艺术论丛书》之三出版(1929年5月初版、第二年再版)，译序称作者乃是运用马克思主义研究艺术的人；卢那察尔斯基更是如此，鲁迅翻译了他的《托尔斯泰与马克思主义》(《奔流》杂志第1卷第7～8期，1928年底1929年初)、《艺术之社会的基础》和《文学与批评》(上海水沫书店，1929)，朱镜我译了《关于马克思主义文艺批评底任务之大纲》(《创造月刊》第2卷第6期，1929年1月10日)等，黎君亮的《卢那卡尔斯基的盖棺试论》(1932)称“他的理论的‘深’与‘博’以及普遍都做到了，但是还不曾完成；这原因，恐怕是社会主义本身没有得到完成的缘故”，“他只是一个发言者、论文家，他阐明了许多片断的真理。但是他没做到的功夫，就是他美学上的理论还付阙如”，[34]一时兴起了卢那察尔斯基热。尤其是弗里契（Вл. М. Фриче，1870～1929），这位试图用阶级论研究西欧文艺和艺术社会学问题的苏俄早期文艺理论家，“在论述美学和现代文学等论述中，采用的是庸俗社会学的方法论”（《苏联百科辞典》及再版本），却在现代中国极有影响：1921 年 8 月胡愈之在《鲍尔希维克（布尔什维克）下的俄罗斯文学》（《东方杂志》第 18 卷第 10 号）中介绍了弗里契文艺学和文学批评的贡献；其力作《艺术社会学》作为庸俗社会学的代表作，在中国广为传播，如上海水沫书店 1930 年出版了刘呐欧译本（作家书屋 1947 年 8 月再版了译作，译者改署天行）、上海神州国光社 1931 年 5 月推出了胡秋原译本，两译者在译本的前言或后记中分别提及弗里契作为学者和马克思主义理论家的伟大，高度赞赏该作乃是与普列汉诺夫研究具有同等价值的马克思主义艺术科学论著，刘氏译本“后记”还称该书在学术价值上是“纪念碑性的”，白苇在胡秋原译本序中称该作乃解决艺术发展这一最难问题的“基础著作”，“研究之细密、资料之丰富，实艺术理论上从未有之大观，本书价值之不可限量”，胡秋原更声称该书是马克思主义艺术理论上的划时代著作。这样的评价很普遍，诸如《萌芽月刊》创刊号（1930 年元旦）刊发了（冯）雪峰所译的《艺术社会学之任务及诸问题》，从译者的正面肯定中可见《艺术社会学》之概要，不管作者在此是用阶级论分析艺术发展史，而主张“艺术是组织社会生活的特别手段”、社会阶级斗争会“由种种形式反映到艺术上来”等，这期创刊号上还刊载了他所翻译的藏原惟人更为“左”倾之作《艺术学者弗里契之死》；而冯乃超、蒋光慈、许幸之分别翻译了弗里契的《艺术家托尔斯泰》、《社会主义的建设与现代俄国文学》、《艺术上的阶级斗争与阶级同化》（载于《文艺讲座》第 1 册，1930 年 4 月），而这些无一不立足于庸俗社会学之作。宋阳（瞿秋白）在《论弗里契》（《文学月报》第 1 卷第 3 期，1932 年 12 月 15 日）中盛赞作者是用唯物辩证法研究文艺科学的第一人，比普列汉诺夫进步之处在于“更彻底地了解文艺和阶级关系”，能在阶级斗争学说中研究艺术，承认阶级斗争学说乃是“马克思主义艺术理论之基础”，批评作者还保留有普列汉诺夫的“科学文艺批评”这种客观主义之不足及追求普遍真理的“逻辑主义”之不足，认为只有党派的文艺批评才是马克思主义的，因为资产阶级立场不许批评家接近事实，而无产阶级党派的立场是最觉悟地了解到无产阶级利益的立场（断言“这是合于客观事实的立场”）。1940 年代这种情形更为普遍，如蔡仪在《弗里契的〈艺术社会学〉方法略论》（上海

《文讯》月刊第9卷第2期,1948年8月)中,批评弗里契有机械论之不足,但他批评的正是这位理论家最有见地之处,即历史发展会出现社会结构循环或类似现象,进而导致艺术类型有重现或对应的可能,褒扬弗里契的"著作可以算作是一座里程碑",但并不在意他在文艺社会学上的不足。

与之相伴随的是,1920年代中期以后,苏联文艺论争和政策在中国几乎得到了与苏俄同等的呼应,并且被国人认为这就是无产阶级文艺的进展:编译数量之大、速度之快、回应之热烈难以言说。任国桢编译的《苏俄的文艺论战》(北新书局,1925年8月版)包括楮沙克的《文学与艺术》、阿威尔巴赫等人的《文学与艺术》、瓦隆斯基的《认识生活的艺术与当代》等,而这些在苏俄也是刚问世不久。编译者在书前"小引"中云,编译本集意在介绍新近苏俄出现的"列夫派"(左翼艺术阵线)、"纳巴斯徒派"(на посту,今译成岗位派)、"真理报"派(苏联官方派)等三派文艺之争的基本情形;鲁迅在"前记"中补充道,即十月革命后印象派(说成是"想象派")和未来派执文坛牛耳、1921年后左翼文学兴盛,认为"列夫"对无产阶级革命艺术的追求很真,对这派信奉理性主义、反对文学的想象性、主张"事实文学"、鼓吹艺术与生产相结合的"社会订货"等,在具体艺术实践上追求先锋主义,但鲁迅没有明确表达见解。据日本马克思主义者藏原惟人和外村史郎的日文本,鲁迅辑译了《文艺政策》(上海水沫书店,1930年6月),包括《关于对文艺的党的政策》(1924年5月联共中央关于文艺政策评议会的速记稿)、《观念形态战线和文艺》(1925年1月无产阶级全俄大会决议)、《关于文艺领域上的党的政策》(1925年7月1日《真理报》)等,还有充满庸俗社会学之嫌的藏原惟人之译序和日本冈泽秀虎之作《以理论为中心的俄国无产阶级文学发达史》(该文基本上是对苏联主流文艺史观的编译,即反对流亡国外的白俄作家和国内同路人作家、肯定"列夫"和"拉普"),对文集中"文学是阶级斗争的强有力武器"、主张唯有苏维埃文学才是最有生命力等极端观念,鲁迅在"后记"中没有明确批评。此前画室(冯雪峰)曾抽译《新俄文艺政策》(上海光华书局,1928年9月),其中的鲁迅译文先在《奔流》上连载,冈泽秀虎之文也由陈雪帆(陈望道)译出连载于《小说月报》第20卷第3~9号(1929年3~9月),洛文翻译了日本上田进之作《苏联文学理论及文学批评的现状》(《文化月报》第1卷第1号,1932年11月),首次把斯大林的"文艺学科的列宁主义阶段"引进了中国。1932年4月23日,联共中央发布《关于改组文艺团体的决议》,决定取消阻碍艺术发展的思想狭隘的无产阶级作家团体

（“拉普”），成立统一的苏联作协，是年10月底11月初，全苏作家同盟组委会召开第一次大会，秘书长吉尔波丁发表题为《十五年来的苏联文学》的报告。很快，华蒂（叶以群）编译了《全俄作家同盟组织委员会》（《文学月报》第1卷第5～6期合刊，1932年12月）、周起应（周扬）编译了《十五年来的苏联文学》（《文学》第1卷第3号，1933年9月），予以积极回应。另外，还直接与苏联作家发生组织上的联系：1927年莫斯科建立“国际革命文学事务局”，把国际普罗文艺统一在共产国际之下（“就像国际共产主义运动有共产国际一样，文学上也要建立文学国际”），解决国际普罗革命文学的发展和组织问题，打算在世界各国建立支部，中国左联被认定为国际革命作家联盟的一个支部——中国支部；1930年，在哈尔科夫举行第二次国际革命作家代表大会，大会向世界各国支部提出，“‘假如帝国主义向苏联作战时，你们怎么办呢？’正确回答是‘保护十月革命，保护苏联’”。尽管中国处境远比苏联要困难得多，萧三作为中国代表出席大会并在给左联的《出席哈尔科夫世界革命文学大会中国代表的报告》中对此作了积极的反应（《文学导报》第1卷第3号，1931年1月9日）。由此，“社会主义现实主义”能在中国被演绎一番也就是水到渠成的事了：1933年茅盾在《读了田汉的戏曲》中提及，田汉《梅雨》除了“‘革命的浪漫主义’之外，还配合这‘社会主义的写实主义’”；[35]上海《现代》杂志第3卷第6号（1933年10月）刊发了华西里可夫斯基之作《社会主义的现实主义论》（森堡译），不久北平《京报·沙泉》刊出式钧之作《社会主义的写实主义地特质》，此乃卢那察尔斯基在苏联作协筹委会上的报告记录（原文《苏联戏剧创作的道路和任务》，后以《社会主义现实主义》为题发表）之摘译，把社会主义现实主义理解为对拉普“唯物辩证法的创作方法”之替代，是马恩所理解的现实主义。期间，唯有周起应（周扬）的《关于“社会主义的现实主义与革命的浪漫主义”——“唯物辩证法的创作方法”之否定》（《现代》杂志第4卷第1号，1933年11月1日），认真阐释了卢那察尔斯基和吉尔波丁等人的社会主义现实主义论，其他的，如吴春迟之译文《社会主义的艺术底风格问题》（《文学》第1卷第6号，1933年12月）、余文生之译文《苏联的演剧问题——论社会主义的现实主义，文学和戏剧》（《文学新地》创刊号，1934年9月）等大部分译文或论文对这个问题普遍语焉不详。此后，同步性译介社会主义现实主义问题讨论、斯大林奖这一苏联国家奖而非世界性奖把丁玲和周立波延揽其中等现象，客观上造成中国文学似乎成为苏俄文学的一种外延扩展的奇特景观。

中国对苏联主流文学和理论的强烈认同很有辐射力：1920年代后期，中国对世界其他国家文学的选择中，左翼文艺占了相当的比重，出现了大批译介各国无产阶级文学的论著，诸如思明的《德国无产阶级革命文学运动的概况》(《文学导报》第1卷第4号，1931年9月)、毛秋白的《现代德国的劳动文学与普罗文学》(上海《新中华》半月刊第1卷第6期，1993年3月)在很长一段时间里影响了人们对德国文学的判断，几乎改变了五四新文化运动初期对德国文学接受的方向。更突出的是对日本普罗文艺铺天盖的译介，诸如鲁迅翻译了片上伸之作《现代新兴文学的诸问题》(1929年2月14日译讫)，陈勺水先后在《乐群月刊》上刊发了天青三郎的《现代的世界作派文坛(二)：最近的日本作家》(1929年第1卷第3期)、青野季吉的《论日本无产阶级文学理论的展开》(1929年第2卷第9期)、本间久雄的《由日本文坛看近来的欧美文坛的优点》(1929年第2卷第9期)等译文，冯乃超还写下了《日本马克思主义艺术理论书籍》(《文艺讲座》1930年第1期)、沈端先写了《九一八战争后的日本文坛》(《文学月报》第1卷第3期，1932年10月)等。实际上，日本左翼文学作品(相当部分已被译成汉语)大多是“宣传”而不是文学，左翼文学理论的领袖人物藏原惟人之思想基本上模仿苏联。进而，国际上其他样式的文学和理论少被正面关注，完整的当代世界文学版图很难再被绘制。

总之，马克思主义在俄国被成功演变为列宁主义并传到中国不久，潘公展便声言，马克思主义“在今日中国仿佛有雄鸡一唱天下晓的情景”，[36]实际指的是中国接受了苏俄职业革命家所热衷、俄国不少自由主义知识分子谨慎放弃的俄式马克思主义，而不是传教士和梁启超等人早先介绍的经典马克思主义，并因对苏俄新政权、新文艺和列宁学说等的不断译介、讨论，苏俄马克思主义在中国变得生动具体起来，并有了实践的可能性，而留学欧美的职业知识分子没有积极关注经典马克思主义，精通德语并掌握马克思主义理论的人也很少，如蔡元培这位在1908～1911年曾留学德国并认真研修了西方哲学、文学、美学、心理学、文明史和民族学问题的学者，回国后不久，在民国政府教育部长和北大校长位置上推行强盛现代民族国家的政策，强调“军国民教育、实利主义教育、公民道德教育、世界观教育”，而“世界观教育乃哲学教育，意在兼采用周秦诸子、印度哲学及欧洲哲学，以打破二千年来墨守孔学之旧学”。由此，胡适于《每周评论》第三十一号(1919年7月20日)发表了关于《多谈些问题，少谈些主义》的感慨,“比如‘社会主义’一个名词,马克思的社会主义和王揖唐的社会主义不同,你的社会主义和我的社会主义不同;决不是这一个抽象名词所能包括。你谈你的社会主义,我谈我的社会主义,王揖唐又谈他的社会主义,同用一个名词,中间也许隔开七八个世纪,也许隔开两三万里路。然而你和我和王揖唐都可自称社会主义家,都可用这一个抽象名词来骗人”。[37]一个于中国有指导意义的苏俄形象,在中国进步知识界观念中开始生成,而后染及中国大部分民众并在他们的意识中栩栩如生起来,甚至在很多领域势不可挡地影响着中国。

[1]丁守和:《马克思主义在中国的传播及其对文学的影响》,载于马良春编的《中国现代文学思潮流派讨论集》,第177～185页,人民文学出版社,1984。

[2]参见《甲寅》1917年3月29日。

[3]《言治》季刊第3册(1918年7月,署名“李大钊”)。

[4]《独秀文存》,第499页,安徽人民出版社,1983。

[5]《独秀文存》,第585页,安徽人民出版社,1983。

[6]《独秀文存》,第513页,安徽人民出版社,1983。

[7]《胡愈之全集》第1卷85～95页,三联书店,1996。

[8]《胡愈之全集》第1卷100、101页,三联书店,1996。

[9]李大钊:《法俄革命之比较观》,载《言治》季刊第三册(1918年7月1日)。

[10]李大钊:《庶民的胜利》和《布尔什维主义的胜利》,载《新青年》第5卷第5号。

[11]李大钊:《我的马克思主义观》,载《新青年》第6卷第5号。

[12]李大钊:《再论问题与主义》,载《每周评论》第35号(1919年8月17日)。

[13]参见《新青年》第9卷第3号(1921年7月,署名“李守常”)。

[14]参见《曙光》第2卷第2号(1921年3月,署名“S. C”)。

[15]参见《晨报》1919年2月20～23日(署名“守常”)。

[16]关于现代中国接受马克思主义问题,详情请参见李泽厚《试谈马克思主义在中国》,载《中国现代思想史论》,第146～209页,安徽文艺出

版社，1994。
[17]杨东蓴:《本国文化史大纲》，第493页，北新书局，1931。
[18]《李大钊全集》第3卷342页，河北教育出版社，1999。
[19]以上文章请参见《东方杂志》1924年2、6月号。
[20]《李大钊全集》第3卷641、642页，河北教育出版社，1999。其实，陈独秀在《列宁逝世三周年纪念中之中国革命运动》(《向导》周报第184期)中也有同感:由列宁革命联想到中山先生要建造先进中国的革命。
[21]《新青年》季刊1925年4月号。
[22]《孙中山选集》，第624页，人民出版社，1981。
[23]《晨报副刊》1920年11月16日。
[24]参见《外交月报》第2卷第1期(1933年1月)。
[25]《瞿秋白文集》第1卷104页，人民文学出版社，1953。
[26]参见《民国日报·觉悟》1923年11月7日。
[27]《苏俄民众对于中国革命的同情》，载《民国日报·觉悟副刊》1924年11月10日。
[28]《瞿秋白文集》(政治理论编)第6卷102、103页，人民出版社，1996。
[29] В. Иванов, Родное и вселенское(本土的与全世界的), М.:《Республика》,1994,С. 273.
[30] Д. Мережковский, *Царство Антихриста. Статьи периода эмиграции*(反基督教王国)СПб.: РХГИ. 2001,С. 145－150.
[31]《语丝》第14期(1924年2月)。
[32]《矛盾》第2卷第1期(1933年9月1日)。
[33]参见《新地月刊》(《萌芽月刊》)第1卷第6期(1930年5月8日)。
[34]《现代》第4卷第4期(1932年2月1日)。
[35]参见《申报·自由谈》1933年5月7日。
[36]潘公展:《近代社会主义及其批评》，载《东方杂志》第18卷第4期(1921年2月25日)。
[37]《胡适文存》卷二。

(原载香港中文大学《二十一世纪》2006年第7期)

误读的意义与陷阱：苏俄文化之于中国的诸种后果

基于中俄文化相似性原则，在现代中国兴起的长盛不衰的“俄国文学热”，无论是要实现启蒙主义的理想，还是要从俄国提取中国现代文学所需的营养，其实这些又附属于一个更为远大的目标：为重建中华民族并使之成为一个独立的民族国家，去寻求更有效的思想文化资源。这就意味着，不只是作家、文学青年和译者等关心俄罗斯，还有很多人也关心，所以关心俄国是现代中国社会的普遍现象，而且远不只是关心俄国的文学，来自苏俄的文学理论和社会发展理论对中国同样有影响力，即使是对俄罗斯文学的热爱不是主要因为它的审美质量，而是因为它蕴含了种种更为现实的价值。瞿秋白在给《俄罗斯名家短篇小说集》(北京新中国杂志社，1920)所写的“序”中如是说道，“俄罗斯文学的研究在中国却已似极一时之盛。何以故呢？最主要的原因就是：俄国布尔什维克的赤色革命在政治上、经济上、社会上生出极大变动，掀天动地，使全世界思想都受它的影响。大家要追溯其原因，考察其文化，所以不知不觉全世界的视线都集于俄国，都集于俄国的文学；而在中国这样黑暗悲惨的社会里，人都想在生活的现状里开辟一条新道路，听着俄国旧社会崩溃的声浪，真是空谷足音，不由得不动心。因此大家都要来讨论研究俄国。于是，俄国文学就成了中国文学家的目标”。[1] 1920 年 8 月 22 日，新民学会以“俄国事情亟待研究”为由成立“俄罗斯研究会”，“以研究俄罗斯一切事情为宗旨”，并决定发行《俄罗斯丛刊》、派人赴俄考察(第二年夏天真的派遣了第一批留学生)，5 天后《大公报》发表署名荫柏之文《对于发起俄罗斯研究会的感想》，文中称，“你要觉得现在的政治经济社会的万恶，方才知道俄罗斯怎么起了革命，方才知道应当怎样研究俄罗斯，方才会研究俄罗斯到精微处”。故茅盾总结说，“俄国文学研究，在当时革命知识分子中间成为一种风气”。而且这种风气很有价值。按陈独秀之言,中国受外敌侵略 80 余年后才有自觉的民族运动,主观上是“苏俄十月革命触动了中国青年学生及工人革命的情绪,并且立下了全世界各被压迫的国家及各弱小民族共同反抗帝国主义之大本营”。[2]

无论如何要充分肯定,苏俄新文学和经由日本或苏俄中介引进的俄式马克思主义,在相当程度上吻合了现代中国呼唤“革命”的情势,符合 18 世纪以来现代民族国家在建构过程中发生“革命”的普遍规律,也是 20 世纪初国际社会的主流趋势之一。陈独秀在《文学革命论》中声言,“今日庄严灿烂之欧洲,何自而来乎? 曰,革命之赐也。欧语所谓革命者,为革故更新之义,与中土所谓朝代鼎革,绝不相类;故自文艺复兴以来,政治界有革命,宗教界有革命,伦理道德亦有革命,文学艺术亦莫不有革命,莫不因革命而新兴而进化。近代欧洲文明史,宜可谓之革命史”,中国政治革命不成功,“推其总因,乃在吾人疾视革命,不知其为开发文明之利器故”。[3]与这样呼唤革命相一致,俄国革命又召唤了世界。20 世纪初,无论俄国多么贫穷、其议会政治多么乱,但俄国似乎神圣地整个地远离了西方帝国主义,不管苏俄理念是否乌托邦,但它确实充当了许多思想家、艺术家、寻求理想世界的政治激进主义者的重要灯塔(beacon),第三世界的知识分子则因为祖国饱受帝国主义侵略的巨大创伤而因此作出积极反应,甚至为苏俄意识形态所诱惑(attracted),苏俄就这样在全球扩展了他们知识分子的独特遗产,并在后来大半个世纪连绵不断的国际反西化和反资本主义潮流中扮演着不可缺少的角色。[4]而中国认同苏俄的革命又是在马列主义名义下进行的,“误读俄罗斯”问题也就因此不可避免。原本是地方性的苏俄社会主义演变成了中国所确认的全球性至少是东方社会的理想模式,并依据苏俄所提供的社会各方面的发展情况培植中国所需要的种种理论。

马克思主义问题被简单化

首先,中国期望苏俄提供的是真正的马克思主义真理。

按别尔嘉耶夫所论,苏俄共产主义乃俄国的一种文化传统,“在俄国传统上,与孟什维克式马克思主义相比,布尔什维克式马克思主义要强大得多”。[5]也就是说,苏俄马克思主义并非德国经典的马克思主义,而是经由俄国文化传统改造马克思学说而成的列宁主义,这并非妄言。马克思主义在俄国的成功登陆,并非列宁个人及其布尔什维克党在短时间内成就的,而是经历了一个相当长的本土化过程。别林斯基曾读过马克思、恩格斯在1844年发表于《德法年鉴》上的文章，在著名的彼得拉舍夫斯基小组藏书中有马克思主义著作，著名的文学批评家和第一套《普希金文集》的主编安年科夫（Павел Анненков，1813～1887）与马克思建有个人联系，1869年，无政府主义者巴枯宁翻译了《共产党宣言》；1872年俄国经济学家丹尼尔逊（Николай ДАНИЕЛЬСОН，1844～1918）翻译《资本论》第一卷并在彼得堡公开出版发行（第一次印刷了3000册，在一个半月内就售出900册）；1882年1月，《共产党宣言》出俄文第二版（马克思恩格斯亲自作序）。但是，这些人没有一个是共产主义者。1883年，普列汉诺夫等五人马克思主义小组在日内瓦成立了"劳动解放社"，系统翻译和传播了《共产党宣言》、《哲学的贫困》、《雇佣劳动与资本》和《社会主义从空想到科学的发展》等经典著作30种。到1895年，《家庭、私有制和国家的起源》的俄译本出了第三版，普列汉诺夫本人还写了《社会主义和政治斗争》、《论个人在历史中的作用》与《我们的意见分歧》等经典著作。它们通过各种渠道在俄国广为传播，列宁也深受其影响，普列汉诺夫在社会民主党分化后，因其坚信马克思主义经典学说而成为少数派，故被批评为孟什维克分子及其始作俑者、正统马克思主义（ортодоксальный марксизм）；马克思、恩格斯还直接关心俄国社会发展动态和马克思主义著作在俄国的发行情况，著有《论俄国社会问题》(1875)、《〈共产党宣言〉俄文第二版序言》等。除了普列汉诺夫和列宁等职业革命家阅读马克思主义经典原著外，索洛维约夫、弗兰克、别雷、卢那察尔斯基等一大批文学家和思想家也曾如此，甚至虔诚信仰马克思主义，如象征主义作家和诗人安德列·别雷就自称是"社会主义者"。1905年事件后，司徒卢威（П. Струве）、布尔加科夫（С. Булгаков）和别尔嘉耶夫（Н. Бердяев）等人组成"合法马克思主义"（легальный марксизм），他们放弃了对暴力革命主张的信仰，把马克思学说改造为经济唯物主义理论。这些现象值得认真研究。的确，俄国是在接受德国文化中成长起来的。德国在现代化过程中建构民族认同的行为，从18世纪末以来为俄国知识界所关注，随着俄国资本主义改革所带来的问题日趋突出，出现了接纳马克思主义的趋势，且马克思主义在俄国实践化和本土化过程中伴有激进的倾向，而这种趋向在相当程度上是有历史传统为基础的，从十二月党人革命、赫尔岑"俄罗斯社会主义"、车尔尼雪夫斯基抵抗资本主义之论、巴枯宁无政府主义、托尔斯泰的宗教无政府主义论（否定国家的作用）等，发展到列宁主义、斯大林主义，彼此之间确有思想和文化上的渊源。[6]对于这样的马克思主义,曾信仰马克思主义的法国著名左翼作家纪德在1938年感叹说,“三年来,我太沉溺于马克思主义的著作,到了苏联后,反而觉得是在异乡异俗生活似的”。[7]

令人惊奇的是,现代中国对俄国马克思主义形成这一复杂历史过程是有所知的:田汉在著名的《诗人与劳动问题》(1920)中曾专门论及“布尔什维克究竟是什么?”的问题,他认为“仔细的道理还没有研究出来,道听途说,转滋误会。于今只介绍俄国社会运动之源流与布尔什维克之根本的特质”。《资本论》于中国同治十一年(1872)已经被译成俄文,而俄国社会主义运动扩展最为强劲之时是在1880～1890年代,俄国最初马克思派代表人物为普列汉诺夫(译成“勃雷哈洛夫”),其先驱有车尔尼雪夫斯基所开创的“到民间去运动”、继之乃“土地与自由”之结社(即虚无党),虚无党分裂成激进派与温和派之后,便有了激进派组建的社会革命党(“农民党,多数为斯拉夫主义者”)及温和派因静心研究马克思主义而成立的“社会民主党”(“与工厂劳动者一气,多属西欧主义者”),两党都脱去了虚无党的色彩,都以废除君主专制、成就社会革命为根本目的,但手段与主张却不能相容,“社会革命党(农民党)尊重俄国米尔(村社)制度,视为社会主义的要素;社会民主党(工厂劳动者党)则蔑视此种保守主义,谓于现代为无用。革命党主张土地之共有;民主党主张土地之自由。革命党认为革命之方法当采恐怖主义;民主党则视之为无益而有损。两党龃龉不断,同时诱起各党内部之分裂。民主党主张以稍和平的手段达其目的者则为普列汉诺夫派,主张以激烈手段急行政治的与社会的革命者则为列宁派(当时译为‘吕宁’)”。1903年社会民主党于斯德哥尔摩开第二次大会,列宁派以多数战胜普列汉诺夫派的少数,于是就有了列宁的多数派(布尔什维克)、普列汉诺夫的少数派(孟什维克),分裂原因在于孟什维克“固执议会政治”,而布尔什维克主张“‘劳动阶级的执政权者’甚坚,不肯与第三阶级议会政治相妥协”,“‘波尔舍维克的基础特质就是劳动阶级的执政权!’,最能表现此种特质者,莫如由波尔舍维克之手所定之《劳兵会全俄社会主义联合共和国宪法》,此宪法主要条项是‘一切权力属此国之劳动者’”。[8]

由于客观情势所限,中国进步知识界情感性地认同十月革命和劳农政权就是对共产主义理想之实践,认为列宁主义乃马克思主义的正常发展,由此发生:1922年3月初的喀琅施塔德水兵事件,官兵们提出“自由贸易”、“开国会”和“无共产党之苏维埃”等要求,以反对军事共产主义,可是瞿秋白却认为这是因为“受资产阶级思想之影响”的结果。[9]本来,“缺少了《马赛曲》的歌声或红旗的形象,要想象二月革命是不可能的。但我们不应简单地把这些视作丰富多彩的革命装饰品(adornments)。它们是重要的政治符号并在战斗和斗争中扮演了重要角色。实际上,这是一系列有助于理解革命究竟是什么的文化象征、仪式和狂欢。与对它们的积极反应相比,我们更应该研究这些革命政治的手段或工具”。[10]很可惜,现代中国没有人严肃、认真地分析十月革命的旗帜、口号和主张等究竟与马克思主义构成何种关系。陈独秀在《马克思的两大精神》(1922)中倡言,学习马克思用归纳法研究社会问题的精神,呼吁“不要单单研究马克思的学理”、“宁可以少研究点马克思的学说,不可不多干马克思革命的运动”,[11]以图快捷运用马克思主义;胡风在《最近的世界文坛》第八则“马雅可夫斯基死了以后”中说,以“自杀的原因是失恋”来掩盖诗人之死的社会原因,甚至说诗人讽刺官僚主义的名作《澡堂》“锐利地讽刺苏俄的现状,但这也许是帝国主义新闻记者的谣言”;[12]茅盾在《纪念高尔基》(1941)开篇就称,“高尔基是被托洛斯基派害死的。为什么托洛斯派要害死这位暮年多病的老头子?因为高尔基是被苏联人民所爱戴的,是全世界劳苦人民所拥护的,他宣扬赞美者,正直、博爱、勇敢、公正、为高尚理想而斗争的精神”;对法捷耶夫死于疾病的原因,中国甚至有人解释说,1935年6月在赫尔辛基举行的世界和平保卫大会上见到他时“就有这样的直觉:他的实际健康比表面上所能看到的,要坏得多。支持他出席这次具有历史意义的大会的,恐怕是他的坚决保卫和平的意志,而不是他长期为病魔所折磨的肉体”;[13]20世纪30年代,鲁迅就在《译文》杂志上引进左琴科的幽默讽刺作品,1946年8月严厉批判左琴科与阿赫玛托娃的联共中央决议和日丹诺夫的报告,而这些在中国却作为政策性文件广为传播,作为杰出作家的左琴科的形象也就由此消失了,对事情何以如此和中国所熟知的其他许多老作家的命运变化问题,却没人去关注,以为事情理当如此。诸如此类,不一而足。而事实上,当时国际社会就已经发现,二战前“苏俄占统治地位的文学流派,是一种文学上的官派,它组织得极可赞美,报酬也颇为丰富”,同时伴随有,很多著名老作家、杰出学者(包括《资本论》的名译者巴扎洛夫)、基层领导等,或者坐牢、流放、失踪,或随时被警察监控的现象,“劳动立法糟糕得很,官僚们可以胡乱执行!那种国内身份证制度,剥夺了人民迁居权利;为反对工人甚至小孩的法律,简直痛苦得要人的命;还有连坐的法律也是很残酷的……”国际社会“正在建造一条反法西斯的阵线,但在我们的后方有这许多集中营,这是多么妨碍了我们前进的道路"。[14]特别是马克思主义对现代性的深刻批判,成为20世纪国际社会深思现代化问题的重要思想资源,而苏俄马列主义夹杂有俄国农民共产主义和激进主义传统,只是简单化地理解马克思批判资本主义的社会制度、经济理念、经济运作模式等学说,推出"计划经济=社会主义"、"商品经济=资本主义"等极端"理论",在经历军事共产主义教训后,列宁意识到了这种马克思主义的危险性,便尝试以新经济政策替代之。而中国经由苏俄接受马克思主义,并没有在意马克思主义在俄国本土化过程中的是是非非。

民族认同增加了新障碍

成就中华民族为一个独立的民族国家是相当艰巨的任务:不仅仅有法权意义上的要求,更有能召唤民族认同的情感和心理要求。

中国饱经内忧外患大半个世纪,在20世纪初出现能动员全体国民的共和民主思想,孙中山先生继"三民主义"之后提出"联俄、联共、扶助农工"的三大政策,这也就意味着要通过苏俄共产主义途径实现民生主义的目标。也正因为如此,自五四新文化运动以来,中国社会形成了超出知识界的社会各阶层广泛参与的爱国运动。由是,苏俄如何发展经济问题客观上会被中国人关心。在美勤工俭学的张闻天于1922年8月翻译了英国《曼切斯特卫报》所刊载的苏维埃实行新经济政策的政府报告,全面论述了苏俄实行新经济政策的必要性、根据、基本原则、意义,提出"苏俄要做从资本主义到共产主义变迁中的一种经济组织,它不会做纯粹的社会主义,因为这种日子尚未到来;也不会做纯粹的资本主义,因为这种日子已经衰败。他是过去与未来的唯一结合——资本主义与社会主义元素混合的同时存在","指导苏维埃俄罗斯事业的不是梦想者","而是共产主义的实际者"。这一重要翻译,连载于《民国日报·觉悟》1923年1月18、19、21日各版面上。稍后,胡愈之在《俄国的农业复兴》(《东方杂志》1923年11月号)中介绍了莫斯科1923年全俄农业博览会(设有外国参展部)的盛况,并补充说,苏俄领导人在开幕式上演讲时强调俄国需要与西欧合作、需要欧洲的资本,俄国也预备牺牲极大的利益来吸引外资,"当时在座的欧洲商人颇为动容。我们从这里也可以看出苏俄政府现在的经济政策了"。[15]瞿秋白在《赤都心史》(1924)第15节"贵族之巢"中直接叙述了亲眼目睹新经济政策时期的生动景象及自己对此的矛盾心理，在“军事共产主义之下，满街只有茫茫的雪色、来往步行的‘职员’夹着公事皮包的人影了”，而实行新经济政策很快就改变了此景，“十字街头，广场两面，一排排小摊子，人山人海”，贵族阶级利用新经济政策开铺子，犹太人更具有资本主义经济活力，尽管他把打扮时髦的女子称为“新妓女”、把咖啡厅一类俄国西式消费视为屠格涅夫时代的“贵族之家”在新时代的再现，又替贵族阶级辩护说，俄国贵族向来痛恨资产阶级，俄国文学没有一点资产阶级的贡献，基本上是贵族创造的，有些共产党人甚至也是贵族。[16]更为重要的是，恽代英在列宁去世之际写下的《列宁与新经济政策》(1924)，极力肯定列宁的伟大与新经济政策的意义是联系在一起的，并指出新经济政策“暗示产业后进国实现共产主义的方法”、“暗示凡一种革命不是军事上得着胜利，便可以称为完全成功的。要改变社会的经济状况，军事胜利以后，革命的党还需依靠党的经济政策”。[17]与此同时，中国反对新经济政策的声音更为强大，陈独秀在《苏俄六周(年)》(1923)中提及，“更有人妄想俄国一经革命，共产自由的天国便当涌出，现在还闹什么新经济政策，未免是变节欺人”。胡愈之在《莫斯科印象记》(1931)中对俄国新经济政策作了另一种叙述：这到底不是根本解决的办法，因为新经济政策导致政府对农民的放任、在农村富农阶级如春草努长，极力推崇苏俄所推行的农业集体化运动，称“目前世界无论如何，农村衰落，农民经济困难，农村与都市失调，成为不可挽回的危局，唯有苏联的农业社会主义化，为全世界农民开辟一条新路，为农民经济的唯一转化”。[18]

进而，对实行新经济政策之后苏俄社会经济发展的继续关心，在中国也就自然而然了。1933 年，丁文江利用去华盛顿参加国际地质学会第十六次大会的机会，去了欧洲并顺道在苏联停留了 40 天(从 8 月下旬到 9 月底)，看看革命后 15 年如何利用既有的物质条件，在统一的国家、独裁政治和计划经济里造出什么成绩，他因苏俄已付出了巨大代价而希望它能成功，“如果用苏俄的方法能使国民生活程度的逐渐提高、生产和消费相均衡，我很相信，用不着剧烈的阶级斗争，西欧北美都要共产，至少现行的资本制度要彻底改变”，但刊于《独立评论》上的《苏俄旅行记》，却一方面正面叙述苏联重视科学(以地质研究的队伍和科研经费为例)、革命群众信任苏联(一个信仰共产主义的工程师向他宣传革命后的成绩，“富农已经消灭将尽，农业大部分集团化工业化，粮食问题不久可以完全解决了”)等情景，另一方面则传达相反的信息：一个人悄悄地用德文告诉他,“乌克兰是我们最富的地方,那里许多麦子放在地里烂着,没有人去收,去冬今春这一带是荒年,许多农民饿死了”,在《再论民治与独裁》(1933)中叙述了这部未完的《苏俄旅行记》所没来得及说的苏俄游结论,“我少年时曾在民主政治最发达的国家读过书,一年前,我曾跑到德意志苏俄参观过。我离开苏俄的时候,在火车里,我曾问自己:‘假如我能够自由选择,我是愿意做英美的工人,或是苏俄的知识阶级?’我毫不迟疑的答道,‘英美的工人!’我又问道,‘我是愿意做巴黎的白俄,或是苏俄的地质技师?’我也毫不迟疑的答道,‘苏俄的地质技师’”。[19]

对苏俄问题如此矛盾的叙述,在一定程度上吻合了当时的苏俄实际。纪德的《从苏联归来》(1937)证实了丁文江的叙述。在纪德看来,“来到苏联,为得是欣赏一个新世界,而人们却拿旧世界中我所厌恶的一切特权献给我,藉以诱惑我”,因而要透过“社会欣欣向荣”表层发现苏俄具体问题,诸如物资严重匮乏、城镇建筑和每户家庭甚至每个人一样毫无个性(“全体幸福只有消解个人个性才能得到。全体幸福只有牺牲个人才能得到”)、闭关锁国的状况(在苏联常听到这样的声音,“几年前德国和美国几乎可以给我们学习,但现在我们无需向外国人学习什么了。那么讲外语有什么好处呢?”“外国文学经典和我们有何相干呢”,以至于纪德准备好的关于苏联文学与世界文学关系之演讲也被取消)、严厉打击不同的声音等。后来因为该书所遭责难,纪德作答辩文《Retouches a mon Retour de L'URSS》(1938),大量引用了当时《真理报》和《消息报》上所提供的官方数据,严谨地呈现出苏联工业生产质量低下问题严重且劳动效率低下的情况(包括学生练习本和教科书、家具、医疗器械等各种产品)、拖欠教师工资和侵吞教育投资、交通混乱、工人住宅状况远比革命前还差等,以及爱森斯坦之类的著名艺术家遭政治审查而使艺术生产量降低。此前德国左翼作家本雅明(Walter Benjamin,1892～1940)的《莫斯科日记》(1926年12月6日至次年1月底在莫斯科)也有类似叙述,如“俄国对世界的了解要比世界对俄国所知要少……可以说,俄罗斯对世界其他地区的无知,很像十卢布的票子:在俄罗斯很值钱,但在国外不被承认为硬通货”,“苏俄国内事务没有明确的法律依据。新经济政策是在国家利益的名义下得到人们宽容的。任何主张新经济政策的人一夜之间可能因经济政策的转变或宣传调子的过时,成为牺牲品”。[20]诸如此类现象,恰如邓小平后来所说,“社会主义究竟是什么样子,苏联搞了很多年,也没有完全搞清楚。可能列宁的思路比较好,搞了个新经济政策”(《邓小平文选》第3卷第139页),可惜中国在很长时间里接受的只是革命的而非建设的列宁主义,外加期间中国所发生的社会主义和资本主义之争中否定后者的呼声渐长,国际社会对苏俄的叙述没在中国引起广泛关注,当然也就不会产生效果,如田汉在《诗人与劳动问题》(1920)中称,“自近世产业发达以来,资本主义与个人主义流为一气,资本阶级对于劳动阶级类取 more work less money(多做工少给钱)的方针,以劳动者的血汗肥其私囊,奢侈淫乐无所底止,酿成物价腾贵,使劳动者益不能自随其生,劳动者‘加钱问题’、‘同盟罢工问题’都由此而起”,立足于此论来梳理古典主义与资本主义、浪漫主义与民主主义、自然主义与社会主义之关系,并把文学发展的动力和过程建立在这类关系上;[21] 1920年9月,张东荪在《时事新报》上发表《由内地旅行而得之又一教训》称,救中国只有开发实业和发展资本主义这一条路,陈望道、李达、邵力子和陈独秀等人立即反驳,出现著名的《关于社会主义的讨论》(共13篇,载《新青年》第8卷第4号)。“反资崇社”、“反西崇苏”现象在民国时代也是兴盛的,如被监禁在国民党中央军人监狱中的狱友们得知郑超麟要翻译纪德的《从苏联归来》时,就劝说别看,因为是“反苏的”,楼适夷则不听,“为此事还挨了难友们的批评”,其译本果然引起很大的争论,直到抗战到来才中止了这一争论。

诸如此类意味着,中国接受进步苏俄的同时,忘了接受的目的是要建构独立而能发展民生的民族国家,或者说,重建中华民族是要让全体国民在享受民权中自觉认同。

“民主”外延日趋缩小

同样严重的是,中国对俄罗斯只是热情想象,却没有认真辨析苏俄“民主”是否中断了俄国一直存在的个人崇拜传统,从而影响了自辛亥革命尤其是五四新文化运动以来已经深入人心的“共和”与“民主”理念。

在帝俄时代,一代代沙皇及其无限权威被民间视为上帝在人间的代表,而二月革命后建立的倡导民主共和的临时政府,却没改变这种传统。后来被苏俄政府打下台的克伦斯基在临时政府建立时就被民众崇拜了:诗人玛丽娅·茨维塔耶娃曾有诗称他为俄国的拿破仑(“一个波拿巴来到了/ 我们的国家”[22]);著名小说家库普林称他为“人民的良心”;[23]杰出画家列宾给他画了肖像画;不少著名艺术家曾给他谱过曲;著名文学史家、科学院院士 C.温格罗夫声言,“有人称克伦斯基是俄国的丹东时,我通常是很生气的。他就是克伦斯基,仅此他就足以不朽了”。著名诗人吉皮乌斯认为,1917 年秋天彼得格勒知识界还认为克伦斯基是神圣的,不能容忍有人对他进行任何批评,即便是不少人对他有看法,但他依旧是最受欢迎的,在他任职的“四个月间是被当作神来崇拜的”。[24] 1917 年 6 月一个新闻记者写道,“克伦斯基是军队的偶像,他的名字到处被传颂。士兵们的决议、诉求、演讲常常透出他的权威,如‘克伦斯基同志是这样说的……’‘克伦斯基同志是那样说的……’‘我们亲爱的克伦斯基命令……’”有一位英国护理惊愕地观察到,俄国人热烈“亲吻他,吻他的制服、车、他走过的地方。有些人对他顶礼膜拜,另一些人对他热泪盈眶。这种宗教式崇拜只有俄国农民崇信沙皇才有的”;临时政府军事委员会认为克伦斯基是“人民的部长”、“是不可替代的革命军事领导人”、“俄罗斯民主的真正领导者”、“为一种理想的鞠躬尽瘁的战士”、“心爱的领袖”、“民主的象征”、“我们最好的领袖”,这些是当时人所皆知的口号。局势大变后,对列宁的崇拜逐渐替代克伦斯基,很快出现“列宁同志万岁”的口号。1918 年列宁被暗杀而死里逃生,在民众看来这正意味着列宁是真正的基督、具有神奇的力量。[25] 国内战争即将结束,在苏联建立之后,对列宁的崇拜逐渐规模化、制度化,尽管列宁本人对这种个人崇拜现象是深恶痛绝的(关于这方面和批判官僚主义的文献很多,在此不再赘述)。在激进地反君主专制政体革命不久,很快就出现类似崇拜沙皇那样崇拜革命领导人的现象,这与二月革命以来没有彻底改造俄国传统的政治理念不无关系。政治文化依旧牢牢植根于专制政体传统,民主继续让位于武力和权威,在俄国新的政治处女地上新的民主制度要求相应的心理、甚至政治民主的语言都没有培养出来,大部分民众还是信仰君主专制时代的政治,在“仁慈的沙皇”神话中包含有类似宗教式的信仰,即国家所有问题要靠赋予领袖更大与更神圣的权力来解决、把君主制下的臣民管理和民主国家的制度化管理混为一谈、在民众心目中“真实(истина/truth)”和“真理(правда/justice)”及“政府(правительство/government)”是合体的(在俄语中,“真理/правда”与“政府/правительство”词根相同)、权力被神化等,而这也正是大众关于革命及其领袖的理念,因而农民理所当然地把克伦斯基当作“新沙皇”、把列宁和斯大林当作至高无上的领袖崇拜。以公平和民主为核心的法律体系在俄国迟迟建立不起来,这个问题在 20 世纪初已经被俄国知识界所关注。[26] 由此，苏俄新政权不仅自然延续了这种与“民主”对抗的俄国个人崇拜传统，而且改造了“民主”所指：“民主”从法国进入苏俄之后，就变成了阶级语言而背离了原本面向全体国民的所指；被赋予了阶级限制，即只有“劳动阶级”才有权享受“民主”，而受到最好教育并且也是一代代帝国政府科技和教育等生产力发展主体的“富人阶级”被排除在外，尽管这种只有工人和农民等才有权享有“民主”的做法在当时就有人强烈反对，[27]但作为制度一直延续到苏联末期，“资产阶级越少，民主越多”的口号几十年来不绝于耳；即使是在城市，工人阶级所理解的“民主”，也没有涉及“制度”和“议会”、“公民权”和“法律”等关键性内涵，而是变成反对资产阶级的革命口号（诸如“我们的革命”、“我们的胜利”、“我们的解放”等），具体主要指“苏维埃”和“工厂委员会”这些细枝末节方面；至于在乡村—村社，“民主”和“共和”概念同样不是指向全体村民，因为“公民”并不包括乡村的士绅、地主、商人等“非劳动阶级”，而且农民未受现代公民教育，对二月革命和十月革命所使用的概念，诸如“共和国”、“宪法”、“联邦”、“民主”、“政体制度”、“革命”和“社会主义”等，在他们看来全部是输入的外来词，基本上是听不懂或误读和误解的，他们以疑惑的眼光看待城里发生的一切和从城里来到乡下的宣传员，农民疑惑之余要求这些来自城里的人“必须讲俄语”，他们能听懂的俄语。[28]也就是说，“民主”和“公民”的概念，在俄国被赋予了更多的“阶级斗争”内涵，被重新解释成适合没有文化知识的“劳动阶级”所能理解和需要的形式，排除了个体公民自我认同的人权和全体国民认同的民族国家的基本所指。

苏俄“民主”理念显然不吻合辛亥革命尤其是五四新文化运动以来中国的“共和”与“民主”潮流。梁启超的《新民说》极力倡言全民自由和民主；陈独秀的《敬告青年》(1915)依据欧洲现代“人权”概念呼吁“破坏君权，求政治之解放也；否认教权，求宗教之解放也；均产说兴，求经济之解放也；女子参政运动，求男权之解放也”，而其《法兰西人与近世文明》(1915)直接提及“人权宣言”、“民主的社会”、“人人于法律之前，一切平等”等；张东荪在《行动与政治》(《甲寅》第1卷第6号，1915年6月)中把 democracy 或 popular government 译成“惟民主义”并解释道，“所谓惟民主义乃谓之人民以自身之能力，运用政治耳”；1919年初，陈启修在《北京大学月刊》第1卷第1号著文《庶民主义之研究》明确提出，“庶民”是指 all people；宋介的《社会自由》(《曙光》第1卷第2号，1917年12月)、伧夫的《何谓新思想》(《东方杂志》第16卷第11号，1917年11月)

等重要文献,也普遍强调全体国民共享的民主。十月革命后,苏俄的“民主”观念很快传入中国并逐渐改变了现代中国正在成形的“民主”或“共和”理念。李大钊的《庶民的胜利》和《Bolshevism 的胜利》把“民主”变成了对下层阶级的解放,毛泽东等人创办湖南自修大学时倡导平民主义式民主,甚至当时梁启超和张东荪这派的重要人物彭一湖也重新解释自亚里士多德以来的西方“民主”内涵,并得出结论说“‘德谟克拉西’是以贫者为政的政治”。[29] 尤其是,陈独秀也逐渐改变了对“民主”的看法,在《俄罗斯十月革命与中国最大多数人民》(《向导》周报第 90 期,1924 年 11 月 7 日)中声言,“十月革命是真有利于最大多数人民——农民、工人、小工商业家——的革命”,告诫中国人民,“应该接受俄罗斯十月革命的精神”。其实,对“民主”要演变为“平民主义”、下层贫民权力的现象,1920 年 11 月 9 日《民国日报》发文《布尔什维克与世界政治——罗素在湖南演讲》已有警示:“布尔什维克主义极不赞成民主(此乃苏俄与西方不融合的一大原因),他铲除人民言论自由出版,我极不赞成。我以为布尔什维克可用别的办法使人民知道真理,不必用强迫手段。这种办法最不好的结果是平民专制——人民受压制难复自由、手段太激烈会发生战争”。很遗憾,这种“民主”后来成为中国的国策,给中国的现代化进程和社会管理带来重重困难(如“文革”中的“革命群众”享有“大鸣大放”的民主),直到这个世纪之交此等“民主”才被改革,“民主”在其所指上逐渐包含了“人权”、“公民权”、“国民待遇”等内涵,不再有阶层限制而面向全体国民。

但是,由此引发了更严重的问题:简化了对苏俄革命和苏联社会主义的理解,看到的是其阶级性意义而非民族性问题和民族主义诉求,继而促使现代中国凸显社会各阶层的矛盾而弱化各族群的相互认同。著名的民族主义问题学者华生(Hugh Seton－Watson)研究证实,1905 年事件“既是工人、农民和激进知识分子反抗专制的革命,也是非俄罗斯人反抗俄罗斯化的革命。当然,这两个反叛是相互关联的:事实上,这次社会革命在以波兰工人、拉脱维亚和格鲁吉亚的农民为主体的非俄罗斯地区表现得最为激烈”。[30] 为推翻二月革命所取得的成果所发生的苏俄十月革命和苏维埃制度建立过程更是如此,除了共产主义传统和国际反资本主义潮流影响之外,民族主义诉求在其中的作用是不可低估的,不仅没有解决帝国一直存在的各族群间的矛盾,而且使得由来已久的俄罗斯认同之分裂进一步危及俄罗斯认同本身,[31]“红旗”、“红星”、“红军”、“打倒一切资产阶级”、“社会主义”和“全世界无产者联合起来”等口号,掩盖、压制了民族性诉求，却不能消除“共产主义”旗帜下所掩藏的民族主义问题，如乌克兰和白俄罗斯、中亚穆斯林、高加索等地区建立苏维埃制度的过程，一直伴随着这些地区民族文化价值的独立性被消解、族群意识被弱化、民族性被俄罗斯化的过程，以及俄罗斯帝国意识形态在共产主义名义下以制度性力量得以顺利扩展，[32]并导致苏俄的非欧洲部分基本上是以“殖民地”身份参与苏联建设（“输出原料基地”、“专业生产区”、被强制性推行俄语的附属区等）。1830年代，帝俄政府提出的官方民族性理论没有解决俄国的民族认同问题，斯大林提出“苏联最终解决了由十月革命前遗留下来的民族性问题”的设想（如合作完成著名小说《十二把椅子》的作家伊里夫和彼得洛夫于1930年代在美国访问期间被人问及“苏联如何解决犹太人问题”时，他们答曰“这是不必要解决的。我们是有犹太人，但我们没有犹太人问题”），经苏联历史和当代俄联邦社会变革所遭遇的诸多问题证明，这同样也是一厢情愿的幻想。[33]进而，苏联制度确立后，在马列主义的名义下，能在境内合法推行斯拉夫—俄罗斯族裔中心主义、在社会主义阵营中理直气壮地推行苏联国家中心主义，并把“苏联”的地方性意义自然而然地提升为全球性的价值标准。令人深思的是，法国政治学家托克维尔在《美国的民主》中已指出：征服世界，美国用的是劳动者的犁、俄国则靠的是剑。[34]而且，苏俄后来也并没有改变这种传统。

作为民族国家的苏俄被“真理化”

对在俄式马克思主义名义下重建俄国的复杂性及其意义问题，中国应该有人能关注到。一方面，1921年3月号《东方杂志》上有文《马克思的最近辩论》，及时介绍了当时欧洲马克思主义研究的新进展，并特别引述罗素游俄归来后之作《布尔什维主义的理论与实践》中的重要思想，即“决定一时代或一民族的政治与信仰，经济的原因自然是很关重要的，但是把一切非经济的原因一概不顾，只以经济的原因断定一切的运命，而以为一无错误，这个我却有些不信。有一种最显著的非经济的原因，而亦是社会主义者所最忽视的，那便是民族主义了……单看大战中，全世界的佣雇工人——除极少数的例外——都被民族主义的感情所支配着，把共产党的宝贵格言‘全世界劳动者，联合起来’已完全置诸脑后了。马克思派断定所谓人群只是阶级而已，人总是和阶级利益相同的人互相联合起来的。这句话只含一部分的真理。因为从人类长期的历史看来,宗教乃是断定人类命运最主要的原因……人的欲望在于经济的向上,这话不过比较的合理罢了。马克思的学说渊源于18世纪唯理的心理学派,和英国正统派经济学者同出一源,所以他以为'自私'(self－enrichment)是人类政治行动的自然要求。但是近代心理学已经从病的心理的浮面上谈下去,为更进一层的证明。过去时代的文化乐观主义,已给近代心理学者根本推翻了。但是马克思主义却还是以这种思想为根据,所以马克思派的本能生活观,不免有残刻呆板之肖了",同时,他还提及了考茨基的文章以辨明俄国布尔什维克的行动"和马克思主义不合",另外,又论及英国司各特博士(Dr. J. W. Scott)的新作——《马克思的价值论》和《现代评论》上讨论俄国实践马克思关于工业国有化理论但效果欠佳之文,最后总结说"马克思的社会进化理论、劳动阶级勃兴论、贫乏废灭论,现代学者大概都加以承认,只是他的价值法则、唯物的历史观、武力的革命理论、阶级斗争说、无产阶级专政的计划,却还没有成为一定不易的理论呢"。

另一方面,发生的诸多事实也迫使中国知识界和政界注意苏俄。因为这种俄罗斯帝国中心论不仅主导着苏俄的建构过程,而且延及世界,并成为处理与中国关系问题的原则。在1919年和1920年苏俄政府两次对华发布宣言期间,苏俄独自派红军进入属于中国版图的蒙古并在中东铁路问题上继续执行帝俄政府的政策;1923年苏俄政府任命越飞为驻华特命全权大使,与孙中山和吴佩孚进行谈判,很大程度上是看重他们乃中国实力派人物;1924年苏联政府名义上废除帝俄政府时期的外交政策,但与国民政府继续签订共管中东铁路协约,引起中国民众的愤怒,使得国民群情激奋,几乎引发战争,1929年国民政府迫于民众压力而解除这一不平等协约;[35]至于苏联利用共产国际的话语霸权对中国革命进行干预,使中国的形势变化服从于苏俄国家安全和民族利益,那已经是人所皆知的事实。后来,苏联在国际共产主义阵营中推行苏俄帝国主义意识形态、扩张苏俄国家利益那就更如此了,如斯大林曾声言,"谁决心绝对地、毫不动摇地、无条件地、公开地和忠实地捍卫苏联、保卫苏联,谁就是革命者,因为苏联是世界上第一个建设社会主义的无产阶级的革命国家。谁决心绝对地、毫不动摇地、无条件地、公开地和忠实地捍卫苏联,谁就是国际主义者,因为苏联是世界革命运动的基地,不捍卫苏联,就不能捍卫并推进世界革命运动",[36]他还讥讽恩格斯所著的批评帝俄之作《沙皇俄国的对外政策》(1889),"写得有点兴奋,所以一时忘记了一些最基本的、他非常清楚的事情”，并禁止把它译成俄文发表。至于在维护国际共运的名义下所行之事，如1938年强行解散波兰共产党、1943年为了和西方国家合作解散了共产国际、战后为了同西方阵营对抗又在共产党和工人党情报局名义下恢复共产国际（实际上成为苏联指挥和控制各国共产党的中心）、东欧大批知识分子和党的中高级干部被清洗或监控等，更无须赘言。[37]

可是，现代中国进步知识界因强烈认同十月革命，真以为苏俄革命的确解决了俄国弱小民族受大俄罗斯压迫的问题，还开创了东方民族获得独立的新局面，基本上没有注意到苏俄革命和苏俄马列主义的民族性诉求问题。一方面，在理论上充分肯定了苏俄革命的普遍意义，从陈独秀《十月革命与东方》(1926)的热诚表述中能显示出来。他盛赞十月革命对东方尤其是对中国的伟大作用，主要是针对当时苏俄一部分人认为援助中国革命是多事、另一部分人以为苏俄以援助东方民族革命运动结怨于列强不合算，以及国内反对接受苏俄援助等舆论，进而提出反驳意见说，只有军阀和帝国主义走狗“大叫苏俄援助中国民族革命有野心……他们以为帝国主义与军阀非中国之患，中国大患只是苏俄所援助的国民革命”，即便是主张独立革命者也没看到，“若因有苏俄援助可以增加我们革命发展之速度，似乎也没有理由应该拒绝，更无能由此反对苏俄”，他认为苏俄援助中国革命自有野心而非善意援助之论是完全不懂苏俄十月革命之世界意义，“试问苏俄因援助中国国民革命军曾经得到些什么？”并断言“苏俄十月革命之世界的意义，关系东方被压迫的民族革命运动，非常重大”。[38]另一方面，在感性经验上排斥中国自身的民族性诉求的合法性，这从胡愈之的《莫斯科印象记》(1931)中能看出来，他说，“知道苏俄的将来，便知道了全人类的将来”，惊奇于“所遇到的许多成人都是大孩子的天真、友爱、活泼、勇敢。有些人曲解唯物主义，以为苏联的生活残酷的、机械的、反人性的，我所见的恰好正相反”，针对苏联的一些宏大主张而感慨道，“试想国家、种族、阶级、身份成见除去之后，再有什么能阻碍人与人的相爱呢？”从所遇到的两位老华侨对苏俄政府禁止把卢布汇出境外的抱怨中他感慨，“中国人到处被人憎恶，也正因为拘守着农业社会所遗留下来的乡土观念、家庭观念牢不可破的缘故（即无论在哪儿总要想着老家——攒钱寄回国）。甚至在无产者的国家里，种族与国别的歧视已经完全消失了。这点在俄国可以完全相信。俄国人不但不歧视有色人种，而且看得比自国人更亲切，因为他们是同情弱小民族的。中国工人却依旧顽固地保守着他们的观念形态，他们虽已经成了解放了无产阶级中的一员,却仍然保持着数千余年来农业社会的原始头脑,革命与阶级斗争他们全然不了解”,尽管发现布尔什维克在政治上主张国际主义、在文化上主张民族主义,却盛赞世界上没有哪个政府对民族文化、民族语言、民族文艺能像苏维埃那样的积极提倡和保护,革命前俄国文学受西方影响很大,因而是世界性的,新兴的普罗文学是地方性的,乡土的民族色彩非常浓厚,普罗文艺的最大源泉是民间文艺,所以不能不是民族性的,对此矛盾,他以斯大林的言论“社会主义的内容、民族的形式”而回避之。[39]

由此,列宁的《论民族自决》(1914)、《论大俄罗斯人的民族自豪感》(1914)和斯大林的诸多强调民族主义的阶级斗争之说,成为现代中国理解俄国问题的指导性文献,“人民/народ”和“人民性/народность”概念的重要性也日渐突出。中国在巴枯宁和克鲁泡特金等人的文本中已发现这对原本是用来对俄国居民进行阶级身份限定的概念,所以论及克鲁泡特金的《俄国文学的理想与现实》中,将这对概念译成“人民”和“人民性”。其实,在俄国文化结构中,政治意识形态性的语义仅仅是这对概念的一种义项,它还有族群义项、文化概念(如拉吉舍夫在《从圣彼得堡到莫斯科旅行记》中就有言,“任何感受到俄罗斯民歌悦耳音调的人,都会领略到其中沉重悲伤的表达……会从中发现我们俄罗斯人的灵魂形式”[40])、哲学韵味(维亚泽姆斯基公爵翻译谢林的《自然哲学》时涉及这个概念,赋予其“人性”/humanity 语义[41])。本来,这对概念在俄国生成过程中是深受德国浪漫派的民俗学影响的,斯拉夫派试图通过这对概念更切近土地和本土文化传统,比德国人走得更远,即把俄国农民视为俄罗斯“民族精神”的保护者,把农民想象成唯一有资格代表“人民”的社会集团,认为只有他们才没有被西化,受过西方熏陶的知识界和政界被排除在“人民”之外,与德国的“公众”和“人民”概念相比少有共同点(德国并不把知识分子从民族传统中排除出去),斯拉夫派认为“public 纯粹是西方现象”。列斯科夫的《左撇子》是这样表述的,俄国民族性的最简洁意象就是中下层社会,这些人有别于西欧享有民主权的“公民”,即便是后来在中国日益走红的别林斯基、车尔尼雪夫斯基、杜勃罗留波夫这类批评家的文本中,他们使用这对概念也不完全局限于意识形态范畴,而是有着民族性考量的。民粹派运动把“人民”理想化推向了顶峰,苏俄延续了这些叙述却剔除了其中的民族性,由此简化了俄国文化的复杂结构。实际上,18 世纪彼得大帝改革伊始,俄国文化就出现了上下层分化、知识界和民间的分裂,但是知识界积极关注俄国民众社会问题并身体力行

（如民粹主义运动），随现代化进程的发展，社会结构不断调整并出现很多新阶层，尤其是一直存有超越社会制度和结构的斯拉夫民族性和基督教信念；强烈的民族意识、普遍的民族性诉求贯穿于18世纪以来的文学发展过程，知识界在民族性诉求问题上与帝国意识形态相一致。1880年6月，在普希金铜像揭幕典礼仪式上的诸多演讲能体现出这种特点，因为连陀思妥耶夫斯基这样以世界性眼光考量民族性问题的人，在此也借助普希金话题把俄罗斯性扩张成欧洲性，即使是19、20世纪之交这个相当国际化的白银时代，民族主义也是影响已经成熟的学术研究格局的主流思潮，诸如谢尔盖·温格诺夫所编辑的6卷本《俄国作家和史学家的评传词典》（1886～1904）和《普希金全集》等经典文献，基本上是在民族认同表述中表达帝国意识形态诉求的。[42]由此，18世纪以来的现代化遭到抵抗而被称之为西化（更有人讥讽地把英文西化westernization音译成俄文Вестнернизация）。苏俄革命和社会主义既延续了“人民”传统，同时融合了强烈的民族认同，因而更强烈反对西化，导致因为情绪激烈而非理性地否定传统、不合规范地批判历史、情绪化地反现代文明等（尽管马克思和列宁本人曾严厉批判过集中体现这种文化的民粹主义）。这些表明，判断俄国社会问题的标准仅用“人民”和“人民性”概念是不够的，甚至是很不恰当的。

对于俄国革命的民族性传统和苏俄社会主义融合民族性诉求问题，田汉在《俄罗斯文学思潮之一瞥》中已有所暗示，“俄人于教旨凌夷之西欧，负有救以正教之使命。其主张国民性是也。谓一般人类之要素，俄国民性实体现之，以此特性为基而筑以俄民独特适应之生活。所谓独特适应之生活者，宗教倾向外即村团（土地共有制度）之理想是也。此制即现今社会主义者所理想之共产制。一村之农民以村中之土地为公有而分耕之，无所有权，以互助之精神谋全般之幸福云。综斯三者，其为希伯来主义之变相，深切著明。而言正教，举独立自由之精神，自谓远绍希腊团村之制，亦非荡平个性使从社会生活，而有各个性根于互助精神，谋全般幸福之意味，则又杂有希腊思想也。是知两派之间虽各有其世界观，至谋人类幸福则各不相让。故希腊主义之西欧派欲达个性自由发展与个人之社会权利之目的，希伯来主义之斯拉夫派欲达其建立理想土地共有生活、国民特性之目的，皆趋于‘农奴解放’之共同目的焉”。[43]田汉的表述有些虽不准确，但俄罗斯文明结构的确庞杂而矛盾，激进主义革命只是其中之一，尽管是在宏大话语下推进的，却是促成俄罗斯文明不稳定的重要因素。对正日益影响中国的苏俄革命,知识界和思想界有所警惕是应该的,在本质上它与中国文化传统并不对接。当时国际著名学人罗素就深感,“俄国问题确实与中国的问题有很大的相似之处,但它们之间也有重大差别,而且前者的问题毫无疑问要简单一些”。[44]按李泽厚的中国文化传统之论,对中华民族发生巨大影响的孔子仁学,强调把社会外在规范,化为个体的内在自觉,并通过情感与理性的合理调节,在取得社会存在和个体身心的均衡中维持社会秩序、规范、礼仪及其有序变化。[45]胡愈之在《莫斯科印象记》中呈现出中国人面对苏俄共产主义具体情景时的矛盾心理:既很赞赏苏俄改革“星期”制度打击了由来已久的基督教传统,又疑惑用五天轮流的工作制替代统一的七天工作制,推行个人生活的社会化和集团化制度,没把家庭生活看作“良风美德”,并因婚姻改革、离婚便利、妇女经济独立、公共育儿室的出现和公共食堂的扩张等,出现家庭崩溃的趋势(目睹接待他的U同志和一女歌唱家组成所谓无产文艺者的家——同居的事实就意味着结婚,因而疑惑苏维埃的婚姻制度——不需要婚姻注册,即便是注册也主要是为了孩子的抚育、多一点福利,男女关系是解放自由了,但所谓的“家”却因此而瓦解)。最后一天,他参观莫斯科汽车制造公司,对集体生活的规模、程度和方方面面深表赞赏,认为这样的集团化和社会化生活才真正解除了由以家庭为中心而来的自私、贪鄙之习性。[46]可是,因为近代以来中华帝国屡遭危机而不能化解,洋务运动、戊戌变法、辛亥革命等均没有从根本上解决中国问题,由此孕育出激烈反对外来帝国主义和自身文化传统的急躁心态,并不去辨识俄国激进主义的民族性传统,以至于早在1896~1916年翻译的800来种国外小说中,“虚无党小说”占有绝对比重:“虚无党小说产地是当时暗无天日的帝国俄罗斯。虚无党人主张推翻帝制,实行暗杀,这些所在与中国革命党行动有不少契合之点。因此,虚无党小说的译印,极得思想进步知识阶级的拥护与欢迎”(阿英《翻译史话》),周作人还译了克鲁泡特金的理论著作《论俄国革命与虚无主义运动》(1907)。更为遗憾的是,中国因为要寻求现代化的精神资源、抵御来自西化的压力,五四新青年也没来得及辨析整体俄国文化情境就选择了俄式共产主义,并赋予它作为中国现代化精神资源的普遍性意义,忘却了其包含的民族性诉求,在中国培植俄国的民族特产,结果导致很多问题。虽然使苏俄“进步文学”替代这种“虚无党小说”,但把丰富复杂的俄国文学史简化为为数不多的文学家或批评家反农奴制和资本主义改革的历史,并推演出苏俄文学批评和理论就是中国进步文学的标准;不再去认真探寻“人民”和“人民性”概念的俄语文化学辞源,而是遵从苏俄而阅读之,进而把苏俄社会视为成功实践马克思主义的范例,使这些概念成为中国认识苏俄社会、分析中国社会、划分世界等的关键性术语,也就自然而然的了。尽管列宁在《中国的民主主义与民粹主义》(1912)中曾指出,“中国愈落在欧洲和日本的后面,就愈有四分五裂和民族解体的危险”,[47]即中国不仅要解决社会阶级冲突问题,更要面对民族认同之建构问题,“民族”概念比“人民”概念更为重要。

由此,特别蕴含“人民性”所指的社会主义现实主义这一苏俄理论,在中国得到了几乎与苏俄同等的关注和运用。婉龙的《新现实主义文学概观》(1934)声称,苏联经过劳动阶级的16年专政,从产业工人、农民和劳动知识分子中产生了不少新的作家,这就是新现实主义文学的先驱,而且苏联新现实主义文学对人生抱着非常的热望,不断关注人生,用艺术写作帮助解决社会主义建设的问题,是彻底的现实主义、社会主义的现实主义,在阶级环境中表现英雄,并断言“新现实主义便正是一个不可阻扰的浩荡洪流,它不惟冲破了俄罗斯文学的旧堡垒,而且已经泛滥在世界大部分。只要有劳动阶级运动的地方,便有新现实主义浪潮”。[48]更有甚者,毛泽东《在延安文艺座谈会上的讲话》中强调,“我们是主张社会主义的现实主义的”,并喻之为发展了的马克思主义,周扬解释这种“理论移植”行为说,“从‘五四’开始的新文艺运动就是朝着这个方向前进的,这个运动的光辉旗手鲁迅就是伟大的革命的现实主义者,在他后来的创作活动中更成为社会主义现实主义的伟大先驱者和代表者”。[49]此后,无论中苏关系发生怎样的变化,关于苏联“社会主义现实主义”问题的讨论一直被我们所关心,而且以积极姿态认同这个理论体系。几乎没有人去辨别其俄国文化身份问题。随着理论上强烈认同苏俄社会主义现实主义,在具体文学现象认识上同样信奉苏俄文学意识形态的普遍价值,同时,掩盖了苏俄文学的民族身份。茅盾的《二十年来的苏联文学》(1939)按当时苏联标准看待新俄文学20年,认为新经济政策之后文学复苏起来了,谢拉皮翁兄弟及其支持者瓦隆斯基虽犯有重大错误,“但在打击形式主义及主张艺术是阶级的实际行动的表现这二点上,总算是相当尽了清道夫的作用”。社会主义胜利后随着社会主义建设的开始、消灭富农阶级斗争的展开,“这一切都反映在文学上:一些把握不住当前现实的既成作家们彷徨而失措,甚至走到反动方向;大批经过铁和火的磨炼,对于‘明日’有坚强的全新的青年大踏步跨进了文坛了”,这便宣告了苏维埃文学的诞生,出现了一系列力作,“多种多样的‘以民族为形式、社会主义为内容’的民族文学灿然开花了——这一切便反映在文学,成为空前的庄严灿烂的奇观。社会主义写实主义不复是文艺批评上的一个术语,而是活生生的现实了”,“作为集体创作的丰碑的,是高尔基指导下的《工厂史》和《内战史》,前者描写帝俄时代工人阶级所走的那段极长的道路……后者的主题则是沙皇时代的工人农民为争取政权、建设社会主义国家而武装斗争的经过。在这作品内,将反映出列宁与斯大林的天才的领导”;[50]西蒙诺夫的第5个剧本《俄罗斯问题》(1946),构造的是美国“正义青年”和“反动政府”对立看待苏俄的意识形态剧,上海时代书报社及时出版了林陵的译作,世界知识出版社又出版该作重译本,茅盾先后就该剧作及其上演发表了4篇文章,完全站在苏联立场上解读美国,认为“《俄罗斯问题》可以帮助我们认识美国,对于我们教育意义很大”,中央戏剧学院话剧团1950年排演这个作品(由章泯先生导演),当时中国正在被斯大林强行纳入朝鲜战争,这本来是应该引起中国知识界和高层知识精英警惕的,可是老舍却写下《看了〈俄罗斯问题〉的彩排》,称“这是一件勇敢的事”,甚至希望导演修正原作(让女主人公杰茜不是背弃男主人公史密斯而去,而是史密斯如何说服杰茜一同对付“腐臭的美国社会制度”)。[51]不仅如此,茅盾在《斯大林与文学》中更直接地把斯大林关于“文艺上的最正确指示”即“民族的形式、社会主义的内容”视为“放诸四海而皆准的”原则。[52]进而,提出很多耸人听闻的主张,诸如“苏联的今天就是我们的明天,在文艺方面亦如此”[53]、“四十年来,苏联文学理论家和批评家们的辛勤努力所获得的巨大成果,给予世界各国进步的文艺工作者以思想武器,加强他们的战斗力量,也给予世界各国千千万万的文艺工作者以启发,引导他们走向服务于人类进步事业的道路……苏联文学以其辉煌的创作和理论粉碎了一切修正主义者的谰言和诬蔑”[54]、“苏联文学把自己的一切创造都贡献给了无产阶级革命和社会主义建设的文学,他以巨大的艺术力量忠实地反映了苏联人民四十多年来走过的光辉道路。人民从这里可以找到解放自己的国家和民族、建设自己的新生活的精神力量。正因为如此,我们中国人民对苏联文学有着极为深厚的感情,把它当作良师益友……全世界进步的人类都在越来越强烈地爱戴苏联文学”。[55]这些情形表明,“社会主义现实主义”在现代中国被剔除了民族性身份,其“人民性”的普遍价值得到了凸显,进而,苏俄新文学中所隐含的新帝国意识形态诉求,和苏俄文学的审美价值问题一样,很长时间都未被中国所警觉。

可以说,来自苏俄的马列主义及其一系列进步文化,在促进中国革命情势发展的同时,也带来了误读俄罗斯文学的严重问题:不严肃考查苏俄马列主义发生学的民族文化传统根据及其所生发出的一系列关键性概念,苏俄社会主义的民族性诉求作为国际共运原则在中国获得了广泛的认同。

总之,苏俄主流文化,尤其是苏俄马克思主义,吻合知识界为重建中华民族并成为一个独立的民族国家的现实性需求,在快捷认识列宁和苏俄马克思主义及其文学、文学批评、文学理论的过程中,找到了多方面有价值的思想文化资源。但此举也带来了一系列严重误读:忽视了列宁主义和斯大林思想的苏俄特性,并在国际共运原则下回避了苏俄马列主义的俄国文化传统基础、民族身份和民族性诉求等问题,进而把苏俄"民主"、"人民性"、"社会主义现实主义"等概念当作具有普遍意义的真理,把苏俄文学和文学理论当作"进步"文学的范本和"革命"理论的标准,而事实上20世纪初是帝国普遍崩溃而纷纷代之以民族国家的阶段,现代中国知识界应该冷静辨析真假马克思主义、正视资本主义问题、建构世界多元文化图景,以更合理地配置资源,从而有效地解决中国问题。

[1]《瞿秋白文集》(2),第543、544页,人民文学出版社,1953。

[2]陈独秀:《十月革命与中国民族解放运动》,载《向导》周报第135期(1925年11月7日)。

[3]《新青年》第2卷第6号(1917年2月)。

[4]Sleven G. Marks, *How Russia Shaped the Modern world? From art to Anti－Semitism, Ballet to Bolshevism*(俄国是如何塑造现代世界的). Princeton University Press, 2003,PP. 4－5.

[5]Н. Бердяев, *Истоки и смысл русского коммулизма*(俄国共产主义的起源与思想). М. Наука, 1990, С. 82.

[6]关于俄国马克思主义史,请参见:А. Д. Сухов, Идеи Маркса в русской философии. //Сб. Карл Маркс и современная философия. М. ИФ РАН, 1999, С. 302 — 310; Российкая цивилизация: Этнокультурные и духовные аспекты. Энциклопедический словарь.

Ред. под М. Мчедлов и др., М.: Изда. Республик, 2001, С. 174—178. А. Ф. Замалеев, учебник русской политологии, СПб: Изд.—торговый дом "Летний Сад", 2002, С. 157—196.

[7]安德列·纪德著,郑超麟译:《从苏联归来(附:答客难)》,第114页,辽宁教育出版社,1999。

[8]参见《少年中国》第1卷第8期(1920年2月)。应该说,这种陈述表明田汉先生对苏俄问题是比较谨慎的。

[9]《瞿秋白文集》第1卷108页,人民文学出版社,1953。

[10] Orlando Figes & Boris Kolonitskii, Interpreting the Russian Revolution: the Language and Symbols of 1917(解说俄国革命:1917年的语言与符号). New Haven and London: Yale University press, 1999, P. 31.

[11]参见《广东群报》1922年5月23日。

[12]《现代文学》第1卷第4期(署名"谷非"),转引自《胡风全集》第5卷50页,湖北人民出版社,2001。

[13]《文艺报》1956年5月30日。

[14]转引自安德列·纪德著,郑超麟译《从苏联归来(附:答客难)》,第11、12页,辽宁教育出版社,1999。

[15]参见《胡愈之全集》第1卷175~179、198~202、431~432页,三联书店,1996。

[16]《瞿秋白文集》第1卷123~126页,人民文学出版社,1953。

[17]《恽代英文集》上卷477~481页,人民出版社,1984。

[18]参见胡愈之《莫斯科印象记》,第83~86页,湖南人民出版社,1984。

[19]《独立评论》第152、137、100、50号。

[20]本雅明著,潘小松译:《莫斯科日记·柏林纪事》,第70、92页,东方出版社,2001。

[21]参见《少年中国》第1卷第8、9期(1920年2、3月)。

[22]M. Tsvetaeva, Стихотворения и поэмы, New York, 1982, Vol. 2, P. 63.

[23]Русское слово, 30 5 1917 // Свободная Россия 12 Июне 1917.

[24]А. Г. Голиков, Феномен Керенского(克伦斯基现象) // Отечественная

история №5，1992，C. 68.

[25]SeeNina Tumarkin，*Lenin Lives! The Lenin Cult in Soviet Russia*（列宁万岁！苏联对列宁的崇拜）. Mass.：The Cambridge University Press，1983.

[26]Б. А. Кистяковский，В защиту права（保卫法律）// В кн.：Вехи. М.：Тип. М. Саблина，1909. С. 125－140.

[27]Н. А. Арсеньев，Краткий политический словрь для всех. Москва，1917，С. 9.

[28]Orlando Figes & Boris Kolonitskii，*Interpreting the Russian Revolution：the Language and Symbols of* 1917（解说俄国革命：1917 年的语言与符号）. New Haven and London：Yale University press，1999.

[29]参见《每周评论》第 8 号（1919 年 2 月）。

[30]Hugh Seton－Watson：*Nations and States：an Inquiry into the Origins of Nations and the Politics of Nationalism*（民族与国家：对民族起源与民族主义政治学之探寻）. London：Methuen，1977，P. 87.

[31]Quoted *Social Identities in Revolutionary Russia*（革命中的俄国社会认同）. Ed. by Madhavan K. Palat，New York：Palgrave Publishers Ltd，2001，PP. 134－155.

[32]See Richard Pipes，The Formation of the Soviet Union：Communism and Nationalism，1917－1923（苏联之形成：1917～1923 年间的共产主义与民族主义）. Massachusetts and London：Harvard University Press，1964（Revised Edition）.

[33]See Alter L. Litvin，*Writing History in Twentieth－Century Russia：A View from Within*（书写 20 世纪俄国史：一种来自内部的观点）（trans. by John L. Keep），New York，Palgrave，2001，PP. 117－127.

[34]托克维尔：《论美国的民主》上卷，第 480、481 页，商务印书馆，1988。

[35]参见鲁迅《吾国征俄战史之一页》（1929），《鲁迅全集》第 4 卷 143、144 页，人民文学出版社，1981。

[36]《斯大林全集》第 10 卷 47 页。

[37]关于苏联与中国谈判东北—满洲和新疆等具体问题时,以及《中苏友好同盟互助条约》签订过程中所显露出来的苏俄利益中心论立场,请参见李丹慧编《北京与莫斯科:从联盟走向对抗》,广西师范大学出版社,2002。

[38]参见《向导》周报第 178 期(1926 年 11 月 15 日)。

[39]参见胡愈之《莫斯科印象记》,第16~17、63~66 页,湖南人民出版社,1984。

[40] А. Н. Радищев, *Путешествие из Птербурга в Москву*. *СПб.*: *Наука*, 1992, С. 8.

[41]*Russian Modernity*: *politics*, *knowledge*, *practices*(俄罗斯现代性:政治、知识、实践). Ed. by David L. Hoffmann & Yanni Kotsonis. Maccmillan Pres Ltd., 2000, PP. 41—62.

[42] See Andy Byford, S. A. Vengerov: The Identity of Literary Scholarship in Later Imperial Russia. // The Slavonic and East European Review Vol. 81(No. 1,2003). PP. 1—31.

[43]参见《民铎》杂志第 6 期(1919 年 5 月)。

[44]B. Russell, The Problem of China. London: George Allen & Unwin LTD, 1960,P. 9.

[45]参见李泽厚《中国古代思想史论》,第 7~51 页,人民出版社,1983。

[46]胡愈之:《莫斯科印象记》,第 43~44、61~63 页,湖南人民出版社,1984。纪德却发现,苏俄取消堕胎法律给社会带来的严重问题("倘若那边某位医生的话可信,那么苏联是手淫最普遍的国家")(《从苏联归来》第 134 页)。

[47]《列宁选集》第 2 卷 28 页。

[48]《清华周刊》第 42 卷第 9、10 期合刊(1934 年 12 月 27 日)。

[49]《周扬文集》第 2 卷 247 页,人民文学出版社,1985。

[50]参见《茅盾全集》第 33 卷 479、480 页,人民文学出版社,2001。

[51]参见《中苏友好》第 2 卷第 6 期(1950 年 10 月 1 日)。

[52]参见《人民日报》1949 年 12 月 1 日。

[53]茅盾:《苏联艺术家的表演给了我们宝贵的启发》,载《人民日报》1952 年 11 月 15 日。

[54]茅盾:《敬祝苏联第三次作家代表大会胜利成功!》,载《世界文学》1959年3月号。

[55]茅盾:《在苏联第三次作家代表大会上的祝词》,载《人民日报》1959年5月20日。

(原文载《台湾政治大学学报》2007年第3期)

后　记

2009年5月，首都师范大学文学院211工程领导小组会议决定，包括敝人在内的一些学者可以出版学术论文自选集。即刻起，便开始翻检自20世纪90年代中期以来在学术杂志和报纸上所发表的学术文章，在百余篇学术文章中，关于中俄文学关系和中俄文化关系的文章，最让我偏爱。不否认，同关于当代俄国文化转型、白银时代小说、俄国现代主义和后现代主义文学等问题的研究篇章相比，中俄文学和文化关系研究的文字，所占比重远不是最高的，甚至少了其他专题研究的激情，但探求中俄文学关系和文化关系的问题，是促使我走向职业研究俄语语言文学之路的来自心底的原始动力。正是这样的砥砺，使我不断寻求影响中国的俄罗斯文学和文化的根源性问题，因为影响面之大，我随研究范围之扩大，成为近年来和投入研究俄国后现代主义问题同样重要的领域。由此，我割舍了其他专题的文字，专门搜集这方面篇章，并添补用比较文学视野研究俄罗斯文明结构问题、西方对俄罗斯问题之表述、俄国比较文学问题等篇什，汇成这部43万字《现代中国的俄罗斯幻象——林精华比较文学研究论文自选集》。期待着别的机会，出版俄国现代主义和后现代主义研究自选集，20～21世纪之交俄国文化转型问题研究自选集等。

感谢《外国文学评论》、《社会科学战线》、《外国文学研究》、《首都师范大学学报》、《俄罗斯文艺》、《东方丛刊》和《二十一世纪》、《台湾政治大学学报》等杂志，是这些重要学术刊物及其编辑和主编的慧眼最先把这些文字献给了读者，从而成就今天这部专题研究文集（要说明的是，收录成集时，部分篇章有增删）；感谢首都师范大学文学院211工程领导小组的大力支持，使我在人到中年能有机会出版比较文学研究自选集，更加确信了比较文学研究是立足于对民族国家文学（或专门语种文学和理论）研究基础上的专业性工作。所以本自选集取名《现代中国的俄罗斯幻象》，意在探讨比较文学立足点可能未必在文学本身，但结果会导致社会问题，反过来影响比较文学自身。感谢安徽大学出版社亲切接纳家乡学者的这些文字，尤其是责任编辑鲍家全先生为编辑本书所付出的诸多努力（当然，作为皖籍学者，能在家乡最重要的大学出版社推出学术自选集，时时有着欣慰感）。还要感谢妻子宋达副教授，这些耗时费力的文字绝大部分发表在近五年，结婚这么多年来她时常强忍着不满，任由我把国家图书馆当作比单位跑得更勤快之处——常常在填好各种表格（申报、检查、验收，再申报……）后，去那儿翻阅那些鲜有人触及的旧报刊、研究俄罗斯问题的俄文和英文新书。

当然，本论文集因由不同时期专题文章所组成，有若干篇目的些许内容可能略有相近，为保持原作原貌，没做删减。特此说明。

作者谨识于北京花园村

2009 年 6 月